བྱ་ཞིག་ཡིན་ན་བསམས་བྱུང་།

སྒྲོ་མེ་ཚེ་རིང་བཀྲ་ཤིས་ཀྱིས་བརྩམས།

སི་ཁྲོན་མི་རིགས་དཔེ་སྐྲུན་ཁང་།

图书在版编目（CIP）数据

混沌岁月：藏文 / 才让扎西著. -- 成都：四川民族出版社, 2016.6（2024.12重印）

（藏文原创小说系列）

ISBN 978-7-5409-6312-5

Ⅰ. ①混… Ⅱ. ①才… Ⅲ. ①短篇小说－小说集－中国－当代－藏文 Ⅳ. ①I247.7

中国版本图书馆CIP数据核字(2016)第148186号

藏文原创小说系列

混沌岁月

HUN DUN SUI YUE

才让扎西　著

出 版 人　泽仁扎西
项目策划　才毛吉
责任编辑　扎　西　才毛吉
责任校对　才让道吉
内文设计　才让公保
封面设计　陆　馗
责任印制　泽仁康珠
出版发行　四川民族出版社
地　　址　成都市青羊区敬业路108号
成品尺寸　170mm×240mm
印　　数　3001~5000册
印　　张　16
字　　数　200千
制　　作　成都华桐美术设计有限公司
印　　刷　成都蜀通印务有限责任公司
版　　次　2016年6月第一版
印　　次　2024年12月第三次印刷
书　　号　ISBN 978-7-5409-6312-5
定　　价　32.00元

དཀར་ཆག

བྱ་ཞིག་ཡིན་ན་བསམས་བྱུང་།

དགའ་དགའ་ཡི་བྱ་བ་སྒྲུབ་ས་ནི་གྲོང་ཁྱེར་འདིའི་དཀྱིལ་དབུས་སུ་ཡོད་ནའང་། དགའ་དགའ་ཡི་སྡོད་ཁང་གྲོང་ཁྱེར་འདིའི་མཐའ་ཁུལ་གྱི་གྲོང་ཚོའི་ནང་དུ་ཡོད། དགའ་དགའ་ཞོགས་པ་སྔ་མོར་ནམ་མ་གེ་མོག་གེ་ཡིན་དུས་མལ་ལས་ལངས་ཏེ་ལས་ཁུངས་སུ་འགྲོ་བ་དང་། ཕྱི་དྲོ་གཞུང་ལས་གྲོལ་ཏེ་ཕྱིར་རང་ཉིད་སྡོད་སའི་གྲོང་ཚོར་སླེབས་དུས་ས་རུབ་ནས་མ་གེ་མོག་གེར་གྱུར་འདུག གསལ་པོར་བཤད་ན། དགའ་དགའ་ཡིས་མ་གེ་མོག་གེ་ཡི་གྲོང་ཚོ་འདིའི་ནང་དུ་ཁང་བ་གླས་ནས་བསྡད་ཡོད།

དགའ་དགའ་ཡིས་གྲོང་ཚོ་འདིའི་ནང་དུ་སྣང་བ་སྐྱིད་པའི་གཟའ་མཇུག་མང་པོ་ཞིག་རོལ་སྤྱོད། གཟའ་མཇུག་དེ་འདྲ་གྲོང་ཁྱེར་འདིའི་དཀྱིལ་དབུས་སུ་ནམ་ཡང་རོལ་ཐབས་བྲལ་པ་ཡིན། དགའ་དགའ་ཡིས་དེ་ལྟར་སེམས་བཞིན་ཡོད།

དགའ་དགའ་ཡི་མིག་ལམ་དུ་དྭངས་གཙང་གི་ཆུ་བོ་ཞིག་ཤར།

དགའ་དགའ་སྐོམ་དྲགས་པས་དྭངས་གཙང་གི་ཆུ་བོ་དེ་རུབ་གང་བྱས་ནས་འཐུང་ན་བསམས་བྱུང་། ཡིན་ནའང་ཁོ་ནི་དྭངས་གཙང་གི་ཆུ་བོ་དེའི་འགྲམ་དུ་ཅིས་ཀྱང་བསླེབ་མ་ཐུབ། དགའ་དགའ་ཡི་མིག་ལམ་དུ་སྐྱུ་མི་ཁ་ཤས་ཤར་པ་ན། ཁོས་དེ་ཚོར་འབོད་སྐད

ཡང་ཡང་བརྒྱབ་ཀྱང་དེ་ཚོས་གདན་ནས་མ་གོ་བའམ། ཡང་ན་བསམ་གཟུས་ནས་མ་གོ་ཁྲུལ་བྱས་པ་གང་ཡིན་མི་ཤེས་མོད། ཕོ་ལ་ཨ་ལན་སྟེར་མཁན་གཅིག་ཀྱང་མ་བྱུང་། ཕོས་རང་གི་ཡིད་དུ་འཆར་ཐུབ་པའི་སྐད་ཆ་བཙོག་པོ་མ་ལུས་བགོལ་ནས་ཕོ་ཚོར་སྡིགས་མོ་བྱས་ཀྱང་། སྔར་བཞིན་འབྲས་བུ་ཅི་ཡང་མ་བྱུང་། སྐྱ་མི་དེ་དག་རེ་རེ་བཞིན་ཕོའི་མིག་ལམ་ནས་ཡལ་རག་བར་དུ། ཕོས་སུ་མཐུད་དུ་དེ་ལྟར་སྡིགས་མོ་བྱས། "ང་སྐོམ་ནས་ཤི་ཐལ" ཕོས་དེ་ལྟར་རང་གིས་རང་ལ་བཤད། དངོས་གནས་ཕོ་སྐོམ་ནས་དབུགས་ཀྱི་རྒྱུ་བའང་འགག་ལ་ཁད་བྱེད། ཡིན་ནའང་དྭངས་གཙང་གི་ཆུ་བོ་དེ་སྔར་བཞིན་འོད་ལམ་ལམ་ངང་ཕོའི་མིག་ལམ་ནས་རྒྱང་དུ་བཞུར་གྱིན་འདུག

སྐབས་དེར་བྱ་བྱེའུ་ཡི་སྐད་སྒྲ་སྣ་ཚོགས་ཀྱིས་ཕོ་གཉིད་ལས་བསླངས་སོང་། ཕོ་གཉིད་ལས་སད་དུས་དེ་ནི་རྨི་ལམ་ཡིན་པ་ཤེས། ཕོ་དངོས་གནས་སྐོམ་གྱིན་འདུག དེ་ནི་ཕོས་མདང་ནུབ་ཨ་རག་མང་པོ་འཐུངས་པའི་རྐྱེན་གྱིས་ཡིན། དགོང་མོ་ཨ་རག་འཐུངས་རྗེས་ཕྱི་ཉིན་སྔ་མོ་སྐོམ་པ་ལང་བ་ནི་རྒྱུན་ལྡན་གྱི་སྣང་ཚུལ་ཞིག་ཡིན་པས། ཕོས་མིག་ཀྱང་མ་ཕྱེ་བར "ཁྲུང་ཁྲུང་དཀར་མོ། ང་ལ་མྱུར་དུ་ཆུ་འཁྱག་ཐོར་བ་གང་ལྟུད་རོགས" ཞེས་སྐད་བརྒྱབ། ཡིན་ནའང་ཁྲུང་ཁྲུང་དཀར་མོས་ཕོ་ལ་ལན་ཅི་ཡང་མ་བཏབ། ཕོས་ཡང་བསྐྱར "ཁྲུང་ཁྲུང་དཀར་མོ། ང་ལ་མྱུར་དུ་ཆུ་འཁྱག་ཐོར་བ་གང་ལྟུད་རོགས" ཞེས་སྐད་བརྒྱབ། ཕོའི་འབོད་སྐད་སྔར་ལས་ཀྱང་ཇེ་མཐོར་སོང་། ཡིན་ནའང་ཁྲུང་ཁྲུང་དཀར་མོས་སྔར་བཞིན་ཕོ་ལ་ལན་ཅི་ཡང་མ་བཏབ། ཕོས་གྲུ་མོས་གྲུ་སྦུག་ཅིག་བྱས་པ་ན། ཐོགས་ས་རིགས་ཅི་ཡང་མི་འདུག ཕོས་མིག་ཕྱེ་ནས་རང་གི་གམ་ལ་བལྟས་ཚེ། མལ་ཁྲིའི་སྟེང་དུ་རང་ཉིད་གཅིག་པུ་ལས་མེད་པ་ཤེས། ཁྲུང་ཁྲུང་དཀར་མོའི་ཤུལ་དུ་མོ་མདང་དགོང་ཉལ་བའི་ཤུལ་ཙམ་ལས་ཅི་ཡང་མི་སྣང་ལ། སྔས་མགོའི་སྟེང་དུ་ད་དུང་མོའི་སྐྲ་ལོའི་ཉག་མ་ཁ་ཤས་ཐོར་འདུག་ཅིང་། ཁྲུང་ཁྲུང་དཀར་མོ་ལས་གཞན་སུ་ལའང་ཡོད་མི་སྲིད་པའི་དྲི་མ་ཞིམ་པོ་དེ་ཕོའི་སྣ་ལམ་དུ་ཐུལ་འོངས།

"ཁྲུང་ཁྲུང་དཀར་མོ་འདི་གང་དུ་བུད་སོང་ངམ" ཞོས་དེ་ལྟར་ཁེར་ལབ་ཅིག་རྒྱག་བཞིན་ཡར་ལངས་ཤིང་། ཆུ་འཁྲུག་ཐོར་བ་གང་འཐུངས་ཏེ་སྐོམ་པའི་གདུང་བ་ཡོངས་སུ་བསལ། ཞོས་སླལ་སྙིང་ཞིག་བྱས་འཕྲལ་ཕྱིར་མལ་ཁྲིའི་སྟེང་བུད་ནས་གཉིད་བསམས་མོད། མགོ་བོ་ཙུང་ན་བས་གཉིད་ལ་ཞུགས་མ་ཐུབ། ཞོ་སྐར་ཡང་མལ་ལས་ལངས་ཏེ་སྒེའུ་ཁུང་གི་དྲ་ཡོལ་ཕྱེ་བ་ན། ཞོགས་པའི་ཉི་འོད་ཐད་ཀར་ཞོའི་གདོང་ལ་འཕྲོས་བྱུང་། ཞོས་ཁང་པའི་དྲ་སྒྲིགས་ཡ་ཞིག་ཕྱེ་སྟེ་ཕྱི་རོལ་གྱི་མཁའ་དབྱིངས་ནང་དུ་རྒྱུ་བར་བྱས། གྲོང་ཚོའི་ནང་གི་མཁའ་དབྱིངས་འདི་འདྲ་གྲོང་ཁྱེར་གྱི་དཀྱིལ་དབུས་སུ་ནམ་ཡང་ཧྲབ་མི་ཐུབ། ཞོའི་སེམས་སུ་གྲོང་ཚོའི་ནང་དུ་བསྡད་ན་གྲོང་ཚོའི་ནང་དུ་བསྡད་པའི་དགེ་མཚན་ཡོད་སྙམ།

དགའ་དགའ་ཡིས་སེམས་སུ་ཁྲུང་ཁྲུང་དཀར་མོ་སྣམ་ཕྱིང་ལ་བུད་སོང་སྙམ། དུས་ཡུན་རིང་པོ་ཞིག་འགོར་ནའང་མོ་ད་དུང་ཕྱིར་མ་ཡོང་བས། མོ་ཅི་འདྲར་འགོར་ཀྱང་འདི་འདྲའི་འགོར་ཚུལ་ཞིག་ག་ལ་ཡོད། དགའ་དགའ་ཡིས་དེ་ལྟར་བསམས། མཐུད་ནས་ཞོས་ཁང་པའི་ནང་ཧྲིལ་བོར་ཞིབ་ལྟ་བྱས་པ་ན། མདང་ནུབ་ཉལ་ཁར་ད་དུང་ཟེད་ཟེད་ལང་ཡོང་དུ་འདུག་པའི་ཁང་པའི་ནང་ཧྲིལ་བོར་ས་རྡུལ་ཙམ་ཡང་མེད་པར་གཙང་ཞིང་གྲ་དག་པར་འདུག་པས། ཞོ་ལ་དུས་རྒྱུན་ལས་ཀྱང་གཙང་ཞིང་གྲ་དག་པར་འདུག་པའི་སྣང་བ་ཞིག་ཕྱིན། དེའི་མུར་ཁྲུང་ཁྲུང་དཀར་མོའི་དེ་རིང་གི་བྱ་བྱེད་འདི་དངོས་གནས་རྒྱུན་ལྡན་མིན་པའི་ཚོར་སྣང་ཞིག་སྐྱེས།

"ཁྲུང་ཁྲུང་དཀར་མོ་གང་དུ་བུད་སོང་ངམ" ཞོས་དེ་ལྟར་ཁེར་ལབ་ཅིག་བརྒྱབ། དགའ་དགའ་འགྲོས་དལ་མོའི་ངང་ཕར་སོང་སྟེ་ཁང་པའི་སྒོ་ཕྱེ་བ་ན། སྒོ་སྦུབས་ནས་ཤོག་བུ་ཞིག་ཐང་ལ་ལྷུང་སོང་། ཞོས་ཅི་ཡིན་འདི་ཡིན་ཆ་མ་འཚལ་བར་ཡི་གེ་དེ་ལག་ཏུ་བླངས་ཏེ། གཞི་ནས་ཁྲུང་ཁྲུང་དཀར་མོས་བྲིས་པ་རེས།

༄༅། །བདག་གི་སྙིང་ཉེ་བའི་དགའ་དགའ་ལགས།

ཝུ་གཉིས་ལྷན་དུ་བསྡད་པའི་ཉིན་དང་མཚན་ལ། ཁྱོད་ཀྱིས་ང་ལ་སྤྲོ་སྣང་རྫོགས་མཐའ་མེད་པ་ཞིག་བྱིན་སོང་། ཁྱོད་ཀྱི་མར་སྔོགས་བཞིན་གྱོང་བའི་རང་གཤིས་དེ་ངས་ཇི་ལྟར་མཉེས་ཀྱང་འབྲས་བུ་ཏོག་ཙམ་ཡང་མ་བྱུང་། སྤྱིར་རང་གཤིས་ནི་མི་ཞིག་ལ་མེད་དུ་མི་རུང་བའི་ཁྱད་ཆོས་ཤིག་ཡིན་ཏེ། ང་དང་ཐོག་ཁྱོད་ལ་དགའ་བའི་རྒྱུ་རྐྱེན་ཡང་དེར་ཐུག་འདུག་སྙམ། འོན་ཏེ་ད་ལྟའི་སྤྱི་ཚོགས་འདིའི་ནང་དུ་རང་གཤིས་དེའི་རིགས་ནི་འདོར་བྱ་ཞིག་སྟེ། དུས་ནམ་ཞིག་ལ་ཁྱོད་ཀྱང་སྤྱི་ཚོགས་འདིའི་ནང་དུ་འདྲེས་ནས་འཇམ་རྗེ་གོར་མ་ལྟ་བུ་ཞིག་ཏུ་གྱུར་པའི་ཚེ། ཁྱོད་ཀྱི་འཚོ་བ་དང་མདུན་ལམ་སོགས་ཕྱོགས་གང་ཐད་ནས་བདེ་མོ་སྐྱིད་པོ་ཞིག་དང་འོད་སྟོང་ལྡན་པ་ཞིག་འབྱོངས་སྲིད་པར་ང་ལ་ཡིད་ཆེས་ཡོད། ཡིན་ནའང་ངས་ཁྱོད་དེ་ལྟ་བུ་ཞིག་ཏུ་འགྱུར་རག་པར་སྙུག་མི་བཟོད་པས། བསམ་གཞིག་ནན་དུ་བཏང་རྗེས། ཁྱོད་དང་ཁ་འབྲལ་བའི་སེམས་ཐག་བཅད་པ་ཡིན། ང་ཚོའི་ལས་ཁུངས་ཀྱི་ལས་གྲོགས་ཤིག་གིས་ང་ལ་གཉེན་ཐོར་ཟིན་པའི་སྐྱེས་པ་ཞིག་མཚམས་སྦྱོར་བྱས་སོང་། དང་ཐོག་ང་དེར་གཏན་ནས་མི་འཐད་ལ། ཁྱོད་ཀྱང་བློས་མི་ཐོངས་མོད། དངོས་ཡོད་ལ་ཁ་ཕྱོགས་ཚེ་སྐྱེས་པ་དེར་གྲོང་ཁྱེར་གྱི་དཀྱིལ་དབུས་སུ་ཁང་བ་ཡོད་པར་མ་ཟད། ཟླ་ཐོགས་ཀྱང་ངེས་གཏན་ཡོད་པས་མི་བཟང་རྒྱུ་མེད་གི་འདོད། ཝུ་གཉིས་ལ་མཚོན་ན། ཕ་མ་དང་གཉེན་ཉེ་ཚང་མ་ཞིང་པ་ཡིན་པས། སྒོར་ཁྲི་ཁ་ཤས་ཀྱིས་རོགས་རམ་བྱ་དགོས་ཟེར་ན་དཀའ་མོ་ཡིན། དེ་བས། ངས་བརྩེ་དུངས་ལས་འཚོ་བ་བདམས་ནས་ཁྱོད་ལ་ཁྲེལ་མེད་མི་བྱེད་ཀ་མེད་བྱུང་། ཞིབ་ཏུ་བསམས་ན། འདི་ནི་ཁྱོད་དང་ཝུ་གཉིས་སུ་ལ་མཚོན་ནའང་ཐར་ལམ་ཞིག་ཡིན་ཀྱང་སྲིད།

བདེ་མོ་སྤྲོས། བདག་གི་དགའ་དགའ་ལགས། ཁྱོད་ལ་བདེ་སྐྱིད་ཡིད་བཞིན་ཡོང་བའི་

སྔོན་འདུན་ཞུ།

ཁྲུང་ཁྲུང་དཀར་མོས་ཟླ8པའི་ཚེས20ཉིན་བྲིས།

ཁྲུང་ཁྲུང་དཀར་མོ་ནི་དགའ་དགའ་ཡི་དགའ་རོགས་ཡིན། དགའ་དགའ་ཡིས་རང་གི་དགའ་རོགས་ལ《ཁྲུང་ཁྲུང་དཀར་མོ》ཞེས་པའི་སྙན་ངག་ཅིག་ཀྱང་བྲིས་མྱོང་། ཁྲུང་ཁྲུང་དཀར་མོ་སྙན་ངག་དེ་གྱིར་རྒྱུར་ཧ་ཅང་དགའ་སྟེ། མོས་ཉིན་རྒྱུན་དགའ་དགའ་ཡི་མདུན་དུ《ཁྲུང་ཁྲུང་དཀར་མོ》ཞེས་པའི་སྙན་ངག་དེ་གྱིར་དུས་གདོང་ལ་སྨྲ་མི་ཤེས་པའི་སྐྱིད་ཉམས་ཤིག་འཆར་བ་ཡིན། མོས་ད་དུང་ལག་པ་གཉིས་ག་གཤོག་པ་ཡིན་ཁུལ་གྱིས་འཕུར་སྐྱོད་བྱེད་པའི་ཚུགས་ཀ་སྟོན། དགའ་དགའ་ཡིས་རྣམ་པ་དེ་མཐོང་བས་མོད་ལ“ཁྲུང་ཁྲུང་དཀར་མོ”ཞེས་པའི་མིང་དེ་བཏགས་པ་རེད། ཁྲུང་ཁྲུང་དཀར་མོས་ཀྱང་དགའ་དགའ་ཡིས་རང་ཉིད་ལ་ཁྲུང་ཁྲུང་དཀར་མོ་ཞེས་འབོད་དུས། མོའི་སེམས་ལ་མིང་དེ་ནི་རང་ཉིད་ལ་འགྲོར་ཞིང་རྣ་ལ་སྙན་པ་ཞིག་ཡིན་པར་མ་ཟད། རང་ཉིད་དངོས་གནས་ཁྲུང་ཁྲུང་དཀར་མོ་ཞིག་ཡིན་པའི་འཁྲུལ་སྣང་ཡང་སྐྱེ་བཞིན་འདུག

དགའ་དགའ་ཡི་སེམས་སྐྱ་མོ་ཐང་ལ་ལྷུང་སོང་།

དགའ་དགའ་ཡིས་མདང་ནུབ་ཀྱི་གསོལ་སྟོན་ཚུང་ཚུང་དེ་ནི་ཅི་ཞིག་ཡིན་པ་གསལ་པོར་ཤེས་སོང་།

དགའ་དགའ་གཞུང་ལས་གྲོལ་རྗེས་སྤྱི་སྤྱོད་རླངས་འཁོར་དུ་བསྡད་ནས་གྲོང་ཁྱེར་གྱི་མཐའ་ཁུལ་དུ་གནས་པའི་གྲོང་ཚོ་དེའི་ཕྱོགས་སུ་བསྐྱོད་པས། ཁོ་ས་རུབ་ནས་མ་ག་མོག་གེ་ཡིན་དུས་ད་གཟོད་ཁྱིམ་དུ་སླེབས། དགའ་འོས་པ་ཞིག་ལ་ཁྲུང་ཁྲུང་དཀར་མོས་ཁོར་བྱ་ཤ་བསྲེགས་མ་དང་། ཕག་ཤ་བརྗོས་མ་སོགས་ཟ་མ་ཞིམ་པོ་མང་པོ་གཡོས་སྦྱོར་བྱས་ཡོད་པས། ཁང་པའི་ནང་ཏིལ་བོར་དྲི་མ་ཞིམ་པོ་ཞིག་གིས་ཁྱབ་འདུག མོས་ད་དུང་ལྷ་ཚང་སྣམ་གང་

དང་རྒྱན་ཚང་དམ་པེ་གང་ཡང་ཉོས་ནས་ཡོད། དགའ་དགའ་ཡིས་སྤྲ་ཆལ་གྱི་ཉམས་དང་བཅས “བདག་གི་ཁྲུང་ཁྲུང་དཀར་མོས། དྭངས་གཙང་གི་ནམ་མཁའ་བསམས་ནས། རྫོ་འཛམ་གྱི་ནམ་ཟླ་དྲན་ནས། བདག་གི་མཐིང་མདོག་གི་མཚོ་མོའི་ངོགས་སུ་བབས” ཞེས་གྱེར་བཞིན་ཁྲུང་ཁྲུང་དཀར་མོའི་གདོང་ལ་འོ་ཞིག་བྱས། དགའ་དགའ་དང་ཁྲུང་ཁྲུང་དཀར་མོ་གཉིས་ཀྱིས་ཞིམ་པོའི་ཟས་ལ་རོལ་མགོ་བརྩམས། ཁྲུང་ཁྲུང་དཀར་མོས་ལྷུ་ཚང་ཕོར་བ་གང་བླུགས་ནས་དགའ་དགའ་ལ་དྲངས་ཤིང་། རྒྱན་ཚང་ཕོར་བ་གང་རང་གི་ལག་ཏུ་བཟུང་ནས་དགའ་དགའ་དང་ཐོད་གཏུག་བརྒྱབ་སྟེ་ཞབས་དག་བྱས། ལྷུ་ཚང་སྣམ་གང་འཕྲུངས་རྗེས་དགའ་དགའ་ཡི་གདོང་ཡོངས་དམར་པོར་གྱུར། དགའ་དགའ་ལ་ངོ་གདོང་ཧྲིལ་པོ་ཚ་ལམ་ལམ་བྱེད་པའི་ཚོར་སྣང་ཞིག་ཀྱང་སྐྱེས། ཡིན་ནའང་རྒྱན་ཚང་དམ་པེ་གང་པོ་དེས་ཁྲུང་ཁྲུང་དཀར་མོའི་ངོ་གདོང་དམར་པོར་བསྒྱུར་ཡོད་མེད་ལ་ཕོས་མཉམ་མ་བཞག དགའ་དགའ་དང་ཁྲུང་ཁྲུང་དཀར་མོ་གཉིས་མལ་ཁྲིའི་སྟེང་དུ་ཐུད་པ་ན། དགའ་དགའ་རྩུང་ཟད་བཟི་ཡོད་པས་འཕྲལ་དུ་གཉིད་གྲབས་བྱས་ཀྱང་། ཁྲུང་ཁྲུང་དཀར་མོས་དགའ་དགའ་ཡི་ལུས་ཧྲིལ་པོར་མཆུ་སྦྱོར་བྱས་ཏེ། མོས་དགའ་དགའ་ཡི་ལུས་པོ་དགོས་ཚུལ་བཤད། དགའ་དགའ་བཟི་དྲགས་པས་ཅི་ཡིན་འདི་ཡིན་མ་ཤེས་པར་མོ་དང་མཉམ་དུ་ལས་དེར་ཞུགས། དགའ་དགའ་ཡི་སྣང་བར་ཁྲུང་ཁྲུང་དཀར་མོ་དུ་བཞིན་པ་འདྲ། མཐའ་མར་མིག་ཆུ་ཐིགས་པ་འགའ་ཡང་ཕོའི་བྲང་གཞུང་དུ་ལྷུང་བའི་ཚོར་བ་ཞིག་བྱུང་། དགའ་དགའ་ཡིས་མོ་ལ་ཅི་ཞིག་བཤད་འདོད་ཀྱང་རང་དབང་ལ་གཏན་ནས་མ་ཡོང་། མཐུད་ནས་ཕོ་གཉིད་དུ་ཡུར་སོང་།

……

གཤོག་ངོས་ལ་ཉི་འོད་འཁྱིལ་བའི་ཁྲུང་ཁྲུང་དཀར་མོ་ཡ།
བདག་གི་མཐིང་མདོག་གི་མཚོ་མོའི་ངོགས་སུ།
ཁྱེད་ཀྱིས་རྒྱམ་ཚོག་པའི་རྩི་ལམ་དང་།

ཁྱེད་ཀྱི་འདབ་གཤོག་བརྒྱང་སའི་རང་དབང་གི་བར་སྣང་ཡོད།

ཁྱེད་ཀྱིས་དྭངས་གཙང་གི་ནམ་མཁའ་བསམས་ན།

ཁྱེད་རང་འཕུར་ཤོག

ཁྱེད་ཀྱིས་རྡོ་འཛམ་གྱི་ནམ་ཟླ་དྲན་ན།

ཁྱེད་རང་འཕུར་ཤོག

དགའ་དགའ་ཡིས་ཁྲུང་ཁྲུང་དཀར་མོར་བྲིས་སྦྱོང་བའི་སྙན་ངག་དེ་ལས་ཚན་པ་གཅིག་དྲན་བྱུང་། ཡིན་ནའང་ད་ལྟ་ཁྲུང་ཁྲུང་དཀར་མོས "དྭངས་གཙང་གི་ནམ་མཁའ" དང "རྡོ་འཛམ་གྱི་ནམ་ཟླ" "མཐིང་མདོག་གི་མཚོ་མོ" བཅས་བསྐྱུར་ནས་འཕུར་སོང་། གཏན་དུ་འཕུར་སོང་།

དགའ་དགའ་ནི་ནང་ཡོགས་ཀྱི་གྲོང་ཁྱེར་ཆེན་མོ་ཞིག་ནས་ཡོང་བ་ཡིན། གྲོང་ཁྱེར་ཆེན་མོ་དེར་སློབ་ཆེན་འགྲིམས་དུས་དགའ་དགའ་ཡི་སྣང་བ་སྐྲ་རྩེ་ཏུ་འཕུར་བཞིན་ཡོད། ཕྱིས་སུ་ཁོས་སྣང་བ་དང་ཕུགས་བསམ་ཁུར་ནས་གྲོང་ཁྱེར་འདིར་སླེབས་པ་རེད། གྲོང་ཁྱེར་འདིའི་ཁང་རྩིག་གི་བཀོད་པ་དང་མི་ཚོགས་ཀྱི་འུར་ཟིང་གིས་དགའ་དགའ་ལ་ཐུན་མིན་གྱི་ཚོར་བ་ཅི་ཡང་སྐྱེར་མ་ཐུབ། ཡིན་ནའང་ཁོའི་སེམས་ཁོང་ན་མེ་ཞིག་འབར་བཞིན་ཡོད། མེ་དེས་ཁོའི་སེམས་ཀྱི་སྐྱོ་སྡུག་མ་ལུས་བསྲེགས་ཏེ། ཤུལ་དུ་སྣང་བ་དང་ཕུགས་བསམ་ལས་ཅི་ཡང་ལྷག་མེད།

དེ་དུས་དགའ་དགའ་ལ་མཚོན་ན། ཁོའི་ནམ་མཁའ་གཡའ་དག་ཅིང་ས་གཞི་རྟུལ་དག་པས། ཁོའི་སེམས་སུ་འཇིག་རྟེན་འདི་ནི་མཚར་སྡུག་ལྡན་ཞིང་ཡིད་དུ་འོང་བ་ཞིག་ཡིན་སྣམ་ཡོད། ཁོའི་མིག་ལམ་དུ་དེ་ལས་གཞན་ཅི་ཡང་འཆར་གྱིན་མེད་པས། ཁོའི་གདོང་ཡོངས་སུ་སྤོབས་ཉམས་ཤིག་དང་སྐྱིད་སྣང་ཞིག་གིས་ཁྱབ་འདུག

དགའ་དགའ་ཡིས་སློབ་ཆེན་སྐབས་སུ་སྦྱངས་པའི་ཆེད་ལས་ནི་རྩོམ་རིག་ཡིན་ལ། དགའ་དགའ་ཡིས་སློབ་ཆེན་དེ་རུ《མི་རབས་གཅིག》ཅེས་པའི་དུས་དེབ་རྩོམ་སྒྲིག་བྱས་

པར་མ་ཟད། ཁོས་ད་དུང “མི་རབས་གཅིག་རྩོམ་རིག་ཚོགས་པ” ཞེས་པའི་ཚོགས་པ་ཞིག་ཀྱང་རྩ་འཛུགས་བྱས་མྱོང་བས། སློབ་ཆེན་དེ་རུ་དགའ་དགའ་ནི་སློབ་གྲོགས་ཀུན་ལ་གསལ་ཆ་ཧ་ཅང་ཡོད། ཁོས་བྲིས་པའི་སྙན་ངག་དང་སྒྲུང་གཏམ་གང་མང་གཞུང་གཉེར་དུས་དེབ《སྦྲང་ཆར》དང《གངས་རྒྱན་མེ་ཏོག》སོགས་ཀྱི་སྟེང་དུ་བཀོད་མྱོང་ཞིང་། རྩོམ་ཡོན་འབྱོར་ཐེངས་རེར་ཁོས་སློབ་གྲོགས་ཚོར་གསོལ་སྟོན་ཆུང་ཆུང་རེ་རྒྱུན་དུ་ཤོམ་བཞིན་འདུག དགའ་དགའ་ཡི་སློབ་གྲོགས་ནང་དུ་རྩོམ་རིག་ལ་དུངས་མཁན་རྣམས་ཀྱིས་ཁོའི་རྩོམ་ལ་སྨུག་པ་དང་། སློབ་གྲོགས་མང་ཤོས་ཀྱིས་ཁོའི་རྩོམ་ཡོན་ལ་སྨུག་ཅིང་མཆིས། དེ་བས། སློབ་གྲོགས་ཚོས་ཀྱང་ཁོའི་ཤུ་ཚུགས་ཆེ་བའི་རང་གཤིས་ལ་བསྟུན་ཅི་ཐུབ་དང་བཟོད་པ་སྒོམ་གང་ཐུབ་བྱེད་པ་ཡིན། དགའ་དགའ་སློབ་མཐར་ཕྱིན་རྗེས་ནང་ལོགས་ཀྱི་གྲོང་ཁྱེར་དེ་རུ་བྱ་བ་སྒྲུབ་པའི་གོ་སྐབས་ཅུང་ཙམ་མིན་ན་རེག་ཐུབ་མེད། ཁོའི་དགེ་རྒན་དང་ལུས་ཁུངས་དེའི་མགོ་ཁྲིད་གཉིས་བཟང་ས་ཡིན་པས། དགེ་རྒན་གྱིས་ཁོའི་ “རྩིང་སྤྱོད” མ་ལུས་མགོ་ཁྲིད་དེར་བཤད་པས་གོ་སྐབས་དེ་གཞི་ནས་ཤོར་སོང་། དེ་ནི་ལོ་མང་པོའི་རྗེས་སུ་སློབ་གྲོགས་ཤིག་གིས་ཁོར་བཤད་པ་རེད། ཡིན་ནའང་ཁོས་དགེ་རྒན་དེ་ལ་མི་དགའ་བའི་ཚིག་གཅིག་ཀྱང་བཤད་མ་མྱོང་། དགའ་དགའ་ཡིས་གོ་སྐབས་དེ་ཤོར་རྗེས་གོ་སྐབས་གཞན་ཞིག་བསྐྱེགས་ནས་མཐོ་སྒང་གི་གྲོང་ཁྱེར་འདིར་ཡོང་བ་རེད།

དགའ་དགའ《སྐར་ཆེན་ཚགས་པར》གྱི་ཁོངས་མིར་གྱུར་པའི་ཉིན་དང་པོ་ནས་བཟུང་། ཁོས་སེམས་པར “སྐར་ཆེན” གྱིས་ཁོའི་མདུན་ལམ་ནི་ཧེ་གསལ་དང་ཧེ་ཡངས་སུ་གཏོང་བར་ཡིད་ཆེས་ཀྱིས་ཁེངས། “སྐར་ཆེན” ཞེས་པའི་མིང་དེ་སུས་བཏགས་པ་ཡིན་ནམ། ཅི་འདྲའི་མིང་ཡག་པོ་ཞིག་ཨང་། ཁོས་སུ་ཡིན་མི་ཤེས་པའི་མིང་འདོགས་མཁན་དེ་ལ་སེམས་གཏིང་ནས་དད་གུས་བྱས། ཁོས་མི་དེ་ནི་རང་ག་བ་ཞིག་མིན་པར་འདོད།

དགའ་དགའ་ཡིས་ཐ་མག་གི་དུ་བ་སྦོ་ལྷོག་ལྷོག་གཏོང་ཞོར་ཅི་ཞིག་འབྲི་བཞིན་ཡོད། ཁོས་ཅི་ཞིག་འབྲི་དུས་ཐ་མག་འཐེན་པ་དེ་ནི་སློབ་མའི་དུས་སྐབས་ནས་ལོབས་པ་ཡིན།

ཁོས་རྩོམ་པ་པོ་གྲགས་ཆེན་གང་མང་གི་རྣམ་ཐར་ཀློག་དུས། དེ་ལས་མང་ཤོས་ལ་རྩོམ་འབྲི་དུས་ཐ་མག་འཐེན་པའི་སྲོལ་འདུག་པ་ཤེས། ད་དུང་ལ་ཤར་ཀྱིས “ཐ་མག་འཐེན་བཞིན་རྩོམ་བྲིས་ན་རྣམ་རིག་རྒྱས་ཤིང་ཚོར་བ་འོང་གིན་འདུག” ཅེས་བརྗོད་ཡོད་པས། ཁོས་དང་ཐོག་དེ་དག་ལ་ཡད་སློས་བྱས་པ་ཡིན་ལ། རྗེས་སུ་དངོས་གནས་ཐ་མག་མ་འཐེན་ན་ཅི་ཡང་འབྲི་མི་ཤེས་པའི་ཚོར་བ་སྐྱེས།

“གསར་བུ་ཀན་སོམ་ཡོང་བ་ཞིག་དང་མི་འདྲ”

“ང་དང་ཐོག་འདིར་ཡོང་དུས། ཞོགས་པར་སྤྱི་མོར་ཡོང་སྐྱེ་ནང་འཕྱུག་པ་དང་། རྒྱུ་ཁོལ་དུས་ལྷར་སླངས་པ་ཡིན”

“……”

ཁོ་དང་བར་ཐག་ཙུང་ཟད་ཡོད་པའི་ས་ན་ལས་གྲོགས་རྙིང་བ་གཉིས་ཀྱིས་དེ་ལྟར་ཤུབ་བུར་སྨྲ་བཞིན་འདུག དེ་ནི་བསམ་གཟས་ནས་དགའ་དགའ་ཡི་རྣ་ལམ་དུ་བཤད་པ་ཡིན་ཀྱང་སྲིད།

དགའ་དགའ་ཡིས་ཁོ་གཉིས་ཀྱི་གཏམ་དེ་ཐོས་འཕྲལ “དགོངས་པ་མ་ཚོམ” ཞེས་བཤད་དེ་ཐ་མག་འཐེན་མཚམས་བཞག་པ་ན། ལས་གྲོགས་རྙིང་བ་དེ་གཉིས་ཀྱིས་དོགས་མི་བདེ་བའི་ངང་ནས་འཛུམ་ཙམ་རེ་བྱས། དགའ་དགའ་ཡི་སེམས་ལ་གཞུང་ལས་ཁང་དུ་ཐ་མག་འཐེན་ན་གཞན་ལ་གནོད་པ་ཡོད་པས། དེ་ནི་རང་ཉིད་ཀྱི་ནོར་འཁྲུལ་ཞིག་ཡིན་མོད། ནང་འཕྱུག་པ་དང་རྒྱུ་ཁོལ་ལེན་པ་ནི་རེས་མོས་སུ་འཁོར་བཞིན་ཡོད་པས། རང་ཉིད་ལ་མ་བབ་ཆེ་ལེན་དགོས་དོན་མེད་སྙམ། ལས་གྲོགས་ཚོས་ཀློག་ནས་ཁོ་ལ་ཤུབ་བུར་ཅི་ཞིག་བཤད་ཀྱང་ཁོས་དེ་ལ་ཁ་ཡ་མ་བྱས།

དགའ་དགའ་ཐོག་དང་པོར་བཅར་འདྲིར་ཕྱིན་ནས་ཕྱིར་ལོག་རྗེས། ཁོས་ཡིག་ཆ་བསྒྲིགས་མ་དེ་དག་དཔེར་གཞིར་བཟུང་ནས་གསར་འགྱུར་རྩོམ་ཡུང་ཞིག་བྲིས། གསར་འགོད་པ་རྐྱན་པ་དེས་ཁོའི་བྲིས་པའི་གསར་འགྱུར་ལ་ཡུལ་དངོས་ཀྱི་ཚོར་བ་ཅི་ཡང་མི་

འདུག་པས་བསྐྱར་དུ་བྲི་དགོས་ཟེར། གསར་འགོད་པ་རྒན་པ་དེ་ནི་གསར་འགྱུར་ལ་ཞུ་དག་བྱེད་མཁན་ཡིན་ཏེ། ཁོས་བྲིས་པའི་གསར་འགྱུར་རྩོམ་ཡིག་ལ་བོད་ཁུལ་དུ་མཚན་སྙན་ཆེན་པོ་ཡོད།

དགའ་དགའ་ཡི་སེམས་སུ་ཐེངས་དེའི་བཅར་འདྲིར་ཁོང་གིས་ཁྲིད་ནས་སོང་བ་ཡིན་ལ། ཉིན་གཉིས་རིང་དུ་ཟས་ཞིམ་པོ་དང་ཆང་མངར་མོ་འཐུངས་རྗེས་ཡིག་ཆ་བརྩེགས་མ་ཞིག་ཁྱེར་ནས་ཡོང་བ་ལས། ཡུལ་དངོས་སུ་སོང་སྟེ་བཅར་འདྲི་ཅི་ཡང་མ་བྱས་པས། ཡུལ་དངོས་ཀྱི་ཚོར་བ་ཞིག་ཇི་ལྟར་ཡོང་དགོས་སྙམ།

དགའ་དགའ་ཡིས "ང་ཚོ་ཡུལ་དངོས་ལ་མ་སོང་བས། བསྐྱར་དུ་བྲིས་ཀྱང་ཡུལ་དངོས་ཀྱི་ཚོར་བ་ཞིག་ཡོང་ག་ལ་ཐུབ" ཅེས་སྨྲས།

"ཁྱོད་ཀྱིས་ལས་སྟོན་བྱེད་མི་ཤེས་སམ"

གསར་འགོད་པ་དེས་མ་རངས་པའི་ཉམས་དང་བཅས་བཤད།

"ལས་སྟོན། ཅི་ཞིག་ལས་སྟོན" དགའ་དགའ་ཡིས་ནན་ཏན་ངང་དྲིས།

"དཔེར་ན། ……" གསར་འགོད་པ་རྒན་པ་དེས་བཤད་མཚམས་བཞག་ནས "འགྲོ། ཁྱོད་ངའི་གཞུང་ལས་ཁང་དུ་འགྲོ" ཟེར།

"ཡ། དེ་ཙ་སྡོད" གསར་འགོད་པ་རྒན་པས་དེ་ལྟར་བཤད་རྗེས "དཔེར་ན་བཅར་འདྲིའི་སྐབས་ཀྱི་མིའི་གདོང་གི་ཉམས་འགྱུར་དང་། ཡང་ན་སྐབས་དེའི་ཁོར་ཡུག་གི་རྣམ་པ་སོགས་འོས་འཚམ་གྱིས་ལས་སྟོན་བྱས་ཆོ། ལྟ་མཁན་གྱིས་བལྟས་ན་རྣར་འགྲོ་ཞིང་བདེན་པའི་ཚོར་བ་སྐྱེར་ཐུབ" ཟེར། སྐད་ཆ་དེ་བཤད་དུས་གསར་འགོད་པ་རྒན་པ་དེའི་གདོང་ལ་གཟབ་ནན་གྱི་ཉམས་ཤིག་མངོན་འདུག

དགའ་དགའ་ཡིས "ད་ཐེངས་ང་ཚོ་ཡུལ་དངོས་ལ་མ་སོང་བས། ངས་གདོང་གི་ཉམས་འགྱུར་དང་ཁོར་ཡུག་གི་རྣམ་པ་སོགས་ཇི་ལྟར་བྲི་དགོས་པ་ཡིན་ནམ" ཞེས་དྲིས།

"དེ་དག་ལས་སྟོན་བྱེད་དགོས། ཁྱོད་ཀྱིས་ལས་སྟོན་བྱེད་མི་ཤེས་སམ" གསར་འགོད

པ་རྒན་པ་དེ་ཐུགས་ཅུང་ཁྲོས་པ་འདྲ། ཁོས་ཡང་བསྐྱར "ཁྱོད་ཀྱིས་མི་ཤེས་ན་ངས་ཁྱོད་ལ་བཤད། གསར་འགྱུར་ནི་ལས་སྟོན་བྱས་ནས་བྲིས་པ་རེད" ཟེར།

"གསར་འགྱུར་ནི་དྲང་པོ་དྲང་གཞག་བྱས་བྱས་ནས་བྲིས་པ་རེད"

"གསར་འགྱུར་ནི་ལས་སྟོན་བྱས་ནས་བྲིས་པ་རེད"

"མ་རེད། གསར་འགྱུར་ནི་དྲང་པོ་དྲང་གཞག་བྱས་ནས་བྲིས་པ་རེད"

"མ་རེད། གསར་འགྱུར་ནི་ལས་སྟོན་བྱས་ནས་བྲིས་པ་རེད"

"……"

དགའ་དགའ་ཡི་སེམས་སུ་གསར་འགྱུར་ནི་དྲང་པོ་དྲང་གཞག་ཡིན་དགོས་པས། ལས་སྟོན་བྱས་རྗེས་ད་དུང་དེ་ལ་གསར་འགྱུར་ཟེར་རམ་སྙམ། ཡིན་ནའང་ཁོས་སྨྲ་མཐུད་དུ་ཅི་ཡང་བཤད་མ་འདོད་ལ། གསར་འགོད་པ་གྲགས་ཅན་དེར་སྔོན་ཚད་བཅངས་པའི་བཀུར་སེམས་ཀྱང་ཉམས་པར་གྱུར། "གསར་འགོད་པ་གྲགས་ཅན། ཅི་ཞིག་གི་གསར་འགོད་པ་གྲགས་ཅན། གསར་འགོད་པ་རྫུན་མ། གསར་འགྱུར་རྫུན་མ" ཁོས་དེ་ལྟར་ཡང་ཡང་བཟློས།

དགའ་དགའ་ལ་དངོས་གནས་ཁག་མེད་དེ། ཁོའི་སེམས་སུ་སྨན་པས་སྲོག་སྐྱོབ་སྨད་སྨན་བཙོས་བྱེད་པ་དང་། ཁྲིམས་དཔོན་གྱིས་དོན་དངོས་དང་བཅའ་ཁྲིམས་བརྟེན་སྲུང་བྱེད་པ། དགེ་རྒན་གྱིས་སློབ་མ་གསོ་སྐྱོང་དང་སློབ་སྟོན་བྱེད་པ། གསར་འགོད་པས་གནས་ཚུལ་དངོས་དང་དྲང་བདེན་སྐྱོང་བ་སོགས་སྤྱི་བའི་ཞབས་ཞུའི་ལས་རིགས་ཁྲོད། རང་རང་ལ་རང་རང་གི་འགན་འཁྲི་རེ་ཡོད་པ་ནི་ཆོས་ཉིད་དུ་གྲུབ་པས། དེ་དང་ལྡོག་པར་གྱུར་ཚེ། རང་གི་ལས་ཀར་འཐུས་ཤོར་བྱུང་བ་དང་། རང་གི་ལས་རིགས་ལ་རྒྱབ་འགལ་བྱས་པ་མ་ཡིན་ནམ། ཡིན་ནའང་། གསར་འགོད་པ་རྒན་པ་དེས་ཅིའི་ཕྱིར་དོན་དངོས་དག་རྫུན་བཟོ་བྱེད་དགོས་པ་ཡིན་ནམ། དགའ་དགའ་ཡི་ལྷད་མེད་ཀྱི་སེམས་པ་དཀར་ཡོལ་འདྲུག་མ་ཞིག་ལ་ཆ་བཞག་ན་ཐེངས་དང་པོར་སེར་ག་གས། གསར་འགོད་པ་རྒན་པ་དེ་ལ་གནས་ལུགས་

བཤད་པ་ནི་ཕམ་ཕར་སྟེར་འདོད་ཀྱིས་གྲོང་ཚུར་རེག་པའི་ཚུལ་དུ་སོང་སྟེ། དེ་ནས་བཟུང་། ཁོས་བྲིས་པའི་གསར་འགྱུར་རྩོམ་ཡིག་རིང་ཐུང་གང་ཡིན་ཀྱང་། གསར་འགོད་པ་རྣན་པ་དེས་ "གཏུབས" ནས་ཤ་ཉོག་རུས་ཕྲུག་ཏུ་བཏང་འགྲོ།

དེ་ནི་དབྱར་ཟླ་དྲུག་པའི་ཉིན་ཞིག་ཡིན། ཉིན་མོ་དེ་གྲོང་ཁྱེར་དེར་མཚོན་ན་གལ་ཆེ་བའི་ཉིན་མོ་ཞིག་ཡིན་ཏེ། ཉིན་མོ་དེར་གྲོང་ཁྱེར་དེའི་མཐའ་ཁུལ་དུ་བོད་པ་རྣམས་ལྷན་དུ་ཚོགས་ཏེ་གླུ་གར་འཁྲབ་སྟོན་དང་སྤྲོ་གསེང་གཏོང་བཞིན་ཡོད། སྤྲོ་ཚོགས་དེའི་སྟེང་དུ་གྲོང་ཁྱེར་དེའི་བོད་ཀྱི་ལས་ཁུངས་གཅིག་ཀྱང་མ་ལུས་པར་ཞུགས་པ་རེད། ཉིན་དེར་ལས་ཁུངས་སོ་སོས་གུར་ཕུབ་ནས་ཟས་ཀྱི་རི་རབ་དང་ཆང་གི་མཚོ་མོ་བསྐྱིལ་ཏེ་དགའ་དགའ་སྤྲོ་སྤྲོ་བྱེད་པ་ཡིན།

དགའ་དགའ་ལ་སྐད་ངག་སྙན་མོ་ཞིག་ཡོད། དེ་ནི་ཀུན་གྱིས་ཁས་ལེན་པ་རེད། དགའ་དགའ་མི་ཚོགས་བརྒྱ་འདུས་སྟོང་འདུས་ཁྲོད་གར་སྟེགས་སུ་བུད་དེ《སྨྲ་ནག》ཅེས་པའི་གཞས་ཤིག་བཏང་།

……

ཨ་སྨྲ་ནག ཕ་མེས་ཡང་མེས་ཀྱི་སྨྲ་ནག

ཨ་སྨྲ་ནག བུ་རབས་ཚ་རྒྱུད་ཀྱི་སྨྲ་ནག

ལོ་རྒྱུས་ཀྱི་ཡིག་ཕྲེང་གསེབ་ནས།

ཁྱོད་ཀྱི་མིང་བྱང་དེ་གཏན་དུ་བཀོད་ཡོད།

དུས་རབས་ཀྱི་འཕར་རྩའི་ཁྲོད་དུ།

ཁྱོད་ཀྱི་གོམ་འགྲོས་དེ་ཧ་ཅང་བྱུལ་པར་གྱུར།

ཨ། ཆར་རླུང་ཁྲོད་ཀྱི་སྨྲ་ནག མཐའ་མཇུག་གི་སྨྲ་ནག

……

གཞས་ཚིག་དེ་ནི་ཁོ་རང་གིས་བྲིས་པ་ཡིན། གཞས་དེའི་འགྱུར་ཁུགས་སྙན་མོས་

ལྷོད་མོ་པ་མང་པོ་ཞིག་གི་ཡིད་སེམས་ཅིག་ཅར་དུ་དྲངས་སོང་། དགའ་དགའ་ཡི་གདོང་གི་ཉམས་འགྱུར་དང་ལུས་ཀྱི་འགྱུལ་སྐྱངས་སོགས་མིག་ལ་ཧ་ཅང་མཛེས་ཤིང་རན་པ་ཞིག་རེད།

སྨྲ་ཚོགས་དེ་ནི་དགའ་དགའ་ཡིས་ནམ་ཡང་བརྗེད་མི་སྲིད་དོ། སྨྲ་ཚོགས་དེའི་སྟེང་ནས་དགའ་དགའ་ཡིས་ཁྲུང་ཁྲུང་དཀར་མོ་ངོ་ཤེས་པ་ཡིན། དགའ་དགའ་ཚང་གིས་ངར་རྗེས་ལས་ཁྱུངས་གཞན་དུ་ཏུ་སྒྱུལ་ལ་སོང་། ཁོས་རླུང་འཁྲིན་ཁང་དུ་ཡོད་པའི་གྲོགས་པོ་དོན་འགྲུབ་བཙལ་ནས་སོང་། དོན་འགྲུབ་དང་ཁོ་གཉིས་ནི་བཟང་ས་ཡོད་པ་མེད་པ་དེ་ཡིན་པས། དོན་འགྲུབ་ཀྱིས་ཁོ་ལ་དགའ་བསུ་བྱེད་ཅིང་ཚང་འདྲེན་པར་བྱེད། དེ་དུས་ཁྲུང་ཁྲུང་དཀར་མོ་སློབ་ཆེན་ནས་མཐར་ཕྱིན་ཏེ་སོ་མ་རླུང་འཁྲིན་ཁང་དུ་ལས་བགོ་བྱས་པ་རེད། ཁྲུང་ཁྲུང་དཀར་མོས་དགའ་དགའ་ཞེས་པའི་སྐད་ངག་པ་ཞིག་གིས་བྲིས་པའི་སྐད་ངག་མང་པོ་བསླགས་མྱོང་ལ། མི་དེའི་སྐད་ངག་གིས་མོའི་སེམས་ལ་བདེ་བ་མོད་པོ་བསྐྱལ་མྱོང་། ཁྲུང་ཁྲུང་དཀར་མོས་དགའ་དགའ་ཟེར་བའི་སྐད་ངག་པ་དེ་ནི་ཁོའི་མིག་མདུན་གྱི་མི་དེ་ཡིན་པ་རྟོགས། མོའི་སེམས་ལ་མི་འདིས་གཞས་ཀྱང་ཡག་པོ་ཞིག་གཏོང་ཤེས་སྙམ། ཁྲུང་ཁྲུང་དཀར་མོས་དགའ་དགའ་ཡི་གཏམ་ལ་མཉན་རྗེས། ཐོག་མ་ནས་ཆ་ཡོད་ཅིག་ཡིན་པའི་སྣང་བ་བྱུང་། མཚན་མོ་དེར། དགའ་དགའ་ར་བཞི་བར་གྱུར་རྗེས་ཁྲུང་ཁྲུང་དཀར་མོས་བསྐྱལ་ནས་ཡོང་བ་རེད། ……

དགའ་དགའ་ཡིས་དེ་དག་ཡོད་ཚད་ཕྱི་ཉིན་ཞོགས་པར་ཤེས་པ་ཡིན། དེ་ནི་ཁོ་དང་མལ་ཁྲི་གཅིག་གི་སྟེང་དུ་ཉལ་ཡོད་པའི་ཁྲུང་ཁྲུང་དཀར་མོས་དོགས་མི་བདེ་བའི་ངང་དུ་ཁོ་ལ་བཤད་པ་རེད། སྐད་ཆ་དེ་དག་བཤད་དུས་ཁྲུང་ཁྲུང་དཀར་མོའི་གདོང་ཡོངས་དམར་པོར་གྱུར་འདུག

"ཁྱོད་ཀྱིས་གཞས་བཏང་བ་ཧ་ཅང་ཡག"

"ཁྱོད་ཀྱིས་སྐད་ངག་བྲིས་པ་ཡང་ཧ་ཅང་ཡག"

ཁྲུང་ཁྲུང་དཀར་མོས་ཅི་ཞིག་བཤད་དགོས་པ་མི་ཤེས་པས་ངག་ནས་དེ་ལྟར་ཤོར།

ཁྲུང་ཁྲུང་དཀར་མོ་ཕོ་དང་བྲལ་བའི་ལོ་དྲུ་མའི་རྗེས་ཀྱི་གཟའ་ཉི་མ་ཞིག་ལ། གྲོང་ཁྱེར་གྱི་མཐའ་ཁུལ་དུ་གནས་པའི་གྲོང་ཚོ་དེའི་ནང་གི་ཁང་མིག་ཆུང་ཆུང་ཞིག་ཏུ་དགའ་དགའ་ཡིས་དེ་ལྟར་ཕྱིར་དྲན་ཐེངས་ཤིག་བྱས། ཁོས་ད་དུང་ཁྲུང་ཁྲུང་དཀར་མོར་བྲིས་པའི་སྙན་ངག་དེའང་ཁོག་འདོན་ཞིག་བྱས།

དགའ་དགའ་ཡིས་ཅིས་ཀྱང་ཁྲུང་ཁྲུང་དཀར་མོར་ཁ་བརྡ་ཞིག་བྱ་དགོས་སྙམ། ཁོས་ཁྲུང་ཁྲུང་དཀར་མོ་དང་སྐྱེས་པ་ཕོ་ལུག་དེ་གཉིས་རྒྱ་སྲང་དུ་མཉམ་དུ་འགྲོ་བ་ལན་འགའ་མཐོང་མྱོང་། ཡིན་ནའང་ཁོས་ཕྲོག་ལྟ་རེ་བྱེད་པ་ལས་མདུན་ཐད་དུ་སོང་ནས་སྐད་ཆ་ཚིག་གཅིག་ཀྱང་བཤད་མ་མྱོང་། དེ་རིང་ནི་ནམ་རྒྱུན་ལས་ལྡོག་སྟེ་ཁྲུང་ཁྲུང་དཀར་མོར་ཐུག་འདོད་ཀྱི་འདུན་པ་ཞིག་སེམས་ཁོང་དུ་ཐ་རླབས་བཞིན་འཁྲུགས། ཁ་པར་བཏང་སྟེ་མོ་འབོད་དགོས་པ་ཡིན་ནམ། མོ་ཕྱིར་ཡོང་སྲིད་དམ། དེ་འདྲ་བྱེད་དགོས་དོན་ཡེ་ནས་མེད། མོ་ལ་ཐུག་པ་ནི་བརྩེ་དུངས་སླར་གསོ་བྱེད་འདོད་ཀྱི་ཆེད་དུ་མིན་པས། ཕྱིར་ལོས་ནས་ལྐོག་ཀློག་སུད་སུད་བྱེད་དོན་ག་ལ་ཡོད། ཁོས་སྐྱེས་པ་ཕོ་ལུག་དེ་ཚང་ལ་སྨི་གྲུ་བཞི་མ་བརྒྱ་ལྷག་གི་ཁང་བ་ཡོད་པ་ཤེས་ལ། ད་དུང་ཁོ་ཚང་ལ་སྒོར་ཁྲི་ཕྲག་འགའ་ཡི་ཁྲོགས་འཁོར་ཡོད་པའང་ཤེས། ཁོས་སེམས་སུ་དེ་རིང་རང་གིས་ཀྱང་རྟགས་ཤིག་བསྟན་དགོས་སྙམ། ཁོའི་ཡིད་ལ་ཐོག་མར་གྲོང་ཁྱེར་འདིར་ཁྲོགས་འཁོར་སྤྱུས་ལེགས་སྨྲ་རྒྱུ་ཡོད་པ་དྲན། ཁོས་ཡུན་རིང་མ་གྱོན་པའི་ལྭ་བ་གསར་བ་དེ་གྱོན་ཅིང་། དཀྲུར་ཐོག་ལ་སྨུམ་རྩི་བྱུགས་ནས་སྨུམ་ཤིག་ཤིག་ཏུ་བཏང་།

དགའ་དགའ་ཁྲོགས་འཁོར་སྤྱུས་ལེགས་ཤིག་གི་ནང་དུ་བསྡད་དེ་ཐད་ཀར་སྐྱེས་པ་ཕོ་ལུག་དེ་ཚང་དུ་སོང་། ཁོས་སྐྱེས་པ་ཕོ་ལུག་ཚང་གི་སྒོ་ཁ་རུ "ཀྲུང་ཧྭ" རྟགས་ཅན་གྱི་ཐ་མག་བག་ཆ་ཞིག་ཉོས། ཁོས་སྐྱེས་པ་ཕོ་ལུག་ཚང་གི་ཁྱིམ་སྒོ་ཤེད་ཀྱིས་བརྡུངས།

"སུ་ཡིན" སྐྱེས་པ་ཕོ་ལུག་དེས་སྒོ་འབྱེད་བཞིན་དེ་ལྟར་དྲིས། སྐྱེས་པ་ཕོ་ལུག་དེས

སྣོ་རྩང་མཁན་ནི་དགའ་དགའ་ཡིན་པ་ཤེས་པས་རྟབ་རྟབ་པོར་གྱུར་ཏེ “ཁྱོད……ཁྱོད། ནང་དུ……ནང་དུ་སོང་” ཅེས་གདོང་ལ་བཅོས་མའི་འཛུམ་ཞིག་མདོན་བཞིན་དེ་ལྟར་བཤད། དགའ་དགའ་སོ་ཚང་གི་ནེམ་ཁྲིར་བསྡད་པ་ན། སྐྱེས་པ་ཕོ་ལུག་དེས་དགའ་དགའ་ལ་འོ་ཇ་ཕོར་བ་གང་དྲངས་བྱུང་། དགའ་དགའ་ཡིས་ཁྲུང་ཁྲུང་དཀར་མོ་ཁྱིམ་ན་མེད་པ་ཤེས། སྐྱེས་པ་ཕོ་ལུག་དེས་གུས་གུས་ཞུམ་ཞུམ་ངང་དགའ་དགའ་ལ་མདུན་ཅོག་གྲུ་བཞི་མའི་སྟེང་དུ་བཞག་ཡོད་པའི “གྲུང་ཧྭ” རྟགས་ཅན་གྱི་ཐ་མག་བག་ཆ་དེའི་ཁ་ཕྱེ་ནས་གཏུལ་བྱུང་། ཚུལ་དེར་དགའ་དགའ་ཡིས “མིན། འདི་ན་ཡོད” ཟེར་བཞིན་རང་གི་ཨམ་ཕྲག་ལས་ད་སོ་མ་སྣོ་ཁར་ཉོས་པའི “གྲུང་ཧྭ” རྟགས་ཅན་གྱི་ཐ་མག་བག་ཆ་དེ་ལས་རྐང་ཞིག་བླངས་ནས་མེ་བསྣོས།

སོ་གཉིས་ཡུད་ཙམ་ལ་ཁུ་སིམ་མེར་བསྡད།

དགའ་དགའ་ཡིས “ཁྲུང་ཁྲུང་དཀར་མོ་ཁྱིམ་ན་མེད་དམ” ཞེས་དྲིས།

“ཁྲུང་ཁྲུང་དཀར་མོ” སྐྱེས་པ་ཕོ་ལུག་དེས་དགའ་དགའ་ཡིས་ཅི་ཞིག་འཆད་ཀྱིན་ཡོད་པ་ཧ་མ་གོ་བས། དྲི་བའི་ཚུལ་དུ་དེ་ལྟར་ངག་ནས་ཐེངས་ཤིག་བཟློས།

“འོ། སྒྲོལ་མ་འཚོ་མེད་དམ” དགའ་དགའ་ཡིས་ཁྲུང་ཁྲུང་དཀར་མོའི་མིང་ངོ་མ་ཡིས་བཟུང་སྟེ་ཡང་བསྐྱར་དྲིས། སྐྱེས་པ་ཕོ་ལུག་དེས “སྒྲོལ་མ་འཚོ་གཞི་རིམ་དུ་བཅར་འདྲིར་བུད་སོང་། ཁྱོད་ཀྱིས་མོ་བཙལ་ནས་བྱ་བ་ཡོད་དམ” ཞེས་དྲིས་བྱུང་།

“མེད། མེད” དགའ་དགའ་ཡིས་དེ་ལྟར་བཤད་རྗེས་ཐ་མག་ཤེད་ཀྱིས་ཐེངས་ཤིག་བརྟུབས།

དགའ་དགའ་དང་སྐྱེས་པ་ཕོ་ལུག་དེ་གཉིས་ཡང་བསྐྱར་ཁུ་སིམ་མེར་བསྡད།

……

ཕྱིར་འགྲོ་ཁར། དགའ་དགའ་ཡིས་རང་གི་དཀྱིལ་མཛུབ་ལ་བསྐོན་ཡོད་པའི་དངུལ་གྱི་མཛུབ་དཀྲིས་དེ་བླངས་ནས་སྐྱེས་པ་ཕོ་ལུག་དེ་ལ་བྱིན་རྗེས “འདི་ནི་མོའི་མཛུབ

དགྲིས་རེད། ཁྱོད་ཀྱིས་མོ་ལ་སྤྲད་རོགས།” ཞེས་བཤད།

སྐྱེས་པ་ཕོ་ལུག་དེས་དགའ་དགའ་ཡི་ལག་གི་མཛུབ་དགྲིས་ཚུར་ལེན་པ་ལས། སྐད་ཆ་ཅི་ཞིག་བཤད་དགོས་པའང་མ་ཤེས། ཁོས་ཁང་བའི་སྒོ་འབྱེད་ཞོར་དུ “བདག་གི་ཀླངས་འཁོར་ཞབས་ན་ཡོད། ས་ཡང་རུབ་འདུག ངས་ཁྱོད་བསྐྱལ་ཆོག” ཟེར།

དགའ་དགའ་ཡིས་ལན་དུ “བཀའ་དྲིན་ཆེ། བདག་གི་ཀླངས་འཁོར་ཡང་ཞབས་ན་ཡོད་པས། ཁྱོད་ཀྱིས་བསྐྱལ་མི་དགོས” ཞེས་སྨྲས།

དགའ་དགའ་སྒོར་བུད་ཤུལ་དུ། སྐྱེས་པ་ཕོ་ལུག་དེས་ཐེ་ཚོམ་དང་དྲ་མ་ཕྱེ་སྟེ་མར་བལྟས་པ་ན། དགའ་དགའ “ཨོ་ཌི” རྟགས་ཅན་གྱི་ཁྱོགས་འཁོར་ཞིག་གི་ནང་དུ་བསྡད་དེ་སྒོ་ཆེན་གྱི་ཕྱོགས་སུ་འགྲོ་བཞིན་པ་མཐོང་།

དགའ་དགའ་ཕྱིར་མ་ག་མོག་གོ་ཡིན་པའི་གྲོང་ཚོ་དེའི་ནང་དུ་ལོག

དགའ་དགའ་ཡིས་རང་གི་དེ་རིང་གི་རྒྱུན་ལྡན་མིན་པའི་བྱ་སྤྱོད་ལ་ཕྱིར་དྲན་ཐེངས་ཤིག་བྱས། དེ་འདྲ་བྱེད་ག་ལ་དགོས། དེ་ནི་རང་གིས་རང་ལ་དམའ་འབེབས་བྱས་པ་མ་ཡིན་ནམ། རང་གིས་རང་གི་མི་གཞི་རྫོག་བརྫིས་སུ་བཏང་བ་མ་ཡིན་ནམ། ཁོས་རང་གི་ཚུལ་འཆོས་ཀྱིས་ཟིན་པའི་བྱ་སྤྱོད་དེ་ལ་ཁྲེལ་དགོད་ཅིག་བྱས། “མི་ཡ། དཀའ་ཁག་ཅི་འདྲར་འཕྲད་ཀྱང་རང་ཚུགས་འཐོར་མི་ཉན” ཁོས་རང་གིས་རང་ལ་དེ་སྐད་བཤད།

དགའ་དགའ་ཡིས་རང་གི་འདོད་མོས་ལྟར་དྲང་པོ་དྲང་གཞག་གི་གསར་འགྱུར་འབྲི་ཐབས་བྲལ་བས། ཁོ་ཡུལ་གང་དུ་བཅར་འདྲིར་ཕྱིན་ཀྱང་རྩོམ་གཉིས་འབྲི་བ་རེད། གཅིག་ནི་ཚགས་པར་སྐྱེང་སྤེལ་བའི་གསར་འགྱུར་དང་། ཅིག་ཤོས་ནི་རང་གི་འཐེན་སྒམ་ནང་ཉར་བའི་མྱོང་རྟོག་ངོ་མ་ཡིན། དེ་ནི་ཐབས་ཟད་པའི་ཐབས་ཤིག་སྟེ། ཁོས་དུས་ནམ་ཞིག་འཐེན་སྒམ་ནང་གི་རྩོམ་དེ་དག་དེབ་ཏུ་བསྒྲིགས་ནས་སྤེལ་ཐུབ་ན་ཅི་མ་རུང་སྙམ་བཞིན་ཡོད། འཐེན་སྒམ་ནང་གི་རྩོམ་དེ་དག་ལ་ཁོས་སྲོག་ལྟར་གཅེས་བཞིན་ཡོད། འཐེན་སྒམ་ནང་གི་རྩོམ་དེ་དག་ལ་ལྟ་ཐེངས་རེར་ཁོའི་སེམས་པ་ཟུང་བདེ་ལ་འབབ་ཐུབ།

ལོ་ཞིག་ལ་དགའ་དགའ་ཚགས་པར་འགྲེམས་སྤེལ་བྱེད་དུ་སོང་། ཁོས་རང་གི་མ་ཡུམ་སློབ་གྲྭར་འབྲེལ་བ་བྱས་ཏེ་ཚགས་པར་མང་ཙམ་འགྲེམ་སྤེལ་བྱེད་ཐུབ་སོང་། མ་ཡུམ་སློབ་གྲྭའི་དགེ་རྒན་འགས་ཁོ་ལ་རང་གི་བྱ་བ་དང་འབྲེལ་བའི་སྣན་ཞུ་ཞིག་སྤྲོན་པའི་རེ་འདུན་བཏོན། དགའ་དགའ་ཡིས་སློབ་གྲྭའི་ཚོམས་ཁང་དུ་ཁ་བྱང་ལ "གསར་འགོད་པའི་རྒྱུས་འབྲས་སློ་མིག" ཅེས་པའི་གཏམ་བཤད་ཅིག་སྤེལ། དགོང་མོ་དེར་ཁོའི་གཏམ་བཤད་ལ་ཉན་དུ་ཡོང་མཁན་ཧ་ཅང་མང་།

དགའ་དགའ་ཡིས་བཤད་རྒྱུར། དེ་རིང་གི་གསར་འགྱུར་ནི་སྐྲུན་བྱེད་ཁུངས་བཙུན་པའི་སང་ཉིན་གྱི་ལོ་རྒྱུས་ཡིན་པས། ང་ཚོས་དེ་རིང་རྩྭན་བཤད་པ་ནི་ལོ་རྒྱུས་རྩྭན་བཟོ་བྱས་པ་ཡིན་པས། དེ་རིང་ལ་ཁག་མ་ཁུར་པ་ཡིན། གསར་འགོད་པའི་འགན་འཁྲི་གང་ཡིན་ཅེས་ན། གོང་རིམ་གྱི་སྲིད་ཇུས་དང་བྱེད་ཕྱོགས་མང་ཚོགས་ཇི་བཞིན་དུ་སྒྲོག་པ་དང་། མང་ཚོགས་ཀྱི་བདེ་སྡུག་གོང་རིམ་ལ་ཇི་བཞིན་ཡར་ཞུ་བྱེད་པ། ཡུལ་དངོས་སུ་སོང་ནས་འཚོ་བར་རྒྱུས་ལོན་དང་བརྟག་དཔྱད་བྱེད་པ། སྤྱི་ཚོགས་ཁྲོད་གནས་པའི་མི་བཟང་དོན་བཟང་དང་གྲུབ་འབྲས་ངོ་མར་བསྟོད་པ་བྱེད་པ། མི་ངན་བྱ་ངན་དང་སྐྱུགས་བྲོའི་གནས་ཚུལ་ལ་སྐྱོན་བརྗོད་དང་སུན་འབྱིན་བྱ་རྒྱུ་ནི་ཆེས་གལ་ཆེ་བ་རེད། ……

"ཁྱོད་ཀྱིས་རྩྭན་འཆད་ཀྱིན་འདུག" སློབ་གྲོགས་ཤིག་སློ་རྒྱག་ཏུ་ཡར་ལངས་ནས་ཁོའི་བཤད་མཚམས་བཅད་བྱུང་། སློབ་གྲོགས་དེས "《སྐར་ཆེན་ཚགས་པར》སྟེང་དེ་སྔོན་ང་ཚོའི་སྡེ་བའི་གནས་ཚུལ་ཞིག་བཀོད་འདུག དེའི་ནང་ང་ཚོའི་སྡེ་བའི་དུད་ཁྱིམ་རེའི་ལོ་རེའི་ཡོང་སྒོ་ཆ་སྙོམས་བྱས་ན་སྒོར་ག་ཚོད་ག་ཚོད་ཡིན་པ་དང་། སྡེ་མི་ཆེ་གེ་མོ་ཚང་གི་ཆ་རྐྱེན་ག་འདྲ་ག་འདྲ་ཞིག་ལ་སླེབས་ཡོད་པ་སོགས་དོན་དངོས་དང་མི་མཐུན་པའི་གནས་ཚུལ་ཧ་ཅང་མང་པོ་ཡོད" ཅེས་ཁ་ཚོན་བཅད་དེ་བཤད་བྱུང་། གཏམ་དེས་དགའ་དགའ་གྲག་མེད་སེར་བཏང་སོང་།

དགའ་དགའ་ཕྱིར་ལམ་ཁུངས་སུ་འཁྱོར་ཏེ་ཚགས་པར་སྐོར་ཞིག་བསྐོགས་པ་ན།

གནས་ཚུལ་དེ་ནི་ཪོས་བྲིས་པའི་རྒྱུས་འཕྲིན་ཞིག་ཡིན་ཏེ། སྐྱོན་ལ་ངོས་ལེན་ཞུས་ཚེ་ཇུན་གཏམ་མཁན་ནི་ཪོ་ལས་འཚོར་ས་གཞན་མེད་ལ། ནག་ཉེས་དེའང་ཪོས་འཁུར་རྒྱུ་ལས་གཞན་ཅང་མེད། དགའ་དགའ་གསར་འགོད་པ་རྣན་པ་དེ་ལ་སེམས་ཪོང་ནས་སྡུང་བཞིན་ཡོད། ཪོས་གསར་འགོད་པ་རྣན་པ་དེར་ཇི་ལྟར་ངོ་རྒོལ་བྱས་ན་དེ་ལྟར་ཪོས་བྲིས་པའི་གསར་འགྱུར་"གཤག་གཏུབ"གང་འདོད་ལྟར་བྱེད་པས། ཪོས་མཚམས་དེ་ནས་བཟུང་ཚགས་པར་སྙིང་སྡེལ་པའི་རྩོམ་ཞིག་དང་འཕེན་སྣམ་ནང་དུ་འཇུག་པའི་རྩོམ་ཞིག་འབྲི་བའི་འཆར་གཞི་བཟོས་པ་རེད།

དགའ་དགའ་ལ་གསར་འགྱུར་སྐོར་གྱི་བྱ་དགའ་ཆེན་པོ་ཞིག་ཐོབ་མྱོང་། བྱ་དགའ་དེ་ནི་རྒྱལ་ཡོངས་རིམ་པའི་བྱ་དགའ་རྩེ་གྲས་ཤིག་ཡིན། ཞིང་ཆེན་ཡོངས་སུ་བྱ་དགའ་དེ་ཐོབ་མྱོང་མཁན་ད་རུང་བར་གཅིག་ཀྱང་མེད། གཏམ་བཟང་དེ་ནི་ཚོགས་ཐོག་ཅིག་ཏུ་ལས་ཁུངས་ཀྱི་མགོ་པས་བསྒྲགས་པ་རེད། ལས་ཁུངས་ཀྱི་མགོ་པས་གདོང་ལ་འཛུམ་གྱིས་ཁེངས་བཞིན་"དགའ་དགའ་ལགས། ཁྱོད་ལ་རྟེན་འབྲེལ་ཞུ། འདི་ནི་ཁྱོད་ཀྱི་གཟི་བརྗིད་ཡིན་ལ། ང་ཚོའི་ལས་ཁུངས་ཀྱི་གཟི་བརྗིད་ཀྱང་ཡིན"ཟེར། ལས་གྲོགས་ཡོངས་ཀྱིས་དགའ་དགའ་ཡི་གདོང་ལ་ཅེར་འདུག ལས་གྲོགས་ཡོངས་ཀྱིས་ཐལ་མོ་དུས་གཅིག་ཏུ་བརྡབས་ནས་ཪོ་ལ་རྟེན་འབྲེལ་ཞུས། དགའ་དགའ་ཡིས་དཔང་ཡིག་དམར་པོ་དེ་ལག་ཏུ་བླངས་ནས་བལྟས་པ་ན། མིག་ལམ་དུ་ཤར་འོངས་པ་ནི《མཁར་གྲོང་གི་འབྲོག་པ་དང་ཪོ་ཚོའི་བདེ་སྐྱིད་ཀྱི་འཚོ་བ》ཞེས་པའི་རྩོམ་བྱུང་དེ་ཡིན། དེ་ནི་ཪོ་སྔོན་ཞིག་ལ་འབྲོག་ཁུལ་གྱི་གྲོང་རྡལ་ཞིག་ཏུ་སོང་ནས་བྲིས་པ་ཡིན། རྩོམ་ཡིག་དེའི་ཁ་བྱང་ལ་དང་ཐོག《མཁར་གྲོང་གི་འབྲོག་པ་དང་ཪོ་ཚོའི་སྐྱིད་སྡུག》ཟེར་ནའང་། ཚགས་པར་སྐྱེང་དུ་འཕོད་དུས《མཁར་གྲོང་གི་འབྲོག་པ་དང་ཪོ་ཚོའི་བདེ་སྐྱིད་ཀྱི་འཚོ་བ》ཞེས་བཅོས་འདུག དེ་ནི་གསར་འགོད་པ་རྣན་པ་དེས་ལས་སྣོན་བྱས་པ་རེད། མ་རེད། དེ་ནི་ཪོས་བསམ་གཟས་ནས་རྫུན་བཟོ་བྱས་པ་རེད། དགའ་དགའ་ཡིས་དེ་ལྟར་དྲན་པ་ན། ཪོ་རང་དབང་མེད་པར་གསར་

འགོད་པ་རྒན་པ་དེའི་སྟེང་ལ་ཞེ་སྡང་དྲག་ཏུ་ལངས། ཁོའི་སྙིང་རླུང་སྟོད་ལ་འཚངས། ཁོས་དཔང་ཡིག་དམར་པོ་དེ་དུམ་བུ་གཉིས་སུ་གཤགས་ཏེ་གསར་འགོད་པ་རྒན་པ་དེའི་ངོ་ལ་གཡུགས།

དགའ་དགའ 《ལྷོ་ཕྱོགས་གཟའ་མཇུག་ཚགས་པར》ཟེར་བར་བལྟ་རྒྱུར་ཧ་ཅང་དགའ། དེ་ལ་ཁོ་གསར་འགྱུར་ལས་ཀ་ང་སྟེང་བྱུང་པ་ནས་བཟུང་ཐེངས་གཅིག་ལའང་མ་ཆག་པར་ལྟ་བཞིན་ཡོད། ཁོས་ཚགས་པར་དེའི་སྟེང་ནས་གཏམ་རྒྱུད་འདི་འདྲ་ཞིག་མཐོང་སྟེ། གསར་འགོད་པ་དེའི་མིང་ལ་ཅི་ཟེར་བ་ཁོས་བརྗེད་ཟིན་ལ། གསར་འགོད་པ་དེ་ནི་རྒྱལ་ཁབ་གང་གི་ཡིན་པའང་ཡིད་ལ་མི་དྲན་མོད། གང་ལྟར་གསར་འགོད་པ་དེའི་འཛམ་གླིང་དུ་མིང་དུ་གྲགས་པའི་གསར་འགྱུར་པར་རིས་ཤིག་བརྙབས་མྱོང་སྟེ། གསལ་པོར་བཤད་ན། པར་རིས་དེའི་སྟེང་དུ་ཨེ་གླིང་གི་བྱིས་པ་ཧ་ཅང་ཉམ་ཐག་པ་ཞིག་གི་གམ་དུ་བྱ་རྒོད་ཅིག་བབས་འདུག པར་རིས་དེས་ཁོའི་སེམས་ལ་ཟུག་གཟེར་གྲངས་མེད་བསླངས་མྱོང་། གསར་འགོད་པ་དེས་བརྙབས་པའི་པར་རིས་དེར་ཕྱིས་སུ་འཛམ་གླིང་གི་བྱ་དགའ་གྲགས་ཅན་ཞིག་ཐོབ་སོང་། གསར་འགོད་པ་དེར་བྱ་དགའ་དེ་ཐོབ་རྗེས། ཁོས་བྱིས་པ་དེ་པར་དུ་བརྙབས་པ་ཙམ་ལས་རོགས་སྐྱོར་དང་དེའི་ཆེད་དུ་དོན་བྱ་ཕན་ཚོགས་ཙམ་ཡང་སྒྲུབ་མ་ཐུབ་པ་དྲན་པས། རྒྱུས་འབྲས་བློ་མིག་གི་མིག་གཉིས་ཀྱིས་ཁོ་ལ་ཅི་རེ་ལྟ་བ་དང་། རྣམ་ཤེས་ཀྱིས་ཁོ་ལ་ཚ་འདྲི་ཡང་ཡང་གཏོང་བས། ཁོས་རང་སྲོག་རང་གིས་བཅད་དེ་འཇིག་རྟེན་མི་ཡུལ་ལ་ཐབས་ཆེ་བའི་སྒྲོ་གར་ཞིག་འཁྲབ་སྟོན་བྱས་པ་རེད།

གཏམ་རྒྱུད་དེ་ཁོའི་ཡིད་ལ་ཕ་ལེར་ཤར་པ་དང་བསྟུན་ནས། འབྲོག་ཁུལ་གྱི་གྲོང་རྡལ་དེ་འདང་ཁོའི་མིག་ལམ་དུ་ཤར། ད་དུང་གྲོང་རྡལ་དེའི་མཐའ་ཁུལ་དུ་གནས་པའི་འབྲོག་སྡེ་དེ་མིག་ལམ་དུ་ཤར། འབྲོག་སྡེ་དེའི་ནང་གི་ཨ་ཡེ་རྒན་མོ་དེ་ཡང་མིག་ལམ་དུ་ཤར་བྱུང་། དེ་དག་གིས་ཁོ་ལ་གསར་འགོད་པ་རྫུན་རྐྱལ། མགོ་གཡོག་མགོ་སྐོར་གཏོང་མཁན། ཁྱི་ལུད་འདྲ་པོ་ཞེས་སྡིགས་མོ་ཅི་ཡང་བྱེད། སྡིགས་མོ་བྱེད་པའི་སྐད་སྒྲ་གཟན་པོ་དེས་ཁོའི་མགོ་པོ

འགད་ལ་ཁད་བྱེད།

"ཨ་ཁྲུ་ལོ་ལོ། ང་མིན། ཨ་ནེ་ལོ་ལོ། ང་མིན། ཨ་ཁྲུ་ལོ་ལོ། ང་ཡིན། ཨ་ནེ་ལོ་ལོ། ང་ཡིན། ཨ་ཁྲུ་ལོ་ལོ། ང་གཅིག་པུ་མིན། ཨ་ནེ་ལོ་ལོ། ང་གཅིག་པུ་མིན" དགའ་དགའ་ཡི་སེམས་ཁོང་དུ་ཟུག་གཟེར་དྲག་པོ་ཞིག་ལངས།

དགའ་དགའ་ཡིས་ཨ་ཡེ་རྒན་མོ་དེ་བརྗེད་མེད་དེ། ཨ་ཡེ་རྒན་མོ་དེ་དགའ་དགའ་ཡིས་ནམ་ཡང་བརྗེད་མི་སྲིད། མོའི་ཁྲོ་ག་འདས་པ་ནས་ཁྱིམ་ཚང་དེ་མོ་ཁྱིམ་དུ་གྱུར་པས། འཚོ་བའི་ཐད་ལ་དཀའ་ཁག་རབས་དང་རིམ་པ་བྱུང་། ཁྱིམ་དེར་ངེས་པར་མཁོ་བའི་ལྕགས་ཐབ་དང་བ་མ། མལ་ཁྲི་སོགས་ཉེར་མཁོའི་འཚོ་བའི་ཡོ་བྱད་ཙམ་ལས་གཞན་ཅི་ཡང་མེད། བཟའ་མི8ཡོད་པ་ལས་བུ་མོ་ཆེ་བ་ནད་པ་དང་ཆུང་བ་སྨྱོན་མ་ཞིག་ཡིན་པར་བརྟེན། མོའི་གདོང་ན་སྡུག་གི་ན་བུན་དགུ་རྩེག་འཐིབས་འདུག དགའ་དགའ་ཡིས་མོར་བཙར་འདྲི་བྱེད་སྐབས། མོས་ཡིད་ཀྱི་སྡུག་བསྔལ་གནོན་མ་ཐུབ་པར་མིག་ཆུ་ཤམ་ཤམ་དུ་བཞུར་བྱུང་། དེས་ཁོའི་སེམས་པ་སློང་སློང་བོར་བཏང་སྟེ་ཅི་བྱེད་འདི་བྱེད་མི་ཤེས་པར་གྱུར། མོས་སྡུག་བསྔལ་མཐའ་དག་བརྗོད་སྐབས་ཡང་དང་ཡང་དུ་ཚིག་ཛ་མནའ་ཡིས་སྣོག་པར་བྱེད། དེ་ནི་ཁོ་ཡིད་ཆེས་འབྱུང་མིན་ལ་དོགས་པ་ཟ་བཤེས་ཐུབ། དོན་དུ་དེ་ཚང་གི་ཁྱིམ་ཧྲིལ་བོར་མིག་ཞགས་ཙམ་འཕངས་ཆེ་ཡོད་ཚད་ར་སྤྲད་འོངས་པས། ཡིད་ཆེས་མི་ཆེས་བྱེད་དགོས་དོན་གང་ཡང་མེད། གནས་ཚུལ་དེ་འདྲར་ཕྲད་དུས། ཁོས་སེམས་གསོ་ཙམ་བྱེད་པ་ནི་གཏམ་ལྷག་མ་ཙམ་ལས་ཅི་ཡང་མིན། མོས་མཐུད་ནས་བཤད་རྒྱུར། གྲོང་རྡལ་འདིར་མ་ཡོང་གོང་མོ་ཚང་ལ་ནོར40དང་ལུག500ལྷག་ཡོད་པས། ཁྱིམ་ཚང་གང་བོའི་ལྟོ་རྒྱབ་ལ་འདང་རྒྱུག་ཅི་ཡང་མེད་པར་མ་ཟད། སྐོར་མོ་ཆ་རེར་ཡང་དཀའ་ཁག་མེད། གནས་འདིར་སྤར་བ་ནས་ཤ་མར་སོགས་དམར་ཟས་ཀྱི་རིགས་གོང་ཆེ་བས་རྒྱུན་དུ་ཕྱེ་དང་འབྲས་ལ་བརྟེན་ནས་འཚོ་བ་རོལ་པ་དང་། དེ་ཡང་ཚར་སོང་ན་ཡར་སྐྱི་མར་སྐྱི་བྱ་དགོས་ཟེར། འབྲོག་པ་རྣམས་ནི་ཤ་དང་འོ་མ། ཞོ་དང་མར་སོགས་ཟ་འཐུང་ལ་གོམས་ཡོད་པས། དེ་དག་མེད་པར་

གྲུར་ཆེ་ཟེ་ཁྲོན་པ་ཞིག་འབྲས་ཆན་ལ་ཁ་བྲལ་བ་དང་འདྲ་བར། བརྒྱུད་རིམ་རིང་མོ་ཞིག་མེད་ཆེ་ལོབས་དཀའ་ཚོད་འདུག སྐབས་དེར་དགའ་དགའ་ཡིས་དེ་ལྟར་བསམས་བྱུང་། མོ་ལ་མཆོན་ན་འདང་རྒྱག་ཆེས་ཆེ་ས་ནི་ན་ཚའི་དབང་དུ་སོང་བའི་བུ་མོ་གཉིས་ཀ་ཡིན། དེའི་སྐོར་གླེང་དུས་མོའི་མགྲིན་པ་ཡང་ཡང་བཅངས་ནས་ངག་ཀྱང་འཁྲོལ་དཀའ། དགའ་དགའ་ཁྲིམ་དེ་དང་འབྲལ་ཁ་མར། མོས "ད་ནངས་ཀྱང་སློག་རིན་འདེད་དུ་ཡོང་མོད། སྙེར་རྒྱུ་མེད་པས་ཕ་རོལ་པོ་ཨུ་ཐུག་སྙེ་ཕྱིར་བུད་སོང" ཟེར།

དགའ་དགའ་ཡིས་བརྒྱུད་རིམ་དེ་དག་དྲན་པ་ན། ཨ་ཡེ་རྒན་མོ་དེ་ཚང་གི་འཚོ་བའི་དཀའ་ཁག་མ་ལུས་རང་གིས་བཟོས་པ་དང་འདྲ་བའི་ནོངས་པ་ཞིག་དྲག་ཏུ་སྐྱེས། ཁོས་བྱ་དགར་ཕྱིན་པའི་ཞོག་སྐོར་བརྩེགས་མ་དེ་ལས་གྲོགས་ཚོའི་མདུན་ཐད་དུ་ཤག་སེ་གཏོར།

དགའ་དགའ་ནི་མི་སྨྲ་སྣང་ཅན་ཞིག་ཡིན།

དགའ་དགའ་ནི་མི་རྩེ་མཚར་ཅན་ཞིག་ཀྱང་ཡིན།

དེ་ནི་དགའ་དགའ་ཡིས་ཁོའི་གྲོགས་པོ་ཚོར་བཞག་པའི་ཆེས་ཐོག་མའི་བག་ཆགས་རེད། འོན་ཀྱང་ད་ལྟ་དགའ་དགའ་ཡི་སེམས་ཁམས་དེ་དག་དངོས་ཡོད་འཚོ་བས་བརླགས་སོང་། ཁོའི་སྣང་བ་དང་ཕྱུགས་བསམ་སོགས་ཀྱང་དངོས་ཡོད་འཚོ་བས་རྟུག་ཆག་ཏུ་བཏང་། དགའ་དགའ་ཡིས་སྐབས་དེའི་རང་གི་སེམས་ཁམས་མཚོན་པའི་སྙན་ངག་ཅིག་བྲིས་མྱོང་། སྙན་ངག་དེའི་ཁ་བྱང་ལ《མཚན་མོ་ཡ་མཚན་མོ》ཟེར།

གང་ལྟར། རྒྱང་རིང་དུ་བསྲིངས་པའི་ལམ་ཐིག་དཀར་པོ་དེ།

ཉིན་མོར་ཡང་མཐོང་ལམ་དུ་མི་སྣང་ན།

ང་ཚོས་བསམ་གཞིག་གི་སྒྲོན་མེ་གཟིམས་ནས།

མཚན་མོའི་པང་དུ། རང་གིས་རང་ལ་བདེ་སྐྱིད་ཀྱི་སྨྱུ་གཞས་ལེན་འོས།

མུན་ནག་ཁྲོད་བསྐྱངས་ནས་གཉིད་ལ་ཡུར་འོས། རྨི་ལམ་ལ་རོལ་འོས།

མཚན་མོ་ཡ་མཚན་མོ། མཁའ་དབྱིངས་སུ་རྒྱུ་བའི་ཟླ་བ་སྔོར་མོ་དེ།

སྤྲིན་ཕུང་གིས་སྒྲིབས་རོགས།

མཚན་མོར་བདག་ལ་མུན་པ་ལས་ཅི་ཡང་མི་མགོ།

རབ་ཡིན་ན་སྐར་ཚོགས་ཀྱང་རླུང་གིས་ཁྱེར་ནས།

མཚན་མོ་གཅིག་པུ་ང་ལ་སྐྱུར་རོགས།

མཚན་མོ་ནི་ལྷ་ཚོགས་ཀྱི་རྨི་ལམ་རེད། སྐྱེས་ཆེན་ཚོའི་རྩེད་ར་རེད།

མུན་པའི་གློང་དུ། ཕན་ཚུན་གྱི་ཞེ་སྡང་དང་གཡོ་འཛུམ་ཡང་མཐོང་ཐབས་བྲལ་བས།

མཚན་མོར། ངས་སྐྱུག་བྲོ་བའི་བཟོ་ལྷ་སྨན་ཚོགས་སྟོན་སྲིད་ལ།

ངས་ད་དུང་། དེ་རང་ཉིད་ཀྱི་གཟི་བརྗིད་དང་། བདེ་སྐྱིད་དུ་སྒོམ་ངེས།

མཚན་མོ་ནི་གསོག་གསོབ་དང་ཚུལ་འཆོས་སྒྲིབ་བྱེད་ཀྱི་ཡོལ་རས་ཤིག

གཉུག་གཉིས་སུ་གྲུབ་པའི་ཁྱོད་དང་ང་ཡི་རང་བཞིན།

གར་སྟེགས་འདི་བརྒྱུད་ནས། སླར་ཡང་མུན་ནག་གི་ཁོང་དུ་འཐིམ།

མེ་ཡི་དབུགས་དབྱུང་དང་། རླུང་གི་སེམས་གསོ།

ད་རུང་ཅི་ཞིག་ལྷག་ཡོད། ད་རུང་ཅི་ཞིག་མགོ ང་མཚན་མོའི་མུན་གློང་དུ་བསྡད་ནས།

སྤྱང་ཀི་ལྷ་བུའི་རང་ཉིད་མཐོང་སོང་། ཁྱོད་ཚོ་མཐོང་སོང་།

མཚན་མོ་ནི་དེ་འདྲའི་རང་དབང་གི་ཞིང་ཁམས་ཤིག་རེད།

མཚན་མོ་ནི་དེ་འདྲའི་བདེན་པ་བདེན་ཐུབ་ཀྱི་འཇིག་རྟེན་ཞིག་རེད།

མཚན་མོ་ཡ་མཚན་མོ། རྐང་གླིང་གི་སྦུབས་སུ་ཉལ་བའི་ཐ་སྙད་ཀྱི་ཚོགས།

འགྱུར་ཁུགས་སྐོང་གིས་འཁྱོ་ནའང་། བདག་གི་སེམས་པས་དལ་ཅག་གེར་ཁྱོད་ཀྱི་སྙིང་འཇགས་བསྒུངས་ཡོད།

ང་ཁྱོད་ལ་ཅི་འདྲའི་དགའ་ཨང་།

རལ་གྲིའི་དངོ་མདངས་ཀྱིས་བསྐུས་པའི་ཚེ་སྲོག་གྲངས་མེད།

རླུང་གི་བཟི་ཁར་འཕྱན་ནས། མ་ཉེས་ཁ་གཡོགས་ཀྱི་གཏམ་རྒྱུད་ཅི་ཡང་འཆད།

མཚན་མོ་ཡ་མཚན་མོ། རྨ་ཁ་ཡོད་ཚད་མི་མཐོང་བའི་མཚན་མོ།

ན་ཟུག་ཡོད་ཚད་འཇགས་ཟིན་པའི་མཚན་མོ།

ང་ཅི་འདྲས་སྤྲོ་བའི་མཚན་མོ།

ད་ནས་བཟུང་། ངས་སུ་ལའང་དྲང་གཏམ་ཁོ་ན་བརྗོད་སྲིད།

བདག་གིས་བསམ་བློ་རྒྱུ་བོ་ལྟར་བཞུར་ཆོག་པའི་དུས་སྐབས་འདི།

མཚན་མོ་རེད།

བདག་གི་ཆེ་སྲོག་འདྲ་བའི་གྲོགས་པོ་ཚོ། བདག་གི་བྱམས་བརྩེ་དང་དུ་ལེན་རོགས།

མུན་ནག་གི་ཁྲོད་ནས་མེ་བཞིན་ཚ་བའི་ངའི་སེམས་པ་འདི། ཁྱེད་ཀྱི་སྡོང་གྲོགས་ཡིན།

མཚན་མོ་འདྲ་བའི་བུ་མོ་ལགས། ཁྱེད་ཀྱི་སྡུག་བསྔལ་ང་ལ་སྐྱུར་རོགས།

ཁྱེད་དགའ་སྤྲོའི་ངང་ལམ་དུ་ཆས་དང་།

ཁྱེད་ཀྱིས་ཁྲིམ་གཞི་རྙེད་སྲིད། ཁྱེད་ཀྱིས་ལྡེ་མིག་རྙེད་སྲིད།

འདི་ལྟ་བུའི་མཚན་མོར། ཕྱིར་དྲན་གྱི་བར་སྣང་སྟོང་སེང་སེང་།

བདག་གིས་འགྱུར་ཁུགས་དབེན་པའི་གླུ་ཞིག་བླངས།

རླུང་གིས་མཚན་མོ་བསྐྱོད་ལ་ང་ཡང་བསྐྱོད།

ཟླ་སྒྲོ་ལྟ་བུའི་མཁའ་དབྱིངས། བདག་གི་མགྲིན་པར་ཡང་ཡང་འཚང་།

དགའ་དགའ་ཡིས་མི་སྨྲ་བའི་བརྟུལ་ཞུགས་བཟུང་ནས་ཡོད་ཚད་ལ་འཁོན་ལན་བསློགས་ནའང་། དོན་དུ་དེ་ཡིས་བྱེད་ནུས་ཅི་ཡང་ཐོན་ཐུབ་ཀྱིན་མེད། ཁོས་སྣང་བ་དང་ཕྱུགས་བསམ་ཡོད་ཚད་སྐབ་ངག་ལ་བཅོལ། སྔོན་ཆད་སྤྲོ་ཚོགས་དང་གྲོགས་པོ་ཚོ་ལྟན་དུ་འདུས་ཆེ་གཞི་ནས་ཆང་རག་སྦྱོད་པ་ཡིན་མོད། ད་ལྟ་དགའ་དགའ་ཡི་སེམས་སུ་ཆང་རག་ནི་ད་གཟོད་ཡིད་ཀྱི་སྐྱོ་བ་སེལ་བའི་སྨན་མཆོག་ཅིག་ཡིན་པར་རློམ་བཞིན་ཡོད། དགའ་དགའ་ལ་མཚོན་ན། མཚན་མོ་རེ་རེ་ནི་བརྒྱལ་དཀའ་བའི་གཅང་བོ་རབ་མེད་ཅིག་ཡིན་པའི་ཚོར་སྣང་བྱུང་། ཁོས་བརྒྱལ་དཀའ་བའི་མཚན་མོ་རེ་རེར་ཆང་རག་གྲོགས་སུ་བསྟེན།

དགའ་དགའ་ས་ཏུབ་སྐེ་མ་གེ་མོག་གེ་ཡིན་དུས་གཞི་ནས་ཁྱིམ་དུ་ལོག དེ་དུས་ཁོ་ལ་ཁེར་རྐྱང་གི་སྣང་བ་ཞིག་དྲག་ཏུ་སྐྱེ་བྱུང་། ཁོས་སྐེའུ་ཁྱུང་གི་ཕྱི་རོལ་གྱི་ལྗོན་རྩེར་ཙེར་ནས་བྱ་བྱེའུ་ཡིས་སྐད་སྙན་ཞིག་སྒྲོག་པར་རེ། ཡིན་ནའང་དེ་ནི་མི་སྲིད་པ་ཞིག་ཡིན་པ་ཁོས་གསལ་པོར་ཤེས། བྱ་དང་མི་གཉིས་ནི་ཅི་འདྲའི་མཚུངས་ཨང་། དྲན་པ་དེས་ཁོར་བྱ་དང་མི་གཉིས་བར་གྱི་མཚུངས་ཆོས་མང་པོ་ཞིག་ཡོད་ལ་འཁོར་དུ་བཅུག དངོས་གནས་སྲོག་ལྡན་དག་ནི་དེ་འདྲའི་མཚུངས་ཨང་། ཞོགས་པར་རང་རང་གི་ལྟོ་རྒྱུབ་ཀྱི་ཆེད་དུ་འདུར་མགོ་རྩོམ་ཞིང་། སྲོད་དུ་སླར་ཡང་ཞོགས་པར་ལམ་ལ་ཆས་སའི་ཚང་མལ་དུ་ཕྱིར་ལྡོག་པ་མ་ཡིན་ནམ། ཉིན་གང་གི་ངལ་དུབ་དང་སྐྱོ་སྣང་ཡོད་ཚད་ཚང་མལ་དུ་ལོག་རྗེས་གཞི་ནས་སེལ་ཐུབ་པ་མ་ཡིན་ནམ།

ཡིན་ནའང་། ཉམ་ཆུང་གི་ཚེ་སྲོག་དེ་དག་ལ་ནམ་ཡང་རང་རང་ལ་དབང་བའི་ཚང་མལ་ཞིག་ཡོད་པ་མིན་ནམ། དགའ་དགའ་ཡི་སེམས་ལ་གནས་མོ་དེ་འཁོར་བྱུང་། གནས་མོ་དེས་སྐབས་གང་འཕྲད་དུ "དགའ་དགའ། ཟླ་འདིའི་ཁང་རིན་ད་དུང་མི་སྤྲོད་དམ" "དགའ་དགའ། ཟླ་འདིའི་ཆུ་རིན་ད་དུང་མི་སྤྲོད་དམ" "དགའ་དགའ། ཟླ་འདིའི་གློག་རིན་ད་དུང་མི་སྤྲོད་དམ" ཞེས་ཤིན་ཏུ་མ་རངས་པའི་ཉམས་ཀྱིས་དོམ་འདེད་སྤྱུང་བྱེད་པའི་སྐབས་ཀྱི་བཟོ་ལྟ་མིག་ལམ་དུ་འཁོར་པ་ན། ཉམས་འགྱུར་དེ་དག་ཁོའི་ཡིད་དུ་ཚེར་མ་བཞིན་དུ་ཟུག་འགྲོ།

"ཁང་རིན་ཁང་རིན། ཁྱོད་ཀྱི་ཨ་ཕའི་རོ་ཡི་ཁང་རིན། གློག་རིན་གློག་རིན། ཁྱོད་ཀྱི་ཨ་མའི་རོ་ཡི་གློག་རིན། ཆུ་རིན་ཆུ་རིན། ཁྱོད་ཀྱི་བྱིས་པའི་རོ་ཡི་ཆུ་རིན" ཁོས་དེ་ལྟར་ཁང་བདག་རྒྱ་མོ་དེར་ཁོག་སྨིགས་ཡང་ཡང་བྱས།

ཁོའི་སེམས་སུ་གྲོང་ཚེའི་ནང་དུ་སྡོད་མཁན་དང་གྲོང་ཁྱེར་གྱི་དབུས་སུ་སྡོད་མཁན་གཉིས་ཀྱི་བར་དུ་ནམ་ཡང་སྤུང་ཐབས་བྲལ་བའི་བར་ཐག་ཅིག་ཡོད་པ་ཤེས། བར་ཐག་དེས་ཁྲུང་ཁྲུང་དཀར་མོ་དང་ཁོ་གཉིས་ཀྱི་བར་ལ་རྫོགས་ཚིག་བཀོད། བར་ཐག་དེས་

ནམ་རྒྱུན་ལས་ཁྲུངས་གང་བོས་མཉམ་དུ་ཟ་མ་རེ་ཟོས་ཆེ། ཟོས་འགྲོ་འཐུངས་འགྲོ་ཁོ་ལ་འཁྱེར་དུ་འཇུག དང་ཐོག་ཁོས་ལས་གྲོགས་ཚོས་དེ་ལྟར་བྱེད་པ་ནི་ཁོ་ལ་ཁ་ཚ་བ་ཡིན་པར་བསམས། ད་ལྟ་བསམས་ན། ཁོ་འཚུགས་འདུག དེ་ནི་དེ་ཚོས་ཁོ་དང་ནམ་ཡང་བར་ཐག་ཅིག་ཡོད་དུ་བཅུག་ཡོད་པ་མ་ཡིན་ནམ། ཁོས་དེ་ལྟར་འདང་བརྒྱབ་ཆེ “དགའ་དགའ། ཁྱོད་མི་རྐྱང་ཧ་རྐྱང་ཡིན་པས། ཟས་ལྷག་འདི་དག་ཁྱོད་ཀྱིས་ཁྱེར་ཅིང་བསྐྱོས་ནས་ཟོས་ན་བཟང” ཞེས་བཤད་པ་ནི་རང་ལ་བསམ་གཟས་ནས་དམའ་འབེབས་བྱས་པ་རེད་སྙམ། ལས་གྲོགས་དེ་ཚོས་རྒྱུན་དུ་ཁོ་ལ་ཀུ་རེའི་ཚུལ་དུ “རྒྱ་ཅན་ཚང་གི་བུ་མོ་ཞིག་བཙལ་ན་ལེགས” ཞེས་སྨྲ་ལ། ད་དུང་དཔེ་དང་བཅས་པའི་སྒོ་ནས་ཆེ་གེ་མོས་ཐིན་ཀྲང (སྐྲང་དཔོན)གི་བུ་མོ་ཞིག་བཙལ་ཡོད་པ་དང་། དེ་ཙི་འདྲར་སྐྱིད་པ་དང་དཔོན་ས་ཅི་ཞིག་རེག་ཡོད་ཚུལ་སོགས་ཀྱང་ལབ། དེ་ནི་ང་ནུས་མེད་ཅིག་ཏུ་འདོད་པ་མ་ཡིན་ནམ། ང་གཞན་རྟེན་སྡིན་འབུ་ཞིག་བྱེད་པར་བསྐུལ་བ་མ་ཡིན་ནམ། ཁོ་རང་ཉིད་ལ་དེ་ལྟར་འཆད་མཁན་གྱི་མི་རེ་རེའི་ཐོག་ལ་ཞེ་སྡང་ལངས། ཁོས་དེ་ཚོར་ཕྱིགས་མོ་བྱས།

མཚན་མོའི་གློག་སྒྲོན་གྱི་འོག་ཏུ། དགའ་དགའ་ཡི་སྐྲ་ལོ་རིང་པོ་དེ་གནག་ཅིང་སྟུམ་པས་གསོན་ཉམས་ཤིག་དྲག་ཏུ་འབར་ནའང་། ཁོའི་གདོང་ནི་ས་མཐར་སྤྱུགས་པའི་འབྲུམ་པོ་ཞིག་དང་འདྲ་བར་སྐྱ་ཤ་ལེར་སྣང་བས། དེ་གཉིས་བར་མཐུན་ཚོས་ཤིག་གཏན་ནས་འཚོལ་དུ་མེད། ཁོས་གཟི་མདངས་ཉམས་པའི་མིག་ཟུང་གིས་རྩིག་ལྡེབས་སུ་བཀལ་ཡོད་པའི་ཨུ་རུ་སུའི་སྙན་ངག་པ་གྲགས་ཅན་དབྱི་སེ་ཉིང་གི་སྐུ་པར་དེར་ཡུན་རིང་བོར་ཅེར། དེ་ནི་ཁོ་ཆེས་དགའ་བའི་སྙན་ངག་པ་ཡིན། དབྱི་སེ་ཉིང་གི་སྙན་ངག་གིས་ནམ་རྒྱུན་ཁོའི་སེམས་ཀྱི་འཁྲུག་དར་གསལ་བར་བྱེད། ཁོའི་སེམས་ཁོང་དུ་དབྱི་སེ་ཉིང་ནི་ནམ་ཡང་མི་ལྡོག་པའི་རྡོ་རིང་ཞིག་དང་འདྲ་བར་གྲོང་ངེར་འགྲེང་ཡོད། དེ་བས་ཁོས་སྐུ་པར་གྱི་གཤམ་དུ་འཁོད་པའི་སྙན་ངག་ཐུང་ངུ་དེ་གླེར་འདོན་བྱས།

སྤུ་མཐའ་བྲལ་བའི་གངས་ལྗོངས། སྐྱ་ཐིང་ཐིང་གི་ཟླ་འོད།

གདུང་ལྷ་གྲོན་པའི་དབྱར་སྔོང་གི་ཏ་སྦྲ་སྔོན་པའི་ཚལ་དུ་ཁྱབ།

འདི་ཏུ་སུ་ཞིག་ཤི་བ་ཡིན་ནམ། ……

སུ་ཞིག་རེད། དེ་ནི་ང་ཚོ་མ་ཡིན་ནམ།

ཕོའི་ཡིད་ངོར་རླབས་ཆེན་གྱི་སྙན་ངག་པ་རྣམས་ཀྱིས་རྟག་ཏུ་ཕ་ས་ཕ་ཡུལ་དང་། ཡུལ་མི་ཚོའི་བདེ་སྡུག་གླུ་རུ་ལེན་པ་རེད་སྙམ།

དགའ་དགའ་ཡིས་ཤེལ་ཕོར་གཉིས་ཀྱི་ནང་དུ་ཆང་གང་རེ་བླུགས། ཕོའི་སྣང་བར་རང་གི་ཁ་གཏད་དུ་དབྱི་སེ་ཉིང་ངམ་ཁྲུང་ཁྲུང་དཀར་མོ། ཡང་ན་གྲོགས་མཆོག་དོན་འགྲུབ་ཡོད་པར་ཡིད་སྤྲུལ་བྱས། དེ་ལྟར་སྙོམ་པ་ན་མི་དེ་གསུམ་པོ་རེས་མོས་སུ་ཕོའི་མིག་ལམ་དུ་ཤར།

“ཡ། སྙན་ངག་པ་དབྱི་སེ་ཉིང་། བཞེས་ཡ། མཉེས་དག་གནོངས་དང”

དགའ་དགའ་ཡིས་དེ་ལྟར་འཆད་བཞིན་ཆང་ཕོར་མཐོ་རུ་བཏེགས།

“ཡ། མཛའ་མོ་ཁྲུང་ཁྲུང་དཀར་མོ་ཕྱུངས་ཡ། ཞབས་དག་གྱིས” དགའ་དགའ་ཡིས་དེ་ལྟར་འཆད་བཞིན་ཆང་ཕོར་མཐོ་རུ་བཏེགས།

“ཡ། གྲོགས་མཆོག་དོན་འགྲུབ་བཞེས་ཡ། ཞབས་དག་གྱིས” དགའ་དགའ་ཡིས་ཡང་བསྐྱར་ཆང་ཕོར་མཐོ་རུ་བཏེགས།

དགའ་དགའ་ཡི་མིག་ནང་དུ་སྤྲོ་བའམ་སྐྱོ་བ་ཞིག་འཚངས་ནས་འདུག ཡང་ན་སྤྲོ་བ་དང་སྐྱོ་བ་གཉིས་དུས་གཅིག་ཏུ་འཚངས་ནས་འདུག ཡིན་ཀྱང་གང་ནི་མང་ཞིང་གང་ནི་ཉུང་བ་ཆུ་ལ་འོ་མ་བླུགས་པ་དང་འདྲ་བར་དབྱེ་བ་འབྱེད་དཀའ།

དགའ་དགའ་ལ་གྲོགས་པོ་མང་པོ་མེད། དེ་ནི་ཕོའི་གཤིས་ཀས་ཐག་བཅད་པ་རེད། ཕོའི་གཤིས་ཀ་འགྱུར་བ་དང་བསྟུན་ནས་ཕོའི་གྲོགས་པོ་མང་དག་ཅིག་ཕོ་དང་རྒྱང་བསྐྱེད་ནས་བྱུད་སོང་། ཤུལ་དུ་ལྷག་པ་ནི་དོན་འགྲུབ་གཅིག་པུ་སྟེ། དོན་འགྲུབ་ཀྱིས་ནམ་ཡང་ཕོ་གྲོགས་པོར་རྩི་བཞིན་ཡོད། དོན་འགྲུབ་དང་ཕོ་གཉིས་ནི་ཨ་མ་གཅིག་གི་བྱུང་ཕོག་མ་བརྒྱུད

ཀྱང་མ་གཅིག་གི་སྐུན་ལས་ཀྱང་བརྩེ་བ་ཟབ། དེ་ནི་ཕོ་གཉིས་ཀྱི་གཤིས་ཀ་ཏ་ཙང་མཐུན་པས་རེད།

ད་ལྟ། དགའ་དགའ་ཡི་གྲོགས་པོ་གཅིག་པུ་ཡང་གྲོང་ཁྱེར་དེ་དང་འབྲལ་དགོས་བྱུང་སོང་། གྲོགས་པོ་དེ་མཚོ་མཐའ་ས་ཁུལ་དུ་བཅར་འདྲིར་ཐེངས་ཤིག་ཕྱིན། ཐེངས་དེའི་བཅར་འདྲིའི་ནང་དོན་ནི་མཚོ་སྔོན་པོའི་གསེར་ཉ་འཛིན་པ་བཀག་སྡོམ་བྱེད་པའི་གནས་ཚུལ་ཡིན། ཡིན་ནའང་ཡུལ་དངོས་སུ་འབྱོར་རྗེས། ཉ་ཤ་ཟ་མཁན་གཙོ་བོ་ནི་ "མཚོ་སྔོན་པོའི་གསེར་ཉ་དམྱུགས་མི་ཆོག" དང "ཉ་ཤ་ཟ་མི་ཆོག" ཟེར་མཁན་གྱི་དཔོན་པོ་དེ་དག་ཡིན་པ་ཤེས། ཕོ་ཕྱིར་ལས་ཁུངས་སུ་ལོག་རྗེས། གནས་ཚུལ་དེ་དག་མགོ་ཁྲིད་ལ་ཡར་ཞུ་མ་བྱས་པར་ཇི་མ་ཇི་བཞིན་རླུང་འཕྲིན་བརྒྱུད་ནས་ཐད་གཏོང་བྱས་པས། སྤྱི་ཚོགས་སྟེང་དུ་ཚུར་སྣང་ལན་ཆ་དྲག་པོ་འཁོར། ཚུར་སྣང་ལན་ཆ་དྲག་པོ་དེ་དང་བསྟུན་ནས་ཕོའི་གསར་འགོད་པའི་བྱ་བ་ཡང་མཇུག་འགྲིལ་དགོས་བྱུང་། ཕོ་གཞི་རིམ་གྱི་ཡུལ་མཐའ་འཁོབ་ཅིག་ཏུ་དགེ་རྒན་བྱ་རུ་མངགས།

གྲོགས་མཆོག་དོན་འགྲུབ་ཕོ་དང་གྱེས་ཁ་མར་བཤད་པའི་སྐད་ཆ་དེ་དགའ་དགའ་ཡི་རྣ་ལམ་དུ་ད་དུང་གཤགས་ཡོད་དེ། "ང་འགྱོད་པ་མི་སྐྱེ། དེ་ནི་ངས་གསར་འགོད་པ་ཞིག་གི་རྒྱུ་འབྲས་བློ་མིག་བསམས་པ་ཡིན། དེ་ནི་ངས་གསར་འགོད་པ་ཞིག་གི་རྩིས་ཐང་སྲུང་སྐྱོང་བྱས་པ་ཡིན" སྐད་ཆ་དེ་དག་བཤད་སྐབས་དོན་འགྲུབ་ཀྱི་གདོང་ལ་རྒྱལ་ཁའི་འཛུམ་ཞིག་མངོན་འདུག དགའ་དགའ་ཡིས་སེམས་གཏིང་ནས་དོན་འགྲུབ་ལ་ཡི་རང་དང་གོང་བཀུར་བྱེད་ཀྱིན་བཞིན་ཡོད། ཕོས་མི་ཟེར་བ་ནི་དོན་འགྲུབ་ལྷ་བུ་ཞིག་ཡིན་ན་འགྲིག་སྙམ་བཞིན་ཡོད།

"ཏ་ཙང་རྒྱུན་ལྡན་ཡིན་པའི་མིས་སྙན་ངག་འབྲི་མི་ཤེས་ཟེར་བ་དངོས་གནས་བདེན་དོན་ཡིན་པ་འདྲ"

"དགའ་དགའ་ཡིས་སྐར་དེ་འདྲ་རིང་པོ་བསྐུར་དོན་ཅི་ཡིན་ནམ"

“སོའི་ཁྲིམ་དུ་སྡུག་ཅིག་བྱུང་བ་མིན་ནམ”

“དགའ་དགའི་དབང་རྩ་འཁྲུགས་འདུག”

“དགའ་དགའི་སྨྲ་བ་ཇེ་ཉུང་དུ་འགྲོ་དོན་ཅི་ཡིན་ནམ”

དགའ་དགའ་ཡི་ལས་གྲོགས་ཚོས་ཤྐོག་ནས་དགའ་དགའ་ལ་དཔྱད་པ་སྣ་ཚོགས་སྤེལ་ཅི་ཐུབ་བྱེད་ཀྱིན་འདུག

ད་ལྟ་ཡོད་ཚད་སོ་དང་གྲིས་སོང་།

ཁྲིང་ཁྲིང་དཀར་མོ་སོ་དང་གྲིས་སོང་།

དོན་འགྲུབ་སོ་དང་གྲིས་སོང་།

དེ་བས་མཚན་མོ་ཁྲིམ་དུ་ལོག་ཐེངས་རེ་རེར། ཁེར་རྐྱང་གི་ཚོར་བ་དྲག་པོ་ཞིག་གིས་སོ་ལ་མནར་གཅོད་ཡང་ནས་ཡང་དུ་གཏོང་། དུས་སྐབས་དེ་ལྟ་བུ་ལ་དགའ་དགའ་ཡིས་རང་ཉིད་བྱ་ཞིག་ཡིན་ན་བསམམས། ཐོགས་མེད་རེག་མེད་ཀྱི་བར་སྣང་ནས་རང་དབང་ངང་ལྡིང་སྐོར་བརྒྱབ་ན་བསམམས། ཡིན་ནའང་སོ་ནི་གཤོག་ཡ་ཆད་པའི་བྱ་ཞིག་དང་འདྲ་བར། བར་སྣང་དུ་འཕུར་ཐབས་བྲལ་བ་སོའི་ཡིད་ན་ཁྲིགས་ཁྲིགས་ཡིན།

བྱ་ཞིག་ཡིན་ན་བསམམས་བྱུང་།།

འཕུར་རྒྱུ་བྱུང་ན་བསམམས་བྱུང་།།

ནམ་འཕང་བཅད་ན་བསམམས་བྱུང་།།

རང་དབང་རྙེད་ན་བསམམས་བྱུང་།།

དགའ་དགའ་ཡིས་རང་ལ་འཕྲུལ་སྣང་གི་གཤོག་པ་བཙུགས་ནས་སྟོང་བསམ་གྱི་བར་སྣང་དུ་འཕུར། སོ་ཉི་འོད་དང་འགྲོགས་ནས་འཕུར། སོ་གནམ་སྔོན་པོ་དང་ས་ཆེན་པོའི་བར་མཚམས་ནས་འཕུར། ཐོགས་མེད་རེག་མེད་ཀྱི་ཨ་སྔོན་དེ་སོ་གཅིག་པུར་དབང་། མཐའ་ཡས་སོད་ཡངས་ཀྱི་ས་གཞི་དེ་སོ་གཅིག་པུར་དབང་། སོ་དྭངས་གཙང་གི་མཚོ་ངོགས་སུ་བབས་ནས་ཁྲུས་བྱས། སོ་རྟེད་འཛམ་གྱི་ཚང་མལ་དུ་ལོག་ནས་ངལ་གསོས ……

ནམ་གྱུང་དཀྱིལ་ཞིག་ལ་དགའ་དགའ་གཉིད་ལས་སད། དེ་ནི་གསར་འགོད་པ་རྒན་པ་དེས་སོ་བསླངས་པ་རེད། སོ་གཉིད་ཀྱི་ཞིང་ཁམས་སུ་ཞུགས་པ་ན། གསར་འགོད་པ་རྒན་པ་དེའི་གདོང་ལ་སོང་འཛུམ་ཞིག་ལངས་ཤིང་། ཏ་ཙང་མཐོང་ཆུང་གི་ཚུལ་གྱིས་དགའ་དགའ། ཁྱོད་ནམ་ཡང་ངའི་ལག་འོག་ནས་ཐར་མི་སྲིད་ཟེར། སོས་གསར་འགོད་པ་རྒན་པ་དེར་ཁུ་ཚུར་སྦྱར་ནས་ཁ་ཁྲག་སྣ་ཁྲག་འཁྱིན་དུ་འཇུག་བསམས་མོད། སོའི་འདོད་ཐོག་ཏུ་མ་ཡོང་། སོས་ཇི་ལྟར་རྗེས་བསྙེགས་ཀྱང་གསར་འགོད་པ་རྒན་པ་དེའི་རྗེས་མ་ཆོད། བར་སྐབས་ཤིག་ལ་སོས་ཤེད་ཤུགས་ཡོད་ཚད་བཏོན་ནས་ཁུ་ཚུར་གྱིས་གཅིག་བརྒྱབ་པ་ན། སོ་གཉིད་ལས་སད་བྱུང་། དུས་མཚུངས་སུ་སོ་ལ་ཟུག་གཟེར་དྲག་པོ་ཞིག་སྐྱེས། ཞིབ་ཏུ་བལྟས་པ་ན། མ་གཞིར་སོའི་ཁུ་ཚུར་མལ་ཁྲིའི་གཞོགས་ཀྱི་རྩིག་ལྡེབས་ངོས་སུ་ཐོག་པས་རེད།

ཕྱི་རོལ་གྱི་ནམ་ཟླ་ཏ་ཙང་འཁྲུག རྫོད་སོལ་དབེན་པའི་ཁང་མིག་དེ་དུས་རྒྱུན་ལས་ཀྱང་འཁྲུག་པའི་སྣང་བ་ཞིག་སྐྱེར། དགའ་དགའ་ཡི་སེམས་པ་འཁྲུག་སིབ་སིབ་ཏུ་གྱུར། དགའ་དགའ་ལ་བསྟུད་མུར་གྲང་འདར་ལན་འགའ་བྱུང་།

དགའ་དགའ་ཡི་རྣམ་རིག་ཇེ་གསལ་དུ་སོང་།

དགའ་དགའ་ཡི་སེམས་སུ་འཇིག་རྟེན་དུ་རང་ཉིད་ནམ་ཡང་ཁེར་རྐྱང་ཞིག་ཡིན་པའི་སྣང་བ་སྐྱེས།

དགའ་དགའི་ཡིད་ལ་འཆི་བ་ཤར།

དགའ་དགའི་ཡིད་ལ་སྤུས་འོག་གི་གཉིད་སྨན་དེ་དྲན།

དགུན་རྒྱ་སྐྱག་འདྲ་བོས་མཐོ་གཞོངས་ཀྱི་གྲོང་ཁྱེར་འདི་གྲང་འཁྱག་གི་འཇིག་རྟེན་ཞིག་ཏུ་བསྒྱུར་འདུག ཡིན་ནའང་དེས་གྲོང་ཁྱེར་འདིའི་རྒྱུན་ལྡན་གྱི་འཚོ་བར་བཀག་འགོག་ཅི་ཡང་ཐེབས་མི་སྲིད། གྲོང་ཁྱེར་དེའི་ཁྲོམ་སྲང་ཀུན་ཏུ་ཚོང་འབོད་ཀྱི་སྒྲ་དང་མི་ཚོགས་ཀྱི་འུར་ཟིང་སྔར་བཞིན་འཛགས་པ་མེད་པར་ཐོབ་ཐུབ།

སྐབས་དེར་གྲོང་ཁྱེར་དེའི་བས་མཐར་ཡོད་པའི་གྲོང་ཚོའི་ནང་དུ་མི་ཞིག་གི་དབུགས་

ཀྱི་རྒྱུ་བ་སྤྱར་ནས་འགགས་ཟིན། མི་དེའི་མིང་ལ་དགའ་དགའ་ཟེར། གནས་ཚུལ་དེ་ཐོག་མར་ཤེས་མཁན་ནི་ཕོའི་གྲོགས་མཆོག་དོན་འགྲུབ་རེད། དོན་འགྲུབ་གཞུང་དོན་ཞིག་གི་ཆེད་དུ་གྲོང་ཁྱེར་འདིར་ཐེངས་ཤིག་ཡོང་། ཕོས་ཆང་རག་དམ་བེ་དོ་བཟུང་ནས་དགའ་དགའ་ལ་སྐོར་རྒྱུག་ཏུ་སོང་། ཕོས་དགའ་དགའ་དང་མཉམ་དུ་ཆང་སྐྱིད་པོ་ཞིག་འཐུང་ན་སེམས་བཞིན་ཡོད། ཕོས་དགའ་དགའ་ཡི་སྡོད་ཁང་གི་སྒོ་ཤེད་ཀྱིས་བརྡུངས་ཀྱང་ནང་དུ་གྲག་འགྲུལ་ཅི་ཡང་མ་བྱུང་། དགའ་དགའ་གང་དུ་བུད་སོང་ངམ།

དོན་འགྲུབ་ཀྱིས་ཁྱིམ་མཚེས་མ་དེ་ལ་དགའ་དགའ་ཡོད་མེད་ཀྱི་གནས་ཚུལ་དྲིས། ཁྱིམ་མཚེས་མ་དེས་ཧ་ཅང་མཐོང་ཆུང་གི་ཉམས་ཀྱིས "སྨྱོན་པ་དེ་ཟེར་བ་ཡིན་ནམ། སྨྱོན་པ་དེ་ཁྱོད་ཀྱི་ཅི་ཞིག་ཡིན" ཟེར།

"གྲོགས་པོ་ཡིན། དེས་ཁྱོད་ལ་ཅི་ཞིག་བྱས་སོང་། ཁྱོད་ཀྱིས་སྨྱོན་པ་ཟེར་དོན་ཅི་ཡིན" དོན་འགྲུབ་ཀྱིས་མཚར་སྣང་དང་བཅས་དྲིས།

ཁྱིམ་མཚེས་མ་དེས་དོན་འགྲུབ་ལ་གནས་ཚུལ་མ་ལུས་གསལ་པོར་བཤད། དེ་ནི་གཟའ་སྤེན་པའི་མཚན་གུང་ཞིག་ཡིན། མོས་གཉིད་གུང་ནས་ཅ་སྒྲ་ཞིག་ཐོང་བྱུང་། མོ་སྐྲག་མ་སྤྲངས་ཀྱིས་ཡར་ལངས་ཏེ་ཞིབ་ཏུ་མཉན་པ་ན། དེ་ནི་ཕྱི་རོལ་གྱི་ར་སྒོར་ནང་ནས་གྲག་གིན་འདུག མོས་དལ་བུར་སྒེའུ་ཡོལ་ཡར་བཀྱགས་ཏེ་ཕྱི་རོལ་གྱི་གྲག་འགྲུལ་ལ་བལྟས་ཚེ། འོ། རེད། མཚན་མོ་དེར་ད་དུང་ཕྱི་རོལ་ཏུ་ཁ་བ་མཐུག་པོ་ཞིག་ཀྱང་བབས་འདུག མི་ཞིག་ཁ་བའི་ཁྲོད་ན་ཕོག་སྟོད་གཅེར་བུར་བུད་དེ། དེ་ནི་འབྲི་དེབ་ཅིག་ཡིན་པ་འདྲ། ཕོས་རེ་རེ་བཞིན་གཤགས་ཏེ་མེ་ལ་སྲེག་བཞིན་འདུག ངས་མེ་འོད་བརྒྱུད་ནས་ཞིབ་ཏུ་བལྟས་པ་ན། མི་དེ་ངའི་ཁྱིམ་མཚེས་རེད། སྨྱོན་པ་དེས་ད་དུང་རྐང་ལ་ལྷམ་ཡང་གྱོན་མི་འདུག ཕོས་ངག་ནས་ད་དུང་ཅི་ཞིག་ཡང་ཡང་གྲེར་བཞིན་འདུག ཕོས་ཕུས་མོ་ས་ལ་བཙུགས་ནས་ཕྱག་འཚལ་བཞིན་པ་འདྲ། ཕོ་དངོས་གནས་སྨྱོས་འདུག

ཡང་མཚན་མོ་ཞིག་ལ། མོ་གཉིད་ཀྱི་ཞིང་ཁམས་སུ་ཞུགས་དུས། མི་ཞིག་གིས "ཨ་

པ། ཨ་མ” ཞེས་ཡང་ཡང་འབོད་ཀྱིན་ཡོད་པ་ཐོས་བྱུང་ཟེར། ངས་ཞིབ་ཏུ་མཉན་པ་ན། ཡང་སྨྱོན་པ་དེ་རེད། སྨྱོན་པ་དེ་དང་ངེད་གཉིས་ཀྱི་བར་ན་གྱང་ལེབ་འདི་ལས་མེད་པས། ཁོའི་གྲག་འགྱུལ་ཆེ་བའི་འགྱུལ་སྐྱོད་ཡོད་ཚད་ཀྱིས་ང་ལ་བར་ཆད་གཏོང་བཞིན་ཡོད། སྨྱོན་པ་དེ་མཚམས་རེར་དགོད་ཅིང་ལན་རེར་ངུ་བས། ང་གཉིད་ལ་ཞུགས་པའི་གོ་སྐབས་ཡོངས་སུ་འཕྲོག་གིན་ཡོད། མི་དེ་ཁྱོད་ཀྱི་གྲོགས་པོ་ཡིན་ན་ཁྱོད་ཀྱིས་བདག་བྱེད་རན་རེད། ངས་དངོས་གནས་བཟོད་མི་ཐུབ། ཕྱིར་ཡིན་ན་ངས་གནས་སྤོར་བསམས་པ་ཡིན་མོད། གཅིག་ན་ངའི་ལས་ཀར་ཐེལ་འཚུབ་ཆེ་བ་དང་། གཉིས་ན་ཉིན་འགའི་སྔོན་ནས་བཟུང་། སྨྱོན་པ་དེ་ཙུང་རྒྱུན་ལྡན་དུ་གྱུར་ཟིན་པ་འདྲ། གྲག་འགྱུལ་ཅི་ཡང་མེད་པས་ང་འདིར་སྡུ་མཐུད་དུ་བསྡད་པ་ཡིན། མོས་ད་དུང་མཇུག་ཏུ “ནམ་ཞིག་དེས་ཡང་བསྐྱར་དེ་ལྟར་བྱས་ཚེ། ངས་ཅི་བྱ” ཞེས་ཁྲོ་བའི་ཉམས་དང་བཅས་བཤད་བྱུང་། ཁྱིམ་མཚེས་མས་དེ་ལྟར་ཁོའི་གྲོགས་པོར “སྨྱོན་པ་དེ” ཞེས་དམའ་འབེབས་ཅི་ཐུབ་ཏུ་བྱས་ནའང་། དོན་དངོས་ག་འདྲ་ཡིན་པར་གསལ་ཆ་བྲལ་བས། ཁོས་ཕྱིར་ཅི་ཞིག་བཤད་འདོད་ཀྱང་བཟོད་བསྲན་བྱས།

སྐབས་དེར་དོན་འགྲུབ་ཀྱིས་རང་གི་སྐགས་ཀྱི་ལྡེ་མིག་སྤར་མོ་གང་པོ་དེའི་ནང་དུ་སྒོ་དེའི་ལྡེ་མིག་ཡོད་པ་ཡིད་ལ་དྲན་བྱུང་། དེ་ནི་དགའ་དགའ་ཡིས་ཁོ་ལ་དེ་སྔར་སྤྲད་པ་ཡིན་ལ། དགའ་དགའ་མེད་དུས་ཁོས་ལྡེ་མིག་དེས་སྒོ་ཕྱེ་ནས་ཁོ་ལ་བསྒུགས་པ་ཡིན། ཁོས་དགའ་དགའ་ཡི་ཁང་བའི་སྒོ་ཕྱེ་སྟེ་ནང་དུ་འཛུལ་པ་ན། དགའ་དགའ་མལ་ཁྲིའི་སྟེང་གཉིད་འདུག་པས་སེམས་པ་ཙུང་བདེ་ལ་བབ་སོང་། ཁོས་ཆང་དམར་དམ་བེ་དོ་པོ་མདུན་ཅོག་དམར་པོ་དེའི་སྟེང་དུ་བཞག་རྗེས “དགའ་དགའ། ཡར་ལོངས་དང་། ང་བུད་ཡོང་། ཁྱོད་ལ་སྐོར་རྒྱུག་ཏུ་ཡོང་བ་ཡིན” ཅེས་བཤད། དགའ་དགའ་ལ་འགྱུལ་ཙམ་ཡང་བྱེད་རྒྱུ་མི་འདུག དོན་འགྲུབ་ཀྱིས་ཡང་བསྐྱར “དགའ་དགའ། ཡར་ལོངས” ཞེས་བཤད་པ་ན། སྔར་བཞིན་གྲག་འགྱུལ་ཅི་ཡང་མེད་པས། དོན་འགྲུབ་ཀྱིས་ད་གཟོད་དོན་དག་ཅིག་བྱུང་སོང་བ་མིན་ནམ་སྙམ། ཁོས་སྐྲག་མ་སྟངས་ཀྱིས་དགའ་དགའ་ཡི་མཆུ་འདབས་སུ་ལག་པས་རེག་པ་ན།

དགའ་དགའ་ཡི་ལུས་ཀྱི་ཤ་ཁྲོད་སྟེང་ནས་ཉམས་འདུག

ཁོས་དགའ་དགའ་ཡི་དབུགས་ཀྱི་རྒྱུ་བ་འགགས་འདུག་པ་ཤེས། ཁོས་ད་དུང་དགའ་དགའ་ཡི་དབུགས་ཀྱི་རྒྱུ་བ་འགགས་ནས་ཉིན་ཤས་འགོར་སོང་བའང་ཤེས།

དོན་འགྲུབ་ཀྱི་མཐོང་ལམ་དུ་རིལ་བུ་དཀར་པོ་འགའ་མངོན་བྱུང་། དེ་ནི་གཉིད་སྨན་རེད། དོན་འགྲུབ་ཀྱིས་གཉིད་སྨན་འཐུངས་མ་མྱོང་ལ་རིག་ཀྱང་མ་མྱོང་མེད། དེ་ནི་ཁོས་ཚོད་དཔག་བྱས་ནས་ཤེས་པ་ཡིན། དགའ་དགའ་ཡི་སྟེས་འགྲམ་དུ《དབྱི་སེ་ཉིང་གི་སྨན་ངག་ཐུང་ངུ་ཁག་བརྒྱ》ཞེས་པའི་དེབ་ཅིག་བཞག་འདུག ཁོས་དེབ་དེ་ལག་ཏུ་བླངས་པ་ན། དེའི་བར་ནས་ཡིག་ཤུབས་དཀར་པོ་ཞིག་ཐང་ལ་ལྷུང་སོང་། ཡིག་ཤུབས་ཀྱི་སྟེང་དུ“ཁ་ཆེམས་ཡི་གེ”ཞེས་ཡིག་འབྲུ་ནག་པོ་འགའ་བྲིས་ཡོད་པ་མཐོང་། དེ་ནི་དགའ་དགའ་ཡི་ཡིག་གཟུགས་རེད། ཁོས་ཁ་ཕྱེ་ནས་བལྟས་པ་ན། སྨན་ངག་གམ་ཡང་ན་གླུ་ཚིག་ལྟ་བུ་དེ་ལས་ཅི་ཡང་བྲིས་མེད། ཁོས་མིག་ཐུང་དུ་སོང་བའི་ཚིག་དེ་ཐེངས་ཤིག་བཀླགས།

བུ་ཞིག་ཡིན་ན་བསམས་བྱུང་།

འཕུར་རྒྱུ་བྱུང་ན་བསམས་བྱུང་།

ནམ་འཕང་བཅད་ན་བསམས་བྱུང་།

རང་དབང་རྙེད་ན་བསམས་བྱུང་།

དོན་འགྲུབ་ཀྱིས་དགའ་དགའ་ཡིས་རྒྱུན་པར་ཕྱི་རོལ་ཏུ་ལྟ་བའི་སྒེའུ་ཁུང་བརྒྱུད་ནས་བལྟས་པ་ན། ཁ་བ་ལེབ་མོ་ལེབ་མོ་བྱས་ནས་ཆགས་ཡོད་པའི་ལྗོན་རྩེ་རུ་བྱེའུ་ཞིག་བབས་འདུག བྱེའུ་དེས་དོན་འགྲུབ་མཐོང་བས་བདེ་ལྷག་འཕྲུག་པོས་གཤོག་ཟུང་ སྒྲུག་སྒྲུག་བྱེད་ཀྱིན་རྒྱང་རིང་དུ་འཕུར་སོང་།

དགའ་དགའ་རྒྱང་རིང་དུ་འཕུར་སོང་།

དགའ་དགའ་ལ་ཐར་བ་ཐོབ་སོང་།

དོན་འགྲུབ་ལ་དེ་ལྟ་བུའི་འཁྲུལ་སྣང་ཞིག་སྐྱེས།

དགའ་དགའ་ལགས། འཕུར་ཅིག རང་དབང་བསྒྲིགས་ནས་འཕུར་ཅིག མཐོན་མཐིང་གི་ནམ་མཁའི་དབྱིངས་སུ་འཕུར་ཅིག

……

དོན་འགྲུབ་ཀྱི་སེམས་ཁོང་དུ་དགའ་དགའ་ཡི་དགའ་སྐྱོ་ཆགས་སྣང་མངོན་པར་གསལ་བའི་སྣང་བརྙན་རེ་རེ་དུས་གཅིག་ཏུ་འཚངས་ནས་འོངས། དོན་འགྲུབ་ཀྱི་སེམས་པ་སྐྱོ་སྐྱོ་བ་ཞིག་བྱུང་། ཁོའི་མཁྱུར་ཚོས་བརྒྱུད་ནས་མིག་ཆུའི་ཐིགས་པ་འགའ་ས་ལ་ལྷུང་། ཁོས་ཡང་བསྐྱར་དགའ་དགའ་རྒྱུན་དུ་གྱེར་རྒྱུར་དགའ་བའི་སྙན་ངག་གམ་གཞས་ཚིག་དེ་ཐེངས་ཤིག་གྱེར།

བུ་ཞིག་ཡིན་ན་བསམས་བྱུང་།།

འཕུར་རྒྱུ་བྱུང་ན་བསམས་བྱུང་།།

ནམ་འཕང་བཅད་ན་བསམས་བྱུང་།།

རང་དབང་རྙེད་ན་བསམས་བྱུང་།།

སད་དང་མ་སད་མི་འདུག

ངས་འཇིག་རྟེན་འདིར་ཆེས་སྤྲོ་སྣང་ལྡན་པ་ནི་གཉིད་ལ་རོལ་རྒྱུ་དེ་ལས་ལྷག་པ་ཞིག་མེད་པར་འདོད་སྙིང་། རྒྱུ་མཚན་ནི་གཉིད་ལ་ཞུགས་རྗེས་ད་གཟོད་སྡུག་པོ་དང་དབུལ་པོ། དཔོན་པོ་དང་མི་སེར་སོགས་ཀྱི་ཁྱད་པར་མེད་པར་འདྲ་མཉམ་ཡིན་པས། དེ་ནི་གནམ་ཨ་ནེ་གུང་སྨན་རྒྱལ་མོས་མི་རྣམས་ལ་རིས་མེད་དུ་གནང་བའི་ལོངས་སྤྱོད་མཆོག་གྱུར་ཅིག་ཏུ་སྙོམ་བཞིན་ཡོད། ཡིན་ན་ཡང་ཉིན་འདི་དག་གི་རིང་ལ་མཚན་གུང་དུ་རྨི་ལམ་སྣ་ཚོགས་ཀྱིས་ལུས་སེམས་གཉི་གར་མནར་གཅོད་ཚད་མེད་གཏོང་པས། རྨི་ལམ་མཐའ་དག་མངོན་སུམ་དུ་འགྱུར་ཞིང་། མངོན་སུམ་མཐའ་དག་རྨི་ལམ་དུ་འགྱུར་ནས་འཚོ་བའི་གོ་རིམ་ཀུན་ནས་དཀྲུགས་པར་བྱེད།

སྐྲག་མ་དངངས་ཀྱིས་མལ་ཁྲིའི་སྟེང་ནས་སློ་རྒྱུག་ཏུ་ཡར་ལངས་ཏེ། མལ་ཁང་ནང་ཧྲིལ་པོར་སྐོར་ལྟ་ཞིག་བྱས་པ་ན། མལ་ཁྲིའི་འགྲམ་གྱི་དཔེ་སྒྲོམ་དང་། དེའི་གཡས་ལོགས་སུ་རིམ་པ་ལྟར་བསྒྲིགས་ཡོད་པའི་འདོལ་ཁྲི་དང་། སྒྲོག་ཅེ། ལྕགས་ཐབ་སོགས་ཁྱིམ་ནང་གི་ཡོད་བྱད་ཅག་ཅིག་རྣམས་མིག་ལམ་དུ་ཤར།

འདི་ནི་མངོན་སུམ་ཡིན་ནམ།

ངས་རང་གི་གདོང་ལ་ཡང་ཡང་རེག་པ་ན། འཛེར་ནས་ཡོད་པའི་སྐྲ་ར་དང་། དེ་ནས་སྣ་དང་རྣ་དང་མིག་སོགས་རེ་རེ་བཞིན་ལག་ཏུ་ཚུད་ཀྱང་། ང་རང་ད་དུང་ཡིད་མ་ཆེས་པས་འགྲམ་པར་སེན་མོས་ཤ་གཙུ་ཞིག་བརྒྱབ་པ་ན་དེས་བྱིན་པའི་ན་ཟུག་ནི་དེ་འདྲའི་ཚ་ཟེར་ཟེར་དུ་སྣང་།

ང་རང་ཤི་མི་འདུག

བདག་གི་ངག་ལས་དེ་ལྟར་ཤོར།

ང་རང་དངོས་གནས་གསོན་པོར་གནས་འདུག་ནའང་། ང་ལ་ཉིན་འདི་འགར་རང་ཉིད་ཤི་ཟིན་པའི་ཉམས་སྣང་ཞིག་རྟག་ཏུ་སྐྱེན་ཞིང་། མཚུངས་སུ་འཆི་བ་དང་འབྲེལ་བའི་མཇུག་འབྲས་སྣ་ཚོགས་ཀྱིས་བདག་གི་ཀླད་པའི་ནང་ཧྲིལ་པོ་འགད་ལ་ཁད་བྱེད་པས། ཡིད་སེམས་ནི་བདེ་ཚོར་གྱིས་ཡོངས་སུ་བཏང་པ་དང་འདྲ་བར་ལྡིང་ཏིག་ཏིག་ཏུ་གྱུར།

1

ཁ་ལག་གཙང་མར་བཀྲུས་རྗེས། ང་རང་འཚབ་འཚུབ་ངང་སྒོར་བུད་ཅིང་། ཐད་ཀར་སྤྱི་སྤྱོད་རླངས་འཁོར་ཨང་ཉེར་གཅིག་པའི་འབབ་ཚུགས་ཕྱོགས་སུ་གོམ་པ་རིང་ལེན་བྱས་ནས་སོང་བ་ཡིན། སྤྱི་སྤྱོད་རླངས་འཁོར་དུ་བསྡད་རྗེས་གྲོང་ཁྱེར་གྱི་མཐའ་ཁུལ་དུ་གནས་པའི་གྲོང་ཚོ་དེ་རྒྱབ་ལ་བསྐྱུར་ཏེ། གྲོང་ཁྱེར་གྱི་དབུས་ཁུལ་དུ་གནས་པའི་ལས་ཁུངས་ཀྱི་ཕྱོགས་སུ་བཅར་བ་ཡིན། ཞོགས་པར་གཞུང་ལས་སུ་སྐྱོད་པའི་རླངས་འཁོར་མང་བའི་དབང་གིས་སྤྱི་སྤྱོད་རླངས་འཁོར་གྱི་འཁོར་འགྲོས་ཤིན་ཏུ་དལ་ཞིང་། དེའི་ཁར་བཞི་མདོ་རེ་རེར་འགྲིམ་འགྲུལ་བརྡ་དམར་བཀག་ཐེངས་མང་བས། ནངས་སྔ་མོའི་གསེར་ལས་དཀོན་པའི་དུས་ཚོད་མང་པོ་ཞིག་ལམ་ནས་དོན་མེད་དུ་བརླག་འགྲོ་ཞིང་། ལས་ལེགས་ན་གཞུང་

ལས་ཁང་དུ་སླེབ་དུས་ལས་ཚོགས་ཀྱི་རྗེས་སུ་མ་ལུས་པ་ཙམ་རེད། མཚམས་རེར་ད་དུང་ལས་ཚོགས་ཀྱི་རྗེས་སུ་ལུས་ཏེ་མགོ་ཁྲིད་ཀྱི་སྐྱོན་རྗོད་བྱེད་དུས་ཀྱང་ཡོད།

ད་ལྟ་ང་རང་གཞུང་ལས་ཁང་དུ་འགྲོ་ཞིང་། རང་གི་འདུག་སྟེགས་སྟེང་བསྡད་དེ་ཉིན་གཅིག་གི་གཞུང་ལས་འགོ་བཙུགས་པ་ཡིན། རྩིས་འཁོར་གྱི་ཁ་ཕྱེས་པ་ན། ཁ་སང་གི་རྒྱ་རྫོམ་རིང་པོ་དེ་ད་དུང་བསྒྱུར་ཚར་མེད་པས། ཤོགས་ཀྱི་ཚིག་མཛོད་ཚེ་སྟེག་དེ་ཡར་སློག་མར་སློག་བྱེད་བཞིན་བསྒྱུར་འགྲོ་དེའི་མཇུག་བསྐྱུང་རྩིས་བྱས་པ་ཡིན། ཡིན་ནའང་ཅིས་ཀྱང་བློ་རིག་གཞི་གཅིག་ཏུ་བསྡུ་ཐབས་བྲལ་བས། བདག་གིས་ཁོ་ཚོ་ཐོར་གང་ཚ་འཕྲུང་བྱས་ཏེ་ཡུད་ཙམ་བསྡད་པ་ན། ད་གཟོད་རྣམ་རིག་ཇེ་གསལ་དུ་སོང་ཞིང་ལུས་ཡོངས་ལ་གསོན་ཤུགས་ཤིག་བསྐྱེན་པ་དང་འདྲ་བས། ལག་ཟུང་རྩིས་འཁོར་གྱི་གདག་གཞུང་ངོས་སུ་བཞག་སྟེ་རྒྱ་རྫོམ་དེ་མྱུ་མཐུད་དུ་བསྒྱུར་པ་ཡིན།

ང་རང་ཆེས་འཚིག་པ་ཟ་བ་ནི་ལོམ་ལོང་གི་དབང་དུ་སོང་བའི་ལས་གྲོགས་དེ་དག་ཡིན། ང་རང་གིས་བློ་རྩེ་གཅིག་ཏུ་བསྒྲིམས་ཏེ་ལས་ཀར་བྲེལ་བཞིན་ཡོད་ནའང་། ཁོ་ཚོ་ཁ་བརྡར་གཡེང་ནས་ཉེ་མ་ཐུད་ཐབས་བྱེད་ཀྱིན་འདུག ཁོ་ཚོའི་རང་རང་གི་ཁྱིམ་སྒྱིད་ཆྙངས་འཁོར་ཆུང་བའི་རྟགས་ཅི་ཡིན་པ་དང་། རང་རང་གི་སྡོད་ཁང་གི་རྒྱ་ཁྱོན་ཆེ་ཆུང་ཅི་འདྲ་ཡིན་པ་སོགས་ལབ་ནས་སྙིང་སྙོང་བར་བྱེད། ཁོ་ཚོས་ཁ་བརྡ་དེ་དག་བསམ་གཟས་ནས་བདག་གི་རྣ་ལམ་དུ་བསྒྲགས་པ་མ་ཡིན་ཀྱང་། སྐད་ཆ་དེ་དག་ཚེར་མ་བཞིན་བདག་གི་སྙིང་ལ་ཟུག་འོངས་པས། བློ་སེམས་རྣལ་ལ་ཕབ་ནས་བྱ་བ་བསྒྲུབ་རྒྱུ་ནི་ཁག་པོ་འདུག ངས་ཐ་མག་རྐང་གཅིག་བཏོན་ནས་མེ་བསྣོས་པ་ན། ཀླད་པའི་ནང་རྫིལ་བོར་འཁོར་འོངས་པ་ནི་མདང་གི་རྨི་ལམ་ཁོ་ན་རེད། དེས་མིག་མདུན་གྱི་བསྒྱུར་འགྱུར་ལུས་པའི་རྒྱ་རྫོམ་དེ་ཐད་དེ་བདག་གི་བསམ་གཞིག་གི་ཀློང་ལས་བདས་སོང་།

……ནེམ་ཤིག་ཤིག་གི་མལ་ཁྲི་དེ་ནི་ང་རང་གི་ཡིན། མལ་ཁྲི་དེ་འདྲ་ཡོད་ཆེ་འཚོ་བ་ནི་ལོངས་སྤྱོད་ཅིག་ལས་ཁྱུར་པོ་ཞིག་གཏན་ནས་མ་ཡིན། ཚོན་ཁྲ་ཅན་གྱི་བརྙན་འཕྲིན་

འཕྲུལ་ཆས་སྲུབ་མོ་དེའི་རིགས་ཚོང་ཁང་ནང་དུ་མ་གཏོགས་མཐོང་མ་མྱོང་ནའང་། ད་ལྟ་བདག་ཀྱང་བརྟན་འཁྲིན་འཕྲུལ་ཆས་དེ་དང་ཆ་འདྲ་བ་ཞིག་གི་ཁ་གཏད་དུ་བསྡད་དེ་རྐང་རྩེད་སྤོ་ལོའི་འགྲན་བསྡུར་ལ་གཡེང་ཡོད། ངས་མདུན་ཅོག་འོད་ལམ་མེ་བ་དེའི་སྟེང་གི་སྲུ་སྲུབ་ཁྱུ་ནག་བླངས་ཏེ་ཁམ་གང་འཐུང་རྗེས་ལུས་ཡོངས་ལ་བདེ་སྣང་བསམ་གྱིས་མི་ཁྱབ་པ་ཞིག་འཕེལ། རྫི་གྲུ་བཞི་མ་བརྒྱ་དང་ལྔ་བཅུ་ལྷག་གི་ཁང་པ་འདི་འདྲ་ཡོད་མཁན་ནམ་རྒྱུན་ཅི་ཞིག་ཡིན་མདོག་གི་མགོ་བོ་མཐོ་ཉ་དགེ་བའི་ངའི་ལས་གྲོགས་ཚོའི་གྲས་ནའང་རེ་གཉིས་ལས་མེད་པས། ངའི་ད་ལྟའི་སྤྲོ་སྣང་ནི་ཁང་པ་འདི་འདྲ་ཡོད་མཁན་གྱིས་མ་གཏོགས་ཤེས་མི་སྲིད། དངོས་གནས་ཁང་པ་ནི་ཆེ་ན་དགའ་ཨང་། འགྲུལ་ཁང་ནི་ལྷང་རྩེད་ར་བ་ཞིག་དང་འདྲ། གལ་ཏེ་རྩིགས་ལྡེབས་སུ་ལྷུགས་ཀྱི་ཨ་ལོང་ཞིག་བསྐྱན་ཆེ་རྒྱ་ཆེ་ཞིང་ཡོད་ཡངས་པའི་འགྲུལ་ཁང་ནང་དུ་ལྷང་ལི་ཡང་རྩེ་ཚོག་ཚོག་རེད། ཡིན་ནའང་ང་རང་ལྷང་ལི་རྩེ་རྒྱུར་དགའ་པོ་མེད་པས་འགྲུལ་ཁང་དེ་ལྟར་འཕྲོ་བརླག་ཏུ་མི་གཏོང་ཀ་མེད་བྱུང་། ངས་ནང་ཁྱིམ་གྱི་རྩིགས་ལྡེབས་ངོས་ཡོངས་སུ་མཐའ་ཤིང་གིས་ཤན་པའི་རང་གི་འདྲ་པར་ཆེ་མ་ཚང་གསུམ་བཀལ་ཡོད་པས། མི་རྒྱུས་ཡོད་རྒྱུས་མེད་སུ་སླེབས་ཀྱང་ཁང་བ་འདིའི་བདག་པོ་ང་ལས་གཞན་ལ་འཁྲུལ་མི་སྲིད། ངས་སྣ་སྨྲ་ཐན་ཐུན་ལེན་བཞིན་ཧ་ཅང་ཡིད་ཚིམ་པའི་ཉམས་ཀྱིས་ཁང་བ་ཡོད་པའི་ཚོར་སྣང་དེ་ཉམས་སུ་མྱོང་བ་ཡིན ……

བདག་གི་ཕྲག་པར་ལྡིད་ཉིག་ཉིག་གི་དངོས་པོ་ཞིག་གིས་མནན་པའི་སྣང་བ་སྐྱེན་བྱུང་། ངས་སྣ་སྨྲ་ལེན་མཆམས་བཞག་ཅིང་རྫི་ལམ་གྱི་འཛིག་རྟེན་ལས་ཕྱིར་བུད་དེ་ཕྲག་གི་དངོས་པོ་དེ་ཅི་ཡིན་ལ་བལྟས་པ་ན། ཨོ། མགོ་ཁྲིད་ཀྱི་ལག་པ་ནི་ལྡིད་ཉིག་ཉིག་གི་དངོས་པོ་ཞིག་དང་འདྲ། དངོས་པོ་དེ་ང་རང་གི་བདེ་སྣང་སྐྱིད་སྣང་ཡོད་ཚད་སྐད་ཅིག་ཉིད་དུ་བཅོམ་པས། ངས་གདོང་ལ་བཅོས་འཛུམ་ཞིག་མདོན་ཅི་ཐུབ་ཀྱིས་ཡར་ལངས་ཏེ་གསུང་བབ་ལྷི་སེ་བ་ཅི་ཞིག་གནང་བར་བསྒུག

ཁྱོད་ཀྱིས་ཁ་སང་གི་རྩོམ་དེ་ད་དུང་བསྒྱུར་མ་ཚར་རམ།

མགོ་ཁྲིད་ཀྱི་བཞིན་དེ་ནམ་ཡང་གནག་གནག་ལ་བསྡད་འདུག

མ……མཚར། ཡིན་ནའང་ཚར་ལ་ཉེ།

ང་རང་རྟབ་རྟབ་པོར་གྱུར་ཏེ་དེ་ལྟར་ལན་བཏབ། མགོ་ཁྲིད་ཀྱིས་རྒྱུན་དུ་ངའི་ཚོར་བ་ས་དང་རྡུལ་དུ་བརླག་པར་བྱེད།

ང་སྔར་བཞིན་གཞུང་ལས་ཁང་དུ་ཡོད། ལག་ཟུང་རྩིས་འཁོར་གྱི་གདག་གཞུང་ངོས་སུ་བཞག་སྟེ་སྔ་མཐུད་དུ་རྒྱ་ཅོམ་བསྒྱུར་འཕྲོ་དེའི་མཇུག་བསྒྲིངས་པ་ཡིན། ཚོར་བ་ཞིག་ལ་ཡིག་སྒྱུར་གྱི་ལས་ཀ་སྒྲུབ་པ་ནི་རུས་པ་སྲ་མོ་ཞིག་ཁ་ནས་སྨུར་ཅི་ཐུབ་བྱེད་པ་དང་མཚུངས། ཚོར་བ་དེས་ང་ལ་རང་ཚང་གིས་དེ་སྔ་གསོས་སྐྱོང་པའི་རྒྱ་ཁྱི་ཧོན་ལོག་དེ་ཡིད་ལ་དྲན་དུ་བཅུག ང་ཡང་ཁྱི་ཞིག་ཡིན་ནམ། ཁ་ལ་རུས་པ་སྨུར་བ་ནི་ཁྱི་ཡི་གོམས་སྲོལ་རེད། ངས་དེ་ལྟར་དྲན་མ་ཐག་རང་ཉིད་ལ་གདུང་སེམས་ཤིག་ཀྱང་དང་གིས་ཤོར།

2

སྤྱི་སྤྱོད་གླངས་འཁོར་ནི་འགྲིམ་འགྲུལ་ཡོ་བྱད་བཟང་པོ་ཞིག་ཡིན། དེའི་ནང་དུ་ད་གཟོད་ང་ལ་འདྲ་མཉམ་གྱི་ཚོར་བ་ཞིག་སྦྱིན་པར་བྱེད། སྤྱི་སྤྱོད་གླངས་འཁོར་ནང་དུ་ཀུན་གཞོན་གྱི་དབྱེ་བ་ལས་དབུལ་ཕྱུག་གི་དབྱེ་བ་འབྱེད་དཀའ་སྟེ། སྟོང་བར་ལུས་པའི་འདུག་སྟེགས་དེར་ཁྱོད་བསྡད་ཀྱང་ཆོག་ལ་ང་བསྡད་ཀྱང་ཆོག་པས། ངས་རང་ཉིད་ཅི་ཞིག་ཡིན་མདོག་གིས་སྤྱི་སྤྱོད་གླངས་འཁོར་ནང་དུ་སློབ་ཉམས་དང་བཅས་བསྡད་དེ་ཡར་ལྟ་མར་ལྟ་བྱས་པ་ཡིན། མི་དེ་ཚོའང་ང་དང་འདྲ་བ་ཤ་སྟག་སྟེ་གདོང་ལ་སྐྱོ་ཉམས་ཤིག་དོད་འདུག་ཅིང་། ཁ་ཤས་ད་དུང་འདུག་སྟེགས་སྟེང་གཉིད་ལ་ཤོར་ཏེ་སྨུར་བ་ཡང་མོ་རེ་ཡང་འཐེན་པར་བྱེད། ཕོ་ཚོའི་སྐྱོ་ངལ་གྱིས་ཟིན་པའི་རྣམ་འགྱུར་དེས་ལྷོག་སྟེ་ང་ལ་འདྲ་མཉམ་གྱི་སྣང་

པ་ཞིག་སྐྱེས་སུ་བཅུག་པས་སེམས་པ་ནི་གནས་སྐབས་ཙམ་ལ་སློམ་སྒྲིག་བྱུང་། སྤྱི་སྤྱོད་རླངས་འཁོར་ནང་དུ་ངས་བག་ཕེབས་ཀྱི་ཚོར་སྣང་ཡོངས་སུ་སྤྱོད་ཀྱིན་རྨི་ལམ་དང་མངོན་སུམ་སྐོར་ལ་འདང་ཕྲན་བུ་ཙམ་ཡང་མ་བརྒྱབ།

ཉི་ནུབ་ཀྱི་གྲིབ་སོ་ནག་པོས་འཛིག་རྟེན་གྱི་དཀར་མདོག་མ་ལུས་འཆའ་ལ་ཉེ་དུས། ང་རང་གཞི་ནས་གྲོང་ཁྱེར་གྱི་མཐའ་ཁུལ་དུ་གནས་པའི་སྡོད་ཁང་དུ་འགྱོར། མངོན་སུམ་ནི་ནམ་ཡང་མངོན་སུམ་ཏེ། གཏན་དུ་གཡོལ་ཐབས་མེད་པ་དེ་དག་ནི་མངོན་སུམ་ཡིན། ཁང་པ་སྤྱོད་ཁང་ལྷ་བུ་དེ་ལའང་ཟླ་རེར་སྒོར་སུམ་བརྒྱ་རེ་སྤྲེར་དགོས། གློག་རིན། ཆུ་རིན…… རིན་པ་མི་དགོས་པ་ཞིག་ངའི་ཁོར་ཡུག་འདིར་འཚོལ་དུ་མེད་དེ། ངའི་ཟླ་ཕོགས་ལས་སྒོར་སུམ་བརྒྱ་བཅག་རྗེས་ཤུལ་དུ་སྒོར་ལྔ་བརྒྱ་ལས་ལྷག་མེད་ལ། དེ་ལས་གློག་རིན་དང་ཆུ་རིན། ཟས་རིན་སོགས་ཅིས་ཀྱང་གཙོག་དགོས་པ་རྣམས་བཅག་ཚར་རྗེས་ང་ལ་ད་དུང་ག་ཚོད་ལྷག་ཡོད་དམ།

ངས་གྲོང་ཁྱེར་ནས་འདི་འདྲའི་འཚོ་བ་ཐབས་རྟགས་ཤིག་རོལ་བཞིན་ཡོད་ནའང་། ངའི་ཕ་མ་གཉིས་ཀྱིས་ད་དུང་མི་རིག་རིག་ཐུག་ཐུག་ལ་ངའི་བུ་གྲོང་ཁྱེར་དུ་ཡོད་ཅེས་ངོམ་སོ་བྱེད་པ་ནི། ང་ལ་མཚོན་ན་ཧ་མ་དགོད་ཀྱི་ཚོར་སྣང་ཞིག་སྟེ། ཚོར་སྣང་དེ་ལ་ནམ་ཡང་གཞའ་ས་གཡོལ་ས་ཞིག་གཏན་ནས་མི་འདུག་ཨང་།

ང་རང་ཆེས་སྐྲག་པ་ནི་འདང་རྒྱག་རྒྱུ་དེ་ཡིན། འདང་རྒྱག་ཐེངས་རེར་བསམ་པའི་བར་སྣང་དུ་གྲོང་སྡེ་སྐྱ་བོ་ཞིག་ག་ལེར་བཙངས་འོངས། གྲོང་སྡེ་སྐྱ་བོ་དེའི་ནང་དུ་བདག་གི་ཕ་ཁྲིམ་པོར་མོ་ཡོད། ད་དུང་བདག་གི་ཕ་མ་དང་མིང་སྲིང་ཡོད། དེ་དག་གིས་ནམ་ཡང་གྲོང་སྡེ་སྐྱ་བོ་དེ་རུ་རེ་བའི་མིག་ཟུང་ངའི་ཕྱོགས་སུ་ཅེར་ཡོད་ཅིང་། ང་ནི་ཁོ་ཚོའི་གཟི་བརྗིད་ཉག་ཅིག་ཡིན། ཁོ་ཚོས་ངའི་ཆེད་དུ་འགྲོ་གྲོན་མང་པོ་ཞིག་མི་ནུས་བཞིན་དུ་བཏང་བས། སྤྱིར་ན་ད་ལྟ་ངས་ཁོ་ཚོར་དྲིན་ལན་གཞལ་བའི་དུས་ལ་བབས་ཡོད་ཀྱང་། ངའི་མིག་སྔའི་གནས་བབ་སྐྱོ་པོ་འདིས་རང་གིས་རང་གི་ཁ་རྒྱབ་ཀྱང་སོས་མི་སོས་ཙམ་དུ་ཟད་པས།

ང་ནི་ཉེས་པ་ངང་གིས་བསགས་པའི་བཙོན་མ་ཞིག་དང་འདྲ་བར་རང་ཉིད་ལ་སྡང་སེམས་སྐྱེས་ཤིང་། རང་ཉིད་ནི་མི་ནུས་མེད་ཅིག་ཡིན་པར་ཞེ་སྒོ་གཏིང་ནས་ལངས་འོངས། ངས་རང་གིས་རང་ལ་འཁྲམ་ལྷུག་ཚ་ཐག་ཆོད་པ་ཞིག་གཞུས་རྗེས། འདང་རྒྱག་གི་ཁ་ཕྱོགས་གཞན་དུ་བསྐོར་འདོད་ཀྱང་། ང་ལ་དངོས་གནས་ཐབས་ཤེས་མི་འདུག ངའི་མིག་ལམ་དུ་ཕ་མ་གཉིས་ཀྱི་སྐྱ་ཤུར་ཤུར་གྱི་ངོ་གདོང་ལས་གཞན་ཅི་ཡང་འཆར་རྒྱུ་མི་འདུག

ངའི་ཨ་ཕ་ནི་མི་ཕྱུག་དབང་ཅན་ཞིག་ཡིན། གལ་ཏེ་ཕོ་མི་ཕྱུག་དབང་ཅན་ཞིག་མིན་ཚེ་བདག་ལ་སློབ་གྲྭ་འགྲིམས་པའི་གོ་སྐབས་འདི་རེག་ཡོད་མི་སྲིད། ངས་ནམ་ཡང་བློས་མི་དཔོག་པ་ནི་བདག་གི་ཡུལ་མི་རྣམས་ཏེ། ཕོ་ཚོ་ནི་ནམ་རྒྱུན་གཞན་གྱི་གནས་ཚུལ་དྲི་རྒྱུར་དགའ་ཞིང་གཞན་གྱིས་ཅི་བྱས་ལ་མཉམ་བཞག་བཞག་ལ་བསྡད་ཡོད་པ་ཤ་སྟག་རེད། ཕོ་ཚོས་བདག་གིས་ཕ་ཡུལ་ལ་སྐོར་མོ་ག་ཆོད་བསྐྱུར་ཡོང་བ་དང་། བདག་གི་དཔོན་ས་ཅི་ཞིག་རེག་ཡོད་པ་སོགས་འདྲི་དུས། བདག་གི་ཨ་ཕས་ཀྱང་ཕྱུག་དབང་མི་ཤོར་བའི་ཆེད་དུ། ན་ནིང་སྐོར་ཁྲི་གཅིག་བསྐྱུར་ཡོང་། ད་ལོ་སྐོར་ཁྲི་གཉིས་བསྐྱུར་ཡོང་། དེ་མིན་ད་དུང་ངེད་ཚང་གི་བུས་ལས་ཁུངས་ནང་ཀྲུའུ་རེན་གྱི་འགན་ཁུར་ཡོད་སོགས་རྫུན་གཏམ་ལུང་བ་གང་བསྒྲིགས་ཏེ་རང་སེམས་རང་གིས་གསོ་བཞིན་འདུག་ཟེར། དེ་ནི་བདག་གི་ནུ་བོས་ཁ་པར་བཏང་ཡོང་ནས་བདག་ལ་ལབ་པ་ཡིན། ཕོས་མཇུག་ཏུ་ད་དུང་ཁྱོད་ཀྱིས་ཨ་ཕར་སྙིང་རེ་རྗེ་ན་སྐོར་མོ་ཁ་ཤས་ཅིས་ཀྱང་བསྐྱུར་ཐབས་བྱོས་ཟེར།

ཨོ། ཡ…… ཤོས་བསྐྱུར།

ངའི་ཁ་ནས་དེ་ལྟར་ཤོར་ནའང་། དོན་དུ་ལུག་གི་ཚེ་རྟུད་ལུག་གིས་ཤེས་པའི་དཔེ་ལྟར། རང་གི་སློ་ཕུག་རང་ལ་མི་གསལ་བ་ཞིག་གང་དུ་ཡོད། མཐའ་མཇུག་གི་སྐོར་མོ་བརྒྱ་ཕོ་དེ་བཀོལ་ཚར་རྗེས་ཟླ་ཕོགས་སྟེར་བའི་དུས་ཚོད་ད་དུང་ཅུང་རིང་བས་འཚོ་བ་འདི་རོལ་རྒྱུ་སྣ་ནང་སྐྱེལ་དགོས་ཚེ་དཀའ་མོ་ཞིག་སྟེ། ངས་ཚགས་པར་གྱི་ཁྲུད་ལ་དུ་ལོ་ཉུང་ཙམ་གཙུད་རྗེས་མེ་ཁ་བསྒོས་པ་ན་ང་རང་འདང་རྒྱག་གི་ནང་དུ་ལྷུང་སོང་།

འཚོ་བ་ནི་ལོངས་སྤྱོད་ཅིག་ག་ལ་ཡིན་ཏེ། འཚོ་བ་ནི་ལྡིད་ཏིག་ཏིག་གི་ཁྲུར་པོ་ཞིག་རེད།

ངས་འཚོ་བ་ཞེས་པའི་ཁྲུར་པོ་དེ་ཁྲུར་ནས་མལ་ཁྲིའི་སྟེང་དུ་བུད། བདག་གི་མལ་སྟན་སྲབ་དྲགས་པས་ཡུན་རིང་བོར་ཁ་མལ་གཅིག་ཏུ་མ་འགྲུལ་བར་ཉལ་ན་དཔྱི་མགོ་ཡང་ན་འོངས། ངས་མལ་ཐུལ་ལུས་ལ་འགེབས་ཡག་བྱས་པ་ཡིན། ནམ་ཟླ་དགུན་ལ་ཉེ་བས། འཁྱག་སྲུར་སྲུར་གྱི་མཁའ་དབུགས་གྲང་མོ་ཞིག་བདག་གི་ཁང་པའི་ནང་ རྫིལ་བོར་ཁྱབ་འདུག ལུས་ལ་མལ་ཐུལ་བཀབ་ནས་དྲོན་པོ་མ་བྱས་ན། ཆམ་པ་འདྲ་ཕོག་ཚེ་ལུས་ཉབ་ཉོབ་ཏུ་འགྲོ་བ་ཕར་ཞོག་སྨན་ཉོ་དགོས་ན་སྒོར་མོའི་འགྲོ་སོྒ་མ་ཡིན་ནམ ……

ནམ་ཕྱེད་ཙམ་དུ་ང་ལ་གཉིད་འོང་གི་འདུག གཉིད་འོངས་པའི་མཚོན་རྟགས་ནི་རིག་པ་ཉོབ་ཅིང་མིག་མདུན་གྱི་བྱ་དངོས་མཐའ་དག་རབ་རིབ་མག་མོག་ཏུ་འགྲོ་བཞིན་པ་དེ་རེད།

…… བདག་གི་རྨངས་འཁོར་ནི་ནང་འདྲེན་བྱས་པའི་རྨངས་འཁོར་སྤུས་ལེགས་དེའི་རིགས་ཡིན། སྤྱིར་ན་ངས་རྨངས་འཁོར་ཕལ་བ་ཞིག་ལས་ཉོ་འདོད་མེད་ཀྱང་། ལས་གྲོགས་དེ་ཚོས་ང་ལ་རྨངས་འཁོར་དགའ་ཞིག་མི་ཉོ་རང་དབང་མེད་པར་བྱས། ཞོགས་པ་སྔ་མོ་མལ་ལས་ལངས་རྗེས། བདག་གི་སྡོད་ཁང་ནས་ལས་ཁུངས་བར་དུ་གོམ་པ་བརྒྱ་ཕྲག་ཙམ་ལས་མེད་ཀྱང་། ངས་རྨངས་འཁོར་བསྐོར་ནས་སོང་བ་ཡིན། མི་ཡར་འགྲོ་མར་འགྲོ་ཀུན་གྱིས་ལྐོག་ནས་ངའི་རྨངས་འཁོར་ལ་མཐེ་བོང་མི་སྒྲེང་མཁན་ཞིག་མི་འདུག ཡིབས་ནས་བསྡད་དེ་མི་གཞན་གྱིས་རང་གི་རྨངས་འཁོར་ལ་དཔྱད་པ་སྦྱེལ་བར་མཉན་ན་དངོས་གནས་སྐྱིད་པོ་ཞིག་རེད།

ལས་གྲོགས་ཀ་པ་ན་རེ། འདིའི་རྨངས་འཁོར་འདི་འདྲ་ང་ཚོའི་ལས་ཁུངས་ནང་གཅིག་ཀྱང་ཡོད་པ་མ་རེད།

ལས་གྲོགས་ཁ་པ་ན་རེ། ག་ལ་ཡོད། མགོ་ཁྲིད་འདུག་སྡུད་ཀྱི་གཞུང་གི་རྨངས་འཁོར་

དེ་ཡང་འདི་དང་བསྡུར་ཐབས་མེད།

ལས་གྲོགས་ག་པ་ན་རེ། དངོས་གནས་རླངས་འཁོར་ཡག་པོ་ཞིག་འདུག

......

གལ་ཏེ་ང་ཚོའི་སྡེ་བའི་ནང་དུ་རླངས་འཁོར་བགྲོད་ཐུབ་པའི་ལམ་ཞིག་ཡོད་ཚེ། རླངས་འཁོར་བསྐོར་ནས་ཡུལ་ལ་ཐེངས་གཅིག་སོང་ན་ཕ་མ་གཉིས་ཀྱི་རྒྱན་ཆ་མ་རེད་ཅི་རེད། ཅི་འདྲའི་སྡེ་བ་སྡུག་ཐུག་ཅིག རླངས་འཁོར་བགྲོད་ཐུབ་པའི་ལམ་ཞིག་ཀྱང་མི་འདུག་པ་ནི་ཡིད་རེ་སྐྱོ། ......

རྒྱུ་ཚོད་འཁོར་ལོ་སིང་དེ་རེར་གྲག་པ་དང་ང་སྐྲག་མ་དངངས་ཀྱིས་མལ་ཁྲིའི་སྟེང་ནས་ཡར་ལངས་ཏེ། མལ་ཁང་ནང་རྟེལ་བོར་སྐོར་ལྟ་ཞིག་བྱས་པ་ན། མལ་ཁྲིའི་འགྲམ་གྱི་དཔེ་སྒྲོམ་དང་། དེའི་གཡས་ལོགས་སུ་རིམ་པ་ལྟར་བསྒྲིགས་ཡོད་པའི་འདོལ་ཁྲི་དང་། སྒྲོག་ཅེ། ལྕགས་ཐབ་སོགས་ཁྱིམ་ནང་གི་ཡོད་བྱད་ཅག་ཅིག་རྣམས་མིག་ལམ་དུ་ཤར། ངས་རང་གི་གདོང་ལ་ཡང་ཡང་རེག་པ་ན། འཛེར་ནས་ཡོད་པའི་སྨྲ་ར་དང་། དེ་ནས་སྣ་དང་རྣ་དང་མིག་སོགས་རེ་རེ་བཞིན་ལག་ཏུ་ཚུད་ཀྱང་། ང་རང་ད་དུང་ཡིད་མ་ཆེས་པས་འགྲམ་པར་སེན་མོས་ཤ་གཙུ་ཞིག་བརྒྱབ་པ་ན་དེས་ཐྱིན་པའི་ན་ཟུག་ནི་དེ་འདྲའི་ཚ་བེར་བེར་དུ་སྣང་།

ཞོགས་པ་འདི་འདྲའི་སྔ་མོ་ནས་བདག་གི་ཐོབ་ནི་ལྷོགས་ནས་ཏུ་སྙ་མཚམས་མེད་དུ་འདོན་བཞིན་འདུག འདི་ནི་ཅི་ཞིག་ཡིན་ནམ། ཞིབ་འདང་ཞིག་བརྒྱབ་པ་ན་ཐོ་བར་ཁག་མེད་དེ། མདང་ནུབ་དགོང་འཚལ་འཕྱུང་རྒྱུ་ཡང་བརྗེད་སོང་། ཉིན་འདི་འཁར་ངའི་ཀླད་པའི་ནང་དུ་ཅི་ཞིག་དྲན་བཞིན་ཡོད་པ་ང་རང་ལའང་གསལ་ཆ་ཡེ་ནས་མེད་དེ། མཚམས་རེར་ཟས་ཟ་རྒྱུའང་བརྗེད་འགྲོ་ཞིང་། མཚམས་རེར་སྤྱི་སྤྱོད་རླངས་འཁོར་ནས་འབབ་རྒྱུ་བརྗེད་དེ་འབབ་ཚོགས་ཁ་ཤས་ལྷག་མར་བུད་འགྲོ། ཅིའི་ཕྱིར་ཡིན་ནམ། དེ་སྔ་བཞིན་དུ་རྣམ་རིག་སྐྲ་རྩེ་ནས་རྒྱུ་བའི་སྣང་བ་དེ་མི་འདུག ལོ་ཚོད་ཀྱི་ངོས་ཐད་ནས་བཤད་ན་ཐོ་ལོ་སུམ་ཅུར་བུད་མ་ཐག་ཙམ་ཡིན་པས། རྒས་རྟགས་མངོན་མི་སྲིད། ནད་འདྲ་བྱུང་བའང་

ཡིན་མི་སྲིད་དེ། ལུས་ཕུང་ནི་ཧ་ཅང་བདེ་ཐང་དུ་འདུག་པས། ན་རྒྱུ་ཕོལ་རྒྱུ་མེད་པ་མ་ཟད་ཟས་ཀྱི་ཡི་ག་སྟོན་ལས་ཀྱང་ལྷབ་འགྱུར་གྱིས་རྫེ་ཆེར་སོང་འདུག་པ་རེད།

3

ང་ལ་མཚོན་ན། ཕྱིར་དྲན་བྱེད་རིན་ཞིག་ཡོད་པ་ནི་སློབ་ཆེན་གྱི་སྐབས་ཏེ། དེ་དུས་ནམ་རྒྱུན་མགོ་སྐྲ་བཀུས་ནས་འོད་ཀྲིག་ཀྲིག་བྱེད་ཅིང་གོམ་ཟུང་ཡང་ཟོར་གྱི་སྤྲོ་བའི་སྣང་བ་ནི་སྤྲིན་སྒོང་དུ་རྒྱུ་བ་དང་འདྲ། གཟའ་མཇུག་ཏུ་སྤྲོ་ལོ་ར་བའི་ནང་ཁང་རྩེད་སྤྲོ་ལོ་རྩེ་དུས་ཚང་མའི་མིག་གི་དབང་པོ་བདག་གི་ཕྱོགས་ལ་ཞོགས་ཤིང་། བདག་གི་མིང་ནས་བོས་ཏེ་ང་ཚོད་ལ་དགའ་ཟེར་མཁན་གྱི་རྒྱ་རིགས་བུད་མེད་ནི་བགྲང་ལས་འདས། གཞན་ཡང་སློབ་གྲྭ་གཞུང་ནས་འཕྲབ་བཤད་འགྲན་ཚོགས་རེ་སྤྱོད་སྐབས། བདག་གི་ངག་གི་འགྱུར་ཁུགས་དང་གདོང་གི་ཉམས་འགྱུར་གྱིས་ཐལ་མོའི་རྫེབ་སྒྲ་གང་མང་བསྒྲུབས་ཤིང་། བུ་དགའི་དཔང་ཡིག་ནི་པེམ་པོར་སྤུངས་ཡོད་པ་ད་ཙུང་བདག་གིས་ཉར་ཡོད། དངོས་གནས་ང་ནི་མི་དགའ་ཕྱོགས་མང་པོ་ཅན་ཞིག་ཡིན་ཏེ། དེ་དུས་ཞིང་ཆེན་ཕྱི་ནང་གི་དུས་དེབ་གྲགས་ཆེན་གང་མང་སྟེང་བཀྲམས་ཚོས་ཀྱང་ཁ་གྲངས་ལོངས་པ་ཞིག་སྤེལ་མྱོང་བས། སློབ་རའི་ནང་དུ་ང་ནི་ཀུན་གྱི་མགོ་བོ་དགེ་ནས་ལྷ་ས་ཞིག་དང་། སློབ་གྲོགས་ཀུན་གྱིས་ཡིད་སྨོན་འཆང་ས་ཞིག་ཡིན་པས། དེ་དུས་ཀྱི་ངའི་སེམས་ཁམས་ནི་དངོས་གནས "སྣང་བ་སྐྱིད་པ་གཅིག་གཅིག སྣང་བ་སྐྱིད་པ་གཉིས་གཉིས། སྣང་བ་སྐྱིད་པ་གསུམ་གསུམ" རེད་ཡ། ……

ད་དེ་དག་གཡུག་ཤོག ནམ་ཡང་ཕྱིར་དྲན་བྲོད་ནས་བདེ་སྐྱིད་འཚོལ་བ་ནི་གླེན་པའི་རིགས་ཡིན། དེ་ལ་ང་རང་དགའ་བོ་གཏན་ནས་མེད་དེ། རྒྱུ་མཚན་ནི་ཕྱིར་དྲན་ནི་སྟོང་བ་ཉིད་ལས་མ་འདས། ཡིན་ནའང་། ཕྱིར་དྲན་ལས་སད་རྗེས་མིག་མདུན་གྱི་ཡོད་ཚད་

ནི་དེ་འདྲའི་ཆ་མེད་ཅིག སྐྱིག་རྒྱུ་བཞིན་མཚམས་རེར་ཡོད་ཡོད་འདྲ་ལ་མཚམས་རེར་མེད་མེད་འདྲ་བའི་སྣང་བ་དེ་ང་རང་ཅི་བྱ་གཏོལ་མེད་དུ་བཏང་འགྲོ་ལ། རང་ཉིད་ནི་མིག་གཉིས་ལོང་བར་གྱུར་བའི་ཁྱི་རྒན་ཞིག་དང་འདྲ་བར་སྣ་གཉེར་གཉེར་དང་ལུས་ཀུམ་ཀུམ་བྱས་ནས་སྡོད་པ་ལས་འོས་མེད། དཔེ་འཛོག་འདིས་ཡང་བསྐྱར་ང་ལ་ངེད་ཚང་གི་རྒྱ་ཁྱི་རྟོན་ལོག་དེ་དྲན་དུ་བཅུག ང་དང་ངེད་ཚང་གི་རྒྱ་ཁྱི་དེ་གཉིས་ཀྱི་བར་ན་དངོས་གནས་མཐུན་ཆོས་ཧ་ཅང་མང་པོ་ཞིག་ཡོད་པ་འདྲ། ངས་དེ་ལྟར་འདང་རྒྱུག་གིན་རྒྱུག་གིན་ང་རང་དངོས་གནས་ངེད་ཚང་གི་རྒྱ་ཁྱི་རྟོན་ལོག་དེར་གྱུར་སོང་། ངས་ཁ་ནས་ཨབ་སྐད་ཡིད་ཚིམ་པ་ཞིག་བརྒྱབ་རྗེས། མིག་ཟུང་ལས་མཆི་མ་དབང་མེད་དུ་བཙོལ་སོང་།

4

ཁོམ་སྐབས་རེ་ཡོད་ཆེ། ངས་ཀྱང་དེ་སྟེའི་རང་ཉིད་བཙལ་སྐྱོང་། དེ་སྟེའི་རང་ཉིད་འཚོལ་དུས་ངས་ཤིང་སྨམ་ཆག་པོ་དེའི་ཁ་ཕྱེས་ཏེ་དེ་སྟ་གོན་སྐྱོང་བའི་གྱོན་པ་སླར་ཡང་གྱོན་ཅིང་། མེ་ལོང་གི་མདུན་ནས་ཡག་འགྲོ་འཕྱོར་འགྲོ་ཅི་ཡང་བྱས་མོད། འོན་ཀྱང་མི་ཞིག་འགྱུར་ཟིན་དུས་ཡང་བསྐྱར་སྔོན་དང་འདྲ་པོ་ཞིག་ཆགས་ཐབས་མེད་པ་འདྲ། ཡིན་ཀྱང་གྱོན་པ་ཁྲ་ཁྲ་རིག་རིག་དེ་དག་གིས་ང་ལ་རང་ལུས་ན་ད་དུང་ལང་ཚོའི་རྗེས་ཤུལ་ཙམ་ལུས་འདུག་པ་ཚོར་དུ་བཅུག ལང་ཚོ་ནི་མ་རྩ་རེད། ལང་ཚོ་ནི་དྲག་ཆས་རེད། ལང་ཚོ་ནི་བྱ་གཞག་རེད། ལང་ཚོ་ནི་མདུན་ལམ་རེད། ལང་ཚོ་ནི་ཕྱུགས་བསམ་རེད། རེད། ལང་ཚོ་ནི་ཕྱུགས་བསམ་རེད་ཅེས་པའི་ཚིག་འདི་ཡིད་ལ་དྲན་མ་ཐག ངས་རང་གི་ཕྱུགས་བསམ་སྐོར་ལ་བསམ་བློ་ཞིག་མི་གཏོང་རང་གཏོང་དུ་གྱུར།

ང་ལ་ཕྱུགས་བསམ་ཡོད།

མ་མཐའ་ཡང་ང་ལ་ཕྱུགས་བསམ་ཡོད་སྙོང་།

ཕྱུགས་བསམ་ཞེས་པར་གོ་བ་ལེན་སྟངས་མི་འདྲ་བ་མ་གཏོགས། མི་ནི་མ་གཞི་ནས་ཕྱུགས་བསམ་གྱི་ཆེད་དུ་འཚོ་བཞིན་པ་འདྲ་སྟེ། ཆུང་དུའི་དུས་སུ་བདག་གི་ཨ་ཕས་ལོ་རེའི་ལོ་མགོ་སླེབས་ཚེ། ངའི་ད་ལོའི་འཆར་གཞི་འདི་ཡིན་དང་། ལོ་འདིའི་ངའི་དམིགས་འབེན་འདི་ཡིན་ཞེས་བསྒྲགས་པར་བྱེད། ད་ལྟ་བསམས་ན་འཆར་གཞི་དང་ཕྱུགས་བསམ། ཡང་ན་དམིགས་འབེན་སོགས་ཐ་སྙད་སྐོར་ཞིག་འབོད་སྟོལ་མ་འདྲ་བ་མ་གཏོགས་ནང་དོན་ཕལ་ཆེར་འདྲ་མཚུངས་ཡིན་པ་འདྲ། ཕྱུགས་བསམ་ཡོད་པའི་མི་ནི་ཅི་འདྲའི་སྤྲོ་བ་ལ་ཨང་། ཕྱུགས་བསམ་གྱིས་མི་ཞིག་གི་ལོ་ལོ་དང་སྐྱིད་ལུག་གི་གོམས་གཤིས་ཡོད་ཚད་རྩ་མེད་དུ་བཏགས་ཐུབ་པ་དང་། ཕྱུགས་བསམ་གྱིས་མི་ཞིག་གི་སྤོབས་པ་དང་ཡིད་ཆེས་མེ་ཏུ་སྤར་ཐུབ།

ཕྱུགས་བསམ་སྐོར་གླེང་དུས། བདག་ལའང་མི་མངོན་པའི་ངར་ཤུགས་ཤིག་གང་ནས་ཡོང་བ་ཆ་མི་འཚལ་ཡང་། ལུས་སེམས་གཉིས་ག་འགྲུལ་བ་ལྟ་བུའི་ཚོར་བ་ཁྱད་པར་བ་ཞིག་སྐྱེས་འོངས། རེད་ཡ། ལོ་དེར་ང་རང་ཐོག་མར་གྲོང་ཁྱེར་འདིར་ཡོང་བ་ཡིན། ངས་བྱ་བ་མང་པོ་བརྗེ་སྤོར་བྱས་མ་སྙོང་། ང་རང་ད་ལྟའི་ལས་ཁུངས་འདི་ནས་གོ་མེད་ཚོར་མེད་དང་། གྲག་མེད་འགྱུལ་མེད་དུ་ལོ་ངོ་བརྒྱད་ལྷག་འགོར་སོང་། དེ་དུས་ཀྱི་རང་ཉིད་དྲན་ན། ད་ཏུང་སྙིང་མགོར་ཟ་འཕྲུག་ལངས་པ་དང་འདྲ་བར་ཡིད་འགྱུལ་ཐེབས་ཏེ་འདུག་མི་བཟོད་པ་ཞིག་རེད། ཉིན་རེ་བཞིན་རང་གིས་རང་ལ་འཆར་གཞི་བཟོས་ཏེ་དབྱིན་ཡིག་གི་ཐ་སྙད་མང་པོ་སློར་སྐྱོར་སྙོང་ལ། ཉིན་རེ་རེའི་བྱ་བ་ཅག་ཅིག་རྣམས་ཀྱང་ཉིན་ཐོར་བཀོད་དེ་དྲན་ཐོ་བསླངས་པ་ཡིན། ད་དུང་གཞུང་གི་ལས་ཀ་སྤྱ་བ་སྟོན་མ་བྱས་ཏེ་ལས་གྲུབ་རྗེས། འཛམ་གླིང་གི་བརྩམས་ཆོས་གྲགས་ཆེན་སྐོར་ཞིག་བདམས་ཏེ་བོད་ཡིག་ཏུ་བསྒྱུར་བའི་འཆར་གཞི་བཀོད་ཅིང་། དེ་མ་ཉིད་དུ་སྨྱུ་གུ་བཟུང་ནས་བསྒྱུར་ཐུབ་ཐུབ་བྱས་པ་ཡིན། ལས་ཀ་ཅི་ཞིག་བསྒྲུབས་ཀྱང་སྤྲོ་སྣང་ནི་མེད་དུ་མི་རུང་སྟེ། སྤྲོ་སྣང་ཡོད་ཚེ་རི་བོ་ཞིག་སྤར་དགོས་ཀྱང་

དཀའ་ཁག་རྣམས་མ་བསལ་རང་སེལ་དུ་སྲུད་འགྲོ། དེ་དུས་སྒྲོ་སྣང་གིས་བརྟས་པའི་ང་འདྲ་བའི་མི་ནི་ང་ཚོའི་ལས་ཁུངས་སུ་ཧ་ཅང་ཉུང་།

ང་ནི་མི་ལེ་ལོ་ཅན་ཞིག་གཏན་ནས་མིན་ལ། ཐ་ན་མི་ལེ་ལོ་ཅན་དེའི་རིགས་ལ་གྲོགས་ཀྱང་བསྒྲིག་འདོད་མེད། མི་དེའི་རིགས་ཀྱིས་ང་ལ་བུ་ལོན་ཆད་ཡོད་པ་དང་འདྲ་བར་མིག་ལ་མི་རན་པ་མ་ཟད། ངས་ལོ་ཚོར་ཁྱེད་ཚོ་ནི་དེང་ཚང་གི་རྒྱ་ཕྱི་རྫོན་ལོག་དེ་དང་འདྲ་ཞེས་སྨིགས་དམོད་ཀྱང་བོར་བས། ང་དང་ལོ་ཚོའི་བར་ལ་འཁོན་རེས་འཛིང་རེས་བྱས་མྱོང་པའི་ལོ་རྒྱུས་ཀྱང་ཡོད། དེ་དུས་ཀྱི་ང་ནི་མི་བརྩོན་པ་ཅན་ཞིག་སྟེ། ཐ་ན་གཉིད་ཀྱང་བོར་ཏེ་ནམ་གསལ་སེ་བཏང་བའང་ཚོར་གྱིན་མི་འདུག་ལ། གཉིད་ལ་མ་རོལ་པ་ཙམ་གྱིས་ཕྱི་ཉིན་གྱི་ལས་ཀར་བར་ཆད་ཀྱང་བཟོ་ཡི་མེད། ངས་དཔེ་དེབ་རྒྱ་འགྱུར་མ་དེ་དག་ལས་གཉིས་ཙམ་བོད་ཡིག་ཏུ་བསྒྱུར་ཚར་མོད། མ་རྩ་མེད་པས་པར་སྐྲུན་བྱེད་མ་ཐུབ། དཔེ་ཆ་པར་སྐྲུན་བྱེད་མ་ཐུབ་ན་མ་ཐུབ་མོད། དཔེ་ཆ་པར་སྐྲུན་བྱེད་མ་ཐུབ་པ་དེས་ང་ལ་སྨུ་མཐུད་དུ་ལས་ཀ་དེ་སྒྲུབ་པར་བར་ཆད་བཟོས་པ་ནི་ཕངས་སེམས་ཆེ་ཤོས་སུ་གྱུར།

མི་འདིས་ལས་ཀ་སྒྲུབ་ཆེ་སླང་ཆེན་སྒྲོན་པ་ཞིག་དང་འདྲ།

ཨ་རོག ངལ་ཙམ་གསོས་དང་། ལས་ཀ་ནི་ཚེ་གང་བོར་བསྒྲུབས་ཀྱང་རྫོགས་མཐའ་ཡོད་པ་མ་རེད།

ཁྱོད་རང་ལས་ཀའི་སྟེང་དུ་སྙིང་ནད་ཡོད་པ་མ་ཡིན་ནམ།

ཕྱིར་འདང་ཞིག་བརྒྱབ་ན། ལས་གྲོགས་ཚོས་ང་ལ་ཤ་ཚ་བའམ་བྲུར་ཟ་བྱས་པ་གང་ཡིན་མི་ཤེས་མོད། ང་རང་དངོས་གནས་ལས་ཀའི་སྟེང་སྙིང་ནད་ཡོད་པ་དང་འདྲ་སྟེ། ལག་ན་ལས་རྒྱུ་ཅི་ཡང་མེད་པར་སྡོད་པ་ནི་མ་གཞི་ལས་ཀ་ལྷི་མོ་ཞིག་རེད། ཡིན་ན་ཡང་ནང་ཁུལ་ནས་དགའ་རྟགས་རེ་འདེམ་པའམ། ཡང་ན་བྱ་དགའ་རེ་སྟེར་རྒྱུ་ཡོད་དུས་ལས་ཀར་དགའ་བའི་མི་དེ་ནི་ང་མིན་པར་གཞན་ཞིག་ཏུ་གྱུར་འདུག རྟེང་སྐྱུལ་ནི་མི་ཞིག་འཚར་ལོངས་འབྱུང་བའི་གོ་རིམ་ཁྲིད་མེད་དུ་མི་རུང་བའི་སྐྱུལ་ཤུགས་ཤིག་ཡིན། དྲང་མོར་བཤད

ན། བྱ་དགའི་དངུལ་ཁུང་ཤས་ལས་མེད་ཀྱང་ང་ལ་ཐེངས་གཅིག་ཡིན་ཀྱང་བྱིན་ཡོད་རྒྱུ་ན་དེ་རིང་གི་ཚད་འདིར་ལྷུང་མེད། ཡང་གཅིག་བཤད་ན། ང་ལ་སྙོར་མོ་མཁོ་བའང་དོན་དགོས་ཏེ། དེ་ནི་ངས་སུ་ལ་གསང་ཡང་ལས་གྲོགས་ཚོའི་སེམས་ན་ཁྲིགས་ཁྲིགས་ཡིན།

5

མདང་ནུབ་གཞུང་གི་བཀོད་སྒྲིག་ལྟར་ལས་ཀ་ལས་ཆར་རྗེས་ཆུ་ཚོད་བཅུ་པ་ཡོལ་འདུག ལས་གྲོགས་ཚོ་ལས་ཁུངས་ཀྱི་སྙོར་བུད་རྗེས་ཀླུངས་འཁོར་ཡོད་པ་རྣམས་ཀྱིས་ཀླུངས་འཁོར་བསྐོར་ནས་བུད་སོང་ལ། གཞན་རྣམས་ཀྱིས་གླ་གཏོང་ཀླུངས་འཁོར་གླས་ཏེ་བུད་ཐལ། ང་རང་སྤྱི་སྤྱོད་ཀླུངས་འཁོར་གྱི་འབབ་ཚིགས་སུ་སོང་སྟེ་ཡུན་རིང་བསྒུགས་ཀྱང་། སྤྱི་སྤྱོད་ཀླུངས་འཁོར་འོང་རྒྱུ་མི་འདུག ངས་མདུན་ཐད་ཀྱི་པང་ལེབ་ངོས་སུ་བལྟས་པ་ན་སྤྱི་སྤྱོད་ཀླུངས་འཁོར་རྒྱུག་པའི་དུས་ཚོད་ནི་ནངས་སྔ་མོའི་ཆུ་ཚོད་བདུན་པ་ནས་དགོང་ཕྱི་དྲོའི་ཆུ་ཚོད་དགུ་པའི་བར་གཏན་ཁེལ་བྱས་འདུག ངས་གླ་གཏོང་ཀླུངས་འཁོར་གླ་མིན་ལ་ཡུན་རིང་བསམ་བློ་བཏང་རྗེས་རྐང་པ་དང་བསམ་པའི་བར་ལ་འཐབ་རྩོད་བྱུང་སྟེ། མཇུག་མཐར་རྐང་པས་ང་རང་དྲུད་དེ་རྣོག་འགྲོ་བྱེད་པའི་ཐོག་ལ་འཇོག་དགོས་བྱུང་།

གྲོང་ཁྱེར་གྱི་མཚན་མོར་རྐང་ཐང་དུ་འགྲོ་བའང་བདེ་སྐྱིད་ཅིག་རེད། ལམ་སྒྲོག་ཁྲ་ཆིལ་དཀྲུ་ཆིལ་གྱི་འོག་ཏུ་ཁེར་རྐྱང་གི་མི་ཞིག་ཧ་ཅང་སྐྱིད་ལུག་གི་ཉམས་ཀྱིས་བགྲོད་པ་ནི་ང་རང་རེད། དེ་ནི་ངས་རང་གི་གྲིབ་གཟུགས་ལ་བལྟས་ནས་ཤེས་པ་ཡིན། གྲིབ་གཟུགས་མཐོང་བས་ང་རང་ལ་སྐྱོ་སྣང་ཞིག་བྱིན་པའི་མཚུངས་སུ་དགའ་སྣང་ཞིག་ཀྱང་བྱིན་སོང་། ཁེར་རྐྱང་ཡིན་དུས་གྲིབ་གཟུགས་ནི་འགྲོ་རོགས་བཟང་པོ་ཞིག་མ་རེད་ཅེས་སུ་ཡིས་སྨྲ་ཐུབ། ངས་རང་གི་གྲིབ་གཟུགས་དང་ལབ་གླེང་སྣ་ཚོགས་བྱས་པ་ཡིན། ལྟ་ཚུགས་ཤིག་གིས

ཏ་ཙང་ཉམ་ཆུང་དང་འགྱུལ་བའི་གྲིབ་གཟུགས་དེ་ནི་མ་གཞི་རང་ཉིད་ཡིན་པ་འདྲ། ཡང་བསམ་བློ་ཞིག་བཏང་ཆོ། ལེ་དབར་བདུན་ལྷག་གི་ལམ་དུ་ལྷབ་བེ་ལྷུབ་བེ་བགྲོད་རྒྱུ་དེ་ཡང་སླ་མོ་ཞིག་མ་ཡིན་ཏེ། རྣམ་པ་དེས་བདག་གི་སྐྱོ་སྣང་གི་རྨ་ཁའི་སྟེང་དུ་ཚྭ་ཁུ་གཙོལ་བ་དང་འདྲ་བར་ན་ཟུག་འགོག་མེད་ཅིག་རྩ་ལམ་ཧྲིལ་པོར་ཁྱབ་ཏུ་བཅུག ང་ལ་གྲིབ་གཟུགས་མི་དགོས། ངའི་གྲིབ་གཟུགས་ནི་ལམ་སྒློག་གིས་ལམ་ངོས་སུ་འཕོས་སུ་བཅུག་པ་ཡིན། ལམ་སྒློག་གིས་ངའི་ཉུས་མེད་ཀྱི་ཆ་དེ་བསམ་གཟས་ནས་གསལ་སྟོན་བྱས་པས། ང་རང་རང་གི་གྲིབ་གཟུགས་ལས་ཀྱང་ལམ་སྒློག་གི་སྟེང་ལ་སྙིང་ཁོལ་ཡོང་། ཨ་བ་ཨ་མ། ལམ་སྒློག་ཁྱི་སྐྱག་འདྲ་བོ་འདི་ནི་ཆེད་དུ་སུ་ཞིག་གིས་ང་ལ་ལྷ་སྐྱུལ་བྱེད་དུ་མངགས་པ་ཡིན་སྲིད། ངས་རང་གི་གྲིབ་གཟུགས་ལ་རྡོག་རྡོས་ཇི་ལྟར་གཞུས་ཀྱང་སེམས་ཀྱི་སྐྱོ་བ་སངས་ཐབས་མ་བྱུང་། དོན་དུ་གྲིབ་གཟུགས་ལ་རྡོག་རྡོས་གཞུས་ཐུབ་བམ། སྐབས་དེར་ངའི་ཡིད་ལ་བྱ་བ་ངན་པ་ཞིག་འཁོར་པ་ནི། ལམ་སྒློག་དེ་དག་ལ་རྡོ་ཡིས་བརྒྱག་རྒྱུ་དེ་རེད། རེད། ད་ལྟ་ང་ལ་དགྲ་བོ་གཅིག་ལས་མེད། དེ་ནི་ལམ་སྒློག་ཡིན། ལམ་སྒློག་དེ་དག་མ་བཅག་ན་ངའི་སྙིང་ནད་དྭངས་ཐབས་མི་འདུག……

གྲོང་ཁྱེར་གྱི་མཚན་མོ་ཞིག་ལ། བསམ་གཟས་ནས་ལམ་སྒློག་ལ་རྡོ་ཡིས་རྒྱག་མཁན་དེ་ང་ཡིན་པ་གསལ་བཤད་མ་བྱས་ཀྱང་མཁྱེན་གསལ་རེད། སྤྱི་བདེ་མི་སྣ་གཉིས་གཡས་གཡོན་ནས་འོང་སྟེ་བདག་གི་ལག་པ་རྒྱབ་ལ་གཅུས་ཏེ་བཙན་གྱིས་ཁྲིད་གྲབས་བྱེད། སྐབས་དེར་ངས་ལམ་སྒློག་ལ་རྡོ་ཡིས་རྒྱག་མཁན་དེ་ང་མིན་པར་ངའི་གྲིབ་གཟུགས་ཡིན་ཅེས་ནན་གྱིས་བཤད་ཅིང་། རྟར་མི་འགྲོ་ན་ཁྱོད་ཚོས་ལྟོས་དང་ཞེས་ཐང་ནས་རྡོ་བླངས་ཏེ་ཡང་བསྐྱར་ལམ་སྒློག་གི་སྟེང་ལ་གཅིག་བརྒྱབ་པ་ན། སྤྱི་བདེ་མི་སྣ་དེ་གཉིས་ཀྱིས་ཕན་ཚུན་ལ། མི་འདིས་ཆང་འཐུང་མི་འདུག མི་འདི་སྨྱོན་པ་ཞིག་ཡིན་པ་འདྲ་ཟེར་ཞོར། ངའི་ཐང་ཁུག་ནང་བསློགས་བསློགས་ཏེ་སྒོར་མོ་ཁ་ཤས་ཡོད་པ་དེ་བླངས་རྗེས་བུད་སོང་། ཁོ་གཉིས་ཀྱི་བྱ་སྤྱོད་དེས་ང་རང་གློ་བུར་དུ་སད་དུ་བཅུག ང་ཁོ་གཉིས་ཀྱི་རྗེས་བསྙེགས་ནས་

ངའི་སྙོར་མོ་ང་ལ་སྙེར་རོགས་ཞེས་ཞུར་བརྒྱབ་ཀྱང་། དེ་གཉིས་ཀྱིས་ཕྱིར་ལྟ་ཙམ་ཡང་མི་བྱེད་པར་སྦུག་སྦུག་འཁོར་ལོ་བསྐོར་ཏེ་རྒྱང་དུ་ཡལ་སོང་།

ཀྱེ། བདག་གི་སྙོར་མོ་བདག་ལ་སྙེར་རོགས།

སྐབས་དེར་ང་ལ་ཏུ་སྙིང་འགོག་མེད་ཅིག་སྐྱེས།

ང་རང་ཁྱིམ་དུ་སླེབས་དུས་ཕལ་ཆེར་ནམ་གུང་བཟུར་འདུག ངའི་ཕོ་བ་ལྟོགས་ནས་ཚ་ཕེར་ཕེར་བྱེད་ནའང་། ངས་ནུས་མེད་ཀྱི་རང་ཉིད་ལ་ཆད་པ་གཅོད་ཆེད་བསམ་གཟས་ནས་ཆུ་འཁྱག་ཁོར་གང་ཡང་མ་འཐུང་བར་མལ་ཁྲིའི་སྟེང་དུ་འགོས། ཕོ་བ་ལྟོགས་ལྟོགས་པའི་མཐའ་མར་ཁོ་ལ་ཅི་ཡང་ལྷུད་མི་སྲིད་པ་ཤེས་པ་དང་འདྲ་བར། ལྟོགས་པའི་ཚོར་བའང་རིམ་གྱིས་ཉམས་སོང་། ང་ལ་གཉིད་འོང་གི་འདུག གཉིད་འོངས་པའི་མཚོན་རྟགས་ནི་རིག་པ་ཉོབ་ཅིང་མིག་མདུན་གྱི་བྱ་དངོས་མཐའ་དག་རབ་རིབ་མག་མོག་ཏུ་འགྲོ་བཞིན་པ་དེ་རེད།

……ཟ་ཁང་ཆེན་མོ་དེ་འདྲ་ངས་བརྙན་འཕྲིན་ལས་མ་གཏོགས་མཐོང་མ་མྱོང་། ཟ་ཁང་ཆེན་མོ་དེའི་ནང་དུ་མི་སྟོང་ཕྲག་འགའི་མཉམ་དུ་ཟས་ལ་རོལ་ཡང་ཆོག་པ་འདྲ། རྒྱ་ཆེ་ཞིང་ཡོད་ཡངས་ལ། གཙང་ཞིང་གྲུལ་དག་པའི་ཟ་ཁང་ཆེན་མོ་འདི་འདྲའི་ནང་དུ་ཟས་མ་ཟོས་པར་བསྡད་ཀྱང་ལོངས་སྤྱོད་ཅིག་ཡིན་སྲིད།

ད་ལྟ་ང་ཡང་བརྙན་འཕྲིན་ནང་དུ་ཡོད་པ་འདྲ། ཞིབ་ཏུ་བསམས་ན་ང་ཚོ་སུ་ཡིན་ཀྱང་འཁྲབ་སྟོན་པ་མ་ཡིན་ནམ། ང་ཚོ་སྤྱི་ཚོགས་འཚོ་བ་ཟེར་བའི་བརྙན་འཕྲིན་གློས་གར་ཆེན་མོའི་འདིའི་ནང་གི་མི་སྣ་རེ་རེ་ཡིན། ལས་དབང་ནི་འཁྲབ་ཁྲིད་པ་སྣེ་ངོ་མཚར་བའི་བྱུང་རིམ་ཕྲ་མོ་རེ་རེ་ང་ཚོ་བརྒྱུད་ནས་འཁྲབ་སྟོན་བྱེད་དགོས་ནའང་། ལས་དབང་གིས་ང་ཚོར་གང་ལ་གང་འཚམ་གྱི་གོ་གནས་ཤིག་བཀོད་སྒྲིག་བྱས་ཡོད་པ་རེད།

ངའི་མདུན་ཐད་དུ་ཤ་ཐུད་ཀྱི་རི་རབ་བརྩིགས་ཤིང་ཇ་ཆང་གི་མཚོ་མོ་བསྐྱིལ་འདུག དངོས་གནས་ཟས་སྣ་ཕུན་སུམ་ཚོགས་པས་ངས་ཅི་འདོད་ལྟར་ཡིད་ཆེས་པ་ཞིག་ཟོས་པ་

དང་། ད་དུང་བཏུང་ཆུའི་རིགས་སྣ་ཚོགས་ཀྱུགས་ཆད་པ་ཞིག་འབྱུང་བ་ཡིན། ཟས་ཀྱིས་ཡི་ག་འགྲངས་རྗེས། ངས་གཞན་ལ་ལད་མོ་བྱས་ནས་ལག་པས་གཡབ་མོ་ཞིག་བྱས་པ་ན། གཞོན་ནུ་མ་ཞིག་བརྒྱུགས་འོང་སྟེ་བདག་གི་ཁ་རྗོ་དང་བཅས་པ་གཙང་མར་ཕྱིས་སོང་། ངོ་མ། བརྙན་འཕྲིན་ནང་གི་མི་བྱས་ན་དགའ་བ་ལ། སྐྱིད་པ་ལ……

ངའི་མགོ་ཁྲིད་དང་ངའི་ཆུ་ཚོད་འཁོར་ལོ་དེ་གཉིས་ནི་རིགས་འདྲ་ཞིག་རེད། ནམ་ཡང་བདག་གི་ཚོར་བ་སྐྱིད་པོ་དག་འཕྲོག་མཁན་ནི་དེ་གཉིས་ཡིན། ངས་རང་གི་འགྲམ་པར་སེན་མོས་ཤ་གཙུ་ཞིག་བརྒྱབ་རྗེས་དེ་ལྟར་དྲན། ཁ་ལག་གཙང་མར་བཀྲུས་རྗེས། ང་རང་འཚབ་འཚུབ་ངང་སྒོར་བུད་ཅིང་། ཐད་ཀར་སྤྱི་སྤྱོད་རླངས་འཁོར་ཨང་ཉེར་གཅིག་པའི་འབབ་ཚིགས་ཕྱོགས་སུ་གོམ་པ་རིང་ལེན་བྱས་ནས་སོང་བ་ཡིན། ནམ་ཡང་བསྐྱར་ཟློས་ཀྱི་གོ་རིམ་ཞིག་གི་ཁྲོད་དུ་མི་ཚེ་བསྐྱལ་བ་ནི་མནར་གཅོད་ཅིག་རེད། ཕྱི་ལུས་དང་ནང་སེམས་གཉིས་ཆའི་མནར་གཅོད་ཅིག་རེད།

ལམ་བར་དུ། ངའི་ཡིད་ལ་དྲན་འོངས་པ་ནི། ནུ་བོས་ཁ་པར་ནང་བཤད་པ་དེ་རེད། ནུ་བོས་བཤད་པའི་སྒོར་མོ་ཁ་ཤས་ཞེས་པ་ནི་མ་མཐའ་ཡང་སྒོར་སྟོང་ཕྲག་འགའ་ལ་ཟེར་བ་ཡིན་རྒྱུ་རེད། གལ་ཏེ་སྒོར་མོ་བརྒྱ་ཕྲག་གཉིས་བརྒྱ་ཙམ་ཡིན་ཚེ་ད་མྱུར་དུ་བསྐུར་ཀྱང་ཆོག་མོད། འོན་ཀྱང་སྒོར་སྟོང་ཕྲག་ཁ་ཤས་གང་དུ་འཚོལ་ཨང་། ང་ལ་སྒོར་མོ་བསྐྱི་ས་མེད་པ་ནི་ཁག་ཐེག་ཡིན། ངའི་ཉེ་འཁོར་གྱི་མི་རྣམས་ང་ལ་ཆ་རྒྱུས་ཡོད་པ་ཏག་ཏག་ཡིན་པས། ཁོ་ཚོས་ང་ལ་སྒོར་མོ་བསྐྱི་མི་སྲིད། མཚམས་རེར་རང་ཉིད་རྐུན་མ་ཞིག་ཡིན་ན་ཅི་མ་རུང་ཡང་སྙམ་འོངས། སྒོར་མོ་ནི་མགོ་ན་བྱེད་ཅིག་རེད། སྒོར་མོ་ཡ་སྒོར་མོ། ཡོད་པ་རྣམས་ཀྱིས་རྙོག་དྲ་ཞིག་གི་ཚད་ལའང་བཞག་མི་འདུག མེད་པ་རྣམས་ལ་མཚོན་ན་རིན་ཆེན་གསེར་ལས་ཀྱང་དཀོན་པ་འདི་ཅི་ཡིན་ནམ།

6

ད་ལྟ་ང་ལ་མི་ལོབས་རྒྱུ་ཞིག་ལོབས་སོང་། ཚང་རག་གིས་ལུས་སེམས་གཉིས་ག་སྦྲིད་དུ་བཅུག་ཅེ་འཚོ་བ་ཞེས་པར་གོ་བ་གཞན་ཞིག་ལེན་རྒྱུ་འདུག ཚང་རག་ནི་དངོས་གནས་བཏུང་བ་དགའ་ཞིག་རེད། ཚང་རག་གིས་ང་ལ་སྟུག་བསྔལ་བརྗེད་དུ་བཅུག་སོང་།

ཚང་རག་གིས་བཟི་རྗེས། ང་ལ་ལྟུགས་ཀྱི་སྲོག་ཅིག་ཐོགས་ཡོད་དེ། ལྟུགས་ཀྱི་སྲོག་ཐོགས་ཡོད་མཁན་ཞིག་ལ་སྐྲག་ས་འཇིགས་ས་ཞིག་གང་དུ་ཡོད། ཁྱོད་མགོ་ཁྲིད་ཡིན་ཀྱང་ངས་གཏན་ནས་མིག་ནང་དུ་འཛོག་མི་སྲིད། ཁྱོད་ངོ་གནག་གནག་ལ་བསྟོད་མ་བསྟོད་མེད། དྲང་མོར་བཤད་ན། ངའི་ཕྱུགས་བསམ་པོར་དུ་འཇུག་མཁན་ནི་གཞན་མ་ཡིན་ཏེ། ཏག་ཏག་ངོ་གནག་གནག་ལ་སྟོད་པའི་མགོ་ཁྲིད་དེ་ཡིན། མགོ་ཁྲིད་དེར་རང་ཉིད་ལ་ཕྱུགས་བསམ་མེད་ན་གཞན་གྱི་ཕྱུགས་བསམ་ཡང་རྗོག་བརྗེས་སུ་གཏོང་བའི་དབང་ཆ་ཞིག་སུས་གནང་བ་ཡིན་ནམ།

ཁྱོད་ཀྱིས་བསྒྲུབ་རྒྱུའི་ལས་ཀར་འབད་པ་མི་བྱེད་པར། སྣན་ངག་ཆ་ག་ཆག་གེ་དེ་དག་བྲིས་ནས་ཅི་བྱེད།

མགོ་ཁྲིད་དེས་སྙན་ངག་ཟེར་བ་ནི་ཅི་ཞིག་ཡིན་པའང་མི་ཤེས་པར་དད་དུང་ཁ་ནས་སྐད་ཆ་སྲོམ་པོ་དེ་འདྲ་ལབ་པར་བྱེད།

དེ་ནི་ངའི་ཕྱུགས་བསམ་ཡིན།

ཕྱུགས་བསམ?

མགོ་ཁྲིད་དེས་ཁྲེལ་དགོད་ཅིག་བྱེད།

དགོད་རྒྱུ་མི་འདུག སྙན་ངག་ནི་ངའི་ཕྱུགས་བསམ་ཡིན།

ངས་ཀྱང་སྐད་མགོ་ཧ་མཐོར་བཏང་ནས་དེ་ལྟར་བཤད། ཕོས་མིག་གིས་བདག་ལ་མི་ལྟ་བར་གན་གྱི་ལས་གྲོགས་དེ་ལ་བལྟས་ནས། ད་ཙུང་སྙན་ངག་ཕྱུགས་བསམ་དུ་སྒོམ་པའི་

གླིན་པ་ཡང་འདུག་ཟེར།

དེས་ན་ངོ་དགའ་སྤྲེལ་ལད་བྱེད་པ་དེ་ཕུགས་བསམ་ཡིན་ནམ།

ངའི་སྙིང་མགོར་གྲིས་གཙགས་པ་དང་འདྲ་ལ། རྩ་ལམ་གྱི་ཁྲག་ནི་སྐད་ཅིག་ཉིད་དུ་ཆུ་རྒོད་བཞིན་འཁོལ་བྱུང་བས། ངས་སྐད་མགོ་སྤར་ལས་ཀྱང་ཧ་མཐོར་བཏང་སྟེ་དེ་ལྟར་བཤད། པ་རོལ་པོའི་སྐད་མགོ་ནི་བདག་གི་སྐད་མགོ་ལས་ཀྱང་མཐོ།

ཁྱོད་ལ་སྐད་ཆ་ཚིག་ག་འགའ་ཡང་བཤད་མི་ཉན་པ་ཅི་རེད།

ང་ལ་སྐད་ཆ་བཤད་རྒྱུ་ཡིན་ནའང་སྣན་ངག་ལ་དམའ་འབེབས་བྱས་མི་ཆོག

སྙན་ངག་ཆ་ག་ཆག་གེ་དེ་དག ཅི་རེད། མི་འདི་དགོད་སྤྲོད་ཅིག་རེད།

སྙིང་མ་རྗེ། ཐུལ་སྲུངས་པ་ཁྱོད་ལྟ་བུ་ང་ལ་དགོད་རྒྱུ་ཡོང་ངམ།

སྐབས་དེར་གཞུང་ལས་ཁང་ནང་རྩིལ་པོ་སྐྱུག་ཚང་ནང་དུ་རྡོ་འཕངས་པ་བཞིན་ཁུར་ཁུར་ཟིང་ཟིང་དུ་གྱུར། ལས་གྲོགས་རྣམས་ལ་ཅི་ཁག་ཏེ། ཁོ་ཚོས་ད་རག་བར་དུ་འཇིག་རྟེན་གནམ་འོག་ནས་ལྟད་མོ་འདི་འདྲ་མཐོང་ཡོད་སྲིད་ཀྱི་མ་རེད། ངས་ཁ་ཕྱིར་འཁོར་ནས་ལས་གྲོགས་ཚོའི་གདོང་ལ་མ་བལྟས་ཀྱང་། ངས་ཁོ་ཚོའི་གདོང་གི་ཏ་ལས་ཞིང་རྟོན་ཐོར་བའི་ཉམས་འགྱུར་དེ་ཚོད་དཔག་བྱེད་ཐུབ།

ཚང་རག་ནི་དངོས་གནས་བཏུང་བ་དགའ་ཞིག་རེད། ཚང་རག་གི་དྲིན་ལ་ལོ་མང་པོར་སེམས་ཁོང་དུ་སྦས་པའི་སྐད་ཆའི་ཟུར་ཙམ་སྤྲོར་འབྱིན་ཐུབ་སོང་།

ང་དང་མགོ་ཁྲིད་གཉིས་ཁྲི་དང་ར་ཡི་རླ་བོར་གྱུར་པ་ནས་བཟུང་། དེ་སྔ་འདྲིས་ཆ་ཡོད་པའི་ལས་གྲོགས་རྣམས་ཀྱང་བལྟས་བལྟས་རིག་ལ་རིག་ལ་ང་དང་རྒྱང་བསྒྲིད་བྱུང་། དེ་ནི་ཅི་ཡིན་ན་ཡིན་དུ་ཆུགས། ལས་ཁུངས་འདིའི་ནང་ནས་ངས་སུ་ཡང་ངར་བ་ཞིག་རེད་འདོད་མ་སྨྱོང་ལ། སང་ཕྱིན་ཆད་ཀྱང་དྲན་ཚུལ་དེ་འདྲ་བདག་ལ་སྐྱེས་མི་སྲིད།

ཚང་རག་འཕྲུངས་རྗེས། ཡིད་ལ་འཁོར་འོངས་པ་ནི་བུད་མེད་རེད། ལོ་སུམ་ཅུར་བུད་པའི་གསར་བུ་ཞིག་ད་ཐུང་པོ་རྒྱང་དུ་ལུས་པ་ནི་འཇིག་རྟེན་སྟེང་བུད་མེད་མེད་པས་མ

རེད། བུད་མེད་ནི་གྲམ་པའི་ནང་གི་རྡོ་དང་འདྲ། ཡིན་ནའང་ང་ལ་མཛའ་བའི་རྡོ་ཞིག་ད་དུང་རྙེད་མེད་པ་མངོན་སུམ་ཡིན། ང་ལའང་བུད་མེད་ཡོད་མ་མྱོང་བ་ཞིག་མིན། ལོ་རྡོ་འདི་དག་གི་རིང་ལ་ང་ཡང་བུད་མེད་ཁ་ཤས་ལ་འགྲོགས་མྱོང་ཡང་མཇུག་མཐར་རེ་རེ་བཞིན་ང་དང་གྱེས་འགྲོ། དེ་ནི་བདག་ལ་ཕོ་སྣོ་མེད་པས་མ་རེད། བདག་གི་ཕོ་སྣོ་ལ་བདག་རང་ཡིད་ཆེས་ཡོད། མཐེབ་ཆེན་མིན་ཙང་དཀྱིལ་མཛུབ་བསྟན་ཚོག་ཚོག་ཡིན། ངས་ང་དང་འགྲོགས་མྱོང་བའི་བུད་མེད་དེ་ཚོ་གྲོང་ཁྱེར་གྱི་མཐའ་འཁྱོལ་དུ་གནས་པའི་སྡོད་ཁང་དུ་ཁྲིད་རྗེས་ཚང་མར་འཛོགས་ལངས་པ་དང་འདྲ་བར་ང་ལ་རྒྱབ་བསྟན་ནས་བུད་འགྲོ། བུད་མེད་རྣམས་ལའང་ཁག་མི་འདུག་སྙེ། ཕོ་མོ་ཚོར་མཁོ་བ་ནི་དངོས་ཡོད་ཡིན་ལ། བདག་ལ་ཡོད་པ་ནི་ཕུགས་བསམ་ཁོ་ན་ཡིན་པས། དངོས་ཡོད་དང་ཕུགས་བསམ་གྱི་བར་ནས་ཕུགས་བསམ་ལ་ཡིད་ཆེས་མཁན་གྱི་བུད་མེད་ནི་ཉུང་ཤས་ལས་ཡོད་མི་སྲིད། ངས་ཉུང་ཤས་དེ་བཙལ་ནས་ལོ་རྡོ་ཁ་ཤས་ཤེས་མེད་ཚོར་མེད་དང་འགོར་སོང་། ད་ལྟ་བསམས་ན་ཉུང་ཤས་པོ་དེ་དང་ང་ཡི་བར་ལ་ལས་འཕྲོ་མེད་པ་འདྲ། གང་ལྟར་སྐྱེས་པ་ཞིག་གིས་ནམ་རྒྱུན་ཕྱུས་མོ་སྐྱ་རེ་ལ་ཙུམ་ནས་འདུག་ག་ལ་ཐུབ། མཚན་མོ་དེར་ངས་དངུལ་ཁང་ནས་བླངས་པའི་ཟླ་གཅིག་གི་ཟླ་ཕོགས་འཁྱེར་ཏེ་སྨད་འཚོང་ཁང་བསྐྱེགས་ནས་སོང་བ་ཡིན ……

ཞོགས་པར་མལ་ཁྲུལ་གྱིས་མགོ་བོ་བཀབ་ནས་བལྟས་པ་ན། སྣོར་ཁྱུག་ནི་ལྡབ་འགྱུར་གྱིས་རྡེ་སྲབ་ཏུ་སོང་འདུག་པས། ང་ལ་འགྲོད་སྣང་འགོག་མེད་ཅིག་སྐྱེས། མཚུངས་སུ་ངའི་མིག་ལམ་དུ་གྲོང་སྡེ་སྐྱ་བོ་དེ་དང་། དེའི་ནང་གི་ཕ་མ་དང་མིང་སྲིང་ཚོ་ཧ་ལེར་ཤར་བྱུང་།

ཆང་རག་ནི་འཐུང་རྒྱུ་ཞིག་མ་རེད། དེ་འཐུངས་ན་གནོད་པ་ལས་ཕན་པ་ཞིག་གང་དུ་ཡོད། ངས་ཆང་རག་འཐུང་ཞོར་རང་གིས་རང་ལ་དེ་ལྟར་སྨྲས།

7

དགུན་འཁྱག་ཅིག་ལ། གྲོང་ཁྱེར་གྱི་མཐའ་ཁུལ་དུ་ཆགས་པའི་སྡོད་ཁང་དེའི་ནང་དུ། ངས་རང་གིས་རང་ལ་ཁེར་བཤད་བརྒྱབ་པ་ཡིན། དོན་དུ་ང་ལ་མཚོན་ན་ཁེར་བཤད་ཀྱང་མ་ཡིན་ཏེ། ངས་རང་ཉིད་མི་གཉིས་སུ་དབྱེ་བ་ན། ངའི་ཁ་གཏད་དུ་ང་གཞན་ཞིག་གིས་ང་ལ་ཅེར་འདུག་པ་ངའི་མིག་ལམ་དུ་ཤར་བྱུང་། སྐབས་དེར་ང་ལ་ཚོར་བའི་གློང་བརྗོལ་བ་ལྟ་བུའི་སྣང་བ་ཞིག་སྐྱེས།

ང་ཀ་པ་ན་རེ།

མཐའ་མཐུག་གི་བརྩེ་བ་མིག་ཆུས་བསྡུབས་སོང་།

རྨ་ཁས་ཟིན་པའི་སེམས་པ་ཞིག་དུས་ཚིགས་ཀྱི་ཕྱི་རོལ་ཏུ་ལུས།

ཁེར་རྐྱང་དུ་ལུས། སེམས་གསོ་དང་སྐྱོན་བརྗོད། ཁ་ཏ། གདམས་ངག

ཅི་ཡང་མེད་ནའང་།

དགུན་ཁའི་ཁ་བ་ཧྲུང་གིས་ཁྱེར་ཏེ། ད་དུང་ཡང་ས་ཆེན་གྱི་བྲང་ལ་བསྙིལ་ཞིང་།

ཁོ་བོའི་མཐོང་ལམ་དུ་དཀར་མདོག་གི་འཇིག་རྟེན་ཞིག་བསྐྲུན་ནས།

བསླུ་བྲིད་གཏོང་།

སེར་ག་གྲངས་མེད་གས་པའི་ཕྱུགས་བསམ་གྱི་ཞིང་ས་ཡངས་པོ།

པ་མེས་ཚོའི་བྱམས་སེམས་ནང་བཞིན། མུ་མེད་ཀྱི་མཐའ་ལ་བརྐྱངས་ནའང་།

ཆག་གྲུམ་ཤོར་བའི་ལོ་ཟླ་ཞིག་རལ་གྲི་བཞིན་སྙིང་ལ་ཟུག་འོངས་པས།

བརྗོད་མི་རུང་བའི་ནག་ཐིག་དེ་ཚོ། མིག་ལམ་ནས་རིམ་བཞིན་ཆེ་རུ་སོང་།

ཨ། བདག་གི་བདག་ཨ།

དོན་དུ་ངས་ཁྱེད་ལ་བོས་པ་ཡིན་ལ། ཁྱེད་ཀྱི་ནུས་མེད་ལ་བོས་པ་ཡིན།

སང་ཞོགས་ཁྱེད་རང་ད་དུང་གཉིད་ལ་རོལ་ལམ།

ང་ཁ་པ་ན་རེ།

མཚན་གྱི་དུས་ལ། དབུགས་ཀྱི་རྒྱ་ལམ་རེ་རེར།

བློ་ཕམ་ཡིད་ཆད་ཀྱི་ཤུགས་རིང་ནར་མོས་གར་སྐབས་ལང་འོང་བསྒྱུར་པས།

སང་ཉིན་ལ་གསལ་ཆ་ཡོད་མདོག་གི་བཟོ་ལྟ་ང་ལ་མེད།

རྩུལ་འཚོས་ང་ལ་མེད།

མཚན་གྱི་དུས་ལ། ཁྱོད་ཀྱིས་ངའི་བླ་སྲོག་གི་ལྟོན་རྩེར་བབས་པའི་བྱིའུ་ཁྱུ་དཀྲོགས་སོང་།

ཉི་ནུབ་ཀྱི་སྐྱོ་གར་ནི་ངའི་སྐྱོ་གར་ཡིན། སྙན་ངག་པ་ཞིག་གི་སྐྱོ་གར་ཡིན།

ང་རང་གར་སྐེགས་འདིའི་སྟེང་དུ་ན་ཟླུག་གིས་འགྲེང་བའི་གདོངས་མཚོང་པ་སྟེ།

ཉི་ནུབ་ཀྱི་དམར་མདངས་ཁྲིད། གཅེར་བུར་ཉལ་ནས་ཁྱོད་ལ་བསྒུགས་ཡོད།

ཕྱོགས་ཕྱོགས་ཀྱི་རྣོ་དབལ་ལ་བསྒུགས་ཡོད། གྲང་འཁྱག་ལ་བསྒུགས་ཡོད།

མཚན་མོའི་ཁྲིད། ང་རང་ཡང་གཏོས་ཆེ་བའི་སྨན་པ་ཞིག་དང་ཅི་འདྲའི་མཚུངས།

ཉི་མ་ནུབ་ཤུལ་དུ་མཚན་མོའི་མཁའ་དབྱིངས་ནི་ཛམས་མཐུག་པའི་སྤྲིན་ནག་ལེབ་མོ་ཞིག

ང་རང་ཁྱུར་མིད་དུ་གཏོང་བས། ཐང་ཆད་པའི་འཇིག་རྟེན་གྱི་མགྲོན་པོ་ང་།

རྨས་ཐོག་པའི་ཁྱད་བཞིན་མཐའ་མེད་པའི་མཚན་མོ་འདིའི་ཕ་རོལ་ཇི་ལྟར་བརྒལ་ཡང་།

ས་ཧུབ་ཐེངས་རེ་རེར། ནམ་རྒྱུན་རྨི་ལམ་གྱི་གངས་ཐང་ཞུལ་བའི་འཇིགས་སྐྲག་དེ་དག་ཀྱང་།

འདི་ལྟར་ཉི་ནུབ་ཀྱི་རྗེས་ཤུལ་སྙེག་གི་ན། ངའི་ན་ཚོད་ལས་བརྒལ་བའི་བཞིན་རས་སྟེང་།

རྒས་གཉེར་གྱི་རྩ་ཁ་ཤར་ཤུར་ཁྲོ་བཞིན་ཁྲོ་བཞིན་འོངས།

མཚན་མོའི་ཀློང་དུ། སེམས་པ་བདེ་ལ་འབབ་པའི་སྐལ་བ་དེ་གཏན་དུ་ཡལ་སོང་།

......

ངས་ལུས་ཀྱི་གྲོན་པ་ཡོངས་སུ་བཤུས་ཏེ་དམར་རྗེན་དུ་བསྡད་པ་ཡིན། ལྷུ་རག་ཐོར་གང་རྗམ་འཕྲུང་བྱས་པ་ན། ང་ལ་གྲང་འདར་ལན་འགའ་བསྟུད་མར་བརྒྱབ་བྱུང་། ཚོར་བ་

དེས་ངས་རང་གི་རིག་པ་ད་དུང་གསལ་པོ་ཡིན་པ་རྟོགས།

ཞོགས་པར་གཉིད་ལས་སད་དུས། ང་ནི་དངོས་གནས་དཀར་མདོག་གི་འཛིག་རྟེན་ཞིག་ཏུ་ལུས་འདུག ངས་མིག་ཕྱེས་མ་ཐག་མཐོང་ལམ་དུ་ཤར་པ་ནི་གནམ་ཁབ་ཀྱི་སྦྲུ་གུ་ཞིག་དཔྱངས་འདུག་པ་དང་། དེའི་སྣེ་མོའི་ཁབ་རྩེ་ངའི་རྩ་ལམ་དུ་འཛེར་འདུག ནད་ཁྲིའི་ཡོགས་སུ་མིག་ཟུང་རིག་རིག་བྱེད་ཀྱིན་ང་ལ་ཅེར་འདུག་པ་ནི་བདག་གི་མགོ་ཁྲིད་རེད། དེས་ངའི་སེམས་པ་སློ་བུར་དུ་མི་དགའ་བར་བཟོས་སོང་། ཁོས་སྙིང་ཉེ་ཉེ་ངང་ཁྱོད་རང་ཅི་འདྲ་རེད་ཅེས་དྲིས་བྱུང་། དེ་ནས་ནད་གཡོག་མ་ཞིག་མྱུར་མོར་ཡོང་ནས་ཚ་དྲོད་འཇལ་བྱེད་ཀྱི་ཡོ་བྱད་དེ་བདག་གི་མཆན་འོག་ཏུ་བཞག

ཁྱོད་ལ་བསམ་ཚུལ་ཡོད་ན་གོང་ལ་ཡར་ཞུ་བྱས་ཆོག ལས་ཀར་མི་ཡོང་བར་ཆང་འཐུང་ནས་བསྡད་ན་གནོད་པ་ཁྱོད་རང་ཉིད་ལ་ཐེབས་ངེས།

མགོ་ཁྲིད་ཀྱིས་ཁ་གྲག་བྱུང་། ངས་ད་རག་བར་དུ་མགོ་ཁྲིད་ཀྱིས་དེ་འདྲའི་གཏམ་སྣན་མོ་ཞིག་སྙིང་ཉེ་ཁྱུལ་གྱིས་བཤད་པ་ཡིད་ལ་མི་དྲན། ཁོས་དེ་ལྟར་བཤད་པ་ན་ངས་དགོད་རང་ཉིད་ཡུན་རིང་ཞིག་ལ་ལས་ཀར་མ་སོང་བ་རྟོགས་བྱུང་། མཚུངས་སུ་མགོ་ཁྲིད་ཀྱི་གཏམ་དེ་མིད་པའི་ཡན་ཆད་ཀྱི་གཏམ་ཡིན་པ་ཡང་མི་ཤེས་རྒྱུ་མེད་དེ། གལ་ཏེ་ང་ལ་ནད་འདྲ་བྱུང་ནས་སྐབས་མི་ལེགས་པ་རེ་བྱུང་ཆེ། ཁོ་ལ་འང་འགན་ཁུར་ཡོད་པ་མ་ཡིན་ནམ། མགོ་ཁྲིད་ཀྱིས་རང་གི་ཆེད་དུ་ང་ལ་སེམས་ཁུར་བྱས་པ་རེད།

ང་རང་ལ་ནད་མེད་ཅེས་ཡང་ཡང་བཤད་མཐར་ད་གཟོད་སྨན་ཁང་ནས་ཕྱིར་འབུད་ཐུབ་པ་བྱུང་། ཕྱིར་ཡོང་ཁར་ངས་སྔོ་ཁའི་བྱང་བུ་སྟེང་ལྷ་ཡག་ཅིག་བྱས་པ་ན་དེའི་སྟེང་དུ "སྨྱོ་ནད་ཚན་ཁག" ཅེས་ཡིག་འབྲུ་ཆེན་པོ་བཞི་བྲིས་འདུག

ང་རང་སྨྱོས་འདུག་གམ། དེ་འདྲ་དཔེ་མི་སྲིད།

ངས་ངག་ནས་དེ་ལྟར་བློ་བཞིན་ཡིག་འབྲུ་དེ་བཞི་པོར་ཕྱིར་ལྟ་ཡང་ཡང་བྱས།

8

ཉིན་འདི་འགར་ང་ལ་རྒྱུན་དུ་གཉིད་སྐྱིད་པོ་ཞིག་འོང་ཐབས་བྲལ། མཚན་གང་པོར་རྨི་ལམ་འཁྲིགས་ནས་ཤོགས་པར་གཉིད་ལས་སད་རྗེས་ད་དུང་རྨི་ལམ་གྱི་གློང་དུ་འཁྱམ་འདུག ལག་ལ་རལ་གྲི་བཟུང་ནས་ངའི་རྗེས་ནས་བདའ་མཁན་དང་། ཡང་ན་ཚོད་ཚོད་མེད་པར་མི་སྐོར་ཞིག་ལྷན་དུ་འདུས་ནས་ང་ལ་རུབ་རྒྱུང་བྱེད་པ། བདག་གི་སྟོད་ཁང་གི་ཕྱི་ནང་ཀུན་ལ་དབུགས་སྟུམ་ཆུགས་ཏེ་མེ་ལ་སྲེག་པ……

འདི་ནི་མངོན་སུམ་ཡིན་ནམ།

ངས་རང་གི་གདོང་ལ་ཡང་ཡང་རེག་པ་ན། འཛོང་ནས་ཡོད་པའི་སྨྲ་ར་དང་། དེ་ནས་སྣ་དང་རྣ་དང་མིག་སོགས་རེ་རེ་བཞིན་ལག་ཏུ་ཚུད་ཀྱང་། ང་རང་ད་དུང་ཡིད་མ་ཆེས་པས་འགྲམ་པར་སེན་མོས་ཤ་གཙུ་ཞིག་བརྒྱབ་པ་ན། ཨ་ཙི། ང་ལ་ཚོར་བ་ཅི་ཡང་མི་འདུག ང་ཤི་ཟིན་པ་ཡིན་ནམ། ཡང་ན་འདི་ནི་རྨི་ལམ་ཡིན་ནམ། ངས་ཇི་ལྟར་འདང་བརྒྱབ་ཀྱང་ང་སད་ནས་ཡོད་པ་ཐག་གིས་ཆོད་དེ། གལ་ཏེ་སད་མེད་ན་མལ་ཁྲིའི་འགྲམ་གྱི་དཔེ་སྒྲོམ་དང་། དེའི་གཡས་འགོགས་སུ་རིམ་པ་ལྟར་བསྒྲིགས་ཡོད་པའི་འཐོལ་ཁྲི་དང་། སྒྲོག་ཙེ། ལྕགས་ཐབ་སོགས་ཁྱིམ་ནང་གི་ཡོད་བྱད་ཅག་ཅིག་རྣམས་ངའི་མིག་ལམ་དུ་ཤར་མི་སྲིད།

ཁ་བྱང་ལྷ།

རང་བྱུང་ཁམས་ཆེན་མོའི་པང་དུ། གསང་བ་དང་གསང་བ་མ་ཡིན་པ་ཅི་འདྲའི་མང་པོ་ཞིག་འགྲོ་བ་མིའི་རིགས་ལ་མཚོན་ན་ནམ་ཡང་གསང་བའི་ཚུལ་དུ་གནས་ཡོད་ཨང་། ད་དུང་ཡང་མིའི་བློ་གྲོས་དང་ཐབས་ཤེས་ཀྱིས་གསེད་འགྲོལ་བྱེད་མ་ཐུབ་པའམ། རྟེན་རྟོགས་མ་བྱུང་བའི་ཚེ་སྲོག་དང་བྱ་དངོས་གང་མང་ཞིག ང་ཚོ་དང་མཉམ་དུ་གནམ་སྟོན་པོ་གཅིག་གི་འོག་དང་སའི་གོ་ལ་འདིའི་སྟེང་དུ། མཁའ་དབུགས་མཉམ་རྔུབ་དང་ཉི་འོད་ལ་མཉམ་འདེ་བྱེད་བཞིན་ཡོད་པར་སུ་ཡིས་སྙོན་ནུས། དཔེར་ན། ཁ་བྱང་ལྷ་ཡང་དེ་ལྟར་ཡིན། འགྲོ་བ་མིའི་རིགས་སྤྱིའི་ལོ་རྒྱུས་ཀྱི་དེབ་ཐེར་མཐུག་པོའི་ངོས་སུ། ནམ་ཡང་དེའི་གནས་སྟངས་སོགས་གཏན་ནས་ཤེས་རྟོགས་བྱུང་མེད་པའམ་པོར་ཟིན་པ་རེད།

ཁ་བྱང་ལྷ་ནི་སྤེ་བ་ཞིག་གི་མིང་ཡིན། བལྟས་ཚོད་ཀྱིས་སྤེ་བ་དེ་ལུང་བ་ཁ་བྱང་ལྷ་ཞིག་གི་ཐུ་རུ་འཆགས་ཡོད་པས། སྤེ་བའི་མིང་ལ་ཁ་བྱང་ལྷ་ཞེས་ཐོགས་པ་ལོས་ཡིན་སྙམ་མོད། འོན་ཏེ་ཁྱོད་ཀྱིས་ཚོར་ཤེས་ཙམ་པོར་བརྟེན་ནས་དེ་ལྟར་གོ་བ་བླངས་ཚེ་ནོར་འཁྲུལ་འབབ་ཞིག་སྟེ། ཁ་བྱང་ལྷ་ནི་བྱང་ཕྱོགས་ཤམ་བྷ་ལར་བསྒྲོད་སའི་འགག་འཕྲང་ཉག་ཅིག་ཡིན་པར་འདོད་པས་སྤེ་བ་དེའི་མིང་ལ་ཁ་བྱང་ལྷ་ཞེས་ཐོགས་སྐད། དོན་དུ་བྱང་ཕྱོགས་

བདེ་འབྱུང་འཛིན་ནམ་ཤམ་བྷ་ལ་ཞེས་པའི་གནས་ཁྱད་དུ་འཕགས་པ་ཞིག་འཛིག་རྟེན་དཀར་རྗོགས་འདིར་སུས་ཀྱང་མ་མཐོང་བས། དེ་ཡིན་འདི་མིན་གྱི་ཚོད་འཛིན་དཀའ་ཞིང་ཆ་མི་ཐེབས། ལུང་བ་ཁ་བྱང་ལྷ་དེའི་ནང་དུ་ཕྱིན་ཚེ། ཤོག་ཡངས་ཤིང་ཕུ་ཤིན་ཏུ་རིང་བ་ཞིག་ཡིན་ཏེ། དུད་ཁྲིམ་ཉི་ཤུ་ལྷག་བསྐར་ཆགས་སུ་གཅིག་འཁོར་གཅིག་བསྒྲིགས་འདུག་ལ། དུད་ཁྲིམ་རེ་རེའི་མཁར་ཀྱང་མཐོན་པོའི་སྟེང་ལ་དར་ལྕོག་ཁྲ་ཆིལ་དགུ་ཆིལ་དུ་འཐེན་འདུག ལུང་པའི་དཀྱིལ་དབུས་སུ་མ་ཎི་ཁང་ཆེན་པོ་ཞིག་བཞེངས་ཡོད་ཅིང་། ལུང་པའི་མདའ་རུ་དགྲ་འགོག་བྱེད་ཀྱི་འཐབ་ར་ཞིག་ཀྱང་བརྩིགས་འདུག ད་དུང་ལུང་པའི་ཕུ་རུ་བལྟས་ན་མཁར་ཆག་ཁ་ཤོ་སྣ་རལ་སྐོར་ཞིག་ཀྱང་འདུག དེ་དག་ནི་ལུང་བ་དེའི་ནང་གི་དུད་ཁྲིམ་ཁ་ཤས་གཞན་དུ་གནས་སྤོར་པ་ཡིན་ནམ། ཡང་ན་དུད་ཁྲིམ་འགའ་རེའི་མི་རྒྱུད་ཆད་དེ་ཉམས་རྒུད་དུ་གྱུར་པ་གང་ཡིན་མི་ཤེས་མོད། དེའི་ཤུལ་དུ་འཇིག་རྫ་ཐོན་པོ་མི་ཡི་མཐོ་ཚད་འདྲ་བ་སྐྱེས་ཡོད་པས། དེ་དག་ལུང་བ་དེའི་ཕུ་རུ་ལོ་རྒྱུས་ཀྱི་དོད་དུ་སྐྱུ་ཐེང་ཐེང་ངམ་ཡང་ན་གསོན་ཤུགས་ཀྱིས་ཁེངས་འདུག

ཁ་བྱང་ལྷ་སྡེ་བ་ནི་ཐོག་མ་ནས་ལུང་བ་ཁ་བྱང་ལྷ་དེའི་ནང་དུ་འཆགས་ཡོད་པ་ནི་མ་ཡིན་ཏེ། ཐོག་མར་ལུང་བ་དེ་དང་ལེ་བར་གྲངས་ཀྱིས་ཆོད་ཅིང་། མཐོང་རྒྱ་ཡངས་ལ་ཉི་འོད་ཀྱི་ཟེར་མ་ལམ་ལམ་འཚེར་བའི་རི་མཐོན་པོ་ཞིག་གི་སྙིང་དུ་འཆགས་ཡོད་པར་བཤད། རྗེས་སུ་ལུང་བ་དེའི་ཕུ་རུ་གནས་སྤོར་དོན་ཅི་ཡིན་པའི་ཐད་ལ་ལྷ་ཚུལ་མི་མཐུན་པ་མང་པོ་ཡོད་ཀྱང་། གཙོ་བོ་ཕྱོགས་གཉིས་སུ་མཆེད་ཡོད་པ་རེད། ལྷ་ཚུལ་དེ་གཉིས་ཀྱང་མཐར་གཏུགས་ན། དབང་དང་གྲགས་པའི་རྗེས་སུ་འབྲངས་པ་ཙམ་ལས་དོན་དུ་གང་བདེན་གང་རྫུན་སུ་ཡིས་ཀྱང་ཕུ་ཐག་མི་ཆོད།

ཐོག་མའི་རྟོད་གླེང་།

དེ་ནི་མི་ལོ་མང་པོའི་སྔ་རོལ་ཏེ། ཉིན་ཞིག་སྡེ་མི་ཀུན་པོས་ཁ་བྱང་ལྷའི་འཆགས་ཚུལ་སྐོར་གྱི་གླེང་མོ་བྱེད་དུས། སྔགས་རྒན་གློང་གསལ་གྱིས་རང་རྣོམ་དང་བཅས "ད་ལྷའི་ལུང་པ་འདིར་གནས་སྤྱར་དོན་ནི་ཨོ་རྒྱན་རིན་པོ་ཆེས་གནས་འདིར་ཞབས་ཀྱིས་བཙགས་ཤིང་བྱིན་གྱིས་བརླབས་མྱོང་ལ། ཨོ་རྒྱན་རིན་པོ་ཆེ་ཁོང་ཉིད་ཀྱི་ལུང་བསྟན་དུ། གནས་འདི་ནི་བྱང་ཕྱོགས་ཤམ་ལྷ་ལར་བགྲོད་སའི་འགག་འཕྲང་དང་པོ་ཡིན་ཅེས་གསུངས་ཡོད་པས། མེས་པོ་གོང་མ་རྣམས་ཀྱིས་མི་ཤི་ཧ་འཁྱིལ་གྱི་རིན་དོད་དུ་ད་གཟིད་གནས་མཆོག་འདི་ང་ཚོར་དབང་བ་རེད" ཟེར། དེ་དུས་འཇང་ཕྱུག་ད་དུང་ཕོ་ལོ་ཉི་ཤུའི་ནང་གི་ཕོ་གསར་ཞིག་ཡིན། འཇང་ཕྱུག་ནི་དཔའ་བོའི་རྒྱུད་པ་ཡིན་ཅེས་པའི་ངག་རྒྱུན་ཡོད་པས། རང་ཉིད་དཔའ་བོའི་རྒྱུད་པ་ཡིན་མདོག་གི་ང་རྒྱལ་ཞིག་ཁོའི་གདོང་དུ་མངོན་མངོན་ལ་ཡོད། ཁོས་ཧ་ཅང་ཤེས་མདོག་གིས "དེ་འདྲ་ཞིག་གཏན་ནས་མིན། སྔོན་ཆད་པ་མེས་ཡང་མེས་རྣམས་རི་མཐོན་པོ་ཞིག་གི་སྟེང་དུ་འཆགས་ཡོད་མོད། ཕྱོགས་སོ་སོའི་དྲག་པ་རྣམས་དང་སྡིག་བསྡོས་ཀྱི་འཐབ་འཛིང་མང་དུ་བྱུས་པས་ན་གཞོན་མང་པོ་ཞིག་གི་སྲོག་ཤོར། ཤུལ་དུ་རྒན་རྒོན་དང་བྱིས་པ་ཁ་ཤས་ལས་ལྷག་མེད་པས། དྲག་པར་གཡོལ་ཆེད་སུ་དང་གང་གིས་ཀྱང་མི་མཐོང་བའི་ལུང་པ་འདིའི་ནང་དུ་གནས་སྤྱར་པ་རེད" ཅེས་གདེང་ཚོད་ཡོད་པའི་སྒོ་ནས་བཤད།

"དེ་འདྲ་ཨེ་ཡིན་ནམ"

"དཔེ་མི་སྲིད"

"ག་ལ་སྲིད"

"……"

གཏམ་དེ་འདྲ་ཞིག་ད་རག་བར་དུ་སྡེ་མི་རྣམས་ཀྱི་རྣ་བའི་བུ་གར་ལྷུང་མ་མྱོང་། ཚང་

མས་ཉུར་ཉུར་ཟང་ཟིང་དང་གཏམ་སྙིང་སྣ་ཚོགས་སྤེལ་བཞིན་སྤུགས་རྒན་གློང་གསལ་གྱི་གཏོང་ལ་ཅེར་འདུག

འཇང་ཕྲུག་གི་གཏམ་དེས་སྤུགས་རྒན་གློང་གསལ་གྱི་དབང་གྲགས་ལ་ཐོག་ཐུག་བཏང་བ་འདྲ་སྟེ། དེ་ནི་ད་རག་བར་དུ་ཁོང་གི་སྟུན་ནས་སྡེ་མི་ཞིག་གིས་ལྷ་ཚུལ་མི་མཐུན་པ་བསྒྲགས་པ་ནི་ཐེངས་དང་པོ་ཡིན་པས། ཁོང་གི་མིག་གཉིས་སྒྲོག་དམར་འཚུབ་འཚུབ་ཅིག་བྱས་ཤིང་། ངག་ནས་སྐད་འབྲུག་སྒྲ་ལྡིར་འདྲ་ཞིག་སྒྲོག་བཞིན་མི་མང་གི་དཀྱིལ་ནས་ཧར་ལང་ཞིག་བྱས་ཏེ "ཨ — ཅི་ཟེར། ལྷ་སྤྲུལ་ཁྱོད། ཨ — ཅི་ཟེར། སྐྱུག་ཟན་ཁྱོད། ཨ — ཁྱོད་ཀྱིས་མེས་པོ་གོང་མ་རྣམས་ཀྱི་བླ་མ་སྤྲུལ། དེ་འདྲ་དཔེ་མི་སྲིད" ཟེར། སྡེ་མི་རྣམས་གློ་བུར་ངག་ལྐུགས་པ་བཞིན་སྐད་ཆའི་མཚམས་ཆད་དེ་སིང་ངེ་ཡེར་རེ་ཉན་འདུག བྱིས་པ་ཁ་ཤས་སྐྲག་ཐག་ཆོད་དེ་རང་རང་གི་ཕ་མའི་རྒྱབ་ཏུ་ཡིབས། སྤུགས་རྒན་གློང་གསལ་ལགས་ཐུགས་ཁྲོས་ཆེ་ཁ་ནས་ཚམ་ཆོམ་མེད་པར "ཨ — ཨ — "ཞེས་སྒྲོག་པར་བྱེད་ལ། ཁོང་གིས་ཁ་ནས "ཨ — ཨ — "ཞེས་བསྒྲགས་པ་ན། སྡེ་མི་ཀུན་པོས་སྤྲེལ་རྒྱལ་གྱི་མཐའ་རུ་རུབ་པའི་སྤྲེལ་ཕྲུག་དག་དང་འདྲ་བར་ངོ་དགའ་སྤྲེལ་ལད་བྱེད་ཅི་ཐུབ་བྱེད་ཀྱིན་འདུག

སྤུགས་རྒན་གློང་གསལ་ནི་མི་ཧ་ཅང་འཇིགས་པོ་ཞིག་ཡོད་པ་དང་། ལྷག་པར་མགོ་ཡི་རལ་བ་དེས་ཁོར་གཞན་ལ་མེད་པའི་ཟིལ་ཤུགས་ཤིག་ཀྱང་བསྟན་འདུག་པས། ལུང་བ་ཁ་བྱང་ལྷ་དེར་མཆོན་ན། སྤུགས་རྒན་གློང་གསལ་ནི་ཆོས་སྲིད་ཆོ་ག་བསྐང་གསོལ་ཡན་ཆད་ཀྱི་འདོན་ཆ་ཟ་ཆོག་གི་སྒོར་མ་ལུས་ལ་ཐོགས་རྡུགས་མེད་པས། ཀུན་གྱི་སྣང་ངོར་ཐམས་ཅད་མཁྱེན་པ་དང་གཉིས་སུ་མ་མཆིས་ཏེ། གནས་ལུགས་ཟེར་ན་སྤུགས་རྒན་གློང་གསལ་ཡིན་ལ། སྤུགས་རྒན་གློང་གསལ་ཟེར་ན་གནས་ལུགས་ཡིན་པས། འཇང་ཕྲུག་གིས་གནས་ལུགས་རྗོག་བརྗིས་སུ་བཏང་བ་ནི་ཚབས་ཆེ་བའི་ནག་ཉེས་ཤིག་ཅི་ལ་མིན།

འཇང་ཕྲུག་གིས་ནམ་ཡང་རང་གི་གོ་ཐོས་དང་རང་གི་མཐོང་ཐོས་སུ་གྱུར་པ་དག་

ཚད་མར་འཛིན་པ་ལས། སུ་དང་གང་གིས་འདི་འདི་རེད་དང་ཀན་ཀན་རེད་ཅེས་བཤད་ཆོ། "རྒྱུ་མཚན་ཅིའི་ཕྱིར" དང་། ཡང་ན "ཁྱོད་ཀྱིས་ཇི་ལྟར་ཤེས་པ་ཡིན" "དེ་འདྲ་དཔེ་མི་སྲིད" "གཏན་ནས་མ་རེད" སོགས་ལྟོག་འདྲི་བྱེད་པའམ་མཐའ་གཅིག་ཏུ་དགག་པ་རྒྱག་སྲིད། དེ་ནི་ཧོ་དཔའ་བོའི་རྒྱུད་པ་ཡིན་པས་ཉུས་པའི་གཏིང་ནས་སུ་ཡང་ཁས་ལེན་མི་འདོད་པའི་བག་ཆགས་ཤིག་ཡལ་མེད་དུ་སྦས་ཡོད་པ་ཡིན་ནམ། ཡང་ན་དེར་རྒྱུ་མཚན་གཞན་ཞིག་ཡོད་པ་གང་ཡིན་ཆ་མི་འཚལ་མོད། གང་ལྟར་སུ་ལའང་མེད་པའི་རང་རྣམ་དང་ང་རྒྱལ་ཞིག་ཧོའི་ནང་སེམས་ནས་ཕྱི་རུ་འཕོས་ཏེ་གདོང་དུ་ཤར་ཤར་ལ་ཡོད། ཡང་གཅིག་བཤད་ན་ཁ་བྱང་ལྷའི་མི་ཕལ་མོ་ཆེའི་མིག་ནང་གི་འཇང་ཕྲུག་གི་སྣང་བརྙན་ནི་དེ་ལྟ་བུ་ཞིག་ཡིན།

ཕྱི་ནས་བལྟས་ན་ཁ་བྱང་ལྷའི་ནང་འགྱུར་ལྡོག་ཅི་ཡང་བྱུང་མེད། ནམ་རྒྱུན་དང་འདྲ་བར་མི་རྣམས་བག་ཡེབས་ངང་འཚོ་ལ། སྟེ་དཀྱིལ་གྱི་མ་ཎི་ཁང་གི་སྒོ་ཁར་རྒད་པོ་རྒན་མོ་ཁ་ཤས་ཀྱིས་ཉི་མར་འདི་བཞིན་མ་ཎི་འདོན་པ་དང་ཁ་བཙ་སྣ་ཚོགས་བྱེད་ཀྱིན་འདུག མཚམས་རེར་འཚུབ་མ་རེ་འཁོར་བ་ན། དེས་ཧོ་ཆོར་བར་ཆད་ཆེན་པོ་ཞིག་བཟོས་པ་དང་འདྲ་བར། དེའི་ཕྱོགས་སུ "ཡེ་ཡེ་ཡེ" ཞེས་མཆིལ་ཞགས་རེ་འཕེན་པར་བྱེད་ལ། རྡུལ་འཚུབ་རིམ་བཞིན་དྭངས་པ་ན། སྔར་ལྟར་ཕྲེང་བ་འདྲེན་བཞིན་ཡར་མར་གྱི་ཁ་བཙའི་ནང་འཁོར་འགྲོ།

གདོང་བ་རྐྱ་ཐོ་ཐོར་མངོན་པའི་རྒན་མོ་དེས་ཅི་ཞིག་བཤད་རྗེས་ཀྱིས་ཁ་སྨུར་སྨུར་ཙམ་བྱས་རྗེས་ཅི་ཡང་མ་བཤད། དེ་ནས་ཡང་བསྐྱར་ཁ་སྨུར་སྨུར་ཙམ་བྱས་རྗེས "སྙིགས་མའི་དུས་སུ་རིག་རྒྱུ་མང་གི་ཡ" ཞེས་ཁ་ནས་མགོ་ཧ་མེད་པའི་སྐད་ཆ་དེ་འདྲ་ཞིག་ཤོར། དེའི་གན་གྱི་རྒད་པོ་དེས་མོའི་གཏམ་གྱི་མཇུག་ལ་ཡུན་རིང་བསྒུགས་ཀྱང་ཅི་ཡང་བཤད་མ་བྱུང་བས། སྐེ་མདའ་སློག་སྙིང་གི་གོང་ཁ་ནས་ཕྱིར་བསྒྲིངས་ཙམ་བྱས་རྗེས། ཚམ་ཚོམ་མེད་པར "འཇང་ཕྲུག་དེ་ང་རྒྱལ་ཆེ་བ་ལ། ཨ་ཁྲུ་སློང་གསལ་ཡང་མིག་ནང་ལ་མི་འཛོག" ཟེར།

ཁོས་དེ་ལྟར་བཤད་པ་ན། ཁོ་ཚེའི་གླེང་གཞི་ཡང་ངང་ཤུགས་ཀྱིས་འཇང་ཕྲུག་གི་སྟེང་དུ་བབ།

"དེ་ཁོའི་ཕ་མཐོ་རིས་པོ་དང་ཨ་ན་མ་ན་རེད། ཁོའི་ཕ་མཐོ་རིས་པོ་མི་དེ་འདྲའི་ཨུ་ཚུགས་ཅན་ཞིག་མིན་ཚེ། དེ་རིང་ང་ཚོའི་གྲས་སུ་ཡོད་ཁོ་ཐག་ཡིན"

"ཡིན་ནའང་ཁོའི་ཕ་མཐོ་རིས་པོ་ཆོས་དད་ཅན་ཞིག་ཡིན"

"འཇང་ཕྲུག་དང་ཁོའི་ཕ་གཉིས་མི་འདྲ"

"འཇང་ཕྲུག་དེ་གསར་བུ་ལོ་ཆུང་ཞིག་དང་མི་འདྲ་བར། ཁ་ནས་སྐད་ཆ་སྡོམ་པོ་རྒྱང་རྒྱང་འཆད"

ཉིན་འདི་དག་གི་རིང་ལ་ཁ་བྱང་ལྷ་སྡེ་བའི་མི་ཀུན་གྱིས་ཁ་ནས་འཇང་ཕྲུག་དང་འབྲེལ་བ་ཡོད་མེད་གཉིས་ཀ་འཇང་ཕྲུག་གི་སྟེང་དུ་སྐྱུར་ནས་གླེང་ཅི་ཐུབ་བྱེད་ཀྱིན་འདུག ལ་ལས་འཇང་ཕྲུག་གི་ཕ་ཡང་ད་ལྟའི་འཇང་ཕྲུག་དང་འདྲ་བ་ཞིག་ཡིན་ཟེར།

ཁོའི་ཕ་མཐོ་རིས་པོ་ཡང་སུ་ལའང་བདེན་ཁ་མི་སྟེར་ཞིང་། མཐའ་གཅིག་ཏུ་རང་ལྷ་མཆོག་འཛིན་བྱེད་མཁན་ཞིག་ཡིན་པས། མཇུག་མཐར་རང་ཁ་གསེར་གྱི་སྒོ་མོ་དེ་རང་སྲོག་གཅོད་པའི་སྐྱ་རེར་གྱུར་སོང་བ་རེད་ཟེར། ཁོའི་ཕ་མཐོ་རིས་པོ་ཇི་ལྟར་ཤི་བའི་གཏམ་གསལ་པོ་ཞིག་ཁོ་ཚོས་བཤད་མ་བྱུང་ཡང་། ཁོ་ཚོའི་སྐད་ཆའི་ཟུར་ལ་གཞིགས་ན་ཨུ་ཚུགས་ཆད་པ་མང་དྲགས་པས་གཞན་གྱིས་ངན་གསོད་འདྲ་བྱས་པ་ཨེ་ཡིན་སྙམ།

སྤྱལ་ནག་གིས་སྔ་མོ་ནས་འཇང་ཕྲུག་མིག་ལ་རན་གྱིན་མེད་པས། ད་ཐེངས་ངེས་པར་རྟགས་ཤིག་སྟོན་དགོས་སྙམ། སྤྱལ་ནག་ནི་སྔགས་ཀྲན་གླིང་གསལ་གྱི་བུ་ཐ་ཆུང་ཡིན་ལ། ཁོ་ནི་མི་ཁ་དཀར་སྙིང་ནག་ཅིག་ཡིན། སྤྱལ་ནག་གིས་ན་གཞོན་སྐོར་ཞིག་ལ་བརྡ་བརྒྱབ་པ་ལྟར། ཁོ་ཚོ་ལུང་བའི་ཕུག་གི་མཁར་ཆག་ཁ་ཤོ་སྣ་ལོ་འགའ་ཡོད་ས་དེར་འདུས་ནས་ཕྱོགས་གཅིག་ཏུ་སོང་།

"འཇང་ཕྲུག་དེ་མི་གྲབ་རྒྱུགས་ཅན་ཞིག་རེད"

"དེར་ནམ་ཞིག་ཁ་ནས་ཁྲག་དྲི་བྲོ་བ་ཞིག་བྱ་དགོས"

"གང་ལྟར་མི་དེ་འདི་ལྟར་རང་དགར་བསྒྱུར་མི་རུང"

"ཁྱོད་ཚོས་བལྟས་ན་ཇི་ལྟར་བྱས་ན་བཟང"

སྤྲལ་ནག་གིས་ཉེ་གནས་ཀྱི་གསར་བུ་ཚོས་གྲོས་གཞི་ཡག་པོ་ཅི་ཞིག་འདོན་པར་བསྒུགས་འདུག

"སྐེ་གཅུས་ན་བཟང"

"རྐང་པ་བཅག་ན་བཟང"

"ལག་པ་བཅད་ན་བཟང"

"ཁ་གཞགས་ན་བཟང"

"ལྤྱི་བལ་ན་བཟང"

"……"

ཕྲོག་ཇུས་དང་འཇབ་རྒོལ་སྣ་ཚོགས།

སྤྲུན་ནག་གི་ཁྲོད་དུ་གྲག་འགྱུལ་ཞིག་བྱུང་བ་འདྲ། འཇང་སྤྲུག་གིས་གོམ་པ་སྤོ་མཚམས་བཞག་ནས་ཞིབ་ཏུ་མཉན་པ་ན། དེ་ནི་འཁྲུལ་སྣང་གིས་བསྐྱེད་པ་ཡིན་ནམ། ཕོར་ཡུག་གི་ཡོད་ཚད་ཁ་བྱང་ལྟ་ལུང་བ་དང་འདྲ་བར་ལྷིང་འཇགས་སེར་སྣང་། ཕོ་ཚོ་སྤྲུན་ནག་ལ་གོམས་ཡོད་པས་སྤྲུན་ནག་ནང་རྒྱུ་བ་དང་ཉིན་མོར་རྒྱུ་བ་གཉིས་ལ་ཁྱད་པར་ཆེན་པོ་མེད་པ་འདྲ། འཇང་སྤྲུག་སྤུ་མཐུད་དུ་ཐོགས་ས་རིག་ཡུལ་མ་ནོར་བར་མདུན་དུ་སྐྱོད་ཀྱིན་འདུག ཕོ་སྤུ་མཐུད་དུ་མདུན་ལ་འགྲོ་བའི་སྐབས་སུ་གློ་རྫིག་ཏུ་རྐང་བ་སྣེ་ས་ཞིག་ལ་ཐོགས། སྐད་ཅིག་མ་དེར་ཅི་ཡིན་འདི་ཡིན་མ་ཤེས་པར་ཕོ་ སྤུར་བས་ཀྱང་སྤྲུན་ནག་གི་

འཇིག་རྟེན་ཞིག་ཏུ་ལྷུང་སོང་། སྐབས་དེར་མི་སྐོར་ཞིག་ཕྱོགས་བཞི་མཚམས་བརྒྱུད་ནས་རུབ་ཡོང་སྟེ། ཁོའི་མགོ་ལ་རྐང་རྡེབ་ལག་རྡེབ་ཅི་ཡང་བྱེད། མཇུངས་སུ་ཁོའི་མགོ་བོ་ནག་འཐོམ་མེར་གྱུར་སོང་།

དུས་ཡུན་ཅི་ཙམ་འགོར་པ་མི་ཤེས་མོད། བར་སྐབས་ཤིག་ལ་ཟུག་གཟེར་ཞིག་དང་འགྲོགས་ནས་ཁོའི་དྲན་པ་སོས་སོང་། ཡིན་ནའང་འཇང་ཕྲུག་གི་མཐོང་ལམ་དུ་ཅི་ཡང་འཆར་རྒྱུ་མི་འདུག ཁོས་གདོང་ལ་རེག་ཚེ་ལག་པས་རྩུབ་རེག་ཅན་གྱི་དངོས་པོ་ཞིག་རེག་བྱུང་། མ་གཞིར་ཁོའི་མགོ་ལ་སྐྱི་མོ་ཞིག་བསྐོན་འདུག ཁོས་རང་གི་མགོར་བསྐོན་ཡོད་པའི་སྐྱི་མོ་དེ་ཧ་ཅང་སེམས་ཆུང་ངང་བླངས། དེ་དུས་ཁོ་སྐོབས་སུ་འཕེན་མཁན་གྱི་མི་དེ་རྣམས་སྤྱི་ས་ནས་བྲོས་ཏེ་ཤུལ་ཙམ་ཡང་མི་སྣང་། ཁོ་མུན་ནག་གི་འཇིག་རྟེན་དེ་ལས་ཐར་བར་འབད་ཅི་ཐུབ་བྱས་ཀྱང་ཟུངས་ཡོངས་སུ་ཟད་འདུག ཁོས་རང་གི་མགོ་བོ་དང་གདོང་ཡོངས་སུ་ཁྲག་གིས་སྦགས་འདུག་པ་ཚོར་བྱུང་། ཁོས་ཡུན་རིང་པོར་འཕག་འཚག་བརྒྱབ་བརྒྱབ་པའི་མཐའ་མར་མི་ཞིག་གིས་ལག་པ་བསྒྲིངས་ཏེ "ཨ་ཁྲུ་འཇང་ཕྲུག སྲོལ་ལེན་གྱོས" ཟེར། དེ་ནི་བྱིས་པ་ཞིག་གི་སྐད་རེད། བྱིས་པ་དེ་ནི་ཨ་ཡེ་ནག་ཐལ་མ་ཚང་གི་དོན་ལོག་ཡིན་པ་སྐད་ལ་ཉན་ན་ཤེས་ཐུབ། ཁོ་དོན་ལོག་གི་རོགས་རམ་ལ་བརྟེན་ནས་མུན་ནག་གི་འཇིག་རྟེན་དེ་ལས་ཐར་ཐུབ་པ་བྱུང་། ཁོས་ལྷ་ཡག་ཅིག་བྱས་དུས་ལམ་གྱི་གཞུང་དུ་སྡོང་ཞིག་བཀོས་འདུག་པས། ཁོ་ལྷུང་སའི་མུན་ནག་གི་འཇིག་རྟེན་དེ་ཅི་ཡིན་པ་གསལ་པོར་ཤེས་སོང་།

འཇང་ཕྲུག་ལ་དངོས་གནས་ཁག་མེད་དེ། རྒྱབ་ན་ཁེན་ས་དང་མདུན་ན་འཇུ་ས་མེད་པའི་མི་རྐྱང་ཞིག་གིས་དེ་འདྲའི་ཐུབ་ཚོད་ཅིག་རུས་པའི་ནང་ན་རྐང་མེད་པ་ཞིག་མིན་ནག་ལ་བཟོད་ཐུབ།

ཉིན་འགའི་གཞུག་ཏུ་ཁོའི་ལུས་ཀྱི་རྨ་ཁ་རྣམས་རིམ་གྱིས་སོས། ཡིན་ནའང་དེ་བས་ཀྱང་སྙིང་རླུང་སྟོད་ལ་འཚང་བའི་དོན་དག་ཅིག་ལ་ཕྲད་པ་ནི། ཁོ་ཚང་གི་རྒྱ་སྒོའི་སྟེང་དང

དེའི་གཡས་གཡོན་གྱི་རྩིག་ལྡེབས་ངོས་ཧྲིལ་པོར་རྩི་དམར་པོས་མདའ་གྲི་མདུང་གསུམ་སོགས་ཀྱི་དཔེར་མཚོན་རི་མོ་མང་པོ་བྲིས་འདུག་པ་དེ་རེད། དེ་ནི་བསམ་གཟས་ནས་ཕོ་ལ་འཇིགས་བསྐུལ་བ་མིན་ན་ཅི་ཡིན།

འཇང་ཕྲུག་གིས་དེ་དག་མཐོང་བས། རི་ཞིག་མགོ་འཐོམས་པ་ལྟར་ལུས་ཤིང་། དེ་ནས་གློ་བུར་སད་པ་ནང་བཞིན་རྒྱུག་ཐེངས་གཅིག་གིས་སྒོ་བའི་དཀྱིལ་དུ་བསླེབས། ཁོས་སྐད་ཏ་ཅང་མཐོན་པོས "ཨ་བ་ཨ་མ། ཁྲི་སྐྱག་ཚོ། དཔའ་ཡོད་ན་ཁེར་ཐུག་བྱེད་ཡ། སྐྱག་ནས་མི་ལ་དེ་ལྟར་བྱེད་པ་ནི་སྡར་མའི་ལས་ཀ་རེད། ཤོག་ཡ། ཤོག་ཡ། ཨ་བ་ཨ་མ། ཤོག་ཡ། ཁྲི་སྐྱག་ཚོ། དེ་རིང་ངས་ཁྱོད་ཚོའི་ཤུན་ལྤགས་མ་བཤུས་ན་ང་འཇང་ཕྲུག་མིན་པའི་རྟགས། མི་ལ་འདི་འདྲའི་བརྙས་བཅོས་བྱེད་སྲོལ་ཞིག་གང་དུ་ཡོད། ཤོག་ཡ། ཤོག་ཡ། དད་དད་ཤོག་ཡ" ཞེས་ཀི་རིང་གི་ཐུང་འདེབས་ཀྱིན་ཕུ་ཐུང་དཔུང་རྩར་བརྫེས་ནས་གདོང་དུ་འབུད་མཁན་ཞིག་ལ་རེ་འདུག ཡིན་ནའང་ཁ་བྱང་ལྷ་སྡེ་བ་ཧྲིལ་པོ་དབུགས་ཀྱི་རྒྱུ་བ་འགགས་པའི་བེམ་རོ་ཞིག་དང་འདྲ་བར་ལྷིང་འཇགས་སེར་སྣང་།

ཁ་བྱང་ལྷ་སྡེ་བའི་མི་རྣམས་ཀྱང་དུས་རྒྱུན་དུ་དྲང་མོ་དྲང་རྐྱང་ལྷ་བུ་དང་ཡང་ན་སྙིན་པ་ཏག་ཏག་དང་འདྲ་མོད། དུས་སྐབས་དེ་འདྲར་ཐུག་ན་གདོང་དུ་འབུད་མཁན་ཕར་ཤོག རེ་རེ་བཞིན་རང་རང་གི་ཁྱིམ་དུ་འཛུལ་པར་མ་ཟད་སྒོའང་དམ་པོར་གཏན་འདུག ཁ་བྱང་ལྷ་སྡེ་བར་མཚོན་ན་དེ་ནི་ཆེས་ལེགས་པའི་གདམ་གསེས་ཀྱང་ཡིན་ཏེ། འཇང་ཕྲུག་ནི་སྟག་ཕྲུར་དུ་བརྒྱུགས་ན་ཐོང་ཁར་འཛུ་བ་དང་། འབྲོང་གྱིན་དུ་བརྒྱུགས་ན་རྭ་རྩེར་འཛུས་ནས་གཙོན་ཐུབ་མཁན་ཞིག་ཡིན་པ་ཀུན་གྱི་སེམས་ན་ཁྲིགས་ཁྲིགས་ཡིན་པ་རེད།

"ཨ་བ་ཨ་མ། ཤོག་ཡ། ཁྲི་སྐྱག་ཚོ"

"……"

ཁྱོད་ལ་དཔའ་རྩལ་ཅི་འདྲ་ཡོད་ན་ཁ་བྱང་ལྷ་སྡེ་བའི་མི་རྣམས་ལ་ཡང་ཐབས་ཤེས་དེ་འདྲ་ཡོད་པ་ནི་ཤ་སྟག་ཡིན། ཕོ་ཚོས་ཁྱོད་ཀྱི་སེམས་ཀྱི་དཀྱུ་ལའང་མི་དྲན་པའི་བྱང་ངན་ཏག

ཧག་སྐྱབ་ཕོ་ཐག་ཡིན། དེ་ནི་གཅིག་འཁོར་གཅིག་བྱུང་བའི་གནས་ཚུལ་དག་གིས་ར་སྤྲོད་ཐུབ་སྟེ། འཇང་ཕྲུག་གིས་སྟེ་དཀྱིལ་ནས་ས་ལྷིང་གནམ་ལྷིང་བྱས་པའི་མཚན་མོ་དེར། བློ་ཡུལ་ལས་འདས་པ་ཞིག་ལ་ཕོ་ཚང་གི་གཞིས་ཀའི་མདུན་གྱང་ཡོངས་རྫོགས་རྩ་སློག་བྱས་སོང་བ་དེ་རེད། ནམ་གུང་ཕོ་ནི་གཉིད་ཀྱི་མགྱོགས་འཁོར་ཞོན་ནས་རྨི་ལམ་གྱི་ཞིང་དུ་ཆས་པའི་དུས་ཙ་ན། གློ་བུར་བའི་སྐད་སྒྲ་ཞིག་དང་ཆབས་ཅིག་ས་གཞི་ཡམ་ཡོམ་དུ་འགུལ་བྱུང་། ཨ་ཙི། ཅི་ཞིག་བྱུང་བ་ཡིན་ནམ། ཕོས་ཁེར་བཤད་ཅིག་རྒྱུག་གིན་ཁྱམས་རར་བུད་པ་ན། མིག་མདུན་གྱི་ཡོད་ཚད་ཀྱིས་ཕོ་ཧང་སངས་པར་བྱས།

དེ་ནས་བཟུང་དུས་སྐབས་ཤིག་གི་རིང་ལ་འཇང་ཕྲུག་གིས་མཉམ་བཞག་བཞག་ལ་བསྟུད་པས། ཕོའི་མགོ་ལ་གོད་ཆག་དང་གནོད་སྐྱོན་ཅི་ཡང་མ་བྱུང་། ཡིན་ནའང་ཧག་ལ་སེམས་ལྷོད་ལ་བབ་པའི་མཚན་མོ་དེར--མཚན་མོ་དེར་ཕོས་རྨི་ལམ་ཞིག་རྨིས་བྱུང་། དབྱར་དྲུག་པའི་ཚ་གདུག་གིས་ཕོའི་ནང་སེམས་དང་ཕྱི་ལུས་གཉིས་ཀ་སྲེག་ལ་ཁད་བྱེད། ཕོའི་ལུས་རྩིལ་པོ་ནས་རྔུལ་ཆུ་ལྷུམ་ལྷུམ་དུ་བཞུར། མཇུག་མཐར་ན་ཕོལ་ཚ་ཕོལ་དང་འགྲོགས་ཏེ་སད་བྱུང་། ཕོ་སད་དུས་ཁང་བའི་ནང་རྩིལ་པོ་མེ་ཡིས་གང་འདུག འདི་ཅི་ཞིག་ཡིན་ནམ། ཕོར་འདང་ལྷག་མ་རྒྱུག་ཕོམ་གཏན་ནས་མེད། ཕོ་མྱུར་བར་དྲག་ཏུ་འབར་བའི་མེ་དཔུང་ཁྲོད་ནས་ཐར་ཐབས་བྱས།

མ་གཞིར་ཕོ་གཉིད་ལ་ཤོར་བའི་མཚན་མོ་དེར། མི་ངན་དེ་ཚོས་ཕོའི་ཁྱིམ་ལ་མེ་བཏང་བ་རེད། འཇང་ཕྲུག་ལ་ཐོག་དང་པོར་ཁེར་རྐྱང་གི་ཚོར་བ་འགོག་མེད་ཅིག་སྐྱེས་ཤིང་། ནང་སེམས་ཀྱི་མཐའ་རུ་སྐྱོ་བའི་སྡུག་སྤྲིན་ཞིག་དབང་མེད་དུ་འཁྲིགས་ཤིང་། བུ་མཆན་ནས་ཤོར་བའི་མ་བཞིན་ཡིད་རབ་ཏུ་གདུང་བར་གྱུར། ཕོ་ལ་ཁ་བྱང་ལྷ་རྩིལ་པོས་རང་ཉིད་ཁེར་རྐྱང་དུ་ཐུད་པ་ལྟ་བུའི་སྡུག་བསྔལ་ཞིག་ཀྱང་སེམས་ཀྱི་གཏིང་ཞིག་ཏུ་སྨྱུ་གུ་བཞིན་འབུས་བྱུང་། མ་གཞིར་གྲོགས་མེད་ཁེར་རྐྱང་གི་འཚོ་བ་ནི་ཅི་འདྲའི་འཇིགས་སུ་རུང་བ་ཞིག་རེད་ཨང་།

འཛང་ཕྱུག་ཡང་བསྐྱར་ཁ་བྱང་ལྷ་སྡེ་བའི་དཀྱིལ་དུ་འགྲེང་དུས། སྔོན་གྱི་ཁ་ཕོ་དང་དཔའ་ཉམས་སོགས་ཅི་ཡང་མི་འདུག མིག་གི་མཐའ་ལ་སྐྱོ་བའི་ཆུ་འཛིན་འཁྲིགས་ཤིང་། ཡིད་རབ་ཏུ་གདུང་བའི་ཉམས་དང་བཅས་མགྲིན་པ་རྔོང་བཞིན "ཁ་བྱང་ལྷ་སྡེ་བའི་ཕོ་མོ་རྒན་གཞོན་ཚོ། ང་ནོར་སོང་བ་ངས་ཤེས་ཡོད། ང་ལ་གུ་ཡངས་གཏོང་རོགས། ང་ལ་གུ་ཡངས་གཏོང་རོགས" ཞེས་སྙིང་རྗེ་རྗེའི་སྐད་དུ་ཞུ་བ་འབུལ་བཞིན་འདུག

……

མི་ཞིག་གི་རང་གཤིས་དེ་ཡང་མདོར་ན་དེར་འཚམ་གྱི་ཁོར་ཡུག་ཅིག་དགོས་པ་ནི་བསྙོན་དུ་མེད། གལ་སྲིད་དེར་འཚམ་གྱི་ཁོར་ཡུག་ཅིག་མེད་ཚེ། མི་ཞིག་གིས་ཡུན་རིང་བསྙོར་ཅིང་བསྐྱངས་ནས་ཡོང་བའི་རང་གཤིས་ཀྱི་ཟུར་ཁ་དག་འཛམ་པོར་བཏང་རྒྱུ་དེ་ལས་སླ་མོ་ཞིག་མིན་པ་རྟོགས་ཐུབ་སྟེ། དེ་ནི་ལོ་དུ་མའི་རྗེས་སུ་འཛང་ཕྱུག་དང་སྟགས་ཅན་གླིང་གསལ་གཉིས་མཛའ་བཤེས་སྔོན་འདྲིན་དུ་གྱུར་འདུག་པར་བལྟས་ན་ཤེས་ཐུབ།

མིའམ་འདྲེ་སྐོར་ཞིག་བསླེབས་པ།

སའི་གོ་ལའི་སྟེང་དུ་ཁ་བྱང་ལྷ་ཞེས་པའི་སྡེ་བ་ཞིག་གནས་པ་གཞན་ལ་ཤེས་སུ་འཇུག་མཁན་ནི་གཏེར་རྫས་རྟོག་ཞིབ་རུ་ཁག་ཅིག་ཡིན་པ་རེད། "དེ་དག་གང་དུ་སོང་ན་མི་ཚོག་གམ། ཨ--ང་ཚོའི་ལུང་པ་འདི་གཟས་ནས་ཅི་བྱེད་དུ་ཡོང་བ་ཡིན་ནམ། དེ་ཚོ་ཡོང་བ་ནས་བཟུང་། ཨ--ང་ཚོའི་གླིང་འཛུགས་ཀྱི་འཚོ་བ་ཡོངས་སུ་དཀྲུགས་སོང་། ཨ--" སྟགས་ཅན་གླིང་གསལ་གྱིས་ལོ་མང་པོའི་རྗེས་སུ་ད་དུང་མགོ་བོ་འཕྱེད་དུ་གཡུག་བཞིན་དེ་ལྟར་སྨུག་སྨྲེ་ཤུ་རུ་རུ་འདོན་བཞིན་འདུག དང་ཐོག་གཏེར་རྫས་རྟོག་ཞིབ་རུ་ཁག་དེ་ལུང་པ་དེར་དམིགས་ནས་ཡོང་བ་མིན་ཏེ། ཁོ་ཚོས་ས་ཕྱོགས་དེར་གཏེར་རྫས་རྩ་ཆེན་ཞིག་ཡོད

པ་ཤེས་པས་དཀའ་ལས་ཆེན་པོ་བརྒྱབ་སྟེ་ལུང་བ་དེའི་ཉེ་འདབས་སུ་བསླེབས་པ་ན། ལྷུང་བུའི་རྒྱུ་ཕྱོགས་ཁྲོད་ཤིང་ཆ་མེར་བསྲེགས་པའི་དྲི་མ་ཞིག་འདྲེས་འདུག་པས། ཕོ་ཆོས་ལྷུང་གི་རྒྱུ་བ་བསྙེགས་ནས་ལུང་བ་དེའི་ཕུ་རུ་བསླེབས་པ་ན། དེའི་ནང་དུ་སྡེ་བ་ཞིག་འཆགས་ཡོད་པ་མཐོང་བས་ཧ་ལས་ཤིང་ཧང་སངས་པར་གྱུར། ཕོ་ཆོས་ས་ཁྲའི་ངོས་སུ་ཡང་ཡང་ལྟ་བཞིན "འདི་འདྲ་དཔེ་མི་སྲིད། འདི་འདྲ་དཔེ་མི་སྲིད" ཅེས་ངག་ནས་མཚམས་མེད་དུ་བཟླས་ཀྱང་། མིག་མདུན་གྱི་ཡོད་ཚད་ལག་མཐིལ་གྱི་རི་མོ་ཅི་ལྟ་བ་བཞིན་གསལ་པོར་མཐོང་བས། ཕོ་ཆོས་རྟོག་ཞིབ་ཀྱི་ཁ་ཕྱོགས་ལུང་བ་དེའི་ནང་དུ་བསྒྱུར་པ་རེད།

"ཇག་པ་ཐོན་ཐལ། ཇག་པ་ཐོན་ཐལ"

"མ་རེད། འདྲེ་ཐོན་ཐལ། འདྲེ་ཐོན་ཐལ"

བྱིས་པ་སྣབས་ལུགས་འགས་དེ་ལྟར་གི་འབོད་བྱེད་ཀྱིན་སོ་སོར་ཕུགས་རྒན་གློང་གསལ་དང་འཛང་ཕྲུག་གཉིས་ཀྱི་རྣ་རྩར་བསྐྱལ་པ་དང་། དུང་མོ་ཆེའི་སྒྲ་གསལ་ལྷང་ངེ་བ་དེས་སྡེ་མི་རྒན་དར་གཞོན་གསུམ་མ་ལུས་སྡེ་དཀྱིལ་གྱི་མ་ཎི་ཁང་དུ་འདུ་བར་བྱས། དུས་རྒྱུན་ཕོ་ཆོ་ནི་ཉ་སྟོང་བརྒྱད་གསུམ་གྱི་སྡོམ་པ་སྲུང་བ་དང་ཕྱག་དང་སྐོར་བ་སོགས་རྣམ་དཀར་ལས་ལ་བརྩོན་པ་ཅན་ཤ་སྟག་ཡིན་ཀྱང་། དུས་སྐབས་དེ་ལྟ་བུ་ལ་ཕུགས་རྒན་གློང་གསལ་དང་ཨ་ཡེ་ནག་ཐལ་མ་སོགས་རྒད་པོ་རྒན་མོ་རྣམས་ཀྱིས་མེ་བུས་ནས་ལྷ་བསང་གཏོང་བཞིན "གནས་མཆོག་ཕྱུར་བྱང་ཕྱོགས་ཤམ་བྷ་ལ། །དེར་སྐྱོད་པའི་འགག་འཕྲང་དང་པོ་ཡིན། །ས་དགེ་བཅུ་འཛོམས་པའི་ཡུལ་ཕྱོགས་འདི་ར། །ཕྱི་དགྲ་བོའི་དུག་ལག་བསྲིངས་འོང་ཆེ། །དགྲ་དེ་ཡི་མགོ་ལ་རྡོག་པས་གནོན། །གདོན་དེ་ཡི་ཁ་སྒོ་ཐལ་གྱིས་ཆོད……"

ཅེས་ངག་ནས་ཡང་ཡང་བཟློ་བར་བྱེད་ལ། བསང་དུད་སྔོན་མོ་ཞིག་ཁ་བྱང་ལྷ་སྟེ་བའི་མཐོངས་སུ་ཨ་ལོང་ཕྱི་ལོང་སྤེལ་ནས་འཕྱིལ་འདུག་པས། ལུང་ཕོག་ཉིལ་པོ་རྩུང་རབ་རིབ་ཏུ་བསྒྱུར། སྐབས་དེར་འཛང་ཕྲུག་གི་བགོད་སྲིག་ཤོག་ཏུ། ཆོག་སྐམ་ཁ་ལ་བྱུང་བའི་ན་

གཞོན་ཆོས་ཡུན་རིང་མ་བགོལ་བའི་རྣ་གཞུ་དང་མདའ་མོ་ལག་ཏུ་བཟུང་། ཁོ་ཆོས་སྐབས་དེ་ལྟ་བུ་ལ་ད་གཟོད་མདའ་གཞུ་ནི་འཇིག་རྟེན་ན་མེད་དུ་མི་རུང་བའི་ལག་ཆ་དགའ་ཞིག་ཡིན་པ་ཤེས། ཁོ་ཆོས་རང་གི་ལག་གི་མདའ་གཞུ་ནི་མེས་པོ་རྣམས་ཀྱིས་རྒྱུན་རྡག་དང་འཐབ་འཛིང་བྱས་སྐྱོང་བའི་མཚོན་ཆ་ཡིན་པའང་ཤེས། ཡིན་ནའང་དེ་ཇི་ལྟར་བཟོས་པའི་སྐོར་ལ་སུས་ཀྱང་བསམ་བློ་བཏང་མ་མྱོང་བའམ་ཡང་ན་གཏང་མི་སྲིད་དེ། རྒྱུ་མཚན་ནི་ཁོ་ཆོས་དེ་ནི་རང་ཉིད་དང་འབྲེལ་བ་ཡེ་ནས་མེད་པ་ཞིག་ཏུ་རློམ་བཞིན་ཡོད། ཁོ་ཆོས་ཡུན་རིང་མདའ་གཞུ་ལག་ཏུ་བཟུང་མ་མྱོང་བས། རིན་པོ་ཆེ་རྩ་ཆེན་ཞིག་ཐོབ་པ་དང་འདྲ་བར་གདོང་ཡོངས་ལ་སྐྱིད་ཉམས་ཤིག་བརྟས་འདུག་ཅིང་། ཉམས་འགྱུར་དེའི་ཕག་ན་སྤོབས་པ་དང་དཔའ་ངར་ཞིག་ཀྱང་བསྐྱུངས་འདུག ཁོ་ཚོ་མ་ཆེ་ཁང་གི་ཕྱི་ལོགས་སུ་བྱུང་དེ་ཐད་ཀར་འཐབ་རའི་ཕྱོགས་སུ་བརྒྱུགས་ཏེ་སོང་།

"ཁྱོད་ཚོ་སུ་ཡིན། མི་ཡིན་ནམ་འདྲེ་ཡིན། ཅིའི་ཕྱིར་གནས་འདིར་ཡོང་བ་ཡིན" འཇང་ཕྱུག་གིས་དེ་ལྟར་སྐད་བརྒྱབ།

མི་དེ་ཚོས་འཇང་ཕྱུག་སོགས་ཀྱིས་ཅི་ཞིག་འཆད་བཞིན་པ་ཧ་མི་གོ་བས། ཇི་ལྟར་ལན་གདབ་དགོས་པ་མི་ཤེས་པར་གྱུར། ཡིན་ནའང་ཁོ་ཆོས་རང་ཉིད་ཉེན་ཁར་ཐུག་འདུག་པ་འཕྲལ་དུ་ཤེས་སོང་། ཁོ་ཆོས་དངོས་པོ་ཡོད་ཚད་ཐང་ལ་བཞག་ཅིང་། ལག་ཟུང་དཀྱུང་ལ་བརྟེགས་ནས་མགོ་སྒུར་བའི་ཚུལ་བསྟན། ཁོ་ཚོ་སྨུ་མཐུད་དུ་གོམ་པ་གང་མདུན་དུ་སྤོས་པ་ན། འཇང་ཕྱུག་གིས་ལག་གི་རྣ་མདའི་ལྟོང་རྒྱུད་དང་སྦྲུར་པ་ན། མིའམ་འདྲེ་དེ་ཚོ་སྐྲག་ནས་སྐྱིད་པའང་ཞུམ་ཞུམ་བྱེད། འཇང་ཕྱུག་གིས་གཟབ་ནན་དང་བཅས "སྐྱུག་ཟན་ཚོ། དགོམ་པ་གང་མདུན་དུ་སྤོས་དང་། ངས་ཁྱོད་ཚོ་རེ་རེ་བཞིན་ལྷ་ལམ་དུ་མི་བཏང་ན་ཁྱོད་ཆོས་ལྟོས" ཟེར་བཞིན་གན་གྱི་འབྲུག་གྲགས་ལ་བརྡ་ཞིག་བསྟན་མ་ཐག འབྲུག་གྲགས་ཀྱིས་ཁོའི་ཇུས་འགོད་ལྟར་དེ་ཚོའི་མདུན་ཐད་དུ་མདའ་མོ་ཞིག་འཕངས། དེའི་མུར་མི་དེ་ཚོའི་ཁྲོད་ཀྱི་ཆེས་སྔོན་མ་དེ་ཐང་ལ་འགྱེལ་སོང་། འབྲུག་གྲགས་ཀྱིས་རང་གི་མདས་མི་དེར

ཞོག་མེད་པ་སེམས་ན་ཁྲིགས་ཁྲིགས་ཡིན་པས "སྐྱུག་ཟན་ཏག་ཏག་རེད། མདའ་མ་ཁེལ་གོང་ནས་ཐང་ལ་འགྱེལ་འགྲོ" ཞེས་བཤད་པ་ན། འཇང་ཕྲུག་སོགས་ཏྲབ་ཆ་དེར་རེ་སོང་། འཇང་ཕྲུག་གིས་མི་རེ་རེར་བགོད་སྒྲིག་ལེགས་པོར་བྱས་རྗེས། ཁོ་འཐབ་རའི་གཡོན་ཕྱོགས་ནས་ཐང་ལ་ལྷིང་སྐྱེ་མི་དེ་ཚོ་གཟས་ནས་སོང་བ་ན། ད་སོ་མ་ཐང་ལ་འགྱེལ་པའི་མི་དེ་སྒྲོ་ཀྲུག་ཏུ་ཡར་ལངས་ནས་ཕྱི་ནུར་ཞིག་བྱས།

འཇང་ཕྲུག་གིས་མདའ་མོ་ཁོ་ཚོའི་ཕྱོགས་སུ་གཏད་ནས "ཁྱོད་ཚོ་ཅིའི་ཕྱིར་གནས་འདིར་ཡོང་བ་ཡིན། ཁྱོད་ཚོ་གང་ནས་ཡོང་བ་ཡིན" ཞེས་དྲིས།

མི་དེ་ཚོས་འཇང་ཕྲུག་གིས་ཅི་ཞིག་འཆད་བཞིན་པ་གཏན་ནས་མི་གོ་བས། ལ་ལས་མགོ་བོ་གཡུག་གཡུག་བྱེད་པ་དང་། ལ་ལས་ལག་བརྡ་སྣ་ཚོགས་སྟོན་པར་བྱེད། དེས་ཀྱང་གོ་བརྡ་མ་འཕྲོད་པས། གདོང་ཡོངས་སྨྲ་རས་ཁེབས་པའི་རྒན་པ་ཞིག་གིས། རང་གི་རྒྱབ་ཁུག་ལས་དངོས་པོ་ཡོད་ཚད་ཐང་ལ་བླངས་ཤིང་། ཁུག་མ་ཡོད་ཚད་ཕྱིར་བསློགས་ནས་མཚོན་ཆ་ཅི་ཡང་མེད་པའི་ཚུལ་བསྟན་ཅིང་། གཞན་གྱི་མི་དེ་དག་ལ་ཅི་ཞིག་བཤད་པར། དེ་ཚོས་ཀྱང་རང་རང་གི་རྒྱབ་ཁུག་ནང་གི་དངོས་པོ་ཡོད་ཚད་ཐང་ལ་བླངས་ཤིང་། རང་རང་གི་ཁུག་མ་ཕྱིར་བསློགས་ཤིང་ལག་བརྡ་ཅི་རིགས་བསྟན་འོང་། ཁོས་མི་དེ་ཚོར་རེ་རེ་བཞིན་ཞིབ་ལྟ་ཞིག་བྱས་ཚེ། དེའི་ཁྲོད་ཀྱི་ན་གཞོན་དེ་སྐྲག་ནས་གཅིན་ཡང་ཤོར་འདུག་ལ། འཇང་ཕྲུག་གིས་ཁོའི་གདོང་ལ་ཅེར་འདུག་པ་མཐོང་བས། ལུས་འདར་ལྷུག་ལྷུག་བྱེད་བཞིན་རྒན་པ་དེའི་ཕག་ལ་ཡིབས། རྒན་པ་དེས་སྨུ་མཐུད་དུ་ཁ་ནས་ཅི་ཞིག་འཆད་གྱིན་ལག་བརྡ་སྣ་ཚོགས་བསྟན་པས། འཇང་ཕྲུག་གིས་ཁོ་ཚོས་ཅི་ཞིག་འཆད་བཞིན་པ་གསལ་པོར་མི་ཤེས་ནའང་། གང་ལྟར་ཁོའི་སྤུན་གྱི་མི་དེ་ཚོ་སྐྲག་ཤོར་ཏག་ཏག་ཡིན་པ་གདོན་མི་ཟ་ལ་ཚུར་འཐབ་འཛིང་བྱེད་པའི་སྙིང་སྟོབས་མེད་པ་ཡང་ཤེས་པས། ལག་གི་མདའ་གཞུ་ཕྲག་ལ་ཁུར་པར། རྒན་པ་དེས་ཁོ་ལ་མཐེ་བོང་སྟོན་གྱིན་གདོང་ལ་ཐབས་ཟད་པའི་འཛུམ་ཞིག་མདོན་པར་བྱེད།

སྐབས་དེར་སྤྲེལ་ནག་དང་འབྲུག་གྲུགས་སོགས་ཀྱང་སྤྱ་རྗེས་བྱས་ནས་འཇང་ཕྲུག་གི་དཔུང་གྲོགས་སུ་བསླེབས་འདུག འཇང་ཕྲུག་གིས་ལག་བརྡ་ཞིག་བསྟན་པ་ན། ཕོ་ཚོས་ཀྱང་ལག་གི་མདའ་གཞུ་རྒྱབ་ལ་ཁུར་ཏེ། ཐང་ལ་བཞག་ཡོད་པའི་དངོས་པོ་ཡོད་ཚད་ཕར་སློག་ཚུར་སློག་བྱས། མི་དེ་ཚོའི་དངོས་པོའི་ཁྲོད་དུ་མཆོན་ཆར་ཙུང་བ་ཞིག་དངོས་གནས་མི་འདུག་པས་སེམས་བདེ་ལ་བབ།

འཇང་ཕྲུག་གིས་མི་དེ་དག་ལ་ལག་བརྡ་ཞིག་བསྟན་ཏེ་སྔོན་དུ་སོང་བ་ན། དེ་ཚོས་ཀྱང་ཅི་ཞིག་རྟོགས་སོང་བ་བཞིན་མྱུར་དུ་འཇང་ཕྲུག་སོགས་ཀྱི་རྗེས་བསྙེགས་ནས་ཐོང་།

སྐབས་དེར་སྔ་མི་ཡོངས་རྫོགས་ལུང་བའི་ཕུ་རུ་འདུས་ཤིང་ཡ་མཚན་པའི་ཉམས་དང་བཅས་མིག་གིས་རིག་རིག་དང་བལྟས་འདུག ཕོ་ཚོར་དངོས་གནས་ཁག་མི་འདུག་སྟེ། ཕོ་ཚོས་འཛིག་རྟེན་གནམ་འོག་ནས་མིའམ་འདྲེ་འདི་འདྲ་ཞིག་དཔར་དུ་མཐོང་མྱོང་མེད་པས། ཧ་ལས་པའི་གཏམ་ཅི་རིགས་ཤབ་ཤུབ་དང་སྒྲ་བཞིན་འདུག སྔོན་དུ་ཁ་གྲག་མཁན་ནི་སྟུགས་ཆན་གློང་གསལ་ཏེ། ཕོས་ལག་ཏུ་བཙའ་ཡིས་ཟྲིན་པའི་ལྕགས་ལེབ་ཅིག་བཟུང་འདུག་ལ། དེའི་སྟེང་ན་དུ་བ་སྔོ་ལྷོག་ལྷོག་ཏུ་འཕྱུར་ཅིང་དྲི་མ་ཞིམ་པོ་ཞིག་འཕྱུལ་ཐོངས་པ་ནི་མཆོད་བསང་ཡིན་པ་ཤེས་ཐུབ། ཕོས་ལག་པ་ཕར་བསྒྲིངས་ནས་མི་དེ་ཚོར་ཡང་ཡང་བདུགས་རྗེས "ཅི་ཡིན་མི་ཤེས་པ་འདི་དག ཨ--ང་ཚོའི་ལུང་བའི་ནང་ཁྲིད་ན་གྲིབ་འཐོག་སྲིད་པས། ཕོ་ཚོ་ཕྱིར་ཐོངས་ཤིག" ཟེར། དུས་མཚུངས་སུ་དེར་ཡོད་ཀྱི་རྒན་པ་མང་ཆེ་བས "དེ་ལྟར་བྱེད་རོགས། ང་ཚོའི་ལུང་བ་གཡང་གི་ར་བ་འདིར། བདེ་སྐྱིད་ཀྱི་འཚོ་བ་རྟག་བརྟན་ཡོང་ཕྱིར། གཟབ་གཟབ་བྱས་ན་ལེགས "ཞེས་མགྲིན་གཅིག་ཏུ་བརྗོད་ཆེ། འཇང་ཕྲུག་སོགས་ཀྱང་ཚུལ་དེར་འཐད་པ་བྱུང་སྟེ་མི་དེ་དག་མུ་མཐུད་ནས་ནང་དུ་འགྲོ་མི་ཆོག་པའི་བརྡ་བསྟན་ཅིང་། སྤྲེལ་ནག་གིས་ཐང་ལ་རྟགས་ཤིག་བརྒྱབ་སྟེ "འདིའི་ཚུ་རོལ་ཏུ་གོམ་པ་གང་སྤོས་དང་། ལྟ་ལམ་དུ་མི་བཟུང་ན་ཁྱོད་ཚོས་ལྟོས" ཞེས་སྐད་མཐོན་པོར་བསྒྲགས་པས། མི་དེ་ཚོས་ཀྱང་དང་པོ་ཡེ་ནས་མི་གོ་ནའང་། མཇུག་ཏུ་རྣམ་འགྱུར

ལས་ཅུང་ཙམ་རེ་གོ་བཞིན་པ་འདྲ་སྟེ། མགོ་བོ་ཡང་ཡང་ལྡེམ་པར་བྱེད།

ཤི་རྐྱེན་དབྱེ་ཞིབ།

ཕྱི་ཉིན་སྔ་སོ་ནམ་ཡོངས་སུ་གསལ་དུས། མི་དེ་ཚོ་གར་སོང་ཆ་མེད་དུ་གྱུར་འདུག ཁོ་ཚོའི་ཤུལ་དུ་འཁྱིག་ཁྱུག་དང་ཟ་འཁྲོ་འཐུང་འཁྲོ། འཁྱིག་རེམ་སྟོང་བ། དུ་སྣེ་སོགས་གད་སྙིགས་ཙམ་ལས་ཅི་ཡང་ལྷག་མི་འདུག

"དེ་ཚོ་སྐྲག་ནས་བྲོས་སོང་བ་འདྲ" འཇང་ཕྲུག་གིས་དེ་ལྟར་བཤད།

མི་དེ་ཚོ་སོང་རྗེས་སུ། ཁ་བྱང་ལྷ་སྡེ་བའི་ནང་དུ་དོན་དག་ཅིག་བྱུང་བ་ནི། ཕྱི་དྲོའི་མཚམས་སུ་སྔགས་རྒན་གློང་གསལ་གྱི་བུ་ཐ་ཆུང་སྦྲུལ་ནག་གི་བུ་འབྲིང་བ་སྐྱ་ལོ་ཤི་སོང་བ་དེ་རེད། ཤི་ཁར་བྱིས་པའི་ཁ་ནང་ནས་ལྦུ་བ་དཀར་སོབ་སོབ་མང་པོ་འཕྱུར། དོན་དག་དེས་ཐོག་མར་སྔགས་རྒན་གློང་གསལ་ལ་མདང་ནུབ་རྨིས་པའི་རྨི་ལམ་དེ་དྲན་དུ་བཅུག སྔགས་རྒན་གློང་གསལ་གྱིས་མི་དེ་དག་མཐོང་བ་ནས་བཟུང་གར་ཡོང་མི་ཤེས་པའི་རྣམ་རྟོག་ཅིག་སྐྱེས་ཤིང་། རྣམ་རྟོག་དེས་མདང་ནུབ་ཁོ་ལ་རྨི་ལམ་མང་དུ་འཁྲུགས་པར་བྱས།

སྔགས་རྒན་གློང་གསལ་མ་ཎི་ཁང་དུ་ཡོང་ནས་མཆོད་མེ་བསྒྲོན་པར་བརྩམས་དུས། ཁོའི་ལག་གི་འབར་ཞུན་དེ་བསྒྲོན་མ་ཐག་རླུང་འཚུབ་ཅིག་གིས་གཟིམས་སོང་། ཁོས་ཡང་བསྐྱར་བསྒྲོན་པའང་གཟིམས། ཁོས་དེ་ལྟར་ཐེངས་མང་པོར་བསྒྲོན་པས་ད་གཟོད་མཆོད་མེ་ཀོང་བུ་བདུན་པོ་སྒྲོན་ཐུབ་པ་བྱུང་། ཁོས་མཆོད་མེ་བསྒྲོན་རྗེས་ལུས་ངག་ཡིད་གསུམ་དང་བཅས་པས་ཕྱག་གསུམ་བཙལ་ཅིང་། ཕྱིར་རང་ཁྱིམ་དུ་ལོག་པར་སྟ་གོན་བྱེད་དུས། སྒོ་ཧྲིག་ཏུ་མཆོད་མེ་ཀོང་བུ་བདུན་པོ་ནག་འཚུབ་བེར་སོང་། ཨ་ཁ། འདི་ཅི་བྱུང་བ་ཡིན་ནམ། སྒོ་དམ་པོར་གཏན་ཡོད་ལ། དྲ་མ་ཡང་ཆག་རལ་དུ་སོང་མེད་པས། འདི་འདྲའི་རླུང་ཆེན་

པོ་ཞིག་གང་ནས་ལྷུང་འོངས་པ་ཡིན་ནམ། རྒྱུན་ལྡན་མིན་པའི་སྣང་ཚུལ་དེས་ཁོ་རྣབ་རྣབ་པོར་བཏང་། ཁོས་ཡང་བསྐྱར་མཆོད་མེ་དེ་དག་རེ་རེ་བཞིན་བསྒྲོན་ནས། ཕྱིར་ཁྱིམ་ལ་ལོག་པར་སྟ་གོན་བྱེད་དུས། སྔར་བཞིན་མཆོད་མེ་རྐོང་བུ་བདུན་པོ་ནག་འཚུབ་བེར་སོང་། ཨ་ཙི། ཨ་ཙི། དེ་རིང་ཅི་བྱུང་བ་ཡིན་ནམ། ཁོས་མུ་མཐུད་དུ་མཆོད་མེ་རྐོང་བུ་བདུན་པོ་སྒྲོན་པའི་དཔའ་སྤོབས་ཞུམ་པར་གྱུར། དེ་ནས་ཁོ་ཚབ་ཚུབ་ངང་ཁྱིམ་དུ་ལོག

ཁོས་དོན་དག་དེ་གཅིག་པུ་སེམས་ལ་བཟུང་ནས་ཇི་ལྟར་རང་ཁྱིམ་གྱི་སྒོ་ཁར་བསླེབས་པ་ཡང་མ་ཤེས། ཁོ་རང་ཁྱིམ་གྱི་སྒོ་མོར་འཛུལ་བ་ན། བུ་ཐ་ཆུང་སྦལ་ནག་ཕྱི་ལོགས་སུ་འོང་བཞིན་པ་དང་ཁ་བོ་ཁ་ཐུག་བརྒྱབ། སློ་བུར་བའི་ཐུག་འཕྲད་དེས་སྟགས་ཀན་སློང་གསལ་ལ་གནམ་ལྷིང་ཞིག་བྱེད་དུ་བཅུག

"ཅི་རེད། ཨ་ཕ་ལགས" སྦལ་ནག་གིས་ཁ་གྲག

"ཅང་མ་རེད། ཅང་མ་རེད" སྟགས་ཀན་སློང་གསལ་གྱི་གདོང་ཧྲིལ་པོ་ཐལ་མདོག་ཏུ་གྱུར་འདུག

"ཨ་ཕ་ལགས། ཁྱེད་ཀྱི་ངོ་མདངས་བཙོག་པ་ལ" སྦལ་ནག་གིས་ཨ་ཕའི་གདོང་ལ་ཞིབ་ལྟ་ཞིག་བྱས་རྗེས་དེ་ལྟར་བཤད།

ས་ཡོངས་སུ་རུབ་ཚེ། ལྗོང་བ་ཁ་བྱང་ལྷ་དེའི་ནང་དུ་མུན་པ་ལས་གཞན་ད་དུང་མུན་པ་སྟེ། མུན་པ་ལས་ཅི་ཡང་མེད། ཁོ་ཚོས་གནས་དེ་ཉུ་ད་བར་དུ་འཚོ་བ་རོལ་པས་མུན་པར་གོམས་ཟིན་པའམ། ཡང་ན་མུན་པའི་ཁྲོད་ནས་ད་གཟོད་བདེ་བར་གཉིད་ཚོག་པས། འཇིག་རྟེན་ན་མུན་པ་ལས་ལྷག་པ་ཞིག་ཡོད་མི་སྲིད་འདོད་བཞིན་ཡོད། ཁོ་ཚོས་ད་དུང་ "ལྷ་དཀོན་མཆོག་གིས་ང་ཚོ་ཐུགས་ཀྱིས་མ་དོར་པར་བཟུང་ཡོད་པས། ང་ཚོས་མུན་པ་ཡོངས་སུ་སྤྱོད་ཐུབ་པ་རེད། ནམ་ཞིག་མུན་པ་མེད་སོང་ཚེ་ཅི་བྱ" ཞེས་ནམ་ཞིག་མུན་པས་ཁོ་ཚོ་བཏང་ནས་འགྲོ་བར་སེམས་ཁྲལ་བྱེད་ཀྱིན་ཡོད། ཡིན་ནའང་དེ་རིང་དུས་རྒྱུན་དང་མི་འདྲ་བ་ནི། ལྗོང་བའི་ཕྱུ་ཡི་མི་དེ་དག་གིས་རས་གུར་ཕུབ་ཅིང་། རས་གུར་ནང་དུ་གློག་སྒྲོན

བཀར་འདུག་པས། ལུང་བའི་ཕུ་རུ་འོད་སྣང་ཕྲན་བུ་ཞིག་གིས་གཡོགས་འདུག དེས་སྟེ་མི་མང་ཉོས་ཤིག་ལ་ཅི་ཡིན་འདི་ཡིན་གྱི་དོགས་གཞི་སྣ་ཚོགས་སྐྱེ་རུ་བཅུག

དེ་ལ་ཐོག་མར་མཉམ་འཛོག་བྱེད་མཁན་ནི་སྟུགས་ཅན་གློང་གསལ་ཡིན་ཏེ། ཁོ་ཁང་ཐོག་ཏུ་བུད་དེ་ཚ་གསུར་འཕུད་སྐབས་རྣམ་པ་དེ་མཐོང་བ་རེད། ཨ་ཅི་ཅི། ཀན་ཅི་ཞིག་ཡིན་ནམ། མིག་ལ་གཅེ་ཡི་འདུག ཨ—གདོན་འདྲེ་ཀན་ཚོ། ང་ཚོའི་འཚོ་བར་གཏོར་བརླག་བྱེད་མཁན་ཡོད་ཚད་ང་ཚོའི་དགྲ་བོ་ཡིན། དགྲ་མགོ་རྡོག་པས་གནོན། དགྲ་ཁ་ཐལ་བས་ཆོད། ཁོས་དེ་ལྟར་སྨིགས་མོ་བྱེད་གྱིན། སེམས་སུ་མི་དེ་ཚོ་མྱུར་དུ་གནས་འདི་དང་ཁ་བྲལ་སོང་ན་ཅི་མ་རུང་སྙམ་ཞིང་། ཕྱོགས་དེར་མཆིལ་ཞགས་ལན་འགར་འཕངས་རྗེས་ད་གཟོད་སེམས་པ་ཅུང་བདེ་ལ་འཁོད་པ་ནང་བཞིན་སྐྱས་ལ་ཁེན་ནས་མར་བབས།

མཚན་མོ་དེར་སྟུགས་ཅན་གློང་གསལ་ལ་གཉིད་སྐྱིད་པོ་ཞིག་མ་ཡོང་། ནམ་ཕྱེད་དུ་ད་གཟོད་གཉིད་ཐན་ཐུན་ཞིག་ལོག དེ་ཡང་རྨི་ལམ་གང་མང་གིས་མནར་ཏེ་ཞོགས་པར་ལུས་སེམས་ཡོངས་སུ་ངལ་པས་འགུལ་ཙམ་བྱེད་པའི་འདུན་པའང་མེད་པར་གྱུར། ཁོའི་རྨི་ལམ་དུ་ཁ་བྱང་ལྟ་སྟེ་བའི་བར་སྣང་དུ་གནམ་ས་གཡོས་པ་ལྟ་བུའི་ཐལ་རླུང་དྲག་པོ་ལངས། རེ་ཞིག་མགོ་འཐོམས་པ་ལྟར་བྱུང་བའི་སྐབས་ཤིག རླུང་འཚུབ་གྱི་ནང་བྱིས་པ་རྣམས་ལ་གཤོག་པ་ཐོགས་ཏེ་ཕར་འཕུར་ཚུར་འཕུར་བྱེད་གྱིན་འདུག ཕ་མ་དག་གིས་ཇི་ལྟར་སྐད་བརྒྱབ་ཀྱང་བྱིས་པ་རྣམས་ཐང་ལ་དབབ་པའི་བཟོ་ལྟ་ཙམ་ཡང་མེད། བྱིས་པ་དེ་དག་གི་མིག་གཉིས་ལས་སློག་འོད་དམར་ལམ་ལམ་དུ་འཕྲོ་ཞིང་། སྐབས་སྐབས་སུ་ངག་ནས་སའི་གོ་ལའི་སྟེང་གི་མི་སྐད་མ་ཡིན་ལ། བྱ་སྐད་ཀྱང་མ་ཡིན་པའི་ཆ་མེད་རྒྱུས་མེད་ཀྱི་སྐད་སྒྲ་ཞིག་སྒྲོག་པར་བྱེད། སྟེ་མི་རྣམས་སྨྱོན་སྨྱོན་པོར་གྱུར་ནས་ཅི་ཞིག་བྱེད་དགོས་པའང་མི་ཤེས་པར་གྱུར། སྐབས་དེར་ཁོའི་ཚ་བོ་སྐྱ་ལོ་བལྟས་བལྟས་ལ་ཕར་ཁའི་བྲག་འཛིང་དེར་ཡོ་འཛུར་མེད་པར་བརྫབས་པར་གྱུར་ཅིང་ཅལ་ལེར་ཐང་ལ་ལྷུང་སོང་། ཁོ་ཚབ་ཚུབ་དང་རྒྱུག་ཐེངས་གཅིག་གིས་བྱིས་པའི་གན་དུ་བསླེབས་པ་ན། སྐྱ་ལོའི་ཁ་ནང་ནས་ཆུ་མིག་རྡོལ་

པ་བཞིན་ཁྲག་དམར་མཚམས་མ་ཆད་པར་བཞུར་གྱིན་འདུག

ཁོས་དེ་ལྟར་ཕྱིར་དྲན་ཞིག་བྱས་རྗེས། སེམས་ཀྱི་དོགས་གཞི་ཡོད་ཚད་ཁ་སང་བསྙེབས་པའི་མི་དེ་ཚོའི་སྟེང་དུ་འཁོར། “ཚ་བོ་སྐྱ་ལོའི་ཤི་རྐྱེན་འདྲེ་ཀྲན་དེ་ཚོ་དང་འབྲེལ་བ་ཡོད་པ་ཐག་གིས་ཆོད” ཁོས་ཁ་ཆོན་བཅད་དེ་སྨྲས།

“དེ་འདྲ་ཨེ་ཡིན་ནམ” འཇང་ཕྲུག་གིས་ཐེ་ཚོམ་དང་དྲིས།

སྤྱི་མི་ཕལ་མོ་ཆེ་སྔ་རྗེས་བྱས་ནས་ལུང་པའི་ཕུ་རུ་བསྙེབས། ཁོ་ཚོས་སྔགས་རྒན་སློང་གསལ་དང་སྨལ་ནག་གཉིས་ལ་སེམས་གསོ་རེ་བྱས་རྗེས “ད་ཅི་ཞིག་བྱ” ཟེར།

སྐབས་དེར་བྱིས་པ་ཞིག་བརྒྱུགས་ཡོང་ནས “མདང་ནུབ་ང་ཚོ་མི་དེ་ཚོའི་རས་གུར་ནང་དུ་སོང་བ་ཡིན” ཅེས་བཤད་མ་ཐག སྔགས་རྒན་སློང་གསལ་དང་སྨལ་ནག་གཉིས་ཀྱིས་མ་བགྲོས་གཅིག་མཐུན་ངང “ཅི་ཟེར” ཞེས་དྲིས། བྱིས་པ་དེས་མུ་མཐུད་དུ་ཅི་ཞིག་བཤད་བསམས་ཀྱང་སྐྲག་ནས་ཁ་རོག་གེར་བསྡད།

“བྱིས་པ་འདི་སུ་ཚང་གི་རེད། ཨ་ཡེ་ནག་ཐལ་མ་ཚང་གི་དོན་ལོག་མིན་ནམ”

འཇང་ཕྲུག་གིས་དེ་སྔ་དོན་ལོག་གིས་ཁོ་བསྐྱབས་མྱོང་བའང་སྔར་ནས་བརྗེད་ཟིན་པ་འདྲ། དེ་ཡང་ཁག་མེད་དེ། འཇང་ཕྲུག་ཁོན་མིན་པར་ཁ་བྱང་ལྟའི་ནང་གི་མི་རྣམས་ལ་ཐུན་མོང་གི་ནད་ཅིག་ཡོད་པ་ནི་བརྗེད་ངས་ཀྱི་ནད་དེ་ཡིན། ཁོ་ཚོར་ཕར་ཕན་བཏགས་ནའང་སྔ་གྲོགས་དགོང་དགྲ་ཡི་རྣམ་ཐར་སྐྱོང་བ་གཤིས་ངན་དུ་གྲུབ་ཡོད་པས། དེ་ལ་ཁོ་ཚོ་སུས་ཀྱང་སྣང་འཛོག་བྱེད་མི་སྲིད།

སྐབས་དེར་ཨ་ཡེ་ནག་ཐལ་མ་མི་མང་གི་སྟུན་དུ་བུད་ནས “འདྲེ་ཕྲུག་འདིས་ཁ་འབྲུལ་འཆད་ཀྱིན་འདུག” ཟེར་བཞིན་དོན་ལོག་ཁྲིད་ནས་འགྲོ་རྩིས་བྱས།

“སྡོད། ཁོར་མུ་མཐུད་དུ་བཤད་དུ་ཆུགས”

འཇང་ཕྲུག་གིས་ངོ་གདོང་གནག་ཐུབ་ཚོད་ཅིག་གནག་འདུག་པས། ཨ་ཡེ་ནག་ཐལ་མས་གོམ་པ་སྤོ་མཚམས་མི་འཛོག་ཀ་མེད་བྱུང་།

“མདང་ནུབ་ཨ་ལྷང་དང་སེང་སྟག ཨ་སྐྱིད་སོགས་ང་ཚོ་མི་དེ་ཚོའི་རས་གུར་ནང་དུ་སོང་བ་ཡིན། དེ་ཚོ་ཁྱོད་ཚོའི་སེམས་ལ་དྲན་པ་ལྟར་མི་ངན་ཏག་ཏག་མ་རེད། ཁོ་ཚོས་ང་ཚོར་བཏུང་ཇ་ཞིམ་པོ་འཐུང་དུ་བཅུག་པར་མ་ཟད། ད་དུང་མཐོང་མ་མྱོང་བའི་ཟས་རིགས་སྣ་ཚོགས་བྱིན་ནས་ཟ་རུ་བཅུག དེ་འདྲ་ཞིམ་པོ་ཞིག་ང་ཚོའི་ལུང་བ་འདིའི་ནང་དུ་གཏན་ནས་ཡོད་མི་སྲིད” དོན་ལོག་གིས་དེ་ལྟར་དབུགས་ཐེངས་གཅིག་གིས་བཤད།

“བཏུང་ཇ་འཐུང་དུ་བཅུག ད་དུང་ཟས་རིགས་ཞིམ་པོ་ཟ་རུ་བཅུག” ཨ་ཡེ་ནག་ཐལ་མས་དེ་ལྟར་ཐེངས་ཤིག་བཟླས་རྗེས “དེ་དག་དུག་རྫས་མ་ཡིན་ནམ” ཟེར།

“ཅི་ཟེར། དུག་རྫས་ཟེར་རམ” འཛང་ཕྲུག་གིས “བུད་མེད་ཅིག་གིས་ཅི་ཤེས” ཟེར་བཞིན། སྟགས་ཀན་སློང་གསལ་གྱི་གདོང་ལ་ཅེར་ཏེ་ཁོས་ཅི་ཞིག་བཤད་པར་བསྒུགས་འདུག

སྟགས་ཀན་སློང་གསལ་གྱིས “རེད། དེ་ཚོས་བྱིས་པར་དུག་བྱིན་པ་རེད” ཅེས་ཁོས་དངོས་སུ་མཐོང་བ་ལྟར་ཁ་ཚོན་བཅད་དེ་སྨྲས།

དོན་ལོག་གིས “དེས་ན་ང་ཧེ་ལྟར་མ་ཤི་བ་རེད། ད་དུང་མི་དེ་ཚོས་ཀྱང་ཟ་བཞིན་འདུག ཁོ་ཚོ་མི་འཆི་བའི་རྒྱུ་མཚན་ཅི་ཡིན” ཅེས་བཤད་པ་ན། སྟགས་ཀན་སློང་གསལ་གྱིས “སྐྱུག་ཕྲུག་ཁྱོད་ཚོས་ཅི་ཤེས” ཞེས་སྐད་འགྲུགས་འགྲུགས་དང་སྡིགས་མོ་བྱས་པས། བྱིས་པ་རྣམས་སྐྲག་ཐག་ཆོད་དེ་རང་རང་སར་བྲོས།

སྟགས་ཀན་སློང་གསལ་གྱིས “རེད། དེ་ཚོས་དུག་བྱིན་པ་རེད” ཟེར།

སྤྲེལ་ནག་གིས “རེད། དེ་ཚོས་དུག་བྱིན་པ་ཐག་གིས་ཆོད” ཅེས་སྨྲས།

འཛང་ཕྲུག་གིས་ཀྱང “སྐྱུག་ཟན་དེ་ཚོ་གང་དུ་བྲོས་སོང་ངམ” ཞེས་ཟེར།

“……”

ཀློ་ཡུལ་ལས་འདས་པའི་དོན་དག་གཞན་ཞིག་བྱུང་བ་ནི། མཚན་མོ་དེར་ཨ་ཡེ་ནག་ཐལ་མ་ཡང་ཚེ་ལས་འདས་སོང་། དངོས་གནས་འཆི་བདག་གི་ཞགས་པས་ཟིན་དུས། ཚེ་

སྟོག་ནི་ཉི་མ་ཕོག་ཚེ་ཟེལ་བ་ཐང་ལ་ཁྱིལ་གྱིས་བྱིལ་ནས་འགྲོ་བ་དང་ཁྱད་ཅེ། ཨ་ཡེ་ནག་ཐལ་མའི་ཤི་རྐྱེན་དེ་མི་དེ་ཚོ་དང་འབྲེལ་བ་ཡོད་དམ། དེ་ནི་ཁ་བྱང་ལྷ་སྡེ་བའི་ནང་གི་རྩོད་གཞི་གཞན་ཞིག་ཏུ་གྱུར།

དོན་ལོག་གི་མཚར་སྣང་།

བསགས་པའི་མཐའ་མར་འཛད་པ་དང་། མཐོ་བའི་མཐའ་མར་ལྷུང་བ། འདུས་པའི་མཐའ་མར་འབྲལ་བ་ནི་འཇིག་རྟེན་ཆོས་ཉིད་ཡིན་པས། དེ་བཟློག་པའི་ཐབས་ཤིག་སྲིད་ན་འཚོལ་དུ་མེད་ཀྱང་། ཨ་ཡེ་ནག་ཐལ་མ་ཁ་བྱང་ལྷ་སྡེ་བ་དང་རིང་ནས་བྲལ་རྗེས། ཕ་མེད་མ་མེད་ཀྱི་དོན་ལོག་ལ་རྒྱབ་ན་རྟེན་ས་མེད་པ་དང་མདུན་ན་ཁེན་ས་མེད་པས། སེམས་པ་དགུན་གསུམ་གྱི་ལྷགས་པས་གཅེས་པ་བཞིན་འཁྱག་སིབ་སིབ་ཏུ་གྱུར།

སྤུགས་རྒན་སློང་གསལ་ནམ་རྒྱུན་དང་མི་འདྲ་སྟེ། ཕོང་གིས་གདོང་གི་ཁྲོ་ཉམས་དང་འཇིགས་རུང་གི་ཆ་རྣམས་ཡོངས་སུ་བཤུས་པ་དང་འདྲ་བར། ཧ་ཅང་བྱམས་བརྩེའི་ངང་དོན་ལོག་ལ་སེམས་གསོའི་ཚུལ་དུ "སྲིད་པ་རྒན་པོའི་ཁ་དཔེ་ལ། མགོ་ནག་སྐྱིད་སྡུག་གནམ་གྱི་ལག་ཡིན་ཟེར་བ། ལས་དབང་ལ་ང་ཚོས་ཅིས་ཀྱང་བསྟུན་དགོས། ཁྱོད་ནི་བྱིས་པ་ཡ་རབས་ཤིག་ཡིན། དེ་འདྲ་མ་བྱེད། ཨ་ཡེ་མེད་ནའང་སྡེ་མི་ཡོངས་ཀྱིས་ཁྱོད་ལ་རོགས་རམ་བྱེད་ངེས། ཡང་གཅིག་བཤད་ན། ཨ་ཡེ་ང་ཚོ་དང་ཁ་བྲལ་པ་དེ་ནི་མོ་ལ་མཚོན་ན་ཐར་ལམ་ཞིག་ཡིན། ད་ལྟ་མོ་བྱང་ཕྱོགས་ཤམ་བྷ་ལར་ཕེབས་ཟིན་པས། གནས་དེ་རུ་ཟས་རང་འགྲུབ་དང་གོས་རང་འགྲུབ་ཡིན། དེ་འདྲའི་གནས་མཆོག་ཏུ་གྱུར་པ་ཞིག་ལ་འགྲོ་ཐུབ་པ་ནི། ཨ་ཡེ་མཐོ་རིས་མའི་ལས་བསོད་རེད" ཅེས་ཁ་འཇམ་ཚིག་འཇམ་སློས་ཡང་ཡང་ནན་ཏན་གྱིས་སླུས་ནའང་། དོན་ལོག་གི་སེམས་ལ "དེ་འདྲ་ཡིན་ན། ཁྱོད་གནས་དེར་མི་འགྲོ

བའི་རྒྱུ་མཚན་ཅི་ཡིན” ཅེས་འདྲི་འདོད་ཀྱང་།

སྟགས་ཀྲན་གླིང་གསལ་གྱིས “ཡ་ད་དེ་ཙམ། ངས་བཤད་པ་སེམས་ལ་ཟུངས” ཞེས་བཤད་དེ་ཕྱིར་ལོག་སོང་བས། དོན་ལོག་གིས་དྲི་གཞི་དེ་ཁོག་ཏུ་མི་འཇུག་ཐབས་མེད་དུ་གྱུར།

ཕ་མ་དང་ཨ་ཡེ་སོགས་སྤྱི་གཞུག་ཏུ་བྱང་ཕྱོགས “ཤམ་བྷ་ལར” སོང་ཤུལ་དུ། མགོ་ལ་མཐོ་དམའ་སྐྱིད་སྡུག་སྣ་ཚོགས་བྱུང་སྐྱོང་བའི་དོན་ལོག་ནི་ཕྱི་ནས་བལྟས་ན་ཆེ་ཆེར་ནར་སོན་པ་དང་འདྲ་ནའང་། ཁོ་ད་དུང་བྱིས་པ་ཞིག་ཡིན་ལ། འཇིག་རྟེན་གྱི་བྱ་དངོས་མ་ལུས་པར་མཚར་སྣང་གི་སེམས་པ་འཛིན་པའི་བྱིས་བློ་དེ་སྟར་བཞིན་ཁོའི་ནང་སེམས་སུ་སིམ་འདུག་པས། ཁོས་སྟགས་ཀྲན་གླིང་གསལ་ལ་འདྲི་འདོད་ཀྱི་དྲི་གཞི་དེའི་ལན་རང་གིས་བཙལ་རྒྱུའི་འཆར་གཞི་བཟོས།

“བྱང་ཕྱོགས་ཤམ་བྷ་ལ་དེ་གང་དུ་ཡོད་དམ། ལུང་གཏམ་འདི་ནི་དེར་སྐྱོད་པའི་འགག་འཕྲང་ཡིན་ན། ངས་ཅིས་ཀྱང་འགག་འཕྲང་དེ་བཙལ་དགོས” ཅེས་པའི་རྣ་བ་དོ་མཚར་ལ་འཇགས་པའི་རྐྱེན་གྱིས། དོན་ལོག་གིས་བྱང་ཕྱོགས་ཤམ་བྷ་ལ་ཞེས་པའི་གནས་མཆོག་དེར་སྐྱོད་པའི་འགག་འཕྲང་དང་པོ་ཅིས་ཀྱང་བཙལ་བའི་དམ་བཅའ་སྙིང་ལ་བཀོད།

ཁ་བྱང་ལྷ་སྡེ་བའི་ཕྱོགས་བཞི་མཚམས་བརྒྱད་ཀྱི་ངོས་སོ་སོར་བྲག་ཕུག་མང་པོ་ཡོད་ལ། དེ་ནི་སུ་དང་གང་གིས་བཟོས་པ་མ་ཡིན་པར་རང་བྱུང་དུ་གྲུབ་པ་རེད། བྲག་ཕུག་དེ་དག་གི་ནང་དུ་འདབ་ཆགས་མང་པོས་གཞིས་བཅས་ཏེ། ཁོ་ཚོ་དང་ཕན་ཚུན་ལ་གཅེ་བ་མེད་པར་འཆམ་མཐུན་ངང་འཚོ་བ་རོལ་བཞིན་ཡོད་པས། བྲག་ཕུག་གི་ཁུང་སྒོར་བྱ་བྲུན་གྱིས་དཀར་པོང་པོང་དུ་བསྒྱུར་འདུག་ཅིང་། བྲག་ངོས་སྙེམས་ས་དག་ཏུ་ཚོན་མདོག་རབ་རིབ་ཙམ་སྣང་བའི་མ་ཎི་ཡིག་དྲུག་དང་། ཨོ་རྒྱན་རིན་པོ་ཆེའི་སྐུ་འདྲ་སོགས་བཀོས་འདུག་པར་མ་ཟད། དཀར་དམར་སེར་གསུམ་གྱི་རྒྱུ་ཐག་སྦོམ་རྒྱ་བཞིན་ཕྱོགས་བཅུར་འཕེན་འདུག་པས། བཅོ་ལྔ་གནམ་གང་ཚེས་བརྒྱད་ལ་སྡེ་མི་ཚོས་བྲག་ལྡེབས་སུ་ཀ་རག་བྱུགས་ནས་མཛེས་པར་བྱེད་པ་དང་། ད་དུང་ཕྱག་འཚལ་བ་དང་བསང་གཏོང་བ། མཆོད་པ་འབུལ་བ

སོགས་ཚོ་ག་སྣ་ཚོགས་ཀྱང་ལག་ཏུ་བསྟར་པས། བྲག་ཕུག་རེ་རེ་ནི་རྒན་རྒོན་ཚོའི་སེམས་ཁོང་དུ་ནམ་ཡང་སྒྲོག་གི་དབང་པོ་ཞུགས་པའི་སྐྱབས་དང་རྟེན་ས་ལྟ་བུ་ཞིག་ཏུ་ངོས་འཛིན་པ་རེད། ཡིན་ནའང་དོན་ལོག་དང་བྱིས་པ་རྣམས་ལ་མཚོན་ན། དེ་ནི་ངོ་མཚར་བའི་གསང་བ་ཞིག་གི་ཚུལ་དུ་རང་རང་གི་སེམས་ངོར་བསྐྱུངས་ནས་ཡོད། གསང་བ་དེར་སྤྲུགས་རྒན་ཀློང་གསལ་ཐེ་བའི་སྡེ་མི་སུས་ཀྱང་འགྲེལ་གསལ་པོ་ཞིག་རྒྱག་མི་ཐུབ་པ་དང་། ཡང་ཡང་ཕྱུ་ཚུགས་བཙོངས་ན་ད་དུང་ཚིག་ལོག་དང་ཁུ་ཚུར་ཡང་ཉོ་སྲིད་པས། མཚར་སྣང་དེ་དག་གི་ཕུགས་བརྗོད་འདོད་ཀྱི་འདུན་པ་དེ་ཐེངས་མང་བཅོམ་བརླགས་སུ་བཏང་སྲོང་།

རང་གི་གཉེན་ཉེ་ནང་མི་ཚོ་རེ་རེ་བཞིན "བྱང་ཕྱོགས་ཤམ་བྷ་ལར" སོང་ཤུལ་དུ། དོན་ལོག་ལ་སྐྱོ་སྣང་དང་སྡུག་བསྔལ་ཚོགས་མཐའ་མེད་པ་ཞིག་སྐྱེས་ནའང་། ཕྱོགས་གཞན་ཞིག་ནས་ཁོའི་འཚོ་བར་ཐད་ཀར་ཐེ་གནོད་བྱེད་མཁན་མེད་རྐྱེན། སྔོན་ཆད་དང་བསྡུར་ན་ཁོའི་འགྲོ་འདུག་སྤྱོད་གསུམ་སོགས་ལ་རང་དབང་ཆེན་པོ་ཐོབ་པས། སྔར་གསང་བར་ལུས་པའི་དོན་བྱ་གང་མང་ཞིག་ཡང་བསྐྱར་ཆུ་ཁར་གཡེང་བའི་ལྦུ་བ་བཞིན་ཁོའི་མཚར་སྣང་དང་འགྲོགས་ནས་རྒྱུད་དུ་འབུས་ཤིང་།

དེའི་ཕུགས་བརྗོད་པའི་སྐལ་བ་དེ་རེས་སླེབ་སོང་བ་མིན་ན་ཅི་ཡིན། དོན་ལོག་གིས་དེ་ལྟར་དྲན་པ་ན། སྐྱོ་སྣང་དང་སྡུག་བསྔལ་མ་ལུས་ཀྱང་རེ་ཞིག་གར་སོང་ཆ་མེད་དུ་གྱུར།

"ཤམ་བྷ་ལ" འཚོལ་བ།

དོན་ལོག་གིས་ཐོག་མར་བྱང་ཕྱོགས་ཤམ་བྷ་ལའི་འགག་འཕྲང་ནི་ཕ་གིའི་བྲག་ངོས་ཀྱི་ཕུག་པ་དེ་དག་ཨེ་ཡིན་སྙམ་བྱུང་། དེ་ལྟར་སྙམ་པས་བྲག་ཕུག་དེ་དག་བྲག་ཕུག་ཙམ་མ་ཡིན་པར་འགྱུགས་ཤུགས་དང་ལྡན་པའི་ཀློག་གྱུར་གྱི་གནས་ཤིག་ཏུ་གྱུར། བྲག་ཕུག་དེ་

དག་ལ་ཁ་བྱང་ལྷ་སྡེ་བའི་ཕ་མེས་གོང་མ་གང་གི་རིང་ཞིག་ནས་མཆོད་གསོལ་བྱེད་པའི་སྲོལ་དར་བ་ནི། མི་ལོ་གྲངས་མེད་བརྒྱུད་པའི་རྒད་པོ་ཞིག་ད་རུང་གསོན་པོར་འཚོ་བ་འདྲ་མིན་ཆེ་ཤེས་དཀའ་ལ། དོན་དུ་ཡང་དེ་ལྟ་བུའི་རྒད་པོ་ཞིག་ཁ་བྱང་ལྷ་རུ་མ་ཟད། འཛམ་གླིང་ཧྲིལ་པོར་སྐོར་བ་བརྒྱབ་ཀྱང་རྙེད་མི་སྲིད་པས། དེ་ཤེས་འདོད་པ་ནི་ངལ་བའི་རྒྱུ་ཁོ་ན་ཡིན། གང་ལྟར་ད་ཡོད་ཀྱི་སྡེ་མི་རྣམས་ཀྱིས་སྲོལ་ག་དེ་རྒྱུན་འཛིན་བྱེད་པ་ལས། དེ་ལྟ་བུའི་འདང་ “སྐོར་ལོག” རྒྱག་མི་སྲིད། ཐ་ན་བྲག་ཕུག་དེ་དག་གི་ལྡེབས་སུ་བཀོས་པའི་མ་ཎི་ཡིག་དྲུག་དང་། ཨོ་རྒྱན་རིན་པོ་ཆེའི་སྐུ་འདྲ་ཡང་སུ་དང་གང་གིས་བཀོས་པར་ཁས་མི་འཆེས་ཤིང་། དེ་ནི་རང་བྱུང་དུ་གྲུབ་པ་འབའ་ཞིག་ཏུ་རློམ་བཞིན་ཡོད། ཐ་ན་ཆེ་ཆུང་མེད་པའི་བྲག་ཕུག་དེ་འདྲ་ཁ་བྱང་ལྷ་སྡེ་བའི་ཕྱོགས་བཞི་མཚམས་བརྒྱད་དུ་ག་ཚོད་ཡོད་པ་དང་དེ་དག་གི་ནང་དུ་ཅི་ཡོད་པའང་མི་ཤེས། རྒྱུ་མཚན་ནི་ཁོ་ཚོས་དེ་ནི་རྟེན་འགངས་ཆེན་ཞིག་ཏུ་རྩི་བ་ལས་བློ་ཞིབ་མོས་བརྩིས་མ་མྱོང་ལ། དེའི་ནང་དུ་འགོས་ནས་ལྟ་བའི་བསམ་ཚུལ་ཡང་གཏན་ནས་སྐྱེས་མ་མྱོང་། གལ་ཏེ་སུ་ཞིག་དེའི་ནང་དུ་འགོས་ཆེ་དེ་ལ་འགོག་རྐོལ་མི་བྱེད་པའི་ངེས་པ་མེད་ལ། ཡང་གཅིག་བཤད་ན་དེའི་ནང་དུ་འགོ་བ་ནི་ཉེས་པ་ཞིག་ཏུ་བགྲང་ཡང་སྲིད།

དོན་ལོག་གིས་ཕ་མེས་ཚོའི་སྔར་སྲོལ་ལ་རྒྱབ་འགལ་གྱིས་བྲག་ཕུག་དེ་དག་གི་ནང་དུ་འགོ་བའི་བློ་སྤོབས་ནས་སྐྱེས་མྱོང་བས། ཁོས་རང་གི་འཆར་གཞི་དོན་མེད་དུ་མི་གཏོང་བར། དེར་འགོ་བར་མཁོ་བའི་ཐག་པ་དང་བེ་ཅོན་སོགས་ཡོ་བྱད་གྲ་སྒྲིག་བྱས་རྗེས། ཇི་ལྟར་འགོས་ན་ད་གཟོད་བདེ་བླག་དང་དེར་བསླེབ་པར་བརྟག་དཔྱད་བྱས། ཁོས་ཉིན་གང་པོར་བྲག་ཕུག་དེ་དག་གི་འདབས་སུ་ཡང་ཡང་བརྟགས་རྗེས་ཕལ་ཆེར་གདེང་ཚོད་ཡོད་པར་གྱུར། སྡེ་བ་དེའི་གོམས་སྲོལ་ལ་ཁོ་ཆ་རྒྱུས་ངེས་ཅན་ཡོད་པས། སྲོད་དུ་རྒྱང་མིག་ཚད་པ་ན། སྡེ་མི་ཡོངས་རྫོགས་ཁྱིམ་དུ་འཛུལ་ནས་ཚ་ཐབ་དྲོན་པོའི་སྟེང་མགོ་བོ་མལ་ཁྱལ་གྱིས་བཀུམས་ཏེ་གཉིད་སྲིད་པ་ཁོའི་སེམས་ན་ཁྲིགས་ཁྲིགས་ཡིན། ཁོས་སྐབས་དེ་མི་འཆོར་བར

བྱས་ནས་བྲག་ཕུག་དང་པོ་དེའི་འདབས་སུ་བསླེབས། ཁོས་འཆར་གཞི་ལྟར་ཐག་པའི་སྣེ་མོ་ཡང་ཡང་བྲག་ཕུག་ནང་དུ་གཡུག་པས། སྐབས་ལེགས་པ་ཞིག་ལ་ཐག་སྣེའི་ཨ་ལོང་ཅི་ཞིག་གི་སྟེང་དུ་བསྐོན་ཐུབ་སོང་། ཁོས་དགའ་སྤྲོ་དང་བཅས་ཐག་པའི་སྣེ་གཅིག་ནས་མར་ཇི་ལྟར་འཐེན་ཡང་སྒུལ་རྒྱུ་མེད་པས། བདེ་ལྷག་འཁྲུག་པའི་ལག་ཟུང་ཐག་པར་འཛུས་ཏེ་ཡར་འགོས། ཁོས་འབད་པ་གང་མང་བྱས་པ་བརྒྱུད་བྲག་ཕུག་གི་ཁུང་སྒོར་བསླེབས་ཐུབ་པ་བྱུང་། ཁོས་ཧབ་ཅིག་ལ་ངལ་གསོས་རྗེས། བྲག་ཕུག་དེའི་ནང་དུ་འཛུལ་གྲབས་བྱས་པ་ན། བྲག་ཕུག་དེ་ཚང་མལ་དུ་བརྟེན་པའི་འདབ་ཆགས་ཁྱུ་ཞིག་ལ་འདྲོགས་བསླངས་པས། གཤོག་ཟུང་བརྡབས་པའི་སྒྲ་དང་བཅས་ཕྱིར་འཕུར་བ་ཁོ་དང་ཐོགས་པས་ཅུང་མིན་ན་ཁོ་ཐང་ལ་ལྷུང་སོང་། ཁོས་སྔ་མོ་ནས་འདབ་ཆགས་དེ་དག་ཁོར་འདྲོགས་ཏེ་ཕྱིར་འཕུར་ཡོང་སྲིད་པར་འདང་ཐོག་ཡོད་ནའང་། གློ་བུར་བའི་འཕུར་སྒྲ་དེས་ཁོ་ལ་སྐྲག་སྣང་ཞིག་སྐྱེ་རུ་བཅུག ཁོ་ཁུང་སྒོར་ཡུད་ཙམ་དུ་ཧད་ནས་ལུས་རྗེས། དེ་ལ་སྐྲག་རྒྱུ་ཅི་ཡོད། འདབ་ཆགས་དེ་དག་རྒྱུན་དུ་མིག་ལམ་ནས་ཡར་འཕུར་མར་འཕུར་བྱེད་ཀྱིན་ཡོད་པ་མ་ཡིན་ནམ། ཁོས་དེ་ལྟར་འདང་བརྒྱབ་པས་སྐྲག་པའི་སྣང་བ་མེད་པར་གྱུར་སོང་། ཁོས་མུ་མཐུད་དུ་འཆར་གཞི་ལྟར་གོམ་ཁ་བྲག་ཕུག་ནང་དུ་བསྐྱུར། དེ་དུས་སོ་ཡོངས་སུ་རུབ་ཟིན་པའི་ཁར། བྲག་ཕུག་ནང་ནག་འཐིབ་པེར་འདུག་པས་མཐོང་ལམ་དུ་ཅི་ཡང་འཆར་རྒྱུ་མེད་སོང་། ཁོས་རང་གི་ཨམ་ཕྲག་ནང་ནས་མེ་ཆ་བླངས་ཏེ་མར་གྱིས་བཟོས་པའི་དཔལ་འབར་བསྒྲོན་ཅིང་། དེའི་འོད་སྣང་ལ་བརྟེན་ནས་ཞིབ་ལྟ་ཞིག་བྱས། བྲག་ཕུག་གི་ནང་དུ་དུད་དྲེག་མཐུག་པོ་ཞིག་འཆགས་འདུག་པར་དཔགས་ན། དེའི་ནང་དུ་སྔོན་ཆད་མི་བསྡད་མྱོང་བ་ཤེས་ཐུབ། ཁོ་ལ་མཚོན་ན་དེ་ནི་གཙོ་བོ་མ་ཡིན་པས། ཤམ་བྷ་ལར་སྐྱོད་པའི་འགག་འཕྲང་ཞིག་ཡོད་མེད་དེ་ཁོ་ན་དྲན་ནས་བཙལ། ཁོའི་སེམས་པར་འགག་འཕྲང་དེ་རྙེད་ཚེ་ཟས་རང་འགྲུབ་དང་གོས་རང་འགྲུབ་ཀྱི་གནས་ཡིད་དུ་འོང་བ་ཞིག་ཀྱང་མིག་གི་སྤྱུད་བྱུར་མངོན་སྲིད་སྙམ་ནའང་། ཁོའི་མིག་ལམ་དུ་ཤར་པ་ནི་བྲག་ཕུག་དོག་མོ་དེའི་ནང་དུ་འཆགས་པའི་དུད་དྲེག

དང་། སྤུགས་ཆགས་གླིང་གསལ་ཚང་གི་ཀུན་དགའ་ར་བའི་ནང་དུ་ཡོད་པའི་དཔེ་ཆ་སྣ་རིང་དེ་དང་མཚུངས་པ་ཁ་ཤས་ལས་ཅི་ཡང་མ་རྙེད། ཁོས་དཔེ་ཆ་དེ་དག་ལག་ཏུ་བླངས་ནས་ཞིབ་ཏུ་བལྟས་པ་ན། འདབ་ཆགས་ཀྱི་བྱུན་གྱིས་སྦགས་པའི་དཔེ་ཆ་དེ་དག་གི་སྟེང་དུ་ཡི་གེ་བྲིས་ཡོད་ཅིང་། དེ་ནི་སྤུགས་ཆགས་གླིང་གསལ་ཚང་གི་དཔེ་ཆའི་སྟེང་གི་ཡི་གེ་དང་ཆ་འདྲ་བོ་ཡོད་པས། ཁོས་དེ་ནི་བོད་ཡིག་ཡིན་པ་ཤེས། ཡིན་ནའང་སྤུགས་ཆགས་གླིང་གསལ་ཚང་གི་དཔེ་ཆ་དང་མི་འདྲ་ས་ཞིག་ཡོད་པ་ནི། དཔེ་ཆ་དེ་དག་འདབ་ཆགས་ཀྱི་གཏོར་བརླག་ཐེབས་པས། མཐའ་སྣེ་རྣམས་རལ་བོར་གྱུར་འདུག་པར་མ་ཟད། ཡིག་འབྲུ་རྣམས་ཀྱི་གཟུགས་ཀྱང་གསལ་བོར་ངེས་མི་ཟིན་པའི་ཡིག་རྩལ་ཤོག་ལྡེབ་འགའ་རུ་གྱུར་ཡོད། དོན་ལོག་གི་སེམས་ལ་འདི་ནི་ཁོས་འཚོལ་བཞིན་པའི་འགག་འཕྲང་དེ་མིན་པ་ཤེས།

དོན་ལོག་དེ་ལྟར་བསྟུད་མུར་ཞག་མ་བཅུ་ཕྲག་ཙམ་གྱི་རིང་དུ་བྲག་ཕུག་རེ་རེའི་ནང་དུ་འགོས་པ་ལ། བྲག་ཕུག་མང་ཆེ་བ་ཆ་འདྲ་བར་ནང་དུ་དུད་དྲེག་འཆགས་ཤིང་དཔེ་ཆ་རལ་བོ་སྤུངས་འདུག་ལ། ལ་ཤས་ཀྱི་ནང་དུ་ཟངས་ཀྱི་མཆོད་ཀོང་དང་ཟངས་སྐུ་ལི་མ་ཡང་ཡོད། ཡིན་ནའང་འཚོལ་བཞིན་པའི "ཤམ་བྷ་ལ" དེ་ཇི་ལྟར་བཙལ་ཀྱང་མ་རྙེད་པས། ཁོ་སྨིག་རྒྱུའི་ཆུ་ལ་སྙེག་པའི་རི་དྭགས་བཞིན་ལུས།

"ཤམ་བྷ་ལ" རུ་སྐྱོད་པའི་འགག་འཕྲང་གང་དུ་ཡོད་དམ།

"ཤམ་བྷ་ལ" ཞེས་པའི་གནས་མཆོག་ཏུ་གྱུར་པ་ཞིག་ལུང་ཁོག་འདིའི་ནང་དུ་ཡོད་དམ།

ཁོས་བསམ་གཞིག་ཡང་ནས་ཡང་དུ་བཏང་བ་ན། མཚར་སྣང་དག་ཀྱང་རིམ་བཞིན་དོགས་སློང་དུ་གྱུར་ནས། ཁོས་རང་གིས་རང་ལ "སྤུགས་ཆགས་གླིང་གསལ་གྱིས་བཤད་པའི་ཤམ་བྷ་ལར་སྐྱོད་པའི་འགག་འཕྲང་ནི་བྲག་ཕུག་དེ་དག་གི་ནང་དུ་མེད་པོ་ཐག་རེད" ཅེས་ཁེར་བཤད་ཅིག་བྱས། སྐབས་དེར་དོན་ལོག་ལ་ཐང་ཆད་ཅིང་གསུས་པ་ལྟོགས་པའི་ཚོར་བ་དྲག་པོ་ཞིག་སྐྱེས་པ་དང་། ཁོས་ཡར་སྔོན་གནས་འདིར་བསླེབས་མྱོང་མཁན་དེ་དག་གིས

ཁྲིན་པའི་ཟས་ཞིམ་པོ་དང་བཏུང་ཇ་མངར་མོ་དག་དྲན་བྱུང་། ཟས་དེ་འདྲ་ཞིམ་པོ་དང་བཏུང་ཇ་དེ་འདྲའི་མངར་མོ་ཞིག་ཡོད་ན་ཅི་མ་རུང་སྙམ།

"ཤམ་བྷ་ལར་སྐྱོད་པའི་འགག་འཕྲང་འདི་ན་ཡོད་མི་སྲིད" ཕྱུགས་རྒན་གློང་གསལ་གྱི་བཤད་པ་དང་ཁོའི་མཐོང་བ་གཉིས་མ་མཐུན་པས། དོན་ལོག་གི་ཁ་ནས་དེ་ལྟར་ཤོར། "ཤམ་བྷ་ལ" ལུང་ཕོག་འདིར་གཏན་ནས་ཡོད་མི་སྲིད། "ཤམ་བྷ་ལ" ནི་ལུང་ཕོག་འདིའི་ཕ་རོལ་ཏུ་ཡོད་པ་གདོན་མི་ཟ།

ཡུལ་མི་ཚོས་གནས་འདིའི་ཕ་རོལ་ཏུ་ཉི་འོད་ཏ་ཙང་རྫི་བས་འགྲོ་མི་ཉན། དེར་སོང་ན་མིག་ཞར་འགྲོ་ཟེར། ཁོ་ཚོ་ལུང་ཕོག་འདིའི་ཕ་རོལ་ཏུ་སོང་མ་མྱོང་བས། ཁོ་ཚོས་ཇི་ལྟར་ཤེས།

"……"

ཐེ་ཚོམ་དང་དོགས་གཞི་སྣ་ཚོགས་ཀྱི་གློང་དུ་ཡུན་རིང་འཁྱམས་མཐར། དོན་ལོག་གིས་འཆར་གཞི་གཞན་ཞིག་བཀོད་པ་ནི། ཅིས་ཀྱང་ཁ་བྱང་ལྷ་སྟེ་བའི་ཕ་རོལ་ཏུ་འགྲོ་རྒྱུ་དེ་ཡིན།

ཨ་མེ་རི་ཁ་ནས་ཡོང་བའི་ཞིབ་འཇུག་པ།

ཏ་ཙང་ཞིང་འཛུགས་ཡིན་པའི་ཁ་བྱང་ལྷ་སྟེ་བའི་མི་རྣམས་ཀྱིས་ཞིང་འཛུགས་དང་སྨན་ནག་གི་ཁྲོད་ནས་བསྐྱར་ཟློས་ཀྱི་འཚོ་བ་རོལ་བཞིན་ཡོད། ཁོ་ཚོས་རང་ཉིད་ཀྱི་འཚོ་བ་རོལ་སྟངས་དེ་ནི་མཛེས་སྡུག་ལྡན་པ་ཞིག་དང་ཡིད་དུ་འོང་བ་ཞིག་ཏུ་སྙོམ་པ་དང་། ཞིང་འཛུགས་ཀྱིས་ད་གཟོད་མི་སེམས་བདེ་ལ་འབབ་ཏུ་འཇུག་ཐུབ་ཅིང་། སྨན་ནག་གིས་ད་གཟོད་འཚོ་བ་བདེ་སྐྱིད་ཡོང་བར་ཡིད་ཆེས་བྱེད་བཞིན་ཡོད། དེ་བས། ཁོ་ཚོ་ནི་རང་ཉིད་ཅི་ཞིག་ཡིན་མདོག་གི་ང་རྒྱལ་ཅན་ཏག་ཏག་ཡིན་ལ། ཁོ་ཚོས་རང་ཉིད་དང་མི་མཐུན་

པའི་བསམ་ཚུལ་ཅན་རྣམས་ལ་མངོན་ལྐོག་གང་ཉུང་དུ་ཐབས་ཤེས་སྣ་ཚོགས་འཐེན་ནས་འདུལ་བར་བྱེད། ཁོ་ཚོ་དེའི་ཕྱོགས་སུ་བསྒྱུར་ཚེ་ད་གཟོད་མཁྱེན་རྒྱ་ཡངས་པའི་དམག་སྤྱི་ཞིག་དང་འདྲ་བར་ཁྲོད་ཕམ་པར་གཏོང་ངེས་པར་གདོན་མི་ཟ།

དང་ཐོག་འཛང་ཕྲུག་ཀྱང་དོན་ལོག་དང་འདྲ་བར་བྱ་དངོས་ཡོད་ཚད་ལ་མཚར་སྣང་འཛིན་མཁན་ཞིག་ཡིན་ལ། ཐ་ན་ཁ་བྱང་ལྷ་སྡེ་བའི་མིང་གི་ཐོགས་ཚུལ་ཡང་དེ་མིན་འདི་ཡིན་གྱི་བསམ་ཚུལ་བརྗོད་མཁན་ཞིག་ཡིན་མོད། འོན་ཀྱང་མངོན་ལྐོག་གང་ཉུང་ནས་འཛབ་རྐོལ་མང་དུ་ཐེབས་པས། སེམས་ཀྱི་དྲན་ཚུལ་ཡོད་ཚད་ཐལ་དང་རྡུལ་དུ་བརླགས་ཤིང་། ཁ་བྱང་ལྷ་སྡེ་བའི་ནང་དུ་གནས་ལུགས་བརྗོད་པ་ནི། ཕམ་པར་སྟེར་གྱི་གྲོང་ཚུར་རེག་ཏུ་འགྱུར་སྲིད་པས། ཁོས་རང་གི་ཉམས་མྱོང་དང་འབྲེལ་བའི་སྟོམ་ཚིག་ཡང་དག་ཅིག་རྙེད་པ་ནི། གནས་ལུགས་ནི་ཁྲུ་ཚུར་དང་། ཁྲུ་ཚུར་ནི་གནས་ལུགས་ཏེ། གནས་ལུགས་ཀྱི་དོན་དུ་ཚེ་སྲོག་ཀྱང་འཚོར་སྲིད་པ་དེ་རེད། ཁོའི་ངག་གི་བརྗོད་པ་ཡང་མ་མི་མིན་མེད་ནས། ཡིན་རེད་ཡ་ལགས་སུ་གྱུར་ལ། འགྱུར་ལྡོག་དེས་ད་གཟོད་ཁོ་རང་གི་སྡེ་བའི་ནང་གི་གོ་གནས་ཛེ་བརྟན་དུ་བཏང་ཞིང་། རྩུས་གཞི་དང་གྲོས་ཚོགས་ཆེ་མ་ཆུང་གསུམ་དུ་ཚུད་པའི་སྐལ་བ་ལྡན་པ་རེད། གལ་སྲིད་དེ་ལས་ལྡོག་ཚེ། དེ་རིང་ལྟར་འཛང་ཕྲུག་ཟེར་ཚེ་བགོས་ན་སྐལ་ཅན་ཞིག་དང་། བོས་ན་མིང་ཅན་ཞིག་ཏུ་འགྱུར་བའི་གོ་སྐབས་ག་ལ་ཡོད།

"ཛག་པ་ཐོན་ཐལ། ཛག་པ་ཐོན་ཐལ"

"མ་རེད། འདྲེ་ཐོན་ཐལ། འདྲེ་ཐོན་ཐལ"

བྱིས་པ་སྐོར་ཞིག་གིས་ཡང་བསྐྱར་དེ་ལྟར་ཀྱི་འབོད་བྱེད་པའི་སྒྲས་ཁ་བྱང་ལྷ་སྡེ་བའི་ནང་གི་ལྷིང་འཇགས་ཀུན་ནས་དཀྲོགས་སོང་། དེ་དུས་འཛང་ཕྲུག་ད་དུང་རྩི་ལམ་གྱི་ཞིང་དུ་འཁྱམས་ནས་ཡོད། ཁོས་སྐད་དེ་གོ་མ་ཐག་ཐོ་ལེར་ལངས་ཏེ་མ་ཉི་ཁང་དུ་ཆས། ཁོ་མ་ཉི་ཁང་དུ་བསླེབས་ནས་ཅང་མ་འགོར་བར། སྤུགས་རྒྱན་གླིང་གསལ་ཡང་ཚབ་ཚུབ་ཏུ་བསླེབས་བྱུང་། དེར་མཐུད་ནས་སྡེ་མི་གཞན་དག་ཀྱང་གཅིག་འཁྲིད་གཅིག་བསླེབས།

སྤྲེ་མི་རྣམས་སྤྲུགས་རྒན་སློང་གསལ་གྱི་མདུན་དུ་མཐར་ཆགས་སུ་བསྒྲིགས་འདུག ཁོང་གིས་ཁ་མ་གྲག་བར་དུ་སྤྲེ་མི་རྣམས་རང་རང་སར་དབྱུགས་རྫིག་གེར་གདོང་ལ་བྲེལ་འཚུབ་གྱི་ཉམས་ཤིག་བཏོད་ནས། གསུང་བབ་ལྷི་སེ་བ་ཅི་ཞིག་གནང་བར་བསྒུགས་འདུག མཚམས་ཤིག་ལ་སྤྲུགས་རྒན་སློང་གསལ་གྱིས་རྒྱབ་ལག་བྱས་པ་རང་བབ་ཏུ་གནས་པར་བྱས་ནས། རིང་ལ་སྒོམ་པའི་རལ་བ་དེ་མགོ་ལ་དམ་པོར་དཀྲིས་རྗེས། ཕར་འགྲོ་ཚུར་འོང་བྱེད་མཚམས་བཞག་ནས་ཁ་གྲག་བྱུང་།

"ཁ་བྱང་ལྷ་སྤྲེ་བའི་སྐུག་རྒོད་ཚོ། འདྲེ་དེ་ཚོས་སྔོན་ལ་སྐྱ་ལོར་དུག་བྱིན་ནས་བསད་ཅིང་། ཨ་ཡེ་ནག་ཐལ་མ་ཡང་དེ་ཚོས་བརླགས་པ་ཁོ་ཐག་རེད། སྤྲེ་མི་ཡོངས་ཀྱི་སྐྱིད་པའི་འཚོ་བ་སྲ་བརྟན་ཡོང་ཆེད། ད་ཐེངས་ཁྱོད་ཚོས་དཔའ་ཡོད་ན་དཔའ་རྟགས་བསྟན་དགོས་ཤིང་། དཔའ་མེད་ཀྱང་དཔའ་ཁྲུལ་བྱེད་དགོས། དེ་ནི་སྤྲེ་མི་ཡོངས་ཀྱི་རེ་བ་ཡིན། ཁྱོད་ཚོས་རེ་བ་སྟོང་ཟད་དུ་མི་གཏོང་བར་རྒད་པོ་ང་ལ་ཡིད་ཆེས་ཡོད" ཅེས་བརྗོད་མ་ཐག འཇང་ཕྲུག་གན་དུ་པོས་ནས "ཡ་ལམ་ལ་ཆས" ཞེས་སྐད་ཆེན་པོས་བཤད་པ་ན། དངོས་གནས་ཕོ་གསར་དེ་ཚོ་ནི་སྐུག་རྒོད་རེ་རེ་དང་འདྲ་བར་སྤྲེ་འདབས་ཀྱི་འཐབ་རའི་ཕྱོགས་སུ་བརྒྱུགས།

འཇང་ཕྲུག་སོགས་སྤྲེ་འདབས་ཀྱི་འཐབ་རར་བབས་ཏེ་བལྟས་པ་ན། ཐེངས་དེར་ཡོང་བའི་མི་སྔོན་ལས་ལྷག་འགྱུར་གྱིས་མང་ཞིང་། མི་དེ་ཚོ་སྔོན་དུ་ཡོང་བའི་མི་དེ་དག་མིན་པ་བལྟས་མ་ཐག་ཤེས་ཐུབ་སྟེ། ཁོ་ཚོའི་གཟུགས་པོ་སྤྱི་ཁྱབ་ཀྱིས་ཆེ་ཞིང་། མགོའི་སྐྲ་འཇིལ་ལེར་འཁྱིལ་ཅིང་མདོག་སེར་པོ་ཡིན་ལ། མིག་འབྲས་གཉིས་ཀྱང་ནག་པོ་མ་ཡིན་པར་སྔོ་སྐྱུ་ཤ་སྐྱག་ཡིན་པས། འཇང་ཕྲུག་སོགས་ཀྱིས་འདྲེ་ཟེར་བ་དེ་རིང་དངོས་སུ་མཐོང་སོང་བ་མིན་ན་ཅི་ཡིན་སྙམ་སྨུར་ཚུབ་ཆ་ཞིག་ལངས།

"འཇང་ཕྲུག་ལགས། ང་ཚོས་ཅི་བྱ" སྤྲེལ་ནག་གིས་སྐད་དམའ་མོའི་ངང་དེ་ལྟར་དྲིས། འཇང་ཕྲུག་གིས་ཕར་བལྟས་པ་ན། འབྲུག་གྲགས་ཀྱི་གདོང་ཡོངས་རྟུལ་ཆུས་བརླན་འདུག

འཇང་ཕྲུག་གིས་ཡུད་ཙམ་ལ་འདང་ཞིག་བརྒྱབ་རྗེས། སེམས་པར་རང་ཉིད་ནི་དཔའ་བོའི་རྒྱུད་པ་ཡིན་པས། ཁོ་ཚོའི་སེམས་ཀྱི་རང་གི་གོ་གནས་མི་འཚོར་བའི་ཆེད་དུ། རྟགས་ཤིག་བསྟན་དགོས་སྙམ་སྟེ་མདའ་མོའི་ཁ་མདུན་ཕྱོགས་ཀྱི "འདྲེ" དེ་ཚོའི་ཕྱོགས་སུ་བསྐོར་ནས "ཁྱོད་ཚོ་གང་དུ་འགྲོ་བ་ཡིན། ཅིའི་ཕྱིར་འདིར་ཡོང་ངམ། དྲང་མོར་མི་བཤད་ན་ངའི་ལག་གི་མདའ་མོར་སྙིང་རྗེ་སྤྱུ་ཙམ་ཡང་མེད" ཅེས་ཤེད་ཀྱིས་སྐད་བརྒྱབ།

མདུན་ཕྱོགས་ཀྱི "འདྲེ" དེ་ཚོ་ཁོ་ཚོ་ལས་ཀྱང་ཚུབ་ཆ་ལངས་ཏེ། མདུན་དུ་སྤོ་བཞིན་པའི་གོམ་པ་ཏན་སེ་བཞག་བྱུང་། ཁོ་ཚོ་ལམ་རིང་པོ་འདོམ་གྱིས་བཅལ་ནས་ཡོང་བ་ཤེས་ཐུབ། ངལ་དུབ་དང་སྡངས་སྐྲག་གིས་ཏབ་གང་ལ་བརྡངས་པར་གྱུར་ལ། སྐད་ཆ་འགག་སོང་རྗེས "ང་ཚོ……ང་ཚོ……ཁྱོད……ཁྱོད་ཚོར་ཞབ་འཇུག་བྱ་རུ་ཡོང་བ་ཡིན། ང་ཚོས་ཁྱོད་ཚོར་གནོད……གནོད་བསྐྱལ་མི་སྲིད" ཅེས་ལན་བཏབ།

"ཅི་ཟེར། ཀུན་ཚོས་མི་སྐད་འཆད་བཞིན་པ་འདྲ" འཇང་ཕྲུག་ཁ་ཕྱིར་འཁོར་ནས "ཞབ་འཇུག་ཅེས་པ་ཅི་ཞིག་གི་དོན་རེད" ཅེས་རང་གི་དཔུང་གྲོགས་རྣམས་ལ་དྲིས་པ་ན། ཡིད་ཕངས་པ་ཞིག་ལ་ཚང་མས་མགོ་བོ་འཕྲེད་དུ་གཡུག་པ་ལས་ཁ་གྲག་མཁན་གཅིག་ཀྱང་མ་བྱུང་།

འཇང་ཕྲུག་གིས་སླར་ཡང "ཁྱོད་ཚོ་གང་གི་ཡིན" ཅེས་དྲིས།

"ཨ་མེ་རི་ཁའི་ཡིན"

"ཅི་ཟེར། ཨ་མེ་རི་ཁ། ཨ་མེ་རི་ཁ་ཞེས་པ་ནི་གང་གི་རེད" འཇང་ཕྲུག་གིས་རང་གི་དཔུང་གྲོགས་ཚོར་དྲིས་པ་ན། སྔར་བཞིན་ཡིད་ཕངས་པ་ཞིག་ལ་གཅིག་གིས་ཀྱང་མ་ཤེས།

འཇང་ཕྲུག་གིས "ཁྱོད་ཚོ་ཙུང་ཟད་སྡོད" ཅེས་བཤད་རྗེས། སྤྲལ་ནག་པོས་ཏེ་སྟགས་རྐན་སློང་གསལ་ལ་ཡར་ཞུ་བྱེད་དུ་མངགས།

ཙང་མ་འགོར་པར། སྟགས་རྐན་སློང་གསལ་འཐབ་རའི་འགྲམ་དུ་བསླེབས། སྟགས་རྐན་སློང་གསལ་གྱིས་ལྟ་ཡག་ཅིག་བྱས་རྗེས "ཁོ་ཚོས་དངོས་གནས་མི་སྐད་སྨྲ་ཡི་

ཡོད་དམ” ཞེས་ཡིད་མི་ཆེས་པའི་ཉམས་དང་བཅས་འཇང་ཕྱུག་ལ་དྲིས། འཇང་ཕྱུག་གིས “རེད། མི་སྐད་རེད། མི་བདེན་ན་ཁྱོད་ཀྱིས་ཐོས” ཞེས་ལན་བཏབ།

སྔགས་ཅན་གླིང་གསལ་གྱིས་སྐད་འགྲུགས་འགྲུགས་ངང “ཁྱོད་ཚོ་མི་ཡིན་ནམ” ཞེས་སྐད་བརྒྱབ་པ་ན། ཕ་རོལ་པོས “ཡིན། ལོས་ཡིན། ང་ཚོ་མི་ཡིན། ང་ཚོ་ཡང་ཁྱོད་ཚོ་དང་འདྲ་བར་མི་ཡིན” ཅེས་བཤད་པ་ན། སྔགས་ཅན་གླིང་གསལ་གྱི་སེམས་ཁ་ཅུང་བདེ་ལ་བབ་སྟེ་འཇང་ཕྱུག་ལ “མི་ཡིན་ན་ཡོང་དུ་ཆུགས། ཡིན་ནའང་དོགས་ཟོན་བྱེད་དགོས། མདའ་མོ་འཕེན་མི་ཉན། གཞན་གྱི་སྲོག་བཅད་ན་སྡིག་པ་རང་ལ་འཁོར་བ་རེད” ཅེས་བཤད།

སྔགས་ཅན་གླིང་གསལ་དགའ་འོས་པ་ཞིག་ནི། དེ་ཚོ་འདྲེ་མ་ཡིན་པར་མི་ཡིན་པ་དེ་རེད། དེ་བས་ཀྱང་དགའ་བ་ནི་མི་དེ་ཚོས་ཁོ་ལ་ཨོ་རྒྱན་རིན་པོ་ཆེ་ཡི་ཐང་ག་ཆེན་པོ་ཞིག་ལེགས་སྐྱེས་སུ་བྱིན་པ་དེ་ཡིན། ཐང་ག་དེ་ལག་ལ་བླངས་འཕྲལ་ཁོས་ཐོད་པས་གཏུགས་ཙམ་བྱས་ཤིང་། དེ་ནས་བཞིན་ལ་འཛུམ་གྱི་མེ་ཏོག་དགོད་བཞིན “ཕེབས། ཕེབས། ནང་དུ་ཕེབས་རོགས” ཞེས་སྨྲས་པ་ན། འཇང་ཕྱུག་སོགས་ཁོའི་རྣམ་འགྱུར་དེར་ཡ་མཚན་སྐྱེས་སོང་། སྔགས་ཅན་གླིང་གསལ་ནི་དུས་རྒྱུན་ངོ་གནག་ནས་འདུག་མཁན་ཞིག་ལས་འཛུམ་འཕྲིན་མཁན་ཞིག་གཏན་ནས་མིན་པས། དེ་རིང་གི་རྒྱུན་ལྡན་མིན་པའི་རྣམ་འགྱུར་དེར་ཡ་མཚན་སྐྱེ་བ་ནི་ལྟོག་སྟེ་རྒྱུན་ལྡན་ཞིག་ཏུ་གྱུར།

“ཞིབ་འཇུག་པ” དེ་ཚོ་ཁ་བྱང་ལྷ་སྡེ་བའི་ནང་དུ་བསྡོམས་པས་ཉིན་གསུམ་ལས་མ་བསྡད། དེ་ཚོ་ཐོག་མར་སྔགས་ཅན་གླིང་གསལ་ཚང་དུ་སོང་། དེ་ནི་སྔགས་ཅན་གླིང་གསལ་གྱི་བཀོད་སྒྲིག་ཡིན། སྔགས་ཅན་གླིང་གསལ་གྱིས་མི་དེ་ཚོར་སུ་ལའང་ངོམ་སོ་བྱེད་ཅིང་། རང་གི་གཟི་བརྗིད་ཅིག་ཏུ་ཐེ་བའི་མཆོད་ཁང་ནང་དུ་ཁྲིད་ནས་བལྟ་རུ་བཅུག་པ་ན། མི་དེ་ཚོས་ཆོས་དཔེ་རྙིང་བ་དེ་དག་རེ་རེ་བཞིན་སློག་བཞིན་དེའི་སྟེང་དུ་འོད་དཀར་འཕྲོ་ལེར་འགྲོ་བའི་དངོས་པོ་ཆུང་ཆུང་ཞིག་མཚམས་མེད་དུ་བསྐོར་བ་ལས། ཕྱུག་མི་འཚལ་ལ་གློག

འདོན་ཡང་མི་ཐེད་པས། ཁོ་ཅི་ཡིན་འདི་ཡིན་ལ་དོགས་པ་ཕྲན་ཙམ་ཟོས། འདི་ཅི་ཞིག་ཡིན་ནམ། འདི་ཚོར་དད་པ་ཡོད་སྲིད་དམ། ཁོས་ཡུད་ཙམ་ལ་འདང་ཞིག་བརྒྱབ་ཅེ། ཆོས་དཔེ་དེ་དག་རེ་རེ་བཞིན་འདོན་དགོས་ཆེ་དུས་ཚོད་མང་པོ་ཞིག་དགོས་པས། ཁོ་ཚོས་ཆོས་དཔེ་སློག་པ་དེ་ཡང་ཚོགས་བསགས་ཤིག་ཡིན་ངེས་སྙམ་སྟེ་དོགས་གཞི་ཡོད་ཚད་རང་སེལ་དུ་གྱུར།

སྤུགས་རྒྱན་གློང་གསལ་ཚང་གི་མཆོད་ཁང་ནང་དུ་ཆོས་དཔེ་དུམ་པ་དུམ་པ་ཡོད་ལ། འབག་སྐུ་མཐོན་པོ་ཁྲུ་གསུམ་གྱི་མཐོ་ཚད་ཅན་དང་། དམའ་མོ་ཁྲུ་ཕྱེད་ཙམ་ཡང་མང་པོ་ཡོད་པས། དངོས་གནས་ལྷ་ཁང་ཆུང་ཆུང་ཞིག་གི་ནང་དུ་བསླེབས་པ་དང་འདྲ་ཞིང་། གད་བདར་ལེགས་པོ་བྱས་ཡོད་པར་མ་ཟད། ཤུག་པ་བདུགས་ནས་དྲི་ཞིམ་ཞིག་ཀྱང་འཕྱུལ་འདུག་མོད། འོན་ཀྱང་མི་དེ་ཆོས་ཏ་གོ་ཐབས་བྲལ་པ་ནི་ཁོ་ཚང་གི་མེ་ཁང་ནི་དེ་ལས་ལྡོག་པ་དེ་རེད། ཁང་པའི་ངོས་ཕྱིལ་བོར་དུད་དྲིག་འཆགས་འདུག་པར་མ་ཟད། ཁང་པའི་ཐང་གཙལ་ཕྱིལ་པོ་འབབ་འབུར་མི་སྙོམས་ལ། ཐབ་ག་ནག་པོ་ནག་རྐྱང་དུ་གྱུར་པ་དེ་ནི་ལོ་རྫོ་སྟོང་ཕྲག་འགོར་པའི་གནའ་རྫས་ཤིག་དང་ཀུན་ནས་མཚུངས་ཤིང་། ད་ཏུང་དྲི་ངན་ཞིག་ཀྱང་སྣ་ལམ་དུ་འཕྱུལ་འོངས་པས། དུས་ཚོད་སྐར་ཆ་གང་ལའང་འདུག་མི་བཟོད་པ་ཞིག་རེད། ཁོ་ཚོས་ཁ་སྣ་སུམ་བཞིན་ཁང་པའི་ནང་དུ་སྐོར་ཞིབ་ཅིག་བྱས་པ་ན། ཚ་ཐབ་ཏུ་ཨ་ཡེ་རྒན་མོ་མགོ་སྐྲ་དུང་ལྟར་དཀར་ཞིང་གདོང་ན་སྐྱི་ལྷགས་ལས་མེད་པ་ཞིག་གིས་མིག་རིག་རིག་དང་ཁོ་ཚོར་ཅེར་འདུག་པ་མཐོང་། ཁོ་ཚོས་ད་གཟོད་དྲི་མ་ཁ་མོ་དེ་ནི་ཕྱོགས་དེ་ནས་མཆེད་ཡོང་བ་ཤེས་སོང་།

“ཨ་ཁྲོ། ཀན་སུ་རེད” དེའི་ཁྲིད་ཀྱི་སྐྲ་སེར་སྣ་གུག་དེས་སྤུགས་རྒྱན་གློང་གསལ་ལ་དྲིས།

སྤུགས་རྒྱན་གློང་གསལ་གྱིས “དེ་ངའི་ནག་མོ་རེད། ཉལ་སར་ལྷུང་ནས་ལོ་འགའ་འགོར་སོང་། སྟོན་ལས་མ་བཟང་བའི་རྐྱེན་ཡིན་རྒྱུ་རེད” ཅེས་ལན་བཏབ་སོང་།

སྐྲ་སེར་སྣ་གུག་དེས “སྨན་པ་མ་བསྟེན་ནམ” ཞེས་དྲིས་བྱུང་།

ཐུགས་རྒན་གློང་གསལ་གྱིས “སྨན་པ་ཡེ། སྨན་པ་ཞེས་པ་ནི་ངག་རྒྱུན་ཞིག་རེད། ཕ་མེས་ཚོའི་ཁ་ནས་གོ་མྱོང་མོད། ད་བར་རིག་མ་མྱོང་། བཅའ་བ་རིམ་གྲོ་རེ་བསྐྱབས་ནའང་། མོར་ཐིག་སྒྲིབ་ཆེ་དྲགས་པས་ཕན་མ་ཐོགས། ད་བསྐྱུར་བ་ལས་ཐབས་མི་འདུག འཆི་བའི་དུས་སུ་བསླེབས་ཙ་ན། དཔལ་ཕྱུག་ན་རྡོ་རྗེས་བསྲུངས་ཀྱང་མི་ཐུབ། སྲོག་གཅོད་ཀྱི་ནད་ནི་སྨན་པ་འཚོ་བྱེད་གཞོན་ནུས་ཀྱང་མི་ཐུབ” ཅེས་སྨྲས་བྱུང་།

སྐྲ་སེར་སྐྱ་གྱུག་དེས་ཏ་ལས་པའི་ཉམས་དང་བཅས། འབྲི་དེབ་ཅིག་གི་ངོས་ལ་ཐུགས་རྒན་གློང་གསལ་གྱིས་བཤད་བཤད་པོ་ཡི་གེར་འགོད་ཐུབ་ཐུབ་བྱེད་ཀྱིན་འདུག

“……”

ཐུགས་རྒན་གློང་གསལ་གྱིས་མི་དེ་ཚོ་སྒོ་ཁའི་བར་དུ་བསྐྱལ།

མི་དེ་ཚོར་ཁོམ་སྐབས་ཙུང་ཟད་ཅིག་ཀྱང་མེད་པ་དང་འདྲ་བར། ཐུགས་རྒན་གློང་གསལ་ཚང་ནས་སྒོར་བུད་རྗེས། བྱིས་པ་སྐོར་ཞིག་གི་སྣེ་ཁྲིད་འོག་ཀྱང་ཆག་ཁ་སྒོ་སྣ་རལ་འགའ་ཡོད་སའི་ཕྱོགས་སུ་བུད་སོང་ལ། སྐད་ཅོར་རྒྱག་བཞིན་ཐོན་དུ་སྐྱོད་མཁན་དེ་ནི་དོན་ལོག་ཡིན་པ་སྐད་ལ་ཉན་ན་ཤེས་ཐུབ། དོན་ལོག་དང་འདྲ་བའི་བྱིས་པ་མང་པོའི་གདོང་ལ་མཚར་ཉམས་ཤིག་ཤར་ནས་མི་དེ་ཚོའི་འགྲམ་དུ་གཡས་རྒྱུག་གཡོན་རྒྱུག་བྱེད་ཀྱིན། འདི་ཅི་རེད་དང་ཀན་ཅི་རེད་ཅེས་འདྲི་ཚིག་སྣ་ཚོགས་འདོན་ཐུབ་ཐུབ་བྱེད་ཀྱིན་འདུག འཇང་ཕྱུག་སོགས་ཀྱིས་རྒྱང་རིང་ནས་མཉམ་བཞག་བཞག་ལ་བསྡད་ཀྱང་། རྒྱུན་ལྡན་མིན་པའི་རྟགས་དང་མཚན་མ་ཅི་ཡང་མ་བྱུང་བས་བཏང་སྙོམས་སུ་བསྐྱུར།

སྐྲ་སེར་མིག་སྔོན་དེ་ཚོས་ཐུག་ཐུག་རིག་རིག་ལ་ཡར་འདྲི་མར་འདྲི་བཅོ་བརྒྱད་བྱེད། མ་ཧེ་ཁང་གི་ཀྱང་སྣར་རྒན་རྒོན་མང་པོ་ཐུར་བཞིན་ཉེ་མར་འདེ་བཞིན་འདུག དེའི་ཁྲོད་ཀྱི་སྐྲ་སེར་སྐྱ་གྱུག་དེས་ལག་པས་བརྡ་སྣ་ཚོགས་སྟོན་བཞིན “ཨ་ཡེ། ཁྱོད་ཚོའི་འཚོ་བ་དངོས་གནས་ཐབས་རྟུགས་རེད། ཁྱོད་ཚོས་དེ་ལྟར་མི་འདོད་དམ” ཟེར།

དེར་འདུས་རྒན་རྒོན་ཀུན་གྱིས་ཁོའི་སྐད་ད་མ་དེག་དེར་མཉན་རྗེས་ཏབ་ཆ་དེ་རེར་

གྱུར་སོང་།

སྐབས་དེར་རྒད་པོ་ཞིག་གི་གདོང་ལ་འཛུམ་ཞིག་མདོན་བཞིན "ཁྱོད་ཚོས་རྒྱང་ཐག་དེ་འདྲ་རིང་བའི་ལམ་ལ་རྐང་ཐང་གིས་ཡོང་ནའང་ཐབས་རྟགས་མ་རེད་དམ" ཞེས་བཤད་པ་ན། རྒན་གོན་རྣམས་སྐད་ཆ་དེར་ཡིད་གཏིང་ནས་ཚིམས་པ་དང་འདྲ་བར་ཡང་བསྐྱར་དཔལ་ཆ་དི་རེར་སོང་།

སློ་བུར་བའི་གཏམ་དེས་སྐྲ་སེར་སྣ་གུག་དེ་ཡུད་ཙམ་ལ་ཁྲག་མེད་དུ་བཏང་། ཁོས་འདང་ཕྲན་བུ་ཙམ་བརྒྱབ་རྗེས་གདོང་ལ་གཟབ་ནན་གྱི་ཉམས་ཤིག་མངོན་ཏེ "དེ་གཉིས་མི་འདྲ" ཟེར་བར། རྒད་པོ་དེས་ཡང་བསྐྱར་མགྲིན་པ་བསལ་བའི་སྒྲ་ཙམ་ཕྱུང་རྗེས "ངས་བལྟས་ན་ཁྱོད་ཚོར་དཀའ་མོ་ཁག་པོ་མང་ཙམ་ཡོད་ཀྱི་རེད། ང་ཚོ་རང་ཁྲིམ་གཡང་གི་ར་བ་ནས་ཉི་མར་འདི་བཞིན་བསྡད་ན་མི་སྐྱིད་པ་ཅང་མེད་གི" ཞེས་བཤད་རྗེས། རང་གིས་གནས་ལུགས་ཆེན་པོ་ཞིག་ཤོད་སོང་བ་བཞིན་གདོང་ལ་ཁེངས་ཉམས་ཤིག་ཐོད་འདུག

སྐྲ་སེར་སྣ་གུག་དེས་སྨུ་མཐུད་དུ་ཅི་ཞིག་བཤད་འདོད་ཀྱང་ད་ནི་གླེང་མོ་བྱ་ཐབས་བྲལ་པས། མགོ་བོ་འཕྱེད་དུ་གཡུག་གིན་ཕན་ཚུན་ལ་ཤབ་ཤུབ་ཟློ་བཞིན་གནས་དེ་དང་བྲལ་སོང་། མི་དེ་ཚོར་དངོས་གནས་ཁོམ་ལོང་རྟོག་ཙམ་ཡང་མེད་པ་འདྲ་སྟེ། གཉིད་པའི་དུས་ཚོད་ཕུད་སྐར་ཆ་རེ་རེ་ཚུད་ཟོས་སུ་མ་བཏང་བར། ཁ་བྱང་ལྷ་སྡེ་བའི་གྲུ་གུ་རེ་རེར་མྱུག་ཅིང་། གཅིག་ཀྱང་མ་ལུས་པར་པར་ཆས་ནང་དུ་སྡུད་ཐུབ་ཐུབ་བྱས་རྗེས་ཕྱིར་བུད་སོང་།

སློ་ཆེན་གསར་བཞེང་།

ཁོ་ཚོ་སོང་རྗེས། ཁ་བྱང་ལྷ་སྡེ་བའི་ནང་དུ "ངས་ཁྱོད་ཚོའི་ཡུལ་འདི་ཏྲ་བའི་སྣེང་

ནས་མཐོང་བ་ཡིན” ཟེར་མཁན་གྱི་སྐད་རིགས་རྣམ་པ་སྣ་ཚོགས་འཆད་མཁན་གྱི་མི་འཚང་ག་བརྒྱབ་ནས་ཡོང་མཁན་ཧེ་མང་དུ་སོང་། ཁ་བྱང་ལྷ་སྡེ་བའི་ནང་གི་མི་རྣམས་ལ་མཚོན་ན། “དྲབ” ཞེས་པ་ནི་ཅི་ཞིག་ཡིན་པ་མི་ཤེས་ལ། ཡང་གཅིག་བཤད་ཆེ་ཁོ་ཚོར་མཚོན་ན་དེ་ཤེས་རྒྱུ་ནི་གཙོ་བོ་མིན། གང་ལྟར་མིས་འཚང་ཁ་བརྒྱབ་ནས་ཡོང་བའི་རྒྱུན་ལ་ཆད་པ་མེད་པར་ཧེ་མང་དུ་སོང་བ་དང་བསྟུན་ནས། ལུང་བའི་ནང་དུ་བཤང་གཅི་གང་སར་འདོར་ཅིང་། ད་དུང་མིང་མི་ཐོགས་པའི་གད་སྙིགས་མང་པོ་གང་སར་ཁྲབ་པས། རླུང་ཆེན་རེ་ལྷང་བའི་དུས་ན་ཁ་བྱང་ལྷའི་བར་སྣང་དུ་གད་སྙིགས་སྣ་ཚོགས་ལྡོན་ཤིང་ལས་ལོ་མ་རྣམས་ཕྱོགས་སོ་སོར་བྲུལ་བ་ལྟར་གང་སར་རྒྱུ་ཞིང་། དེ་ལས་ཀྱང་ཚབས་ཆེ་བ་ཞིག་ནི། བྱིས་པ་འགའ་རེས་ཀྱང་གཞན་སྐད་ལྟབ་ལྟིབ་ཅི་རིགས་ངག་ཏ་མ་དེག་གི་ངང་ནས་བཤད་པས། སྟག་ས་རྒན་ཀློང་གསལ་གྱི་སེམས་ལ་འདི་ནི་ལྟས་མི་ལེགས་པ་ཞིག་མ་ཡིན་ནམ་སྙམ། དེ་ལྟར་དྲན་སྐུར་དང་ཐོག་མི་དེ་དག་ཁ་བྱང་ལྷ་སྡེ་བའི་ནང་ཡོང་དུ་བཙུག་པར་བློ་འགྲོད་ཆེན་པོ་ཞིག་སྐྱེས་ཤིང་། རིམ་བཞིན་བློ་འགྲོད་དེ་སྟངས་སྐྲག་རིགས་ཤིག་ཏུ་གྱུར།

མཚན་མོ་དེར། ཁོང་གིས་མཐེབ་ཆེན་དང་གོང་མཛུབ་བར་ནས་ཕྲེང་བ་ཡར་འདེད་མར་འདེད་ལན་འགའ་བྱས་རྗེས། མོ་རྩིས་ལེགས་པོ་ཞིག་མ་བབ་པས་སེམས་པ་རྩ་བ་ནས་བདེ་ཐབས་བྲལ་སོང་།

“ད་ནི་ལུང་བ་གཡང་གི་ར་བ་འདིའི་ནང་དུ་མི་ཡོང་རྒྱུ་ཧེ་མང་ནས་ཧེ་མང་ཡིན་པས། ང་ཚོས་ཐབས་བཀོད་ཅིག་འཐེན་རན་རེད། དེ་ལྟར་མིན་ཚེ་ནམ་ཞིག་ང་ཚོའི་སྐྱིད་ཀྱི་ཉི་མ་མཇུག་རྫོགས་རྒྱུ་རེད” སྟག་ས་རྒན་ཀློང་གསལ་གྱིས་ཡུན་རིང་པོར་བསམ་བློ་བཏང་རྗེས། མི་མང་ཚོགས་ས་རུ་དེ་འདྲའི་ལུང་བསྟན་དང་འདྲ་བའི་གསུང་ཞིག་གནང་སོང་།

དེའི་འཁོར་སྡེ་མི་རྣམས་ཀྱིས་ཀྱང་གཅིག་ཁ་གཅིག་གིས་ཕྱོགས་ཏེ་གཏམ་སྣ་ཚོགས་ཤིག་ལབ་བྱུང་།

“མི་དེ་ཚོས་གྲམ་ཆུའི་ནང་དུ་གཙིན་གཏོང་གིན་འདུག”

“མི་དེ་ཚོས་ཆུ་མིག་ཁ་ཏུ་ངོ་གདོང་འཁྲུད་ཀྱིན་འདུག”

“མི་དེ་ཚོས་ཤོག་ལུད་གང་སར་འདོར་གྱིན་འདུག”

“མི་དེ་ཚོས་མེ་ཏོག་གང་དགར་འཐོག་གིན་འདུག”

“མི་དེ་ཚོས་རྩྭ་སྔོན་གང་འདོད་དུ་འབལ་བཞིན་འདུག”

“……”

ཚང་མས་རང་རང་གི་མཐོང་ཐོས་མ་ལུས་བཤད་རྗེས། སྤུགས་ཀྲན་སློང་གསལ་དང་འཛང་ཕྲུག་གཉིས་ལ་ཅེར་འདུག

སྤུགས་ཀྲན་སློང་གསལ་གྱིས་ཏ་ཅང་གཟབ་ནན་དང་སྡེ་མི་ཡོངས་ཀྱི་མདུན་ནས་བསྒྲགས་པ་ནི། ཁ་བྱང་ལྷ་སྡེ་བའི་འདབས་སུ་སྒོ་ཆེན་གསར་བ་ཞིག་བཞེང་རྒྱུ་དེ་ཡིན། བསམ་ཚུལ་དེ་ནི་གཉིད་ཡོར་པའི་མཚན་མོ་རེ་རེར་སྤུགས་ཀྲན་སློང་གསལ་ཚ་ཐབ་ཏུ་གན་རྐྱལ་ལ་ཉལ་ནས་འདང་བརྒྱབ་པའི་འབྲས་བུ་རེད།

“ལགས་སོ། དེ་ལྟར་བྱ” འཛང་ཕྲུག་གིས་ཁ་གྲག་བྱུང་།

“ལགས་སོ། དེ་ལྟར་བྱ”

“ལགས་སོ། དེ་ལྟར་བྱ”

“ལགས་སོ། དེ་ལྟར་བྱ”

“……”

དེར་འདུས་ཚང་མ་ཁ་འཆམ་ཞིང་ཐབས་བཀོད་དེ་བཟང་ཚུལ་ལེགས་ཚུལ་གྱི་གཏམ་མང་དུ་བཤད་བྱུང་།

ཅིས་ཀྱང་སྒོ་ཆེན་གསར་བ་ཞིག་བཞེང་རྒྱུ་ནི་ཐབས་རྣད་དུ་བྱུང་བ་ཞིག་ཡིན་ལ། ཡང་གཅིག་བཤད་ན་ཁ་ཚ་དགོས་གཏུགས་ཀྱི་དོན་ཆེན་ཞིག་ཀྱང་སྟེ། རྒྱུ་མཚན་ནི་སྒོ་ཆེན་གསར་དུ་བཞེངས་རྗེས། མི་དེ་རྣམས་ནང་དུ་ཡོང་བ་འགོག་ཐུབ་པར་མ་ཟད། སྡེ་བའི་ནང་གི་སྙིང་འཛུགས་ཀྱང་སྲུ་རུ་བསྲུང་ཐུབ། ཚང་མ་ནམ་ཞིག་ཁ་བྱང་ལྷ་སྡེ་བའི་ནང་གི་

ལྷིང་འཇགས་དཀྲོགས་འགྲོ་བར་སྐྲག་བཞིན་ཡོད་པ་འདྲ་ལ། ཡང་ན་ཁ་བྱང་ལྷ་སྡེ་བའི་ནང་གི་སྨུན་པ་ཕྲོགས་འགྲོ་བར་སྐྲག་བཞིན་ཡོད་པ་དང་ཡང་འདྲ་སྟེ། མི་རྣམ་པ་སྣ་ཚོགས་ཡོང་བ་དང་འགྲོགས་ནས་དངོས་པོ་འོད་ཅན་ཡང་མཐོང་རྒྱུ་ཧེ་མང་ཡིན་པས། མིག་གཙེ་བའི་དངོས་པོ་དེ་དག་དངོས་གནས་ཉེན་ཁ་ཅན་ཏག་ཏག་རེད།

ཉིན་དེ་དག་གི་རིང་ལ། སྡེ་མི་ཡོངས་ཀྱི་གདོང་གི་སྐྱིད་ལུག་གི་མདངས་དང་། སོལ་དལ་བག་ཕེབས་ཀྱི་རྣམ་པ་ལ་འགྱུར་ལྡོག་བྱུང་སྟེ། ཕོ་ཚོར་གོ་ལེ་སོས་དལ་གྱི་ལོང་མེད་པར་བརྩོན་སེམས་ཅན་ཤ་སྟག་ཏུ་གྱུར་ཅིང་། སྔ་དྲོ་དགོང་ཁ་མེད་པར་དཀའ་སྤྱད་སྟུག་རུས་ཀྱིས་སྒོ་ཆེན་གསར་བཞེང་ཐད་ལ་རང་ནུས་ཅི་ལྡོགས་བྱེད་ཀྱིན་འདུག

ཐ་ན་ས་རུབ་ནས་སྨུན་པས་གནམ་ས་བསྒྲིབས་ཀྱང་མགོ་བོ་མལ་ཁྲུལ་ནང་འཛུལ་ཏེ་སྡོད་མཁན་མེད་པར། རེམ་རེམ་ནན་ཏན་གྱིས་རྐང་ཁྲག་རྡོ་དང་ལག་ཁྲག་ཤིང་བྱས་ཏེ་ས་རྐོ་རྡོ་སློག་གི་ལས་ལ་མཐའ་གཅིག་ཏུ་བྲེལ་འདུག

“རེམ་རེམ། ས་སྐྱེལ་རོགས”

“རེམ་རེམ། རྡོ་སྐྱེལ་རོགས”

“རེམ་རེམ། ཆུ་སྐྱེལ་རོགས”

“རེམ་རེམ། ཤིང་སྐྱེལ་རོགས”

“……”

ཁ་བྱང་ལྷའི་མདའ་རུ་བརྗིད་ཉམས་ཀྱིས་ཀུན་ནས་ཁྱོགས་པའི་སྒོ་ཆེན་ཞིག་ཕྱི་དགྲ་འགོག་པའི་རྟེན་དུ་བསླངས་པས། བལྟས་ཚོད་ཀྱིས་ད་ནི་སུ་དང་གང་ཡང་རང་དགར་ཁ་བྱང་ལྷ་སྡེ་བར་འོང་རྒྱུ་ཟེར་ན་སླ་མོ་ཞིག་མིན་པའི་ངེས་ཤེས་བསྐྱེད་སྲིད།

སྒོ་ཆེན་བཞེངས་ནས་གྲུབ་པའི་ཉིན་མོ་དེར། མཁའ་དབྱིངས་ནས་ཁ་བ་ལེབ་མོ་བྱ་སྒྲོ་ལྟ་བུ་བབས་བྱུང་། ཕོ་ཚོས་དེ་ནི་རྟེན་འབྲེལ་ལེགས་པོ་ཞིག་ཏུ་རྩི་བས། ལེགས་པ་ཀུན་འཛོམས་ཀྱི་ཉིན་མོ་དེར། ཁ་བྱང་ལྷ་སྡེ་བའི་ཁྱིམ་ཚང་ཀུན་པོ་ལྷན་དུ་འདུས་ནས་ལྷ་མཆོད་

ཀླུ་བཀུར་གྱི་མཛད་སྒོ་རྒྱ་ཆེན་པོ་ཞིག་བསྡུས་ཤིང་། མཇུག་ཏུ་ད་དུང་ཀུན་གྱི་རེ་བ་ལྟར་གླུ་ལེན་གར་རྩེད་བྱེད་རྒྱུར་འཆམས། ཕོ་གསར་མོ་གསར་ཚོས་མཛེས་པའི་གར་གྱི་སྟངས་སྟབས་བསྒྱུར་ཅིང་། སྙན་མོ་གླུ་ཡི་དབྱངས་རྟ་ངག་ལ་གྱེར་པ་ན། སྡེ་མི་ཡོངས་ཀྱི་གདོང་ཡོངས་སུ་རྒྱལ་ཁའི་ཉམས་ཞིག་གིས་ཀུན་ནས་བརྟས་འདུག

ཡིན་ནའང་། ཁ་བྱང་ལྷ་སྡེ་བའི་ནང་དུ་བློ་ཕམ་པའི་དོན་དག་ཅིག་བྱུང་བ་ནི། སྒོ་ཆེན་བཞེངས་ནས་གྲུབ་པ་དེས་ཕྱིའི་དགྲ་དངོས་སུ་ཡོགས་མིན་དེ་ད་དུང་བཤད་དཀའ་མོད། འོན་ཀྱང་སྡེ་བའི་ནང་གི་བྱིས་པ་སྐོར་ཅིག་མ་ཡོགས་པ་ནི་མངོན་སུམ་ཡིན་ཏེ། དོན་ལོག་དང་ཕལ་ཆེར་ལོ་ཚོད་མཉམ་པའི་བྱིས་པ་དག་གར་སོང་ཆ་མེད་དུ་གྱུར་སོང་།

ཁོ་ཚོ་གང་དུ་བུད་སོང་ངམ།

གང་ལྟར། ཁ་བྱང་ལྷ་སྡེ་བ་དང་ཁ་བྲལ་སོང་བ་ཐག་གིས་ཆོད་དེ། ཁ་བའི་སྟེང་དཔར་པའི་རྐང་རྗེས་ཚུང་ཚུང་མང་པོ་སྒོ་ཆེན་གྱི་ཕྱི་རོལ་ཏུ་འཐེན་འདུག་ལ། ཞིབ་ཏུ་བལྟས་ཚེ། དེ་ནི་ཤོག་བུ་དཀར་པོའི་སྟེང་དུ་རི་མོ་ཕབ་པ་དང་འདྲ་བར་ཡི་གར་འོང་བ་ཞིག་རེད།

“གྭོ-དོན་ལོག”

“གྭོ-ཨ་ལྷང”

“གྭོ-སེང་སྟག”

“གྭོ-ཨ་སྐྱིད”

“……”

ས་རུབ་ལ་ཉེ། ཁ་བྱང་ལྷ་སྡེ་བའི་ཕྱོགས་བཞི་མཚམས་བརྒྱད་སྨག་གིས་གཡིབས་འདུག་པས། ཕན་ཚུན་གྱི་ངོ་གདོང་ཡང་མཐོང་ཐབས་བྲལ། སྐབས་དེར་འཇང་ཕྱུག་དང་བྱིས་པའི་ཕ་མ་དག་ཡར་རྒྱུག་མར་རྒྱུག་བྱེད་ཀྱིན་བྱིས་པ་ཚོའི་མིང་གིས་སྐད་གསེང་མཐོན་པོས་འབོད་ཀྱིན་འདུག་མོད། ཡིན་ནའང་ཨ་ལན་སྟེར་མཁན་མ་བྱུང་།

རྒྱལ་འཚབ་ཁྲིད་ཀྱི་འབོད་པ།

1

ཟླ་བཞི་པ་ཚེས་ཟེན་ནའང་། ཉིན་འདི་འགར་གློ་བུར་དུ་ཐེ་རྒྱལ་འབྲེས་མའི་རླུང་དམར་ཧུར་ཧུར་དུ་ལྡང་བ་དང་། ལྷག་པར། མདང་ནུབ་གློ་བུར་དུ་ཁ་བ་ཆེན་པོ་ཞིག་བབས་རྗེན་འཛིན་མའི་ཁྲོན་ཀུན་འཁྱག་པས་བསྟུམས་ཤིང་། ད་སོ་མ་ས་ཁར་འབུས་ཡོང་བའི་མྱུ་གུ་རྣམས་ཁེངས་ཕྱིད་དུ་སོང་བས། བལྟས་བལྟས་རིག་རིག་ལ་མི་རྣམས་ཀྱིས་ཡུན་རིང་བསྒུགས་པའི་དཔྱིད་དཔལ་དེ་ལོངས་སྤྱོད་བྱེད་ཁོམ་མ་བྱུང་བར། སླར་ཡང་དཔྱིད་ཀྱི་པང་ནས་བཙན་གྱིས་ཕྲོགས་སོང་།

གཞོན་ནུ་ཕྱི་རོལ་ཏུ་མ་བུད་ཀྱང་གྲང་ཤུར་ཤུར་གྱི་ཚོར་བ་ཞིག་གིས་ཁོའི་ལུས་རྫིལ་པོ་འདར་ཙམ་བྱེད་དགོས་བྱུང་། ཁོས་སེམས་པར་གནམ་གཤིས་ལ་འདི་འདྲའི་འགྱུར་ལྡོག་རྒོད་པ་རང་གིས་ག་ལ་ཤེས་སྙམ། གལ་ཏེ་ཤེས་རྒྱུ་ན་ལྷུགས་ཐབ་ཆག་པོ་དེ་ལྷུགས་ཆག་གི་གྲས་སུ་བསྲེས་ཏེ་འཚོང་མི་སྲིད། སྡུག་ལ་ཐུག་ན་དེར་བརྟེན་ནས་མེ་ཁ་ཙམ་སྲོ་བ་ཡང་བདེ་སླ་ཆེན་ཅིག་ཏུ་རྩི་ཆོག གཞོན་ནུས་དེ་ལྟར་འདང་ཞིག་བརྒྱབ་རྗེས། རང་ཉིད་གྲོང་

ཁྱེར་དུ་ཡོང་ནས་ལོ་འགའ་འགོར་སོང་བ་དྲན་ཞིང་། རང་ཉིད་ད་རུང་ལག་སྟོང་མཚན་སྟོང་ཡིན་པའང་ཤེས་པས། ནང་སེམས་ཀྱི་མཐའ་རུ་སྐྱོ་བའི་སྡུག་སྲིན་ཞིག་དབང་མེད་དུ་འཁྲུགས།

ལོ་དེར། རེད། མཐོ་འབྲིང་ནས་མཐར་ཕྱིན་པའི་ལོ་དེར། གཞོན་ནུས་སློབ་ཆེན་ལ་རྒྱུགས་མ་འཕྲོད་པས་གྲོང་ཁྱེར་འདིར་ཡོང་བ་རེད། གལ་ཏེ་ཁོས་རྒྱུགས་འཕྲོད་པའི་དབང་དུ་བཏང་ནའང་། སློབ་ཆེན་འགྲིམ་པའི་སྐལ་བ་ལྡན་མིན་བཤད་དཀའ་སྟེ། ཁོ་ཚང་གི་ཆ་རྐྱེན་ལ་གཞིགས་ན། སློབ་ཡོན་དེ་འདྲ་མང་པོ་ཞིག་ཁྱིམ་གྱི་ཐབ་ཀ་དང་སྣ་ང་འདུས་པའི་རྒྱུ་ནོར་ཡོད་ཚད་བཙོངས་ཀྱང་སྟེར་རྒྱུ་མེད་པ་ཐག་གིས་ཆོད། ཡང་གལ་ཏེ་གྲོང་ཁྱེར་འདིར་མ་ཡོང་བར་ཡུལ་དུ་བསྡད་ཀེ། རི་མ་སྐྱ་བོ་དེའི་ནང་དུ་ར་མ་ཁ་ཤས་འཚོ་བ་དང་། ཡང་ན་གྲོ་ནས་ཙམ་བཏབ་ནས་འཚོ་བ་སྐྱེལ་ཐབས་བྱེད་པ་ལས་གཞན་པའི་ཡོང་སྒོ་ཅི་ཡང་འཚོལ་ཐབས་མེད་པ་ནི་ཁོའི་སེམས་ན་ཁྲིགས་ཁྲིགས་ཡིན། གཞོན་ནུའི་སེམས་ལ་དེ་ནི་ཡ་མེས་ཡང་མེས་ཀྱི་འཚོ་བ་རོལ་སྟངས་རེད། དེ་ལྟ་བུའི་ཐབས་ཆག་གི་འཚོ་བ་ནི་གཞོན་ནུ་ལ་རོལ་འདོད་ཡེ་ནས་མེད།

རང་ཉིད་ཀྱི་མ་འོངས་པ་ཅི་ལྟ་བུ་ཞིག་ཡིན་པ་གཞོན་ནུ་ལ་མཚོན་ན། མུན་ནག་ནང་ལ་ལག་སྙོམ་བྱེད་པ་བཞིན་གདེང་ཚོད་ཅི་ཡང་མེད་མོད། ཁོའི་རྨི་ལམ་གྱི་གཤོག་ཟུང་ཐེངས་གཅིག་མིན་དུ་རི་གྲོང་དེ་ལས་ཐར་ཏེ་གྲོང་ཁྱེར་གྱི་བར་སྣང་དུ་འཕུར་མྱོང་བས། གཞོན་ནུའི་ངར་ཤུགས་ཀྱིས་ཁེངས་པའི་ལུས་པོ་མཛེས་སྡུག་གི་རྨི་ལམ་གྱིས་དྲུད་དེ་གྲོང་ཁྱེར་དུ་སླེབས།

2

གྲོང་ཁྱེར་ནི་དངོས་གནས་ཁོ་འཚར་ལོངས་བྱུང་བའི་རི་མ་སྐྱ་བོ་དེ་དང་བསྡུར་ན་ལྷ་

ཡུལ་ཁམས་རེད་ཅེས་བཤད་ཚོག་ཚོག་ཡིན། གྲོང་ཁྱེར་གྱི་དབུས་ཁུལ་དུ་ཆགས་པའི་ཐང་ཆེན་དུ་ཉེ་མར་འདི་བཞིན་མི་ཚོགས་ཀྱི་འཁྲུག་ཆར་གཡེངས་ནས་བསྣད་ཀྱང་ལྷོད་མོ་རྣམ་པ་སྣ་ཚོགས་མཐོང་ཐུབ་པས། པ་ཡུལ་དང་བསྡུར་ན་གནམ་སའི་ཁྱད་པར་ཧེ་མ་མཐའ་ཡང་སྣང་བ་ཏ་ཙང་སྐྱིད། དེ་ནི་གཞོན་ནུ་གྲོང་ཁྱེར་དུ་ཡོང་རྗེས་ཀྱི་ཆེས་ཐོག་མའི་ཚོར་སྣང་ཡིན། ཡིན་ནའང་ཚོར་སྣང་ཙམ་པོས་ཅི་བྱེད། ཚོར་སྣང་ཙམ་པོས་ཕོ་བ་མི་འགྲང་ལ། རྒྱབ་ཀྱང་མི་ཁེབས་པས། མུ་མཐུད་དུ་ལྷོད་མོར་གཡེངས་ནས་འདུག་སེམ་ག་ལ་ཡོད། གཞོན་ནུ་ལ་མཆོན་ན། ཅེས་ཀྱང་སྨྱུར་མོར་ཐག་གཅོད་དགོས་ཤིང་ཁ་ཚ་དགོས་གཏུག་ཏུ་གྱུར་པ་ནི་ལས་ཀ་ཞིག་འཚོལ་རྒྱུ་དེ་ཡིན། ཁོས་གྲོང་ཁྱེར་དུ་ན་ནིང་དོ་ཚོགས་བོད་ཀྱི་སྦྱིན་བདག་ཡིན་ཟེར་མཁན་མང་པོས་སྣ་གཞུག་བཙུད་ནས་ནང་མ་ཁང་ཆེ་མ་ཆུང་གསུམ་ཅི་རིགས་གཉེར་ཡོད་པ་ཐོས་མྱོང་། གཞོན་ནུ་སློབ་འབྲིང་གི་སྐབས་སུ་སློབ་གྲྭའི་གྲོགས་ཚོགས་པའི་ཁོངས་མི་ཡིན་པས། ཁོས་གྲོ་ཡག་པོ་ཞིག་འཁྲབ་ཤེས་ཤིང་། དེའི་ཁར་ལྷན་སྐྱེས་ཀྱི་སྐད་ངག་སྙན་མོ་ཞིག་ཡོད་པས། མ་མཐའ་ཡང་གྲོང་ཁྱེར་འདི་ནས་གྲོ་འཁྲབ་ས་ཞིག་གམ་ཡང་ན་གླུ་ལེན་ས་ཞིག་རྙེད་པར་ཁོ་རང་ཉིད་ལ་ཡིད་ཆེས་ཟབ་མོ་ཡོད། དོན་དུ་ཡང་དེ་ལྟར་ཡིན་ཏེ། གྲོང་ཁྱེར་དུ་རང་ཉིད་ལ་འཛོན་ཐང་ཙུང་ཟད་ཡོད་ཚེ་ཁ་རྒྱབ་ཙམ་ལ་སྡུག་མི་དགོས།

གཞོན་ནུས་ཉིན་གང་པོར་དབུགས་ལྷེམ་ལྷེམ་དང་ཡར་རྒྱུག་མར་རྒྱུག་བྱས་ནས་བཙལ་བཙལ་པས། ཕྱི་དྲོ་ཙམ་ལ་ད་གཟོད་ནང་མ་ཁང་ཞིག་ཏུ་གྲོ་འཁྲབ་པའི་ལས་ཀ་ཞིག་རེག་བྱུང་། སྦྱིན་བདག་གིས་ཁོས་འཁྲབ་པའི་རྒྱང་གྲོ་དེར་གཟིགས་རྗེས་གདོང་ལ་འཛུམ་ཞིག་ལངས་ཏེ "དེ་རིང་ནས་བཟུང་ཁྱོད་ང་ཚོའི་ནང་མ་ཁང་གི་ཁོངས་མིར་གྱུར་སོང་" ཟེར། དེར་མཐུད་ནས "ཡིན་ནའང་ཚོད་ལྟའི་དུས་སྐབས་ནང་ཟླ་རེར་ཟླ་ཕོགས་སྒོར300མ་གཏོགས་མེད། ཁྱོད་འཐད་པ་ཡིན་ན་དོ་ནུབ་ནས་བཟུང་མགོ་བཙམ་ཆོག" ཅེས་བཤད་རྗེས་འགྲོ་ཐབས་བྱེད་ཅིང་། ཡང་ཁ་ཕྱིར་འཁོར་ནས "ཁྱོད་ལ་འདུག་ས་ཨེ་ཡོད" ཟེར། གཞོན་ནུས "མེད། འདུག་ས་པར་ཞོག་གྲོང་ཁྱེར་འདི་ན་ང་ལ་ངོ་ཤེས་ཤིག་ཀྱང་

མེད” ཅེས་ལན་བཏབ་པ་ན། སྨྲིན་བདག་གིས་ལག་བརྡ་ཞིག་བརྒྱབ་སྨུར་གསར་བུ་ཞིག་གིས་གོམ་པ་མྱུར་ལེན་བྱས་ནས་ཚུར་ལ་འོངས། སྨྲིན་བདག་གིས་གསར་བུ་དེར “མལ་ཁང་ནང་དུ་མལ་ཁྲི་སྟོང་བ་ཡོད་དམ་མེད” ཅེས་དྲིས། གསར་བུ་དེས་གན་གྱི་གཞོན་ནུར་བལྟས་ཙམ་བྱས་རྗེས་མིག་ཟུང་སྨྲིན་བདག་གི་སྟེང་ལ་བསྐོར་ཏེ་ཧ་ཅང་གུས་ཞམས་ཆེན་པོའི་ངང “ཡོད། ད་རུང་གཅིག་ལྷག་འདུག” ཅེས་ལན་བཏབ། སྨྲིན་བདག་གིས་གཞོན་ནུ་ལ་བལྟས་ནས “ཁྱོད་ཕོའི་རྗེས་འབྲངས་ནས་སོང་དང་། ཁྱོད་ལ་མལ་ཁྲི་བཀོད་སྒྲིག་བྱེད་ངེས། ད་དུང་སྦྲོ་ལྷའང་ཕོའི་ལག་ནས་ལེན་དགོས། ད་བྱ་བ་གཞན་མེད་ན་དེ་ལྟར་གྱིས” ཞེས་བཤད་བྱུང་། སྐབས་དེར་སྨྲིན་བདག་གི་རྐེད་ལ་བཏགས་ཡོད་པའི་ལག་འཁྱེར་ཁ་པར་གྱིས་བར་མཚམས་མེད་པར་སྐུ་གཞས་གཏོང་གིན་འདུག་པས། ཕོས་དེའི་སྟེང་གི་ཨང་གྲངས་ལ་ལྟ་ཡག་ཅིག་བྱས་རྗེས “འོ--ཡ་ཡ--ངས་འདང་ཞིག་བརྒྱག” ཅེས་སྐད་ཆའི་གདངས་ཇེ་རིང་དུ་བཏང་ནས་ཅི་ཞིག་བཤད་བཞིན་བུད་སོང་།

མལ་ཁང་ནི་དེ་སྔ་ཕོ་སློབ་འབྲིང་འགྲིམས་དུས་ཀྱི་མལ་ཁང་དང་འདྲ་བར་མལ་ཁྲི་ཐོག་བརྩེགས་ཅན་ཡིན་ཞིང་། ནང་གི་ཡོ་བྱད་ཅག་ཅིག་རྣམས་གོ་རིམ་དང་མགོ་ཐ་ཅི་ཡང་མེད་པར་གང་སར་གཏོར་འདུག་པས། དར་སོམ་རྐྱན་མ་ཞིག་ནང་དུ་འཛུལ་ཏེ་ཕྱི་སྒོ་ནང་སྒོ་ཅིག་བྱས་རྗེས་བྲོས་སོང་བའི་ཤུལ་དང་མཚུངས། དེའི་ཁར་མལ་ཁང་ནང་རྫིལ་པོར་རྐང་རུལ་གྱི་དྲི་སོགས་གཞན་ཅི་ཡིན་གསལ་འབྱེད་བྱེད་དཀའ་བའི་དྲི་མ་སྣ་ཚོགས་ཤིག་གིས་ཁྱབ་འདུག་པས། ཕོར་ལམ་འཁྲིད་མཁན་གྱི་གསར་བུ་དེས་མལ་ས་བསྟན་རྗེས་ཁ་སྣ་གཉིས་ལག་པས་བཏུམས་ཏེ་ཕྱི་རོལ་དུ་བརྒྱུགས་སོང་།

ཕོའི་མིག་ལམ་དུ་མངོན་པའི་མལ་ཁང་གི་ཆ་རྐྱེན་ནི་དེ་འདྲའི་ཐབས་རྟགས་ཤིག་ཡིན་ནའང་། གནས་སྐབས་སུ་ཆ་རྐྱེན་ལ་འདང་རྒྱག་རན་མ་རེད། མལ་ཁང་ནི་ཅི་ཞིག་ཡིན་ན་ཡིན་དུ་ཆུགས། གཙོ་བོ་གྲོང་ཁྱེར་དུ་ལུས་འཚང་ས་ཞིག་ཡོད་ན་དེ་རེད། གཞོན་ནུས་དེ་ལྟར་ཡིད་ལ་དྲན་པ་ན། ཕོ་ལ་སྤྲོ་བའི་བསམ་འདུན་འགོག་མེད་ཅིག་སྐྱེས།

3

གླུ་པ་བྲོ་པ་དང་གླུ་མ་གར་མ་རྣམས་ཀྱི་ཉིན་མཚན་གྱི་གོ་རིམ་ནི་ལྡོག་སྟེ་ཡོད་དེ། ནམ་གུང་གི་གུང་དཀྱིལ་བཟུར་ཡང་ཁྲ་ཆིལ་དགུ་ཆིལ་དང་། འུར་འུར་ཟིང་ཟིང་གི་འཇིག་རྟེན་ཞིག་ནས་ཆང་ལག་གི་རྐྱོང་སྐྱུམ་དང་། གླུ་དག་གི་འགྱུར་ཁུགས་ལ་བརྟེན་ནས་མགྲོན་པོའི་ངོ་སོ་འཁྱུགས་པ་དེ་ནི་ཁོ་ཚོའི་ལས་ཀ་རེད། ལས་ཀ་དེར་ལོབས་རག་བར་དུ་དངོས་གནས་ཁག་པོ་ཡིན་སྲིད་དེ། རྣ་འོན་པ་དང་མིག་ལོང་བར་གྱུར་ལོས་འགྲོ་འདོད་ཅིང་། མགོ་བོའང་གས་སྲིད་སྣུམ་པའི་གནས་དེ་ལྟ་བུ་ཞིག་ཏུ་བདེ་ལ་བབ་སྟེ་སེམས་ལྷོད་པོར་སྡོད་པའི་སྐལ་བ་ནི་ཡོད་རེ་སྐན། གཞོན་ནུ་ཐེངས་དང་པོར་གར་སྟེགས་སྟེང་བུད་པའི་མཚན་མོ་དེར་ཁོའི་ཡིད་ལ་དེ་ལྟར་འཁོར། ཡིན་ནའང་མི་ནི་གང་ལ་བཀོད་སྒྲིག་བྱས་ན་དེ་རུ་ལོབས་འགྲོ་སྟེ། རྗེས་སུ་ཁོ་ཟང་ཟིང་གི་ཁོར་ཡུག་དེའི་ཀློང་དུ་འཐིམ་པར་མ་ཟད། དེ་ནི་ཁོའི་འཚོ་བའི་ཆ་ཤས་སུ་གྱུར་ཟིན་པས་ཏ་ཙང་རྒྱུན་ལྡན་ལྟ་བུར་གྱུར།

གཞོན་ནུ་མལ་ཁང་དུ་ལོག་རྗེས་ཨ་ཐང་ཆད་དེ་འགུལ་ཙམ་ཡང་བྱེད་འདོད་མེད་པས། ལྷམ་ཡང་མ་ཕུད་པར་ཐད་ཀར་མལ་ཁྲིའི་སྟེང་བུད་དེ་མིག་ཟུང་ཡོངས་སུ་ཟུམ། རྩི་ལམ་གྱི་ཞིང་དུ་ཡང་འོད་ལམ་མེར་རྟེབ་ཙམ་རྟེབ་ཙམ་བྱེད་པའི་གློག་ཁྱུན་གྱི་འོད་མདངས་དེས་ཁོའི་མིག་གཉིས་གཙེ་བར་བྱེད་པ་དང་། དྲག་ཞན་བར་མ་ཅི་ཡང་འདུས་པའི་རོལ་དབྱངས་དང་། ཐལ་མོའི་རྡེབ་སྒྲ། ད་དུང་ཀི་སྒྲ་དང་འབོད་སྒྲ་སོགས་ནི་དུས་ཡུན་རིང་པོར་ཁོའི་རྣ་ལམ་དུ་གཤགས་ཏེ "ཞང་ཞང" གི་སྒྲ་ལས་ཅི་ཡང་གྲག་རྒྱུ་མི་འདུག ཞོགས་པར་གཉིད་ལས་སད་དུས། མལ་ཁང་ནང་དུ་ཤག་གྲོགས་ཚོས་འགུལ་ཙམ་ཡང་མི་བྱེད་པར་སྤུར་བ་འཐེན་ཅི་ཐུབ་བྱེད་ཀྱིན་འདུག་ཅིང་། ལ་ཤས་ཀྱིས་ད་དུང་མགོ་རྗེ་མེད་པའི་གཉིད་གཏམ་རེ་འཆད་བཞིན་པའང་ཐོས་ཐུབ། ཁོས་མིག་བཙུམས་མ་ཕྱེ་ཞིག་བྱས་ནས་མཁྲིག་མའི་སྟེང་གི་ཆུ་ཚོད་འཁོར་ལོར་ཐེངས་ཤིག་བལྟས་པ་ན། ཨ་ཙི། ཆུ་ཚོད་བཅུ་གཉིས་པར་

བསླེབ་ལ་ཉེ། ཁོ་རང་ཉིད་ཀྱི་མིག་ཟུང་ལ་ཡིད་མ་ཆེས་པར་ཆེས་ཆེར་གདངས་ནས་ཞིབ་ལྟ་ཞིག་བྱས་པ་ན། ནོར་མི་འདུག་སྟེ། དངོས་གནས་ཆུ་ཚོད་བཅུ་གཉིས་པར་བསླེབ་པར་སྐར་མ་འགའ་ལས་མེད། གཞོན་ནུས "ད་ནི་ཞོགས་པ་ག་ལ་ཡིན་ཏེ། ཧྲོས་ཧ་འཕྱུང་རན་འདུག" ཅེས་ཁེར་བཤད་ཅིག་རྒྱག་བཞིན་བསྡུད་སྒུར་ གླལ་སྒྲིང་ལན་འགའ་བྱས་རྗེས་ཡར་ལ་ལངས། དེ་ནས་བཟུང་ཁོའི་ཞོགས་པ་ནི་ཉིན་གུང་ནས་བཟུང་མགོ་བརྩམས་པ་རེད།

ཕྱི་དྲོའི་མཚམས་སུ། བྱེ་རྡུལ་འདྲེས་མའི་རླུང་འཚུབ་དེ་དུས་ཚོད་གཏན་ཁེལ་བྱས་ཡོད་པ་ལྟར་རྒྱུན་པར་གྲོང་ཁྱེར་དེའི་མཐའ་ནས་ལངས་ཤིང་། རིམ་བཞིན་གྲོང་ཁྱེར་གྱི་དཀྱིལ་དབུས་སུ་དཔུང་འཇུག་བྱས་ཏེ་མཐའ་མར་ནམ་མཁའི་མཐོངས་སུ་ཟུག་པར་བྱེད་པས། རྒྱ་སྲང་ཀུན་ཏུ་མི་རྣམས་ཀྱིས་གྲོན་པས་མགོ་བོ་བཏུམས་ཏེ་ཚོང་ཁང་དང་ཟ་ཁང་སོགས་སུ་འཚང་ཐུབ་ཐུབ་བྱས་ཏེ་བྱེ་རྡུལ་ལ་གཡོལ་ཐབས་བྱེད་ཀྱིན་འདུག སྐབས་དེར་གཞོན་ནུས་སྲང་ཤུར་ཞིག་ཏུ་ཐ་མག་བག་ཆ་གང་ཉོས་རྗེས་ཕྱིར་ལྡོག་བཞིན་པའི་སྐབས་ཡིན་པས། ཁོའང་མགྱོགས་མྱུར་ངང་སྡོད་ཁང་གི་ཕྱོགས་སུ་བྱ་འཕུར་བ་ལྟར་བརྒྱུགས།

སྡོད་ཁང་དུ་ཁོས་ཁ་ནང་སྣ་ནང་ལ་ཆགས་པའི་བྱེ་རྡུལ་མ་ལུས་གཙང་འཕྱིད་བྱས་རྗེས། སྣེའུ་ཁུང་ལས་ཕྱི་རོལ་ཏུ་བལྟས་ནས་བསྡད། རླུང་འཚུབ་ད་དུང་གཡུག་བཞིན་འདུག་ཅིང་། གཡུག་ཚད་ཇེ་ཆེ་ནས་ཇེ་ཆེར་གྱུར་པས། ཉི་མའི་འོད་ཟེར་ཡོངས་སུ་བསྒྲིབས་ཏེ་ཕྱི་རོལ་གྱི་འཛིག་རྟེན་ནི་རབ་རིབ་ཅིག་ཏུ་འགྱུར་མགོ་ཚུགས།

"ཨ་རོག གཞོན……" ཏྲ་མའི་གཞོགས་ཀྱི་མལ་ཁྲི་འོག་མའི་སྟེང་གན་རྐྱལ་དུ་ཉལ་ཡོད་པའི་གསར་བུ་སྒྲ་རིང་དེས་རང་གི་ཁ་གཏད་དུ་དུས་དེབ་ཅིག་ཕར་སློག་ཚུར་སློག་བྱེད་བཞིན་པའི་གསར་བུ་གཞན་དེར "ཀན་གྱི་མིང་ལ་ཅི་ཟེར། གཞོན…… གཞོན…… གཞོན་ནུ། རེད། གཞོན་ནུ" ཁོས་སླར་ཡང "ཨ་རོག་གཞོན་ནུ། དགའ་ལས་ཤིག་བྱེད་དགོས་འདུག ཁྱོད་ཞབས་ལ་སོང་སྟེ་ང་ལ་སྐོམ་ཆུ་ཞིག་ཉོས་ཤོག" ཟེར་བཞིན་སྒོར་མོ་བཅུ་ཤོག་ཅན་ཞིག་མདུན་ཅོག་སྟེང་འཕངས།

“དཀའ་ལས་དེ་ཙམ་ཅི་སྐྱོན། རླུང་འདི་ལྷང་མཚམས་བཞག་རྗེས། ང་སོང་ཆོག” གཞོན་ནུས་ཕྱི་རོལ་གྱི་གནམ་གཤིས་ལ་བལྟས་ཙམ་བྱས་རྗེས་དེ་ལྟར་བཤད།

“འགྲོ་ན་འདོད་ན་ད་སོང” གསར་བུ་སྐྲ་རིང་དེའི་སྐད་ཆའི་གདངས་ལས་བཙན་འགྲུགས་ཤིག་དང་ལུས་ལ་སྐྱོབ་ཉམས་ཤིག་མངོན་འདུག

གཞོན་ནུས་གསར་བུ་སྐྲ་རིང་དེས་དེ་སྐད་ཟེར་བ་ཐོས་རྗེས། ཕ་རོལ་པོས་རང་ལ་བརྙས་བཅོས་བྱེད་བཞིན་པ་ཤེས་པས “དགོངས་པ་མ་འཚོམས། ང་འགྲོ་ན་མི་འདོད་གི” ཞེས་ཕྱིར་སྐྱོབ་ཉམས་དང་བཅས་བཤད།

“ཅི་ཟེར” གསར་བུ་སྐྲ་རིང་དེས་ཁོང་དགོད་ཅིག་བྱེད་བཞིན་ཁ་གཏད་ཀྱི་གསར་བུ་གཞན་དེར “མི་འདིས་ཅི་ཟེར། ཁྱི་སྐྱུག་ཀན་གྱི་ཁ་ཕོ་མཐོ་བ་ལ་ལྟོས་དང” ཞེས་འཆད་བཞིན་མལ་ཁྲིའི་སྟེང་ནས་ཐང་ལ་ལྡིང་བྱུང་།

གཞོན་ནུ་ཡང་ཁ་ནང་ལ་ཐལ་བཏབ་ན་ཕེ་ཟེར་མི་ཤེས་པའི་མི་ཞིག་མིན་ཏེ། ཕན་ཚུན་འཛུ་རེས་འཛིང་རེས་ཡུན་རིང་ལ་བྱས་རྗེས། བར་བཤོལ་མཁན་མེད་ཀྱང་ཁོ་གཉིས་ཀྱིས་རང་ཤུགས་སུ་མཚམས་འཇོག་དགོས་བྱུང་། ཕན་ཚུན་ལ་རྨས་སྐྱོན་འདྲ་བཟོས་མེད་ཀྱང་ཁོ་གཉིས་ག་ཨ་ཐང་ཆད་ནས་དབུགས་ཀྱང་གཏོང་ལེན་བྱེད་དཀའ་བའི་ཚད་དུ་བསྐྱུལ་ཅིང་། དཔྲལ་བའི་ངོས་ནས་རྔུལ་ཆུ་ཐུམ་ཐུམ་དུ་བཞུར། རིམ་བཞིན་རྔུལ་ཆུས་ཁོ་གཉིས་ཀྱི་གདོང་ཡོངས་བརྒྱུས་སོང་། ཁོ་གཉིས་རང་རང་གི་ཁ་མལ་དུ་བསྡད་ནས་ཤུགས་ཆེན་པོས་དབུགས་གཏོང་ལེན་བྱེད་ཀྱིན་འདུག དེ་དུས། བྱེ་རྡུལ་འདྲེས་མའི་རླུང་འཚུབ་ཀྱང་ལྷང་མཚམས་བཞག་བྱུང་སྟེ། གནམ་ངོ་རིམ་བཞིན་ཇེ་གསལ་ནས་ཇེ་གསལ་དུ་གྱུར་ཅིང་། མཐའ་མར་དྭངས་ཐག་ཆོད་པ་ན། མལ་ཁང་ནང་ཧྲིལ་པོ་ཡང་དཀར་གསལ་ལེར་གྱུར།

རྗེས་སུ་མི་ཁ་བརྒྱུད་ནས་གོ་བ་ལྟར་ན། གསར་བུ་སྐྲ་རིང་དེ་ནི་མི་ངན་ཁ་ལ་དུག་གིས་རེག་རྒྱུ་ཞིག་ཡིན་འདུག དེས་ཐུབ་ན་ཐུབ་ཚོད་བྱེད་ཅིང་། མ་ཐུབ་ན་ཧྣ་པའི་ཚུལ་ལུགས་སྐྱོང་བར་ཡང་ངོ་མི་གནོང་བ་ཞིག་ཡིན་པས། སོ་མ་གནས་དེར་ཡོང་མཁན་རྣམས

ལ་དེས་རང་གི་རྗེས་ཉམས་མ་ཐོས་པ་ཞིག་མེད་པར་བཤད། མི་ངན་པར་ངོ་ཤེས་མང་ཟེར་བ་ལྟར། མི་དེས་མི་ལས་དགུ་ལས་བྱེད་ཀྱང་། དེའི་ཁ་རྩེ་རྒྱུང་མེད་དེ་ལོ་ལ་ནག་ཚོགས་ཀྱི་གྲོགས་པོའང་འགའ་རེ་ཡོད་པ་རེད་ཟེར། གཞོན་ནུའི་སེམས་ལ་མི་དེ་ནི་དངོས་གནས་ཁྱི་ངན་ཞིག་དང་ཁྱད་མི་འདུག་སྙམ་བྱུང་ལ། མི་རྣམས་རེ་རེ་བཞིན་སྡོད་ཁང་དེ་དང་བྲལ་ཏེ་གནས་གཞན་དུ་སྤར་པའི་རྒྱུ་མཚན་ཡང་ཤེས་སོང་། ཟླ་གསུམ་གྱི་རྗེས་སུ་གཞོན་ནུའི་ཟླ་ཕོགས་གོང་དུ་བསྐྱད་རྗེས། ཁོའི་སེམས་ལའང་ཁ་ལ་ཟ་རྒྱུ་མེད་ཀྱང་ཁྱི་ཁང་འདི་དང་ཁ་འབྲལ་དགོས་སྙམ་བྱུང་། གཞོན་ནུ་ཁང་པ་དེའི་ནང་དུ་དངོས་གནས་སྡོད་ཐབས་བྲལ། གནས་ཚུལ་ནི་འདི་ལྟར་ཡིན་ཏེ། མཚན་མོ་ཞིག་ལ། གཞོན་ནུ་གཉིད་ནས་ཅང་མ་འགོར་བར། གསར་བུ་སྒྲ་རིང་དེས་སྒོ་ཕྱི་སྟེ་ནང་དུ་འཛུལ་ཡོང་། གཞོན་ནུས་མགོ་ཡར་ལ་དགྱེ་སྟེ་མ་བལྟས་ཀྱང་ཁོའི་རྗེས་སུ་བུ་མོ་ཞིག་ཁྲིད་ཡོད་པ་སྐད་ལ་ཉན་ན་ལྟང་རེད། དེ་གཉིས་ཀྱིས་ཁང་བ་དེ་ནི་ཁོ་གཉིས་ཁོ་ནར་དབང་བ་དང་འདྲ་བར། སྐད་ཆེན་པོས་ཧ་ཧ་དང་ཧོ་ཧོ་ཞེས་ཆགས་གཏམ་སྣ་ཚོགས་ལབ་ཀྱིན་འདུག སྐབས་དེར་གཞོན་ནུས་མལ་ཐུལ་གྱིས་མགོ་བཏུམས་ནས་བཙན་གྱིས་གཉིད། བར་སྐབས་ཤིག་ལ་ཁོ་དངོས་གནས་གཉིད་དུ་ཡུར་སོང་བ་འདྲ།

དེ་གཉི་ག་དུས་ནམ་ཞིག་ལ་མལ་ཁྲིའི་སྟེང་བུད་པའང་ཁོས་མ་ཤེས། ནམ་གུང་དུ་ཕག་པ་བཤའ་སྐབས་ཀྱི་སྡིག་སྐད་ལྟ་བུ་ཞིག་འདོན་བཞིན་པ་ཁོའི་རྣ་ལམ་དུ་འཁོར་བྱུང་། ཁོ་སླག་མ་སྦྱངས་ཀྱིས་ཡར་དགྱེ་ཞིང་། དགྱེ་ནས་ཀྱང་ཞིབ་ཏུ་མ་ཉན་པ་ན། ཁྱི་ཕན་དེ་དང་ཕྱི་མོ་དེ་གཉིས་ཀྱིས་འདོད་པའི་ལས་ལ་སྤྱོད་ཀྱིན་འདུག སྡོད་ཁང་ཕྱི་རོལ་གྱི་ལམ་སྒྲོག་ཟླ་མིག་ངོས་སུ་འཕྲོས་ཡོད་པས། ཁོས་མལ་ཐུལ་གྱི་སྦུབས་བར་བརྒྱུད་ནས་ཕར་བལྟས་པ་ན། ལྷིམ་སེ་ལྷིམ་སེ་འགུལ་བཞིན་པའི་འཁོང་ཚོས་དེ་ནི་ཕྱི་མོ་དེའི་ཡིན་པ་ཤེས་ཐུབ། དེ་གཉིས་ཀྱིས་སྣང་དོགས་ཙམ་ཡང་མི་བྱེད་པར་ མུ་མཐུད་དུ་འགུལ་བཞིན་མཆིས་ལ། འགུལ་བའི་མཚུངས་སུ་མལ་ཁྲི་བསྒྱུལ་བའི་ཙེར་ཙེར་གྱི་སྒྲ་མཚམས་མ་ཆད་པར་གྲག་འོངས་པས།

གཞོན་ནུའི་སེམས་ནང་གི་ངོས་གང་ཞིག་ཡིན་པ་གཏན་ཁེལ་བྱེད་མི་ཐུབ་ཀྱང་། འཚུབ་སྣང་ཞིག་གམ་གནོད་ཐབས་བྲལ་བའི་སྡུག་བསྔལ་ཞིག་ཁོའི་དབུགས་ཀྱི་རྩུབ་ལེན་དང་འགྲོགས་ནས་སྐྱེས་བྱུང་། ཚོར་བ་དེས་ཁོ་ལ་ཡུན་རིང་པོར་མནར་གཅོད་བཏང་བས་གཉིད་ནི་གར་སོང་ཆ་མེད་དུ་གྱུར། ངོ་མ། ཁྲི་ཀན་དང་ཁྲི་མོ་ཟེར་བ་ནི་མི་དེ་གཉིས་རེད། དེ་གཉིས་ཀྱིས་མི་མི་ཡི་གྲལ་ལ་མི་འཛོག་པར། མཚམས་རེར་ཉི་མ་དཀར་དཀར་ལའང་ངོ་ཚ་མེད་པར་དེ་ལྟར་བྱེད་པས། གཞོན་ནུས་དངོས་གནས་བཟོད་བསྲན་བྱེད་མི་ཐུབ་པར་གྱུར།

གཞོན་ནུས་དཀའ་ལས་ཆེན་པོ་སྒྲོང་མ་དགོས་པར་ལག་ཏུ་ཁང་བ་སླ་མོ་ཞིག་གླ་རྒྱུ་རྙེད་བྱུང་། ཁང་བ་དེ་གླས་རྗེས། གཞོན་ནུའི་སེམས་ལ་ང་ཚོ་བོད་པ་ལ་སྤྲོངས་དད་ཆེ་ཞིང་། རྣམ་རྟོག་གི་རྒྱལ་པོ་ཡིན་ཟེར་མོད། དོན་དུ་མི་རིགས་གཞན་པ་ཡང་དེ་འདྲ་ཡིན་སྙམ་བྱུང་། ནང་མ་ཁང་དེ་དང་བར་ཐག་ཙུང་ཟད་ཡོད་པའི་བདེ་སྐྱིད་ཁྲོམ་དུ། སྒོ་རྟགས་ཨང་444ཡིན་པའི་ཁང་བ་ཞིག་གླ་མཁན་མེད་པར་ལུས་འདུག་པ་སྐབས་ལེགས་པ་ཞིག་ལ་གཞོན་ནུས་རྙེད། ད་དུང་རིན་གོང་སླ་མོ་བྱས་ཏེ་གླ་ཐུབ་པ་བྱུང་། བདེ་སྐྱིད་ཁྲོམ་ནི་སྲང་ཤུར་དོག་མོ་ཞིག་ཡིན་ལ། དེར་ཡོད་པའི་ཁང་བ་དག་ནི་ལོ་ཟླའི་ཆར་རླུང་གིས་ཡང་ཡང་བྲབས་ནས་རྙིང་བར་གྱུར་པ་ཧྲག་ཧྲག་ཡིན་པས། དེ་ནི་ཡོང་སྒོ་དམའ་བའི་གཉོམ་ཆུང་གི་ཚོགས་པ་འབའ་ཞིག་གིས་གྲུབ་པའི་སྲང་ཤུར་ཞིག་རེད་ཅེས་བཤད་ཚོག 444ནི་རྒྱ་སྐད་ལྟར་བཀློགས་ན “死死死” དང་སྒྲ་འདྲ་པོ་ཡོད་པས། མི་མང་ཤོས་ཀྱིས་ཁང་བ་དེ་གླ་འདོད་མེད་པར་ལུས་འདུག གལ་སྲིད་དེ་ལྟ་མིན་ཚེ་ཁང་བ་དེ་གཞོན་ནུའི་ལག་ཏུ་ཡོང་ཐབས་བྲལ། དེ་ནི་གནས་དེར་ཁང་བ་གླས་ནས་བསྡད་ཡོད་པའི་རྒྱ་མི་ཞིག་གིས་ཁོ་ལ་གསལ་བཤད་བྱས་པ་རེད། དོན་དུ444གསུམ་མ་དགོས་བརྒྱ་ཡོད་ཀྱང་གཞོན་ནུས་དེ་ལ་ཁ་ཡ་བྱེད་མི་སྲིད། གཞོན་ནུར་མགྱོགས་པོར་མཁོ་བ་ནི་རིན་གོང་སླ་བའི་སྡོད་ཁང་ཞིག་ཡིན་པས། ཁོས་དགོས་མེད་ཀྱི་འདང་ལྷག་མ་དེ་འདྲ་མང་པོ་རྒྱག་མི་སྲིད།

ཁང་བ་ཡོད་པས་དགའ་བ་ལ་ཨང་། རང་ཉིད་ཁོ་ནར་དབང་བའི་ཁོར་ཡུག་ཅིག་ནི་

སུ་དང་གང་གིས་ཀྱང་རེ་སྒྲོན་བྱེད་ས་མ་ཡིན་ནམ། གཞོན་ནུས་ཁང་བའི་ནང་རྩིལ་པོར་གཙང་སྦྲ་འོས་འཚམ་ཞིག་བྱས་རྗེས། ཀྱང་ལྡེབས་སུ་ཁྲིམ་ནས་ཉོས་ཡོང་བའི་ཕྱི་རྒྱལ་གྱི་གློག་བརྙན་འཁྲབ་སྟོན་པ་མཛེས་མ་ཞིག་གི་འདྲ་པར་སྦྱར་པ་ན། ཁོས་འཁྲབ་སྟོན་མ་དེ་ནི་རྒྱལ་ཁབ་གང་གི་ཡིན་པ་དང་མིང་ལ་ཅི་ཟེར་བ་སོགས་མི་ཤེས་ནའང་། དེས་ཁོའི་ཁང་བའི་ནང་དུ་མཛེས་པའི་ཁ་དོག་གཞན་ཞིག་བསྣན་བྱུང་བས། ཁོ་ལ་སྤྲོ་སྣང་རྫོགས་མཐའ་མེད་པ་ཞིག་བྱིན། ཁོའི་ཁ་ནས "རང་གཅིག་པུར་དབང་བའི་འཛིག་རྟེན་ཞིག་ཡོད་སོང" ཞེས་བསྐྱར་ཟློས་ལན་འགའ་བྱས་ཤིང་། གདོང་ལ་འཛུམ་དཀར་གྱི་མེ་ཏོག་རབ་ཏུ་བཞད།

4

དེ་ནི་མཚན་མོ་ཞིག་སྟེ། རེད། མཚན་མོ་དེ་དུས་ཆེན་ཞིག་གི་སྐབས་སུ་ཁེལ་འདུག། མཚན་མོ་དེར་ད་དུང་གྲོང་ཁྱེར་དེའི་མཁའ་དབྱིངས་ནས་དཀར་པོང་པོང་གི་ཁ་བ་བྱ་སྒྲོ་ལྟར་ཁོའི་གདོང་ལ་ཐོར་ཡོང་བ་ཡིད་ལ་གསལ་པོར་དྲན། ཁོས་ཞིབ་འདད་ཡང་ཡང་བརྒྱབ་པ་ན། དེ་ནི་སུ་ཞིག་གི་འབྲུངས་སྐར་ཡིན་པ་དྲན་བྱུང་། དེ་ནི་སུ་ཡིན་ནམ། དེའི་མིང་ལ་ཅི་ཟེར། ཁོས་ཇི་ལྟར་འདང་བརྒྱབ་ཀྱང་མི་དེའི་མིང་ཡིད་ལ་མ་ཤར། གང་ལྟར་བདག་ཅག་གི་སྟོན་པ་མ་ཡིན་པའི་སྟོན་པ་གཞན་ཞིག་གི་འབྲུངས་སྐར་ཡིན་པ་ཁོས་ཤེས་སོང་།

སྟོན་པ་དེའི་འབྲུངས་སྐར་གྱི་མཚན་མོར་གྲོང་ཁྱེར་གྱི་གྲུ་གུ་སོ་སོ་ན། བོད་ཀྱི་ཕོ་གསར་མོ་གསར་ཚོས་ཀྱང་ཤེས་བཞིན་དང་ཤེས་བཞིན་མ་ཡིན་པར། དེ་དུས་ཆེན་ཞིག་ལ་ངོས་བཟུང་ནས་རྟེན་འབྲེལ་གྱི་ཚིག་སྣ་ཚོགས་བསྔར་བཞིན་འདུག མཚན་མོ་དེར་ནང་མ་ཁང་དུ་ཡོང་བའི་མགྲོན་པོ་ནི་སྔར་ལས་ཀྱང་ལྷག་འགྱུར་གྱིས་མང་ཞིང་། ནང་མ་ཁང་གིས་ཀྱང་གྲ་སྒྲིག་གི་བྱ་བ་ཕུན་སུམ་ཚོགས་པར་བསྒྲུབས་ཏེ། དུས་རྒྱུན་གྱི་སྒྲ་གར་རྩེད་མོ

ཕུད་རོལ་རྩེད་གཞན་རྣམ་པ་སྣ་ཚོགས་ཤིག་ཀྱང་བཀོད་སྒྲིག་བྱས་ཡོད། ཟླུམ་པོར་ཆགས་པའི་གར་སྟེགས་ཀྱི་དཀྱིལ་དབུས་སུ་འཁྱིག་བཟོས་གསོམ་སྡོང་ཞིག་བསླངས་འདུག་ལ། དེའི་སྟེང་དུ་འོད་ལམ་ལམ་བྱེད་པའི་གློག་སྒྲོན་ཆུང་ཆུང་མང་པོ་ཕྲེང་བར་བརྒྱུས་ཏེ་བཏགས་འདུག སྒོ་པ་རྣམས་ཀྱིས་སྨུ་ར་དཀར་པོ་ཐུར་དུ་དཔྱངས་ཤིང་མགོ་ནས་རྐང་བའི་བར་ཐུམས་པའི་སྒོ་ལྭ་ཆ་མེད་ཅིག་གྱོན་ནས་མི་ཚོགས་ཀྱི་གསེང་དུ་ཡར་ལྡིང་མར་ལྡིང་བྱེད་ཀྱིན་ཡོད།

གཞོན་ནུ་མི་ཚོགས་ཀྱི་གསེང་ནས་ཡར་ལྡིང་མར་ལྡིང་བྱེད་བཞིན་པའི་སྐབས་སུ། གདོང་ལ་སྐག་ཚོས་ཀྱིས་གཡོགས་པའི་གསར་མོ་སྐོར་ཞིག་གིས་ཁོའི་ལྭ་བའི་ཕུ་སྡེ་ནས་འཐེན་ཅིང་། ལྷུ་ཆང་ཕོར་བ་གང་མཐོ་རུ་བཀྱགས་ཏེ་ཁོ་ལ་དྲངས་ཤིང་ཡིན་གཅིག་མིན་གཉིས་ལ་ཞབས་དག་རྒྱག་དགོས་ཟེར། སྤྱིར་ལོ་ཚོར་ལས་ཀའི་སྐབས་སུ་ཆང་རག་སྤྱོད་མི་ཚོག་པའི་སྒྲིག་ལམ་བཅས་ཡོད་ནའང་། གསར་མོ་དེ་དག་ནི་ཨུ་ཚུགས་ཅན་ཤ་སྟག་ཡིན་པས། མཐའ་མར་གཞོན་ནུར་ཐབས་ཟད་དེ་ལྷུ་ཆང་ཕོར་བ་གང་པོ་དེ་མི་འཐུང་ཐབས་མེད་དུ་གྱུར། ནམ་གུང་བཟུར་དུས། ནང་མ་ཁང་དུ་སླེབས་པའི་མགྲོན་པོ་མང་ཆེ་བ་སྤྲ་གཞུག་བྱས་ནས་སོང་ནའང་། གསར་མོ་དེ་ཚོས་ད་དུང་ཏ་ཏ་ཧོ་ཧོ་ཞེས་ཏབ་ཆ་རྒྱག་བཞིན་འགྲོ་བའི་སྣ་གོན་ཙམ་ཡང་མི་བྱེད་པས། གཞོན་ནུ་སོགས་གསར་བུ་ཁ་ཤས་དེ་ཚོའི་གན་དུ་སོང་ནས་ལོ་ཚོར་ཆང་བཀྱགས་ཤིང་མྱུར་དུ་འགྲོ་བར་བསྐུལ་པ་ན། གསར་མོ་དེ་ཚོར་མཚོན་ན་སྒྲོ་ཚོགས་ཀྱི་མགོ་ནི་ད་སོམ་བཅམས་པ་དང་འདྲ་བར། གནས་དེ་དང་ཁ་འབྲལ་བ་ཕར་ཞོག་ལོ་ཚོའང་མཉམ་དུ་བསྡད་དེ་ལྷུ་ཆང་འཐུང་རོགས་བྱེད་པའི་རེ་བ་ནན་དུ་བཏོན།

མགྲོན་པོ་ནི་དཀོན་མཆོག་དང་གཉིས་སུ་མེད་པས། དེ་ཚོ་མི་དགའ་བ་བྱེད་ག་ལ་ཉན། དེ་བས་ལོ་ཚོ་ཡང་དེར་བསྡད་དེ་ལྷུ་ཆང་འཐུང་རོགས་བྱེད་དགོས་བྱུང་། ལྷུ་ཆང་འཐུང་གིན་འཐུང་གིན་ལྷུ་ཆང་གི་ངར་དབལ་ལོ་ཚོའི་རྩ་ལམ་དུ་བརྒྱུགས་པས། གསར་མོ་དེ་དག་དང་མཉམ་དུ་ནང་མ་ཁང་དང་བྲལ་ཏེ་ཆང་ཁང་གཞན་ཞིག་ཏུ་གནས་སྤར།

ཕོ་ཚོས་ཕན་ཚུན་ལ་རེ་རེ་བཞིན་མཚམས་སྦྱོར་བྱས་རྗེས། ནུ་ལུང་སློར་མོ་ཁྲུང་ཆེན་པོ་ཆ་ཞིག་བཏགས་ཡོད་པའི་གསར་མ་དེའི་མིང་ལ་སྒྲོལ་མ་ཟེར་བ་ཤེས། དེ་དང་གཞོན་ནུ་གཉིས་པཤེབས་ནས་བསྡད་ཡོད་པས། གཞན་རྣམས་ཀྱིས་ཕོ་གཉིས་ལ་ཀུ་རེ་རྩེད་མོ་སྣ་ཚོགས་རྩེ་བར་བྱེད་ཀྱང་། ཡིན་གཅིག་མིན་གཉིས་ལ་ཕན་ཚུན་གྱིས་གྲུ་མོ་ཁུགས་བསྐོལ་བྱས་ཏེ་ཆང་ཞིག་བཏུང་དགོས་པའི་རེ་བ་བཏོན་པས། སྒྲོལ་མར་འདང་རྒྱག་སྤུ་ཙམ་ཡང་མེད་ནའང་། གཞོན་ནུའི་ངོ་གདོང་དམར་པོར་འགྱུར་བཞིན་ཏ་ཙང་དོགས་མི་བདེ་བའི་ངང་ནས་འཕྱུངས།

དགོང་མོ་དེར་ཕོ་ཚོ་ར་བཟི་རྗེས། མི་རྣམས་རང་རང་སར་ལོག་ཤུལ་དུ་གཞོན་ནུ་དང་སྒྲོལ་མ་གཉིས་ཤུལ་ན་ལུས་འདུག གཞོན་ནུས་སྒྲོལ་མར་མོའི་སྡོད་ཁང་ཡོད་སར་བསྐྱལ་བསམས་ནའང་། སྒྲོལ་མ་བཟི་དྲགས་ཏེ་ཅི་ཡིན་འདི་ཡིན་མི་ཤེས་པར་གྱུར་འདུག་པས་ཁོར་ཐབས་ཟད། མཐར་ཁོས་སྒྲོལ་མ་བསྐྱར་ནས་རང་ཤག་ཏུ་ཁྲིག་དགོས་བྱུང་། མཚན་མོ་དེ་ནི་དངོས་གནས་བརྗེད་ཐབས་མི་འདུག་སྟེ། མཁའ་དབྱིངས་ནས་ཁ་བའི་འདབ་མ་ལྷོད་ཀྱིས་གྲོང་ཁྱེར་དེའི་གྲུ་ག་ངེས་མེད་དུ་འཐོར་གྱིན་འདུག་ནའང་། ཁྲིག་སྟེ་སྣང་བ་ཞིག་ལ་གྲང་ངར་གྱི་རྒོལ་བ་ནི་ཁ་བས་བདས་པ་བཞིན་ལུས་སེམས་གཉི་ག་རྡོད་ཀྱིས་བརྟས། ལམ་ཁའི་གློག་སྒྲོན་གྱི་འོག་ཏུ་སྲང་ལམ་རྩིལ་པོ་ལྷིང་འཛུགས་སེར་སྣང་བས། ཕོ་གཉིས་ཀྱི་ཐྲིག་ཐྲིག་གི་གོམ་སྒྲ་ནི་རང་བྱུང་ལྷུན་གྲུབ་ཀྱི་རོལ་མོ་ཞིག་དང་མཚུངས་པར་རྣ་བར་སྙན་ཞིང་སེམས་ལ་འཇེབས་པ་ཞིག་བྱུང་། ཁོས་སྐབས་དེའི་ཚོར་བ་སྒྲོ་མོ་དེ་ལོངས་སུ་སྤྱོད་བཞིན་པའི་སྐབས་དུ། སྒྲོལ་མའི་ལུས་པོ་འཁྱོར་ཏེ་ཁོའི་ལུས་སྟེང་དུ་འགྱེལ་ཞིང་སྐྱོན་ལ་འཕྱུངས་པའི་ཆང་དང་ཟས་པའི་ཟས་སོགས་ཕྱིར་བསྐྱུགས་བྱུང་བས། གཞོན་ནུ་ལ་ཞེ་མེར་བ་ཞིག་བྱུང་ནའང་། སྲང་ལམ་དུ་མོ་གསར་ཁེར་རྐྱང་ཞིག་བསྐྱུར་སྲོལ་མེད་པས། ཁོས་སྒྲོལ་མ་ཁུར་མ་དྲུད་ཀྱིས་རང་ཤག་ཏུ་ལོག ཁོས་སྒྲོལ་མ་རང་གི་ཉལ་སར་བསྙལ་རྗེས། ཁོ་རང་འཐོལ་ཁྲིའི་སྟེང་ནས་ཉལ་དགོས་བྱུང་།

ཕྱི་ཉིན་ཉིན་གུང་ལོན་དུས་གཞོན་ནུ་གཉིད་ལས་སད་བྱུང་། མལ་ཁྲིའི་སྟེང་གི་སློབ་མ་སྨྲ་མོ་ནས་ཕོའི་ཤག་དང་བྲལ་ཟིན་ལ། མལ་ཐུལ་སོགས་བལྟབས་ནས་གྲ་དག་པར་བྱས་འདུག མདུན་ཅོག་སྟེང་དུ་ད་དུང་ཡི་གེ་ཞིག་བཞག་འདུག

གཞོན་ནུ་ལགས།

མདང་ནུབ་ཆང་གིས་བཟི་དྲགས་པས་ཁྱེད་ངོ་བརྒྱལ་ཆེན་པོར་གཏད་སོང་།139××××0105འདི་ནི་བདག་གི་ཁ་པར་ཨང་གྲངས་ཡིན། རྗེས་མར་ཁོམ་པ་ཡོད་ཚེ་འབྲེལ་གཏུག་བྱ་རོགས། བདེ་མོ་བྱོས།

སློབ་མ་ཡིས།

ཞེས་ཚགས་པར་གྱི་སྡེ་བཤགས་པའི་ཤོག་བུ་ཤུར་མོ་ཞིག་གི་སྟེང་དུ་ཡི་གེ་དེ་བྲིས་ཡོད། མོ་སོང་ཤུལ་དུ་ཁང་བའི་ནང་དུ་ཆང་དྲི་ཁ་མོ་ཞིག་ཐུལ་འདུག་ལ། ཆང་དྲི་ཁ་མོ་དེའི་ནང་དུ་ད་དུང་སྤོས་ཆུའི་དྲི་མ་ཞིག་ཀྱང་ཁྱབ་འདུག་པས། གཞོན་ནུས་དྲི་མ་དེར་སྣོམ་ཡག་ཅིག་བྱས་རྗེས་ཡར་ལངས།

རྗེས་སུ་སློབ་མ་གཞོན་ནུའི་དགའ་རོགས་མར་གྱུར་པའི་ཞོགས་པ་ཞིག་ལ། ཁོ་གཉིས་མལ་ཁྲིའི་སྟེང་ཕན་ཚུན་དམ་པོར་འཐམ་ནས་སྙིང་གཏམ་རྗོད་དུས། སློབ་མས་ཕྱིར་དྲན་གྱི་ཚུལ་དུ "དགོང་མོ་དེར་ང་དངོས་གནས་བཟི་སོང་། ཡིན་ནའང་ཁྱོད་ཀྱིས་ང་ལ་ངན་མི་བཅའ་དོན་ཅི་ཞིག་ཡིན" ཟེར།

གཞོན་ནུ་དགོད་ཞོར་དུ "གལ་སྲིད་དེ་དུས་ངས་ཁྱོད་ལ་ངན་བཅོས་པ་ཡིན་ན། ཁྱོད་ཀྱིས་ང་མི་ངན་པ་ཞིག་ཏུ་བརྩིས་ནས་ངའི་དགའ་རོགས་བྱེད་སྲིད་དམ། དེ་ནི་ང་མིག་རྒྱང་རིང་བས་ཡིན" ཅེས་འཆད་ཞོར་སློབ་མའི་གདོང་ལ་འོ་ཞིག་བྱས་པ་ན། སློབ་མའི་གདོང་ལ་ཕྲ་ཚལ་གྱི་ཉམས་ཤིག་ཤར་ནས "མ་གཞིར་ཁྱོད་ནི་མི་གཡོ་སྒྱུ་ཅན་ཞིག་ཡིན་

འདུག” ཅེས་འཆད་བཞིན་གཞོན་ནུར་ཤ་གཙུ་ཞིག་བརྒྱབ་ཆེ། གཞོན་ནུར་ཁོང་དགོད་ཅིག་ཤོར།

སྒྲོལ་མ་ནི་སློབ་ཆེན་ནས་མཐར་ཕྱིན་རྗེས། གཞུང་གི་ལས་ཀ་མ་རེག་པས་གྲོང་ཁྱེར་དེའི་ཀུང་ཟེ་ཞིག་ན་གླ་མ་བྱེད་བཞིན་ཡོད། མོ་ནི་མཛེས་མ་ཨ་ལ་ལ་ཟེར་བ་ཞིག་མིན་ནའང་། ནམ་ཡང་འཛུམ་གྱི་ལེར་སྡོད་མཁན་ཞིག་ཡིན་ལ། སྐད་ཆ་འཆད་དུས་བྱིས་པ་ཞིག་དང་འདྲ་བར་གཅེས་སྙིག་པར་བྱེད་པས་དངོས་གནས་སྙིང་རྗེ་པོ་ཞིག་འདུག གཞོན་ནུ་ལ་མཚོན་ན། སྒྲོལ་མ་ཡོད་པས་ཁོ་ལ་ཁེར་རྐྱང་གི་གདུང་བ་སེལ་རོགས་དང་། སེམས་ཀྱི་སྐྱོ་སྡུག་བཤད་ས་ཞིག་ཡོད་པར་གྱུར་པས་ཁོས་འཚོ་བའི་ཁ་དོག་གཞན་ཞིག་རྙེད་བྱུང་།

5

གཞོན་ནུ་གྲོང་ཁྱེར་དེར་ཡོང་ནས་ལོ་ངོ་ཁ་ཤས་འགོར་པས། ཁོས་རང་ཉིད་ཀྱང་གྲོང་ཁྱེར་འདིའི་གྲུབ་ཆ་ཞིག་ཡིན་སྙམ་བཞིན་ཡོད། དེ་ལྟར་སྙམ་པ་ན་ཁོས་རང་གི་འགྲོ་འདུག་སྤྱོད་གསུམ་ལ་མཉམ་འཇོག་བྱེད་དགོས་བྱུང་། ཁོར་ཚགས་པར་ལ་ལྟ་བའི་སྲོལ་མེད་ནའང་། མཚམས་རེར་ཚགས་པར་རེ་མཆན་དུ་བཙུར་ཏེ་གྲོང་ཁྱེར་པ་རྣམས་ལ་ལད་མོ་བྱེད་པ་དང་། ཟ་ཁང་སོགས་སུ་འགྲོ་དུས་ཀྱང་སྔོན་ལྟར་ཐད་ཀར་མི་སྡོད་པར་ཤོག་བུ་བླངས་ཏེ་འདུག་སྟེགས་གཙང་མར་ཕྱིས་པ། ཤོག་ཐེད་རེ་ལག་ཏུ་ཡོད་ནའང་བསམ་གཟས་ནས་གད་སྙིགས་འཕེན་སྣོད་དུ་འཕེན་པ། སྤྱི་སྤྱོད་ཐླངས་འཁོར་དུ་འབུད་དུས་ཀྱང་འཚང་ཁ་མི་རྒྱག་པར་གྲལ་སྒྲིག་པ་སོགས་ཁོའི་གསར་དུ་བསླབས་པའི་གོམས་སྲོལ་དེ་དག་གིས། ཁོའི་སེམས་ཀྱི་མི་མངོན་པའི་འདོད་བློ་གང་ཞིག་ཚིམ་བཞིན་པ་འདྲ། ཡར་བསམས་ན། དེ་ལྟར་བྱེད་དགོས་དོན་ཡང་མི་འདུག་སྟེ། ཡང་གཅིག་བཤད་ན་དེ་རྣམས་ནི་སྐད་ཅིག་གི་

རིང་ལ་བཙོས་ནས་ཡོང་བ་ཞིག་མིན་པ་འདྲ་སྟེ། ཁོས་ཇི་ལྟར་འབད་པ་བྱས་ཀྱང་། ཚང་མས་མཐོང་ཆུང་གི་མིག་གིས་རང་ཉིད་ལ་ལྟ་བཞིན་པའི་ཚོར་སྣང་ཞིག་སྐྱེར་བས། ཁོའི་སེམས་པ་གློ་བུར་མི་དགའ་བར་གྱུར་སོང་།

དེ་ཡང་ཉིན་ཞིག་གཞོན་ནུ་ཚོང་ཁང་དུ་གྱོན་པ་ཞིག་ཉོ་བར་སོང་བ་ན། ཚོང་བདག་རྒྱ་མོས་ཁོ་ལ་ལྭ་བ་ཐུང་མཐུག་པོ་ཞིག་ཁྱེར་ཡོང་ནས། "གསར་བུ། འདི་ཉོས་དང་། ཁྱོད་ཚོའི་གཞི་རིམ་དུ་གྱོན་ན་རན་པོ་འདུག" ཟེར་བ་ན། ཁོའི་སེམས་ཀྱི་གང་ཞིག་ཏུ་འཁྲུག་སིབ་སིབ་ཀྱི་ཚོར་བ་ཞིག་ཁོང་ཁྲོ་དང་མཉམ་དུ་སྐྱེས། ཁོས་ཚོང་བདག་རྒྱ་མོ་དེར "ང་གྲོང་ཁྱེར་གྱི་ཡིན། གཞི་རིམ་དུ་གྱོན་ན་རན་པའི་ལྭ་བ་ཞིག་ཁྱེར་ཡོང་ནས་ཁྱོད་ཀྱི་ཨ་ཕའི་རོ་བྱེད་དམ" ཞེས་སྡིགས་མོ་བྱས་པར། ཕ་རོལ་མ་སྤྱངས་ཤིང་འཚབ་སྟེ "དགོངས་པ་མ་མཚོམས། དགོངས་པ་མ་འཚོམས" ཟེར། གཞོན་ནུ་ཚོང་ཁང་དེ་དང་ཁ་བྲལ་བ་ན། རྒྱ་མོ་དེས་ད་གཟོད་ད་ཅིའི་བཞིན་མདངས་དེ་བོར་ནས "སྨྱོན་པ" ཟེར་བཞིན་གཞོན་ནུའི་རྗེས་ལ་མཆིལ་ཞགས་ཤིག་འཕངས།

གཞོན་ནུའི་སེམས་ལ་གྲོང་ཁྱེར་དུ་ཀང་ཚུགས་དགོས་ན། མ་མཐའ་ཡང་རང་ཉིད་ལ་དབང་བའི་ཁང་བ་དང་། འཇིབས་འཁོར་ཞིག་དགོས་སྙམ། དེ་དག་ཡོད་དགོས་ན་ཅིས་ཀྱང་སྒོར་མོ་མང་པོ་དགོས་ལ། ནང་མ་ཁང་དུ་བྲོ་འཁྲབ་ནས་བསྡད་ན་ཚེ་གང་བོར་ཕྱུག་པོར་འགྱུར་མི་ཐུབ་པ་ཐག་གིས་ཆོད། ཁོ་དེ་ལྟར་འདང་རྒྱུག་གི་ནང་དུ་ལྷུང་ནས་སྡོད་སྐབས། གློ་བུར་དུ་དེ་སྔ་ཁོ་དང་མཉམ་དུ་སྡོད་ཁང་གཅིག་གི་ནང་དུ་མཉམ་དུ་བསྡད་མྱོང་བའི་གསར་བུ་སྐྲ་རིང་དེ་དྲན་བྱུང་། གསར་བུ་སྐྲ་རིང་དེར་གྲོང་ཁྱེར་དུ་ཁང་བ་ཡོད་པར་མ་ཟད། འཇིབས་འཁོར་སྤུས་ལེགས་ཤིག་ཀྱང་ཡོད། གསར་བུ་དེས་ད་དུང་སྡོན་ཏག་ཏག་ལ་དེ་སྔའི་ལས་གྲོགས་རྣམས་བོས་ཏེ་མགྲོན་ཞིག་བྱས་མྱོང་། དེའི་སྐེ་ལ་གསེར་གྱི་སྐེ་རྒྱན་སེར་ལམ་ལམ་ཞིག་བཏགས་ཡོད་པར་མ་ཟད། མཛུབ་མོར་གསེར་དཀར་པོའི་སོར་གདུབ་ཅིག་ཀྱང་གོན་འདུག ཐེངས་དེར་མགྲོན་བྱེད་སྐབས་ཟ་མ་དང་ཆང་སོགས་གོང་ཆེན་ཏག་ཏག

བདམས་ཡོད་པ་དང་། ད་དུང་གསར་མོ་འགའ་ཡང་བོས་ཏེ་ཕོ་ཚོར་ཞབས་ཞུ་སྒྲུབ་ཏུ་བཅུག གསར་བུ་དེས་ད་དུང་ཕོ་ཞོགས་སུ་བོས་ཏེ "གཞོན་ནུ། ཟེར་སྒྲོལ་ལ་རྟུང་རེས་མ་བརྒྱབ་ན་གྲོགས་པོར་འགྱུར་ཐབས་མེད་ཟེར་བ་བཞིན། ཞུ་གཉིས་ཀྱིས་ཐེངས་དེར་འཇུ་རེས་འཛིང་རེས་བྱས་པ་ནས། ངས་ཁྱོད་གསར་བུ་ངར་བ་ཞིག་རེད་འདོད་ཡོད། ངའི་རྗེས་སུ་འབྲང་འདོད་ན་བཟ་ཞིག་ཐོངས་དང་འདང་རྒྱག་མེད། ཕུ་བོས་ཁྱོད་ལ་ངོ་སོ་དེ་ཙམ་སྟེར་ཕོ་ཐག་ཡིན། ནང་མ་ཁང་དུ་བསྡད་ན་ཚེ་གང་བོར་འཐོབ་བྱ་ཅི་ཡང་ཡོད་པ་མ་རེད" ཟེར། ཕོས་དེ་ལྟར་བཤད་དུས་ཙུང་བཟི་འདུག་པས། རང་དགར་ལབ་པ་ཡིན་ནམ། ཡང་ན་དྲང་མོར་བཤད་པ་ཡིན། ཕོས་དེ་ལྟར་འདང་ཞིག་བརྒྱབ་རྗེས། དེ་ནི་ཅི་ཞིག་ཡིན་ན་ཡིན་དུ་ཆུགས། གང་ལྟར་ཚོད་ལྟ་ཞིག་བྱས་ན་མི་ཆོག་པ་ག་ལ་ཡོད། གཞོན་ནུས་ཀླད་པའི་ནང་ཧྲིལ་པོར་སྐོར་མོ་དྲན་བཞིན་གསར་བུ་སྒྲ་རིང་དེའི་ཁ་པར་ཨང་གྲངས་ཐེ་ཚོམ་དང་བཅས་མནན།

"ཧེ། ཕུ……ཕུ་བོ་ཡིན་ནམ། ང་གཞོན་ནུ་ཡིན། ཁྱེད་ལ་ཕོམ་པ་ཨེ་ཡོད" ཕོས་སྐད་གདངས་ཧ་ཅང་དམའ་མོའི་ངང་དྲིས།

ཕ་རོལ་པོས "འོ-- གཞོན་ནུ་ཡིན་ནམ། ཅི་རེད། བྱ་བ་འདྲ་ཡོད་པ་མིན་ནམ" ཟེར།

"ཨིན……འོ་ལེ། ང་ལ་བྱ་བ་ཞིག་ཡོད" གཞོན་ནུས་གུས་ཞམས་ཆེན་པོའི་ངང་བཤད།

"ཡ། ཅི་རེད། ཁྱོད་ཀྱིས་ཤོད་དང་། ཕུ་བོས་སྒྲུབ་ནུས་པ་ཞིག་ཡིན་ན་ཁྱོད་ལ་རོགས་བྱེད་ངེས"

"ཁྱོད་ང་ལ་ཐུག་ཕོམ་ཞིག་ཨེ་ཡོད"

"ཡོས་ཡོད། དེས་ན། ཁྱོད་གསེར་འབྲུག་མགྲོན་ཁང་དུ་ཤོག་དང་། ངས་ཁྱོད་ལ་བསྒུག་ཆོག"

ཕ་རོལ་པོ་ནི་དེ་འདྲའི་སྐད་ཆ་བཤད་སྲ་བོ་ཞིག་ཡིན་པ་ཕོའི་ཡིད་ལའང་མ་ཤར།

གསེར་འབྲུག་མགྲོན་ཁང་ནི་གྲོང་ཁྱེར་དེའི་སྐར་ལྔ་རིམ་པའི་མགྲོན་ཁང་གཅིག་ སུ

ཡིན་པས། གཞོན་ནུའི་སེམས་ལ “ཕུ་བོ” ནི་དངོས་གནས་ངར་བ་རེད་སྙམ་བྱུང་། གསར་བུ་སྐྲ་རིང་དེས་ད་ལྟ་སྐྲ་རྣམས་བཞར་ཏེ་མགོ་ནི་དམར་ལོག་གེར་བཏང་འདུག་ལ། ཚང་མས་ཁོ་ལ “ཕུ་བོ” ཞེས་འབོད་པ་ལས་མིང་དངོས་ནས་འབོད་མཁན་གཅིག་ཀྱང་མི་འདུག གཞོན་ནུ་མགྲོན་ཁང་དེ་དང་ཁ་འབྲལ་ཁར་ཁོར་ཟུམ་ལ་འཛིན་རྒྱུའི་བྲོ་ཞིག་དང་། སེམས་ལ་འཛིན་རྒྱུའི་ཚིག་ཅིག་བཤད་པ་ནི། “ད་ནས་བཟུང་ཁྱོད་ཕུ་བོའི་རྗེས་སུ་འབྲོངས་དང་། ཕུ་བོས་ཁྱོད་ཀྱི་ཕུགས་བསམ་མངོན་འགྲུབ་བྱེད་སྲིད” ཅེས་པ་དེ་ཡིན།

མཚན་མོ་དེར། གཞོན་ནུར་གཉིད་སྙིད་པོ་ཞིག་ཁུགས་ཤིང་། རྨི་ལམ་དུ་ཁོ་འཛེབས་འཁོར་སྤུས་ལེགས་ཤིག་གི་ནང་དུ་བསྡད་དེ་འགྲོ་བཞིན་ཡོད་ལ། ཐང་ལ་འབབ་སྐབས་གསར་བུ་ཞིག་བརྒྱུགས་ཡོང་ནས་འཛེབས་འཁོར་གྱི་སྒོ་ཕྱེ་སྟེ། སྐད་འཛམ་པོའི་ངང “ཕུ་བོ་ལགས། སེམས་ཆུང་གྲོས” ཞེས་ཁོའི་མགོ་བོ་འཛེབས་འཁོར་གྱི་ཀླད་ལ་ཐོགས་པར་སེམས་ཁུར་བྱེད། ཡང་ཁོས་སྒོར་མོ་གོ་སྙམ་གྱུ་བཞི་མ་གང་ལག་ལ་བཟུང་ནས་ལམ་རིང་ཐུང་གང་བོར་སྤྲང་པོ་རྣམས་ལ་བརྩེགས་མ་བརྩེགས་མ་བྱས་ནས་སྤེར་བཞིན་འདུག ནམ་ལངས་རག་བར་དུ་སྒོར་མོ་དང་འབྲེལ་བ་ཡོད་པའི་རྨི་ལམ་མང་པོ་གཅིག་འཕྲོར་གཅིག་རྨིས་པས། ཞོགས་པར་གཉིད་ལས་སད་དུས་ཀྱང་ཁོའི་གདོང་ལ་སྨྲ་མི་ཤེས་པའི་སྤྲོ་སྣང་ཞིག་གིས་ཁེངས་འདུག

6

དེ་དུས་དབྱར་ཁ་ཡོངས་སུ་སླེབས་ཟིན་ཅིང་། གྲོང་ཁྱེར་གྱི་ཕྱོགས་སོ་སོར་དབྱར་ཀྱིས་ཁྱེར་ཡོང་བའི་རྫ་འཛམ་གྱི་སྣང་བ་ཞིག་ངང་གིས་ཁྱབ་འདུག དབྱར་ཁ་ནི་དངོས་གནས་དུས་ཚིགས་དགའ་ཞིག་རེད། མི་རྣམས་ཀྱི་གདོང་ལའང་གསོན་ཤུགས་ཀྱིས་ཀུན་

ནས་ཁེངས་འདུག་ཅིང་། ཁོམ་པའི་དབང་དུ་སོང་བའི་མི་རྣམས་སྤྱི་གླིང་དུ་འདུས་ཏེ་དུས་ཚིགས་འདིའི་དཔལ་ལ་རོལ་བཞིན་ཡོད།

གཞོན་ནུས་རང་གི་ཁ་པར་སྟེང་དུ "ཁྱོད་སྤྱི་གླིང་དུ་སོག་དང་། ངས་ཁྱོད་ལ་བསྒུགས་ཡོད" ཅེས་ཡིག་འབྲུ་འགའ་བྲིས་རྗེས་སྒྲོལ་མའི་ཁ་པར་ཨང་གྲངས་མནན་ཏེ་བསྐུར། གཞོན་ནུས་སྤྱི་གླིང་གི་སྒོ་ཁར་ཡུད་ཙམ་བསྒུགས་པ་ན། སྒྲོལ་མ་དུས་ལྟར་སླེབས་བྱུང་། མོས་ཐག་རིང་ནས་གཞོན་ནུ་མཐོང་བས་ལག་པ་གཡུག་གཡུག་བྱེད་བཞིན་གཞོན་ནུའི་ཕྱོགས་སུ་འོང་གིན་འདུག སྒྲོལ་མའི་ལུས་ལ་དཀར་པོང་པོང་གི་ལྭ་བ་ཞིག་གྱོན་འདུག་ལ། རྣ་ལུང་སྐོར་མོ་དེ་ནི་མོའི་གདོང་ན་འོད་ལམ་མེར་མདོན་ཅིང་ཤིན་ཏུ་རན་པོར་འདུག

ཕོ་གཉིས་ཀྱིས་གྲུ་ཆུང་ཞིག་གླས་ཏེ་མཚོ་འུའི་ངོགས་སུ་གཡེངས་ནས་སྙིང་གཏམ་གླེངས། ཁོས་སྒྲོལ་མར་གསེར་གྱི་རྣ་ལུང་ཆ་གཅིག་ལེགས་སྐྱེས་སུ་བྱིན་ཚེ། སྒྲོལ་མ་ནི་དགའ་སྤྲོ་ཁ་ཡང་ཟུམ་དཀའ་བར་གྱུར། སྒྲོལ་མ་དང་ཕོ་གཉིས་འགྲོགས་ནས་ལོ་ངོ་ཁ་ཤས་འགོར་ཟིན་ནའང་། ཁོས་སྒྲོལ་མར་ལེགས་སྐྱེས་དེ་འདྲའི་རྩ་ཆེན་ཞིག་བྱིན་པ་ནི་ཐེངས་དང་པོ་ཡིན་པས། སྒྲོལ་མ་དང་གཞོན་ནུ་སུ་ཡིན་ཀྱང་སེམས་ཁོང་དུ་སྤྲོ་བ་འགོག་མེད་ཅིག་སྐྱེས། གཞོན་ནུ་དེ་ལས་ཀྱང་དགའ་བ་ནི། སྒྲོལ་མས་ནམ་ཡང་ཁོའི་ལས་ཀའི་སྐོར་གྱི་གཏམ་ཅི་ཡང་མི་འདྲི་བ་དེ་ཡིན། རང་རང་གི་ས་ནས་བྱ་བ་བསྒྲུབས་རྗེས། ཕན་ཚུན་ལ་བྱ་བ་ཡོད་ན་བརྗ་འཕྲིན་སྐུར་རེས་བྱེད་པ་དང་། མཚམས་རེར་ལྷན་དུ་བསྡད་དེ་ཟ་མ་རེ་ཟ་བ་དང་། མཚམས་རེར་མལ་ཁྲི་གཅིག་གི་སྟེང་ནས་དགའ་མགུར་རོལ་རྗེས་རང་རང་སར་ལོག་འགྲོ་བ་ལས། གཞོན་ནུའི་བྱ་བའི་སྐོར་ལ་ཚིག་གཅིག་ཀྱང་འདྲི་བར་མི་བྱེད། དེ་བཞིན་དུ་གཞོན་ནུས་ཀྱང་སྒྲོལ་མའི་བྱ་བའི་སྐོར་གྱི་གནས་ཚུལ་གཏན་ནས་དྲིས་མ་མྱོང་། ཕོ་གཉིས་སུ་ལ་མཆོན་ནའང་རང་རང་གི་ལས་ཀ་ནི་རང་རང་གི་ཡིན་པ་ལས་ཕན་ཚུན་གྱིས་ཤེས་དགོས་པའི་རྒྱུ་མཚན་ཅི་ཡང་མེད་སྙམ་བཞིན་པ་འདྲ།

ཕྱི་དྲོའི་མཚམས་སུ་གཞོན་ནུའི་ཁ་པར་གྲགས་བྱུང་། ཁོས་ཁ་པར་སྟེང་ཤར་པའི་ཨང་

གྲངས་ལ་བལྟས་པ་ན། དེ་ནི “ཕྱུ་བོའི” ཡིན་པ་ཤེས།

“ལགས། ཕྱུ་བོ་ཡིན་ནམ”

“གཞོན་ནུ་ཁྱོད་མྱུར་དུ་ཡོང་དགོས། འདི་ན་ཤ་ཆེན་པོ་ཞིག་ཡོད” ཟེར། “ཤ་ཆེན་པོ” ཟེར་བ་ནི་དོན་དུ་ཧྲངས་འཁོར་སྤྱུས་ལེགས་ཀྱི་རིགས་ལ་གོ་བ་ཡིན་ཏེ། ཁོ་ཚོའི་ལས་ཀ་ནི་གཞན་གྱི་ཧྲངས་འཁོར་བརྐུས་ནས་འཚོང་བ་དང་། བཙོངས་ཏེ་ཐོབ་པའི་ཡོང་འབབ་རིམ་པ་ལྟར་བགོ་བཤའ་རྒྱག་པ་ཡིན།

གཞོན་ནུའི་ལས་ཀ་ནི་རྐུ་བྱེད་པ་ལས་དེ་གང་ལ་འཚོང་བ་དང་། ཇི་ལྟར་འཚོང་བ་སོགས་ལ་ཁ་ཡ་བྱེད་མི་དགོས། ཁོ་ཚོའི་ཚོགས་པ་དེར་རང་རང་ལ་རང་རང་གི་ལས་ཀ་ཞིག་ཡོད་ལ། རང་རང་གི་ལས་ཀ་གྲུབ་རྗེས་གཞན་རྣམས་རང་ཉིད་ལ་འབྲེལ་བ་མེད་པས་ཕན་ཚུན་འདྲི་རྟོག་ཀྱང་བྱེད་མི་སྲིད་ལ། བྱེད་ཀྱང་མི་ཉན་པ་རེད། ཡང་གཅིག་བཤད་ན་དེ་ནི་ཁོ་ཚོའི་སྒྲིག་ལམ་སྟེ། སུ་ཞིག་སྒྲིག་ལམ་དང་འགལ་ན་ཆད་པ་ནན་མོ་གཅོད་པ་ཡང་ཁོ་ཚོའི་བྱ་བའི་སྲུབ་ལུགས་ཤིག་ཡིན། དེ་ནི་ཁོ་ཚོགས་པ་དེར་ཞུགས་ཉིན་གསལ་པོར་བསྒྲགས་ཟིན་པས། ཁོས་ཡིད་ལ་དམ་པོར་བཟུང་ཡོད།

“ཤ་ཆེན་པོ” དེ་བདེ་སླག་ངང་ཐོབ་པས། མཚན་མོ་དེར “ཕྱུ་བོས” ཁོ་ཚོར་བཛ་བརྒྱབ་ནས་རིམ་པ་ཟུང་མཐོ་བའི་ཟ་ཁང་ཞིག་གི་མིང་བཤད་ཅིང་། དེར་ཤོག་དང་དོ་ནུབ་ང་ཚོས་དགའ་དགའ་སྤྲོ་སྤྲོ་ཞིག་བྱ་ཞེས་སྨྲས་བྱུང་། ཟ་ཁང་དུ་བསླེབས་དུས། “ཕྱུ་བོས” ཀྱང “ཕྱུ་བོ” ཞེས་འབོད་པའི་མི་གཞན་ཞིག་ཀྱང་བསླེབས་འདུག་པས། གཞོན་ནུས “ཕྱུ་བོའི” ཡན་ན་ད་དུང “ཕྱུ་བོ” ཞིག་ཡོད་པའང་ཤེས་སོང་། “ཕྱུ་བོ” དེའི་གན་དུ “ཕྱུ་བོ” ཡང་ཁོ་ཚོ་དང་འདྲ་བར་གཉའ་སྐྲུར་སྐྲུར་དང་ཉ་ཞུམ་ཞུམ་ངང་སྡོད་པ་ལས། དེ་སྔའི་ཆེ་ཚུགས་ཡོངས་སུ་དོར་འདུག སྟོན་ཐོག་ཏུ་ད་དུང་བུ་མོ་མཛེས་མ་སྐོར་ཞིག་ཀྱང་གདན་འདྲེན་བྱས་ཡོད་པ་དང་། སློ་ཡུལ་ལས་འདས་པ་ཞིག་ལ། མཛེས་མ་དེ་དག་གི་ཁྲོད་དུ་གཞོན་ནུའི་མཐོ་འབྲིང་སྐབས་ཀྱི་སློབ་གྲོགས་ཤིག་ཀྱང་འདུག སློབ་གྲོགས་དེའི་མིང་

ལ་ལྷ་འཚོ་ཟེར་ནའང་། ད་ལྟ་ལྷ་འཚོ་ཞེས་པའི་མིང་དེ་སྒྲོལ་མ་ཞེས་པར་བཙོས་འདུག་པས། ཁོས་སེམས་ལ་བོད་ཡུལ་ན་ཅི་འདྲའི་སྒྲོལ་མ་མང་པོ་ཞིག་ཡོད་ཨང་སྙམ་བྱུང་། དེ་ལྟར་སྙམ་པ་ན། རང་གི་དགའ་རོགས་སྒྲོལ་མའི་མིང་ལའང་དོན་ངོ་མར་སྒྲོལ་མ་ཟེར་མིན་ལ་དོགས་པ་ཕྲན་ཙམ་སྐྱེས་བྱུང་། སྐབས་དེར་གཞོན་ནུའི་ཡིད་ལ་བོད་ཀྱི་ཕོ་ཐམས་ཅད་ཀྱི་མིང་ལ་བཀྲ་ཤིས་དང་མོ་ཐམས་ཅད་ཀྱི་མིང་ལ་སྒྲོལ་མར་འབོད་ཅེས་པའི་ཟེར་སྒྲོལ་ཞིག་ཡོད་པ་དེའང་ཟུར་ཟའི་གཏམ་ཞིག་ཡིན་པ་རྟོགས་སོང་། སྒྲོལ་མ་དང་ཁོ་གཉིས་ཀྱི་བར་དུ་མ་རེད། ལྷ་འཚོ་དང་ཁོ་གཉིས་ཀྱི་བར་དུ་ད་དུང་གཏམ་རྒྱུད་ཅིག་ཀྱང་ཡོད་དེ། དེ་ནི་མཐོ་འབྲིང་སྐབས་སུ་གཞོན་ནུས་ལྷ་འཚོར་བརྩེ་འཕྲིན་བྲིས་ནས་རང་གི་འདོད་བརྩེ་བརྗོད་མྱོང་མོད། འོན་ཀྱང་ལྷ་འཚོ་འཐད་པ་མ་བྱུང་བས་རྗེས་སུ་ཁོ་གཉིས་ཀྱི་རྒྱུན་ལྡན་གྱི་འབྲེལ་འདྲིས་ཀྱང་ཆད་སོང་བ་དེ་རེད།

གཞོན་ནུས་གོ་ཐོས་སུ་ལྷ་འཚོས་གྲོང་ཁྱེར་དེའི་སློབ་ཆེན་ཞིག་ཏུ་སློབ་གཉེར་བྱེད་བཞིན་ཡོད་མོད། འོན་ཀྱང་ལྷ་འཚོ་དེ་རིང་གི་སྟོན་ཐོག་འདིར་ཅིའི་ཕྱིར་ཡོང་བ་ཡིན་ནམ། མོ་ནི་སྔར་བཞིན་དེ་འདྲའི་ཡིད་དུ་འོང་ནའང་། ད་ལྟའི་མོའི་ཡིད་འོང་གི་ཆ་དང་དེ་སྔའི་ཡིད་འོང་གི་ཆ་གཉིས་བར་བར་ཁྱད་ཚུང་ཆེན་པོ་ཞིག་ཡོད་པ་ནི།

རང་བྱུང་གི་མཛེས་པའི་ཤུགས་སུ་བཙོས་མའི་མཛེས་པ་ཞིག་ཡིབས་འདུག་པ་དེ་རེད། ལྷ་འཚོས་དང་ཐོག་གཞོན་ནུ་མི་ཤེས་ཁུལ་བྱེད་མོད། ཡིན་ནའང་ཅོག་ཙེ་གཅིག་གི་མཐའ་ནས་མཉམ་དུ་ཟ་མ་ཟ་བ་དང་ཁ་བརྡ་བྱེད་དགོས་པས། ཡུན་གྱིས་མ་ཤེས་ཁུལ་བྱས་ནས་འདུག་ཐབས་ཀྱང་བྲལ་པས། ཕན་ཚུན་འཚམས་འདྲི་སྐབས་བདེ་ཞིག་མི་བྱེད་ཀ་མེད་བྱུང་། ཡུད་ཙམ་འགོར་རྗེས “ཕུ་བོས” ཀྱང “ཕུ་བོ” ཞེས་འབོད་པའི་ལུས་སྟོབས་དང་ཞིང་གདོང་ཡོངས་སྤུ་ཡིས་ཁེབས་པའི་མི་འཇིགས་པོ་དེས་སྤུན་ཟླ་ཡོངས་ལ། རང་རང་གི་འདོད་མོས་ལྟར་མཛེས་མ་རེ་གདམ་གསེས་བྱོས་དང་། རིན་པ་ཁོས་རྩིས་བརྒྱབ་ཟེར་ཞེས་བཤད་རྗེས། ཁོ་རང་ཉིད་ལ་ད་དུང་དོན་དག་གལ་ཆེན་ཞིག་ཡོད་ཅེས་སྔོན་ལ་བུད་སོང་།

གཞོན་ནུས་ལྷ་འཚོ་ཁྲིད་ནས་མགྲོན་ཁང་ཞིག་ཏུ་བསླེབས། ཁོ་གཉིས་ཀྱིས་ལབ་གླེང་ཞིབ་ཏུ་བྱེད་དུས། ལྷ་འཚོས་འཚོ་བའི་དཀའ་ཁག་གི་དབང་གིས་མོ་ལས་འདིར་མི་ཞུགས་ཐབས་མེད་དུ་གྱུར་པ་ཡིན་ཟེར། མོས་ད་དུང་སློབ་ཆེན་དུ་སློབ་གཉེར་བྱེད་པའི་སློབ་མའི་ཁྲིད་ན། ལས་འདིར་ཞུགས་མཁན་མོ་མ་ཐེ་བའི་བོད་མོ་གཞན་པའང་མང་པོ་ཡོད་པ་རེད་ཟེར། མོས་ངོ་མདངས་དམར་པོར་འགྱུར་བཞིན་གྱོན་པའི་སྒྲོག་བུ་རེ་རེ་བཞིན་གྲོལ་བ་ན། གཞོན་ནུས་ལྷ་འཚོ་ལ་ངན་བྱ་བ་ཕར་ཞོག་ལྡོག་སྟེ་གདུང་སེམས་ཤིག་སྐྱེས་བྱུང་། ཁོ་ཁ་ཕར་འཁོར་ཏེ "ཁྱོད་ཀྱིས་མྱུར་དུ་སྒྲོག་བུ་སྒྲོགས་ཤིག ང་ཚོ་སྔར་བཞིན་སློབ་གྲོགས་ཡིན" ཅེས་བཤད་པ་ན། ལྷ་འཚོའི་གདོང་ནས་མཆི་མ་ཤ་ར་ར་བཞུར་མགོ་བཙུམས། ལྷ་འཚོའི་ཁྱིམ་གྱི་ཆ་རྐྱེན་དེ་འདྲ་བཟང་རྒྱུ་མེད་པ་གཞོན་ནུས་ཐོན་ནས་ཤེས་ཡོད། མོས་སྐད་ཆ་དེ་དག་བཤད་རྗེས་གདོང་ཡོངས་སུ་སྨད། མོའི་གདོང་ན་ངོ་ཚ་བའི་ཉམས་ཤིག་དང་ཞུ་ཐུག་ཐབས་ཟད་ཀྱི་ཉམས་ཤིག་དུས་གཅིག་ཏུ་འཚངས་ནས་འདུག མཚན་མོ་དེར། ཁོ་གཉིས་ཀྱིས་ཁ་བརྡ་མང་པོ་ཞིག་བྱས་རྗེས། གཞོན་ནུས་ལྷ་འཚོར་སེམས་གསོའི་ཚུལ་དུ་བཤད་པ་ནི "ད་ནས་བཟུང་ཁྱོད་ཅིས་ཀྱང་ལས་འདི་དང་ཁ་འབྲལ་དགོས" ཞེས་པ་དེ་ཡིན། ཁོས་ད་དུང་ཁྱོད་ཀྱི་རྗེས་ཕྱོགས་ཀྱི་སློབ་ཡོན་དང་འཚོ་བའི་ཁ་སྟོན་མ་ལུས་ཁོས་འགན་དུ་ལེན་ངེས་ཞེས་བཤད་པ་ན། ལྷ་འཚོར་ཡིད་འགུལ་ཐེབས་ཏེ་ངུ་སྐད་ཤུར་ལས་རྗེ་ཆེར་སོང་ཞིང་། ཕུས་མོ་ས་ལ་བཙུགས་ནས་གཞོན་ནུ་ལ་བཀའ་དྲིན་ཡང་ཡང་ཞུས། མོའི་གློ་བུར་བའི་བྱ་སྤྱོད་དེས་གཞོན་ནུས་ཅི་ཞིག་བཤད་དགོས་པའང་མི་ཤེས་པར་གྱུར་པས། མལ་ཁྲིའི་སྟེང་ནས་མར་ལྷིང་སྟེ་ལྷ་འཚོ་ཡར་ལ་བསྐྱུར། གཞོན་ནུས་འབྲལ་ཁར་མོར་སྒོར་བརྒྱ་ཤོག་ཅན་བརྩེགས་མ་ཞིག་བྱིན་ཏེ "ཁྱོད་ཀྱིས་བདག་གི་རེ་བ་སྟོང་ཟད་དུ་མི་གཏོང་ན་སློབ་སྦྱོང་ལ་འབད་པ་བྱེད་དགོས" ཞེས་ལྷག་བསམ་དག་པའི་སྒོ་ནས་བཤད།

7

བྱེ་རྡུལ་འདྲེས་མའི་རླུང་དམར་མཚམས་མེད་དུ་ལྡང་བཞིན་པའི་ཕྱི་དྲོ་ཞིག་ལ། གཞོན་ནུ་སོགས་ཀྱིས "ཤ་ཆེན་པོ" ཞིག་བསམས་ནས། གྲོང་ཁྱེར་དེའི་སྲང་ཤུར་ཞིག་ཏུ་འཛོམས། ཁོ་ཚོས་བྱང་ཆ་ཡོད་པའི་སྒོ་ནས་རླངས་འཁོར་ཞིག་གི་སྒོ་འབྱེད་སྐབས། ཕྱི་དྲོ་དེའི་རླུང་དམར་བཞིན་གློ་བུར་དུ་ཡོང་བའི་ཉེན་རྟོག་པ་སྐོར་ཞིག་གིས་ཁོ་ཚོའི་མཐའ་ནས་བསྐོར་ཏེ "ལག་པ་ཡར་ཁྱོགས" ཟེར་བ་ན། ཁོ་འབྲོ་གྲབས་བྱས་ཀྱང་ད་ནི་ཡོད་ཚད་འཁྱིལ་འདུག་པས་འབྲོས་འཛུལ་ས་ཞིག་མི་འདུག མ་གཞིར་ཉེན་རྟོག་པ་དེ་དག་གིས་སྔ་མོ་ནས་ཁོ་ཚོ་མིག་གིས་འཚོས་ཡོད་པ་འདྲ། ཉེན་རྟོག་པ་དེ་དག་བྱ་བཞིན་མྱུར་བ་ཧ་ག་རེད། སྐད་ཅིག་གི་རིང་ལ་ཧ་ཅང་བྱང་ཆ་ཡོད་པའི་སྒོ་ནས་ཁོ་ཚོའི་ལག་ཟུང་ལྕགས་སྒྲོག་གིས་བསྒྲིགས་ཏེ་རླངས་འཁོར་ཞིག་གི་ནང་དུ་བཙུངས་སོང་། རླངས་འཁོར་གྱི་དྲ་མིག་ལས་ཕྱི་མིག་ཅིག་བལྟས་པ་ན། རླུང་དམར་ སྔ་མཐུད་དུ་ལྡང་བཞིན་འདུག་པས། མཐའ་ཉེ་ཉེབ་པའི་མི་རྣམས་ཀྱི་ངོ་གདོང་གསལ་པོར་མཐོང་ཐབས་བྲལ་ནའང་། ཁོ་ཚོས་ཐལ་མོ་རྡེབ་པའི་སྒྲ་གཞོན་ནུའི་རྣ་ལམ་དུ་འཁོར་འོངས་ཤིང་། ལ་ཤས་ཀྱིས་ད་དུང་ཁོ་ཚོའི་རྗེས་སུ་མཆིལ་ཞགས་འཕེན་གྱིན་འདུག

བཀག་ཉར་ཁང་དུ་བསླེབས་རྗེས། གཞོན་ནུ་སོགས་སོ་སོ་ཁ་བཀར་ཏེ་བྱ་བའི་མགོ་ཧ་སོགས་ཞིབ་ཏུ་འདྲི་གཙོད་བྱེད།

"མིང་ལ་ཅི་ཟེར" ཉེན་རྟོག་པ་གསར་བུ་དེས་དེ་ལྟར་སྐད་འགྱུགས་དང་བཅས་དྲིས།

"གཞོན་ནུ"

"ལོ་ད་ཡིན"

"26"

"……"

ཉེན་རྟོག་པ་གཞན་པ་དེས་ཕོས་ཅི་བཤད་ཡི་གེར་འགོད་གྱིན་འདུག ཉེན་རྟོག་པ་གསར་བུ་དེས་ཕོ་ལ་སྙུ་མཐུད་དུ་ཡར་འདྲི་མར་འདྲི་བཅོ་བརྒྱད་བྱས་ཀྱང་། གཞོན་ནུས་དེ་ཡང་མི་ཤེས་དང་། གན་ཡང་མི་ཤེས་ཞེས་བཤད་པ་ལས་ཕོ་ཚོར་མཐོ་བའི་ལན་ཅི་ཡང་མ་བཏབ་པས། ཉེན་རྟོག་པ་དེ་ཁ་སྒོ་ཁ་ནས་ལངས་ཤིང་ཞེ་སྒོ་གཏིང་ནས་ལངས་ཏེ། གཞོན་ནུར་འཁྲམ་ལྕག་ཁྲག་དྲི་བྲོ་བ་ཞིག་གཞུས་རྗེས་ཁང་མིག་ཅིག་གི་ནང་དུ་བཙུག ཁང་མིག་དེ་ནི་དོག་དྲགས་པས་རྐང་ལག་རྐྱོང་སྐུམ་བྱེད་པར་ཡང་ཚད་བཀག་ངེས་ཅན་ཡོད་པ་རེད། གཞོན་ནུས་སྨུན་ནག་གི་འཇིག་རྟེན་དེ་ནས་ཉིན་འགར་མཐར་གཅོད་མྱངས་པས། བལྟས་བལྟས་ལ་གདོང་གི་ཤ་ནི་རིད་པར་གྱུར་ཅིང་། སྨ་ར་འཛིངས་ནས་སྐྲེས་པས་དེ་སྔའི་གཟི་མདངས་ཡོངས་སུ་ཉམས་འདུག

སྐབས་དེ་ལྟ་བུ་ལ་གཞོན་ནུའི་ཡིད་ལ་འཁོར་བ་ནི་སྒྲོལ་མ་མིན་ལ། ལྷ་འཚོའང་མིན་པར། ཡུན་རིང་ཞིག་ལ་དྲན་པའི་བར་སྣང་དུ་འཁོར་མ་མྱོང་བའི་ཕ་མ་དང་ཡུལ་མི་རྣམས་རེད། ཕོའི་རྣ་ལམ་དུ་ད་དུང་ཕོ་གྲོང་ཁྱེར་དུ་ཡོང་ཁར་ཨ་ཕས་བཤད་པའི "གཞོན་ནུ། གང་དུ་སོང་ཡང་རང་གི་རྩོལ་བར་བརྟེན་པ་ལས། ཁྲིམས་འགལ་ལུགས་འགལ་གྱི་བྱ་བ་སྒྲུབ་མི་ཉན" ཞེས་པའི་སྐད་ཆ་དེ་འཁོར་ཡོང་། ཕོས་ལོ་འདི་འགར་ཕ་ཡུལ་དུ་སྐོར་མོ་འགའ་རེ་བསྐྱུར་མྱོང་ནའང་། ཕ་མ་གཉིས་ལ་སྐོར་ཞིག་ཀྱང་རྒྱུག་ཏུ་མ་སོང་བར་ཉོངས་འགྱོད་དྲག་པོ་ཞིག་སྐྱེས། ཕ་མ་དང་ནང་མི་རྣམས་སྔར་བཞིན་བདེ་མོ་ཡིན་ནམ། ཕོ་ཚོས་ང་ཚད་འདི་འདྲ་ཞིག་ལ་ལྷུང་ཡོད་པ་ཤེས་སམ། གཞོན་ནུས་དེ་ལྟར་དྲན་བཞིན་མིག་ཀོང་དུ་སྐྱུར་སིབ་སིབ་གྱི་ཚོར་བ་ཞིག་སྐྱེས་པ་དང་ཆབས་ཅིག་དྲོད་ལམ་མེར་གྱུར། དེ་ནི་ཕོའི་མིག་ཟུང་ལས་མཆི་མའི་ཐིགས་པ་འགའ་བབས་ཏེ་མཁུར་ཚོས་ངོས་སུ་འགྲིལ་ཡོང་བས་རེད།

ཆུང་དུའི་དུས་སུ། གཞོན་ནུ་ནི་སྡེ་བའི་ནང་གི་བྱིས་པ་ཚོས་མིག་དཔེར་ལྟ་ས་ཞིག་ཡིན། ཕོ་ནི་ཆེ་བར་བཀུར་ཞིང་ཆུང་དུར་བྱམས་པའི་བྱིས་པ་ཡ་རབས་ཤིག་ཡིན་པས། སུ་ཚང་ལ་དཀའ་ངལ་འདྲ་ཡོད་ན་ཕོ་འབོད་པར་བྱེད་ཅིང་། ཕོ་ཡང་དུས་ལྟར་བསླེབས་ནས

རོགས་རམ་བྱེད་ཅི་ཐུབ་བྱེད་པ་རེད། ལོ་ཞིག་གི་དབྱར་ཁར་སྔེ་འདབས་ཀྱི་གྲམ་པའི་ནང་དུ་ཁྲིམ་ཚང་ཞིག་གི་ལུག་ཚུ་ལོག་གིས་ཁུར་ནས་འགྲོ་བ་མཐོང་བས། གཞོན་ནུས་ཅི་ཡའང་འདང་མ་བརྒྱབ་པར་ཐད་ཀར་ཆུ་ལོག་ནང་མཆོངས་ཏེ་ལུག་དེ་བསྐྱབས་པ་རེད། བར་སྐབས་དེར་གཞོན་ནུ་ད་དུང་མཐོ་འབྲིང་ནས་མཐར་ཕྱིན་མེད་པས། ལུག་གི་བདག་པོས་ཁོའི་གནས་ཚུལ་མཆོན་པའི་ཡི་གེ་ཞིག་སློབ་གྲྭའི་སློབ་གཙོའི་སར་བསྐུར་པས། སློབ་གྲྭའི་ཚོགས་ཆེན་ཞིག་གི་སྟེང་དུ་གཞོན་ནུ་ལ་“བདེན་མཐོང་དཔའ་སྐྱེད་ཀྱི་སློབ་གྲོགས་བཟང་པོ”ཞེས་བསྔོད་པའི་མེ་ཏོག་མཁའ་ཟུ་གཏོར་ཅིང་། ད་དུང་སློབ་གྲྭའི་ནང་ཁོར་སློབ་སྦྱོང་བྱེད་པའི་ཚ་ཧྲབས་ཤིག་ཀྱང་འཕྱུར་སྒྱོང་། ཡིན་ནའང་ད་ལྟའི་རང་ཉིད་ནི་ཀུན་མ་ཞིག་ཡིན་པར་མ་ཟད་བཙོན་དུ་བཙུག་ཡོད་པ་དྲན་པ་ན། རང་ཉིད་ནི་ཕ་མ་དང་ནང་མི་སྤུན་ཟླའི་གདོང་ལ་ཏྲིག་པ་སྐྱུད་མཁན་ཞིག་ཡིན་པ་ཤེས་པས། སྐྱོ་བའི་ཚོར་བ་སྡུག་མོ་ཞིག་གིས་ཁོའི་ནང་སེམས་ཀྱི་བར་སྣང་ཀུན་ནས་བཟུང་སོང་།

ཟླ་བ་གཉིས་ལྷག་གི་རྗེས་སུ། གཞོན་ནུར་ཉེས་པ་མེད་པར་བསྒྲགས་ཏེ་སྒོར་ཐུད་སོང་། ཁོ་བཀག་ཉར་ཁང་གི་སྒོར་བུད་པ་ན། སྣང་བ་ཞིག་ལ་འོད་སྣང་གིས་ཁྱབ་པའི་ཕྱི་རོལ་གྱི་འཛིག་རྟེན་ནི་དེ་འདྲའི་མཛེས་ཤིང་སྡུག་པ་ཞིག་རེད་ཨང་། ཁོས་ད་རག་བར་རང་ཉིད་འཚོ་བཞིན་པའི་འཇིག་རྟེན་མི་ཡུལ་ནི་འདི་འདྲའི་མཛེས་སྡུག་ལྡན་པ་ཞིག་ཡིན་པར་གཏན་ནས་མཉམ་བཞག་མ་སྒྱོང་། “ཕུ་བོ”དང་སྒྲོལ་མ་གཉིས་ཁོའི་སྤུན་ལ་བུད་འདུག་པས། ཁོས་རང་ཉིད་ནི“ཕུ་བོས”སྒོར་གྱིས་ཉོས་པ་ཚོད་དཔག་བྱས་ན་ཤེས་ཐུབ། ཁོ་རྒྱུག་ཐེངས་གཅིག་གིས་སྒྲོལ་མའི་མདུན་ལ་སོང་སྟེ་མོའི་སྐེ་ལ་དམ་པོར་འཁྱུ་འདོད་ཀྱི་བསམ་པ་ཞིག་སྐྱེས། ཡིན་ནའང་དྲན་ཚུལ་དེ་ལག་ཏུ་བསྟར་བའི་གོ་སྐབས་རྩ་བ་ནས་བརླགས་སོང་། རྒྱུ་མཚན་ནི་སྒྲོལ་མས“ཕུ་བོའི”དཔུང་བར་ལག་པས་འཁྱུས་ཤིང་འཇུམ་མདངས་ལྷུག་པོར་གྲོལ་ཏེ་ཅི་ཞིག་ཤབ་ཤུབ་སྨྲ་བཞིན་འདུག་ལ། ཁོ་མཐོང་བས་འཚམས་འདྲི་སྐབས་བདེ་ཞིག་ལས་དེ་སྔ་བཞིན་སེམས་ཁུར་ཅི་ཡང་མི་བྱེད་པར་མ་ཟད། ཟུ་མཐུད་དུ་ཁོ་གཉིས་

ཀྱིས་ཅི་ཞིག་འཆད་བཞིན་ཕན་ཚུན་དམ་པོར་འཁྱུས་ཏེ་འགྲོ་བས། གཞོན་ནུའི་སེམས་པ་ནི་འཁྱག་པས་བསྟམས་པ་བཞིན་གྲང་ཤུར་ཤུར་དུ་གྱུར་ཅིང་། སེམས་ཀྱི་གང་ཞིག་འགག་རྫས་བཞིན་གས་ལ་ཉེ། པོ་སློབ་མར་སྔང་སེམས་ཤིག་སྐྱེས་པ་དང་མཚུངས་སུ། སེམས་ཁོང་དུ་ཞེ་སྡང་གི་མེ་ལྕེ་ཞིག་དྲག་ཏུ་མཆེད། ཡིན་ནའང་ཁོས་རང་གི་དམ་པོར་བཙངས་པའི་ཁྲུ་ཚུར་བཙན་གྱིས་གློད། “ཕུ་བོ། ཅི་ཞིག་གི་ཕུ་བོ། ཁྱི་སྐྱག་གི་ཕུ་བོ། ཁྱི་རྐན། ཛ་མ་མེད་པའི་ཁྱི་རྐན” ཞེས་ཁོག་སྡིགས་ཡང་ཡང་བྱས།

མཚན་མོ་དེར། གཞོན་ནུའི་སེམས་པ་ཧ་ཅང་མི་སྐྱིད་པས། རང་གི་ཁོག་གི་སྡུག་དེ་སུ་ཞིག་ལ་བཤད་འདོད་པའི་འདུན་པ་ཞིག་དྲག་ཏུ་སྐྱེས། སྐབས་དེར་ཁོས་དྲ་ཁང་དྲན་བྱུང་། དྲ་ཁང་ནང་དུ་ཕན་ཚུན་ངོ་མི་ཤེས་པས་ཅི་འདོད་གང་འདོད་དུ་རང་གི་སེམས་ཀྱི་ཚོར་བ་མ་ལུས་ཕ་རོལ་པོར་བཤད་ཆོག ཁོས་QQཡི་ཁ་བྱེ་བ་ན། “སློབ་མ་ཁྱེད་ཀྱི་དྲ་གྲོགས་སུ་འགྱུར་བའི་རེ་འདུན་ཞུ” ཞེས་ཡིག་འབྲུ་འགའ་མིག་ལམ་དུ་མངོན་བྱུང་། ཁོས་འཐད་པའི་བརྡ་རྟགས་མནན་ཚེ། ཁོའི་གྲོགས་པོའི་རེའུ་མིག་ཁྲོད་དུ་སློབ་མའི་མགོ་རིས་འོད་ལམ་མེར་མངོན་བྱུང་།

“བདེ་མོ” སློབ་མས་སྔོན་ལ་ཁ་གྲག་བྱུང་།

གཞོན་ནུས་སློབ་མར་རྒྱ་སེ་མེ་ཏོག་རྐང་ཞིག་བསྐུར།

སློབ་མས་ཕྱིར་ཁོ་ལ་འོ་ཞིག་བསྐུར་ཡོང་།

“ཁྱོད་དང་མཉམ་དུ་ཁ་བརྡ་ཞིག་བྱས་ན་ཆོག་གམ” གཞོན་ནུས་ཡིག་འབྲུ་དེ་དག་གཏགས་རྗེས་ཕ་རོལ་པོར་བསྐུར།

“འོས་ཆོག”

གཞོན་ནུས་ཁ་བརྡའི་མགོ་སློངས་མ་ཐག “བདག་གི་དགའ་རོགས་གཞན་གྱིས་ཕྲོགས་སོང” ཞེས་གཏགས་རྗེས་ཡང་བསྐུར་ཕ་རོལ་པོར་བསྐུར།

“ཁྱོད་ལ་ཁག་མེད། ཡིན་ནའང་རང་གིས་རང་ལ་མནར་གཅོད་བཏང་ན་དགོས་པ

མེད" ཕ་རོལ་པོས་མགྱོགས་པོར་ལན་བཏབ་བྱུང་།

"……"

ཁོ་གཉིས་ཀྱིས་སྤུ་མཐུད་དུ་ཁ་བརྡ་བྱས། སྐུག་ཤོག་ཏུ་བཙུག་ན་ནད་དང་ཁ་དྲ་ཕྱུངས་ན་དབུགས་ཞེས་པ་ལྟར། གཞོན་ནུས་འཛེམ་དོགས་མེད་པར་རང་སེམས་ཀྱི་སྡུག་བསྔལ་མཐའ་དག་ཕ་རོལ་པོར་བཤད་པ་ན། སེམས་ཀྱི་ཁུར་པོ་གང་ཞིག་ཕོག་པ་དང་འདྲ་བར་བདེ་སྐྱིད་བསམ་གྱིས་མི་ཁྱབ་པ་ཞིག་སྐྱེས། མཇུག་མཐར་ཁོ་གཉིས་ཀྱིས་དུས་ཚོད་བཏབ་སྟེ་བདེ་སྐྱིད་ཁྲོམ་དུ་ཐུག་རྒྱུ་བྱས།

བདེ་སྐྱིད་ཁྲོམ་དུ་འདུ་འཛི་མི་ཆེ་ནའང་གློག་འོད་ག་ས་གང་དུ་ཁྱབ་འདུག་པས། ཁྲོམ་ལམ་ཧྲིལ་བོ་ཉིན་དཀར་དང་མཚུངས་པར་གསལ་ལམ་མེར་འདུག ལམ་གྱི་བཞི་མདོར་ན་བུ་མོ་ཞིག་ཁེར་རྐྱང་དུ་འགྲེང་འདུག་པ་རྒྱང་རིང་ནས་གཞོན་ནུའི་མིག་ལམ་དུ་ཤར། ཁོ་ཉེ་བར་བཅར་པ་ན་བུ་མོ་དེ་ནི་ལྷ་འཚོ་རེད། མ་གཞིར་དྲ་ཐོག་ནས་ཡུན་རིང་སྙིང་གཏམ་སྤེལ་མཁན་གྱི་སྒྲོལ་མ་ནི་ལྷ་འཚོ་ཡིན་འདུག ཨ་ཙི། འཇིག་རྟེན་ནི་དངོས་གནས་ཅི་འདྲའི་ཆུང་བ་ལ་ཨང་། ཁོ་གཉིས་ཀྱིས་ཡིད་མི་ཆེས་པའི་ངང་ནས་མཉམ་གཅིག་ཏུ "ཁྱོད་ཡིན་ནམ" ཟེར།

གཞོན་ནུ་དང་ལྷ་འཚོ་གཉིས་ཟ་ཁང་ཞིག་ཏུ་སོང་ནས་ཟས་འགྲངས་ཚོད་ཅིག་དང་། ཆང་ཡོངས་སུ་རོམས་པ་ཞིག་འཐུངས་རྗེས། དེ་སྔ་མཉམ་དུ་བསྡད་སྡོང་བའི་མགྲོན་ཁང་དེའི་ཕྱོགས་སུ་སོང་། ལམ་དུ་གཞོན་ནུའི་ཡིད་ལ་དང་ཐོག་སྒྲོལ་མ་དང་མཉམ་དུ་སྲུང་ལམ་དེ་བརྒྱུད་ནས་སོང་བའི་རྣམ་པ་དེ་ཕ་ལེར་དྲན་བྱུང་། དེ་དུས་ཀྱང་ནམ་ཟླ་དགུན་ལ་ཁེལ་ཡོད་པ་མ་གཏོགས། དོ་ནུབ་དང་འདྲ་བར་སྲུང་ལམ་དུ་མིའི་རྒྱུ་བ་ཉུང་ཞིང་སྟོང་ཧང་ཧང་དུ་འདུག་པས་ཕལ་ཆེར་མཚུངས་པ་རེད། ཁོས་ད་དུང་ཁོ་གཉིས་ཀྱི་ཐིག་ཐིག་གི་གོམ་སྒྲ་འང་ཐོས་བྱུང་། ཁོ་གཉིས་མགྲོན་ཁང་དུ་སླེབས་པ་ན། གཞོན་ནུ་ལ་གློ་བུར་བའི་ཚོར་སྣང་ཡ་མཚན་པ་ཞིག་སྐྱེས། ཚོར་སྣང་ཡ་མཚན་པ་དེས་གཞོན་ནུས་རང་གི་སེམས་ཀྱི་ཁ

ལོ་འཛུན་ཐབས་མེད་པར་བཏང་། ཁོས་ལྷ་འཚོའི་སྐེ་ལ་དམ་པོར་འཇུས་ནས་རང་གི་མཆུ་སྒྲོས་མོའི་མཆུ་སྒྲོས་ལ་སྦྱར་ཐུབ་ཐུབ་བྱས། ལྷ་འཚོས་ཀྱང་མིག་ཟུང་ཡོངས་སུ་ཟུམ་སྟེ་ཁོའི་སྐེ་ལ་དམ་པོར་འཇུ་བར་བྱེད། ཁོ་གཉིས་ཀྱིས་ཕན་ཚུན་གྱི་མཆུ་སྒྲོས་ལས་ཅི་ཞིག་འཛིབས་པ་ལྟར་ཡུན་རིང་འགོར་རྗེས། ཅི་མགྱོགས་གང་ཐུབ་ཀྱིས་ཕན་ཚུན་གྱི་ལུ་བའི་སྒྲོག་བུ་གྲོལ་ཏེ་མལ་ཁྲིའི་སྟེང་ལ་བབ།……

ཞོགས་པར་གཉིད་ལས་སད་རྗེས། མདང་ནུབ་བྱུང་བའི་བྱ་བ་ཡོད་ཚད་ལ་ལེ་བདའ་དང་འཁང་ར་ཅི་ཡང་མེད་ལ། གསལ་བཤད་དང་འགྲེལ་བ་ལྷག་མ་ཡང་ཅི་ཡང་མེད་པར་སྔར་བཞིན་ཕན་ཚུན་དམ་པོར་འཐམ་འདུག སྣང་བ་དེས་ཁོ་གཉིས་སུ་ཡིན་ཀྱང་རྫོགས་མཐའ་བྲལ་བའི་བདེ་བ་ཞིག་སྨིན་བྱུང་། ཁོ་གཉིས་མགྲོན་ཁང་ལས་ཕྱིར་བུད་པ་ན། ཉིན་གུང་དུ་བསླེབས་འདུག་པས་ཐད་ཀར་ཟ་ཁང་ཆུང་ཆུང་ཞིག་ཏུ་སོང་ནས་ཟས་སྐབས་བདེ་ཞིག་ཟོས། གཞོན་ནུ་དང་མོ་གཉིས་ཀྱིས་ཕན་ཚུན་ལ་གཅིག་གིས་རང་ཉིད་ཚོགས་པ་དེ་དང་ཁ་འབྲལ་རྒྱུའི་དམ་བཅས་ཤིང་། གཅིག་གིས་མོ་གཞོན་ནུའི་ཚེ་གཅིག་གི་རྒྱ་ཡ་བྱེད་རྒྱུའི་དམ་བཅས།

ཡིན་ནའང་། ནག་ཚོགས་སུ་ཞུགས་ཟིན་དུས། དེ་ལས་སྒོར་འབུད་རྒྱུ་ཡང་སླ་མོ་ཞིག་མ་ཡིན་ཏེ། ཁོ་ཚོགས་པ་དེ་དང་ཁ་འབྲལ་ཕྱིར་རང་གི་དེ་སྔ་བཀོལ་སྤྱོད་བའི་ཁ་པར་ཨང་གྲངས་སོགས་བརྗེས་ཏེ་འབྲེལ་གཏུག་བྱེད་ཐབས་མེད་པར་བཟོས་ནའང་། ཉིན་ཞིག་ཁོ་བདེ་སྐྱིད་ཁྲོམ་དུ་ཀཱང་ཐང་ལ་འགྲོ་དུས། གློ་བུར་དུ་རླངས་འཁོར་ཞིག་ཁོའི་གན་དུ་དབ་སེ་བསྡད་ཅིང་། དེ་འཕྲལ་ཁོ་གླག་མོའི་སྡེར་འོག་གི་རི་བོང་བཞིན་ཐར་ས་འཚོལ་ས་མེད་པར་རླངས་འཁོར་དེའི་ནང་དུ་བཙངས་ཤིང་།

མཐའ་མར་གྲོང་ཁྱེར་གྱི་མཐའ་ཁུལ་ཞིག་ཏུ་དྲུད་དེ་གཅར་རྡུང་དཔེ་མེད་པ་ཞིག་བྱས་རྗེས། དེར་གད་སྙིགས་ཀྱི་ཕུང་པོ་བཞིན་བསྐྱུར་ཏེ་སོང་།

8

གང་ལྟར་འཚོ་རྟེན་ཞིག་འཚོལ་དགོས་པ་ནི་ཁ་ཚ་དགོས་གཏུག་གི་དོན་དག་གལ་ཆེན་ཞིག་ཡིན་པས། གཞོན་ནུ་དང་ལྷ་འཚོ་གཉིས་ཀྱིས་ཡུན་རིང་གྲོས་བྱས་རྗེས། ལོ་འདི་འགར་དུས་དེབ་མགོ་རེག (དེབ་རྟགས་མེད་པའི་དུས་དེབ་ལ་ཟེར) ཚར་ཤུལ་གྱི་ཤ་མོ་རྗོལ་བ་བཞིན་དགོན་པ་གྲྭ་ས་དང་སློབ་གྲྭ་ཁག་ཏུ་འབྱུང་བཞིན་པའི་གོ་སྐབས་འདི་དམ་འཛིན་བྱས་ཏེ། ཡིག་གཏག་ཁང་ཞིག་གཉེར་ན་ཁེ་ཕན་མང་ཙམ་རེག་ཐུབ་པ་གདོན་མི་ཟ་སྙམ། ལྷ་འཚོའི་ཆེད་ལས་ནི་རྩིས་འཁོར་ཡིན་པས་དེའི་ཐད་ལ་མོར་འཛིན་ཐང་ཡོད་པ་རེད། གཞོན་ནུའི་ལག་ཏུ་ད་དུང་སྔོར་མོ་ཁ་ཤས་ཡོད་པ་དང་། གཞན་ཡང་སྔོར་མོར་བརྟེན་ཚོག་པའི་དངོས་པོ་ཁ་ཤས་ཀྱང་ཡོད་པས། དེ་དག་བཙོངས་ཏེ་རྩིས་འཁོར་དང་ཡིག་དཔར་འཕྲུལ་ཆས། དེ་མིན་ངེས་པར་མཁོ་བའི་ཡོ་བྱད་འགའ་ཉོ་རྒྱུ་ཐག་གིས་བཅད།

དེ་ནི་དངོས་འབྲེལ་ཐབས་ལེགས་པོ་ཞིག་ཡིན་པ་འདྲ་སྟེ། གཞོན་ནུས་ཀྱང་མཐོ་འབྲིང་སྐབས་སུ་རྩིས་འཁོར་ཤེས་བྱ་བསླབས་མྱོང་བས། དཀའ་ལས་ཆེན་པོ་མྱོང་མ་དགོས་པར་ཡི་གེ་གཏག་པ་དང་དེ་འབྲེལ་གྱི་ལས་ཀ་རྣམས་རིམ་བཞིན་བྱང་ཆ་ཡོད་པར་གྱུར་ཅིང་། ཁོས་བརྙ་ཁྲབ་དཔར་ཏེ་ལྷངས་འཁོར་ས་ཚིགས་སོགས་བོད་རིགས་འདུས་སྡོད་ཁུལ་སོ་སོར་སྐྱུར་པ་ན། ཡུན་རིང་མ་འགོར་པར་ཁོ་ལ་ཁ་པར་ཡོང་མཁན་གྱི་ཚོང་མགྲོན་ཇེ་མང་དུ་སོང་ཞིང་། ཡི་གེ་གཏག་རྒྱུའི་ལས་ཀ་ནི་ཉིན་རེ་ནས་ཉིན་རེར་ཇེ་མང་དུ་གྱུར། ཚོང་མགྲོན་དེ་དག་ལས་མང་ཆེ་བ་ནི་སློབ་མ་དང་གྲྭ་པ་ཚོ་ཡིན། སློབ་མ་ཚོས་མཐར་ཕྱིན་དཔྱད་རྩོམ་པར་དུ་འདེབས་པ་དང་། གྲྭ་པ་ཚོས་རང་དགོན་པའི་གྲྭ་བཙུན་རྣམས་ཀྱི་རྩོམ་ཡིག་རྣམས་ཡི་གེར་གཏགས་ནས་དུས་དེབ་དཔར་བ། ད་དུང་བླ་མ་སྤྲུལ་སྐུ་ཚོས་རང་གི་ཆེ་བ་བརྗོད་པའི་དྲིལ་བསྒྲགས་དེབ་སོགས་རྒྱུས་འགོད་བྱེད་པ་སྟེ། ལས་ཀ་དེ་ནི་ཙུང་ཚགས་ཆེ་ནའང་འགྲོ་སྒོ་མང་པོ་འདོན་མི་དགོས་པར་ཁེ་ཕན་མང་ཙམ་རེག་ཐུབ་པས། གཞོན་ནུའི་

སེམས་པ་ཕྱོད་ལ་བབ་ཅིང་འཚོ་བའི་སྲུབས་བར་གང་ཞིག་ནས་བདེ་སྐྱིད་ཀྱི་ཉི་འོད་ནི་ཁོའི་ཕྱོགས་སུ་ཉེ་བར་ལྷགས་བཞིན་པའི་ཚོར་བ་ཞིག་སྐྱེས། ཁོའི་འཚོ་བ་སྔར་ལས་བདེ་སྐྱིད་ཡོང་དགོས་ན་ལས་ཀར་འབད་བརྩོན་བྱ་རྒྱུ་དང་། གོམ་པ་གང་རེ་གང་རེ་བྱས་ནས་སྤོ་བ་སྟེ། སྐས་ཀང་རིམ་བགྲོད་ཀྱིས་མ་གཏོགས་གོམ་གང་གིས་ཐོག་ཁང་ལ་བསླེབ་རྒྱུ་ཟེར་བ་ནི་སྟོང་བསམ་འབའ་ཞིག་ཡིན་སྙམ་བྱུང་།

རྗེས་སུ་ལྷ་འཚོ་སློབ་ཆེན་ནས་མཐར་ཕྱིན་རྗེས་ཁོ་གཉིས་ཀྱིས་མཉམ་དུ་འབད་པ་བྱས་པས་ལས་ཕྱོད་སྔར་ལས་ཇེ་ཆེར་སོང་ཞིང་། འཚོ་བ་ཡང་མགོ་ཇ་ཡོད་པ་དང་གོ་རིམ་ལྡན་པ་ཞིག་ཏུ་གྱུར་པར་མ་ཟད། མོ་ནི་གྲོན་ཆུང་ལ་དགའ་བ་དང་ནོམ་པ་གསོག་པར་མཁས་པའི་དབང་གིས། ལོ་མཇུག་ལ་བསླེབས་དུས་ཁོ་གཉིས་ལ་ཡོང་སྒོ་ཕལ་ཆེར་སྒོར་ཁྲི་གསུམ་ལ་ཉེ་བ་ཡོད་པས། གཞོན་ནུ་ཁོར་མ་འོངས་མདུན་ལམ་ལ་ཡིད་ཆེས་ཀྱིས་ཁེངས་ཤིང་། དམིགས་འབེན་གང་ཞིག་གི་ཕྱོགས་སུ་གོམ་པ་གང་མདུན་དུ་སྤོས་པ་དང་འདྲ་བར་དགའ་ཚོར་ཆེན་པོ་སྐྱེས། ལྷ་འཚོ་ནི་ཀུ་རེ་རྩེད་མོར་དགའ་ཞིང་ཟས་གཡོ་བ་སོགས་ནང་ལས་ཅག་ཅིག་ལས་པར་མཁས་པས། གནས་སྐབས་སུ་ཁོ་གཉིས་ཀྱིས་གཉེན་སྒྲིག་དཔང་ཡིག་ད་དུང་བླངས་མེད་ནའང་། བཟའ་ཟླ་དང་འདྲ་བར་གཅིག་གིས་གཅིག་ལ་བྱམས་པས་འཚོ་བ་ནི་བྲོ་བས་ཕྱུག་པའི་ཟས་སྣ་ཕུན་སུམ་ཚོགས་པ་ཞིག་དང་འདྲ་ལ། ཁ་དོག་སྣ་བརྒྱུས་བརྒྱན་པའི་དར་གོས་ཤིག་དང་ཡང་མཚུངས་པས། གཞོན་ནུ་འཚོ་བ་དེའི་ཀློང་དུ་འཕྱིམ་སོང་།

ཁོ་གཉིས་ཀྱི་མགྲོན་པོ་མང་ཆེ་བ་ནི་དགོན་པའི་གྲྭ་པ་ཡིན་པ་དང་། གྲྭ་པ་ཚོས་ཁོ་གཉིས་ཀྱི་རྣམ་འགྱུར་ཧ་ཅང་ལེགས་པ་མཐོང་བས། མཚམས་རེར་ད་དུང་ཤ་སོགས་ཉོས་འོངས་ཏེ་ཁོ་ཚོས་མཉམ་དུ་བཙོས་ནས་ཟ་བ་དང་། ཁྱིམ་གཅིག་ལྟར་ཕན་ཚུན་ལོབས་པར་གྱུར། དེ་ལྟར་ལོ་འགའ་འགོར་བའི་ཉིན་ཞིག་ལ། སློ་ཡུལ་ལས་འདས་པའི་དོན་དག་ཅིག་བྱུང་བ་ནི། ལྷ་འཚོ་ཁོ་ཚང་གི་རྒྱུན་མགྲོན་ཏེ་སྤྲུལ་སྐུ་ཞིག་གི་རྗེས་བསྙེགས་ནས་བྲོས་སོང་བ་དེ་རེད། སྤྲུལ་སྐུ་དེས་གཞོན་ནུའི་ཡིག་གཏག་ཁང་དུ་རང་གི་ཆེ་བ་བརྗོད་པའི་རྒྱུ་སྲོད་

ཤན་སྦྱར་གྱི་དྲིལ་བསྒྲགས་དེབ་མང་པོ་ཞིག་དཔར་སྐྲུན། སྤྲུལ་སྐུ་དེས་དྲིལ་བསྒྲགས་དེབ་དེ་དག་དཔར་རྗེས་ནང་ལོགས་སུ་སྐྱུར་བཞིན་འདུག་སྐད།

ཁོར་ད་དུང་ནང་ལོགས་སུ་ཡོན་བདག་མང་པོ་ཡོད་པར་བཤད། དོན་དུ་ཡང་དེ་ལྟ་ཡིན་པ་འདྲ་སྟེ། ཁོས་རྒྱུན་དུ་ཚོང་མགྲོན་གཞན་དག་དང་འདྲ་བར་རིན་གོང་མི་རྩིག་པར་མ་ཟད། ད་དུང་མཚམས་རེར་སྒོར་ལྷག་མ་འཁའ་རེ་སློག་དགོས་ཆེ་ལེན་པར་མི་བྱེད། ད་ལྟ་བསམས་ན་ལུས་ལ་རྒྱལ་བའི་ན་བཟའ་གྱོན་པའི་མི་དེ་ནི་སྤྲུལ་སྐུ་ཞིག་ཡིན་མིན་ཐག་གཅོད་དཀའ་ནའང་། བལྟས་མ་ཐག་མི་བརྗིད་པོ་ཞིག་ཡོད་པས། གལ་ཏེ་ཁོ་སྤྲུལ་སྐུ་ཞིག་ཡིན་ཆེ་མི་རྣམས་ཀྱི་དད་པའི་སྤྱི་ལོང་རབ་ཏུ་རྒྱས་པར་བྱེད་པ་གདོན་མི་ཟ།

གཞོན་ནུས་ཕྱིར་དྲན་ཞིག་བྱས་པ་ན། ཉིན་ཞིག་ཁོ་ཕྱི་རོལ་ནས་ཁྱིམ་དུ་ལོག་དུས། ཁྱིམ་གྱི་སྒོ་མོ་དམ་པོར་གཏན་འདུག་ལ། ཁོས་ཡུན་རིང་སྒོ་བརྡུངས་པ་ན་ལྟ་འཚོས་ཚབ་ཚུབ་དང་སྒོ་ཕྱེ་བྱུང་། ཁོ་ཁྱིམ་དུ་འཛུལ་དུས་སྤྲུལ་སྐུ་ཡིན་ཟེར་བ་དེ་ཡང་ཡོད། དེས་གདོང་ཡོངས་ཧུལ་ཚུས་བཏྲན་འདུག་པ་གཟན་གྱི་སྣེ་མོས་འཕྱིད་བཞིན་འདུག གཞོན་ནུས་ཕར་ལ་ཁམས་འདྲི་ཞིག་ཀྱང་བྱེད་ཁོམ་མ་བྱུང་བར། སྤྲུལ་སྐུ་དེས་ཁོར་ད་དུང་དོན་དག་གཞན་ཞིག་ཡོད་ཟེར་བཞིན་ཚབ་ཚུབ་ངང་བུད་སོང་། ཡིན་ནའང་སྐབས་དེར་གཞོན་ནུས་དེའི་ཕྱོགས་ལ་འདང་བརྒྱབ་མ་མྱོང་ལ། ཁོ་ནི་སྟོན་པའི་ན་བཟའ་མནབས་པའི་སྤྲུལ་སྐུ་ཞིག་ཡིན་པས་དོགས་པ་དེ་འདྲ་སྐྱེ་དོན་ག་ལ་ཡོད་སྙམ། འོན་ཀྱང་ད་ལྟ་བསམས་ན་ཁོ་གཉིས་བར་གྱི་གསང་བའི་འབྲེལ་བ་ནི་དེ་དུས་ནས་ཡོད་པ་ཤེས་ཐུབ། ལྟ་འཚོ་ནི་དངོས་གནས་རྒྱུ་འབྲས་མེད་པའི་མི་ཞིག་སྟེ། མོ་འགྲོ་ཁར་ད་དུང་ཁོ་གཉིས་ཀྱིས་གྲོན་ཆུང་བྱས་ནས་བསགས་པའི་སྒོར་མོ་ཡོངས་རྫོགས་ཁྱེར་ནས་སོང་བས། ཁོའི་བརྩེ་དུངས་ཤོར་པ་དང་ཆབས་ཅིག་འཚོ་བའི་མགོ་ཁང་ཡང་རྡུང་ནས་དཀྲུགས་པས། གཞོན་ནུར་མཚོན་ན་སྡུག་གི་སྟེང་ལ་སྡུག་བརྩེགས་པ་ལས་ཅི་ཞིག་ཡིན་ཨང་། ཁོ་ལ་རང་གི་ལུས་སྟེང་དུ་ལྡིད་ཏིག་ཏིག་གི་དངོས་པོ་ཞིག་གིས་ཡོངས་སུ་མནན་པ་འདྲ་བའི་ཚོར་བ་ཞིག་སྐྱེས། ཚོར་བ་དེས

ཁོ་ནི་དབུགས་ཀྱི་རྫུབ་ལེན་ཡང་བྱེད་དཀའ་བའི་གནས་སུ་བསྐྱལ། ཁོའི་འཚོ་བའི་དཀར་ངོགས་ཐམས་ཅད་ནི་དེ་ལྟར་གློ་བུར་དུ་མི་འདོད་སྣག་གིས་བཟུང་བས། ཁོ་ལ་ཕྱོགས་པའི་བགྲོད་ལམ་ཡོད་ཚད་རྫུལ་འཚུབ་ཀྱིས་གཡོགས་པ་ལྟར་སྐྱ་ཐིང་ཐིང་དུ་གྱུར།

བྱ་བ་ངན་པ་གཅིག་འཁོར་གཅིག་འབྱུང་ཟེར་བ་ཡང་བདེན་པར་སྣང་། ལྟ་འཚོ་གྲོས་ནས་ཉིན་གཉིས་གསུམ་ཙམ་མ་འགོར་བར། བཟོ་ཚོང་རུས་དང་སྤྱི་བདེ་རུས་ཀྱི་ཡིན་ཟེར་བའི་མི་སྣ་སྐོར་ཞིག་མཉམ་དུ་ཁོ་ཡོད་སར་ཡོང་ནས། ཁྱོད་ཀྱི་ཡིག་གཏག་ཁང་གི་ཁྲིམས་མཐུན་དཔང་ཡིག་ཁྱེར་ཤོག་ཟེར། གཞོན་ནུས་ཡིག་གཏག་ཁང་ཞིག་གཉེར་ནའང་དཔང་ཡིག་ཅིག་དགོས་པ་ཐོག་མར་ཤེས། མི་དེ་ཚོས་ད་དུང་ཁྱོད་ཀྱིས་དཔར་བཞིན་པའི་དེབ་དེ་དག་ཁྲིམས་འགལ་གྱི་དེབ་ཡིན་པས། ཁྱོད་ཀྱི་ཉེས་པ་ནི་རི་རབ་ལས་ཀྱང་ལྕི་བ་རེད་ཟེར། མི་དེ་ཚོའི་སྐད་ཆ་བཤད་པའི་ཉམས་འགྱུར་ལ་གཞིགས་ན། རང་གིས་བསགས་པའི་ནག་ཉེས་ནི་དངོས་གནས་ཚབས་ཆེན་ཡིན་པའི་སྣང་བ་ཞིག་སྦྱིན་པས། གཞོན་ནུ་ལ་སྤངས་སྐྲག་འགོག་མེད་ཅིག་སྐྱེས། མཇུག་མཐར་ཁོ་ལ་དངུལ་ཆད་བཅད་པ་དང་ཁོའི་ཁྱིམ་གྱི་རྩིས་འཁོར་དང་། ཡིག་གཏག་འཕྲུལ་ཆས་སོགས་གཞུང་བཞེས་བྱས་པ་ཡིན་ཅེས་ཁྱེར་ནས་བུད་སོང་བས། ཤུལ་དུ་ཁོ་ལ་དངོས་གནས་ཅི་ཡང་ལྷག་མི་འདུག་སྟེ། ཁང་བ་ནི་གཡར་མ་ཡིན། ད་ནི་སྐོར་མོར་འབེབ་ཚོག་པ་ཞིག་ཁོའི་ཁྱིམ་དུ་ཅི་ཡང་མེད་པས། ཁོ་དང་ཐོག་གྲོང་ཁྱེར་ལ་ལག་སྟོང་མཆན་སྟོང་དུ་ཡོང་བ་བཞིན། ད་ལྟ་སྔར་བཞིན་ལག་སྟོང་མཆན་སྟོང་དུ་གྱུར་པས། སེམས་པ་ནི་སྟོང་ཧང་ཧང་དུ་གྱུར་ཅིང་། སྟོང་ཧང་ཧང་གི་ཁོའི་སེམས་ཁོང་དུ་བདེ་སྐྱིད་ཁྲོམ་རྫིལ་བཞོ་རང་འོང་ཐུབ།

9

གཞོན་ནུའི་ཕྱུགས་བསམ་དང་འཆར་གཞི་ནི་དྭངས་ཤེང་གཙང་བའི་ཤེལ་སྒོ་ཞིག་

ཡིན་པའི་དབང་དུ་བཏང་ན། འདས་སོང་གི་བྱ་བ་རབས་དང་རིམ་པ་ནི་རྗེ་ལོག་ཅིག་དང་འདྲ་བར། ཕོའི་སེམས་ཀྱི་ཤེལ་སྒོ་དེ་སིང་དེར་རེར་བཅགས་པས། མཐོང་སྣང་དུ་ཤར་པའི་བྱ་དངོས་ཡོད་ཚད་དྭན་ཤེས་ཀྱི་གཞི་ནས་ཡོངས་སུ་བསུབས་ཏེ་ཆ་མེད་རྒྱུས་མེད་ཅིག་ཏུ་བཏང་སོང་ལ། མཐའ་འཁོར་གྱི་ཡོད་ཚད་ནི་སྒྲ་གྲིའི་སོ་ཁ་བཞིན་ཕོའི་སྟེང་དུ་འཁོར་འདུག་པ་དང་འདྲ་བས། ཕོ་ལ་ཚམ་ཚོམ་མེད་པར་སྤྲང་སྐྲག་ཅིག་སྐྱེས། གཞོན་ནུས་ཐ་མག་རྐང་ཞིག་ལ་མི་བསྒོས་ཏེ་ཤུགས་ཀྱིས་རྟུབ་བཞིན་སེམས་ལ་མ་གཞི་འཚོ་བ་ནི་མཛེས་སྡུག་ལྡན་པ་ཞིག་ག་ལ་ཡིན་ཏེ། གལ་ཏེ་འཚོ་བ་ནི་མཛེས་སྡུག་ལྡན་པ་ཞིག་ཡིན་ཚེ། དེ་ནི་གཞན་ལ་དབང་བ་ལས་ཕོར་མཚོན་ན་ནམ་ཡང་དེའི་རྗེད་ཆས་སུ་གྱུར་པ་ལས། བདག་པོར་འགྱུར་བའི་དུས་སྐབས་ནི་གཏན་ནས་ཡོད་མི་སྲིད་སྙམ། གཞོན་ནུའི་ཡིད་ལ་དེ་ལྟར་དྲན་པ་ན། རང་ཉིད་ནི་འཇིག་རྟེན་སྟེང་གི་ཆེས་ནུས་མེད་ཀྱི་མི་ལྷག་དེ་ཡིན་པ་ཤེས།

ཕྱི་རོལ་ཏུ་ཕྱེ་རྡུལ་འདྲེས་མའི་རླུང་དམར་ཞིག་མཚམས་མེད་དུ་ལྡང་བཞིན་འདུག་པས། ཁང་བའི་ནང་དུ་བསྡད་ཀྱང་ཙུར་ཙུར་གྱི་སྒྲ་ཞིག་མཚམས་མ་ཆད་པར་ཕོའི་རྣ་བའི་བུ་གར་འཛུལ་ཡོང་། ཕོ་ཁང་ཆག་གླས་མ་དེ་ལས་སྒོར་བུད་དེ་བདེ་སྐྱིད་ཁྲོམ་དུ་གོམ་ཁ་བསྐྱུར། ཕྱེ་རྡུལ་དྲག་ཏུ་འཚུབ་བཞིན་པས་ཁྲོམ་ལམ་ཀུན་ཏུ་མི་གཅིག་ཀྱང་མཐོང་རྒྱུ་མི་འདུག ཕོས་ཐ་མག་ཤེད་ཀྱིས་རྟུབ་བཞིན་དམིགས་པ་མེད་པར་མདུན་དུ་བསྐྱོད། ཕོའི་རྒྱབ་ཕྱོགས་སུ་ཐ་མག་གི་དུ་བ་ནི་སྦོ་ལྡོག་ལྡོག་ཏུ་འཕྱུར་བཞིན་འདུག ཕོ་ལམ་གྱི་བཞི་མདོར་བསླེབས་དུས་འཚུབ་མ་ཞིག་ཕོའི་མདུན་ཐད་ནས་ཟ་ཆུན་འཁོར་མོ་བཞིན་འཚུབ་པ་ན། ཕོའི་རྒྱབ་ཕྱོགས་སུ་སྦོ་ལྡོག་ལྡོག་ཏུ་འཕྱུར་བཞིན་པའི་དུ་བ་དེ་སྐད་ཅིག་གི་རིང་ལ་ཆུ་བཞིན་རྙོག་པར་བྱས་ཤིང་། འགྲིག་ཤོག་སོགས་གད་སྙིགས་ནི་རི་མཐོན་པོའི་རྩེ་ནས་རླུང་རྟ་སྤུར་པ་དང་འདྲ་བར་ནམ་མཁའི་མཐོངས་ནས་མཐོངས་སུ་ཐུག སྐབས་དེར་ཕོ་ལ་གནམ་སྟོན་པོ་བརྡིབས་པ་དང་འདྲ་བའི་སྡུག་བསྔལ་ཞིག་སྐྱེས། གནམ་སའི་བར་སྣང་སུ་ཤེད་ཀྱིས་བཙིར་པ་འདྲ་བའི་ན་ཟུག་ཅིག་གིས་ཕོའི་སྙིང་ཁར་ཡང་ཡང་གཙགས། ཕོ་ལ་

ངུ་སྙིང་འགོག་མེད་ཅིག་སྐྱེས་ཤིང་། མཚུངས་སུ་ཁ་ནས་ “གྲོང་ཁྱེར་ཡ་གྲོང་ཁྱེར་” ཞེས་ཤོར། ཁོས་ད་དུང་སྨུ་མཐུད་དུ་ཅི་ཞིག་བཤད་བསམ་དུས་ཡང་བསྐྱར་བྱེ་རྡུལ་དྲག་ཏུ་འཚུབ། ཁོའི་ཁ་ནང་སྣ་ནང་དུ་ས་རྡུལ་སོགས་འཚངས་པས་ཁ་ཤ་འགྲུལ་ཙམ་བྱེད་པ་ལས། མགྲིན་པ་ཁེགས་པར་གྱུར་ཏེ་སྐད་ཆ་ཚིག་གཅིག་ཀྱང་སྒྲོར་འབྱིན་མ་ཐུབ།

ལྗང་ནང་དུ་སྐྱོད་པའི་ལམ་ཐོ།

རྒྱང་ནས་བལྟས་ན་དབྱར་ཟླ་དྲུག་པའི་ཏོར་གཙང་ཁོག་ནི་ཁྲ་ཚིལ་དཀྲུ་ཚིལ་གྱི་འཇིག་རྟེན་ཞིག་སྟེ། ལྷ་རིས་པའི་པིར་རྩེ་ནས་བྲིན་པའི་ཚོན་མདོག་གི་ཐང་ག་ཆེན་པོ་ཞིག་གཡོགས་པ་དང་འདྲ་བར། འབྲུ་དྲུག་གི་མགོ་ལྡོག་ལྷེམ་ཞིང་མེ་ཏོག་སྣ་བརྒྱུས་འཛུམ་མདངས་ལྷུག་པོར་གྲོལ་བས། ཡུལ་དེ་ནི་ཕ་རོལ་ཚུར་རོལ་ཀུན་གྱི་ཡིད་སྨོན་འཆང་སའི་གནས་མཆོག་ཉམས་དགའ་བ་ཞིག་ཡིན། ཡིན་ན་ཡང་ཟླ་བཟང་སྒྲོལ་མར་མཆོད་ན། རང་བྱུང་ཁོར་ཡུག་གི་མཛེས་པ་དེ་དག་ནི་མ་གཞི་ནས་ལྷག་མ་ཞིག་སྟེ། དེས་མོའི་ཡིད་ཀྱི་དང་བ་འདྲེན་མི་ཐུབ་པ་མ་ཟད། ལྡོག་སྟེ་མོར་འགྲན་སློང་བ་བཞིན་སེམས་ཀྱི་ཨ་སྡོན་མཐོང་སསུ་སྡུག་གི་ན་བུན་དཀྲུ་བརྩེགས་དྲངས་ཡོང་བས། སེམས་པར་འཇིག་རྟེན་དུ་ས་ཏོར་གཙང་ཁོག་ལྷ་བུའི་ཞེ་སྡུག་པའི་ཡུལ་ཞིག་མེད་པར་འདོད་བཞིན་ཡོད།

ཟླ་བཟང་སྒྲོལ་མས་སྒོ་ཞིང་གྲུ་བཞིའི་སྟེང་ནས་ཡུར་མ་ཡུར་དུས། སྟོད་ནས་སྤང་ཆེན་འཁྱིང་འདྲའི་སྤྲིན་པ་དཀར་པོ་ཞིག་སྨད་དུ་ཆད་པ་མཐོང་། དེས་མོ་ལ་ཅི་ཞིག་གསལ་འདེབས་བྱེད་པ་དང་འདྲ་སྟེ། ཡར་འཁོར་ནས་སྟོད་ལ་བལྟས་པ་ན། རི་མཐོན་པོ་གཡུང་དྲུང་འཁྱིལ་འདྲའི་ཕང་བར་ཆགས་པའི་སྤེ་ཆེན་པོ་ཧྲུ་ནི་སྟོད་མཐོང་ལམ་དུ་མངོན་བྱུང་།

སྡེ་ཆེན་པོ་ཧྲུ་ནི་སྐྱིད་མཐོང་བས་མོར་དགའ་སྐྱོ་འདྲེས་མའི་ཚོར་བ་ཡ་མཚན་པ་ཞིག་བྱུང་། ཚོར་བ་དེས་མོའི་སེམས་ལ་ནངས་སྔ་མོའི་ཉི་རྩེ་ཤར་འདྲའི་ཕོ་བཟང་པོ་ཉི་མ་ཚེ་རིང་གི་འཛུམ་གྱི་ལེའི་བཞིན་རས་ཕྲ་ལེར་ཡིད་ལ་འཁོར་དུ་བཅུག

ཉི་མ་ཚེ་རིང་དང་ཟླ་བཟང་སྒྲོལ་མ་གཉིས་ནི་ཆུང་ལོ་གཅིག་སྟེང་ནས་མཉམ་རྩེ་དང་། ཟས་ཞིམ་པོ་ཡོད་ན་མཉམ་ཟ། ལུག་གཡང་དཀར་འཚོ་ན་མཉམ་འཚོ། ངག་ལ་གཞས་འཐེན་ན་མཉམ་འཐེན་གྱི་ཞེ་འདྲིས་ཡིན་པས། སྐུས་གཅིག་ལ་མགོ་བོ་བཞག་ནས་ཁྱིམ་གཅིག་ནས་འཚོ་བ་རོལ་རྒྱུ་ནི་ཁོ་གཉིས་ཀྱི་ཐུན་མོང་གི་འདོད་པ་ཡིན་ཡང་། སྲིད་པ་རྒྱུད་པོའི་ཁ་དཔེ་ལ། ལས་བསམ་སར་མི་འགྲོ་བསགས་སར་འགྲོ་ཟེར་བ་ལྟར། དངོས་ཡོད་འཚོ་བ་ནི་ཁོ་གཉིས་ལ་མཚོན་ན། མྱུངས་ཀྱི་ཐང་ཆེན་པོ་ཞིག་དང་འདྲ་བར་ཁ་དོག་དང་དྲི་བ་ཅི་ཡང་མེད་པ་མ་ཟད། གདུག་རྩུབ་ཀྱི་དྲག་ཤུལ་རྩུབ་པོས་ཁོ་གཉིས་བར་གྱི་བརྩེ་འདུང་གི་རྐང་ལམ་ཕྲ་མོ་ཐལ་དང་རྡུལ་གྱིས་གཡོགས་པར་བྱེད་པས། སྣང་ངོར་འཆར་རྒྱུ་མེད་པའི་བར་ཐག་ཅིག་དེ་ལྟར་ཁོ་གཉིས་ཀྱི་བར་དུ་རྗེ་མཁར་བཞིན་བརྩིགས།

འོན་ཀྱང་། བར་ཐག་དེ་དོན་དུ་ཤོག་བུ་བཞིན་སྲབ་པ་ཞིག་ཀྱང་ཡིན་ཏེ། སྲབ་དྲགས་པས་ཕན་ཚུན་གྱི་བཞིན་རས་མཐོང་ཐུབ་པར་མ་ཟད། ཐ་ན་སྙིང་ཚུང་གི་འཕར་ལྡིང་ཡང་ཐོས་ཐུབ། ཡིན་ན་ཡང་བར་ཐག་ནི་ནམ་ཡང་བར་ཐག་སྟེ། བར་ཐག་ཡོད་པས་ཁོ་གཉིས་ཀྱིས་ལག་པའི་ནང་ལག་པ་བཞག་ཅིང་། སེམས་པའི་ནང་སེམས་པ་བཞག་སྟེ་སྙིང་གཏམ་བརྗོད་པའི་སྐལ་བ་རྩ་ནས་བཀག་སོང་།

ཉི་མ་ཚེ་རིང་དང་ཟླ་བཟང་སྒྲོལ་མ་གཉིས་ཀྱིས་རང་རང་ས་ནས་དྲན་པའི་སྡུག་བསྔལ་མ་ལུས་ཤོག་ཏུ་མིད་ཅིང་། འཚོ་བའི་འདམ་མྱུགས་ཁྲོད་ནས་བརྩེ་དུངས་ཀྱི་མནར་གཅོད་མི་འདོད་བཞིན་མྱོང་བཞིན་ཡོད།

རྒྱང་རིང་གི་རི་ལམ་ཕྲ་མོའི་སྟེང་དུ་ནབ་རྗེ་འཁྱིལ་བ་བཞིན་རྡུལ་ནག་གི་འཚུབ་མ་ཞིག་བར་སྣང་དུ་ཟུག ཉིན་གུང་གི་ཚ་གདུག་འོག་ཏུ་ཟླ་བཟང་སྒྲོལ་མས་ལག་པ་ཡ་ཐོད་

ཏུ་བཞག་ནས་ཕྱོགས་དེར་བལྟས་པ་ན། འགྱུལ་གཟུགས་དེ་རང་ཉིད་དང་ཇེ་ཉེ་ནས་ཇེ་ཉེར་གྱུར། ཞིབ་ཏུ་བལྟས་པ་ན། དེ་ནི་ཐབ་རྫ་འཁྲིལ་བ་མ་ཡིན་པར་སྤག་སྤག་འཁོར་ལོ་ཞིག་ཡིན་པ་ཤེས། སྐབས་དེར་སྤག་སྤག་འཁོར་ལོའི་འཛོང་གི་མི་དེ་སུ་ཞིག་ཡིན་པ་གསལ་པོ་ཞིག་མི་མཐོང་ཡང་། ཟླ་བཟང་སྒྲོལ་མར་མི་དེ་ནི་རང་གི་སྙིང་གི་ཕྱེད་ཀ་སྟེ་ཉི་མ་ཚེ་རིང་ཡིན་པའི་ཚོར་ལྟག་ཅིག་སྐྱེས། མོས་དེ་ལྟར་བསམས་པ་ན། ཐང་ཆད་པའི་ཉམས་སྣང་དག་ཀྱང་མཁའ་ཡི་སྤྲིན་པ་བཞིན་སྐད་ཅིག་ཉིད་ལ་སེམས་ཀྱི་ཨ་སྔོན་མཐོང་ནས་ཡལ་བར་གྱུར།

རོགས་ཚང་གི་ཕག་ཀྱང་མིག་ལ་མཛེས་ཞེས་པ་ལྟར། སྤག་སྤག་འཁོར་ལོའི་སྤག་སྒྲ་དེ་ཡང་དེ་འདྲའི་སྙན་མོའི་འགྱུར་ཁུགས་ཤིག་དང་བཅས་མོའི་རྣ་ལམ་དུ་གྲགས་ཡོང་བ་ན། དེའི་འཛོང་གི་མི་དེའི་བཞིན་རས་ཀྱང་ཇེ་གསལ་ནས་ཇེ་གསལ་དུ་གྱུར། དེས་ཟླ་བཟང་སྒྲོལ་མར་དགའ་བ་ཟད་མི་ཤེས་པ་ཞིག་སྐྱེས་སུ་བཅུག   རྒྱུ་མཚན་ནི་ཉི་མ་ཚེ་རིང་གིས་མོར་བརྩེ་འདུང་དང་སེམས་པ་བསྒོམས་ནས་ཡོང་བ་རེད།

ཕོ་བཟང་བོ་ཉི་མ་ཚེ་རིང་། ཞེ་བསམ་པའི་སྣང་བ་མཐུན་ས། ཕྱི་ཕོ་སྔོ་དཔེ་རེ་བཞག་ན། ནངས་སྤུ་མོའི་ཉི་རྩེ་ཤར་འདྲ། ལུས་ཕྲ་མོར་ཆ་རེ་བཞག་ན། སྟག་འཛུམ་དྲུག་ཐིག་ལེ་རྒྱས་འདྲ……

འབྲུ་དྲུག་གི་བསུང་ཞིམ་འཕྱུལ་ཞིང་། ག་ཚེ་མེ་ཏོག་ལྷམ་མེར་དགོད་པའི་སྟོ་ཞིང་གྱུ་བཞིའི་བར་ནས། བྱུང་བའི་ཚོགས་ཀྱིས་དགའ་བའི་གླུ་དབྱངས་ལེན་བཞིན་འཕུར་ལྡིང་ལ་རེམ་ཞིང་ཟེའུ་འབྲུར་ཅི་དགར་རོལ་བར་བྱེད། དེ་བཞིན་དུ་གཞོན་ནུ་ཕོ་མོ་ཟུང་གི་བརྩེ་དུངས་ཀྱི་མེ་ལྕེ་སྙིང་ལ་མར་ཁུ་བླུགས་པ་དང་འདྲ་བར་དྲག་ཏུ་འབར་ཞིང་། དགའ་བའི་མཆུ་སྒྲོར་བྱེད་ལ་དགོད་པའི་འཛུམ་མདངས་ཅི་ཡང་ངོམ། ཟླ་བཟང་སྒྲོལ་མས་གློ་བུར་དུ་ཉི་མ་ཚེ་རིང་གི་སྐེ་ལ་འཐམ་པའི་ལག་ཟུང་གློད་དེ་ཕྱི་སྟུར་ཞིག་བྱས། ཉི་མ་ཚེ་རིང་ཟླ་བཟང་སྒྲོལ་མའི་རྒྱུན་ལྡན་མིན་པའི་རྣམ་འགྱུར་དེར་མཚར་སྣང་དང་བཅས་ཧད་འདུག

“ཉི་མ། དེ་འདྲ་མ་བྱེད” ཟླ་བཟང་སྒྲོལ་མས་གདོང་གི་འཛུམ་མདངས་བསྡུས་ནས་མགོ་བོ་བྲང་ཁར་སྒུད་སོང་།

“སྟེ་མྱི་ཁ་ནི་དཔྱིད་ཀླུང་དང་འདྲ་ལ། ཀླུང་བསེར་བུ་ནམ་གཡུག་མི་ཤེས་ཤིང་། ཁྲིམ་ཚུང་མ་བར་གྱི་བགེགས་ཡིན་པས། བགེགས་བར་ཆད་ནམ་ཡོང་ག་ལ་ཤེས། ཉི་མ། ད་སྐྱེ་བ་ཚེ་ཐོག་འདི་ནས་ཁུ་གཉིས་ལ་ཐུག་དབང་མེད་ཀི” ཞེས་བཤད་ཀྱིན་གདོང་ནས་མཆི་མ་ཤམ་ཤམ་དུ་བཞུར།

ཉི་མ་ཚེ་རིང་གི་གདོང་ལ་སྐྱོ་བའི་ཉམས་ཆེན་པོ་ཞིག་མངོན་ནས་ཡུད་ཙམ་ལ་གྲག་འགྲུལ་མེད་པར་ལུས། སྐབས་དེར་གར་ཡོང་མི་ཤེས་པའི་བསེར་ཀླུང་འཇམ་པོ་ཞིག་གིས་ལོ་གཉིས་ཀྱི་བར་བཤགས་ཏེ་ལྷང་བ་ན། ཟླ་བཟང་སྒྲོལ་མའི་ལན་བུ་ཀླུང་གིས་སྐྱོད་པར་བྱེད། ཀླུང་ཁ་ན་ཟླ་བཟང་སྒྲོལ་མའི་གནག་ཅིང་སྟུམ་པའི་ལན་བུ་ནི་རྒྱ་ལྕང་གི་ལོ་འདབ་བཞིན་ལྷབ་ལྷུབ་ཏུ་གཡོ་ཞིང་། བསེར་ཀླུང་གི་རྒྱུ་བ་དང་བསྟུན་ནས་ལན་བུས་ཟླ་བཟང་སྒྲོལ་མའི་གདོང་གི་ཕྱེད་ཀ་བསྒྲུབས་ནའང་། མོའི་ཕོ་རངས་སྐར་ཆེན་དང་འདྲ་བའི་མིག་ཟུང་ལན་བུའི་སྒྲུབས་བར་བརྒྱུད་ནས་ཉི་མ་ཚེ་རིང་གིས་མཐོང་ཐུབ། ནམ་རྒྱུན་དང་མི་འདྲ་བ་ནི། མོའི་སྐོར་ཞིང་ཆེ་བའི་མིག་ཟུང་དུ་སྨུག་སྤྲིན་རབ་རིབ་ཅིག་འཐིབས་པ་ལྟར། སྔོན་གྱི་ཆུ་མིག་བཞིན་དྭངས་པའི་མདངས་དེ་ཡོངས་སུ་ཉམས་འདུག

ཉི་མ་ཚེ་རིང་ཉེ་སར་བཏུད་དེ་ཟླ་བཟང་སྒྲོལ་མའི་གདོང་གི་ལན་བུ་མར་ཕབ་ཅིང་བྱིལ་བྱིལ་ལན་འགའ་བྱས། མོའི་སྣ་ལོ་ནི་དེ་འདྲའི་མཉེན་ལྷུག་ལྡན་པ་ཞིག་རེད། དེས་ཉི་མ་ཚེ་རིང་ལ་ནང་སེམས་ཀྱི་སྐྱོ་བའི་སྣང་བ་ལས་ལྡོག་སྟེ་ཚོར་བ་འཇམ་པོ་འཇམ་པོ་ཞིག་བྱིན།

ཁོ་གཉིས་སྨྲ་བ་མེད་པར་ཡུད་ཙམ་འགོར་རྗེས། ཉི་མ་ཚེ་རིང་གིས “དོ་ནུབ། ང་ཁྱོད་སར་ཡོང་རྒྱུ་ཡིན” ཞེས་བཤད་དེ་ཁ་ཕྱིར་འཁོར་ནས་བུད་སོང་། ཁོའི་བོངས་ཆེ་བའི་རྒྱབ་གཞུང་གིས་ཟླ་བཟང་སྒྲོལ་མའི་དྲང་ཐད་ཀྱི་མཐོང་སྣེ་གྲིབ་གཏུབས་པ་བཞིན་བཅད་པ་ན།

མོ་ལ་གློ་བུར་དུ་ཉི་མ་ཚེ་རིང་གི་རྒྱབ་གཞུང་ནི་ལྷ་ན་སྡུག་པའི་ཡུལ་ལྗོངས་ཤིག་ཡིན་པའི་སྣང་བ་བྱུང་། མོས་དེ་ཡོངས་སུ་སྤྱོད་པ་བཞིན་འགྱུལ་མེད་དུ་ཙེར་ནས་བསྡད། རིམ་བཞིན་ཡུལ་ལྗོངས་དེ་མོ་དང་རྒྱང་ཐག་ཇེ་རིང་དུ་སོང་བ་དང་བསྟུན་ནས་སྨིག་རྒྱུ་བཞིན་རབ་རིབ་ཏུ་གྱུར་སོང་།

ཟླ་བཟང་སྒྲོལ་མ་ཉི་མ་ཚེ་རིང་གི་ཁྲུང་མར་འགྲོ་བར་མོའི་ཕ་མ་གཉིས་ཀ་གཏན་ནས་མི་འཐད། བུ་མོ་ཟླ་བཟང་སྒྲོལ་མའི་ཁྱིམ་ལས་ཀ་དང་ཡག་མོ་སློ་གང་ཡིན་ཙང་ས་སྟོད་སྨད་བར་གསུམ་དེ་ན་འགྲན་ཟླ་དང་བྲལ་བས། མོ་ལ་གཉེན་རྟགས་རྒྱག་མཁན་གྱི་གཉེན་ཡ་ནི་ཕྲེང་དུ་བསྒྲིགས་ཡོད། མོའི་ཕ་མ་གཉིས་ཀྱི་སེམས་ལ། གཉེན་ཡ་དེ་དག་གི་ཁྲོད་ནས་གང་འདོད་དུ་གཅིག་བསལ་ཀྱང་ཉི་མ་ཚེ་རིང་གི་ཆ་རྐྱེན་དང་བསྡུར་ན་ས་དང་གནམ་ཡིན་པས། ཕ་མ་གཉིས་ཀྱིས་ཡང་ཡང་བསྡུར་ཅིང་བརྟགས་རྗེས། ས་རྫོང་གཙང་ཤོག་གི་ཕྱུག་པོ་གྲགས་ཅན་ཏ་རྡོ་ཚང་གི་བུ་འབྲིང་བ་སྟག་ཕྱུག་ནི་ཡག་པོ་སློ་དང་ཁྱིམ་ཆ་རྐྱེན་སོགས་ཕྱོགས་གང་ཅིའི་ཐད་ནས་ཀྱང་གཉེན་ཡ་དགའ་ཞིག་ཡིན་པར་མ་ཟད། ཏ་རྡོ་ཞེས་ན་ཙ་སྡེ་བའི་གོང་ནས་འདུག་མཁན་ཞིག་དང་། ནང་སྡེ་མིས་ཡར་ལ་བཀུར་ས་ཞིག་ཡིན་པས། ཁྱིམ་དེ་ལ་བྱིན་ན་རང་ཚང་གི་མཚན་སྙན་གྲགས་འབར་ཞིང་། བུ་མོའི་སྐྱིད་ཀྱི་འཚོ་བ་རོལ་ཐུབ་པས་དེ་ལ་མི་སྟེར་གང་ལ་སྟེར། ཕ་མ་གཉིས་ཀྱིས་མོའི་བསམ་འཆར་མ་ལུས་རྣ་རྒྱབ་ཀྱི་ལྷགས་པར་བསྐྱུར་ནས། ཟླ་བཟང་སྒྲོལ་མའི་ཚེ་གཅིག་གི་དོན་ཆེན་དེ་ལྟར་ཚིག་གཅིག་གིས་ཐག་བཅད།

ཉིན་བཟང་སྐར་བཟང་ཞིག་ལ། ཟླ་བཟང་སྒྲོལ་མ་ནང་ན་ཟླས་མཐའ་ནས་བསྐོར་ཅིང་། གོས་ཚ་ཏུ་དང་གཡུ་བྱུ་ཏུས་ལུས་ཡོངས་བརྒྱན་ནས་ས་རྫོང་གཙང་ཤོག་ལ་བག་མར་བཏང་ངས། དེ་ནི་ཟླ་བཟང་སྒྲོལ་མར་མཚོན་ན། སྙིང་དམར་པོ་གཏུབས་པ་ལས་ཀྱང་སྡུག་ནའང་། ཕ་མའི་དབང་ཤེད་བཙན་པོའི་མདུན་ནས་གཞོམ་ཆུང་འཕོས་ཆུང་གི་ཟླ་བཟང་སྒྲོལ་མ་ནི་ཁྲ་སྨག་གིས་ཟིན་པའི་བྱེའུ་ཆུང་ཞིག་དང་འདྲ་བར་རང་དབང་མེད་པས། ཟླ་

བཟང་སྒྲོལ་མའི་སེམས་སྐྱོ་བའི་མིག་ཆུས་གོས་ཚ་ཏུའི་གོང་ཁ་ཡང་བརླན་པར་བྱས།

......

མོའི་དྭངས་གཙང་གི་སེམས་པའི་མཁའ་ངོགས་སུ་ཉི་མ་ཚེ་རིང་ནི་ལྡིང་སྐོར་ལ་བྲེལ་བའི་བྱ་རྒྱལ་རྒོད་པོ་ཞིག་དང་འདྲ་བར་སྣང་ཙམ་ལ་ཡང་འབྲལ་ཐབས་མེད་པས། ཁྱིམ་དེ་ནས་མོས་ཉིན་སྟེང་ཟླ་དང་། ཟླ་སྟེང་ལོ་བརྩེགས་ནས་དྲན་གདུང་གི་བློ་བ་བཟོད་ཐླགས་མེད་པ་དེ་སྒྲོང་དགོས་བྱུང་།

ལྷ་བཟང་སྒྲོལ་མས་སྒོ་ཞིང་གྲུ་བཞི་རྒྱབ་ལ་བསྐྱུར་ཏེ་ཁྱིམ་དུ་ལོག་རྗེས། ལོ་གསར་སླེབས་པ་ནང་བཞིན་དགའ་སྟོར་ཆེན་པོ་ཞིག་སྐྱེས། ཁྱིམ་གྱི་ཁང་མིག་མ་ལུས་ལ་གད་བདར་གཙང་དག་ཅིག་བྱས་ཤིང་། སྣ་སྣུ་ཐན་ཐུན་ལེན་བཞིན་ཉི་མ་ཚེ་རིང་ལ་ཆང་གང་འཇམ་དང་ཟས་གང་ཞིམ་གྲ་སྒྲིག་བྱེད་འགོ་བརྩམས། མོ་ལ་དེ་རིང་གི་སྤྲོ་བ་འདི་འདྲ་ཞིག་ས་ཧོར་གཙང་ཤོག་ཏུ་ཡོང་བ་ནས་བཟུང་སྐྱེས་མ་མྱོང་། སྤྲོ་བ་དེ་མོའི་ལུས་སེམས་གཉིས་ཀར་ཁྱབ་པ་དང་། གདོང་གི་སྐྱོ་ཉམས་མ་ལུས་འདག་རྫས་ཀྱིས་བཀྲུས་པ་བཞིན་གར་སོང་ཆ་མེད་དུ་གྱུར་ཅིང་། ལུས་པོ་དང་རྐང་པ་གཉིས་ཀྱང་རྗེ་ཡང་དུ་སོང་བའི་སྣང་བ་ཞིག་སྐྱེས། མོས་འགྲུལ་ཁང་གི་ཚ་ཐབ་ཐོག་ལ་གདན་དཀར་སོ་མ་ཆ་ཞིག་བཏིངས་ཤིང་། སྒྲོག་ཅོ་གཙང་མར་ཕྱིས་ཏེ་ཇ་ཆང་དང་ཀ་ར་སིལ་ཏོག་སོགས་ཀྱི་སྟེར་ཁ་ལེགས་པར་བཤམས། ལྷ་བཟང་སྒྲོལ་མས "ཉི་མ། ཇ་འཐུང་ཡ། ཉི་མ། སིལ་ཏོག་ཟོ་ཡ" ཞེས་བྱེས་པ་ཞིག་དང་འདྲ་བར་རྩེད་མོ་རྩེ། མོར་དངོས་གནས་ཉི་མ་ཚེ་རིང་གི་ཁ་གཏད་དུ་ཡོད་པ་འདྲ་ཞིང་། ཁོས་ངག་འཇམ་པོས་རང་ལ་ཚིག་ལན་སྟེར་བའི་ཉམས་སྣང་ཞིག་སྐྱེས། ལྷ་བཟང་སྒྲོལ་མ་འཁྲུལ་སྣང་དེ་ལས་སད་པ་ན་རང་གི་བྱ་སྤྱོད་ལ་ཁོང་དགོད་ཅིག་ཤོར།

དེ་ནི་དཔྱིད་མགོ་མ་བསླེབས་མ་ཐག་པའི་མཚན་མོ་ཞིག་ཡིན། དེ་དུས་ལྷ་བཟང་སྒྲོལ་མ་ད་དུང་ཧོར་གཙང་ཤོག་ཏུ་ཡོང་མེད། མོ་ཚང་གི་ཤིང་ཁང་གྲུ་བཞིའི་ཁང་སྟོད་ནས་སྒྲིག་སྒྲ་ཞིག་གྲགས། དེ་ནི་ཉི་མ་ཚེ་རིང་གིས་མོ་ལ་བརྒྱབ་པའི་བརྡ་ཡིན་པ་མོའི་སེམས་

ན་ཁྲིགས་ཁྲིགས་ཡིན། ཉི་མ་ཚེ་རིང་གིས་མོ་ཉལ་སའི་ཁང་ཀླད་དུ་རྡོ་ཞིག་འཕངས་པའི་སྒྲ་དེ་མོས་ཐོས་མ་ཐག ཟླ་བཟང་སྒྲོལ་མ་འཛབ་ཀྱིན་འཛབ་ཀྱིན་སོང་ནས་སྒོ་དལ་བུར་ཕྱེས། མོ་ལ་རྣམ་ཀུན་དང་མི་འདྲ་བར་བཤད་རྒྱུ་དགོད་རྒྱུ་མེད་པར་དབུགས་རྫིག་གེར་འདུག ཉི་མ་ཚེ་རིང་གིས་ལྷིང་འཇགས་ཀྱི་མཁའ་དབུགས་ལྷ་མོ་དེ་དཀྲིག་ཆེད་མོ་ལ་དགོད་ཁ་བསླངས། ཡིན་ཡང་མོའི་ རྣ་ལ་སྙན་པའི་དགོད་སྒྲ་དེ་རྒྱུན་མས་བཀུས་སོང་བ་འདྲ། མཚམས་ཤིག་ལ་མོ་རང་ཉི་མ་ཚེ་རིང་གི་སྙེ་ལ་ཕྲུགས་ཀྱིས་འཐམས་ནས་མཆུ་སྦྱོར་ཡང་ཡང་བྱེད། ཉི་མ་ཚེ་རིང་གིས་སྙིང་ཉེ་ཉེ་དང་ལག་པ་ཕར་བསྒྲིངས་ཏེ་མོའི་ལུས་ལ་རེག་པ་ན། སློ་ཡུལ་ལས་འདས་པ་ཞིག་ལ། ཟླ་བཟང་སྒྲོལ་མས་ལུས་ཀྱི་གྱོན་པ་ཡོངས་རྫོགས་བཤུས་ནས་རྗེན་རྗེན་དུ་འདུག་པས། ཉི་མ་ཚེ་རིང་ཧབ་ཧབ་པོར་གྱུར་ཏེ་ལག་པ་ཕྱིར་མི་སྐྱུམ་རང་སྐྱུམ་དུ་གྱུར།

"ཉི་མ། ངས་རང་གི་དྭངས་གཙང་གི་ལུས་པོ་ཁྱོད་ལ་སྟེར་འདོད" ཟླ་བཟང་སྒྲོལ་མས་མགྲིན་པ་སྔོང་བཞིན་དེ་ལྟར་བཤད།

"ངས་ཁྱོད་རང་ཁྱིམ་དུ་བསུས་རྗེས་གཏན་དུ་ང་ལ་དབང་བ་མ་ཡིན་ནམ"

ཉི་མ་ཚེ་རིང་གིས་ཕྱིར་ལན་བཏབ།

"མིན། ཅིས་ཀྱང་དོ་ཉུབ་སྟེར་རྒྱུ"

"ཟླ་བཟང་། དེ་འདྲ་མ་བྱེད། ངའི་ཁར་ཉོན"

"……"

ཉི་མ་ཚེ་རིང་གིས་ཟླ་བཟང་སྒྲོལ་མའི་མཚན་མོ་དེའི་བྱ་སྤྱོད་ལ་གོ་བ་ལོན་དུས་ནི་ཉིན་གཉིས་ཀྱི་རྗེས་ཡིན། དེ་དུས་ཟླ་བཟང་སྒྲོལ་མ་ཚང་གི་གཞིས་ཀའི་ཕྱོགས་ནས་ཤོག་སྦག་གཏད་པའི་སྒྲ་མཚམས་མེད་དུ་གྲག་འོངས། ཉི་མ་ཚེ་རིང་གིས་ཅི་ཡིན་མ་ཤེས་པར་སྒོ་ཁར་བུད་དེ་ཕྱོགས་དེར་བལྟས་པ་ན། ཁ་ཡ་ན་ཟླ་ཚང་མས་ཕྱོགས་དེ་བསྣེགས་ནས་འགྲོ་བཞིན་འདུག ཁོས་དེ་ཚོར་གང་ཡིན་ཅི་ཡིན་དྲིས་པ་ན། དེའི་གྲས་ཀྱི་གཅིག་གིས "ཟླ

བཟང་སྒྲོལ་མར་སྐྱོལ་མ་བྱེད་དུ་འགྲོ་བ་ཡིན། ཁྱོད་མི་འགྲོ་འམ” ཞེས་ལན་བསྒྲོགས།

“ཅི་ཞིག་གི་སྐྱོལ་མ” ཉི་མ་ཚེ་རིང་གིས་ཅི་ཡིན་ཆ་མ་འཚལ་བར་དེ་ལྟར་དྲིས།

“མ་ཤེས་ཁྱུལ་མ་བྱེད། འགྲོ། བཟང་ན་ངན་ན་ཁྱོད་ཀྱི་ཆུང་འགྲོགས་རེད་མོད”

ཉི་མ་ཚེ་རིང་གིས་ཡོད་ཚད་ཧ་གོ་སོང་། ཉི་མ་ཚེ་རིང་གི་གླད་པའི་ནང་ཧྲིལ་པོ་ནག་འཚུབ་སེར་སོང་། ཁོའི་མགོ་བོའང་འགས་ལ་ཁད་བྱེད་པས། ཉི་མ་ཚེ་རིང་རང་ཁྱིམ་དང་བྲལ་ཏེ་དེ་སྔ་ཁོ་གཉིས་ཀྱིས་ཐུག་འཕྲད་བྱེད་སའི་རི་སྐྱང་དེའི་ཕྱོགས་སུ་བརྒྱུགས། ཁོས་ཐ་མག་རྐང་གཅིག་ལ་མེ་ཁ་བསྒྲོས་ཏེ་རྒྱང་རིང་ལ་ཅེར། ཁོའི་མིག་ཟུང་ནི་དོང་ཞབས་མེད་ཅིག་དང་འདྲ་བར་སྟོང་སང་སང་དུ་འདུག ཁོའི་སེམས་ལ་ཟླ་བཟང་སྒྲོལ་མའི་བཅོ་ལྔའི་དུང་ཟླ་འདྲ་བའི་བཞིན་རས་དང་། ཚིགས་དྲུག་སྨུག་མ་འདྲ་བའི་སྐྱེ་ལུས་འབྱུར་གཟུགས་དང་བཅས་ཤར ……

ཟླ་བཟང་སྒྲོལ་མས་གནམ་གྱི་སྐར་ཁྱུང་ཆེན་པོ་དེ་ལས་ནམ་མཁའི་དབྱིངས་སུ་བལྟས་པ་ན། ཟླ་གཞོན་སྔོར་མོ་དེ་སྐར་ཁྱུང་གི་དྲང་ཐད་དུ་སླེབས་འདུག མོས་སེམས་ལ་ད་ནི་ནམ་ཕྱེད་དུ་སླེབས་འདུག་པས། ཉི་མ་ཚེ་རིང་ཡོང་ན་འགྱོད་རན་ཡིན། ལམ་ནས་ཅི་ཞིག་བྱུང་བ་མ་ཡིན་ནམ་སྙམ་བྱུང་། མོས་དེ་ལྟར་དྲན་པ་ན་སེམས་པ་ཆུ་ཁོལ་གདུ་གདུ་བྱེད་པས། ཟུ་མཐུད་དུ་ཚ་ཐབ་སྟེང་བུད་ནས་སྐྱུག་བཟོད་མེད་པར་གྱུར། མོ་རང་མྱུར་དུ་ཁང་གླད་དུ་བུད་དེ་སྡེ་ཧྲ་ནི་སྟོད་ཀྱི་ཕྱོགས་སུ་ཡུན་རིང་བལྟས། བཅོ་ལྔའི་དུང་ཟླ་སྔོར་མོས་ས་གཞིའི་ངོས་ཡོངས་གོས་དཀར་པོ་ཞིག་གིས་བཀླུབས་པ་དང་འདྲ་བར་དཀར་ཆིལ་ལེར་སྣང་ཞིང་། ནམ་མཁའི་དབྱིངས་སུ་སྐར་ཚོགས་རྣམ་པར་འཚེར་བའི་མཚན་ལྗོངས་ལྟ་ན་སྡུག་པ་ཞིག་མོའི་མིག་ལམ་དུ་ཤར། ཡིན་ཀྱང་། མོའི་སྙིང་གི་ཕྱེད་ཀ་ད་དུང་ཡང་མ་བསླེབས་པས་སྐར་ཚོགས་ཀྱི་མཛེས་སྡུག་ལ་གཡེང་བའི་སེམས་ཁམས་ཤིག་ག་ལ་ཡོད།

གློ་བུར་དུ་རྒྱང་རིང་ནས་དིང་གླིང་གི་འགྱུར་ཁུགས་ལ་བརྒྱུས་པའི་དབྱངས་ཧ་སྙན་མོ་ཞིག་ཐོགས་རེག་མེད་པར་མོའི་རྣ་བའི་བུ་གར་འཛུལ་ནས་ཡོང་། མོས་ཞིབ་ཏུ་ཉན་པ

ན། རེད། དེ་ནི་ཉི་མ་ཚེ་རིང་གིས་བྱས་པ་རེད། ས་སྐྱོད་སྐད་པར་གསུམ་འདི་ནས་དེ་འདྲའི་དེང་གླིང་སྣན་མོ་འབུད་ཤེས་མཁན་སུ་ཞིག་ཡོད་ཨང་། མོ་རང་ལ་སྣར་ཡང་དགའ་བ་ཟད་མི་ཤེས་པ་ཞིག་སྐྱེས་ཤིང་སེམས་ཁོང་རྩེལ་པོར་བདེ་སྣང་གིས་ཁེངས། ཚོར་བ་སྐྱིད་པོ་དེ་ཤ་དང་རུས་གསེང་དུ་འཐིམ་ནས་ཀླད་པའི་སྤྱི་གཙུག་བར་དུ་ཟུག

ཟླ་བཟང་སྒྲོལ་མས་རྒྱ་སྒོ་ཁྲིག་སེ་ཕྱེས་ནས་ཕྱི་ལོགས་སུ་བརྐྱུགས་པ་ན། ཉི་མ་ཚེ་རིང་གི་གདོང་ལ་འཛུམ་ཞིག་ཤར་ནས་སྒོ་དྲུང་དུ་འཁོར་འདུག མོས་ཕར་ལ་འཚམས་འདྲི་ཞིག་ཀྱང་བྱེད་ལོང་མ་བྱུང་གོང་ཚུར་སྐེ་ལ་འཐམ་ནས་འོ་ཞིག་བྱེད། འོ་དེ་ནི་ཀ་ར་བུ་རམ་ལས་ཞིམ་ལ། སྦྲང་རྩི་མངར་མོ་ལས་ཀྱང་འཇམ།

"སྤུར་དུ་ཁྱིམ་ལ་འགྲོ" ཟླ་བཟང་སྒྲོལ་མས་ཉི་མ་ཚེ་རིང་གི་ལག་མགོ་ནས་འཐེན། མོས་རྒྱ་སྒོ་དམ་པོར་གཏན་རྗེས་ཉི་མ་ཚེ་རིང་གི་སྐེ་ལ་འཇུས་ནས་ཐད་ཀར་འགྲུལ་ཁང་གཟས་ཏེ་སོང་། ཟླ་བཟང་སྒྲོལ་མས་དཀར་ཡོལ་འབྲུག་མའི་ནང་དུ་འོ་ཇ་ལྷེམས་ལྷེམས་ཤིག་བླུགས་ནས་དྲངས་ཤིང་། སྟེར་ཁའི་ནང་གི་སིལ་ཏོག་ཅིག་བླངས་ཏེ་ཉི་མ་ཚེ་རིང་གི་ལག་ཏུ་བཞག་པ་ན། ཁོའི་གདོང་ལ་ཉི་ཟེར་འདྲ་བའི་འཛུམ་ཞིག་ཤར་ནས་ལག་གི་སིལ་ཏོག་དེ་ཕྱིར་ཟླ་བཟང་སྒྲོལ་མར་བྱིན།

"ཁྱོད་ཀྱིས་ཟོ"

"ཁྱོད་ཀྱིས་ཟོ་ཡ"

"……"

ཁོ་གཉིས་ཀྱིས་ཇ་ཁམ་གང་འཕྲུང་དབང་མེད་ཅིང་ཟས་ཁམ་གང་ཟ་དབང་མ་བྱུང་བར། ཕྱི་སྒོ་ཆེན་ཁྲིག་སེ་བཏང་ཞིང་ནང་སྒོ་ཆུང་ཚོམས་སེ་བཏང་བྱུང་། ཟླ་བཟང་སྒྲོལ་མས་རང་གི་ཁྱོ་ག་རྒྱ་སྟག་འདྲ་བོ་དུར་ནས་ཡོང་བཞིན་པ་ཐོས་པས། ད་གཟོད་ཁྱོ་གས་ཀ་ཚུ་ཁོག་ལ་འགྲོ་རྒྱུ་ཡིན་ཟེར་བ་དེ་ནི་མོ་ལ་མགོ་བསྐོར་པ་ཤེས་པས་སེམས་སློང་སློང་པོར་གྱུར། ཉི་མ་ཚེ་རིང་གིས་སྐེད་ནས་གྲི་ཕྱུང་སྟེ་ཕྱི་ལོགས་སུ་རྒྱུག་རྩིས་བྱས་པ་ན། ཟླ་བཟང་སྒྲོལ་

མས་ "ཕྱོས། ཁྱོད་རང་མྱུར་དུ་ཕྱོས" ཞེས་གནམ་གྱི་སྐར་ཁྱུང་བསྟན།

"མིན། ང་སྟག་ཤར་ཞིག་གིས་ཁྱོད་ཁེར་མོ་བསྐྱུར་ནས་འགྲོ་སྲོལ་ཞིག་གང་དུ་ཡོད"

ཉི་མ་ཚེ་རིང་གིས་མོའི་གདོང་ལ་བལྟས་ནས་དེ་ལྟར་བཤད།

"ཁྱོད་ནི་དེའི་འཁོན་ཡ་ག་ལ་ཡིན། མི་དེས་སྟོད་ནས་ཧྲག་བྱས། སྨད་ནས་བརྒྱུས་བྱས། འཐབ་རྩལ་ངན་ཤེད་ཆེ་བ་ཁྱོད་ཀྱིས་ལོས་ཤེས། ཁྱོད་ཀྱིས་རང་གི་ཕ་ལོ་མ་ལོ་དང་ཁྱིམ་ཚང་མར་འདང་རེ་རྒྱོབས་དང་། མི་དེ་དང་འཐབ་ན་ཉེན་ཁ་ཆེ་བ་མ་ཟད་སྟེ་སྟོད་སྨད་བར་གསུམ་དུ་འུར་ན་མི་ཁ་ཡང་འཁོར་ཡོང" ཟླ་བཟང་སྒྲོལ་མས་ཁོའི་ལག་པ་ནས་བཙན་གྱིས་ཡང་ཡང་ཕྱིར་འཐེན་བཞིན་ཞུ་བ་བྱས་པ་ན། ཉི་མ་ཚེ་རིང་ནི་བྱ་བཞིན་དུ་གཞོག་པ་མེད་ཙང་མགོ་སྐར་ཁྱུང་ནང་ནས་ཁྲ་བཞིན་དུ་འཕྱུར་ནས་བུད་སོང་།

"ཁྱི་ཀན་ཁྱི་མོ་གཉིས་ཀ དོ་ནུབ་ངའི་ལག་ཏུ་ཚུད་པ་མིན་ན་ཅི་ཡིན" མོའི་ཁྱིག་སྟག་ཕྲུག་གིས་ལག་ཏུ་ཤིང་དུམ་ཞིག་ཐོགས་ཏེ་འགྲུལ་ཁང་ནང་དུ་མཆོངས་ནས་ཡོང་བ་ན། ཉི་མ་ཚེ་རིང་སྔར་ནས་བྲོས་ཟིན། སྐར་ཁྱུང་ཁ་ནས་རྟུལ་གྱི་ཟེགས་མ་ད་དུང་ཚ་ཐབ་སྟེང་དུ་ཐོར་འོང་བཞིན་འདུག སྟག་ཕྲུག་ནི་ངོ་མ་སྟག་ཕྲུག་ཅིག་དང་འདྲ་བར་མིག་གཉིས་སྒྲོག་དམར་འཚུབ་འཚུབ་དང་། ལག་གཉིས་སྒྲོག་ཞགས་གཡུག་གཡུག་བྱེད། ཁོས་ཐད་ཀར་ཟླ་བཟང་སྒྲོལ་མའི་སྐྲ་ལན་བུ་ལྤང་ལོ་འདྲ་བོར་འཛུས་ནས་གཡས་འཐེན་གཡོན་འཐེན་ཞིག་བྱས་པ་ན། ཟླ་བཟང་སྒྲོལ་མ་ནི་རྩྭ་སྔོག་ཅིག་དང་འདྲ་བར་བསམ་དབང་དྲན་དབང་མེད་པར་ཐང་ལ་འགྱེལ་སོང་། ཁོས་ཨུ་མཐུད་དུ་ཟླ་བཟང་སྒྲོལ་མའི་ལུས་ལ་རྐང་བརྡེས་རྡོག་བརྡེས་བྱེད་བཞིན "ཁྱི་ཀན་མ། ངས་ཁྱོད་དེ་རིང་ལྷ་ལམ་དུ་མ་བཏང་ན་ང་བུ་མིན" ཞེས་ངར་ངར་ཧྲིག་ཧྲིག་བྱེད་ཅིང་། མོའི་ལུས་རྟིལ་བོ་སྡོང་ལོ་བཙེམ་བཙེམ་བྱས་པས། མོའི་ལུས་སྟེང་ནས་ཟུངས་ཁྲག་འཁོལ་མ་ལྷག་ལྷག་ཏུ་བཞུར་བྱུང་། ཟུངས་ཁྲག་འཁོལ་མས་ཇོག་འོག་གི་མཐིལ་ཤིང་ཡང་མཚལ་མདོག་ཏུ་བསྒྱུར་སོང་།

……

དུས་ཡུན་རིང་པོ་ཞིག་འགོར་རྗེས་ཀླ་བཟང་སྒྲོལ་མ་བརྒྱལ་བ་ལས་ཅུང་ཙམ་སོས། སྟག་སྡུག་རང་གི་གཏུམ་སྤྱོད་ལ་འགྱོད་པ་སྐྱེས་པ་ནང་བཞིན་ཀླ་བཟང་སྒྲོལ་མ་ཡར་ལ་བསྐྱར། མྱུར་དུ་ཕྱས་མཐོན་པོ་ཞིག་བཞག་ནས་ཚ་ཐབ་སྟེང་དུ་བསྐོལ་ཅིང་གོས་ཡང་མོ་ཞིག་ལུས་ལ་བཀབ། ཡིན་ན་ཡང་། ཀླ་བཟང་སྒྲོལ་མར་མཐོན་པོ་ཕྱས་དེ་དམའ་མོ་རིང་གི་དམའ་ཞིག་དང་། ཡང་མོ་གོས་དེ་གོར་མ་རྗེ་ཡི་ལྷེ་ཞིག་ཡིན་པའི་སྣང་བ་བྱིན་ལ། ཀླ་བཟང་སྒྲོལ་མས་མིག་ཟུང་དལ་མོར་ཕྱེས་པ་ན། སྟག་སྡུག་གིས་གདོང་གི་ཁྲོ་ཉམས་ཡོངས་སུ་དོར་ནས། ཧ་ཅང་སྙིང་ཉེ་མདོག་དང་ཤ་ཚ་མདོག་གིས་ཅི་འདྲ་གང་འདྲ་ཞེས་དྲིས་བྱུང་། ཀླ་བཟང་སྒྲོལ་མས་ཁོའི་འཇིགས་སུ་རུང་བའི་གདོང་དེ་མཐོང་མ་ཐག་ལན་འདེབས་མ་དགོས་སྐྱུག་མེར་བ་ཞིག་བྱུང་ཞིང་སེམས་ཁོང་དུ་ཆུ་འཁྱག་བླུགས་པ་བཞིན་འཁྱག་སིབ་སིབ་ཏུ་གྱུར།

ཀླ་བཟང་སྒྲོལ་མའི་ལུས་ཡོངས་ལ་ཟུག་གཟེར་དྲག་པོ་ཞིག་སྐྱེས། མོས་ཚོད་དཔག་ཅིག་བྱས་ན་ད་ནི་ནམ་ལངས་རྒྱུར་དུས་ཚོད་མང་པོ་མེད། མོ་ལ་སླར་ཡང་གཟེར་ཀོད་ཧ་ཀོད་རྒྱུག་རྒྱུག་དང་། གཟེར་འཁྲིང་ཕུར་བ་བརྡབས་བརྡབས། གཟེར་ཆུང་གཡག་ཀོད་ངུར་ངུར་བྱེད་པས། མོའི་ཁ་ནས "ཨ་ཕ། ཨ་མ" ཞེས་ཡང་ཡང་ཤོར། ཡིན་ནའང་ཕ་མ་གཉིས་ནི་ས་ཁ་ཐག་རིང་བས་མོའི་འབོད་སྐད་དེ་ཐོས་ག་ལ་སྲིད། མོའི་སྲོག་རྩ་ཟ་འདྲ་པོ་ཚད་ལ་ཉེ་དུས་དྲན་པ་མག་མོག་དེ་ཉི་མ་ཚེ་རིང་ཚང་གི་ཕྱོགས་ལ་ཤོར། མོའི་སེམས་ངོར་ཉི་མ་ཚེ་རིང་གི་ངོ་གདོང་དེ་རབ་རིབ་ཅིག་འཁོར་ནའང་། དེ་ནི་དེ་འདྲའི་རྒྱང་རིང་ཞིག་དང་གསལ་ལ་མི་གསལ་བ་ཞིག མོས་ལག་པ་ཕར་བསྲིང་འདོད་ཀྱིས་ཡར་ལ་བཀྱགས་ཀྱང་ལུས་ཀྱི་སྟོབས་ཤུགས་ཡོངས་སུ་ཟད་འདུག མོ་ལ་འཇིག་རྟེན་ཧྲིལ་པོ་སྨག་གིས་བཏུམས་ནས་འོང་བཞིན་པའི་སྣང་བ་ཞིག་སྐྱེས། མོ་ལ་གྲང་འདར་འགའ་བསྟུད་མར་བརྒྱབ།

ནམ་ལངས་ཁར་ཉི་མ་ཚེ་རིང་གིས་རྨི་ལམ་སྣ་ཚོགས་ཤིག་རྨིས་བྱུང་། རྨི་ལམ་དུ་མེ་ཏོག་ར་བ་ཞིག་གི་ནང་དུ་མེ་ཏོག་པདྨ་ཆ་གཅིག་ལྷམ་མེར་བཞད་འདུག སྐབས་དེར

དགུང་ཨ་སྔོན་པར་སྣང་ཁམས་ནས་སྤྲིན་དཀར་པོ་རས་གུར་འདྲ་ཞིག་འཁྱིལ་བྱུང་། ཡང་སྐད་ཕྱོགས་རྨ་ཆུ་ཁ་ནས་སྤྲིན་ནག་པོ་སྦྲ་ནག་འདྲ་ཞིག་ལངས་བྱུང་། སྤྲིན་དཀར་ནག་གཉིས་ཀྱི་མཚམས་ནས་འབྲུག་སྒྲ་ངར་མོ་ལྡིར་ལྡིར་ཞིག་གྲགས། དེར་མཐུད་ནས་གློག་དམར་ཁྱུགས་སེ་འཁྱུག་ཅིང་། ཆར་སེར་བ་ཤག་ཤག་བབས་པས་མེ་ཏོག་ར་བའི་ནང་གི་མེ་ཏོག་པདྨ་ཆ་པོས་ལ་གནོད་སོང་།

ཉི་མ་ཆེ་རིང་རྣི་ལམ་ལས་གློ་བུར་དུ་སད་དུས་ལུས་ཡོངས་རྡུལ་ཆུས་བངས་འདུག ཁོའི་སེམས་ལ་དོགས་པ་ཞིག་སྐྱེས་པ་དང་ཆབས་ཅིག་མྱུར་བ་མྱུར་དུ་ཡར་ལངས། ཁོས་ལག་པ་གཙང་མར་བཀྲུས་རྗེས་བསང་ཆེན་པོ་ཞིག་བཏང་ནས་རང་གི་རྩ་བའི་བླ་མར་གསོལ་བ་དྲག་ཏུ་བཏབ་ཅིང་། ཆོས་སྐྱོང་སྲུང་མའི་མཚན་ནས་བོས་ཏེ་སྐྱབས་འཇུག་ཞུས། ཉི་མ་ཆེ་རིང་གིས་རྒྱབ་ལའང་བླངས་མ་མྱོང་བའི་ནུབ་ལུགས་ཀྱི་ལྭ་བ་སོ་མ་དེ་ལུས་ལ་གོན་ཞིང་། སྐེད་ལ་གྲི་ཆུང་ནོ་ངར་ཅན་དེ་བཏགས་རྗེས་སྦྲག་སྦྲག་འཁོར་ལོར་ཞོན་ཏེ་ལ་རིང་ཐུང་སྐྱུད་པ་རྨེལ་རྨེལ་དང་ཐང་ཆེན་པོ་ཤོག་སྐྱ་ལྷེབ་ལྷེབ་བྱས་ཏེ་ཧོར་གཙང་ཤོག་ལ་ཆས། ཁོ་རང་ཟླ་བཟང་སྒྲོལ་མ་ཚང་གི་གཞིས་ཀའི་ཉེ་འདབས་སུ་བསླེབས་པ་ན། དེ་ཏུ་མི་ཚོགས་ཀྱིས་ཟང་ཟིང་ལང་ལོང་བྱེད་ཀྱིན་འདུག་ལ། ཉ་མ་ཏུ་དང་སྦྲུབ་ཆའི་སྒྲ་ཞིག་ཀྱང་རྣ་ལམ་ལ་བར་མེད་དུ་འཁོར་འོངས་པས་ཁོའི་སྙིང་ཁུང་ལྡུ་གུ་ལྡིར་ལྡིར་བྱེད།

ཉི་མ་ཆེ་རིང་གིས་མི་ཡར་འགྲོ་མར་འགྲོ་ཞིག་བོས་ནས་གནས་ཚུལ་ཅི་བྱུང་འདྲི་བསམས་མོད། འདང་ཞིག་བརྒྱབ་ཆེ་ས་ཧོར་གཙང་ཤོག་ནི་སྡེ་བ་ཆོ་བ་མི་གཅིག་ལ། སྡེ་མགོ་དཔོན་མི་གཅིག ཁ་ཡ་ན་ཟླ་མི་གཅིག་པས་སུ་ཞིག་ལ་ཇི་ལྟར་འདྲི་དགོས་པའམ་མི་ཤེས་པར་གྱུར། ཁོ་རང་ཟླ་བཟང་སྒྲོལ་མས་ཡུར་མ་ཡུར་ས་དང་ཆིག་སྣན་མོ་མགོ་རྐང་བསྒྲིགས་སའི་སྒོ་ཞིང་གྲུ་བཞི་དེའི་ཕྱོགས་སུ་སོང་ཞིང་། ཁོས་སྦྲག་སྦྲག་འཁོར་ལོ་ཐང་ལ་བསྒྱལ་རྗེས་བྲང་ཁྱུག་ནས་ཐ་མག་རྐང་གཅིག་སྦྱངས་ཏེ་འཐེན་ཐུབ་ཐུབ་བྱས། ཁོའི་སེམས་པ་ནི་སྨུན་ནག་ནང་གི་མེ་ལོང་བཞིན་ཅི་ཡང་འཆར་རྒྱུ་མེད་པར་གྱུར།

ཡུད་ཙམ་གྱི་རྗེས་སུ་བུད་མེད་ཅིག་ཕོའི་ཕྱོགས་སུ་འོང་བཞིན་པ་མཐོང་།

བུད་མེད་དེ་ཉེ་བར་སླེབས་པ་ན། ཕོས་དེ་ནི་ཟླ་བཟང་སྒྲོལ་མའི་བཟང་ས་རྒྱན་ས་ཟླ་དཀར་ཚེ་སྒྲོན་ཡིན་པ་ཤེས། ཕོ་རང་ཧ་ལས་ཏེ་ཡར་ལངས་ཏེ་གམ་དུ་བརྒྱུགས།

ཟླ་དཀར་ཚེ་སྒྲོན་གྱིས་མགོ་བོ་བྲང་ཁར་སྨད་ཅིང་མིག་ལ་མཆི་མ་འཁོར་འདུག མོས་སྐད་མགོ་ཧ་ཅང་དམའ་མོའི་ངང "ཁྱོད་ཡོང་བ་འཕྱིས་སོང་། ཟླ་བཟང་སྒྲོལ་མ་མ་འཚམས་ཐལ" ཞེས་བཤད་རྗེས་ དུ་སྒྲ་འདོན་བཞིན་ཕྱིར་འཁོར་ནས་བརྒྱུགས་སོང་།

ཉི་མ་ཚེ་རིང་གི་གདོང་ཡོངས་སྐྱ་བོ་སྐྱ་མདོག་ཏུ་གྱུར། ཕོའི་ཡ་ཆུང་གངས་དཀར་སེམས་ནས་མེ་མེད་པར་ཚ་ཞིག་ལངས་ཤིང་། སྤྲིན་མེད་ལ་སྨུག་ཅིག་འཐིབས་བྱུང་། ཁྲ་ཆུང་མིག་ནས་ཆུ་མེད་ཅིང་གཙང་བོ་བཞུར་བས། ཕོས་ལག་ཐུང་རང་གི་སྐྲ་ལ་འཐམས་ཏེ་ཡང་ཡང་འཐེན་ཡང་ན་ཟུག་གི་ཚོར་བ་ཅི་ཡང་མི་འདུག ཕོ་རང་གཞོག་པ་ཐོགས་པ་དང་འདྲ་བར་རྒྱུག་ཐེངས་གཅིག་གིས་སྡེ་བའི་གཞུང་ལ་སླེབས་དུས། མི་མང་པོ་ཞིག་གིས་ཟླ་བཟང་སྒྲོལ་མའི་བེམ་པོ་ཁུར་ནས་དུར་ཁྲོད་དུ་སྐྱེལ་བཞིན་འདུག ཕོས་སྡེ་བ་དེའི་རྒན་པོ་ཞིག་ལ་རང་ཉིད་ཀྱང་འགྲོ་བའི་རེ་བ་ཞུས་པ་ན། རྒན་པོ་དེས "ཁྱོད་རང་འགྲོ་མི་ཉན། ང་ཚོས་ཕྱོགས་མི་གཅིག་པས་མོའི་རྣམ་ཤེས་ལ་གནོད་འགྲོ" ཟེར། ཕོས་ཞུ་ཚུགས་ཚད་པ་ན་གསར་བུ་སྐོར་ཞིག་གིས་ཕུད་རྒྱག་བྱས་ནས་ཕོ་རང་རྒྱང་དུ་དེད་བྱུང་། ཉི་མ་ཚེ་རིང་ལ་གོམ་གསུམ་སྤོ་དབང་ཡང་མེད་པས། ཐབས་ཟད་ནས་ཡུལ་དེར་དྲན་མེད་དུ་བརྐྱལ་སོང་།

ཕྱི་དྲོའི་མཚམས་སུ་མི་རྣམས་གཅིག་འཐོར་གཅིག་ཕྱིར་ལོག་བྱུང་བས། ཉི་མ་ཚེ་རིང་ཁ་རོག་གེར་ཕ་གིའི་དུར་ཁྲོད་དུ་འགྲོ་སའི་རྐང་ལམ་དུ་ཞུགས། ཕོའི་སེམས་པ་སྡུག་གིས་མནར་བཞིན་བྲག་དམར་པོ་ཞིག་གི་ཀླད་དུ་ཆགས་པའི་དུར་ཁྲོད་དུ་འཁྱོར་བ་ན། སྟོང་ཞིང་འཇིགས་པའི་དུར་ཁྲོད་དུ་ཟླ་བཟང་སྒྲོལ་མའི་བེམ་པོ་བྱ་ཡིས་ཟོས་ནས་ཤུལ་ཙམ་ཡང་ལྷག་མི་འདུག ཕོས་ཞིབ་ཏུ་བཙལ་བ་ན། འཇག་རྩ་ཐོན་པོར་སྐྱེས་པའི་ཚལ་དུ་ཟླ་བཟང་སྒྲོལ་མའི་དུང་སོ་སུམ་ཅུ་ལྷན་ཅིག་ཏུ་ས་ལ་འཐོར་ཡོད་པ་མཐོང་བས། ཕོས་མིག་ནས་མཆི་

མ་འདོན་བཞིན་རིན་པོ་ཆེ་རྩ་ཆེན་ཞིག་རྙེད་པ་ནང་ལྟར་རེ་རེ་བཞིན་བཏུས། ཕོས་ཕྱོགས་ཡར་མར་ལ་ཡང་ལྟ་བསྐྱར་ལྟ་བྱས་པ་ན་མོའི་སྐྲའི་ལན་བུ་ཤུ་སྒྲ་དང་བཅས་རླུང་གིས་སྐྱོད་ཀྱིན་འདུག མོའི་ལན་བུ་དེ་ནི་རླུང་ནང་ན་དེ་འདྲའི་གནག་ཅིང་སྣུམ་ནའང་། ད་ལྟ་ལན་བུ་དེ་ཟླ་བཟང་སྒྲོལ་མའི་མགོ་ན་མེད་པར། བྲ་མ་ཕོན་པོ་ཞིག་གི་རྩེ་རུ་བསྐྱོན་ཡོད། ཕོས་ལན་བུ་དེ་ཟླ་བཟང་སྒྲོལ་མའི་མགོ་ན་ཡོད་པར་ཇི་ལྟར་རྟོག་བཟོ་བྱས་ཀྱང་མིག་མདུན་གྱི་ཡོད་ཚད་ཀྱིས་དེ་ནི་མི་སྲིད་པ་ར་སྒྲུབ་པས། ཕོ་ལ་ཡོད་མ་མྱོང་བའི་ཚོར་བ་སྡུག་མོ་སྡུག་མོ་ཞིག་སྐྱེས་སུ་བཅུག

ལན་བུ་དེ་དེ་ལྟར་མཛེས་སྡུག་གི་དར་ཆ་ཞིག་དང་འདྲ་བར་རླུང་གིས་སྐྱོད་ཀྱིན་འདུག ས་སྲོད་ཀྱི་གནམ་སའི་མཚམས་ན་སྲིན་པ་ནི་ཁྲག་གིས་བསྔོས་པ་བཞིན་མིག་ལ་འཚེ་བ་ཞིག་རེད། ཕོས་གནམ་སའི་བར་སླགས་སུ་ཡུན་རིང་པོར་ཅེར་ནས་བསྡད་པ་ན། ས་རུབ་པའི་སྟ་གོན་དུ་སྨུག་ནག་གི་ཡོལ་བ་ཞིག་རིམ་བཞིན་ནམ་མཁའི་མཐོངས་སུ་ག་ལེར་འཐེན་འོངས་པས། ཉི་མ་ཚེ་རིང་གིས་རླུང་གིས་སྐྱོད་ཀྱིན་པའི་སྐྲ་ལོ་དེ་རུམ་ལ་བཅུག་ཅིང་སྡུག་ནག་འདོམ་པ་གང་རྒྱུད་དེ་ལྡེད་ཏིག་ཏིག་དང་གོམ་པ་ཕྱིར་ལོག་པའི་ལམ་དུ་མི་སྤོ་ཐབས་མེད་བྱུང་།།

བྱུར་བཀོད།

འདི་ནི "ཧྲ་ནི་སྟོད་དང་ཧོར་གཙང་ཕོག" གམ "ཉི་མ་ཚེ་རིང་དང་ཟླ་བཟང་སྒྲོལ་མ" ཞེས་པའི་དམངས་ཁྲོད་གཏམ་རྒྱུད་དེ་གཞིར་བཟུང་ནས་བྲིས་པ་ཡིན། གཏམ་རྒྱུད་དེར་པར་གཞི་མི་འདྲ་བ་ཁ་ཤས་ཡོད་ནའང་སྤྱི་ཕོག་ཐལ་ཆེར་མཚུངས་ཤིང་། དེ་ནི་མདོ་སྨད་ཡུལ་དུ་དར་ཁྱབ་ཆེ་བའི་དམངས་ཁྲོད་ཀྱི་གཏམ་རྒྱུད་ཅིག་ཡིན་པས་ཀུན་གྱི་ཞ་ལོབས་ཐོས་ལོབས་སུ་གྱུར་ཡོད་པ་རེད། ང་ཚོའི་དམངས་ཁྲོད་རྩོམ

རིག་ནི་རྒྱ་གཏེར་ཆེན་པོ་ཞིག་དང་འདྲ་བར་ཕུན་སུམ་ཚོགས་ལ། དེར་རང་གི་ཐུན་མིན་ཁྱད་ཆོས་ལྡན་པ་ནི་བསྙོན་དུ་མེད་ཅིང་། དེ་ལ་དུས་རབས་ཀྱི་སྔོག་རྩ་གསར་པ་ཞུགས་རྒྱུ་དེ་ཡང་གལ་པོ་ཆེར་མཐོང་བས། ང་ཚོས་གསར་རྩོམ་གྱི་སྨྱུག་ཁ་དེང་རབས་འཚོ་བའི་ངོས་སོ་སོར་ཕྱོགས་པའི་མཚུངས་སུ། ན་ལ་སྙན་ཞིང་ཡིད་དབང་འཕྲོག་པའི་དམངས་ཁྲོད་གཏམ་རྒྱུད་དེ་དག་ཀྱང་གསར་རྩོམ་གྱི་ཐོན་ཁུངས་ཀྱི་ནོར་པ་ཞིག་ཏུ་བརྩིས་ནས། དེ་དར་སྤེལ་དང་སྔོག་འདོན་བྱས་ན་བློ་བ་གཞན་ཞིག་ཀྱང་འདུག་སྙམ། གཞན་ཡང་དཔེ་དང་དཔེ་ཅན་སོགས་རྗོད་བྱེད་ཚིག་གི་ཆ་ནས་དཔེར་ན། ངའི་རོགས་ལོ་བདེ་མྱུར་བྱ་རེད། །བྱ་བཞིན་དུ་གཤོག་པ་མེད་ཙང་། །མགོ་ཁང་བའི་སྐར་ཁུང་ནང་ནས། །ཁྲ་བཞིན་དུ་འཕུར་ནས་བུད་ཐལ། །ཞེས་པ་ལྟ་བུ་དང་། ས་ཙུབ་ནས་ནམ་གྱང་ལོན་དུས། །ངག་ཟེར་རྐོད་ཏ་རྐོད་རྒྱུག་རྒྱུག ངག་ཟེར་འཁྲིང་ཕུར་བ་བརྡབས་བརྡབས། །ངག་ཟེར་ཆུང་གཡག་རྐོད་ཙར་ཙར། །ལྟ་བུ་སོགས་ནི་བོད་རང་གི་ཡུལ་སྲོལ་གོམས་འདྲིས་དང་བསམ་གཞིག་བྱེད་སྟངས་དང་མཐུན་ཞིང་། རྩམ་དྲི་དང་མར་དྲིས་ཀུན་ནས་ཕྱུག་པས་རྒྱ་ནག་དང་ནུབ་ཕྱོགས་སོགས་ཀྱི་ཡ་མཚན་རྒྱུས་མེད་ཅན་གྱི་བརྗོད་སྟངས་ལོན་ཉེར་ལེན་བྱེད་པ་ལས་ཡོན་ཏན་དེ་དག་རྒྱུན་འཛིན་བྱ་ཐུབ་ན་བོད་རང་གི་ཁྱད་ཆོས་འབུར་དུ་ཐོན་པས་ལྷག་ཏུ་ལེགས་པར་སེམས་སོ། །

དེ་བས། དམངས་ཁྲོད་རྩོམ་རིག་དེ་དག་མ་ཉམས་གོང་འཕེལ་དང་ཉམས་པ་སོར་ཆུད་ཡོང་ཆེད། "དོན་གྲུབ་རྒྱལ་པོ་དང་ཡེ་ཤེས་སྒྲོལ་མ" དང "བུ་མོའི་མནར་སྡུག" "མནའ་བཅད་དོན་པོ" སོགས་དམངས་ཁྲོད་གཏམ་རྒྱུད་གང་མང་ཞིག་རྩོམ་པ་པོ་རྣམ་པས་དེང་རབས་སྒྲུང་གཏམ་གྱི་གར་སྟེགས་སྟེང་འདྲེན་ཐུབ་ན་དགོས་པ་ཆེན་པོ་ལྡན་ནོ། །

དཀར་ཐུང་།

ང་མལ་ཁྲིའི་སྟེང་དུ་ཁ་གནམ་ལ་འཁོར་ཏེ་ཉལ་ནས་བསམ་བཞིན་པ་ཡིན། དགུན་གྱི་ནམ་ཟླ་ཤིན་ཏུ་དྲོ་བས་ང་ལ་གཉིད་ཁུགས་ཐབས་བྲལ། ངས་རང་གི་ལུས་སྟེང་དུ་བཀབ་ཡོད་པའི་མལ་ཐུལ་བཤུས་ནས་ཡོགས་སུ་བཞག་པ་ན། གཅེར་རྗེན་དུ་བྱུད་པའི་ལུས་པོར་སྐྱོན་མེད་པའི་བདེ་ཚོར་ཞིག་སྐྱེས། གློག་འོད་ཀྱི་རམ་འདེགས་ལ་བརྟེན་ནས་ངའི་མིག་ལམ་དུ་འོད་ཡིག་སྣ་ཚོགས་རིམ་སུ་ཤར་བྱུང་།

དངོས་གནས་ངེད་ཚང་གི་ཁང་པའི་གདུང་མ་དང་ཁང་ཐོག་ཕྱིལ་པོར་འོད་ཡིག་བབས་འདུག འོད་ཡིག་དེ་དག་ནི་དབུ་ཅན་གྱིས་བྲིས་པ་ཡོད་ལ། དབུ་མེད་ཀྱིས་བྲིས་པ་ཡང་ཡོད། དེ་དག་ལས་ལ་ལར་ཤིག་ཡིག་གཟུགས་ལེགས་པོ་ཅན་ཤ་སྟག་རེད། ཡང་ལ་ལར་ཤིག་དཔེ་ཀྲ་དབྱེ་བྱུང་བྱེད་བཞིན་པའི་བྱིས་པ་ཆུང་ཆུང་ཞིག་གིས་བྲིས་པ་དང་འདྲ་བར་ཧ་ཅང་བཙོག གང་ལྟར་ཡི་གེ་དེ་དག་མཐོང་བས་ང་ལ་དགའ་བ་ཟད་མི་ཤེས་པ་ཞིག་སྐྱེས། ངས་དེ་དག་གློག་འདོན་བྱེད་ཀྱིན་བྱེད་ཀྱིན་སློ་བུར་དུ་རྟའམ་བོང་བུ། ཡང་ན་བ་གླང་ངམ་བེའུ། ཤིང་རྟའམ་ལྷུགས་རྟ། རླངས་འཁོར་སོགས་ཀྱི་གཟུགས་སུ་གྱུར། ཡང་ཞིབ་ཏུ་བལྟས་པ་ན། དེ་དག་ནི་ཅི་ཡང་མ་རེད། སོག་ལེ་དང་གཞོག་གྲིས་གཞོག་ཤུལ་དུ་རང་བྱུང་

ཏུ་བབས་པའི་རི་མོ་ལྟ་བུ་ཞིག་རེད། ངས་ཉུ་མཐུད་དུ་རི་མོ་དེ་དག་ཡང་བསྒྱུར་བོད་ཡིག་ཏུ་འགྱུར་བར་རི་སྨོན་བཅངས་ནའང་། རྟའམ་བོང་བུ། ཡང་ན་བ་གླང་ངམ་བེའུ། ཤིང་རྟའམ་ལྕགས་རྟ། རླངས་འཁོར་དེ་དག་ཡང་བསྒྱུར་བོད་ཡིག་ཏུ་འགྱུར་མ་ཐུབ། དེ་དུས་ངས་དཀར་ཁྱུང་ལས་ནམ་མཁའི་མཐོངས་སུ་ཅེར་བ་ན་ཕྱི་རོལ་གྱི་ནམ་མཁའ་ན་སྐར་ཚོགས་ལྷམ་མེར་བཀྲ་ཞིང་། འོད་ཀྲིག་ཀྲིག་གི་སྐར་ཚོགས་ནི་བོད་ཡིག་རེ་རེ་དང་འདྲ་བར་ཡི་གར་འོང་།

དེ་དུས་ངས་ཀྱང་སློབ་གྲྭ་ཆུང་ཆུང་དེ་རུ་ཀ་ཁ་སྦྱངས་སྦྱོང་། དགེ་རྒན་གྱིས "ཀ—ཁ—" ཞེས་དབྱངས་གསལ་སོ་བཞི་དབྱངས་ལ་གྱེར་བའི་སྒྲ་དེ་ད་ལྟ་བསམས་ན་དངོས་གནས་སྙན་པོ་འདུག ང་རང་དངོས་གནས་བོད་ཡིག་སྦྱོང་རྒྱུར་ཤིན་ཏུ་དགའ། ངས་བོད་ཡིག་ཁྲིད་པའི་སློབ་ཐུན་རེ་རེར་ནན་ཏན་གྱིས་མཉན་ཅིང་། བོད་ཡིག་ཁྲིད་པའི་དུས་སུ་ང་ལ་སློབ་ཁྲིད་གཞན་པའི་སྐབས་དང་འདྲ་བར་གཉིད་ཁུགས་པའི་སྣང་བ་ཡེ་ནས་མེད། བོད་ཡིག་དགེ་རྒན་གྱིས་ང་ཚོར་བོད་ཡིག་ནི་འཛམ་གླིང་ན་ཆེས་མཆོག་ཏུ་གྱུར་པའི་ཡི་གེ་ཞིག་ཡིན་པ་དང་། དེ་རྒྱུན་འཛིན་དང་དར་སྤེལ་བྱ་རྒྱུ་ནི་ང་ཚོའི་ཕྲག་ཏུ་བབས་པའི་གཟུར་མེད་ཀྱི་འོས་འགན་ཞིག་ཡིན་པར་བཤད་ཀྱང་། ལོ་གཞོན་དགེ་རྒན་དེས་རྒྱ་ཡིག་སློབ་ཁྲིད་ཀྱི་སྐབས་སུ་ལྡོག་ཕྱོགས་ནས་རྒྱ་ཡིག་ནི་ད་གཟོད་འཛམ་གླིང་ན་ཆེས་མཆོག་ཏུ་གྱུར་པའི་ཡི་གེ་ཞིག་ཡིན་པར་སྨྲ་ལ། ཁོས་རྒྱུ་མཚན་དང་བཅས་པའི་སྒོ་ནས་རྒྱ་ཡིག་གི་དགེ་མཚན་བཤད་ཅིང་། ཁོས་སྐད་ཆ་དེ་དག་བཤད་དུས་རང་གིས་བོད་ཡིག་མི་ཤེས་པ་ནི་གཟི་བརྗིད་ཅིག་དང་ཡང་ན་ང་རྒྱལ་ཞིག་ཏུ་རྩི་བཞིན་འདུག ཁོས་ཆུང་དུས་སུ་ཁོ་རང་གིས་བོད་ཡིག་མ་སྦྱངས་པར་རྒྱ་ཡིག་སྦྱངས་པ་ནི་གནམ་གྱིས་སྐལ་བྱིན་པ་རེད་ཟེར། ཁོས་བཤད་པ་ལྟར་ན། ཁོའི་བུ་དང་བུ་མོ་གཉིས་ཀྱིས་ད་ལྟ་རྒྱ་ཡིག་སྦྱོང་བཞིན་ཡོད་པས། མ་འོངས་པ་ན་མདུན་ལྗོངས་ཧ་ཅང་རྒྱ་ཆེན་པོ་ཡོད་པར་ཡིད་ཆེས་བརྡོག་ཟེར། ཁོས་སྐད་ཆ་དེ་དག་བཤད་དུས་གདོང་ལ་སྤུར་མེད་ཀྱི་སྤྲོ་བ་ཞིག་དང་ཡིད་ཆེས་ཤིག་གིས་ཁེངས་འདུག དེ་དུས་ངས་

ཕོའི་སྐད་ཆ་དེ་དག་ང་ཚོའི་བོད་ཡིག་དགེ་རྒན་ལ་བཤད་ཡོད་ཚེ། ཕོས་ཉིན་མ་རེ་རེར་བཞིན་ང་ཚོའི་ཟླ་ཁ་ནས་ཅི་ཞིག་ཡིན་མདོག་གིས་ཡང་ནས་ཡང་དུ་སྐད་ཆ་དེ་དག་བཤད་པའི་གོ་སྐབས་ཡོད་མི་སྲིད་དེ། ང་ཚོའི་བོད་ཡིག་དགེ་རྒན་གྱིས་ལག་པ་མཁའ་རུ་ཕྱར་ཏེ་ཕོའི་འགྲམ་པར་ཅལ་སེ་གཅིག་བརྒྱབ་ཡོད་པ་ཁག་ཐེག་ཡིན། ད་ལྟ་ད་དུང་ངས་བོད་ཡིག་སློག་སྟངས་བརྗེད་མེད་ལ། དེ་ནི་ནམ་ཡང་བརྗེད་མི་སྲིད།

ཀ་བ་ཀ་ར་ཀ་ཧོ་ར། །

ཀ་ཅི་ཀ་མད་ཀ་རྐྱང་ཡིན། །

དཀའ་ལས་དཀའ་ངལ་ད་དཀའ་དང་། །

བཀའ་མོལ་བཀའ་སློབ་བ་བཀའ་འོ། །

ཡུར་བའི་ཀ་ནི་ར་ཀ་ཡིན། །

……

ད་ལྟ་ཡང་ང་རང་རྒྱ་ཡིག་གི་དགེ་རྒན་མགོ་སྐོར་དེ་ལ་སྣང་སེམས་སྐྱེ་བཞིན་ཡོད། ནམ་ཡང་རང་ཉིད་ཅི་ཞིག་ཡིན་མདོག་གི་དགེ་རྒན་ང་རྒྱལ་ཅན་དེ་དེད་ཚང་ལ་ཡོང་བ་ནས་བཟུང་། བདག་གི་ཨ་ཕས་ཁོ་རང་ཚ་ཐབ་ཀྱི་གོང་དུ་མར་འཁོར་ནས་འདུག་ཏུ་འཇུག་ལ། དེས་ཀྱང་སྟོད་ས་དེ་ནི་རང་གིས་ཉོས་ཡོད་པ་ལྟར་ཏ་ཅང་སློབ་ཉམས་ཀྱིས་འདུག་པར་བྱེད། དེ་ལ་ངས་ཀྱང་མི་དགའ་བའི་ཉམས་ཅི་ཡང་བསྟན་མ་མྱོང་། ཡིན་ནའང་དགེ་རྒན་མགོ་སྐོར་དེ་མར་འཁོར་ནས་བསྡད་པས་མི་ཚོག་ད་དུང་འཇིག་རྟེན་རིལ་མོ་རང་གི་ལག་ཏུ་ཡོད་པ་བཞིན་ཧྲང་ཧྲའི་ན་ཅིག་ཅིག་ཉིག་ཉིག་ཡོད་ལ། དེ་ནི་རྒྱ་ཡིག་གི་མཁས་པ་ཆེན་མོ་ཞིག་ཡིན། དེ་ལ་ཟླ་རེར་ཕོགས་ག་ཚོད་ག་ཚོད་ཡོད། ཡེ་ཅིན་ན་རྒྱ་ཡིག་གི་མཁས་པ་ཅིག་ཅིག་ཉིག་ཉིག་ཡོད་ལ། དེ་ལ་ཟླ་རེར་ཕོགས་ག་ཚོད་ག་ཚོད་ཡོད། དེ་ལྟར་རེ་རེ་བཞིན་བགྲང་ཞིང་། དེ་དག་ནི་ཕོའི་ཨ་ཕ་ཨ་མ་ཡིན་པ་དང་འདྲ་བར་ངོམ་སོ་བྱེད་ཅིང་། དེ་དག་གིས་ཟླ་རེར་རང་རང་གི་ཕོགས་ལས་ལོ་ལ་སྒོར་མོ་ག་ཚོད་ག་ཚོད་བགོ་བཞིན་པ་དང་འདྲ

བར་གདོང་ལ་སྤྲོ་སྣང་གིས་ཁེངས་འདུག

ང་རང་མལ་ཁྲིའི་སྟེང་དུ་ཉལ་ནས་ཇི་ལྟར་འདད་བརྒྱབ་ཀྱང་ཁོས་གཏམ་དེ་བཤད་སྐབས་ཀྱི་ཉམས་འགྱུར་དང་སྤྲོ་སྣང་ལ་གོ་བ་ཡེ་ནས་ལོན་ཐབས་བྲལ། ལྷག་པར་དུ་བདག་གི་ཨ་ཕའི་གདོང་གི་ཉམས་འགྱུར་དང་སྤྲོ་སྣང་དེ་འདྲ་གང་ནས་ཡོང་བ་ཡིན་ནམ། གཅིག་ན་ཁོ་རང་ཧྲང་ཧྲའི་ལ་སོང་མ་མྱོང་། གཉིས་ན་ཁོ་རང་པེ་ཅིན་དུ་ཡང་སོང་མ་མྱོང་། མཁས་པ་དེ་དག་ཀྱང་ཁོས་གཏན་ནས་ངོ་མི་ཤེས། ཨ་ཕ་ཡང་ཨ་ཕ་སྟེ། གཞན་གྱིས་ཅི་ཞིག་བཤད་ན་ཁོས་ཀྱང་དེའི་རྗེས་བསྙེགས་ནས "དེ་ཡིན་ནི་རེད་མོད། མཁས་པ་དེ་དག་དངོས་གནས་ངར་བ་རེད" ཅེས་རང་གིས་གནས་ལུགས་ཆེན་པོ་ཅི་ཞིག་ཤེས་སོང་བ་བཞིན་སྨྲ། ངའི་སེམས་ལ་ཨ་ཕ་ཁྲོད་སྙིང་མ་རྗེ། "ཁྲོན་པའི་ཆུ་ལ་འཁྱིང་པ་ཡི། །རུས་སྦལ་རྒྱ་མཚོའི་གཏམ་གྱིས་ཤི" ཞེས་པ་ལྟར། ཐབ་ཀ་མ་གཏོགས་ས་ངོ་མི་ཤེས་ལ། ཨ་མ་མི་མ་གཏོགས་མི་ངོ་མི་ཤེས་ནི་ཞིག་གིས་ཅི་ཞིག་ཤེས། ངས་ཨ་ཕས་ཅི་ཞིག་ཤེས་ཁྲུལ་གྱིས་ལབ་པའི་གཏམ་དེ་དག་ངས་རྣ་རྒྱབ་ཀྱི་ལྷགས་པར་བསྐྱུར་པ་ཡིན། དགེ་རྒན་མགོ་སྐྱོང་དེ་དེད་ཚང་ལ་ཡོང་ཐེངས་ཇི་ལྟར་མང་ན་ངས་དེ་ལྟར་བཀྲ་མི་ཤིས་པའི་ལྟས་ཤིག་ཡིན་པར་སེམས་ཁྲལ་བྱེད་བཞིན་ཡོད། ཉིན་ཞིག་ཁོས་ངའི་ཨ་ཕར་བལྟས་ནས "ཨ་ཁུ། བཀྲ་ཤིས་ཀྱང་རྒྱ་ཡིག་གི་སློབ་གྲྭ་ཞིག་ལ་མངགས་ན་མི་བཟང་ངམ" ཞེས་བཤད། སྐབས་དེར་ང་ལ་གང་ནས་ཡོང་བ་མི་ཤེས་པའི་འཚུབ་ཚ་ཞིག་ལངས། ངའི་སེམས་པར་སྐད་ཆ་དེ་ཨ་ཕས་མ་གོ་ན་བཟང་ཨང་སྙམ། ངས་བོད་ཡིག་དྲན་བྱུང་། དབྱངས་གསལ་སོ་བཞིའི་འགྱུར་ཁྲུགས་སྣན་མོ་དེ་ཡང་དྲན་བྱུང་། ཡིན་ན་ཡང་གོ་མི་དགོས་པའི་སྐད་ཆ་དེ་ཨ་ཕས་གོ་འདུག ཨ་ཕས་རྣམ་རིག་ཇེ་གསལ་དུ་སོང་ནས "དེ་དངོས་གནས་ཐབས་ཡག་པོ་ཞིག་རེད" ཟེར། ཁོའི་སེམས་ལ་ཧྲང་ཧྲའི་དྲན་ཡོད་སྲིད་ལ། པེ་ཅིན་ཡང་དྲན་ཡོད་སྲིད། ཁོས་དུང་ཧྲང་ཧྲའི་དང་པེ་ཅིན་གྱི་མཁས་པ་དེ་གཉིས་ཀྱང་དྲན་ཡོད་སྲིད། དེ་ལས་ཀྱང་ཁོས་དེ་གཉིས་ཀྱི་ཟླ་རེ་རེའི་ཕོགས་དྲན་ཡོད་སྲིད།

ང་རང་མལ་ཁྲིའི་སྟེང་ཉལ་ནས། ཁ་ནས་རང་དབང་མེད་པར "ངའི་བོད་ཡིག་ང་ལ་གནང་རོགས" ཞེས་ཤོར་སོང་། ངས་ཡང་བསྐྱར་མིག་རིག་རིག་གིས་བོད་ཡིག་དེ་དག་བཙལ་པ་ཡིན། བོད་ཡིག་དེ་དག་ངའི་མཐོང་ལམ་ནས་མི་སྣང་བར་གྱུར་སོང་། བ་གླང་ངམ་བེའུ། ཤིང་རྟའམ་ལྕགས་རྟ། རླངས་འཁོར་སོགས་དེ་དག་གིས་བསམ་གཟས་ནས་བདག་གི་བོད་ཡིག་རེ་རེ་ཡོངས་སུ་བསྡུས་ནས། ནམ་ཕྱེད་དུ་ནམ་ཟླ་རིམ་བཞིན་ཇེ་འཁྱག་ཏུ་སོང་བས། ང་ལ་གྲང་འདར་ཞིག་བརྒྱབ། ངས་ལོགས་ཀྱི་མལ་ཐུལ་ལུས་ལ་བཀབ་ནས་གཉིད་རྒྱས་བྱས། ཡིན་ན་ཡང་གཉིད་གཏན་ནས་ཁུགས་ཐབས་བྲལ། ཅིས་ཀྱང་བོད་ཡིག་དེ་དག་ངའི་མཐོང་ལམ་དུ་མངོན་ཐབས་བྲལ་བས། ངས་ཡང་བསྐྱར་དཀར་ཁུང་བརྒྱུད་ནས་ཕྱི་རོལ་གྱི་ནམ་མཁར་ཐེངས་གཅིག་བལྟས། ཨ་ཙི། ནམ་མཁའི་མཐོངས་ཀྱི་བོད་ཡིག་དང་འདྲ་བར་འོད་ཁྲིག་ཁྲིག་བྱེད་པའི་སྐར་ཚོགས་ཀྱང་མི་འདུག ནག་ཐང་ཐང་གི་ནམ་མཁའ་ན་བདག་གི་བོད་ཡིག་མི་འདུག ང་ལ་ཡང་བསྐྱར་གྲང་འདར་ཞིག་བརྒྱབ། ངས་མལ་ཐུལ་གྱིས་རང་གི་ལུས་པོ་གཏུད་ཐུབ་ཐུབ་བྱས། ཡིན་ནའང་ང་ལ་སྔར་བཞིན་གྲང་བའི་སྣང་བ་འགོག་མེད་ཅིག་སྐྱེས། ང་ལ་གྲང་འདར་ཞིག་བསྟུད་མར་བརྒྱབ་བྱུང་། ང་རྒྱ་ཡིག་གི་སློབ་གྲྭ་དེ་ལ་ཕྱིན་པ་ནས་བཟུང་། དབྱངས་གསལ་སོ་བཞིའི་དབྱངས་རྟ་རྣ་ལམ་ནས་གཏན་དུ་ཡལ་སོང་། དེ་ཙམ་གྱིས་ང་རང་བོད་ཡིག་ལ་དགའ་བའི་འདུན་པ་ལྷོད་མ་ཐུབ། ངས་རྒྱ་ཡིག་གི་སློབ་གྲྭ་དེ་ཙ་སྔས་འོག་ཏུ་བཙུག་ཡོད་པའི་བོད་ཡིག་གི་དཔེ་ཆ་དེ་བཟུང་ནས་བསླགས་པ་ཡིན། བདག་གི་སློབ་གྲོགས་ཀྱི་ཁྲོད་ན་རྒྱ་རིགས་དང་བོད་རིགས་ཡོད་ལ། ད་དུང་མི་རིགས་གཞན་པའང་ཡོད། སོ་ཆོས་ངའི་བོད་ཡིག་གི་དཔེ་ཆ་དེ་མཐོང་པ་ན་གདོང་ལ་ཡ་མཚན་པའི་ཉམས་དང་བཅས་ང་ལ་ཅེ་རེར་བལྟས་འདུག སོ་ཆོས་ང་ལ་རྒྱ་སྐད་ཀྱི་ལམ་ནས "དེ་ནི་བོད་ཡིག་རེད་དམ" ཞེས་འདྲི་བར་བྱེད། སོ་ཆོའི་གདོང་ལ་ཡ་མཚན་པའི་མདངས་ཤིག་འཛིན། བདག་གི་བོད་རིགས་སློབ་གྲོགས་དེ་ཚོས "དེ་སྦྱོང་ནས་ཅི་བྱེད" ཟེར། ད་དུང་བདག་ལ་ཤ་ཚ་ཁུལ་གྱིས "ཁྱོད་རང་འབྲོག་ཁུལ་དུ་འགྲོ་འདོད

དམ” “ཁྱོད་ཀྱིས་རང་གི་ཕ་མའི་རེ་བ་གཏོང་ཟད་དུ་གཏོང་འདོད་དམ” ཞེས་མདའ་མོ་དང་མཚུངས་པའི་དྲི་བ་རེ་རེ་འཕངས་འོངས། སྐབས་དེར་བདག་གི་སྙིང་ལ་ཅག་ཤད་རྒྱག་པ་ལྟ་བུའི་ཚོར་བ་ཞིག་བྱུང་། ངས་རང་གི་མིད་དག་ཁར་བསྣེབས་པའི་སྐད་ཆ་དེ་ཕྱིར་མིད་ཐབས་བྱས། ངས་རང་གི་མཁའ་ལ་འཕྱུར་བའི་ལག་པ་ཕྱིར་བསྐུམས་པ་ཡིན། ཡིན་ནའང་ངའི་སྙིང་ལ་ཅག་ཤད་རྒྱག་པའི་ཚོར་བ་དེ་ཡལ་མ་ཐུབ། ཕྱི་སྐྱུག་འདི་ཚོ། ངས་ཁོག་ནས་ཚོར་དེ་ལྟར་སྡིགས་དམོད་བྱས་པ་ཡིན།

ཡང་མཚན་མོ་ཞིག་སྟེ། ང་རང་སྔར་བཞིན་མལ་ཁྲིའི་སྟེང་ཀུན་རྐྱལ་དུ་ཉལ་ནས། བོད་ཡིག་དེ་དག་བཅལ་པ་ཡིན། ཡིད་སྐྱོ་བ་ཞིག་ལ་བོད་ཡིག་དེ་དག་བྱིས་པ་ཆུང་ཆུང་གྲངས་མེད་དང་འདྲ་བར་ལྟད་མེད་ཀྱི་འཛུམ་མདངས་རེ་བསྟམས་ནས་ང་ལ་བལྟས་འདུག ངས་རང་གི་ལུས་སྟེང་གི་མལ་ཐུལ་ཡོགས་སུ་གཡུག་ནས་ཤེད་ཀྱིས་གྱེར་པ་ན། ཟླ་ལམ་དུ་གཞས་སྙན་མོ་ཞིག་འཁོར་བ་ནང་བཞིན་སྨྲ་མི་ཤེས་པའི་ཚོར་བ་སྐྱིད་པོ་ཞིག་བྱིན།

ཀ་ཁ་ག་ང་།

ཅ་ཆ་ཇ་ཉ།

ཏ་ཐ་ད་ན།

པ་ཕ་བ་མ།

ཙ་ཚ་ཛ་ཝ།

ཞ་ཟ་འ་ཡ།

ར་ལ་ཤ་ས།

ཧ་ཨ།

ཨི་ཨུ་ཨེ་ཨོ།

ངས་ཡང་བསྐྱར་མཐུག་ནས་མགོ་བར་འོད་ཀྱིག་ཀྱིག་གི་བོད་ཡིག་དེ་ཚོ་རེ་རེ་བཞིན་ཚར་གཅིག་བཀླགས་པ་ན། འཇམ་བསིལ་བསིལ་གྱི་རླུང་བུ་ཞིག་ལྡང་བ་ནང་བཞིན་ལུས་

པོ་རྟིལ་བོ་བདེ་འབོལ་ལེར་སོང་། ཚོར་བ་དེ་རྩ་ལམ་བརྒྱུད་ནས་ངའི་སེམས་ཁོང་དུ་འཐིམ།

དེ་དུས་སློབ་གྲྭ་ཆུང་ཆུང་དེ་ཏ་ངའི་ཚིག་གྲུབ་དེ་འདྲ་ཡག་པོ་སུས་ཀྱང་བསྒྲིགས་མི་ཤེས་ལ། ངའི་བོད་ཡིག་དེ་འདྲ་ཡག་པོ་ཡང་སུས་ཀྱང་འབྲི་མི་ཤེས་པས། བོད་ཡིག་དགེ་རྒན་གྱིས་ནམ་རྒྱུན་ང་ལ་མཐེ་མོང་བསྟན་ནས "ཁྱེས་པ་རིག་ཡག་ཅིག་འདུག མུ་མཐུད་དུ་འབད་པ་གྱིས" ཞེས་བསྟོད་བསྔགས་བྱེད་པ་རེད། ཁོས་བསྟོད་བསྔགས་བྱེད་ཐེངས་མང་ན་ངའི་བོད་ཡིག་གི་ཆུ་ཚད་དེ་ལྟར་ཇེ་མཐོར་འགྲོ་བཞིན་ཡོད། ངའི་བོད་ཡིག་སྦྱོང་འདོད་ཀྱི་འདུན་པ་ཡང་དེ་ལྟར་ཇེ་བརྟན་དུ་གྱུར་འགྲོ། ངས་བོད་ཡིག་རེ་རེ་ཐང་ཆུ་ལྟད་ལྟད་བྱས་ཏེ་བློར་བཟུང་བ་ཡིན། ང་རང་ཞོགས་པ་སྔ་མོ་ནས་མལ་ལས་ལངས་ཏེ་བོད་ཡིག་སྐད་ལ་བརྒྱབ་སྟེ་ཀློག་འདོན་བྱས་པ་ཡིན། ངས་སེམས་ལ་དེ་ལྟར་བྱས་ན་བོད་ཡིག་དགེ་རྒན་གྱིས་གོ་སྲིད་ལ། གལ་ཏེ་ཁོས་གོ་ཆོ་ང་ལ་ཁོའི་ཡིད་དུ་འོང་བའི་མཐེ་མོང་དེ་བསྟན་འོངས་སྙམ་བཞིན་ཡོད།

མཐོ་སྒང་གི་ནམ་ཟླ་ནི་དངོས་གནས་འགྱུར་ལྡོག་ཆེ་བ་ལ་ཨང་། ཉིན་འདི་འགར་རྒྱུན་དུ་ནམ་སྟོད་ལ་ཏ་ཙང་དྲོ་ནའང་། ནམ་སྨད་དུ་བསླེབས་ཚེ་ནམ་མཁའི་ཀློང་དུ་སྤྲིན་པ་ཕ་བོང་ལྟ་བུ་གྲངས་མེད་པ་ལངས་འོངས་ཤིང་། དེ་དང་བསྟུན་ནས་ཁང་པའི་ནང་གི་དྲོད་ཚད་ཀྱང་ཇེ་དམའ་ནས་ཇེ་དམའ་རུ་འགྲོ་བ་རེད། ཁང་པའི་ནང་གི་དྲོད་ཚད་ཇེ་དམའ་རུ་སོང་བ་དང་བསྟུན་ནས་ངས་ལོགས་སུ་གཡུགས་ཡོད་པའི་མལ་ཁྲུལ་ཡང་བསྐྱར་རང་གི་ལུས་ལ་དགབ་དགོས་བྱུང་། ངས་བློ་རྩེ་བསྒྲིམས་ནས་ཡང་བསྐྱར་བོད་ཡིག་དེ་དག་བཙལ་པ་ན། བོད་ཡིག་དེ་དག་ནམ་ཡང་དྲོད་ཀྱིས་བཟུང་ཡོད་པ་དང་འདྲ་སྟེ། ཁང་པའི་ནང་གི་དྲོད་ཚད་ཇེ་དམའ་རུ་སོང་ཚེ་མེད་པར་གྱུར་འགྲོ། བོད་ཡིག་དེ་དག་གང་དུ་བུད་སོང་ངམ། བོད་ཡིག་དེ་དག་ཡང་བསྐྱར་རྟའམ་བོང་བུ། ཡང་ན་བ་གླང་ངམ་བེའུ། ཤིང་རྟའམ་ལྕགས་རྟ། རླངས་འཁོར་སོགས་སུ་གྱུར་པའི་ཚེ་ན་ང་ལ་གཉིད་མི་ཁུགས་ཀྱང་ངས་གློག་སྒྲོན་གཟིམས་ཤིང་། མགོ་བོ་མལ་ཁྲུལ་གྱིས་བཏུམས་ནས་བཙན་གྱིས་གཉིད་པ་ཡིན།

དེ་ལྟ་ནའང་བདག་གི་གཉིད་བོད་ཡིག་དེ་དག་དང་འགྲོགས་ནས་མེད་པར་གྱུར་འགྲོ།

ང་རང་རྒྱ་ཡིག་གི་སློབ་གྲྭ་དེ་ནས་མཐར་ཕྱིན་རྗེས་མཐོ་རྒྱུགས་ལ་ཞུགས་པ་ཡིན། ངའི་ཨ་ཕས་རྒྱ་ཡིག་དགེ་རྒན་དེའི་མངགས་བཀོད་ལྟར། ང་ལ་བྱ་ཤ་བཅོས་མ་དང་། འོ་མ་ཁོལ་མ། ད་དུང་ཚའོ་ཁི་ལི་སོགས་ཟས་ཞིམ་པོ་གང་མང་ཉོས་སྦྱོང་། ངས་སྐྱེ་བ་འདིར་དུས་གཅིག་ལ་དེ་དྲའི་ཟས་ཞིམ་པོ་མང་པོ་ཞིག་ཟས་པ་མི་དྲན། ངའི་སེམས་ལ་རྒྱུགས་ལེན་པའི་ཉི་མ་དེ་ལས་ཀྱང་རིང་ན་ཅི་མ་རུང་སྙམ། མ་མཐའ་ཡང་གཟའ་འཁོར་གཅིག་གི་རིང་ཡིན་ཚེ་ངས་བྱ་ཤ་བཅོས་མ་དང་། འོ་མ་ཁོལ་མ། ད་དུང་ཚའོ་ཁི་ལི་སོགས་ཟས་ཞིམ་པོ་མང་ཙམ་ཟ་ཐུབ་པ་གདོན་མི་ཟ། རྒྱུགས་ཤོག་གི་སྟེང་དུ་ངའི་བོད་ཡིག་དེ་དག་ཡོད་མི་སྲིད་ལ། མེད་པ་ཤེས་ནའང་ངས་ཕར་སློག་ཚུར་སློག་བྱས་ནས་བཙལ་པ་ཡིན། ངའི་སེམས་ལ་གལ་ཏེ་བོད་ཡིག་དེ་དག་ཡོད་ཚེ་ང་རང་གིས་རྒྱུགས་ཤོག་སྟེང་དྲིས་ལན་མང་ཙམ་བསྐང་ཐུབ་སྲིད་སྙམ། ང་རང་སློབ་ཆེན་དུ་རྒྱུགས་མ་འཕྲོད་པའི་རྗེས་སུ་ངས་ཨ་ཕར་རང་གི་སྐབས་དེའི་བསམ་ཚུལ་བཤད་པ་ན། ཁོང་གིས "བོད་ཡིག བོད་ཡིག ཕྱི་སྐྱག་གི་བོད་ཡིག" ཅེས་ཟེར་བཞིན་ང་ལ་འགྲམ་ལྷག་ཚ་ཐག་ཆོད་པ་ཞིག་གཞུས། དེ་ནས་བཟུང་ངས་ཁོང་གི་གམ་དུ་བོད་ཡིག་ཅེས་པའི་ཡིག་འབྲུ་དེ་གཉིས་གཏན་ནས་གླེང་མ་སྐྱོང་། ཡིག་འབྲུ་དེ་གཉིས་མ་གླེང་པ་ཙམ་གྱིས་ཁོ་རང་བོད་ཡིག་ལ་སྡང་བའི་སེམས་ཁམས་དེ་ཡལ་མ་ཐུབ། ཁོས་ངའི་བོད་ཡིག་གི་དཔེ་ཆ་ཡོད་ཚད་མེར་བསྲེགས་ཤིང་། ཁོས་ངའི་གོ་ས་ནས་བོད་ཡིག་དགེ་རྒན་དེ་ལ་སྨིགས་དམོད་ཡང་ཡང་བྱེད། ཁོའི་བསམ་ཚུལ་ལ་ང་རང་སློབ་ཆེན་དུ་རྒྱུགས་མ་འཕྲོད་པ་དེ་ནི་བོད་ཡིག་དགེ་རྒན་དེ་ལན་པར་འདོད་བཞིན་ཡོད།

ལོ་མང་པོའི་རྗེས་སུ་ང་ཡང་ཨ་ཕར་གྱུར་སོང་། དེ་དུས་བདག་གི་ཨ་ཕ་ལོ་ན་བགྲེས་པར་གྱུར་པས་སྡོང་རྒན་སྨུར་ཧོ་ཞིག་དང་འདྲ། ཁོས་བོད་ཡིག་ལ་བཟུང་བའི་ལྟ་ཚུལ་འགྱུར་ཡོད་མེད་མི་ཤེས་ཀྱང་། ཁོས "བོད་ཡིག བོད་ཡིག ཕྱི་སྐྱག་གི་བོད་ཡིག" ཅེས་སྨིགས་དམོད་མི་བྱེད། སྐྱེ་བ་འདིར་ཁོ་རང་བོད་ཡིག་ལ་དེ་ལྟར་སྡང་ནའང་ཁོས་ཚེ་འདིར་

རྒྱ་ཡིག་ཡིག་འབྲུ་གཅིག་ཀྱང་མ་ཤེས་ལ། རྒྱ་སྐད་གྲ་དག་ཅིག་ཀྱང་བཤད་མ་ཤེས་པར་ལུས། ཤོག་སྟེ་ཁོས་བོད་སྐད་བོད་ཡིག་གི་ལམ་ནས་སྐྱབས་འགྲོ་དང་གདུགས་དཀར་སོགས་ཁ་ཏོན་འདོན་ཐུབ་ཐུབ་བྱེད་ཀྱིན་འདུག ངས་རང་གི་བྱིས་པ་བོད་ཡིག་གི་སློབ་གྲྭ་ཞིག་ཏུ་མངགས་ནས། ཁོ་ལ་བོད་ཡིག་སྦྱོང་དགོས་པའི་རེ་བ་ཆེན་པོ་བརྟོན་པ་ཡིན། ཁོས་ང་ལ་བོད་ཡིག་བརྟོན་ན་དགེ་བ་ཆེན་པོ་མེད་པས་ཁོ་རང་རྒྱ་ཡིག་གི་སློབ་གྲྭ་ཞིག་ཏུ་མངགས་དགོས་ཚུལ་ཇི་ལྟར་ལབ་ཀྱང་། ངས་བོད་ཡིག་ནི་དགོན་འཛམ་གླིང་ན་ཆེས་རིན་ཐང་བྲལ་པའི་ཡི་གེ་ཞིག་ཡིན་ལ། བོད་ཡིག་སྦྱོང་བའི་ཞོར་དུ་རྒྱ་ཡིག་དང་། དབྱིན་ཡིག དྭངུང་ཡི་གེ་གཞན་དང་གཞན་པ་སྦྱོང་དགོས་ཞེས་ཁ་ཏ་སློབ་གསོ་བཏང་པ་ཡིན། ངས་ཁོ་ཉལ་སའི་ཁང་ཀླད་རྩིལ་བོར་བོད་ཡིག་བྲིས་ཡོད་པའི་ཤོག་བྱང་མང་པོ་སྦྱར་ཏེ་བོད་ཡིག་ཀློག་པར་སྟབས་བདེ་བཟོས་པ་ཡིན། ངས་དྭངུང་མགོ་ཐོག་གི་དཀར་ཁྱུང་བསྟན་ནས་བོད་ཡིག་ནི་དཀར་ཁྱུང་ལྟ་བུ་ཡིན་ལ། ཁྱོད་ཀྱིས་དཀར་ཁྱུང་དེ་ལས་འཛམ་གླིང་རྩིལ་བོ་མཐོང་ཐུབ་ཅེས་བཤད་པ་ཡིན།

རྒད་པོ་ཉི་མ་དང་ཁོའི་སྟོད་ཉི་མ་ལྷ་ས།

རྒད་པོ་ཉི་མས་དབྱར་ཆར་མི་ལོགས་ཤིང་དགུན་ཙག་མི་ཐུབ་པའི་སྦྲ་ཀན་སྙིང་རལ་དེ་སྲིག་བྱེད་ཀྱི་ཁ་ལ་ཕངས་མེད་དུ་སྤྱིན་རྗེས། སྟོད་ཉི་མ་ལྷ་སར་མཇལ་སྐོར་དུ་ཆས་སོང་།

འབྲོག་སྡེ་ཆེན་པོ་དེའི་མི་གཅིག་ཀྱང་སྟོད་ཉི་མ་ལྷ་སར་སོང་མ་མྱོང་ནའང་། འབྲོག་སྡེ་ཆེན་པོ་དེའི་གྲུ་ག་སོ་སོར་སྟོད་ཉི་མ་ལྷ་སའི་སྐོར་གྱི་ངག་རྒྱུན་སྣ་ཚོགས་ཧླུང་ལྷར་ལྷང་བཞིན་འདུག་པས། རྒད་པོ་ཉི་མས་ཆུང་ངུའི་དུས་ནས་ཕ་མེས་ཚོའི་ཁ་ནས་སྟོད་ཉི་མ་ལྷ་སའི་གཏམ་རྒྱུད་མང་དུ་ཐོས་མྱོང་། ཡང་གཅིག་བཤད་ན། རྒད་པོ་ཉི་མ་ནི་སྟོད་ཉི་མ་ལྷ་སའི་གཏམ་རྒྱུད་ཁྲིད་ནས་ནར་སོན་ཞིང་རྒས་པ་ཡིན། ཡིན་ཀྱང་། ད་ལྟ་འབྲོག་སྡེ་དེའི་གྲུ་ག་སོ་སོར་སྟོད་ཉི་མ་ལྷ་སའི་སྐོར་གྱི་གཏམ་རྒྱུད་གླེང་མཁན་མེད་པར། རྒད་པོ་ཉི་མ་སྟོད་ཉི་མ་ལྷ་སར་ཕྱུད་སོང་བའི་གཏམ་རྒྱུད་ནི་གཅིག་ཁ་གཅིག་བརྒྱུད་ཅིང་། བརྒྱ་ཁ་སྟོང་བརྒྱུད་ནས་ཧླུང་ལྷར་ལྷང་བཞིན་འདུག

རྒད་པོ་ཀ་པས། "ཉི་མ་གླེན་སྤྱུག་དེ་སྟོད་ཉི་མ་ལྷ་སར་བསླེབ་ཐུབ་བམ" ཟེར།

རྒད་པོ་ཁ་པས། "མི་ངན་དེ་གདང་ལ་ནས་ཁངས་མི་འགྲོ་ཨང" ཟེར།

རྒད་པོ་ག་པས། "བསྟན་དཀྲ་དེ་སྤྱང་ཀིའི་ཁ་ཟས་སུ་གྱུར་འགྲོ་བ་ཁོ་ཐག་ཡིན" ཟེར།

རྒད་པོ་ང་པས། “ཧ་གོ། ཁྱི་སྐྱག་དེ་ཡང་སྟོད་ཉི་མ་ལྷ་སར་འགྲོ་ཐུབ་བམ” ཟེར།

རྒད་པོ་ཅ་པས། “……”

ཁོ་དང་རུ་སྡེ་གཅིག་པའི་ན་མཉམ་རྒད་པོ་ཚོས་གཞུ་ཚག་སྡེ་མོ་གང་འཕྲོད་དུ་སྤྲུར་ཏེ། གཏད་མེད་གཏོད་མེད་ཀྱི་སྤྲིར་གཏམ་སྒྲོག་ཐུབ་ཐུབ་བྱེད་ཀྱང་། རྒད་པོ་ཉི་མ་སྟོད་ཉི་མ་ལྷ་སར་བྱུད་སོང་བ་ནི་བདེན་པ་ཤ་སྟག་ཡིན། ཉིན་དེར་རྒད་པོ་ཉི་མས་འབྲོག་སྡེ་ཆེན་པོ་དེའི་གཞའ་ཡི་མི་སྣ་ཉག་ཅིག་གི་སྣ་དང་འདྲ་བའི་ཉག་ག་ཞིག་ཡོད་པ་དེ་རུ། རང་ཉིད་ཀྱི་ལྡེ་ཁྲག་འཕོས་དང་རང་ཉིད་འཚར་ལོངས་བྱུང་སའི་རུ་སྡེ་ཁྲ་མོའི་ཕྱོགས་སུ་འཁོར་ཏེ་ཕྱག་གསུམ་བཙལ་རྗེས། ཕྱིར་འཁོར་མེད་པར་བྱུད་སོང་། རྣམ་པ་དེ་འབྲོག་སྡེ་ཆེན་པོ་དེའི་མི་ཚང་མའི་མངོན་སུམ་མིག་གི་མཐོང་ཡུལ་དུ་གྱུར།

རྒད་པོ་ཉི་མ་ནི་མི་ལས་ངན་ཞིག་སྟེ། རིག་གསར་གྱི་རླུང་འཚུབ་ག་ས་ཀུན་ཏུ་ལྡང་བཞིན་པའི་ལོ་རྒྱ་ནག་པོ་དེའི་ནང་དུ། ཁོ་ཚང་གི་མགོར་ཡོང་ཡོང་ཞིག་འབྲོག་སྡེ་ཆེན་པོ་དེའི་མི་ཚང་སུ་ཞིག་གི་མགོར་ཡང་ཡོང་མ་སྐྱོང་། གྲལ་རིམ་གྱི་དབྱེ་བ་ཧ་ཅང་གསལ་བའི་ལོ་དེ་དག་གི་རིང་ལ། ཁོ་ཚང་ནི་ཐླ་མའི་ཁྱིམ་རྒྱུད་དུ་གཏོགས་པའི་དབང་གིས་རྒྱུ་ནོར་ཡོད་ཚད་གཞུང་བཞེས་གནང་ཞིང་། ཁྱིམ་མི་རྣམས་ཀྱི་མགོ་ལ་ཞྭ་མོ་གང་དཀར་བསྐོན་ནས་འདོད་འདོད་ཅིག་བྱས་སྐྱོང་། དཀའ་སྡུག་གི་དུས་ཡུན་རིང་མོ་དེའི་ནང་ཁོ་ཚང་གི་ཨ་བ་ཨ་མ་རྣམས་གསོད་དགོས་པ་བསད། མ་བསད་པ་དག་གིས་ཀྱང་ཉེན་མཚན་མེད་པའི་མནར་གཅོད་དྲག་པོ་མ་བཟོད་པར་གཡང་ལ་མཆོངས་པའམ་ཆུ་ལ་ལྟེབས་པ། གང་ལྟར་སྡུག་བསྔལ་ལྕི་མོ་མྱངས་པའི་གོ་རིམ་དེའི་ཁྲོད་ཁོ་ཚང་གི་ཉེ་འབྲེལ་རྩ་ལག་རེ་རེ་བཞིན་ཤ་ཟད་ནས་རུས་ལ་གཏུགས་ཤིང་། རུས་ཟད་ནས་རྐང་ལ་གཏུགས་ཏེ་སྤུ་ཕྱིར་སྨུན་ནག་ཕྱི་མའི་ཡུལ་དུ་འཁྱམས་སོང་། ཤུལ་དུ་ལུས་པ་ནི་སྒྲུང་གཏམ་འདིའི་བརྗོད་བྱར་གྱུར་པའི་རྒད་པོ་ཉི་མ་གཅིག་པུ་ཡིན།

དྲང་མོར་བཤད་ན། རྒད་པོ་ཉི་མ་ལའང་ཁག་མི་འདུག་སྟེ། སྨུན་ནག་གི་ལོ་རྒྱ་དེར་

རང་གི་ཚེ་སྲོག་གི་རྒྱུན་བསྲིང་ཆེད། ཡང་ན་ཁྲིམ་རྒྱུད་དེའི་ཚེ་སྲོག་གི་ས་བོན་འཇིག་རྟེན་དཀར་ངོགས་ནས་ཤུལ་མེད་དུ་མི་འགྲོ་བའི་ཆེད་དུ། མ་ཡུམ་གྱི་གདམ་ངག་ཡིད་ལ་དམ་པོར་བཅངས་ཏེ་མི་ལས་དཀྱུ་ལས་ཅི་ཡང་བྱས་མྱོང་། མ་ཡུམ་ལགས་ཕྱི་མའི་འཕྲང་ལམ་འགྲིམ་ཁ་མར་ཁོར་མཆི་མ་ཉིལ་ལེར་མགྲིན་པ་སྡོང་བཞིན་ཞུ་ཚིག་འདི་འདྲ་ཞིག་ཕུལ་མྱོང་སྟེ། "ཉི་མ་ལོ་ལོ། ཁྱོད་ནི་ངེད་ཚང་གི་ཤུལ་འཛིན་གཅིག་པུ་ཡིན་པས། ཁྱོད་ཀྱིས་ཕ་རོ་མ་རོ་བསྐྱོག་དགོས་ཀྱང་འཇིག་རྟེན་དུ་གསོན་ཐབས་བྱེད་དགོས། ང་ལ་རེ་བ་འདི་ལས་ཅི་ཡང་མེད། ངས་ཕྱི་མའི་ཡུལ་ནས་ཁྱེད་ལ་འཁང་ར་དང་དམོད་ཚིག་འཕོར་མི་སྲིད་ལ། ཁྱོད་ཀྱི་ཕ་མེས་ཡང་མེས་ཀྱིས་ཀྱང་ཁྱོད་ལ་གྱུ་ཡངས་གཏོང་པོ་ཐག་ཡིན" ཟེར། སྐབས་ཆེན་གྱི་མ་ཡུམ་ལོག་རྒྱ་ཅན་དེས་ལོའི་ལག་མགོར་འཇུས་ཏེ་དེ་ལྟར་ཞུ་བ་ཕུལ་རྗེས་མིག་ཟུང་ཡོངས་སུ་ཟུམ་སོང་།

སྐྱེ་བོ་ཚན་པོ་ཆེ་སྨན་དོང་དུ་ལྷུད་ཅིང་། གྲུལ་རིམ་འཐབ་རྩོད་ཟོ་ཆུན་འཁྱུད་མོ་བཞིན་འཁོར་བའི་ཁྲོད་དུ། ལོས་ཕ་རོ་མ་རོ་མ་བསྐྱོགས་ཀྱང་། མི་སྤུར་རླུང་སྐྱུལ་གྱི་ཚུལ་དུ་མི་མང་པོར་སྐྱུལ་སློང་བྱས་ཤིང་། ཕ་མེས་ཡང་མེས་རྣམས་ནི་རང་གི་དགྲ་བོའི་ཚད་ལ་བཞག་སྟེ་དགག་རྒྱག་གི་མདུང་ཁ་རྟེན་པོས་བསྟན་ཅི་ཐུབ་བྱས་མྱོང་། ལོས་ལྷ་ཁང་མཆོད་ཁང་མེ་ལ་བསྲེགས་ཤིང་། ལོས་འཛམ་སྐུ་ཤིང་སྐུ་རྟུལ་དུ་བརླགས་ནས། ཚེ་གང་བོར་མི་ཐག་པའི་ཉེས་པ་བསོག་ཅི་ཐུབ་ཀྱིས་རང་ཉིད་ལ "དཀར་འདོན" བྱས་མྱོང་སྟེ། ལོ་ཡང་གཞན་གྱི་དགག་ཡུལ་ནས་གཞན་ལ་དགག་པའི་གསར་བརྗེ་པ་འཕྲུལ་མེད་ཅིག་ཏུ་གྱུར་ཅིང་། མང་ཚོགས་ཕལ་པ་ཞིག་ནས་ཏུར་བརྩོན་པ་ཞིག་དང་། ཏུར་བརྩོན་པ་ཞིག་ནས་དམར་སྲུང་དམག་གི་ཏུ་གཙོ་ཏུ་གྱུར།

ལ་ལས་ནི་རྣམ་སྨིན་ཡིན་ཟེར། ལ་ལས་ནི་ལས་དབང་ཡིན་ཟེར། གང་ལྟར་མི་རྣམས་ཀྱི་སྙིང་རླུང་སྟོད་ལ་འཚང་དུ་འཇུག་པའི་རླུང་འཚུབ་དེ་རེ་ཞིག་ཞི་འཇགས་སུ་སོང་རྗེས། རྒྱ་ཐང་གི་ཁྲོན་ལ་རེ་བའི་ཉི་ཟེར་ཕྲ་མོ་བསྐྱར་དུ་འཕྲོས་ཀྱང་། ཉི་འོད་དེ་ནི་བསམ་བཞིན

དུ་ཏད་པོ་ཉི་མའི་མགོར་འགྲོ་རྒྱུ་མ་བྱུང་། ར་དཀར་པོ་ལུག་ཁྱུར་མི་ཚུད་པའི་དཔེ་ལྟར། ཁོ་ནི་མི་ཚོགས་ཀྱི་མཆིལ་ཞགས་དང་སྨད་མིག་འཕེན་ཡུལ་དུ་གྱུར་པ་ནི་སྨོས་མེད་ཡིན་ཀྱང་། མ་བསམས་ས་ནས་ཁྱིམ་བཟའ་ཚང་བུས་སྡུག་དང་བཅས་པ་རྐྱེན་གློ་བུར་བ་སྣ་ཚོགས་ཀྱི་ཁྲོད་ནས་སྤུ་ཕྱིར་ཁོ་དང་གྱེས་ཏེ་ཕྱི་མའི་འཕྲང་ལམ་འགྲིམས་སོང་བས་ཁོ་ནི་ཟླ་མེད་སྙ་བཅད་དུ་ལུས་ཤིང་། ཁོ་ཚང་གི་ཤུལ་འཛིན་གཅིག་པུར་གྱུར།

འཛིག་རྟེན་མི་ཡུལ་དུ་བྱུང་དང་འབྱུང་བཞིན་པའི་དོན་དག་དག་ནི། གཟུགས་མེད་ཀྱི་བཀོད་འདོམས་པ་གང་ཞིག་གིས་ཆེད་དུ་བཀོད་སྒྲིག་བྱས་པ་དང་འདྲ་ལ། རི་གཟར་པོའི་ངོས་ཀྱི་ཐབ་རྗོ་དང་ཡང་འདྲ་སྟེ། དེ་ནི་སུ་ཡིས་ཀྱང་བཟློག་པར་དཀའ་འོ། །ཏད་པོ་ཉི་མས་རང་གི་སྡིག་སྒྲིབ་བསྲུབ་ཆེད། དེ་ལྟར་ཕ་ཁྱིམ་གྲུ་བཞི་དང་ཕ་ས་གོར་མོར་གྱིས་ཕྱུག་ཕྱུལ་ཏེ་སྐྱོད་ཉི་མ་ལྷ་སར་ཆས་པ་རེད། ཏད་པོ་ཉི་མ་ཏུ་སྦེ་ཁྲ་མོ་དེའི་ཏད་པོ་ཚོས་བཤད་པ་ནང་བཞིན། གདང་ལ་ནས་ཅག་གིས་མ་ཁེངས་ཤིང་སྒྱུང་གིའི་ཁ་ཟས་སུའང་མ་གྱུར་པར། ཏད་པོ་ཉི་མ་ཉི་འོད་ལམ་ལམ་འབར་བའི་ཉིན་མོ་ཞིག་ལ་སྐྱོད་ཉི་མ་ལྷ་སར་བདེ་ཐག་ངང་སླེབས་སོང་།

སྐྱོད་ཉི་མ་ལྷ་ས་ཟེར་བ་ནི་ཁོའི་སེམས་ནང་དུ་དྲན་པ་དེ་ལྟ་བུ་ཞིག་གཏན་ནས་མ་ཡིན། ཁོས་སྔོན་ཆད་མེས་པོ་ཚོའི་ཁ་ནས་གོ་བའི་སྐྱོད་ཉི་མ་ལྷ་ས་ནི་ག་ས་གང་དུ་མཇལ་སྐོར་བའི་རས་གྲུར་གྱིས་བཀང་ཞིང་། ཁྱི་ལྟོམ་དག་ནི་གཞན་ལ་འཚེ་བ་མེད་པར་ཡར་རྒྱུག་མར་རྒྱུག་བྱེད་པ། བསང་དྲི་དང་སྤོས་དྲི་ག་སར་ཁྱབ་པ་ཞིག་ཡིན་ཀྱང་། ཁོའི་མཐོང་ལམ་དུ་མངོན་པའི་སྐྱོད་ཉི་མ་ལྷ་ས་ནི། ལྕོག་སྐེ་རླངས་འཁོར་གྱི་ཚོགས་སྤྱིན་པ་རྒྱུག་རྒྱུག་བྱེད་ཅིང་མི་ཚོགས་ཀྱི་འདུ་འགོད་རབ་ཏུ་འཁྲུགས་པས། ཁོའི་སེམས་ནང་གི་སྐྱོད་ཉི་མ་ལྷ་ས་དང་ཁོའི་མཐོང་ལམ་གྱི་སྐྱོད་ཉི་མ་ལྷ་ས་གཉིས་བར་ཧེ་བག་ཆེན་པོ་བྱུང་།

རྒྱང་ནས་བལྟས་ཚེ། པོ་ཏ་ལ་ནི་མཐོན་པོ་གནམ་གྱི་ཀ་བ་བཞིན་ཧམ་བརྗིད་དང་བཅས་གྲོང་དེར་འཕྱིང་འདུག པོ་ཏ་ལ་མཐོང་བས་ཏད་པོ་ཉི་མར་སྤྲོ་སྣང་དང་སྐྱོ་སྣང་དུས་

གཅིག་ཏུ་སྐྱེས་བྱུང་། ཀད་པོ་ཉི་མའི་ཡིད་ཀྱི་ངོས་གང་ཞིག་ཏུ་མེ་ཐེལ་སླན་པ་བཞིན། ཅག་ཞེད་ཅིག་བརྒྱུགས་པ་དང་ཆབས་ཅིག་མདངས་ཤོར་བའི་མིག་ཟུང་ལས་མཆི་མའི་དོག་པ་ནི་ཕྲེང་ཐག་ཆད་པ་བཞིན་ཐོར་ཡོང་།

ཀད་པོ་ཉི་མས་རེ་འདོད་དང་དད་པ་སེམས་ཀྱི་ཡོལ་གོར་བཅུག་ཅིང་། ལག་ཏུ་ཁ་བཏགས་དང་མཆོད་མར་སོགས་ཐོགས་ཏེ་པོ་ཏ་ལའི་ཕྱོགས་སུ་ཆས། པོ་ཏ་ལ་ནི་སྔར་བཞིན་རྒྱང་རིང་དུ་གྲོང་ངེར་འཁྱིང་པ་ལས་ཉེ་སར་བཏུད་མ་ཐུབ། ཀད་པོ་ཉི་མས་ཁྲོམ་ལམ་ཞིག་དེད་ནས་སོང་སོང་མཐར་ཡང་བསྐྱར་སྔོན་གྱི་ཁ་མལ་དེར་སླེབས་འདུག

"ཨ་ཙི། ཅི་ཞིག་བྱུང་སོང་བ་ཡིན་ནམ"

སྐབས་དེར་ཀད་པོ་ཉི་མའི་སེམས་ལ་ཅི་ཡིན་འདི་ཡིན་སྙམ་བྱུང་། འདི་ལྷ་ས་མིན་མི་སྲིད། ལྷ་སར་སུས་མཇལ་མ་མྱོང་། ལྷ་སར་འགྲོ་མ་མྱོང་ཟེར་ན་བདེན་མོད། བོད་པ་ཞིག་ཡིན་ཕྱིན་ལྷ་སར་མཇལ་མ་མྱོང་མཁན་ཞིག་ག་ལ་ཡོད་དེ། ཁྱིམ་ཚང་རེ་ན་ལྷ་ས་རེ་བཞུགས་ཤིང་། མི་རེའི་སེམས་ན་ལྷ་ས་རེ་ཡོད།

སྐབས་དེར། ཀད་པོ་ཉི་མར་རྣམ་རྟོག་གློ་བུར་བ་ཞིག་སྐྱེས་བྱུང་། རང་གི་ཚེ་འདིར་བསགས་པའི་ཉེས་པ་རེ་རེས་འདི་སྣང་གི་ལྷ་ས་བསྒྲིབས་ཟིན་པས་ཡིན་ནམ།

ཀད་པོ་ཉི་མའི་སེམས་སུ་གསལ་ལེར་འཁོར་འོངས་པ་ནི་ལོ་དེའི་ཉིན་མོ་དེ་ཡིན། ཁོས་ཡོད་ཚད་བརྗེད་ཟིན་ཀྱང་ཉིན་མོ་དེ་གཏན་ནས་བརྗེད་མི་སྲིད། ཉིན་མོ་དེ་ནི་སྤྱི་ལོ1958ལོའི་ཟླ5བའི་ཚེས14ཉིན་ཏེ། སྐབས་རེར་གནམ་ངོ་དྭངས་ཤིང་གསལ་ལ་མཚམས་རེར་རྡུལ་འཚུབ་ལང་ལོང་འཕྲུགས་པར་བྱེད། རེད་ཡ། དེ་བཞིན་དུ་ཉིན་མོ་དེར་བྱུང་བའི་བྱ་བ་དག་ཀྱང་ཀད་པོ་ཉི་མའི་བློ་ངོར་སྒྲིབ་གྲལ་བསུབ་མེད་དུ་ལྷང་ངེར་ཡོད་དེ། འབྲོག་སྡེ་ཆེན་པོ་དེའི་གོང་རོལ་དུ་ཆགས་པའི་དགོན་པ་དེར་མི་མང་ཏུབ་ཚོགས་བྱས་འདུག ཀད་པོ་ཉི་མ་མི་ཚོགས་ཀྱི་གདོང་ལ་བུད་ནས། འདུ་ཁང་གི་སྒོ་ཆེན་ལ་རྡོག་ཐོས་གཞུ་ཐེངས་ཤིག་གིས་ཁྲོག་སེ་ཕྱེ་ཞིང་། ཐད་ཀར་འདུ་ཁང་གི་གཙོ་རྟེན་བྱམས་སྐུ་གཟས་ཏེ་སོང་ཞིང་། སྐེ་ལ་

ཞགས་པ་འཕངས་ཏེ་ཤེད་ཀྱིས་འཐེན་པ་ན་བྱམས་སྐུ་ནི་དངོས་གནས་འཐེན་རན་ཙང་མི་འདུག་སྟེ། རྡུལ་འཚུབ་བེར་འཁྱིལ་ཐེངས་ཤིག་གིས་ཕོའི་མདུན་སར་ལོག་སོང་། རྒད་པོ་ཉི་མས་མིད་པ་བསངས་ཙམ་བྱས་རྗེས་བྱམས་སྐུའི་དབུ་ལ་རྐང་པས་ཆག་ཆག་བྱེད་ཞོར། “ང་ཚོ་རྫོངས་སྨན་གྱི་དོང་དུ་འཕེན་མཁན་ནི་འདི་ཡིན་པ་རེད། འདིས་ང་ཚོར་མགོ་གཡོག་མགོ་སྐོར་བཏང་ནས་ད་རག་བར་སྡུག་ལ་སྦྱར་པ་རེད” ཅེས་གནོན་དཀའ་བའི་ཁོང་ཁྲོ་དང་བཅས་བཤད་བྱུང་། བྱམས་སྐུ་ནི་ངོ་མ་ཉེས་པ་རེ་བཞིན་བསགས་པའི་བཙོན་མ་ཞིག་དང་འདྲ་བར་ཁྲག་མེད་འགྱུལ་མེད་དུ་ཉན་འདུག དེ་དང་བསྟུན་ནས་མི་ཚོགས་ཀྱིས་བྱམས་སྐུའི་སྟེང་དུ་མཆིལ་ཞགས་འཕེན་ཐུབ་ཐུབ་བྱེད། བར་སྐབས་ཤིག་ལ་རྒད་པོ་ཉི་མ་མི་ཚོགས་ཀྱི་དཀྱིལ་དུ་འགྲེང་ཞིང་སྐད་ལ་བརྒྱབ་ནས “ལྷབས་ཆེན་གཙོ་འཛིན་མའོ་ཀྲུའུ་ཞི་ཁྲི་ལོར་བརྟན་པར་ཤོག” ཅེས་སྐད་བརྒྱབ་པ་ན། དེར་འདུས་ཀུན་གྱིས་ཀྱང་། “ལྷབས་ཆེན་གཙོ་འཛིན་མའོ་ཀྲུའུ་ཞི་ཁྲི་ལོར་བརྟན་པར་ཤོག” ཅེས་མཉམ་དུ་ཝུར་བྱུང་། དེ་ལྟར་ལན་གསུམ་ལ་བསྒྲགས་རྗེས། སྔོན་གྱི་བྱམས་སྐུའི་ཚབ་ཏུ་བྱམས་བརྩེའི་འཛུམ་གྱིས་ཕྱུག་པའི་ལྷབས་ཆེན་གཙོ་འཛིན་མའོ་ཀྲུའུ་ཞིའི་སྐུ་པར་སྦྱར ……

རྒད་པོ་ཉི་མའི་ཡིད་ཀྱི་མེ་ལོང་གཙང་མར་དོན་དག་དེ་ཞལ་གྱིས་ཤར་བས་དྲན་པའི་གསལ་འདེབས་སུ་གྱུར་ཏེ་ཡིད་སློང་སློང་དུ་གྱུར་ཅིང་། ཕྱིར་དྲན་གྱི་མཚམས་ཀྱང་རེ་ཞིག་ཆད་པར་གྱུར། བསམ་ཞིང་བསམས་ན། རྒད་པོ་ཉི་མའི་ཉི་མ་རེ་རེ་ནི་དངངས་སྐྲག་གི་ཕྱིར་དྲན་རིང་མོའི་ཁྲོད་ནས་འདས་པ་རེད། ཕྱིར་དྲན་རིང་མོ་དེའི་ཁྲོད་ནས་རྒད་པོ་ཉི་མར་དབང་བ་ནི་སྨན་ནག་གི་ལོ་ཟླ་དེ་ཁོ་ན་རེད། ཚེ་ལམ་འཚུབ་པོ་ཞིག་དང་འདྲ་བའི་སྨན་ནག་གི་ལོ་ཟླ་དེས་རྒད་པོ་ཉི་མའི་བློ་སེམས་ཏབ་ཙམ་ལའང་བདེ་རུ་བཅུག་མ་མྱོང་། རྒད་པོ་ཉི་མའི་ཁ་ནས་བསམ་བཞིན་དང་བསམ་བཞིན་མ་ཡིན་པར། “ཨོཾ་མ་ཎི་པདྨེ་ཧཱུྃ། ཨོཾ་མ་ཎི་པདྨེ་ཧཱུྃ” ཞེས་ཤུགས་ཀྱིས་ཤོར་སོང་།

རྒད་པོ་ཉི་མས་ཏ་ཙང་སྐྲག་སྣང་དང་བཅས་མདུན་ཕྱོགས་སུ་བལྟས་པ་ན། པོ་ཏ་ལ་

ནི་གནའ་བོའི་གྱུད་མི་ཞིག་དང་མཚུངས་པར། ལོ་རྒྱུས་ཀྱི་དོན་དུ་འོད་ལམ་ལམ་གྱི་ཉི་འོད་འོག་ཏུ་གྲོང་ངེར་འཁྱིང་འདུག་ལ། དེ་ནི་དེ་འདྲའི་བརྗོད་ཆགས་ཤིང་ལྷ་ན་སྡུག་པ་ཞིག་ཨང་། ཡིན་ཀྱང་། ལྷ་ཕྱོགས་ཤིག་གིས་པོ་ཏ་ལས་ཁོར་ཁྲི་ཉམས་དང་བཅས་ཅེར་འདུག་པའི་སྣང་བ་ཞིག་སྟེར།

"ཨ་ཧོ། འདི་ཅི་ཡིན་ནམ། འདི་ཅི་ཡིན་ནམ"

ཀད་པོ་ཉི་མས་གཡས་ལྷ་གཡོན་ལྷ་ཞིག་བྱས་པ་ན། མདུན་ཕྱོགས་སུ་མི་ཚོགས་ནི་ཚུ་པོ་བཞུར་བཞུར་བྱེད། གནམ་ཞིག་འདྲི་བསམས་ཀྱང་སུ་ལ་འདྲི་དགོས་པའང་མི་ཤེས། སྐབས་དེར་ཡག་ཡག་ལ་སྲུང་ལམ་དེའི་བཞི་མདོ་རུ་བཅིངས་འགྲོལ་དམག་འགས་སྐོར་སྐྱོད་བྱེད་ཀྱིན་འདུག ཁོ་རྐང་མགྱོགས་ལག་མགྱོགས་ངང་དེ་དག་གི་གན་དུ་བརྒྱུགས་ཏེ། "བཅིངས་འགྲོལ་དམག་ལོ་ལོ། འདི་ནས་པོ་ཏ་ལར་ཇི་ལྟར་འགྲོ་དགོས" ཞེས་དྲིས།

བཅིངས་འགྲོལ་དམག་ལོ་ཆུང་དེ་དག་གིས་མིག་གིས་རིག་རིག་ངང་ཁོར་ཅེར་འདུག སྐབས་དེར་དེ་ཚོས་ཕན་ཚུན་ལ་ཤུབ་ཤུབ་ངང་ཅི་ཞིག་བཤད་རྗེས། དེའི་ཁྲོད་ཀྱི་གཅིག་གིས་བོད་སྐད་ད་མ་དེག་གིས "ག་རེ་ཟེར། ཕུའུ་ཏ་ལ་གོན་ཟེར་རམ། འདི་ནི་པེ་ཅིང་ཤར་ལམ་རེད། འདི་ནས་ཐད་ཀར་སོང་ལ་མདུན་ཕྱོགས་སུ་ཕར་དཀྱུགས་དང་བསླེབ་སྲིད" ཟེར།

"ཨ——ཅི་ཟེར། པེ་ཅིང་། དཔེ་མི་སྲིད། འདི་ནི་ལྷ་ས་ཡིན། པེ་ཅིང་ག་ལ་ཡིན། པེ་ཅིང་མཁར་ཟེར་བ་གང་གི་གང་རེད། ཁྱོད་ཚོས་རྫུན་མ་བཤད……"

ཀད་པོ་ཉི་མས་ཧ་ལས་པའི་ཉམས་ཀྱིས་སྨྲ་མཐུད་དུ་ཅི་ཞིག་བཤད་ཀྱིན་འདུག་མོད། བཅིངས་འགྲོལ་དམག་དེ་ཚོ་སྤུར་ནས་མི་ཚོགས་ཀྱི་གློང་དུ་འཐིམ་སོང་། ཀད་པོ་ཉི་མས་ཇི་ལྟར་འདང་བརྒྱབ་ཀྱང་། འདི་ནི་ལྷ་ས་ལས་པེ་ཅིང་ཡིན་མི་སྲིད།

"འདི་ཚོས་མི་ལ་རྫུན་གཏམ་བཞིན་འདུག པེ—— འདི་ནི་ལྷ་ས་ཡིན"

ཀད་པོ་ཉི་མས་ཤུལ་ཙམ་ཡང་མི་མཐོང་བའི་བཅིངས་འགྲོལ་དམག་དེ་དག་གི་རྗེས་

ལ་མཆིལ་ཞགས་ཤིག་འཕངས།

ཀད་པོ་ཉི་མས་མདུན་ཕྱོགས་ཀྱི་བཞི་མདོ་དེ་བརྒྱུད་ནས་སོང་བ་ན། ཁོ་རང་གི་མིག་ལའང་ཡིད་མི་ཆེས་པ་ཞིག་བྱུང་སྟེ། ཁོས་མགོ་བོ་བཀྱགས་ནས་བལྟས་ཚེ། མདུན་ཕྱོགས་ཀྱི་པང་ལེབ་ཅིག་གི་སྟེང་དུ་དངོས་གནས "པེ་ཅིང་ཤར་ལམ" ཞེས་པའི་ཡིག་འབྲུ་ཆེན་པོ་བཞི་བྲིས་འདུག

"ཨ་ཙི། མིག་འཁྲུལ་བྱུང་བ་མིན་ནམ" ཁོས་མིག་གཉིས་ཕྱུར་ཕྱུར་ཞིག་བྱས། པང་ལེབ་སྟེང་དུ་སྔར་བཞིན "པེ་ཅིང་ཤར་ལམ" ཞེས་པའི་ཡིག་འབྲུ་ཆེན་པོ་བཞི་བྲིས་འདུག་པ་མཐོང་།

"སྐྱིད་ཉི་མ་ལྷ་ས་ནི་ནམ་ཞིག་ལ་པེ་ཅིང་དུ་སྒྱུར་སོང་ངམ"

ཁོས་ཐེ་ཚོམ་གྱི་དྲི་རྟགས་ཤིག་སེམས་ལ་ཧུམ་སྐྱེ་སྒུ་མཐུད་དུ་མདུན་དུ་སོང་། ལམ་གྱི་གཡས་གཡོན་ན་ཚོང་ཁང་མང་པོ་གཅིག་འཕྲོར་གཅིག་བསྟར་འདུག ཁོས་ཕར་ལྟ་ཚུར་ལྟ་ཞིག་བྱས་པ་ན། སྒོ་བྱང་གི་ངོས་སུ "པེ་མ་ཕང་ཙེ་ཀྲོན་ཆས་ཚོ་ང་ཁང" (ཀྲོན་ཆས་ཚོང་ཁང) ཞེས་བལྟས་ཚེ་བོད་ཡིག་ཡིན་ཀྱང་ཧ་མི་གོ་བའི་ཁང་པ་ཞིག་གི་སྒོ་ཁར་མི་མང་རུབ་ནས་འདུག་ཅིང་། ཁོ་ཚོས་ཅི་ཞིག་རྩོད་གླེང་བྱེད་པ་དང་འདྲ་བར་ཟླག་ཟླག་ཟླག་སྐད་མགོ་ནི་གཅིག་ལས་གཅིག་མཐོ། ཀད་པོ་ཉི་མས་དེ་ཚོར་ལམ་ཞིག་འདྲི་བསམས་ནས་སོང་བ་ན། མ་གཞི་དེ་ཚོས་སྟོན་ཆད་ཁོ་རང་དམར་སྲུང་དམག་གི་མགོ་པ་ཡིན་དུས། ཁོ་ཚང་གི་སྒྲ་ནང་དུ་ཡོང་བའི་ལས་བྱེད་རུ་ཁག་གི་ལོ་ཀྱང་རྩེད་རྒྱུར་དགའ་བའི "ཤང་ཆེ" ཟེར་བའི་མིག་མངས་དེ་རྩེད་ཀྱིན་འདུག

"ཨ་རོག པོ་ཏ་ལར་ཇི་ལྟར་འགྲོ་དགོས་པ་རེད"

ཁོས་དེ་ཚོར་གཏམ་དྲིས་པ་ན། ཁོ་ལ་ལན་སྟེར་མཁན་གཅིག་ཀྱང་མ་བྱུང་། དེ་ཚོ་མིག་མངས་ཀྱི་སྟེང་ལ་མགོ་འཁོར་འདུག ཁོས་ཡང་བསྐྱར "ཤེ། པོ་ཏ་ལར་ཇི་ལྟར་འགྲོ་དགོས་པ་རེད" ཞེས་དྲིས་ཀྱང་སྔར་བཞིན་ལན་སྟེར་མཁན་གཅིག་ཀྱང་མ་བྱུང་།

ཁོས་ཁ་ནས་སྤྲིགས་དམོད་འབོར་གྱིན་མདུན་དུ་ཙུང་ཟད་སོང་བ་ན་ཚོང་ཁང་ངམ་ཅི་ཡིན་མི་ཤེས་མོད། ཤེལ་གྱིས་བཅད་པའི་ཁང་པ་ཞིག་གི་ནང་དུ་བུ་མོ་འགའ་འཁོལ་ཁྲིའི་སྟེང་དུ་ཕར་འོག་ཚུར་འོག་བྱས་ནས་འདུག ཁོས་ཁང་པ་དེའི་སྒོ་ཕྱེས་ནས་ནང་དུ་སོང་བ་ན། ཨ་ཙི་ཙི། བུ་མོ་དེ་ཚོ་གཅེར་བུར་མ་བུད་གོང་མ་རེད། ཁྲང་གི་སྨྱོས་བུམ་དག་ནི་དེ་ལྟར་ཉི་མ་དཀར་དཀར་ལ་ཕྱི་ཏུ་མངོན་ཡོད་པ་མ་ཟད། དོར་མ་ཐུང་ཐུང་བརླ་ཡང་ཁེབས་མིན་ཙམ་རེ་གྱོན་འདུག་པས། ཀྲད་པོ་ཉི་མ་ནི་ངོ་ཚ་སྟེ་གཏམ་དྲི་རྒྱུ་ཕར་ཞོག་ཕྱི་ཏུ་བྲོས་པ་ན། བུ་མོ་དེ་ཚོ་ཧབ་ཆ་དི་རིར་གྱུར། ཁོས་ཕྱིར་ལྟ་ཙམ་ཡང་བྱེད་མ་ཐོད། ཁོའི་སྙིང་ནི་སྟིག་སྟིག་ཏུ་ལྡིང་བཞིན་འདུག ཁ་ནས་མཚམས་མེད་དུ "ཨ་ལ་ལ། མི་འགྲོ་རྒྱུ་ཞིག་ལ་བུད་སོང་། ཨ་ལ་ལ། མི་འགྲོ་རྒྱུ་ཞིག་ལ་བུད་སོང་" ཞེས་ཟློ་བཞིན་ལམ་གྱི་ཕར་ངོགས་སུ་ཚབ་ཚུབ་ངང་ཆས། སྐབས་དེར་རྡོག་འོག་གི་ས་གཞི་མེར་མེར་དུ་འགྲུལ་བ་དང་ཆབས་ཅིག སྨྱོན་པ་རྒྱུག་རྒྱུག་བྱེད་གྱིན་པའི་སྐྲེལ་འདྲེན་རླངས་འཁོར་ཞིག་ཡ་ཡོ་འཁྲུག་འཁྲོག་མེད་པར་ཁོའི་སྟེང་དུ་ཤོར་འོངས་པས། བཟུར་བཟུར་བྲོས་བྲོས་བྱས་ཀྱང་མ་ཕན།

"ཨ—"

ཁོའི་ཁ་ནས་ཨག་སྐད་རྣ་ལ་གཟན་པ་ཞིག་ཤོར་པ་དེས་ཉེ་འཁོར་གྱི་མི་རྣམས་ཀྱི་མིག་དབང་ཡོད་ཚད་ཁོའི་སྟེང་དུ་བསྡུས་སོང་།

ཀྲད་པོ་ཉི་མ་དྲན་པ་རབ་རིབ་ལས་སད་དུས། ཁོས་ཁ་ནས "པེ་ཅིང་། ལྷ་ས། པེ་ཅིང་། ལྷ་ས། ལྷ་ས། པེ་ཅིང་" ཞེས་ཟློ་ཐུབ་ཐུབ་བྱེད། ཡིད་ཕངས་པ་ཞིག་ལ། ཁོས་མིག་ནི་ཇི་ལྟར་ཕྱེ་ཡང་མཐོང་ལམ་གྱི་ལྷ་ས་བོར་བརླག་ཐེབས་འདུག པོ་ཏ་ལ་བོར་བརླག་ཐེབས་འདུག ……

"ཨ་ཙི། འདི་ཅི་རེད། སྟོད་ཉི་མ་ལྷ་ས་མི་འདུག སྟོད་ཉི་མ་ལྷ་ས། ངའི་སྟོད་ཉི་མ་ལྷ་ས……" ཀྲད་པོ་ཉི་མས་ལག་ཟུང་གིས་ཀྲབ་ཀྲབ་བྱེད་བཞིན་དེ་ལྟར་སྐད་བརྒྱབ། ཁོ་རང་ལངས་ཐེངས་ཤིག་གིས་ཡར་ལངས་པ་ན། ཁོས་དགོངས་རང་ཉིད་ལ་རླངས་འཁོར་གྱིས་གདོང་གཏུག་བརྒྱབ་པ་ཤེས། འོན་ཀྱང་བློ་ཡུལ་ལས་འདས་པ་ཞིག་ལ་ཁོར་ན་རྒྱུ

ཚ་རྒྱུ་ཅི་ཡང་མི་འདུག ཁོའི་གན་དུ་མི་ཚོགས་ཀྱི་སྐད་སྒྲ་ནི་སྐྱུག་ཚང་དུ་རྡོ་འཕངས་པ་བཞིན "ཙག་ཙག་ཙག" བྱེད་ཀྱིན་འདུག་མོད། ཁོས་མཐའ་སྐོར་གྱི་མི་དེ་དག་གཅིག་ཀྱང་མཐོང་ཐབས་བྲལ།

"ཨ་ཧྲོ། ངའི་མིག་ལ་སྐྱོན་བྱུང་སོང་། ཨ་ཧྲོ། འདི་ཚང་མ་རྣམ་སྨིན་རེད་ཡ"

ཀད་པོ་ཉི་མའི་མཐོང་ལམ་དུ་ཁོ་རང་ལྷེ་ཁྲག་འཛོ་སའི་ཏུ་སྟེ་དེ་འཁོར་འོངས། ཏུ་སྟེ་དེའི་གོང་རོལ་ཏུ་ཆགས་པའི་འདུ་ཁང་དེ་འཁོར་འོངས། འདུ་ཁང་དེའི་ནང་གི་གསེར་རྒྱུ་བྱུགས་པའི་བྱམས་སྐུ་འཁོར་འོངས། བྱམས་སྐུའི་ཞལ་བཞིན་འཁོར་འོངས……

"སྤོ་བོ་ལགས། ཁྱེད་ལ་ཅི་བྱུང་སོང་། ཁྱེད་ལ་ཅི་བྱུང་སོང" གདོང་ལ་འབར་ཚག་གིས་ཁེངས་པའི་མི་ཞིག་དང་། མི་སྨིག་སྨིག་མགོ་འབལ་ལེ་བ་གཉིས་རྟབ་རྟབ་པོར་གྱུར་ཏེ་ཀད་པོ་ཉི་མའི་གཡས་གཡོན་ནས་བསྐོར་ཅི་ཐུབ་བྱེད། མི་དེ་གཉིས་ཀྱི་ཚུལ་བྱེད་ལ་བལྟས་ན་རླངས་འཁོར་གྱི་ཁ་ལོ་པ་ཡིན་པ་དཔག་ཐུབ། དེ་གཉིས་ཀྱི་གཅིག་གིས་བོད་སྐད་ད་མ་དིག་གིས "ང་ནི་ཁ་ལོ་པ་ཡིན། ཁྱེད་ལ་རྨས་སྐྱོན་འདྲ་བྱུང་མེད་དམ། འགྲོ། ང་ཚོ་སྨན་ཁང་དུ་འགྲོ" ཟེར། ཆ་ལུགས་དང་སྐད་གདང་ལ་གཞིགས་ཀྱང་དེ་གཉིས་ཀ་ནི་ལྷ་ས་པ་ཞིག་མིན་པ་ཐག་བཅད་ཆོག

"མིན། འདི་ཡོད་ཚད་སྡིག་སྒྲིབ་རེད་ཡ། སྐྱེ་བ་འདིའི་སྡིག་སྒྲིབ་སྐྱེ་བ་འདིར་བསྲུབ་ཐུབ་ན་བཟང་། ང་ནི་མི་སྡིག་སྒྲིབ་ཅན་ཞིག་ཡིན་པས། འདི་ལྟ་བུའི་ཆག་སྒོ་ངའི་སྟེང་དུ་མི་འོང་སུའི་སྟེང་དུ་འོང་། ཁྱེད་གཉིས་ལ་ཁག་བཀལ་ན་ག་ལ་ཆོག" ཀད་པོ་ཉི་མས་རླངས་འཁོར་ནི་རང་གིས་བསྐོར་ཏེ་ཁ་ལོ་པ་དེ་གཉིས་ལ་གདོང་གཏུག་བརྒྱབ་པ་དང་འདྲ་བར་དགོངས་དག་ཡང་ཡང་ཞུས་པས། མཐའ་སྐོར་གྱི་མི་རྣམས་ཀྱིས་དེའི་དོན་རྟོགས་རྗེས་ཧ་ལས་ཤིང་ཧང་སངས་པར་གྱུར།

ཀད་པོ་ཉི་མའི་སེམས་ལ་ཡང་བསྐྱར་འདུ་ཁང་དང་འདུ་ཁང་དེའི་ནང་གི་གསེར་རྒྱུ་བྱུགས་པའི་བྱམས་སྐུ་འཁོར་འོངས། ད་དུང་མ་ཡུམ་ལགས་འཁོར་འོངས། མ་ཡུམ་ལགས་

ཀྱིས་ལག་པ་འདར་སིག་སིག་དང་ཁོར་ཁ་ཆེམས་འཛིག་ཁའི་སྣང་བརྙན་དེ་གློ་བུར་དུ་འཁོར་འོངས། ཁོས་ཁ་ནས་ཚམ་ཚོམ་མེད་པར “ཨ་མ” ཞེས་ཤོར་སོང་།

“ང་ལ་ཐུགས་དཀྱིལ་གནང་རོགས། ང་ལ་ཐུགས་དཀྱིལ་གནང་རོགས” ཁོས་ངག་ནས་དེ་ལྟར་ཞུ་ཞོར། ལུས་མོའི་སྣང་སར་བསྡུགས་ཤིང་། ལག་ཟུང་གིས་ཐལ་མོ་ཡང་ཡང་སྦྱོར་བར་བྱེད། སྐབས་དེར། མཐར་ཐུབ་པའི་མི་རྣམས་ནི་ཚ་མྱུགས་སུ་སོང་བའི་ཟས་ཀྱི་སྟེང་ལ་འབུ་སྦྲང་འཁོར་པ་བཞིན་ཧེ་མང་ནས་ཧེ་མང་དུ་སོང་ཞིང་། ཁོ་ཚོས་ཏ་ལས་པའི་མིག་ཟུང་སྔར་ལས་ཀྱང་ཆེ་རུ་བགྲད།

མི་ཚོགས་ཀྱི་གསེང་དུ་བུད་མེད་ཅིག་གིས “མི་འདིར་སྨྱོ་ནད་བྱུང་ཡོད་པ་འདྲ” ཟེར།

ཁ་ཆེ་རྒད་པོ་མགོར་ཞྭ་དཀར་པོ་གྱོན་ཞིང་སྨ་ར་རིང་པོ་བསྐྱུར་ཡོད་པ་ཞིག་གིས་གཞན་གྱི་མི་རྣམས་ལ་བལྟས་ནས “ཨ་ལ་ལ། ཅི་འདྲའི་མི་ཡ་མཚན་ཞིག” ཟེར་བཞིན་ཡ་མཚན་པའི་ཉམས་ཤིག་དོད་འདུག

གསར་བུ་ཞིག་གིས་མགོ་གཡུག་བཞིན “བོད་པ་ཟེར་བ་འདི་ཚོར་དངོས་གནས་དགོད་བྲོ་པོ་འདུག” ཟེར།

རྒྱ་མོ་ཞིག་གིས “མི་འདི་གླེན་པ་ཁ་ནག་ཅིག་མ་ཡིན་ནམ” ཞེས་བརྗོད་ཞོར་རྒད་པོ་ཉེ་མར་བལྟས་འདུག

……

ཉེ་འཁོར་དུ་ཐུབ་ནས་ལྷོད་མོར་ལྟ་མཁན་དེ་ཚོས་གཅིག་གཅིག་གི་གདོང་ལ་ཅེར་ཅིང་། ཧ་ཅང་ཚད་བརྒལ་གྱི་ཉམས་སྣ་ཚོགས་སྟོན་གྱིན་དཔྱད་རྗོད་སྤེལ་ཐུབ་ཐུབ་བྱེད་གྱིན་འདུག སྐབས་དེར་རྒད་པོ་ཉེ་མས་ཁ་ལོ་པ་དེ་གཉིས་ལ་རེ་བ་ཞིག་བཏོན་པ་ནི། ད་ནི་གང་ལྟར་ངའི་མིག་གིས་མི་མཐོང་བར་གྱུར་སོང་། དེ་ནི་སྔོན་བསགས་ཀྱི་ལས་དབང་དང་། སྐྱེ་བ་འདིར་བསགས་པའི་སྡིག་འབྲས་ཡིན་པས། དེར་ལེ་བདའ་དང་འཁང་བྱེད་ས་ཅི་ཡང་མེད། མཐའ་མའི་རེ་བ་གཅིག་པུ་ནི་ང་ལ་རོགས་རམ་བྱས་ཏེ་ལྷ་སའི་རྟེན་གཙོ་བོ

ཁག་ལ་མཛལ་རྒྱུ་དེ་ཡིན་ཟེར། ཁ་ལོ་པ་གཉིས་ནི་དགའ་དྲགས་ཏེ “དེ་ནི་ལོས་ཆོག ལོས་ཆོག” ཟེར་བཞིན་དུས་ཐོག་ཏུ་ཕོའི་རེ་བ་དང་ལེན་བྱས་སོང་།

ཀད་པོ་ཉི་མའི་སེམས་ལ་གང་ལྟར་ལྷ་སར་ཡག་པོ་ཞིག་མཛལ་ཐུབ་སོང་སྙམ་བཞིན་ཡོད། ཕོས་ལྷ་སར་མཛལ་བའི་བློ་ཐུགས་ཁ་ལོ་པ་དེ་གཉིས་ལ་གཏད། ཁ་ལོ་པ་དེ་གཉིས་ཀྱིས་ཕོ་རང་ཕྱི་དྲོ་ཞིག་ལ་ཡར་ཁྲིད་མར་ཁྲིད་བྱས།

“འདི་ནི་པོ་ཏ་ལ་རེད”

“འདི་ནི་ཇོ་ཁང་རེད”

“……”

ཁ་ལོ་པ་གཉིས་ཀྱིས་བདེན་ཅོག་ཅོག་གིས་མཚམས་སྦྱོར་བྱས་པ་ན། ཀད་པོ་ཉི་མའི་མིག་གིས་མཐོང་ཐབས་བྲལ་ནའང་། ཕོའི་སེམས་ཀྱིས་ཇོ་བོ་རིན་པོ་ཆེའི་གསེར་ཞལ་ཇི་བཞིན་དུ་མཐོང་སོང་ལ། པོ་ཏ་ལའི་གསེར་འོད་འཕྲོ་བའི་རྒྱ་ཕིབས་དང་། རྒྱལ་དབང་རིམ་བྱོན་གྱི་སྐུ་གདུང་མཆོད་རྟེན…… ཕོས་དེ་དག་རེ་རེ་བཞིན་མཐོང་བྱུང་། མཐོང་ནས་ཀྱང་ཡིད་རབ་ཏུ་དགའ་བར་གྱུར།

ཕོས་མིག་ཆུ་ཉིལ་ལེར་འཐོག་རས་ཀྱི་ཁུད་ལ་གཅུད་པའི་ཤོག་སྒོར་བརྩེགས་མ་དག་ཕྱིར་བཏོན་ཏེ་ཁ་ལོ་པ་གཉིས་ཀའི་ལག་ཏུ་བཞག “འདི་ནི་ངའི་མཛལ་དར་ཡིན། ཁྱེད་གཉིས་ཀྱིས་ངའི་ཚབ་ཏུ་ཇོ་བོ་རིན་པོ་ཆེར་དབུལ་རོགས” ཟེར། ཕོའི་སེམས་ནང་དུ་ཇོ་བོ་རིན་པོ་ཆེས་ཕོར་འཛུམ་གྱིས་གཟིགས་འདུག

“ཇོ་བོ་རིན་པོ་ཆེས་བདག་ལ་ཐུགས་རྗེ་སྤྱན་གྱིས་གཟིགས་རོགས”

ཀད་པོ་ཉི་མས་མིད་པ་འཆུས་ཤིང་ངུ་སྡངས་འདྲེས་མའི་སྐད་ཀྱིས་ཡང་ཡང་དེ་ལྟར་ཞུས།

……

ཁ་ལོ་པ་དེ་གཉིས་ཀྱིས་ཕོ་རང་གནས་དེ་དང་ཐག་མི་རིང་བའི་ཚོང་ཁང་ཁ་ཤས་

ནང་ཁྲིད་ཅིང་མཇུག་མཐར་བར་སྐོར་གྱི་གྲུ་ག་ཞིག་ཏུ་བསྐྱུར། སྐོར་མོ་བརྩེགས་མ་དེ་དག་བགོས་ཏེ་རང་རང་གི་ཨམ་ཕྲུག་ནང་འཇུག་ཨོར། ཀློག་ལབ་འབབ་གེ་འབྱུག་གེ་ཞིག་སྒྲ་བཞིན་ཡུལ་དེ་དང་རིང་དུ་གྱེས་སོང་།

ས་རུབ་སོང་། ཀད་པོ་ཉི་མའི་གདོང་ལ་རྒྱལ་ཁའི་འཛུམ་མདངས་ཤིག་མངོན་འདུག སྐབས་དེར། ཕྱོགས་མཚམས་གང་ཡིན་མི་ངེས་མོད་རླུང་ཆེན་ཞིག་ཤེད་ཀྱིས་ལྡང་བྱུང་། རླུང་ཆེན་གྱིས་ག་སར་དོར་འདུག་པའི་ཆུ་ཤོག་དག་ཕྱོགས་སོར་བདས་ཤིང་། ནམ་མཁའི་དབྱིངས་རིམ་གྱི་ཟླ་གཞོན་སྐོར་མོ་དེ་ཡང་ཁྱུར་ལ་ཁད་བྱེད། ཡིན་ནའང་། བར་སྐོར་གྱི་གྲུ་ག་ཞིག་ཏུ་ཆགས་པའི་མ་སྐྱེས་ཨ་མའི་ཆང་ཁང་གི་སྒེའུ་ཁུང་བརྒྱུད་ནས《མཁའ་ལམ》ཞེས་པའི་གཞས་དེ་མཚམས་མེད་དུ་གྲགས་འོངས་ལ། གཞས་དེའི་འགྱུར་ཁུགས་ཁྲོད་དུ་ལྷ་སའི་མི་རྣམས་བྱིས་པ་བསམ་མེད་ཅིག་དང་འདྲ་བར་དགའ་སྤྲོའི་དཔལ་ལ་རོལ་འདུག་གོ།

2010ལོའི་ཟླ3པར་ཟྀ་ལིང་དུ་བྲིས་ཚར།

མིས་ཁྲི་ལ་རྒྱུགས་པ་ལྟ་བུའི་གསར་འགྱུར།

སྙིང་གཞི།

རྨ་ཡུལ་ནི་ཟི་ལིང་དང་ལེ་བར་གྲངས་ཀྱིས་ཆོད་པའི་མཐོ་གཞོངས་ཀྱི་གྲོང་རྡལ་ཆུང་ཆུང་ཞིག་ཡིན། མགོ་ཁྲིད་ཀྱིས་གཞི་རིམ་ནས་སྦྱོང་བརྡར་བྱ་རྒྱུ་དེ་ནི་ཧ་ཅང་གལ་ཆེན་པོ་ཡིན་ལ། གསེར་ལས་དགོན་པའི་གོ་སྐབས་དེ་བདག་ལ་བསྩལ་པ་ནི་བདག་ལ་རེ་བ་ཆེན་པོ་བཅངས་ཡོད་པས་ཡིན་ཟེར། ངས་མགོ་ཁྲིད་ཀྱི "རེ་བ" དང་རང་གི་སྤྲོབས་པ་གཉིས་ཁུར་ནས་རྨ་ཡུལ་གྲོང་རྡལ་དུ་སོང་།

1

ང་རྨ་ཡུལ་དུ་སླེབས་ནས་ཏག་ཏག་ལོ་ངོ་གསུམ་འགོར་སོང་། རྨ་ཡུལ་ཁུལ་ཏང་ཨུའི་ར་སྒོར་ནང་གི་ཁང་མིག་ཅིག་གི་སྒོ་ཐོག་ཏུ "《སྐར་ཆེན་ཚགས་པར》གྱི་གསར་འགོད་ས་

ཚོགས” ཞེས་སྒོ་བྱང་ཞིག་བཀལ་ཡོད། དེ་ནི་ངའི་གཞུང་ལས་ཁང་ཡིན་ལ་སྡོད་ཁང་ཡང་ཡིན། ད་ལྟ་བསམས་ན། མགོ་ཁྲིད་ཀྱིས་ང་ལ་རེ་བ་ཆེན་པོ་བཅངས་ཡོད་པས་ཡིན་མི་སྲིད། རྒྱུ་མཚན་ནི་ང་རྒྱ་ཡུལ་དུ་མ་སླེབས་གོང་ད་ལྟའི་ངའི་ལས་ཀ་འདི་ཁོང་གི་ཚ་བོས་འགན་དུ་བླངས་ཡོད། ཡིན་ནའང་ང་རྒྱ་ཡུལ་དུ་མངགས་རྗེས་ཁོང་གི་ཚ་བོ་ཟེ་ལིང་དུ་སླེབས་ཤིང་། སླེབས་ནས་ཀྱང་ངའི་འདུག་སྟེགས་སྟེང་འཁྱིང་འདུག་པ་དེ་རེད།

ཨ་རིའི《ཉིག་ཡོག་ཉི་མའི་ཚགས་པར》གྱི་རྩོམ་སྒྲིག་པ་ཡོ་ཧན་པོ་ཙ་ཐེ་ཟེར་བ་ཞིག་གིས་གསར་འགྱུར་ལ་མཚན་ཉིད་སྙིང་པོ་ཞིག་བཀོད་ཡོད་དེ། ཁྱིས་མི་ལ་རྨུགས་པ་ནི་གསར་འགྱུར་མིན་པར། མིས་ཁྱི་ལ་རྨུགས་པ་ནི་ད་གཟོད་གསར་འགྱུར་ཡིན་ཟེར། འོན་ཀྱང་ངས་ཁྱིས་མི་ལ་རྨུགས་པ་ལྟ་བུའི་གསར་འགྱུར་ཐུང་ཐུང་འགའ་རེ་བྲིས་ནས་ཉི་མ་ཐུད་ཐབས་བྱས་པ་ཡིན། གལ་ཏེ་རྒྱ་ཡུལ་ས་ཆར་མིས་ཁྱི་ལ་རྨུགས་པ་ལྟ་བུའི་གསར་འགྱུར་ཞིག་ཡོད་ཚེ། དེ་ནི་ཏག་ཏག་དབྱར་རྩྭ་དགུན་འབུའི་གནད་དོན་སྐོར་ཡིན་འོས། ཡིན་ནའང་གནད་དོན་དེའི་རིགས་ངས་རྒྱང་རིང་གི་ཟེ་ལིང་དུ་བསྐུར་ནའང་ཚགས་པར་གྱི་སྟེང་དུ་དགོད་རྒྱུ་མ་བྱུང་། ལྡོག་སྟེ་ཁྱིས་མི་ལ་རྨུགས་པ་ལྟ་བུའི་གསར་འགྱུར་དག་ནི་དུས་ལྟར་ཚགས་པར་གྱི་པར་ངོས་དང་པོར་བཀོད་འོང་གི་འདུག་པས། ཁེར་རྐྱང་གི་མཚན་མོ་རེ་རེར། ངས་སྐྱོ་ལ་སྡུག་པའི་གཏམ་རྒྱུད་དེ་དག་རང་གི་ནང་སེམས་ཀྱི་དགོས་མཁོ་གང་ཞིག་གི་ཆེད་དུ་བྲིས་ཏེ་འཐེན་སྒམ་ནང་ཉར་བ་ཡིན།

ས་ཏུབ་ཐེངས་རེ་རེར། རྒྱ་ཡུལ་གྲོང་རྡལ་ནི་མི་ཡུལ་གྱིས་དོར་བའི་མྱུ་ངམ་ཐང་ཞིག་དང་འདྲ་ལ། ང་ནི་སུ་ཞིག་གིས་རྒྱང་ཐུད་དུ་བཏང་བའི་བཙོན་མ་ཞིག་དང་ཁྱད་ཅི། ཁེར་རྐྱང་གི་གདུང་བ་ཟེར་བ་ནི་སྙན་ངག་པའི་སྨྱུག་རྩེ་ནས་འཕྱུར་བའི་སྐད་ཅིག་གི་ཚོར་འདུ་ལྟ་བུ་ཞིག་ཡིན་མི་སྲིད་ལ། རི་མོ་པའི་པིར་རྩེ་ནས་བཞེངས་པའི་འཆར་ཡན་གྱི་རི་མོ་ལྟ་བུ་ཞིག་ཀྱང་ག་ལ་ཡིན་ཏེ། དེའི་ཚོར་བ་ནི་ང་ལ་དངོས་སུ་ཡོད་མྱོང་། དེ་ནི་དགུན་གསུམ་གྱི་གྲང་ངར་ཁྲོད་ཆུ་འཁྱག་ཐོར་གང་འཐུང་བ་དང་འདྲ་བར། ཐོག་མར

ཁྱོད་ཀྱི་ནང་སེམས་ཀྱི་ངོས་གང་ཞིག་འཁྲུག་སིབ་སིབ་ཏུ་གཏོང་བ་དང་། རིམ་བཞིན་ཚོར་བ་དེས་ཁྱོད་ཀྱི་སྐྱི་ལྤགས་བརྙོལ་ཅིང་ལུས་སེམས་གཉིས་ཀ་འཁྲུག་སིབ་སིབ་ཏུ་བཏང་སྟེ། ཁྱོད་ཁ་མལ་གཅིག་ཏུ་སྡོད་མི་ཚུགས་པར་འགྱུར་ངེས། གནས་ཚུལ་དེ་འདྲ་དང་འཕྲད་དུས། ང་ནམ་རྒྱུན་སྡོད་ཁང་གི་ཕྱི་རོལ་ཏུ་བུད་ནས་དམིགས་པ་མེད་པར་གང་སར་འཆམ་འཆམ་དུ་སོང་བ་ཡིན།

ཕྱིར་རྨ་ཡུལ་རྩྭ་ཐང་དུ་རྩྭ་ཐང་ལས་གཞན་ད་དུང་རྩྭ་ཐང་ལས་ཅི་ཡང་མེད་ནའང་། དབྱར་ཟླ་བཞི་པ་ཚེས་དུས་རྨ་ཡུལ་རྩྭ་ཐང་དུ་དབྱར་རྩྭ་དགུན་འབུ་ཞེས་པའི་སྨན་རྩྭ་ཞིག་སྐྱེ་བཞིན་ཡོད་པས། ཁ་སང་དེ་རིང་རྨ་ཡུལ་གྲོང་རྡལ་དུ་ཐུར་མེད་ཀྱི་འཁྲུག་ཆ་ཞིག་དོད་ཡོང་གི་འདུག བདག་གི་ཡུལ་མི་དང་མཚུངས་པའི་ཞིང་པ་སྤུན་ཟླ་མང་པོ་ཞིག་ཐག་ཉེ་རིང་ནས་ཏུབ་ཡོང་སྟེ། རྨ་ཡུལ་གྲོང་རྡལ་དུ་མི་ཚོགས་ཀྱི་ཐ་རླབས་འཁྲིགས་པར་བྱེད། མི་ཚོགས་ཀྱི་ཐ་རླབས་འཁྲིགས་པའི་དུས་སུ། དེའི་ཁྲོད་དུ་ངའི་གཉེན་ཉེ་སྤུན་ཟླ་ཡོད་ཀྱང་ཚོག་ལ་མེད་ཀྱང་ཉུང་། གང་ལྟར་མི་མང་པོ་བསླེབས་པ་དེས་ངའི་ཁེར་རྐྱང་གི་སྣང་བ་ཚད་ངེས་ཅན་ཞིག་ནས་ཞི་བར་བྱེད་པས། ང་ལ་མཚོན་ན་དེ་ནི་བདེ་སྐྱིད་ཅིག་ཡིན་ནམ་ཡང་ན་སྡུག་བསྔལ་ཞིག་ཡིན་པ་བཤད་དཀའ་མོད། འོན་ཀྱང་ང་ལ་བསམ་བློ་གཏོང་ས་གཞན་ཞིག་ཡོད་སོང་བ་ནི་བདེན་པ་ཡིན།

2

འཇིགས་མེད་སོགས་རྨ་ཡུལ་གྲོང་རྡལ་དུ་འཁོར་དུས། ཉིན་བྱེད་དབང་པོས་མཐའ་མཇུག་གི་ཟེར་འཕྲོ་ཞུབ་ཕྱོགས་རྒྱ་ལྷའི་ཕང་བར་བསྐུས་ཤིང་། གྲིབ་སོ་ནག་པོས་མི་ཡུལ་གྱི་དཀར་ངོགས་མ་ལུས་བརྩེ་མེད་དུ་འཆའ་བཞིན་པའི་སྐབས་ལ་འཁེལ།

ཡིན་ནའང་། མདོ་དབུས་མཐོ་གཞོངས་ཀྱི་སྣལ་གཞུང་དུ་ཆགས་པའི་གྲོང་རྡལ་ཆུང་ཆུང་དེ། ནམ་རྒྱུན་དང་མི་འདྲ་བར་འདུ་འཛོའི་ཡོ་ལང་ཞིག་རབ་ཏུ་འཁྲིགས་འདུག སྲུར་མོར་ཆགས་པའི་སྲང་ལམ་དུ་མི་ཚོགས་སྐོར་དང་སྐོར་བྱས་ནས་ཡར་འགྲོ་མར་འགྲོ་བྱེད་ལ། དེ་ལས་སྐོར་ཞིག་ཟ་ཁང་དང་ཚོང་ཁང་དག་གི་སྒོ་ཁར་ཉུབ་འདུག་པས། བལྟས་མ་ཐག་དེ་དག་ཀྱང་འཛིགས་མེད་སོགས་དང་འདྲ་བར་རྨ་ཡུལ་གྱི་དབྱར་རྩྭ་དགུན་འབུ་བསམས་ནས་བསླེབས་ཡོང་བ་གསལ་པོར་ཤེས་ཐུབ།

སྐབས་དེར་འཛིགས་མེད་དང་ཁོའི་འགྲོ་རོགས་ཚོའི་ཕྲག་གཞུང་དང་ཀང་མཐིལ་ལ་ཟུག་གཟེར་དྲག་པོ་ཞིག་སྐྱེས་པས། རྒྱབ་ཀྱི་མལ་ཆས་སོགས་མཁོ་དངོས་ཅག་ཅིག་རྣམས་རང་ཉིད་དང་ཆབས་ཅིག་ཏུ་གཞུང་ལམ་འཁྲམ་གྱི་རྡོ་གཅལ་སྟེང་ཅལ་སྒྲ་དང་བཅས་གཡུགས་པ་ན། ཟོར་ཡང་བའི་ཚོར་སྣང་སྐྱིད་པོ་ཞིག་རྩ་ལམ་ཡོངས་ལ་ཁྱབ། ཡིན་ནའང་ཁོ་ཚོ་ཕན་ཚུན་སྨྲ་བ་མེད་པར་ཡུན་རིང་པོར་ཁུ་སིམ་མེར་ལུས།

འཛིགས་མེད་སོགས་ལ་དངོས་གནས་ཁག་མི་འདུག་སྟེ། ལོ་འདི་དག་ལ་དབྱར་རྩྭ་དགུན་འབུ་བཀོ་མི་ཚོག་པའི་བཀའ་རྒྱ་བཏང་བ་ནས། དབྱར་རྩྭ་དགུན་འབུ་སྐྱེས་ཡོད་སའི་རྫོང་མཁར་དག་ཏུ་ས་གཞན་པའི་མི་རང་དགར་འགྲོ་མི་ཚོག་པ་དང་། གཞུང་ལམ་གྱི་འཁྲམ་རྒྱུད་རྩིས་པོར་འགག་སྒོ་གང་མང་རིལ་མ་གཏོང་གཏོང་བྱས་ཡོད་པས། ཁོ་ཚོ་རྨ་ཡུལ་གྲོང་རྡལ་དང་ལེ་བར་བརྒྱ་ཕྲག་ཡོད་པའི་ས་ཉུ་ཉིན་ཞག་སྲིལ་ནས་ཀང་ཐང་དུ་ཡོང་བ་ཡིན་ལ། དེའི་ཁར་མལ་ཆས་དང་ངེས་པར་མཁོ་བའི་རྫོག་ཁྲིས་སྐོར་ཞིག་ཕྲག་ལ་ཁུར་ཡོད་པས། ད་ལྟ་ལུས་སེམས་གཉིས་ཀ་ཨ་ཐང་ཆད་ནས་ཆད་པ་རོ་ཉུ་གྱུར་འདུག

དབྱར་རྩྭ་དགུན་འབུ་གསེར་བཞིན་བྲིན་པའི་ལོ་འདི་དག་ལ། རྨ་ཡུལ་དུ་ཆར་ཤུལ་གྱི་ཤ་མོ་ལས་མང་བ་ནི་འབུ་སྐོན་རྣམས་ཡིན། འབུ་སྐོན་ཇི་ལྟར་ཇེ་མང་དུ་སོང་ཚེ། རྨ་ཡུལ་གྲོང་རྡལ་གྱི་ཚོང་པ་རྣམས་དགའ་ནས་ཁ་ཡང་ཟུམ་དཀའ་བའི་ཚོད་ལ་བསླེབས་འདུག

ཁོ་ཚོས་དུས་ཆེན་ལ་རོལ་པ་ནང་བཞིན་ཚོང་ཁང་གི་སྒོ་ཁར་སློག་ཞུ་ཁྲ་ཆིལ་དགུ་ཆིལ་གྱིས་བརྒྱན་ཅིང་། ནམ་གུང་བར་དུ་མགྲོན་པོར་སྣེ་ལེན་བྱེད་ཀྱུང་བྱས་ནས་སྐྱུག་འདུག འཛིགས་མེད་སོགས་ངལ་དུབ་ལས་ཚུང་སོས་རྗེས། ད་གཟོད་ཕོ་བ་ལྟོགས་ནས་ཚ་བེར་བེར་བྱེད་བཞིན་པ་ཚོར་ཞིང་། ཐད་ཀར་གཞུང་ལམ་ཕར་ངོགས་སུ་ཧྲུང་ལེན་བར་མེད་དུ་གྲག་བཞིན་པའི་ཟ་ཁང་དེའི་ནང་དུ་ཕྱིན་ནས་ཐུག་པ་འགྲངས་ཚད་ཅིག་འཐུངས། ཟས་ཀྱིས་འགྲངས་རྗེས་ཁོ་ཚོའི་གདོང་ལ་དམར་མདངས་ཤིག་རྒྱས་ཤིང་མིག་ཟུང་འོད་ཀྱིག་ཀྱིག་ཏུ་གྱུར་ལ། རིམ་བཞིན་ཁ་བརྡ་སྣ་ཚོགས་ཆུ་བཞིན་བཞུར་མགོ་བརྩམས།

3

ངས་རྒྱུས་ལོན་བྱས་པ་ལྟར་ན། དུས་ཚིགས་འདི་ནི་རྨ་ཡུལ་གྲོང་རྡལ་གྱི་ཚོང་པ་རྣམས་ལ་མཚོན་ན་ཚོང་ཆེས་ཁྲིན་པའི་སྐབས་ཏེ། ཁོ་ཚོས་དུས་ལས་ཡོལ་བའི་ཟས་རིགས་སྣ་ཚོགས་འབྲུ་རྐོན་རྣམས་ལ་བཙོངས་ཏེ་ཁེ་སྤོགས་མང་པོ་རེག་བཞིན་པའི་དུས་སྐབས་ཆེས་བཟང་པོའང་ཡིན། ཁོ་ཚོའི་གདོང་ན་ཡིད་ཚིམས་པའི་འཛུམ་མདངས་ཤིག་ངོམ་བཞིན་འདུག ཁོ་ཚོས་སྐོར་མོ་རྩེག་མ་རྩེག་མ་བྱས་ཏེ་རྩི་བཞིན་ཡོད། སྐོར་མོ་རྩེག་མ་རྩེག་མ་དེ་དག་ངའི་ཡུལ་མི་དག་དང་འདྲ་བའི་ཉམ་ཆུང་འཁོས་ཆུང་གི་འབྲུ་རྐོན་ཚོའི་ལག་ནས་གཡོ་ལེན་བྱས་པ་དྲན་ཆེ། ངའི་སེམས་པ་ནི་སྡུག་བསྔལ་གཞན་ཞིག་གི་ཁ་སྐོན་དུ་གྱུར་འགྲོ། ཟ་ཁང་དང་ཚོང་ཁང་གང་མང་གི་སྒོ་ཁར་འབྲུ་རྐོན་རྣམས་ནི་འཚང་ཁ་ཤིག་ཤིག་གིས་ཏུབ་འདུག་ཅིང་། ཁོ་ཚོས་རིན་གོང་མཐོན་པོ་བྱིན་ནས་ཉོས་པའི་ཙ་ལག་རྫུན་མར་ཅེར་ནས། དབྱར་རྩྭ་དགུན་འབུ་ཟེར་བའི་སྨན་རྩྭ་དེ་ཕོན་དྲན་བཞིན་འདུག་ལ། དེས་ཁོ་ཚོར་ཡོང་སྒོ་མང་ཙམ་བསྐྲུན་པར་རེ་བ་འཆང་བཞིན་ཡོད། ད་དུང་འཆར་གཞི་དང་

ཕྱུགས་བསམ་གླེང་གིན། རྒྱང་རིང་གི་རི་གྲོང་སྐྱ་བོའི་ནང་གི་བཟའ་ཚང་དང་བྱུས་ཕྱུག་དྲན་བཞིན་པར་མ་ཟད། ཁང་བ་སོ་མ་དང་འཕྲུལ་ཆ་སོགས་ཀྱང་དྲན་བཞིན་འདུག

ངས་ཕོ་ཚེའི་སེམས་ཁམས་དེ་དག་ཡི་གེར་འགོད་དུས། སེམས་པའང་ཕོ་ཚེའི་སེམས་པ་དང་འདྲ་བར་འཁྱག་སིབ་སིབ་ཏུ་གྱུར་པས། རང་གི་ལག་ཏུ་བཟུང་བའི་སྨྱུ་གུ་ཁ་གཏད་ཀྱི་སྙེའུ་ཁུང་ལས་ཕྱི་རུ་གཡུགས་ཏེ་ཐ་མག་རྐང་གཅིག་ལ་མེ་ཁ་བསྣོས། ས་རུབ་རྗེས། ང་རྨ་ཡུལ་གྲོང་རལ་གྱི་བྱང་ལམ་བརྒྱུད་དེ་མི་ཚོགས་ཀྱི་འཚང་ཁའི་ཕྱོགས་སུ་གོམ་ཁ་བསྒྱུར། དེ་དུས་ཟང་ཟིང་གི་ཁོར་ཡུག་ཁྲོད་ལྷིང་འཛུགས་སེར་འདུག་པའི་འབྲུ་རྐོན་རྣམས་ཀྱི་བཞིན་ལ་བྲེལ་སྐྱུར་གྱི་རྣམ་པ་ཞིག་གིས་ཁེངས་ཤིང་མིག་ཟུང་རིག་རིག་བྱེད། རྣམ་པ་དེ་མདའ་མོ་བཞིན་གློག་འོད་བརྒྱུད་ནས་ངའི་འདྲེན་བྱེད་ཀྱི་འཕེན་ལ་ཕོག་པ་ན། ང་ནི་མཚོང་ལྡིང་བྱེད་པའི་རི་དྭགས་ཤིག་གློ་བུར་མདའ་ཡིས་ཟིན་པ་ལྟར་སྐད་ཅིག་ཉིད་ལ་མགོ་བོ་ནག་འཐོམ་མེར་གྱུར་འགྲོ། སྐབས་དེར་ང་ཡང་ཕོ་ཚེ་དང་བར་ཐག་ཧ་ཅང་ཉེ་བའི་རྗེ་གཙལ་ཞིག་གི་སྟེང་དུ་ཅོག་པུར་བསྡད་དེ། ཕོ་ཚེའི་འགྲོ་འདུག་སྤྱོད་གསུམ་ལ་ཅེར་ནས་བསྡད་པ་ཡིན། ཕོ་ཚེའི་གཡས་གཡོན་དུ་ཕོ་ཚེ་དང་འདྲ་བའི་འབྲུ་རྐོན་ལས་རྨ་ཡུལ་གྲོང་རལ་གྱི་མི་རྣམས་མཐོང་རྒྱུ་མི་འདུག ངས་བསམས་ན། ད་ལྟ་རྨ་ཡུལ་གྲོང་རལ་གྱི་མི་རྣམས་རང་ཤུག་རྡོན་པོར་འཛུལ་ཏེ་བརྟན་འཕྲིན་ལ་ལྟ་བཞིན་པའི་སྐབས་ཡིན་རྒྱུ་རེད། ཡིན་ནའང་ངས་རྗེ་གཙལ་གྱི་སྟེང་དུ་གཡས་ལོག་གཡོན་ལོག་བྱས་ནས་ཉལ་འདུག་པའི་ཕོ་ཚེར་མུ་མཐུད་དུ་ཅེར་ནས་བསྡད། སྣང་བ་ཞིག་ལ་ཕོ་ཚེ་ནི་བདག་དང་ཧ་ཅང་ཉེ་སྟེ། ཕོ་ཚེའི་སྟེང་ནས་ངས་རང་གི་ཕ་མ་མེད་སྲིད་ཚེའི་དྲི་མ་དེ་སྣོམ་ཐུབ་ཀྱིན་འདུག མཚན་མོ་དེར་ནམ་མཁའ་ན་ཟླ་བ་སྔོར་མོ་ཞིག་འཁྱག་རླུང་གིས་ཡང་ཡང་སྐྱུལ་ཅིང་མཆིས། དེ་དུས་ང་ལ་གློ་བུར་གྱུར་བའི་སྣང་བ་འགོག་མེད་ཅིག་སྐྱེས་པས། ང་རྨ་ཡུལ་གྲོང་རལ་གྱི་བྱང་ལམ་བརྒྱུད་དེ་རང་གི་སྡོད་ཁང་དུ་ལོག་པ་ཡིན།

4

འཛིགས་མེད་སོགས་རྨ་ཡུལ་གྲོང་རྡལ་དུ་འབྱོར་ནས་ཉིན་གསུམ་བཞི་ཙམ་འགོར་ཟིན་ནའང་། དབྱར་རྩྭ་དགུན་འབུ་ཀོ་བ་ཕར་ཞོག དབྱར་རྩྭ་དགུན་འབུ་རྐང་གཅིག་ཀྱང་མ་རིག་པས། སེམས་པ་ནི་འཚུབ་ཆས་བརྐྱལ་ཏེ་གནས་གཅིག་ཏུ་སྡོད་མི་ཚུགས་པ་ལྟ་བུ་ཞིག་བྱུང་། དབྱར་རྩྭ་དགུན་འབུ་བཀོ་རྒྱུ་དེ་ནི་རང་སའི་ཡུལ་ཚོ་སྲིད་གཞུང་གི་དཔོན་པོར་མཇལ་བ་ལས་ཀྱང་དཀའ་ནའང་། རྨ་ཡུལ་གྲོང་རྡལ་གྱི་མི་ཚོགས་ཀྱི་འཁྲུག་ཆ་ནི་ཉིན་རེ་བཞིན་ཇེ་དོད་ནས་ཇེ་དོད་དུ་འགྲོ་བཞིན་འདུག

འཛིགས་མེད་སོགས་གནས་དེར་ཇི་ལྟར་འདུག་ཡུན་རིང་ན། དེ་ལྟར་བྲང་ཁུག་ནང་གི་སྐོར་མོ་ཇེ་སྲབ་ནས་ཇེ་སྲབ་ཡིན་པས། ལུས་པོ་ནི་ཁོམ་ལོང་གི་དབང་དུ་སོང་ནའང་། སེམས་པ་ནི་སླང་ང་ཚ་བོའི་སྙིང་གི་གྲོག་སྦུར་དང་འདྲ་བར་སྐད་ཅིག་ཉིད་ལའང་བདེ་བར་རོལ་པའི་སྐལ་བ་མེད་པར་གྱུར།

མཚན་མོ་བསླེབས་པའི་ཚེ། རྨ་ཡུལ་གྲོང་རྡལ་ནི་ཐོག་མེད་མགྲོན་ཁང་ཞིག་དང་འདྲ་བར། གྲུ་ག་ངེས་མེད་དུ་འབུ་རྐོན་རྣམས་གཡས་ལོག་གཡོན་ལོག་བྱས་ནས་གཉིད་ཀྱི་བདེ་བར་རོལ་འདུག་ལ། ཁ་ཤས་ཀྱིས་ད་དུང་སྦུར་བ་ཡང་མོ་རེ་ཡང་འཐེན་པར་བྱེད་པས། བལྟས་མ་ཐག་རྣམ་པ་དེས་མཐོ་གཞོངས་ཀྱི་གྲོང་རྡལ་ལག་མཐིལ་འདྲ་བོ་འདི་ལ་བརྗོད་རྒྱུ་གཞན་ཞིག་བསྟན་འདུག་པ་དང་འདྲ་ལ། ཡང་ན་སྒྲོ་སྣང་གི་ཁ་དོག་ཅིག་བསྒོས་འདུག་པ་དང་ཡང་མཚུངས། གལ་ཏེ་པར་ལེན་སྒྱུ་རྩལ་པ་ཞིག་གམ་སྙན་ངག་པ་ཞིག་གྲོང་རྡལ་འདིར་བསླེབས་ཏེ་རྣམ་པ་འདི་དག་མཐོང་ལམ་དུ་མངོན་པའི་ཚེ། འདི་ནི་མི་ཡུལ་གྱི་ཆེས་མཛེས་པའི་མལ་ཁྲི་སྟེ། དེའི་སྟེང་དུ་གཟིམས་མཁན་ནི་ས་ནག་གི་བདག་པོ་རྫོ་མ་ཉིད་དེ། ཕོ་ཚོས་མི་ཡུལ་དུ་འཁྲབ་པའི་རང་བྱུང་ལྷུན་གྲུབ་ཀྱི་ཟློས་གར་ཞིག་གོ་ཞེས་བསྟོད་ཚིག་སྣ་ཚོགས་བར་སྣང་དུ་སྤུར་ཡང་སྲིད་མོད། འོན་ཀྱང་འཛིགས་མེད་སོགས་ལ་དེ་ལས་ལྡོག

སྙེ་སེམས་སུ་མི་སྡུག་པའི་ཚོར་བ་སྐྱུར་སིབ་སིབ་ཅིག་དབང་མེད་དུ་སྐྱེས།

དབྱར་ཟླ་བཞི་པ་ཚེས་ཟིན་ནའང་། སྨི་བཞི་སྟོང་ཡན་གྱི་མཐོ་གཞོངས་ཀྱི་གྲོང་རྡལ་དེར་མཚོན་ན། ད་དུང་དབྱར་ཁ་ནི་དུས་ཚིགས་ཀྱི་ངོས་ནས་བསླེབས་པ་ཙམ་མ་གཏོགས། དབྱར་ཁར་ཡོད་འོས་པ་མང་པོ་ཞིག་ད་དུང་ཧ་ཅང་རྒྱང་རིང་ན་ལུས་འདུག་པས། མཚན་མོར་ས་འཁྱག་སྟན་དུ་བྱེད་པའི་ཚོར་བ་ནི་དངོས་གནས་གྲང་ཤུར་ཤུར་དུ་སྣང་།

འཛིགས་མེད་ཀྱིས་མལ་ཁྲུལ་ལས་སྐྱེ་ཕྱིར་བསྒྲིངས་པ་ན། བསེར་བུ་འཁྱག་པོ་ཞིག་ལྷང་འོངས་ཏེ་ཕོའི་ངོ་གདོང་འཁྱག་སིབ་སིབ་ཏུ་བཏང་། འཛིགས་མེད་ཀྱིས་ཕར་བལྟས་ཚེ། ཕོའི་ཡོང་རོགས་སྐྱོབས་ལྡན་དང་བསོད་ནམས་གཉིས་སྤུ་མོ་ནས་གཉིད་ཀྱི་ཞིང་ཁམས་སུ་ཆས་ཟིན་ཅིང་། གདོང་ལ་བག་ཡེངས་པའི་ཉམས་ཤིག་ཤར་འདུག མཐོ་དམའ་མི་སྙོམས་པའི་སྟུར་དབྱངས་ནི་འཁྲུན་པ་བཞིན་དུ་ཧིར་སྒྲ་དང་བཅས་གྲག་པར་བྱེད། འཛིགས་མེད་ཀྱི་སེམས་སུ་དབྱར་རྩྭ་དགུན་འབུ་དྲན་མ་ཐག གཉིད་ཟེར་བ་དེ་ནི་ཕོ་དང་ལས་འགྲོ་གཏན་ནས་མེད་པ་དང་འདྲ་བར། རིག་པ་ཧེ་གསལ་ནས་ཧེ་གསལ་དུ་གྱུར་ཅིང་། སེམས་པ་ནི་རྒྱུ་ཧོལ་གཏུ་གཏུ་བྱེད། ཕོ་འཕགས་ཙམ་བྱས་ཤིང་མལ་ཁྲུལ་གྱི་སྣེ་གཉིས་རང་གི་འོག་ཏུ་གནོན་ཡག་ཅིག་བྱས་རྗེས། ཀན་རྐྱལ་དུ་ཉལ་ནས་ནམ་མཁའི་དབྱིངས་སུ་ཅེར་རེར་བལྟས་པ་ན། ཁྲ་ལམ་མེའི་སྐར་ཚོགས་ཀྱི་དབུས་ན་ཟླ་བ་གོར་མོ་དེ་ནི་ཕོའི་ཁ་གཏད་དུ་འཛུམ་འདུག འཛིགས་མེད་ཀྱིས་ཡུན་རིང་པོར་མཁའ་དོགས་སུ་ཅེར་ཚེ། ཕོའི་སེམས་ཀྱི་འཕྲུལ་སྣང་དེ་དག་ནམ་མཁའི་དབྱིངས་སུ་འཕོས་ཤིང་། སྐར་ཚོགས་རེ་རེ་དབྱར་རྩྭ་དགུན་འབུར་འཕྲུལ་པས། ཕོས་ལག་པ་ཡང་ཡང་མཁའ་དབྱིངས་སུ་འཁྱོག་དགོས་བྱུང་།

ཆུ་ཚོད་ག་ཙམ་འགྱངས་ཟིན་པ་མི་ཤེས་མོད། ཟླ་བ་གོར་མོ་དེ་ཕོའི་དྲང་ཐད་ནས་ནུབ་ཕྱོགས་སུ་ཙུང་བཟུར་འདུག་པར་བལྟས་ན། ནམ་སྟོད་སྤུ་མོ་ནས་ཡོལ་ཏེ་ནམ་སྨད་ལ་བསླེབས་ཟིན་པ་ཤེས་ཐུབ། རིམ་བཞིན་བསེར་བུ་འཁྱག་པོ་དེ་ཡང་ཡོངས་སུ་ལྷང་མཚམས་བཞག་པས། འཛིགས་མེད་ཀྱི་རིག་པའང་ཉ་ཉོབ་ཏུ་གྱུར་ཅིང་། མཐའ་མར་མིག་ལམ་གྱི་བྱ

དངོས་ཡོད་ཚད་རབ་རིབ་ནས་མག་མོག་ཏུ་གྱུར་སོང་།

འབྲུ་རྙོན་མང་ཤོས་ཀྱིས་རྒྱ་ཡུལ་ས་ཆའི་འབྲོག་པ་ཡིན་ཁུལ་གྱིས་ཁྱིམ་ཐོ་རྫུན་མ་ལས་པ་དང་། སྐྱེས་པ་རྣམས་ཀྱིས་ཡུལ་དེའི་འབྲོག་ལ་གྱོན་པ། བུད་མེད་རྣམས་ཀྱིས་འབྲོག་མགོ་བསྒྲས་པ། བྲང་ཁུག་ཏུང་མཐུག་ལ་དབྱར་རྩྭ་དགུན་འབྲུ་ཡང་མང་ཙམ་རྙེད་ཐུབ་པར་ཡིད་ཆེས་ཡོད་མཁན་ཚོས་སྐྱི་བདེ་མི་སྣར་སྙོར་གྱིས་རྫོངས་པ་བྱེད་པ། ད་དུང་ཁ་ཤས་ཤིག་ས་སྟོང་ལུང་སྟོང་དུ་རྒྱུན་མ་འགྲོ་འགྲོ་བྱེད་པ། གང་ལྟར་རང་རང་སར་ཐབས་བརྒྱ་རྟུས་སྟོང་འཐེན་ནས་འགག་སྒོ་ནས་ཐར་ཐབས་བྱེད་པར་བརྩོན་པ་དང་། དབྱར་རྩྭ་དགུན་འབྲུ་ཀོས་དང་བར་ཐག་ཧ་ཅང་ཉེར་གཏོང་ཅི་ཐུབ་བྱེད་ཀྱིན་འདུག ཡིན་ནའང་། སྐབས་མ་ལེགས་པར་སྐྱི་བདེ་མི་སྣའི་ལག་ཏུ་ཤོར་དུས་བྲང་ཁུག་སྟོང་བར་བཏང་ཐོག གཅར་རྡུང་དྲག་པོ་ཉོས་ནས་ཕྱིར་གྲོང་རྡལ་དུ་སྐྱུགས་པ་ཡང་གང་མང་ཡོད། དེ་མིན་རྒྱ་ཡུལ་གྲོང་རྡལ་དུ་འགྲོ་མ་ཐུབ་པར་ལུས་ཡོད་མཁན་ཚོའི་གདོང་ལ་ཡིད་ཆད་ཞུ་ཐུག་གི་ཉམས་ཤིག་ཀྱང་དོད་འདུག

འཇིགས་མེད་སོགས་ཡིད་ཆད་ཞུ་ཐུག་དང་ལུས་པའི་མཚན་མོ་ཞིག་ལ། ཁོ་ཚོའི་སེམས་ཁོང་དུ་རེ་བའི་མི་སོན་འདེབས་མཁན་ནི་ཚེ་རིང་ཟེར་བའི་ཁ་ལོ་པ་དེ་ཡིན། དེས "ངས་ཁྱོད་ཚོ་རྩྭ་སར་བསྐྱལ་ཆོག སྐྱེལ་རིན་ལ་མི་རེར་སྒོར་སྟོང་གསུམ་དགོས" ཟེར་བ་ན། འཇིགས་མེད་སོགས་ཀྱིས་ཚེ་རིང་ལ་ཞུ་བ་ཡང་ཡང་བྱས་ནས་མེད་ཐུག་བཏོན་པས། ཁོས "དེས་ན་མི་རེར་སྒོར་སྟོང་གཉིས་རེ་བྱོས། དེ་ནི་ངས་ཁྱོད་ཚོར་ཁ་ངོ་བྱིན་པ་ཡིན" ཟེར། ཁོ་གསུམ་པོས་ཕན་ཚུན་ལ་ཤབ་ཤུབ་དང་ཅི་ཞིག་བཤད་རྗེས། ད་དུང་རིན་གོང་ཐེངས་མང་ཕབ་ཀྱང་མ་ཕན་པས་ཚེ་རིང་ལ་སྒོར་སྟོང་གཉིས་རེ་སྤྲེར་རྒྱུ་བྱས། འཇིགས་མེད་ཀྱིས "སྒོར་མོ་ང་ཚོ་རྩྭ་སའི་ཐོག་འབྱོར་རག་བར་དུ་མི་སྤྲེར" ཟེར་བ་ན། ཚེ་རིང་གིས་སྣང་དོགས་ཙམ་ཡང་མི་བྱེད་པར "དེ་ལྟར་བྱོས། དེ་ལྟར་བྱོས" ཟེར་བ་ནི་ཁྱོད་ཚོ་བདག་ལ་ཡིད་མི་ཆེས་ནའང་། བདག་ནི་ཁྱོད་ཚོར་ཡིད་ཆེས་ཡོད་ཟེར་བ་དང་འདྲ། དེར་བལྟས་ན་ཚེ་རིང་ནི་ལས་དེར་བྱང་ཆ་ཡོད་ཅིང་། འབྲུ་རྙོན་རྣམས་ཀྱི་སེམས་ཁམས་ལ་ཆ

རྒྱུས་ཡོད་དྲག་ས་ཏེ། རང་གི་ལག་མཐིལ་དུ་བླངས་ཡོད་པ་དང་འདྲ་བའང་ཤེས་ཐུབ།

ཚེ་རིང་གིས་ཁོ་ཚོ་ཁྲིད་བསྐྱོད་རླངས་འཁོར་ཞིག་གི་ནང་དུ་དྲུད་དེ་རྣ་སའི་ཕྱོགས་སུ་ཆས། ཁོས་ད་དུང་ "འདི་ནི་སྤྱི་བདེ་ཏུས་ཀྱི་རླངས་འཁོར་ཡིན་པས། ཁྱོད་ཚོས་སེམས་པ་བདེ་མོ་གྱིས། ལམ་བར་ནས་འགོག་མཁན་འདྲི་མཁན་གཅིག་ཀྱང་ཡོད་མི་སྲིད" ཟེར། འཇིགས་མེད་སོགས་ནི་དགའ་དྲགས་ཏེ་ཚེ་རིང་ལ་འོ་བརྒྱལ་ཡང་ཡང་ཞུས། རླངས་འཁོར་གྱི་མདུན་སྒྲོག་ལ་བརྟེན་ནས་མིག་མདུན་གྱི་འབབ་འབྱུར་མི་སྙོམས་པའི་ལམ་བུ་དེ་མཐོང་ཐུབ། གནམ་ངོ་ཅུང་རུབ་འདུག་པས་ཕྱོགས་བཞི་མཚམས་བརྒྱད་ནི་ནག་ཐིང་ཐིང་དུ་འདུག་ནའང་། ཁོ་ཚོའི་ཚོར་བ་ཞིག་ལ་མུན་ནག་གི་ཁྲོད་ནས་ཀྱང་རྒྱང་རིང་དུ་བསྲིངས་པའི་མདུན་ལམ་ནི་འོད་ལམ་མེར་སྣང་། ཁོ་ཚོ་གཉིད་ཐན་ཐུན་ཞིག་ལོག་ནས་སད་དུས་རྨ་ལུང་རྫོང་གི་ས་ཐོག་ལ་བསླེབས། ནམ་ཡོངས་སུ་གསལ་མེད་ནའང་འཇིགས་མེད་སོགས་ཀྱིས་རྣ་ཐང་སྟེང་གི་དཔྱར་རྣ་དཀྱུན་འབུ་སེམས་ཀྱིས་མཐོང་ཐུབ་ཀྱིན་འདུག

ཁ་ལོ་བ་ཚེ་རིང་གིས་འཇིགས་མེད་སོགས་ལ "ད་ནི་རླངས་འཁོར་ལས་ཐང་ལ་དབབ་རན་འདུག འདི་ནི་རྨ་ལུང་གི་ས་ཐོག་རེད། ཁྱོད་ཚོས་གོ་ཨེ་སོང་། ཟེར་སྲོལ་ལ་རྨ་ལུང་གི་དཔྱར་རྣ་དཀྱུན་འབུ་ནི་དཔྱར་རྣ་དཀྱུན་འབུའི་ནང་གི་རྒྱལ་པོ་ཡིན་ཟེར་བ་རེད། རྨ་ཡུལ་མ་ཟད་བོད་ཁུལ་ཀུན་ཏུའང་མིང་གྲགས་ཤིན་ཏུ་ཆེ། ཏུར་ཐག་ཐོས་ལ་བརྗོས་དང་། ཁྱོད་ཚོ་ཕྱུག་ཐོག་ལ་འབུད་སྲིད་པ་ཁོ་ཐག་ཡིན། དེ་དུས་ང་ལ་མགྲོན་བྱ་རྒྱ་མ་བཏེགས" ཅེས་བཤད་ཞོར་འཇུམ་ཙམ་བྱེད་ཅིང་། ཁོ་ཚོའི་ལག་ནས་རང་ལ "འབབ་འོས་པའི" སྣོར་མོ་ཚད་ལྡག་མེད་པར་བླངས་ཤིང་རེ་རེ་བཞིན་བརྩིས་ནས་ཚགས་རྗེས། འབུ་སྐོན་རྣམས་ནི་དུ་བ་འཐེན་ཚར་པའི་རྗེས་ཀྱི་དུ་སྣམ་བཞིན་ས་དེར་དོར་ཏེ་སོང་།

ཕྱིར་ལོག་ཁར་ཚེ་རིང་ཟེར་བའི་ཁ་ལོ་པ་དེས། རླངས་འཁོར་གྱི་དུང་བརྡ་མནན་ཏེ་ཁོ་ཕྱིར་ལོག་རྒྱུ་ཡིན་པ་དང་བདེ་མོ་འཇོག་པའི་གོ་ཉིས་ཚོད་ཀྱི་བརྡ་ཞིག་བརྒྱབ་པ་ན། འཇིགས་མེད་སོགས་ཀྱིས་ལག་པ་གཡུག་གཡུག་བྱེད་བཞིན་མཐོང་ལམ་ནས་ཡལ་རག

བར་དུ་མིག་སྐྱེལ་བྱས།

5

དབྱར་རྩྭ་དགུན་འབུ་ནི་དོན་དུ་གང་ལ་ཕན་པ་འབུ་རྐོན་རྣམས་ཀྱིས་ཀྱང་གསལ་པོར་མི་ཤེས་པས་ན། ངས་ནི་དེ་བས་ཀྱང་ག་ལ་ཤེས། ངས་དེ་འབྲེལ་གྱི་དཔེ་ཆ་སྙོར་ཞིག་བསླགས་ཏེ་བལྟས་པ་ན། "སྨན་དུ་སྦྱར་ན་རྩྭ་སྡོང་ཡོངས་སུ་རྫོགས་ཏེ་ཟླ་བཞི་པའི་བར་རྩ་རྩེ་ཐོག་མར་མངོན་དུས་བཙོས་ནས་དེ་མ་ཐག་ཕྱིའི་བལ་སྦྲབས་འདྲ་བའི་ཤུན་པ་བཤུས་ཏེ། ས་དྲེག་མེད་པར་བྱས་ལ་འཕྲལ་དུ་ཉི་སྐེམ་ལེགས་ཚགས་བྱ། རོ་ནུས། རོ་མངར་ལ་ལན་ཚྭ། ཞུ་རྗེས་དྲོད། ནུས་པས་བཅུད་ལེན་ཐུངས་འཕེལ། ཁྱད་པར་མཁལ་དྲོད་གསོ་ཞིང་མཁལ་སྟོབས་བསྐྱེད། རོ་ཙ་བསྐྱེད་ཅིང་ཐིག་ལེ་འཛག་གཅོད་སྲུང་། གློ་གཅོང་དང་བད་རླུང་གློ་བར་ཞུགས་པ་ན། དབུགས་མི་བདེ་བ་བཅས་སེལ་ཞིང་། ཁན་ཁྱེས་དང་། ཐུངས་ཟད། རླུང་ལྡན་རྣམས་ལ་བདུད་རྩིར་མཚུངས" ཞེས་འགྲེལ་བརྒྱབ་ཡོད། ངས་དཔེ་ཆའི་ཁ་ཐུམ་ནས་ཅི་ཞིག་འབྲི་བསམས་དུས། རྐེད་ལ་བཏགས་ཡོད་པའི་ཁ་པར་ལས་རྟུང་ལེན་བར་མེད་དུ་གྲགས་བྱུང་།

ཕ་རོལ་པོ་ནི་ཚེ་རིང་རེད། ང་ས་ཆ་ཞིག་ལ་ཆང་འཐུང་བར་ཤོག་ཅེས་འབོད་ཀྱིན་འདུག ཚེ་རིང་ཟེར་བ་ནི་ཐ་ཡུལ་ཁྲུལ་སྦྱི་བདེ་ཅུས་ཀྱི་ཡིན་ལ། ན་ནིང་ཁྲུལ་སྟོན་ཚོགས་དུས་ངས་ངོ་ཤེས་པ་ཡིན། མི་དེའི་ཚུལ་ལུགས་ནི་ངའི་མིག་ལ་རན་པ་ཞིག་མིན་པས། ངས་ལན་དུ་ང་ལ་སོམ་པ་མེད་པས་ཡོང་རྒྱུ་མིན་ཞེས་བཤད་པ་ན། ཚེ་རིང་གིས་ཡིན་གཅིག་མིན་གཉིས་ཡོང་དགོས། དེ་རིང་ང་རྒྱུ་ཐོག་ཏུ་བརྒྱབ་བྱུང་བས། ངས་ཁྱོད་ལ་མགྲོན་ཞིག་བྱེད་ཟེར་ནས་ཞུ་ཚུགས་ཡང་ཡང་བྱས་བྱུང་།

གང་ལྟར་ཉིན་འདི་འགར་ངའི་སེམས་པ་དེ་འདྲ་སྐྱིད་པོ་མེད་པས། ཚང་རག་འཐུང་ནས་ལུས་སེམས་གཉིས་འཐོམ་སྲིད་དུ་གཏོང་བ་དེ་ཡང་ཐབས་ཤེས་ལེགས་པོ་ཞིག་ཡིན་པས། མཇུག་མཐར་ང་ཕོ་ཡོད་སའི་ཟ་ཁང་གི་ཕྱོགས་སུ་སོང་བ་ཡིན། ཚེ་རིང་དང་ངེད་གཉིས་ཀྱིས་ཚང་རག་འཐུང་བཞིན་ཁ་བརྡ་ཡར་མར་མང་པོ་བྱས། ཚང་གིས་བཟི་བ་དང་བསྟུན་ནས། ངེད་གཉིས་ཀྱི་གླེང་གཞི་དཔྱར་རྫ་དཀྲུག་འབུའི་སྟེང་བབས། ཚེ་རིང་གི་གདོང་ལ་རྒྱལ་ཁའི་འཛུམ་ཞིག་མངོན་བཞིན། ཕོས་འབྲུ་རྐོན་སྐོར་ཞིག་ལ་མགོ་སྐོར་བཏང་ནས་ཐང་སྟོང་ལུང་སྟོང་ཞིག་ཏུ་བསྐྱུར་ཟིན་ཟེར། ཕོས་སྐད་ཆ་དེ་དག་བཤད་དུས་རང་ལ་བློ་རིག་རྒོད་རབས་དང་། རང་ལ་འཛིན་ཐང་ཡོད་ཚུལ་སོགས་ལབ་པར་མ་ཟད། ཚེ་རིང་ཁོ་རང་ཉིད་ཀྱང་རོང་ཕྱོགས་ནས་ཡོང་བ་ཡིན་ནའང་། ཁ་ནས "རོང་ཕྲུག་ཁ་སེར་དེ་དག་དངོས་གནས་གླེན་པ་རེད་ཡ" ཞེས་འབྲུ་རྐོན་རྣམས་ལ་དམའ་འབེབས་ཡང་ཡང་བྱེད་པས། བསྲན་ཀྱང་མི་སྲོན་པའི་ཞེ་སྡང་ཞིག་ངའི་རྩ་ལམ་ནས་མེ་བཞིན་འབར་བྱུང་།

ངས "ཁྱོད་ནི་མི་ཁྱི་འདྲ་བ་ཞིག་རེད། ཁྱི་ཡི་ནང་གི་ཁྱི་ཇ་མ་མེད་པའི་རིགས་རེད" ཅེས་ སྡིགས་མོ་བྱས།

ཕོས་ལན་དུ "ཨ་ཙི། ཕོ་བ་འགྲངས་རྗེས་མི་འདིས་སྐད་ཆ་སྨོམ་པོ་བཤད་པ་ལ་ལྟོས་དང་། ཕོ་ཚོའི་སྐོར་མོ་ཁྱོད་ཀྱིས་ཀྱང་ཟ་བཞིན་པ་འདི་མིན་ནམ། འཁྲབ་སྟོན་དེའི་རིགས་ལ་ང་གཏན་ནས་མི་དགའ" ཟེར། སྐབས་དེར་ང་ལ་སྟར་ལས་ཀྱང་ཞེ་སྡང་ཞིག་དྲག་ཏུ་སྐྱེས་བྱུང་། ངས་རང་གི་མདུན་ཅོག་སྟེང་བསླངས་པའི་ཚང་དམ་དེ་བླངས་ནས་ཕོའི་མགོར་གཞུས་པ་ན། དམ་བེ་ཆག་སྐྱེ་ནང་གི་ལྷུ་ཚང་ནི་མཁའ་རུ་འཕྱོ་བའི་ཆུའི་ཟེགས་མ་བཞིན་ཕྱོགས་བཞི་མཚམས་བརྒྱད་དུ་འཕྱུར་སོང་།

ཕ་རོལ་པོས་ཀྱང་སྐད་དོགས་ཙམ་ཡང་མི་བྱེད་པར་ཕྱིར་ངའི་མགོར་དེས་ཀྱང་མི་ཚད་པ་ཞིག་གཞུས་པས། རྒྱ་ཡུལ་གྱི་མཐོང་སུ་མེ་ཏོག་བཞིན་བཞད་པའི་སྐར་ཚོགས་ངའི་མིག་ལམ་དུ་ཤར་བྱུང་།

ང་གནས་དེ་དང་ཁ་བྲལ་ཞིང་རྨ་ཡུལ་གྲོང་རྡལ་གྱི་བྱང་ལམ་བརྒྱུད་དེ་སྣང་འབུར་མཐོན་པོ་ཞིག་ཡོད་པ་དེའི་ཕྱོགས་སུ་འགོས་པ་ཡིན། སྣང་བ་ཞིག་ལ་ངའི་མཁུར་ཚོས་བརྒྱུད་ནས་འཁྱག་སིབ་སིབ་ཀྱི་གཤེར་ཁུ་ཞིག་བཞུར་བཞིན་པ་འདྲ། ངས་རང་གི་ལག་པས་ཕྱིས་ཏེ་མིག་མདུན་དུ་བླངས་ཚེ། མ་གཞི་ངའི་མགོ་ཐོག་ནས་ཁྲག་བཞུར་བཞིན་འདུག ཁྲག་མཐོང་བས་ང་ལ་གློ་བུར་མགོ་བོར་ཟུག་གཟེར་ལངས་ནས་ཚ་བེར་བེར་བྱེད་པའི་ཚོར་བ་ཞིག་སྐྱེས། འོན་ཀྱང་ང་ལ་མཚོན་ན། དེ་ལས་ཀྱང་ཚ་བེར་བེར་བྱེད་པ་ནི་ངའི་སེམས་པ་ཡིན་ཏེ། དེ་ནི་ངས་རང་གི་ནང་མི་འདྲ་བའི་འབུ་རྐྱོན་ཚོའི་རྩལ་རྒྱུ་དང་ཟུངས་ཁྲག་ཏབ་ཟ་ཏབ་འཕྱུང་བྱས་པས་ཡིན།

དེ་དུས་ངས་མར་འཁོར་ནས་བལྟས་ཚེ། རྨ་ཡུལ་གྲོང་རྡལ་སྔར་བཞིན་ངའི་མཐོང་ལམ་ན་དབུགས་ཀྱི་རྒྱུ་བ་འགགས་པའི་ནད་པ་ཞིག་དང་འདྲ་བར་ལྷིང་འཇགས་སེར་སྣང་། ཡིན་ནའང་ལྷིང་འཇགས་མིན་པ་ནི་ངའི་ན་ཟུག་གིས་གཙེས་པའི་སྙིང་གསོན་པོ་འདི་རེད། ངས་ཚོད་ཚོད་ལ་ཀི་ཞིག་འདེབས་དགོས་བྱུང་།

6

ནམ་ཡོངས་སུ་གསལ་ཚེ་ཤར་རིའི་རྩེ་ནས་ཉིན་བྱེད་དབང་པོས་མི་ཡུལ་དུ་འཛུམ་མདངས་ལྷུག་པོར་གྲོལ་བྱུང་ལ། འོད་ཀྱི་སྣང་བ་འཛིན་མའི་ཕྱོགས་ཀུན་ཏུ་རིས་མེད་དུ་ཁྱབ་པ་ན། རྨ་རྩེའི་ཟེལ་བའི་སྟེང་དུ་ཉི་ཟེར་གྲངས་མེད་མཚོང་ལྡིང་གར་ལ་རྩེན། ཉི་འོད་ཀྱིས་ས་གཞི་རྡོས་ཤིང་ས་གཞིའི་སྟེང་གི་འཇིགས་མེད་སོགས་ཀྱང་རྡོས་བྱུང་། འཇིགས་མེད་ཀྱིས་ལམ་འགྲམ་གྱི་ལྷུགས་དྲ་མར་མནན་ཏེ་སྟོབས་ལྡན་དང་བསོད་ནམས་གཉིས་དེའི་ཕ་རོལ་ལ་ལྡིང་དུ་བཙུག་རྗེས། རང་ཉིད་ཀྱང་ལྷུགས་དྲའི་ཕ་རོལ་ཏུ་ལྡིང་། ཕོ་ཆོས་རྒྱབ་ཀྱི་

རྟོག་ཁྲིམས་རྣམས་ལུང་ཤུར་དོག་མོ་ཞིག་ཏུ་སྤྲས་རྗེས་དབྱར་རྩྭ་དགུན་འབུ་བཙལ་དུ་སོང་།

འཇིགས་མེད་སོགས་ལ་མཚོན་ན། ས་རིན་ཕྱིན་ཏེ་དབྱར་རྩྭ་དགུན་འབུ་བརྐོ་དགོས་ཚེ། དེ་ནི་རང་སྣུག་རང་གིས་ཉོ་བ་དང་ཕམ་ཚོང་རྒྱག་པ་ལས་ཅི་ཡང་མེད། ད་ལོ་ནི་ན་ཞིང་དང་ཡང་མི་མཚུངས་ཏེ། དབྱར་རྩྭ་དགུན་འབུ་གསེར་བཞིན་ཁྲིན་པ་དང་བསྟུན་ནས། ས་རིན་ལྷབ་འགྱུར་གྱིས་འཕར་ནས་སྒོར་ཁྲི་ཕྲག་ཡན་མ་ཕྱིན་ན། རྩྭ་སའི་སྟེང་དུ་རྐང་བ་སྡོ་རྒྱུ་ཡང་དཀའ་མོ་ཡིན་པ་རེད། དེ་བས། ཁོ་ཚོར་མཚོན་ན། ལྷགས་དྲའི་ཕ་རོལ་ཏུ་རྐང་བ་སྤོས་པ་ནི་རྐུན་པོ་འཁྱིད་པ་དང་མཚུངས་ལ། ཉེན་མཚོང་ཐེངས་ཤིག་ཀྱང་ཡིན་པས། སེམས་པ་ལྷོད་ལ་འབབ་ཁོམ་གཏན་ནས་མེད།

ཕྱི་དྲོ་ཞིག་ལ་ཁོ་ཚོས་ལུང་ཤུར་དེ་ཕྱི་ལྷེབས་ནང་ལྷེབས་ཤིག་བྱས། རྩྭ་གསེང་དུ་དབྱར་རྩྭ་དགུན་འབུ་ཞིག་གི་མགོ་བོ་ཕྱི་ལ་འཐུར་འདུག་པ་སྟོབས་ལྡན་གྱི་མིག་ལ་ཐོགས། སྟོབས་ལྡན་གྱིས་འཇིགས་མེད་དང་བསོད་ནམས་གཉིས་ལ་ཁོས་དབྱར་རྩྭ་དགུན་འབུ་རྙེད་སོང་ཞེས་སྐད་བརྒྱབ་པ་ན། འཇིགས་མེད་དང་བསོད་ནམས་གཉིས་ཀ་ཁོའི་ཉེ་འདབས་སུ་བསླེབས། ཁོ་གསུམ་པོས་ཤབ་ཤུབ་ངང་ཅི་ཞིག་བཤད་རྗེས། དབྱར་རྩྭ་དགུན་འབུ་རྐང་གཅིག་ཕྱུ་དེ་དུམ་བུ་གསུམ་དུ་བགོས་ཏེ། སྟོད་ཀྱི་བྲག་རི་སེང་གེའི་མགོ་ལྟ་བུ་ཞིག་ཡོད་པ་དེའི་ཕྱོགས་སུ་མཆོད་ཅིང་། ཁོ་ཚོའི་བྱ་བ་ལམ་འགྲོ་ཡོང་བའི་གསོལ་བ་དྲག་ཏུ་འདེབས་བཞིན་ཡར་འཁོར་ནས་ཕྱུག་གསུམ་རེ་བཙལ་རྗེས། ཉུ་མཐུད་དུ་དབྱར་རྩྭ་དགུན་འབུ་བརྐོ་རུ་སོང་། ཉིན་གུང་བར་དུ་འཇིགས་མེད་ཀྱིས་དབྱར་རྩྭ་དགུན་འབུ20དང་། སྟོབས་ལྡན་གྱིས་དབྱར་རྩྭ་དགུན་འབུ18། བསོད་ནམས་ཀྱིས་དབྱར་རྩྭ་དགུན་འབུ10བཅས་རྙེད། དབྱར་རྩྭ་དགུན་འབུ་རྙེད་པའི་སྤྲོ་སྣང་གིས་རེ་ཞིག་མཁའ་ལ་བཏེགས་ཡོད་པའི་སེམས་པ་ཅུང་ལྷོད་ལ་བབས་བྱུང་། ཁོ་ཚོ་གྲོག་ཤུར་ནང་འཛོམས་རྗེས་གཞི་ནས་རང་རང་གི་ཁུག་མ་ལས་རྩ་ཡུལ་གྲོང་རྡལ་ནས་ཉོས་ཡོང་བའི་སྟབས་བདེ་ཐུག་པ་སྐམ་ཟ་བྱེད་མགོ་བཙམས།

མཐོ་གཞོངས་ཀྱི་གནམ་ངོ་ནི་བྱིས་པའི་སེམས་ཁམས་དང་འདྲ་ཞེས་པ་ནི་ཉམས་མྱོང་

ཅན་ཞིག་གིས་བཤད་པ་ལས་རང་དགར་ལབ་པ་ཞིག་ག་ལ་ཡིན། སེང་གེའི་མགོ་འདྲ་བའི་བྲག་རི་དེའི་ཀླད་ནས་ཕྱིན་ནག་སེང་གེའི་མགོ་འདྲ་བ་འགའ་ལངས་ཤིང་། ཕན་ཚུན་ལ་གཡུ་རལ་གཟིག་རིས་དང་སྤྲེར་བགྲད་བྱེད་རེས་ཙམ་བྱས་མ་ཐག ཆར་པ་ནི་ཤག་ཤག་གི་སྒྲ་དང་བཅས་ད་སོ་མ་ཉེ་འོད་ཀྱིས་གཅེས་སྐྱོང་ཐོབ་སྐྱོང་བའི་ས་གཞི་དང་འཇིགས་མེད་སོགས་ཀྱི་སྟེང་དུ་བབས་བྱུང་། ཕོ་ཚོས་ཆར་པ་འབབ་མཚམས་འཛོག་པར་སྒུག་བསམ་འཆང་བཞིན་གྱོན་པ་མགོ་ལ་བཀབ་སྟེ་མཁའ་དབྱིངས་སུ་རེ་བའི་མིག་ཟུང་ཡང་ཡང་ཅེར། ཡིན་ནའང་གནམ་ཨ་ནེ་གུང་སྨན་རྒྱལ་མོས་ཕོ་ཚོར་བརྩེ་བའི་ཉེ་འོད་ཡང་བསྐྱར་སྤྲོ་བའི་སྣ་གོན་མེད་པ་འདྲ། ཆར་ལ་ནི་ཇེ་ཆེ་ནས་ཇེ་ཆེར་གྱུར་པས། ཕོ་ཚོའི་སེམས་ལ་འཁྲོག་ཁུལ་གྱི་ཆར་འབབ་ཚུལ་དང་རོང་ཁུལ་གྱི་ཆར་འབབ་ཚུལ་ཡང་མི་འདྲ་ཨང་སྙམ་བྱུང་།

འཇིགས་མེད་སོགས་ཀྱིས་རྫོག་ཁྲིས་རྣམས་ཁུར་ཏེ་སྟོད་ཀྱི་སེང་གེའི་མགོ་ལྟ་བུའི་བྲག་རི་དེའི་ཕྱོགས་སུ་བསྙེགས། བལྟས་ན་ཏ་ཙང་ཉེ་བ་དང་འདྲ་བའི་བྲག་རི་དེ་ནི་སོང་ན་ཏ་ཙང་རྒྱང་རིང་སྟེ། ཕོ་ཚོ་དེའི་སྟེང་དུ་འཛེགས་ཤིང་སེང་གེའི་ “ཁ་ནང” དུ་བསླེབས་པ་ན། ཆར་པས་བསམ་བཞིན་དུ་ཕོ་ཚོའི་ཉམས་ལ་བརྟག་པ་བཞིན་འབབ་མཚམས་བཞག་བྱུང་ལ། ཡང་བསྐྱར་ཉི་མ་སྤྲིན་ཕུང་གི་འོག་ནས་ཕྱི་རུ་མངོན་ཏེ་འོད་ཟེར་སྤྲོ་བཞིན་འདུག ཕོ་ཚོས་སེམས་སུ་ད་དུང་དབྱར་རྔ་དགུན་འབུ་དྲན་བཞིན་ཡོད་ནའང་། ད་ནི་ཕྱི་རྡོ་བསླེབས་འདུག་པ་དང་། ཡང་གཅིག་བཤད་ན། ཕོ་ཚོའི་ལུས་ནི་ཆར་གྱིས་བརླན་ཏེ་སྦངས་པར་བྱས་ཡོད།

བསོད་ནམས་ནི་ཕོ་ཚོའི་གྲས་ཀྱི་ལོ་ན་ཆེས་ཆུང་བའང་ཡིན་ལ། ལྷག་པར་ཕྱི་ཐོག་ཏུ་ཡོང་བ་ནི་ཐེངས་དང་པོ་ཡིན་པས། གྲང་ནས་འདར་སིག་སིག་བྱེད་བཞིན་འདུག འཇིགས་མེད་ཀྱིས་ཁ་བཀོད་འཐེན་ཏེ་རང་རང་ས་ནས་མེ་ཤིང་སྐམ་པོ་རེ་བཏུས་རྗེས། ཕོ་ཚོས་མེ་སྤྲོང་བརྒྱབ་ཅིང་གྱོན་པ་མེ་ཁར་གཡེངས། སྟོབས་ལྡན་ནི་མི་རྩེད་མཚར་ཅན་ཞིག་ཡིན་པས “ང་ཚོ་སེང་གེའི་ཁ་ནང་དུ་བསྡད་ན་སེང་གེས་ཟོས་མི་འགྲོ་ཨང” ཟེར་བ་ན། གོ

རེ་མེར་བསྒྲིགས་ནས་ཟླ་བཞིན་པའི་འཇིགས་མེད་དང་བསོད་ནམས་གཉིས་ལ་དགོད་ཁ་ཤོར་ཏེ་གད་མོ་ལྷུག་ལྷུག་བྱེད། དེ་དུས་ས་ཡོངས་སུ་ཧུབ་སོང་།

འཇིགས་མེད་ཀྱིས་དེ་རིང་བརྐོས་པའི་དབྱར་རྩྭ་དགུན་འབུ་གཡའ་མ་ལེབ་མོ་ཞིག་གི་སྙིང་དུ་གཡེངས་རྗེས། མལ་ཆས་ཐང་ལ་འདེད་མགོ་བརྩམས། ཕོས་རྒྱུད་དུ་བལྟས་ཆེ་མཐོང་ལམ་དུ་མངོན་པ་ནི་སྨུན་པ་ལས་ཅི་ཡང་མི་འདུག

7

དེ་རིང་ཕྱི་དྲོའི་མཚམས་སུ་རྨ་ཡུལ་གྲོང་རྫལ་དུ་སྒློ་བུར་ཆར་པ་ཆེན་པོ་ཞིག་བབས་ཤིང་། རྒྱ་སྲང་ཀུན་ནི་འདམ་གྱིས་བཟུང་འདུག་པས། ཕྱི་རོལ་ཏུ་འཆམ་འཆམ་ལ་འགྲོ་བའི་འཆར་གཞི་ཡང་ཕྱིར་འཐེན་མི་བྱེད་ཀ་མེད་བྱུང་། མགོའི་སྟེང་གི་རྨ་ཁའང་རིམ་གྱིས་སོས་བཞིན་པ་དང་འདྲ་བས། ངས་རང་གི་མགོ་ལ་དཀྲིས་པའི་སེང་རས་དེའི་དཀྲིས་བཤིགས་ནས་མགོ་བོར་རེག་ཙམ་བྱས་ཆེ་སྐྲངས་ཀྱང་ཡོངས་སུ་ཞུད་འདུག ལྷུགས་ཐབ་སྟེང་གི་ཆུ་འཁོལ་ལྡོག་ལྡོག་ཏུ་འཁོལ་བྱུང་བས། སྐབས་བདེ་ཐུག་པ་ཞིག་ལྷུགས་ཀྱི་དཀར་ཡོལ་དེའི་ནང་དུ་སྣངས་པ་ན། ངའི་མལ་ཁང་ནང་ཧྲིལ་པོར་དྲི་ཞིམ་འཕྱུལ་ལེར་གྱུར།

སྐབས་བདེ་ཐུག་པ་འཕྱུངས་ཚར་རྗེས། ངའི་ཡིད་ལ་དེ་རིང་གི་བྱ་བ་རྣམས་ངང་གིས་འཁོར་བྱུང་།

སུ་དྲོང་རྨ་ཡུལ་བོད་ཡིག་སློབ་འབྲིང་དུ་རྫོང་ཡོངས་སུ་རྒྱུགས་འབྲས་ཨང་དང་པོ་བླངས་མྱོང་བའི་སློབ་མ་དེར་བཙར་འདྲིར་ཕྱིན་པ་ཡིན་མོད། ཕངས་པ་ཞིག་ལ་སློབ་གྲྭས་སློབ་མ་རྣམས་རྩ་འཛུགས་བྱས་ཏེ་དབྱར་རྩྭ་དགུན་འབུ་བརྐོ་རུ་ཕུད་སོང་བས། ཤུལ་དུ་སྒོ་སྲུང་དང་ལས་རེས་སུ་བབས་པའི་དགེ་རྒན་རེ་གཉིས་ལས་མི་འདུག སྐབས་དེར། ངའི་

སེམས་ལ་ཀྲུང་དབྱིང་བརྙན་འཕྲིན་ཁང་གི《གནད་ས་བཅར་གླེང》ཞེས་པའི་ལེ་ཚན་དུ་བསྟན་སྒྲོང་བའི་སྣང་ཚུལ་ཞིག་དྲན་བྱུང་། དེ་ནི་ནང་ལོགས་ཀྱི་སློབ་གྲྭ་ག་གེ་མོས་ཇ་ལོ་འཐོག་པའི་སྐབས་སུ་སློབ་མ་རྣམས་རྩ་འཛུགས་བྱས་ནས་ཇ་ལོ་འཐོག་ཏུ་བཅུག་པ་དང་། གནས་ཚུལ་དེར་ཁྱིམ་བདག་ཁ་ཤས་འཐད་པ་མ་བྱུང་བར་གོང་ལ་ཞུ་གཏུག་བྱས་ཀྱང་གོ་མ་ཆོད་པས། ཀྲུང་དབྱིང་བརྙན་འཕྲིན་ཁང་གི《གནད་ས་བཅར་གླེང》ཞེས་པའི་ལེ་ཚན་དུ་ཁ་པར་བཏང་སྟེ་གནས་ཚུལ་ཞིབ་ཏུ་བཤད་པ་ན། གསར་འགོད་པ་ཡུལ་དངོས་སུ་བསླེབས་ནས་གནས་ཚུལ་དངོས་ལ་རྒྱུས་ལོན་བྱས་ཏེ་སྤྱི་ཚོགས་སྟེང་བསྒྲགས་ཤིང་། མཐའ་མར་འབྲེལ་ཡོད་སྡེ་ཁག་ལ་ཆད་པ་ནན་མོ་བཅད་པར་མ་ཟད། ད་རུང་ཕྱིན་ཆད་དེ་ལྟར་བྱ་མི་ཆོག་པའི་སྒྲིག་ལམ་ཡང་བཙོས་པ་རེད་ཟེར། ཡིན་ནའང་རྒྱ་ཡུལ་གྲོང་རྡལ་དུ་དེ་འདྲའི་ཁྱིམ་བདག་ཡོད་མི་སྲིད་ལ། དེ་འདྲའི་གསར་འགོད་པ་ང་རང་ཉིད་མིན་པ་གཞིར་བཞག་བོད་ཡུལ་ནའང་ཉུང་ཉུང་ཡིན་པ་ཡིད་ལ་འཁོར་བ་ན། ནང་སེམས་ཀྱི་གཞི་རྩ་ལྷུགས་གཟེར་བཏབ་པ་དང་འདྲ་བར་གཟེར་བྲང་བྲེང་བྱེད།

ཕྱིར་ཡོང་ཁར་ད་དུང་ལམ་ཁ་ན་དབྱར་རྩྭ་དགུན་འབུ་རྐོ་ཐུབ་པ་ཕར་ཞོག དབྱར་རྩྭ་དགུན་འབུའི་དྲི་ཙམ་ཡང་སྣོམ་མ་ཐུབ་པར་ལུས་འདུག་པའི་འབུ་རྐོན་མང་པོས་མིག་ཟུང་རིག་རིག་དང་ང་ལ་ལྟ་བཞིན་པ་མཐོང་བྱུང་། དེ་ནི་ངའི་ཚོར་ལྷག་ཅིག་ཡིན་ཀྱང་སྲིད་དེ། ལམ་རིང་ཐུང་ལ་ང་མིག་ཟུང་དེ་དག་ལ་གཞའ་ནས་ཡོང་བ་ཡིན། སྐྱེས་པ་མང་པོ་ཞིག་གིས་དབྱར་རྩྭ་དགུན་འབུ་བརྐོ་ཐུབ་ཀྱང་ཆོག་ལ་མ་ཐུབ་ཀྱང་ཆོག་སྟེ། གང་ལྟར་ཐབས་ལམ་སྣ་ཚོགས་སྤྱད་དེ་རྩྭ་སའི་ཕྱོགས་སུ་བུད་སོང་བའམ། ཡང་ན་སློ་གཏིང་ནས་ཕམ་སྟེ་ཕྱིར་ཡུལ་དུ་ལོག་སོང་བ་གང་ཡིན་གསལ་པོར་མི་ཤེས་མོད། ཤུལ་དུ་ལུས་འདུག་མཁན་མང་ཤོས་ནི་བུད་མེད་ཚོ་རེད། མགོ་ལ་མགོ་དཀྲིས་ལྷང་ཁྲ་དཀྲིས་པའི་བུད་མེད་དེ་དག་ནི་བལྟས་ཆོད་ཀྱིས་སྨད་ཕྱོགས་ཀྱི་རོང་ཁུལ་ནས་ཡོང་བ་ཤེས་ཐུབ།

ང་མལ་ཁྲིའི་སྟེང་བུད་ནས་གཉིད་གྲབས་བྱེད་སྐབས། མི་ཞིག་གིས་ཕྱི་རོལ་ནས་ངའི་

སྒོ་མོ་ཤེད་ཀྱིས་ཧྲུང་བྱུང་། ངས "སུ་ཡིན" ཞེས་དྲིས་པ་ན། "ང་ཡིན" ཟེར་མཁན་གྱི་མི་དེ་ནི་ངས་ཆེ་རིང་ཡིན་པ་སྐད་ལ་ཉན་ན་ཤེས་ཐུབ། སྐད་དེ་གོ་བས་ངའི་སེམས་པ་མི་དགའ་བར་གྱུར་ནའང་། ཁྱིམ་ལ་ཡོང་མཁན་ཚང་མ་མགྲོན་པོ་ཡིན་ཞིང་། མགྲོན་པོ་ཕྱི་རོལ་ནས་བསྐྱུར་སྲོལ་མེད་པས། ངས་འཐད་ལ་མི་འཐད་པའི་ངང་དུ་སྒོ་ཕྱེ། ཆེ་རིང་གིས་ལག་ཏུ་ཆང་དཀར་རྒྱ་མདོ་བཟུང་འདུག ཁོས་རང་ཉིད་ཉིན་དེར་ནོར་སོང་ཚུལ་དང་འགྱིག་མེད་ཚུལ་ལུང་བ་གང་བཤད་རྗེས། ད་རུང་ཞུ་བ་ནན་གྱིས་བྱས་ཏེ་ཁོའི་གནས་ཚུལ་ཚགས་པར་སྟེང་དགོད་མི་ཉན་ཟེར། སྐབས་དེར་ང་ལ་དགོད་རྒྱུ་ཞིག་བྱུང་། ཆེ་རིང་ཡང་དངོས་གནས་རྨ་རིག་ཅན་གྱི་ནང་ནས་གླེན་པ་ཞིག་རེད། ཁོས་བདག་གི་ནུས་པ་ལ་མཐོང་ཆེན་བྱས་དྲགས་པ་འདྲ། དོན་དོ་མར་ངས་ཁོའི་གནས་ཚུལ་ཡི་གེར་བཀོད་ནས་རྒྱང་རིང་གི་བྲེ་ལེང་དུ་བསྐྱུར་ནའང་། དེ་ནི་རྒྱ་མཚོའི་ནང་རྡོ་འཕངས་པའི་དཔེ་ལྟར་ཡིན་པ་ངའི་སེམས་སུ་ཁྲིགས་ཁྲིགས་ཡིན། ངས་ཆང་དཀར་རྒྱ་མདོ་བོ་ཁོར་ཕྱིར་བྱིན་ནས "ཁྱོད་ཀྱི་སེམས་བདེ་མོ་བྱོས" ཞེས་བཤད་ཀྱང་། ཕ་རོལ་པོས་ཧ་ཅང་གུས་ཞམས་དང་བཅས "དེ་ནི་ཁྱོད་ཀྱིས་ངེས་པར་དུ་ལེན་དགོས" ཞེས་ཞུ་ཚུགས་ཡང་ཡང་བྱས་ཏེ་བུད་སོང་།

ཁོ་སོང་ཤུལ་དུ། ངས་ཁོས་སྐུན་ནག་གི་ཁྲོད་དུ་བསྐྱུར་བའི་འབྲུ་རྐྱེན་དེ་ཚོ་མཐོང་བྱུང་ལ། དེ་ཚོས་ང་ལ "ཁྱོད་ནི་མི་ཁྱི་འདྲ་བ་ཞིག་རེད། ཁྱི་ཡི་ནང་གི་ཁྱི་ཟ་མ་མེད་པའི་རིགས་དེ་རེད" ཅེས་སྡིགས་མོ་བྱེད་པའང་ཐོས་བྱུང་།

8

གྲང་ཤུར་ཤུར་གྱི་ཚོར་བ་ཞིག་གིས་བསོད་ནམས་གཉིད་ལས་སད་དུ་བཅུག ཁོ་གམ་གྱི་འཇིགས་མེད་ཀྱི་ཏུམ་ལ་འཛུལ་ཞིང་འཐམས་པ་ན། འཇིགས་མེད་ཀྱང་གཉིད་ལས་

བསླངས་བྱུང་། འཇིགས་མེད་ཀྱིས་ལོགས་ཀྱི་བསོད་ནམས་ཀྱི་མལ་ཁྲུལ་ཚུར་བླངས་ཏེ་ཕོ་གཉིས་ཀྱི་སྟེང་དུ་འགེབས་ཡག་བྱས་ཏེ་གཉིད་བསམས་དུས། བསོད་ནམས་ཀྱིས་ཡང་བསྐུར་སྣུར་བ་འཐེན་མགོ་བཙམས། སྐབས་དེར་འཇིགས་མེད་ལ་གཅིན་གཏང་རྒྱུ་བྱུང་ནའང་། ཕོས་བསོད་ནམས་གཉིད་ལས་བསླངས་པར་དོགས་ནས་གཅིན་བསྲུན་ཐབས་བྱས། ཡིན་ནའང་གཅིན་ཇི་ལྟར་བསྲུན་ན་དེ་ལྟར་གཏང་རྒྱུ་བྱུང་བས། ཕོ་མུ་མཐུད་དུ་གཉིད་ལ་ཞུགས་པའི་སྐབས་ལ་ཡོངས་སུ་ཕྲོགས།

དེ་དུས་ཤར་ཕྱོགས་ཀྱི་གནམ་སའི་འདྲེས་མཚམས་སུ་སྐྱ་མདའ་བཏང་སྟེ། གནམ་གནམ་དང་ས་ས་ཡི་དབྱེ་མཚམས་ཕྱེ་ནས་འོང་བཞིན་འདུག འཇིགས་མེད་ཀྱི་རྣ་ལམ་དུ་སྐད་སྒྲ་ཞིག་འཁོར་འོངས། ཕོས་རྣ་བ་ཅེར་ཅེར་བྱས་ཏེ་ཏོག་ཙམ་ལ་ཉན་རྩེས། སྔངས་མ་འཚབ་ཀྱིས་མགོ་བོ་ཡར་དགྱེ་སྟེ་གམ་གྱི་བསོད་ནམས་དང་སྟོབས་ལྡན་གཉིས་བསྐུལ་ཅིང་སྐད་དམའ་མོས་ཚུལ་དེ་བཤད་པ་ན། བསོད་ནམས་དང་སྟོབས་ལྡན་གཉིས་ཀྱི་གདོང་གི་སྒྲིད་ལུག་གི་ཉམས་དེ་གློ་བུར་ཡལ་ནས་ཁྲུ་སིམ་མེའི་ངང་ཉན་ནས་འདུག

“ང་ཚོ་མཐོང་སོང་བ་མིན་ནམ” བསོད་ནམས་རྟབ་རྟབ་པོར་གྱུར་ནས་དེ་ལྟར་བཤད།

སྟོབས་ལྡན་གྱིས་ཀྱང་གདོང་ལ་བྲེལ་འཚུབ་ཀྱི་ཉམས་ཤིག་དོད་དེ “ད་ཅི་བྱ” ཟེར།

འཇིགས་མེད་ཀྱིས་ཕོ་གཉིས་ལ་ལན་ཅི་ཡང་མི་འདེབས་པར་ད་དུང་གྲག་འགྱུལ་ལ་ཉན་ནས་འདུག སྐད་སྒྲ་དེ་ནི་ཕོ་ཚོ་དང་ཐག་ཉེ་ས་ཞིག་ནས་གྲགས་ཡོང་། ཞིབ་ཏུ་ཉན་ཚེ་བུད་མེད་ཀྱི་སྐད་ཅིག་རེད། བུད་མེད་ཀྱི་སྐད་ཡིན་པ་ཚོར་བས་འཇིགས་མེད་ཀྱི་སེམས་པ་ཅུང་ལྷོད་ལ་བབས་བྱུང་། བསོད་ནམས་དང་འཇིགས་མེད་གཉིས་ཀྱིས་ཕོའི་ཉམས་ལ་བརྟག་འདུག ཕོས་མུ་མཐུད་དུ་གྲག་འགྱུལ་ལ་ཉན་པ་ན། རེད། སྐད་དེ་ནི་རོང་སྐད་རེད། ད་དུང་བུད་མེད་གཉིས་གསུམ་ཙམ་ཡོད་པའང་ཤེས་སོང་། འཇིགས་མེད་ཀྱིས་ཕོའི་ངོར་བལྟས་འདུག་པའི་བསོད་ནམས་དང་སྟོབས་ལྡན་གཉིས་ལ “སྐྲག་མི་དགོས། ཕོ་ཚོའང་ང

ཚོ་དང་འདྲ་བར་འབུ་རྐོན་རེད” ཟེར།

སྟོབས་ལྡན་གྱིས “ཁྱོད་ཀྱིས་ཇི་ལྟར་ཤེས” ཞེས་ཡིད་མི་ཆེས་པའི་མིག་མདངས་ཀྱིས་ཁོའི་གདོང་ལ་ཅེ་རེར་བལྟས་འདུག

སྐབས་དེར་བསོད་ནམས་ཀྱིས “རོང་སྐད་བཤད་བཞིན་པ་མི་གོ་འམ” ཞེས་བཤད་པ་ན། སྟོབས་ལྡན་གྱིས་རྣ་བ་བླགས་ཏེ་ཡུད་ཙམ་ལ་ཉན་རྗེས “རེད། རོང་སྐད་བཤད་ཀྱིན་འདུག” ཟེར་བཞིན་དབུགས་རིང་ཞིག་ཕྱུང་། དེར་མཐུད་ནས་བསོད་ནམས་ཀྱིས་ཀྱང་བསྟུད་མུར་དབུགས་རིང་ཐེངས་གཉིས་ཕྱུང་།

ཁོ་ཚོས་མགོ་བོ་ཡར་དགྱེ་ནས་ཕར་བལྟས་དུས། སེང་གེའི “སྣ” ནང་ནས་དུ་བ་ལྡོག་ལྡོག་འཕྱུར་གྱིན་འདུག ཁོ་ཚོ་ཉེ་བར་བཅུད་པ་ན། བུད་མེད་དེ་ཚོས་ཧ་སྒོལ་བཞིན་ཁ་བརྡ་བྱེད་བཞིན་མཆིས། ཁོ་ཚོ་གློ་བུར་བུད་མེད་དེ་ཚོའི་མཐོང་ལམ་དུ་མངོན་པས། བུད་མེད་དེ་ཚོ་སྐྲག་ཐག་ཆོད་ནས་དེའི་གྲས་ཀྱི་གཅིག་ཡར་ལངས་ཏེ་འབྲོ་གྲབས་བྱེད་ཀྱང་། གཞན་གསུམ་པོ་ཁ་མལ་དུ་ཙོག་ནས་ཅི་བྱ་གཏོལ་མེད་ངང་རྟག་འདུག

འཇིགས་མེད་ཀྱིས “ཁྱོད་ཚོ་སྐྲག་མི་དགོས། ང་ཚོ་ཡང་འབུ་རྐོན་ཡིན” ཞེས་བཤད་པ་ན། ད་གཟོད་དེ་ཚོའི་གདོང་གི་རྣམ་འགྱུར་ཅུང་རྒྱུན་ལྡན་དུ་གྱུར་ནའང་། ད་དུང་དེ་འདྲའི་ཡིད་ཆེས་ཟབ་མོ་ཞིག་སྐྱེ་བཞིན་མེད་པ་ཤེས་ཐུབ། འཇིགས་མེད་ཀྱིས་དེ་ཤེས་པས “གསེར་གདུང་། ང་ཚོ་ཡང་འབུ་རྐོན་ཡིན” ཞེས་མཐའ་དང་སྦྲགས་ནས་བཤད་པར། བུད་མེད་དེའི་ཁྲོད་ཀྱི་གཅིག་གིས “ཁྱོད་ཚོ་འཛབ་ནས་ཡོང་སྐྱེ་ཅི་བྱེད། ངའི་སྙིང་ཡང་ཅུང་མིན་ན་ཁ་ནང་ནས་ཡེར་སོང” ཟེར།

ཁོ་ཚོ་མཉམ་དུ་བསྡད་དེ་ཁ་བརྡ་བྱས་ཚེ། བུད་མེད་དེ་ཚོ་ནི་ཁོ་ཚོའི་ཕ་ཡུལ་དང་བར་ཐག་ཉེ་བའི་རྩ་ཆུའི་ཤར་རྒྱུད་དཔའ་ལུང་ཕྱོགས་ཀྱི་ཡིན་པ་ཤེས། འཇིགས་མེད་ཀྱིས “ཁྱོད་ཚོ་སུ་བ་ལ” ཞེས་བཤད་པ་ན། མིང་ལ་སྒྲོལ་མ་ཟེར་བའི་བུ་མོ་དེས “སུ་མོ་ནམ་མ་གོ་མོག་གེ་ཡིན་དུས་ཡར་ལངས་ནས་ཧ་མ་བསྒོལ་ན། འབྲོག་པ་ཚོས་དུ་བ་ལ་བལྟས་ནས

ཤེས་འགྲོ" ཟེར། མཐུད་ནས་མོས "ཁྱོད་ཚོ་འདིར་སྡོད་དང་། ཁུ་ཚོས་མཉམ་དུ་ནངས་ཛ་འཕྲུང" ཞེས་བཤད་བྱུང་། འཇིགས་མེད་ཀྱིས་བསོད་ནམས་དཀར་ཡོལ་ལེན་དུ་མངགས། གོ་སྐམ་དཀར་ཡོལ་ནང་དུ་སྤྲངས་ནས་ཟ་ཞོར་དུ་སྟོབས་ལྡན་གྱིས "སྔོན་ལ་ཁྱོད་ཚོའི་སྐད་སྒྲ་ཐོས་པས། ང་ཚོའང་སྐྲག་ནས་སྙིང་སྟིག་སྟིག་ལྡིང་བྱུང" ཞེས་བཤད་པར། སྒྲོལ་མ་སོགས་ཀྱང་དགོད་ཁ་ཤོར།

འཇིགས་མེད་སོགས་ཀྱི་ཁོག་ལ་ཁ་སང་ནས་ཆུ་ཚ་མོ་ཞིག་ཀྱང་སོང་མེད་པས། ཛ་ཚ་འཕྲུང་བྱས་པ་ན་ཛ་དེ་ཞིམ་པོ་དཔེ་མེད་པ་ཞིག་གི་སྣང་བ་དབང་མེད་དུ་སྐྱེས།

ཕོ་ཚོས་མཉམ་དུ་ནངས་ཛ་སྐབས་བདེ་ཞིག་འཕྲུངས་རྗེས། སེང་གེའི "སྣ" ནང་ནས་ཕྱི་རུ་བུད་དེ་ཞོལ་གྱི་རྩྭ་སའི་ཕྱོགས་སུ་འཛབ་ནས་སོང་། ད་ལྟ་ནམ་གསལ་ཐག་ཆོད་ཅིང་། ཁ་སང་བཞིན་དུ་ཉི་མ་ནི་གསེར་སེར་པོ་ཞིག་དང་མཚུངས་པར་འོད་ལམ་མེར་ཤར་རིའི་རྩེ་ནས་མངོན་པ་ན། ཕོ་ཚོའི་ལུས་ཀྱི་ཤ་དྲོད་ཀྱང་རིམ་གྱིས་རྒྱས།

ཁ་སང་ཕྱི་དྲོ་ཆར་བ་ཆེན་པོ་ཞིག་བབས་པས། རྩྭ་ཐང་ནི་ཞིང་ནང་དུ་ཆུ་བཏང་བ་དང་འདྲ་བར་ནེམ་ཤིག་ཤིག་ཏུ་འདུག ཕོ་ཚོས་རྩྭ་རྩེའི་ཉི་མ་དང་ཟིལ་བ་མཉམ་དུ་རྟོག་བཞིན་དབྱར་རྩྭ་དགུན་འབུ་བཙལ་དུ་སོང་། སྒྲོལ་མ་སོགས་ཀྱིས་ཕྱུགས་མོའི་སྟེང་དུ་འཁྱིག་ཤོག་གིས་བཟོས་པའི་ཕྱུགས་ཁེབས་རེ་གྱོན་ཡོད་པས། ཐད་ཀར་རྩྭ་གསེང་དུ་ཕྱུགས་མོ་བཙུགས་ནས་དབྱར་རྩྭ་དགུན་འབུ་འཚོལ་བཞིན་འདུག འཇིགས་མེད་སོགས་ཀྱིས་ཕྱུགས་མོ་ཐང་ལ་བཙུགས་མ་ཐག་ཟིལ་བས་ཕྱུགས་མགོ་ཧྲིལ་པོ་རློན་པར་བཏང་བྱུང་། དབྱར་རྩྭ་དགུན་འབུ་ཀོ་བཞིན་ཀོ་བཞིན་ཕོ་ཚོའི་བར་ཐག་ཀྱང་རིང་གིས་ཕྱེ་སོང་། མཚམས་ཤིག་ལ་འཇིགས་མེད་ཀྱིས་ལག་པ་ཡ་ཐོད་དུ་བཞག་ནས་རྒྱང་རིང་ལ་བལྟས་པ་ན། ནག་ཡོར་རེའི་གྲིབ་གཟུགས་གཉིས་ཀྱི་བར་ཐག་ཐུང་ཉེ་བ་མ་གཏོགས། མི་རྣམས་རང་སར་ཐོར་ནས་དབྱར་རྩྭ་དགུན་འབུ་འཚོལ་བཞིན་འདུག ཞིབ་ཏུ་བལྟས་ཚེ་དེ་ནི་སྟོབས་ལྡན་དང་སྒྲོལ་མ་གཉིས་རེད།

དེ་རིང་གི་ལག་འབབ་ནི་ཁ་སང་ལས་ལྷག་འགྱུར་གྱིས་མང་ལ། དེ་རིང་གི་གནམ་ངོས་

ཡང་ཁ་སང་ལས་ལྷག་ཏུ་དྭངས་ཤིང་ལེགས་པར་མ་ཟད། ཆར་གྱི་བར་ཆད་ཀྱང་མ་ཐེབས་པས། ཁོ་ཚོ་རེ་རེའི་གདོང་ལ་ཡིད་ཚིམས་པའི་འཛུམ་ཞིག་མངོན་འདུག ཕྱི་དྲོའི་མཚམས་སུ་འཇིགས་མེད་ཀྱི་ཕྱུས་མོ་ན་ནས་གཟེར་བྲང་བྲེང་བྱེད། དེ་ནི་ཁ་སང་གི་ཆར་བ་དང་དེ་རིང་གི་ཟེལ་བས་འཇིགས་མེད་ཀྱི་གྲུམ་བུའི་ནད་དེ་བསླངས་སོང་བས་རེད། འཇིགས་མེད་ཀྱིས་ཁོའི་ནད་དེ་ནི་ཁྲིམ་རྒྱུད་ཀྱི་ནད་ཅིག་ཡིན་པར་བཤད་ལ། ཁོས་ད་དུང་ཁོའི་ཨ་ཕར་ཡང་ནད་དེ་ཡོད་པར་སྨྲ་མོད། འོན་ཀྱང་སྨན་པས་གྲུམ་བུའི་ནད་ནི་ཁྲིམ་རྒྱུད་ཀྱི་ནད་ཅིག་ཡིན་ས་མི་འགྲོ་བ་དང་། དེ་ནི་རང་གིས་ཕྱུས་མོ་ལ་བདག་སྐྱོང་ལེགས་པོ་མ་བྱས་པས་བྱུང་བ་རེད་ཟེར། སྨན་པས་ད་དུང་འཇིགས་མེད་ལ་གསར་བུ་ཆུང་ཆུང་ཡིན་པས། རྗེས་ཕྱོགས་སུ་ནད་དེར་བདག་སྐྱོང་ལེགས་པོ་བྱེད་དགོས་ཟེར། ཡིན་ནའང་། འཇིགས་མེད་ལ་མཚོན་ན། ནད་དེར་བདག་སྐྱོང་བྱེད་པའི་ཆ་རྐྱེན་མེད་པ་ནི་བལྟས་ན་རིག་པ་འདི་རེད།

དགོང་མོ་ས་ནུབ་རྗེས། འཇིགས་མེད་སོགས་ཀྱིས་ཁོ་ཚོས་རྨ་ཡུལ་གྲོང་རྡལ་ནས་ཉོས་པའི་སྐབས་བདེ་ཐུག་པ་ཁྱེར་ནས་སྒྲོལ་མ་སོགས་ཀྱི་སར་སོང་། ཁོ་ཚོས་སྒྲོལ་མ་སོགས་ལའང་རང་གི་སྐབས་བདེ་ཐུག་པ་བྱིན་ནས་མཉམ་དུ་ཟུབ་འཚལ་འཐུང་། ཁོ་ཚོས་དབྱར་རྩྭ་དཀྲུན་འབུའི་རིན་གོང་དང་རང་རང་གི་དེ་རིང་གི་ལག་འབབ་སྐོར་ཁ་བརྡ་ཡུད་ཙམ་བྱས་རྗེས། སྐྱབས་ལྡན་དང་སྒྲོལ་མ་གཉིས་ཀྱི་གདོང་ལ་འཛུམ་རེ་མངོན་ཏེ་ཕན་ཚུན་རྩེད་མོ་རྩེ་ཞིང་། མཚམས་རེར་དགོད་སྒྲ་རེ་འབྱིན་པ་མ་གཏོགས། འཇིགས་མེད་སོགས་དང་བུ་མོ་གཞན་རྣམས་ཚང་མ་ཐང་ཆད་འདུག་པས་ངལ་གསོ་རྒྱུར་འཐད། རང་སར་ལོག་རྗེས་འཇིགས་མེད་དང་བསོད་ནམས་གཉིས་ཀྱིས་མལ་ཐུལ་བཀབ་ནས་ཉལ། མཉམ་ཞིག་བཞག་ཚེ་སྐྱབས་ལྡན་མི་འདུག སྐྱབས་ལྡན་ནམ་ཞིག་ལ་ཕོ་གཉིས་དང་ཁ་བྲལ་བ་མ་ཤེས་མོད། འཇིགས་མེད་ཀྱི་སེམས་ལ་དེ་རིང་ཉིན་གང་བོར་སྐྱབས་ལྡན་དང་སྒྲོལ་མ་གཉིས་མཉམ་གཅིག་ཏུ་ཡོད་པ་ཡིད་ལ་ཤར་ལེར་འཁོར་བས་རྒྱུ་མཚན་མ་ལུས་ཤེས་སོང་།

ནམ་གུང་ཞིག་ལ། སྐྱབས་ལྡན་འདར་སིག་སིག་བྱེད་བཞིན་འཇིགས་མེད་ཀྱི་ནུམ

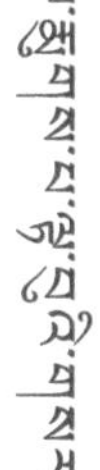

ལ་འཛུལ་བྱུང་། ད་དུང་ཁོས་སློབ་མ་ལ་ཅི་ཞིག་བྱས་ཚུལ་ལབ་ཀྱིན་འདུག ཡིན་ནའང་འཇིགས་མེད་ནི་ཨ་ཐང་ཆད་འདུག་པས་ཁོ་ལ་ཁ་ཡ་མ་བྱས། སྟོབས་ལྡན་ཐབས་ཟད་དེ་ཁ་རོག་གེར་འདུག་ཅིང་ཡུད་ཙམ་གྱི་རྗེས་སུ་གཉིད་དུ་ཡུར་སོང་། སྟོབས་ལྡན་གྱི་རྨི་ལམ་དུ་རྒྱང་རིང་གི་ཚུང་མ་དང་སློབ་མ་གཉིས་རེས་མོས་སུ་རྨིས་བྱུང་།

9

ཁ་སང་ཆར་པ་བབས་པས་དེ་རིང་གི་མཁའ་དབུགས་ནི་ལྷག་ཏུ་དྭངས། རྨ་ཡུལ་གྲོང་རྡལ་གྱི་ཕྱི་ནང་ཀུན་གཙང་མར་བཀྲུས་པ་དང་འདྲ་བར་འོད་ཁྲིག་ཁྲིག་བྱེད་པའི་སྣང་བ་ཞིག་དབང་མེད་དུ་སྟེར་ལ། ཉི་མ་ནམ་མཁའི་མཐོངས་སུ་འཕགས་ཚེ་རིམ་བཞིན་ལམ་རྡོས་སོགས་ཀྱང་བསྲད་ཐག་ཆོད་སོང་། ངས་པར་ཆས་ཁྱེར་ནས་མི་ཚོགས་ཀྱི་འཚང་ཁའི་ཕྱོགས་སུ་སོང་བ་ཡིན། སྲང་ལམ་ཕྱོགས་གཉིས་ཀྱི་ཚོང་ཁང་དེ་དག་ལས་སྔར་བཞིན་རྟུང་ལེན་བར་མེད་དུ་གྲག་བཞིན་ཡོད་ལ། འབྲོག་པ་རྣམས་ཀྱིས་འཕྲུལ་རྟའི་སྒུམ་སྒོ་ཡོངས་སུ་ཕྱེ་སྟེ་སྤྱིན་པ་ལྟར་རྒྱུག་བཞིན་འདུག ཁོ་ཚོས་འཕྲུལ་རྟ་བསྐོར་ཚུལ་ནི་གནམ་གྲུ་ལས་ཀྱང་མགྱོགས་པ་རེད།

ང་ལམ་འཁྲམ་བརྒྱུད་ནས་འགྲོ་དུས་འཕྲུལ་རྟ་འཚོང་ས་ཞིག་ཏུ་ཤོག་སྦག་གཏད་པའི་སྒྲ་ཡིས་གནམ་ས་འགེངས་པ་ཐོས། ངས་ཕར་བལྟས་ཚེ། གསར་བུ་ལོ་ཚོད་ཕལ་ཆེར་མཉམ་པ་སྙིར་ཞིག་གིས་མཉམ་དུ་འཕྲུལ་རྟ་ཉོ་བཞིན་འདུག སྤྱིན་བདག་གིས་ཚོང་མགྲོན་རྣམས་དགའ་བྱེད་དུ་ཤོག་སྦག་གཏད་དེ་རྟེན་འབྲེལ་ཞུ་བ་ནི་ས་འདིའི་འགྲོ་ལུགས་ཤིག་ཡིན་པ་ངས་སྔར་ནས་ཤེས་ཡོད།

གསར་བུ་ཞིག་གིས་གསར་བུ་གཞན་ཞིག་ལ “ཁྱོད་ཀྱིས་འཕྲུལ་རྟ་ན་ནིང་ཉོས་པ་

མིན་ནམ” ཟེར།

གསར་བུ་དེས “འཕྲུལ་རྟ་དེའི་རོ་ད་ལྟ་བོང་བུ་ཞིག་ལའང་མི་དོ། གསར་པ་ཞིག་མ་ཉོས་ན…… ”

གསར་བུ་གཞན་དེས “དེས་ན་ཁྱོད་ཀྱིས་འཕྲུལ་རྟ་ཞིག་ཉོ་བ་ལས་རླངས་འཁོར་ཞིག་ཉོས་ན་མི་བཟང་ངམ” ཟེར།

གསར་བུ་དེས “དབྱར་རྩ་དགུན་འབུ་ཀོ་མཚམས་བཞག་རྗེས་རླངས་འཁོར་ཞིག་ཉོ་བའི་འཆར་གཞི་ཡོད། དེ་དུས་ཁྱོད་ཟེ་ལིང་དུ་ང་ལ་རླངས་འཁོར་ཉོ་རོགས་ལ་འགྲོ་དགོས” ཟེར།

ན་ཉིང་དོ་ཚིགས་དབྱར་རྩ་དགུན་འབུའི་རིན་གོང་ཇེ་མཐོ་ནས་ཇེ་མཐོར་སོང་བ་དང་བསྟུན་ནས། ས་འདིའི་འབྲོག་པ་རྣམས་ཕྱུག་པོར་གྱུར་ནས་ད་ནི་དངོས་གནས “འཁོར་འབྲིང” གི་ཚད་ལ་བསླེབས་འདུག ངས་འཕྲུལ་རྟ་ཞིག་གི་ལོ་ཚད་ག་འདྲ་ཡིན་པ་མི་ཤེས་མོད། འབྲོག་པ་རྣམས་ཀྱིས་འཕྲུལ་རྟར་སྐྱོན་ཙུང་ཙམ་ཞུགས་ཚེ། དེ་ཞིག་གསོ་བྱེད་པ་ལས་གསར་པ་ཞིག་ཉོ་རྒྱུ་བདེ་ཟེར་མཁན་ཇེ་མང་ནས་ཇེ་མང་རེད། ངས་རང་གི་ཕྲུག་གི་པར་ཆས་བླངས་ཏེ་ལོ་ཆེ་པར་དུ་བསྐྱོན་བསམས་དུས། གསར་བུ་དེ་རྣམས་འཕྲུལ་རྟ་སོ་མ་དག་དག་ལ་བཞོན་ནས་ལྷིར་སྒྲ་དང་བཅས་གནམ་གྲུ་བཞིན་འཕུར་སོང་བས། ང་ལོ་ཚོའི་ཤུལ་དུ་ཅེར་ནས་སྡོད་པ་ལས་ཐབས་གཞན་མེད་པར་གྱུར།

རྡོ་རྗེ་ནི་འགྲིམ་འགྲུལ་དོ་དམ་ཙུས་ཀྱི་ཡིན། ཉིན་འདི་འགར་ལོ་ཚོའང་འགག་སྒོའི་སོ་ཁང་དུ་འཐེན་ནས་དེ་རིང་སོ་མ་ཕྱིར་གྲོང་རྡལ་དུ་ལོག་པ་རེད། ངས་དེ་ སྟ་ལོའི “མཛད་རྗེས” ཤིག་གསར་འགྱུར་དུ་བྲིས་ནས་ཚགས་པར་སྐྱེང་སྤེལ་མྱོང་བས། དོ་ཞུབ་ཅིས་ཀྱང་མཉམ་དུ་འདུག་ལ་ཟ་མ་ཞིག་ཟ་ཟེར། གྲོང་རྡལ་འདིའི་མི་རྣམས་ཤུ་ཚུགས་ཅན་ཏག་ཏག་ཡིན་པས། ངས་ལོའི་རེ་བ་དང་ལེན་མི་བྱེད་ཀ་མེད་བྱུང་།

མཚན་མོར་ངེད་གཉིས་དུས་ལྟར་སི་ཁྲིན་གྱི་སྔོ་ཚལ་ཟ་ཁང་ཞིག་ཡོད་པ་དེར་འདུས།

སེ་ཁྲོན་གྱི་སྒོ་ཚལ་ཟ་ཁང་དེའི་ཟས་རིན་ཟ་ཁང་གཞན་དག་ལས་ལྷབ་འགྱུར་གྱིས་མཐོ་ནའང་། ཟ་ཁང་དེའི་སྒོ་ཚལ་བཙོས་པ་ཟ་ཁང་གཞན་གང་ལས་ཀྱང་བཟང་བས། གྲོང་རྡལ་འདིའི་ "འབྱོར་ལྡན" རྣམས་ཟ་ཁང་འདིར་ཡོང་ནས་འཛད་སྤྱོད་བྱེད་ཀྱིན་ཡོད། ངེད་གཉིས་ཀྱིས་ཟ་མ་ཟ་ཞོར་དང་ཨ་རག་འཐུང་ཞོར་དུ་ཁ་བརྡ་སྣ་ཚོགས་བྱས་པ་ཡིན། རིམ་བཞིན་ངེད་གཉིས་ཀྱི་ཁ་བརྡའང་དབྱར་རྩྭ་དགུན་འབུའི་སྐོར་འཁོར་བ་ན། ཕོས་ཨ་རག་ཕོར་གང་ཞབས་དག་བརྒྱབ་རྗེས "འགག་སྒོ་ནས་ཐར་དགོས་ན། འབུ་རྐོན་རེས་ཆེས་ཉུང་ན་ཡང་སྒོར་ལྔ་བརྒྱ་རེ་སྤྲོད་དགོས། ཡིན་ནའང་དབྱར་རྩྭ་དགུན་འབུ་རྐོ་ཐུབ་མིན་ལ་ང་ཚོས་ཁ་ཡ་བྱེད་པ་མིན" ཟེར། ཕོས་ད་དུང "དེ་རིང་ལོ་ནའི་ཡོང་སྒོ་སྒོར་ཁྲིའི་ཡན་དུ་བསླེབས་པས། ལོ་མཇུག་ལ་ང་ཚོར་སྒོར་མོ་མང་ཙམ་བགོ་རྒྱུ་ཡོད་པ་གདོན་མི་ཟ། དེ་དུས་ངས་ཁྱོད་ལ་ད་དུང་མགྲོན་བྱེད" ཟེར། ཕོའི་གཏམ་དེར་ཉན་འཕྲལ་ངའི་སེམས་ཀྱི་དོས་གང་ཞིག་ཡིན་པ་གཏན་ཁེལ་བྱེད་མི་ཐུབ་ཀྱང་དབང་མེད་དུ་ཚ་བེར་བེར་བྱེད། ཡིན་ཀྱང་ངས་ཧ་མཐུད་དུ་ཕོའི་གཏམ་ལ་ཉན་ནས་བསྡད་པ་ཡིན། དོན་དུ་ཡང་ངས་ཅི་ཡང་མི་ནུས་པས་གཞན་ལ་ཁྲོ་གཏམ་རེ་བཤད་པ་ནི། གཏམ་ལྷག་མ་ཞིག་ཡིན་པ་ཚེ་རིང་གི་སྐྱེང་ནས་ཀྱང་ར་སྤྲོད་བྱ་ཐུབ།

མཚན་མོ་དེར་ང་དགོང་གནས་བཟི་སོང་། གཉིད་ལས་སད་དུས་ཞོགས་པ་ལོན་འདུག ངས་མིག་ཕྱེ་ནས་བལྟས་ཚེ་ང་ཉལ་སའི་ཁང་པ་ནི་མགྲོན་ཁང་ཞིག་ཡིན་པ་ཤེས་ཐུབ། ངའི་ཁ་གཏད་ཀྱི་མལ་ཁྲིའི་སྟེང་དུ་རྡོ་རྗེ་ད་དུང་གཉིད་ནས་ཡོད། རྡོ་རྗེ་སད་རྗེས "མདང་ནུབ་ངས་གསར་མོ་གཉིས་ཁྲིད་ཡོང་སྟེ་སྐྱིད་ཅིག་རྒྱག་བསམས་མོད། ཁྱོད་ཀྱིས་གསར་མོ་དེ་གཉིས་བདས་པར་མ་ཟད། བདག་ལ་ཆང་སྐྱོན་ཕུད་དེ་སྐྱིད་པོ་ཞིག་འབྱུང་དུ་མ་བཅུག" ཅེས་འཁང་ར་དང་བཅས་བཤད་བྱུང་།

ངས་ཕོ་ལ་རང་ཉིད་བཟི་ནས་ཕག་ཏུ་གྱུར་ཚུལ་བཤད་ཅིང་། དགོངས་དག་ནན་མོ་ཞུས་རྗེས "བུ་མོ་གཉིས་ཀ་གང་གི་རེད། ངས་ངོ་ཤེས་སམ" ཞེས་དྲིས་པ་ན།

ཁོས་“སྨད་ཕྱོགས་ནས་ཡོང་བའི་རོང་མོ་གཉིས་རེད། དབྱར་རྩྭ་དགུན་འབུ་བརྐོ་མ་ཐུབ་པར་ཡུན་རིང་ལུས་པས། ཕྱིར་ལོག་སྐྱོད་ཀྱི་ལམ་གླ་འཁང་མི་འདུག ཁོ་ཚོས་ད་ལྟ་འདི་རུ་ལུས་འཚོང་བཞིན་འདུག” ཟེར།

ཁོས་དེ་ལྟར་བཤད་པ་ན། ངའི་ཡིད་ལ་རབ་རིབ་ཅིག་དྲན་བཞིན་འདུག་སྟེ། གདོང་ལ་སྐག་བསྐུས་ནས་སྐྱ་ཐོ་ཐོ་བྱེད་པའི་བུ་མོ་གཉིས་ལ་ངས་སྤྱིགས་མོ་ཡིད་ཚིམས་པ་ཞིག་བྱས་རྗེས། མི་རེར་སྒོར་ཉིས་བརྒྱ་རེ་བྱིན་ཏེ “འདི་ནི་ཁྱོད་གཉིས་ཀྱི་ལམ་གླ་ཡིན། སང་ཉིན་སྨྱུར་དུ་གནས་འདི་དང་ཁ་འབྲལ་རོགས” ཞེས་སྐད་འགྲགས་དང་བཅས་བཤད་པ་ཀླད་པའི་ནང་དུ་འཁོར་འོངས། ངས་དེ་ལྟར་དྲན་པ་ན། མདང་ནུབ་བུ་མོ་དེ་གཉིས་ལ་སྤྱིགས་མོ་བྱས་པར་འགྱོད་པ་ཞིག་སྐྱེས། ཁོ་ཚོར་ཡང་ཁག་མེད་དེ། གལ་ལ་ཐུག་ན་ཁོ་ཚོར་བྱེད་ཐབས་དེ་ལས་གཞན་ཅི་ཞིག་ཡོད་ཨང་སྙམ་བྱུང་།

10

ཉིན་འདི་དག་ལ་བསྟུད་མུར་ཆར་པ་མ་བབས་པས། ཁོ་ཚོའི་འགྲོ་འདུག་ཉལ་འཆག་སོགས་ཕྱོགས་གང་ཐད་ལ་སྐབས་བདེ་བྱུང་ནའང་། ཉི་མའི་ཚ་གདུག་གི་དབང་གིས་སྒྲོལ་མ་སོགས་ཀྱི་གདོང་ཡོངས་མགོ་དཀྲིས་ཀྱིས་བཏུམས་ཡོད་པས། ད་དུང་དཀར་ཤ་ཞིག་དང་དམར་ཤ་ཞིག་འདྲེས་ནས་འདུག་མོད། འོན་ཀྱང་འཇིགས་མེད་སོགས་ནི་ལྡོག་སྟེ་བལྟས་བལྟས་ལ་མ་གཞི་ནས་དཀར་རྒྱུ་མེད་པའི་གདོང་ནི་ནག་རོག་གེར་གྱུར་པར་མ་ཟད། གདོང་ཡོངས་སུ་ཤུན་པ་རྒྱས་ཤིང་ཁ་ལ་སེར་ཁ་གས་ཏེ་ཚ་བེར་བེར་བྱེད།

ཉིན་གུང་ཙམ་ལ། འཇིགས་མེད་སོགས་ཀྱི་མདུན་ཐད་དུ་གྲམ་པ་ཁ་ཞེང་ཆེ་བ་ཞིག་མངོན་བྱུང་། བལྟས་པ་ཙམ་གྱིས་དེ་རུ་གཙང་པོ་རབ་མེད་ཅིག་བཞུར་སྐྱོང་བའི་རྗེས

ཟླུལ་མངོན་པར་གསལ་ནའང་། ད་ནི་ཆུ་སྲན་ཞིག་ལས་བཞུར་གྱིན་མི་འདུག ཆུ་སྲན་ནི་དྭངས་ཤིང་གསལ་བས་ཁ་སྐོམ་གྱིན་ཡོད་མེད་སུ་ཡིན་ཡང་འཐུང་འདོད་ཀྱི་འདུན་པ་ཞིག་འགོག་མེད་དུ་སྐྱེ་སྲིད། སྐབས་དེར་འཇིགས་མེད་ཀྱི་སེམས་ལ་དེ་སྔ་འགྲོག་པ་ཞིག་གིས "ང་ཚོ་མི་ཕར་ཞོག ཐ་ན་ཕྲུགས་ཟློག་གིས་ཀྱང་འཐུང་རྒྱུ་གཏེར་ཆུ་ཡིན་ལ། ཟ་རྒྱུ་དབྱར་རྩྭ་དགུན་འབུ་ཡིན" ཟེར་བ་དེ་ནི་བདེན་པ་ཤ་སྟག་རེད་སྙམ་བྱུང་།

དེ་དུས་ཕོ་ཚོ་ལྷན་དུ་ཆུ་སྲན་དེའི་འགྲམ་དུ་འདུས་ནས་ཊྲོས་ཧ་འཐུང་མགོ་བརྩམས། ཉི་མར་ཚ་གདུག་ཆེ་རུང་རྩྭ་ཐང་གི་ཆུ་ནི་དངོས་གནས་ཧ་ཅང་འཁྱག་སྟེ། འཁྱག་དྲགས་པས་རུས་རྐང་ཡང་གཟེར་བར་བྱེད། ཕོ་ཚོས་རང་རང་གི་རྒྱབ་ཀྱི་བྲོ་ཞུག་ལས་ལྷུགས་ཕོར་བླངས་ཏེ་ཆུ་འཁྱག་ཕོར་གང་སྐོམ་སེ་འཐུངས་པ་ན། ལུས་ཡོངས་སུ་བདེ་སྣང་བསམ་གྱིས་མི་ཁྱབ་པ་ཞིག་གིས་ཁྱབ་སོང་། སྟོབས་ལྡན་གྱིས་ཆུ་འཁྱག་གིས་གདོང་ཡོངས་བཀྲུས་རྗེས། གདོང་ནི་ལྷག་ཏུ་ཚ་བེར་བེར་བྱེད་པས་ལྭ་བའི་འདབས་ཀས་ཡང་ཡང་འཕྱིད་བཞིན་འདུག སྒྲོལ་མས་ཚུལ་དེ་མཐོང་བས་སྟོབས་ལྡན་ལ "འདི་རུ་ཧོ་སྣུམ་ཡོད། འདི་རུང་ཙམ་བསྐུས་དང་ཕན་པ་ཡོད་ངེས" ཟེར་བཞིན་ལྷུགས་པོར་ཞིག་གི་ཁ་ཕྱེ་སྟེ་སྟོབས་ལྡན་ལ་བྱིན། བུད་མེད་རྣམས་ཡག་ལ་དགའ་བའི་གཉུག་གཤིས་དེ་གང་དུ་སོང་ཡང་སྲུང་འཛིན་བྱེད་ཀྱིན་འདུག

"ངའི་དགའ་ཡོས་ང་ལ་འདང་ཆེ་བར་ལྟོས་དང" ཕོ་གཉིས་ཀྱི་འབྲེལ་བ་དེ་ད་ལྟ་ཀུན་གྱིས་ཤེས་པའི་གསང་བ་ཞིག་ཡིན་པས། སྟོབས་ལྡན་གྱིས་དེ་ལྟར་ཀུན་གྱི་མདུན་ནས་བསྒྲགས་པ་ན། དེར་འདུས་ཀྱི་མི་རྣམས་ལྷུག་ལྷུག་ཏུ་བགད་བྱུང་བས། སྒྲོལ་མའི་ངོ་མདངས་ཀྱང་དམར་པོར་གྱུར་ཏེ་ཕྱིར་རང་གི་ཁ་མལ་དུ་ལོག་སོང་། སྟོབས་ལྡན་གྱིས་དེ་ལྟར་དགའ་སྤྲུག་གི་བར་གསེང་ནས་ཕོ་ཚོར་དགོད་སྒྲ་དང་འཛུམ་མདངས་རིན་མེད་དུ་སྦྱིན་བཞིན་ཡོད།

ཡ་ལ ……

བྱ་ཁྱུ་བྲུག་པ་ཡུལ་རྒྱ་གར་རེད། །
དུས་དེང་སང་རྒྱ་རྫོང་ནགས་ན་ཡོད། །
ཞིང་སིལ་དོག་ཟློས་ནས་ལོབས་སོང་ཐལ། །
ས་པ་ཡུལ་རྒྱ་གར་བརྗེད་སོང་བཟིག
ཕོང་ཚེ་གླིང་དཀར་སྟོད་ཀྱི་ཡིན། །
དུས་དེང་སང་ས་མཐའི་སྡེ་ན་ཡོད། །
རོགས་ཁྲོད་ཚོར་རྩེས་ནས་ལོབས་སོང་ཐལ། །
ངའི་པ་ཡུལ་གླིང་དཀར་བརྗེད་སོང་བཟིག།

སྟོབས་ལྡན་གྱིས་རྐང་བ་གཉིས་ཀ་ཆུ་ནང་དུ་སྦོང་བཞིན་དེ་ལྟར་ལ་གཞན་ཤིག་ངག་ལ་བཀུག་ཆེ། ཁོ་ཚོས་ས་མཐའི་དཀའ་སྡུག་དང་ཉེན་ཁ་ཡོངས་སུ་བརྗེད་དེ "ངོ་མ་སྙན་མོ་རེད། ད་དུང་གཅིག་བླངས་ན་ཚོག་གམ" ཞེས་སྒྲོལ་མའི་ཡོང་རོགས་བུ་མོ་གཞན་ཞིག་ཡོད་པ་དེས་རྣམ་རིག་ཧེ་གསལ་དུ་སོང་ནས་དེ་ལྟར་བཤད་པ་ན། ཀུན་གྱང་འཐད་པ་བྱུང་ནས "ད་དུང་གཅིག་ལེན་རོགས" ཟེར།

སྟོབས་ལྡན་ནི་མི་ཁེངས་སྐྱུངས་བྱེད་མཁན་གྱི་རིགས་དེ་མིན་པས། ཡང་བསྐྱར་ཁ་གདངས་ནས "ཡ་ལ" ཞེས་དབྱངས་སུ་གྱེར་པ་ན། ཤེས་མེད་ཚོར་མེད་ངང་མི་སྐོར་ཞིག་ཁོ་ཚོའི་གམ་དུ་བསླེབས་འདུག

དེའི་ཁྲོད་དུ་གསར་བུ་སྐྲ་རིང་བོ་བསྐྱུར་ཡོད་པ་ཞིག་གིས་སྔོན་ལ་ཁ་གྲགས་བྱུང་། "རོང་ཕྲུག་ཁ་སེར་འདི་ཚོས་རྣ་ཐང་ཡང་ཞིང་ཚོགས་ཡིན་པར་སྙོམ་འདུག འདི་ཚོའི་སྤོབས་པ་ཆེ་བ་ལ། ད་དུང་ལ་གཞས་ངག་ལ་བཀུག་ནས་སྣང་བ་སྐྱིད་རེར་ལྟོས་དང" ཁོས་དེ་ལྟར་ཟེར་བཞིན་གམ་གྱི་མདུན་སོ་གསེར་གྱིས་ཤན་ཧེ་སེར་ལམ་ལམ་བྱེད་པའི་གསར་བུ་གཟུགས་རིང་དེའི་གདོང་ལ་བལྟས་སོང་།

སྐྱིད་སྐྱིད་ན་གཞུག་ཏུ་སྡུག་ཅིག་ཡོད་ཟེར་བ་ལྟར། གསར་བུ་དྲུག་བདུན་ཞིག་གིས

ཁོ་ཚོའི་མཐའ་ལྷུགས་རི་བཞིན་དུ་བསྐོར་འདུག་པས། སྟོབས་ལྡན་གྱི་གདོང་གི་ད་ཅིའི་འཛུམ་དེ་ཡོངས་སུ་འགྱུར་ཏེ་ངུ་ལ་ཁད་ཅིག་བྱས་འདུག སྒྲོལ་མ་སོགས་ནི་སྐྲག་ཐག་ཆོད་དེ་ཁ་ཤ་འགྱུལ་ཙམ་བྱེད་པ་ལས་ཚིག་གཅིག་ཀྱང་ངག་སྒོར་འབྱིན་མ་ཐུབ།

དེ་དུས་སྟོབས་ལྡན་གྱིས་ད་དུང་རྐང་བ་གཉིས་ཀ་ཆུ་ནང་དུ་སྦངས་ཡོད་པས། གསར་བུ་གཟུགས་རིང་དེས་སྟོབས་ལྡན་གྱི་ཐོང་གར་འཇུས་ནས་གཡས་སྐོར་ཞིག་བྱས་པ་ན། སྟོབས་ལྡན་ནི་རང་ཚུགས་ཤོར་ནས་ཆུ་ནང་དུ་ཁ་སྦུབས་སུ་འགྱེལ་སོང་། གསར་བུ་གཟུགས་ཐུང་གྱོལ་མ་ལྷིང་ཞིག་ཡོད་པ་དེས། གཤོག་ཟུང་ཆུ་ཡིས་སྦངས་པའི་བྱེ་ལེབ་ཅིག་དང་མཚུངས་པའི་སྟོབས་ལྡན་གྱི་དགོད་བྲོ་བའི་ཉམས་འགྱུར་དེ་མཐོང་མ་ཐག "རོང་ཕྲུག་ཀུན་ལ་ལྟོས་དང་། ཧ་ཧ…… ཧ་ཧ་ཧ" ཞེས་གད་མོ་བགད་བྱུང་།

ད་དུང་ལོ་ན་ཅུང་ཆུང་བའི་གསར་བུ་གཉིས་ཡོད་པས། གསར་བུ་གཟུགས་རིང་དེའི་ཁ་བཀོད་ལྟར་འཇིགས་མེད་སོགས་ཀྱི་ཁྲུག་མའི་ནང་སློང་མགོ་བཙམས། དེ་ཚོས་འཇིགས་མེད་སོགས་ཀྱི་རྡུམ་ནས་ལོ་གཅིག་གི་རི་བ་དང་དམིགས་འབེན་ཡོངས་རྫོགས་བཙོམ་རྗེས། མི་རེར་འགྲམ་ལྷུག་ཚ་ཐག་ཆོད་པ་རེ་གཞུས་ཤིང་། ཁ་ནས "ཁྱི་སྐྱུག་འདི་ཚོ" ཟེར་བཞིན་གོ་སྐམ་དང་དབྱར་རྩྭ་དགུན་འབུ་ཀྲོ་བྱེད་ཀྱི་ཏོག་ཙེ་སོགས་བྲམ་པའི་གཞུང་དུ་གཡུགས་སོང་། འཇིགས་མེད་སོགས་ནི་ཉེས་པ་ཆེན་པོ་བསགས་པའི་བཙོན་མ་ཞིག་དང་འདྲ་ལ། དགེ་རྒན་མདུན་གྱི་སྐྱོན་ལས་པའི་སློབ་མ་ཞིག་དང་ཡང་མཚུངས། ད་ནི་མགོ་བོ་བྲང་ལ་སྨད་དེ་ཁོ་ཚོས་ཅི་བྱེད་ལ་སྒུག་འདུག

གསར་བུ་དེ་ཚོས་ད་དུང་ཁོ་ཚོའི་རྐང་གི་ལྷམ་ཕུད་དེ་ལྷམ་སྒྲོག་གིས་ལྷམ་གཉིས་གཞོགས་གཅིག་ལ་སྦྲེལ་དུ་བཅུག་ཅིང་། དེ་ནས་ལྷམ་རང་རང་གི་སྙེ་ལ་བསྐོན་རྗེས། ཨོང་དོའི་མགོར་རྗོག་ཐོས་གཞུ་བཞིན་རྐང་རྗེན་དུ་ཟློག་འདེད་འདེད་བྱས་ཏེ་སོང་སོང་བ་ན། སོ་ཕག་གིས་བརྩིགས་པའི་ཁང་ཤར་ལེབ་མོ་ཞིག་མིག་ལམ་དུ་མངོན་བྱུང་། སྐབས་དེར་འབྲོག་ཁྱིམ་དེ་བ་ཚང་གི་སྒོ་ཁར་བཏགས་ཡོད་པའི་ཁྱི་རྒན་དེས། ཁོ་ཚོའི་ཕྱོགས་སུ་གསིག

འཐེན་བྱེད་ཅིང་ཟུག་སྐད་ཀྱང་བར་མེད་དུ་འབྱིན་པར་བྱེད།

11

ལོ་འདི་འགར་རྣམ་ཡུལ་ཕྱོགས་ཀྱི་རྫོང་མཁར་རེ་རེ་དང་ཡུལ་ཚོ་རེ་རེར་ངའི་རྐང་རྗེས་མ་དཔར་ས་ཕལ་ཆེར་གཅིག་ཀྱང་མེད། དེ་བཞིན་དུ་སི་ཁྲོན་གྱི་ཡིན་ཟེར་བའི་སྐད་འཚོང་མ་དེ་དག་ཀྱང་རྣམ་ཡུལ་ཕྱོགས་ཀྱི་རྫོང་མཁར་རེ་རེ་དང་ཐ་ན་ཡུལ་ཚོ་རེ་རེར་བསླེབས་འདུག བཤད་རྒྱུན་ལ་དེ་ཚོས་རྒྱང་རིང་པ་ཡུལ་གྱི་སོ་ཚོ་དང་འདྲ་བའི་གསར་མོ་ཚོར “འདི་ཝ་སྣོར་མོ་མང་། མི་ལ་གླེན་རྩུབས་ཆེ། མྱུར་དུ་ཤོག” ཅེས་བརྗོད་འཕྲིན་བསྒྲུར་བ་རེད་ཟེར། དེ་ལ་བདེན་ཤས་ཡོད་མེད་མི་ཤེས་ཀྱང་། གང་ལྟར་ས་འདིར་ན་ཞིང་དོ་ཚོགས་ལ་གཏོང་དུ་སྐག་ཚོས་བསྒྲུས་ཤིང་། ཕྱོས་བུམ་གཉིས་ཕྱི་ཝ་མདོན་པའི་སྐད་འཚོང་མ་དེ་མང་ནས་ཇེ་མང་དུ་སོང་བ་ནི་དོན་དངོས་རེད། རྣམ་ཡུལ་ས་ཆའི་གསར་བུ་མགོ་སྐྱོང་དེ་ཚོས་རྣ་ས་གཞན་ལ་བླུས་ནས་སྣོར་མོ་མང་ཙམ་རེག་བཞིན་ཡོད་པས། ཕོ་མ་རེ་ཡོད་ཚེ་འཕྲུལ་རྟ་གནམ་གྲུ་བཞིན་བསྐོར་ཏེ་རྣམ་ཡུལ་གྲོང་རྡལ་ཕྱོགས་སུ་འཕྱུར་འོང་བཞིན་མཆིས་ལ། ཕོ་ཚོ་སྒོ་ཁར་སྒྲོག་དམར་པོ་ཁྲ་ཆིལ་དགུ་ཆིལ་དུ་བཀར་ཡོད་པའི་སྐད་འཚོང་ཁང་དུ་འཐང་འགྲོ་བཞིན་མཆིས་ལ། ཕོ་ཚོས་གནས་དེ་ཝ་དགའ་མགུ་ཡིད་ཚིམས་པ་ཞིག་རོལ་རྗེས། སྣོར་མོ་སྤུར་མོ་སྤུར་མོ་བྱས་ཏེ་གཏོར་ནས་འགྲོ་བཞིན་ཡོད……

གསར་བུ་དེ་ཚོས་བུ་རབས་ཚ་རྒྱུད་ཀྱི་སྐལ་རྫོག་བཞིན་པ་ཤེས་མི་སྲིད། དེ་ལས་ཀྱང་ཚབས་ཆེ་བའི་ཉེན་ཁ་ཞིག་གིས་ཕོ་ཚོར་གཟས་ནས་ཡོང་བཞིན་པ་གཏན་ནས་ཤེས་མི་སྲིད།

ཤེས་མི་སྲིད། ཤེས་མི་སྲིད།

……

ད་ནངས་ཁུལ་མི་དམངས་སྨན་ཁང་གིས་ང་ལ་ཁ་པར་བཏང་ཡོང་སྟེ "འདི་ན་ཨེ་ཅི་འགོ་ནད་འགོས་ཡོད་པའི་འབྲོག་མོ་ཁ་ཤས་འདུག དེ་ཚོད་ཀྱིས་གོ་ཡོད་ན་ཕྱི་རུ་བསྒྲག་མི་ཉན། ཨ་ཁུ་ལོ་ལོ" ཟེར། ཨ་ཅི། ཅི་ཟེར། ཨེ་ཅི་འགོ་ནད་འགོས་ཡོད་པའི་འབྲོག་མོ། དེ་དུས་ངས་ཚགས་པར་སོགས་ཀྱི་སྟེང་དུ་སྨད་འཚོང་མར་ལུས་འབྲེལ་བྱེད་དུས་དོ་སྣང་བྱེད་ས་མང་པོ་ཞིག་བསྟན་ཡོད་པ་ཡིད་ལ་དྲན་བྱུང་། ཡིན་ནའང་བབ་ཆགས་གཞུང་དྲང་གི་འབྲོག་མོ་དེ་དག་ནི་སྨད་འཚོང་མ་ག་ལ་ཡིན། ས་འདིའི་མིང་བཏགས་ཅན་གྱི་ལས་བྱེད་མང་པོ་ཞིག་གིས་ང་ནི་ནམ་ཡང་མི་ཉེན་ཁ་ཅན་ཞིག་ཏུ་བརྩིས་ནས་འདུག་ལ། མཚམས་རེར་ད་དུང "རྣ་ཡུལ་དུ་ཁུལ་དཔོན་ལས་ཀྱང་སྒྲག་དགོས་ས་ཞིག་ཡོད་པ་ནི་ཚོད་ཡིན" ཞེས་ཀུ་རེ་དང་ཚིག་མཚོན་འདྲེས་མའི་གཏམ་རེ་བཤད་འོངས་དུས། ངས་ཀྱང་སྐད་ཆ་དེའི་ཏ་མ་གོ་ཁུལ་བྱས་ནས་བསྡད་པ་ཡིན། སྐབས་དེར་ང་འབྲོག་མོ་དེ་ཚོར་གདུང་སེམས་ཤིག་སྐྱེས་དགོས་བྱུང་། འབྲོག་མོ་ལས་ངན་དེ་ཚོ་དངོས་གནས་སྙིང་རེ་རྗེ། ངའི་ངག་ལས་དེ་ལྟར་ཤོར་རྗེས་ཡིད་ལ་གོང་དུ་གླེང་བའི་གསར་བུ་མགོ་སྐོང་དེ་ཚོ་ཡང་བསྐྱར་འཁོར་བྱུང་། འཁོར་ནས་ཀྱང་མ་གཞི་གསར་བུ་མགོ་སྐོང་དེ་དག་དང་ཨེ་ཅི་འགོ་ནད་འགོས་ཡོད་པའི་འབྲོག་མོ་དེ་ཚོའི་བར་ལ་འབྲེལ་བ་ཞིག་ཡོད་པ་ཤེས་བྱུང་། གསར་བུ་དེ་ཚོ་ནི་དངོས་གནས་མགོ་སྐོང་ཏག་ཏག་རེད། དབྱར་ཟླ་དགུན་འབུའི་རིན་པ་དཔང་ལ་ཁུར་ནས་རང་གཞན་གཉིས་ཀ་འཕུང་ལ་སྦྱོར་བའི་བྱ་སྤྱོད་དེས། ཡང་བསྐྱར་ང་ལ་འདང་རྒྱུག་གཞན་ཞིག་བསྟན་བྱུང་།

ཡིན་ནའང་། ལོ་འདི་འགར་དོན་དག་རྣམ་པ་སྣ་ཚོགས་དངོས་བརྒྱུད་གང་རུང་ནས་ངའི་སེམས་ཀྱིས་མྱུངས་ཤིང་མིག་གིས་མཐོང་ཐེངས་ཇེ་མང་དུ་སོང་བས། བདག་གི་ཚོར་བ་རྟོན་པོ་དེ་ཡང་བརྡར་ནས་རིམ་གྱིས་ཉམས་ཤིང་འཐོམ་སྤྲིད་དུ་འགྱུར་བཞིན་པ་འདྲ།

……

ཨ་ཡུལ། ཁྱོད་ཀྱིས་བདག་གི་ཚོར་བ་ཕྲོགས་སོང་།

ཨ་ཡུལ། ཁྱོད་ཀྱིས་བདག་གི་ལང་ཚོ་ཕྲོགས་སོང་།

ཨ་ཡུལ། བདག་གི་ཚོར་བ་ཕྱིར་བདག་ལ་གནང་རོགས།

ཨ་ཡུལ། བདག་གི་ལང་ཚོ་ཕྱིར་བདག་ལ་གནང་རོགས།

ཆེ་ཆུང་ལ་བལྟ་ཐབ་ཞིག་གི་སྣ་ཕྱིས་ཙམ་ལས་མེད་པའི་མཐོ་གཞོངས་ཀྱི་གྲོང་རྡལ་འདིའི་ཁང་མིག་ཆུང་ཆུང་ཞིག་ཏུ། ངས་དེ་ལྟར་ཤེད་ཀྱིས་གྱེར་བཞིན་དགུགས་རིང་ནར་ནར་འཁྱིན་དགོས་བྱུང་།

12

སྨན་ཡོངས་སུ་ཐུབ་རྗེས། གྲོད་པ་ནི་ལྟོགས་ནས་ཧ་སྐད་འདོན་བཞིན་འདུག་ནའང་། ཕྱུགས་ར་དེའི་ནང་དུ་འཇིགས་མེད་སོགས་ཀྱིས་ཕྱི་རོལ་གྱི་གྲང་ངར་སྲུང་མ་དགོས། འགྲོག་པ་ཚང་གི་བཏགས་ཁྲི་ནི་བཙོན་སྲུང་དམག་མི་ཞིག་དང་འདྲ་སྟེ། ཕོ་ཆེའི་གྲག་འགྱུལ་ལ་མཉམ་བཞག་ནས་བསྡད་འདུག ཕྱི་དྲོ་དེར་གསར་བུ་དེ་ཆོས་ཕོ་ཆེ་ཟོག་བཞིན་དེད་ནས་སོ་ཕག་གིས་བརྩིགས་པའི་ཁང་ཤར་ལེབ་མོ་དེའི་འདབས་ལ་བསླེབས་རྗེས། གསར་བུ་དེ་ཆོས་སློལ་མ་སོགས་ལོགས་སུ་བཀར་ཅིང་། འཇིགས་མེད་སོགས་ཀྱི་སྐེ་ཡི་ལྷམ "གཞུང་བཞེས" བྱས་ཏེ་ཕྱུགས་ར་འདིའི་ནང་དུ་བཙུག་པར་མ་ཟད། ད་དུང་འགྲོག་ཁྲི་རྟོལ་ཕྱུག་འདྲ་བ་ཞིག་ཕྱུགས་རའི་སྒོ་ཁར་བཏགས་སོང་། འཇིགས་མེད་དང་བསོད་ནམས་གཉིས་ཀྱིས་ནམ་ཞིག་ལ་གནས་འདི་ལས་ཐར་ཐུབ་ཨང་སྙམ་བཞིན་ཡོད་ནའང་། སྟོབས་ལྡན་གྱི་སེམས་སུ་སློལ་མ་ཁོ་ན་དྲན་བཞིན་འདུག་སྟེ། གསར་བུ་དེ་ཆོས་སློལ་མ་སོགས་གང་དུ་ཁྲིད་སོང་ངམ། སློལ་མས་ང་དྲན་བཞིན་ཡོད་དམ། དེ་ཆོས་སློལ་མར་ངན་བཙའ་སྲིད་དམ།

སྟོབས་ལྡན་གྱི་སེམས་ཁོང་དུ་དྲི་བ་སྣ་ཚོགས་དགུན་གསུམ་གྱི་ཁ་བ་བཞིན་བརྩིགས་བྱུང་།

ནམ་སྐད་དུ་འབྲོག་ཁྱི་དེས་ཚོད་ཚོད་ལ་ཟུག་སྐད་བར་མེད་དུ་འབྱིན་པས། འཇིགས་མེད་སོགས་སྐྲག་སྟེ་ལུས་ཀུམ་ཀུམ་ངང་སྡོད་པར་བྱེད། འབྲོག་ཁྱིའི་ཟུག་སྐད་ཀྱིས་དྲངས་ཡོང་བ་ནི་གསར་བུ་གཟུགས་རིང་དེ་རེད། གསར་བུ་གཟུགས་རིང་དེས་ཕྱུགས་རའི་སྒོ་ཁ་ནས་སྐེ་ནང་དུ་བསྲིངས་ཏེ་ལྷ་ཡག་ཅིག་བྱས་རྗེས "ཁྱི་སྐྱུག་ཆ་བོ། ཀང་གཅོག་མི་འདོད་ན་སེམས་ལ་གྱུག་མ་དྲན" ཞེས་བཤད་རྗེས་ཕྱིར་ལོག་སོང་།

ཕྱུགས་རའི་ཀླད་ནི་ཤེལ་སྒོས་བཀབ་ཡོད་པས། ཟོར་དབྱིབས་ཀྱི་ཟླ་བ་ཟད་པོ་དེས་རྒྱང་རིང་གི་ནམ་མཁའི་མཐོངས་སུ་ཁོ་ཚོར་ཅེར་འདུག་པ་མཐོང་ཐུབ། སྐབས་དེར་འཇིགས་མེད་ཀྱི་ཡིད་ལ་རི་མ་སྐྱ་བོའི་ནང་གི་ཕ་རྒན་དྲན་བྱུང་། ཕ་རྒན་གྱིས་ཁོ་ལ་ཆུང་དུའི་དུས་སུ་ཟླ་བ་དང་འབྲེལ་བའི་གཏམ་རྒྱུད་གང་མང་བཤད་མྱོང་། ཁོས་མཁའ་དབྱིངས་སུ་ཡུན་རིང་ཅེར་བ་ན། མཁའ་དབྱིངས་ཀྱི་ཟླ་བ་ཟད་པོ་དེ་དང་ཕ་རྒན་གཉིས་བར་མཚུངས་ཚོས་ཤིག་ཡོད་པ་རྟོགས་བྱུང་། དེ་ནི་གཉིས་ཀ་གྱུག་གྱུག་ཡིན་པ་དེ་རེད། ཁོ་རྨ་ཡུལ་དུ་ཡོང་ཁར་ཕ་རྒན་ལ་དབྱར་རྩྭ་དགུན་འབུ་བཙོས་ཚར་རྗེས། ཞིང་ཆེན་བོད་སྨན་ཁང་དུ་ལུམས་བཅོས་བྱེད་དུ་འགྲོ་རྒྱུ་ཁས་བླངས་ཡོད་མོད། ད་ནི་ཕ་རྒན་གྱི་རེ་བ་སྟོང་ཟད་དུ་མི་གཏོང་ཀ་མེད་བྱུང་བས། ནམ་རྒྱུན་ཕ་རྒན་གྱིས་ཕུས་མོའི་སྟེང་དུ་ཁུ་ཚུར་གྱིས་རྡུང་བཞིན "ཨ་ཡོ། ཨ་ཡོ" ཟེར་བའི་རྣམ་པ་དེ་ཡིད་ལ་འཁོར་བྱུང་། དེ་དུས་ཁོའི་མཐོང་ལམ་ནས་ཟླ་བ་དང་ཟླ་བ་འདྲ་བའི་ཕ་རྒན་གཉིས་ཡུན་རིང་བོར་ཡལ་རྒྱུ་མ་བྱུང་། ཁོས་རང་གི་མཁུར་ཚོས་བརྒྱུད་ནས་བཞུར་བཞིན་པའི་གཤེར་ཁུ་དེ་ཡང་ཡང་ཕྱིས།

བསོད་ནམས་ཀྱི་ཡིད་ལ་འཕྲུལ་རྟ་དེ་ལས་ཅི་ཡང་དྲན་གྱིན་མི་འདུག ཁོས་འཕྲུལ་རྟ་དམར་པོ་དེ་དྲན་པ་ན། སེམས་ཀྱི་གཏིང་ཞིག་ནས་ཟ་འཕྲུག་ལངས་ཡོང་། འཕྲུལ་རྟ་ནི་དངོས་གནས་ཅ་ལག་དགའ་ཞིག་རེད། ཁོ་འཕྲུལ་རྟར་བཞོན་ཏེ་ཡུལ་ཚོ་སྲིད་གཞུང་ཆགས་སའི་སྲང་ཤུར་དེ་རུ་ཡར་རྒྱུག་མར་རྒྱུག་ཅིག་བྱས་པ་ན། ཁ་ཡ་ན་ཟླ་ཚོས་ཁོ་ལ་ཡིད་སྨོན་

གྱིས་ཁྱིང་བའི་མིག་ཟུང་གིས་ཅེར་རེར་བལྟས་འདུག འཁྲུལ་རྩ་ཡོད་པའི་སེམས་ཁམས་ནི་འཁྲུལ་རྩ་ཡོད་མཁན་གྱིས་མ་གཏོགས་ག་ལ་ཤེས། སྐབས་དེར་ཁོས་རང་ཉིད་ས་མཐའི་ཕྱུགས་ར་ཞིག་གི་ནང་དུ་བཅུག་ཡོད་པ་ཡོངས་སུ་བརྗེད་འདུག ཁོས་རང་གི་ལག་པས་འཁྲུལ་རྩའི་ཁ་ལོ་སྒྱུར་ཁྲོལ་བྱེད་བཞིན་ཁ་ནས "ཤིར–ཤིར–" ཞེས་དབང་མེད་དུ་ཤོར་པས། སྒོ་ཁར་བདགས་ཡོད་པའི་འབྲོག་ཁྱི་དེས་ཡང་བསྐྱར་ཟུག་སྐད་འབྱིན་མགོ་བརྩམས། དེ་དུས་སྟོབས་ལྡན་གློ་བུར་འཁྲུལ་སྣང་ལས་སད་དེ་དངོས་ཡོད་ལ་ཁ་གཏོད་དགོས་བྱུང་། གམ་གྱི་འཇིགས་མེད་ཀྱིས "འདིས་འཁྲུལ་རྩ་དྲན་ནས་སྨྱོ་ལ་ཁད་བྱེད་བཞིན་འདུག" ཅེས་བཤད་པ་ན། སྟོབས་ལྡན་གྱིས "ཤི་གསོན་ཡང་མི་ཤེས་པས། ཁྱོད་ཀྱིས་རྨི་ལམ་མ་རྨི" ཟེར། གཏམ་དེས་བསོད་ནམས་ཀྱི་སེམས་ཁོང་དུ་རྒྱ་འཁྱག་ཁོར་གང་བླུགས་སོང་།

ཕྱི་ཉིན་ཞོགས་པར། འབྲོག་ཁྱིམ་དེའི་ཉ་སྙོར་ཁྱིམ་མཚེས་སོགས་ཕྱུགས་རའི་སྒོ་ཁར་རུབ་སྟེ་ཁོ་ཚོར་ལྟད་མོ་ལྟ་བཞིན་འདུག དེའི་ཁྲོད་ཀྱི་ཞྭ་མོའི་མཐའ་ལ་འཁྱིག་རས་དཀར་པོ་སྒྱུར་ཡོད་པའི་གསར་བུ་དེས། གསར་བུ་གཟུགས་རིང་དེ་ལ "རོང་ཕྲུག་འདི་ཚོའི་རྐང་པ་གཅད་དགོས" ཞེས་ཟེར་བ་ན། དེའི་ཁྲོད་ཀྱི་ལག་རྗེན་ལ་ཁེན་པའི་འབྲོག་པ་རྒན་པོ་དེས "གླེན་ཕྲུག་གན་གྱི་ཁ་ལ་ཉན་མི་ཉན། དེ་འདྲ་བྱེད་མི་རུང་" ཞེས་གསར་བུ་གཟུགས་རིང་དེར་དེ་སྐད་བཤད། ཞྭ་མོའི་མཐའ་ལ་འཁྱིག་རས་དཀར་པོ་སྒྱུར་ཡོད་པའི་གསར་བུ་དེས་ཡང་ཡང་རྒན་པོ་དེར་མིག་ལོག་གིས་ལྟ་བཞིན་འདུག དེར་བལྟས་ན་ཁོ་རྒན་པོ་དེ་ལ་དགའ་ཡི་མེད་པ་རྟོགས་ཐུབ།

སྐབས་དེར་མི་ཚོགས་ཀྱི་གསེང་ནས་གསར་བུ་ཞིག་གིས "ཀུན་འཛིགས་མེད་མིན་ནམ" ཟེར་བ་ན། ཚང་མས་མིག་ཟུང་དུས་གཅིག་ཏུ་གསར་བུ་དེའི་སྟེང་ལ་ཕྱོགས། འཛིགས་མེད་སོགས་ཀྱིས་མགོ་བོ་དགྲེ་ནས་ཕར་བལྟས་པར། གསར་བུ་དེ་ནི་རང་སྡེའི་ནོར་བུ་ཡིན་པ་ཤེས། ནོར་བུས "འཛིགས་མེད" ཅེས་འབོད་བཞིན་ཁོ་ཚོའི་མདུན་དུ་ཡོང་། ལྷང་མོ་པ་རྣམས་ཀྱིས་མཚར་སྣང་དང་བཅས་ཧ་མཐུད་དུ་ནོར་བུར་ཅེར་འདུག འཛིགས་མེད་

དང་བསོད་ནམས། སྟོབས་ལྡན་བཅས་ཀྱིས་ནོར་བུ་མཐོང་བས་དངོས་གནས་ལག་ཏུ་ནོར་བུ་ཞིག་རྙེད་པ་དང་མཚུངས་པར་དགའ་ནས་མིག་ཆུ་ཤོར་སོང་།

ནོར་བུ་དང་འཇིགས་མེད་བཅས་ནི་སྐྱེ་བ་གཅིག་གི་མི་ཡིན་ལ། ནོར་བུ་ལོ་ཏུ་མའི་སྔོན་ལ་དབྱར་རྩྭ་དགུན་འབུ་བཙོ་ཏུ་ཡོང་ནས་ས་འདིར་མག་པར་བསྡད་པ་རེད། རྗེས་སུ་ཁོས་རང་གི་བཟའ་ཚང་ཁྲིད་ནས་ཕྱིར་རང་སྐྱེ་ཏུ་ལོག་རྩིས་བྱས་མོད། གོ་ཐོས་སུ་ནོར་བུ་མག་པ་འདུག་སའི་ཁྱིམ་ཚང་དེའི་ཏུས་པ་མི་གཙང་ཟེར་བས། ཁོའི་ཕ་རྒན་གྱིས “ཁྱོད་ཀྱིས་འབྲོག་མོ་དེ་གཡུགས་ཏེ་མི་ཡོང་ན། ཕྱིར་ཕ་ཁྱིམ་དུ་ལོག་ས་མེད” ཅེས་བཤད་པས། ནོར་བུས་ཕ་རྒན་དང་བཅེ་དུངས་བར་ནས་བཅེ་དུངས་བདམས་ཏེ་འབྲོག་ཁུལ་འདིར་ལུས་པ་རེད།

ནོར་བུའི་དྲིན་ལ་འཇིགས་མེད་སོགས་ཀྱིས་དགའ་ལས་མང་པོ་སྒྲུང་མ་དགོས། ནོར་བུས་ཁོ་ཚོ་རང་ཚང་གི་ཕྱོགས་སུ་ཁྲིད་སོང་།

13

མདང་ཉུབ་ངས་ཆང་རྒྱུགས་ཐག་ཆོད་པ་ཞིག་འཕྲུངས་པས། ད་ནངས་མགོ་བོ་ན་ནས་གཟེར་ཟྲིང་ཟྲིང་བྱེད་ཀྱིན་འདུག བཙན་གྱིས་མགོ་བོ་མལ་ཁྲུལ་གྱིས་བཏུམས་ནས་སྨུ་མཐུད་དུ་གཉིད་གྲབས་བྱས་ཀྱང་། གཉིད་ཟེར་བ་དེ་ནི་དགོས་དུས་ཡོང་རྒྱུ་ཞིག་དང་མི་དགོས་དུས་མི་ཡོང་རྒྱུ་ཞིག་གཏན་ནས་མ་རེད། དེ་དུས་ངས་གྲོང་རྡལ་འདིའི་བཞི་མདོར་ཆགས་པའི་ཁ་ཆེའི་ཟ་ཁང་དེ་དྲན་བྱུང་། ཁ་ཆེའི་ཟ་ཁང་དེའི་ནང་གི་ཤ་ཁུ་བསྐོལ་བ་ངོ་མ་ཞིམ་པོ་འདུག རྒྱུན་དུ་ཆང་གིས་མགོ་བོ་ན་དུས་ང་ཟ་ཁང་དེའི་ནང་དུ་ཤ་ཁུ་འཐུང་དུ་སོང་བ་ཡིན། ཤ་ཁུ་དཀར་ཡོལ་གང་པོ་བཙན་གྱིས་འཐུངས་རྗེས། དཔྲལ་བའི་ངོས་ནས

རྟ་ལ་ཆུ་ཁྲོམ་ཁྲོམ་དུ་བཞུར་བྱུང་། རྟ་ལ་ཆུ་ཕྱི་རུ་ཇི་ལྟར་བཞུར་ན་ཆང་དུག་དེ་བཞིན་སེལ་གྱིན་ཡོད་པ་རེད་ཟེར་བ་བདེན་མིན་མི་ཤེས་མོད། འོན་ཀྱང་བདག་གི་མགོ་བོ་ན་བ་རིམ་གྱིས་བཞག་བྱུང་།

ད་ལྟ་རྒྱ་སྲང་ཀུན་ཏུ་མི་རྣམས་ཟང་ཟིང་ལང་ལོང་བྱེད་ཀྱིན་འདུག་མོད། ངས་གང་ནི་འབྲུ་རྒོན་ཡིན་པ་དང་གང་ནི་གྲོང་རྟལ་འདིའི་མི་ཡིན་པར་མཉམ་འཛོག་མ་ཐུབ། དྲང་མོར་བཤད་ན། ངས་ཡུལ་མི་དང་འདྲ་བའི་འབྲུ་རྒོན་དེ་ཚོ་བརྗེད་ནས་ཡུན་རིང་འགོར་སོང་། ལོ་ཚོས་འབྲུ་རྒོ་ཐུབ་མིན་དང་ལོ་ཚོར་མགོ་སྐོར་ཐེབས་མིན་སོགས་ནི་ང་ལ་འབྲེལ་བ་ཅི་ཡོད། ལོ་ཚོས་འབྲུ་མང་པོ་རྙེད་ཚེ་ང་ལ་སྐར་མ་གང་གི་ཕན་ཡོན་མེད་ལ། ལོ་ཚོས་འབྲུ་རྐང་གཅིག་ཀྱང་མ་རྙེད་ནའང་བདག་ལ་སྐར་མ་གང་ཡང་ཇི་ཞུང་དུ་འགྲོ་མི་སྲིད། འབྲུ་རྒོན་རྣམས་ཀྱིས་ཅི་བྱེད་ན་ཅི་བྱེད་དུ་ཆུགས། དེ་ནི་ང་ལ་དངོས་གནས་འབྲེལ་བ་ཅི་ཡང་མི་འདུག

ངས་དེ་ལྟར་ཁེར་ལབ་ཅིག་བརྒྱབ་རྗེས། རང་གིས་བཤད་པའི་སྐད་ཆ་དེར་འགྱོད་སྣང་རབ་རིབ་ཅིག་སྐྱེས།

འབྲུ་རྒོན་རྣམས་ནི་ང་ལ་འབྲེལ་བ་ཡོད་དེ། འབྲུ་རྒོན་དེ་ཚོ་ངའི་ཡུལ་མི་སྤུན་ཟླ་དང་ཅི་འདྲའི་མཚུངས་པ་ལ་ཨང་། འབྲུ་རྒོན་དེ་ཚོའི་སྟེང་ནས་ངས་རང་གི་ཕ་མ་དང་མིང་སྲིང་ཚོའི་གྲིབ་གཟུགས་མཐོང་ཐུབ་ཀྱིན་འདུག ངས་དེ་ལྟར་བསམས་པ་ན། རྒྱ་སྲང་དུ་འབྲུ་རྒོན་གྱིས་བཀང་བྱུང་། ངའི་ཕ་མ་མིང་སྲིང་ཚོས་བཀང་བྱུང་། ང་འབྲུ་རྒོན་ཚོའི་ཉེ་སར་བཙུད་ནས་ཅི་ཞིག་བཤད་བསམས་དུས། ཡང་སྙིང་ངས་ཅི་ཞིག་བཤད་དགོས་སམ། དྲི་བ་དེས་ངའི་ངག་ཁྱུགས་པར་བྱས།

དེ་དུས་མགོ་ལ་ཞྭ་མོ་དཀར་པོ་གྱོན་པའི་ཁ་ཆེ་འགའ་ངའི་མིག་ལམ་དུ་ཐོགས་བྱུང་། དེའི་ཁྲོད་ཀྱི་གཅིག་གིས་འབྲུ་རྒོན་ལོ་ཡར་གསེག་ཅིག་གི་ཕྱུ་ཕྲུང་ནང་དུ་ལག་པ་བསྒྲིངས་ཏེ་ཅི་ཞིག་བཤད་ཀྱིན་པར་བལྟས་ན། ཁོ་གཉིས་ཀྱིས་དབྱར་རྩྭ་དགུན་འབྲུའི་རིན་གོང་

གནམ་བཞིན་པ་ཤེས་ཐུབ། ཡུད་ཙམ་གྱི་རྗེས་སུ། ལོ་ཡར་གསེག་དེས་རྒྱབ་ཀྱི་ཁུག་མ་ལས་དབྱར་རྩྭ་དགུན་འབུ་བླངས་ཏེ་རྩེ་མགོ་བརྩམས། དབྱར་རྩྭ་དགུན་འབུ་བརྩེས་ནས་ཚར་རྗེས། ཁ་ཆེ་དེས་སྒོར་མོ་བརྒྱ་ཤོག་ཅན་འགའ་ལོ་ཡར་གསེག་དེར་སྟེར་བཞིན་འདུག ལོ་ཡར་གསེག་དེ་སོང་ཤུལ་དུ། ཁ་ཆེ་དེའི་གདོང་ལ་འཛུམ་ཞིག་ལང་བཞིན་གམ་གྱི་ཁ་ཆེ་གཞན་དེར་ཅི་ཞིག་ཤབ་ཤུབ་སྨྲ་བཞིན་སྒུར་དུ་ས་དེ་དང་ཁ་བྲལ་ནས་བུད་སོང་། ཁ་ཆེ་དེའི་གདོང་གི་རྣམ་འགྱུར་ལ་བལྟས་ན། དེས་ལོ་ཡར་གསེག་དེའི་མགོ་བསྐོར་ཐེབ་པ་ཆོད་དཔག་བྱས་ན་རྟོགས་ཐུབ།

ཕྱི་དྲོ་བསླེབས་རྗེས། རླུང་འཚུབ་ལྡང་མགོ་བརྩམས་བྱུང་། སྣང་བ་ཞིག་ལ་རླུང་འཚུབ་དྲག་པོས་མཐོ་གཉོངས་ཀྱི་གྲོང་རྡལ་འདི་རྩ་ནས་བཀོག་ཨེ་འགྲོ་ཨང་སྙམ་པ་ཞིག་རེད། རྒྱ་སྲང་གི་མི་ཚོགས་དང་རྩིག་དངོས་མ་ལུས་ངའི་མཐོང་ལམ་ནས་རབ་རིབ་ཏུ་འགྱུར་མགོ་ཚུགས། ངས་རྨ་ཡུལ་གྲོང་རྡལ་གྱི་བྱང་ལམ་རྟོག་པས་གཞལ་བཞིན་ཕྱིར་ཁང་མིག་ཏུ་ལོག མདུན་ཅོག་ཆག་པོ་དེའི་སྟེང་དུ་མཐུག་པོར་ཆགས་པའི་བྱེ་རྡུལ་གཙང་མར་ཕྱིས་རྗེས། ཡང་བསྐྱར་དབྱར་རྩྭ་དགུན་འབུ་དང་། དབྱར་རྩྭ་དགུན་འབུའི་རྒྱབ་ཏུ་བསྐྱངས་པའི་གནམ་རྒྱུད་དེ་དག་སྤྱོག་འདོན་བྱེད་མགོ་བརྩམས། ཕྱི་རོལ་ནས་རླུང་འཚུབ་ཝུར་ཝུར་དུ་ལྡང་བའི་སྒྲ་ངའི་རྣ་ལམ་དུ་གྲག་འོང་གིན་འདུག

14

འཇིགས་མེད་སོགས་ཀྱིས་ནོར་བུ་ཚང་ནས་ལུག་ཤ་ཚོན་པོ་ཀ་ཧོ་ར་གང་ཟོས་ཚར་རྗེས། ནོར་བུས་ཁོ་ཚོར་ཅེར་འདུག་པ་མཐོང་བས་དོགས་མི་བདེ་བ་ཞིག་བྱུང་། ནོར་བུ་ཚང་གི་སོ་ཕག་གིས་བརྩིགས་པའི་ཁང་བ་དཀར་ཞིང་གསལ་བ་དེའི་ནང་དུ། དེང་རབས་ཀྱི་

འཕྲུལ་ཆས་མིང་ཐོགས་པ་དང་མིང་མི་ཐོགས་པ་མང་པོས་བཀང་འདུག ཕོ་ཚོས་ཁྱིམ་ལ་སྐོར་ལྟ་བྱེད་བཞིན་གདོང་ལ་ངོ་མཚར་བའི་ཉམས་ཀྱིས་ཁེངས་ཡོད་པའི་རྣམ་པ་དེ་ནོར་བུས་མཐོང་བས། སེམས་པ་དྲོད་ལམ་ལམ་དུ་གྱུར།

ནོར་བུས "ངེད་ཚང་གི་རྩ་ར་གཞན་ལ་སླས་ཟིན་པས། ད་ནི་ང་ལ་དབང་ཆ་ཅི་ཡང་མེད། ཡིན་ནའང་ཁྱོད་ཚོས་དབྱར་རྩ་དགུན་འབུ་བསྐོ་འདོད་ན། ངས་འབུ་དཔོན་ལ་བཤད་ཚོག དབྱར་རྩ་རེར་སྐོར་གསུམ་བྱིན་ཆེ། ས་རིན་སྤྲོད་མི་དགོས་ཟེར། ཁོས་དེ་ལྟར་བཤད་རྗེས་ད་དུང་ཁ་སྣོན་གྱི་ཚུལ་དུ" ཡིན་ནའང་དབྱར་རྩ་དགུན་འབུ་བརྐུ་བའམ་སྦ་མི་ཉན། དེ་ལྟར་བྱས་ན་གླ་ཕོགས་སྐར་གང་ཡང་མེད་པར་མ་ཟད། ད་དུང་གཅར་རྡུང་ཡང་བྱེད་ངེས "ཟེར།

ནོར་བུས་བཤད་པ་ནི་བདེན་པ་ཡིན་ཏེ། ལོ་འདི་འགར་འཁྲུག་པ་ཚོས་རང་རང་གི་རྩ་ར་སྦྱིན་བདག་ཡིན་ཟེར་མཁན་སྐོར་ཞིག་ལ་སླས་ཡོད་པས། ཕོ་ཚོར་དངོས་གནས་དབང་ཆ་ཏིལ་འབྲུ་ཙམ་ཡང་ཡོད་པ་མ་རེད། སྦྱིན་བདག་ཡིན་ཟེར་མཁན་དེ་ཚོར་འབུ་སྐོན་ཚོས "འབུ་དཔོན" ཞེས་འབོད།

ཁ་སང་གི་ལུག་ཤ་ཆོན་པོ་དེ་ཟོས་པས་ཡིན་ནམ། གང་ལྟར་འཇིགས་མེད་སོགས་ཀྱི་གདོང་ལ་དམར་མདངས་ཤིག་རྒྱས་འདུག ནོར་བུས་ཕོ་ཚོར་རེ་བ་གསར་བ་ཞིག་སྦྱིན་པས། ཕོ་ཚོས་ས་མཐའ་ནས་ནོར་བུས་རོགས་སྐྱོར་གནང་བར་སྙིང་ཐག་པ་ནས་ཐུགས་རྗེ་ཆེ་ཞུ་བཞིན་ཡོད།

རྒྱང་ནས་བལྟས་ཆེ། རི་ལ་ཐང་མེད་པར་ཉི་འོད་ཀྱིས་བགྲུས་ནས་སྣུམ་ཤིག་ཤིག་བྱེད་ཅིང་། སྣུམ་ཤིག་ཤིག་གི་རྩ་ཐང་རྡིལ་བོར་འབུ་སྐོན་རྣམས་ནི་ཐང་མ་ས་ལ་བརྡལ་བ་དང་འདྲ་བར་ནག་གྲིག་གྲིག་བྱེད། དེའི་ཁྲོད་དུ་འཇིགས་མེད་དང་བསོད་ནམས། སྟོབས་ལྡན་གསུམ་པོ་ཡང་འདུས། མཚམས་མཚམས་སུ་འབུ་དཔོན་ཚང་གི་གསར་བུ་འགས་ཕོ་ཚོར་ལྟ་སྐུལ་བྱེད་ཀྱིན་འདུག འབུ་སྐོན་རྣམས་ཀྱིས་དེ་ཚོར་འབུ་སྲུང་ཞེས་འབོད། འབུ་སྲུང་ཚོས་རྐེད་ལ་འཁྲིན་སྲུང་འཕྲུལ་ཆས་བཏགས་ནས་སྐོར་སྐྱོད་བྱེད་ཀྱིན་འདུག འཇིགས་

མེད་སོགས་ཀྱིས་རྩྭ་གསེང་ནས་དབྱར་རྩྭ་དགུན་འབུ་ཤིག་འཚོལ་འཚོལ་བྱེད་མགོ་བརྩམས། ལོ་ཚོའི་མདུན་ལམ་ཡང་བསྐྱར་རྩྭ་གསེང་ནས་རྒྱང་དུ་འོད་ལམ་མེར་འཕྱེན་འདུག ཁང་བ་སོ་མ་དང་འཕྲུལ་རྟའི་ཕྱོགས་སུ་འཕྱེན་འདུག་ལ། ད་དུང་ཞིང་ཆེན་པོད་ སྔན་ཁང་དུ་འཕྱེན་འདུག

ད་ལྟ་དབྱར་ཟླ་ལྔ་པ་ཇོགས་ལ་ཉེ་བས། དབྱར་རྩྭ་དགུན་འབུ་ཡང་མང་པོ་བཀྲ་རྒྱུ་མི་འདུག ཕྱི་དྲོའི་དུས་སུ་འབུ་དཔོན་གྱིས་འབུ་རྐོན་རྣམས་ཕྱོགས་གཅིག་ཏུ་བསྡུས་ཏེ་དབྱར་རྩྭ་དགུན་འབུ་སྡུད་མགོ་བརྩམས་བྱུང་། འབུ་དཔོན་གྱི་མངགས་བཀོད་ལྟར་འབུ་སྲུང་ཚོས་དོགས་ཡོད་རྣམས་ཀྱི་ལྭ་བའི་བྲང་ཁུག་དང་ཐ་ན་ལྷམ་གྱི་ནང་དུའང་སྟོག་པར་བྱེད། ཡིན་ནའང་ལོ་ཚོས་ཅི་ཡང་རྙེད་མ་བྱུང་། ལས་ཀ་ཚང་མ་བདེ་བླག་དང་གྲུབ་རྗེས། འབུ་དཔོན་གྱིས་དགོང་འཚལ་འཁྱུང་བའི་བཛ་བརྒྱབ་པ་ན། ཚང་མའི་ལག་ཏུ་ལྷུགས་ཀྱི་དཀར་ཡོལ་རེ་ཐོགས་ཤིང་། དེའུ་འབུར་ཞིག་གི་གཤམ་དུ་ཕུབ་ཡོད་པའི་རས་གུར་དེའི་ཕྱོགས་སུ་འཚང་ཁ་ཤིག་ཤིག་གིས་འགྲོ་བཞིན་འདུག

དགོང་འཚལ་འཁྱུངས་ཚར་རྗེས། ལག་འབབ་ཅུང་བཟང་བ་རྣམས་ཀྱིས་ཤོག་ཕེ་རྩེས་ཏེ་ཕམ་པའི་སྒོར་མོ་རྣམས་གཞུང་ལ་བསྡུས་ཤིང་། འབུ་དཔོན་ཚང་གི་ལག་ནས་ཨ་རག་ཉོས་ཏེ་ཕན་ཚུན་མཇུབ་མོ་འཕངས་ནས་སུ་རྒྱལ་སུ་ཕམ་རྩོད་པར་བྱེད་ལ། ལག་འབབ་མི་བཟང་བ་རྣམས་ཀྱི་གདོང་ལ་སྨིན་མདོག་ཅིག་ཤར་ནས་དུ་བ་སྦོ་ལྡོག་ལྡོག་གཏོང་བཞིན་དབུགས་རིང་ནར་ནར་འབྱིན་པར་བྱེད། འཇིགས་མེད་དང་བསོད་ནམས། སྟོབས་ལྡན་གསུམ་པོ་ནི་དབུགས་རིང་ནར་ནར་འབྱིན་མཁན་ཚོའི་ཁྲོད་དུ་འདུག ལོ་ཚོར་ཁག་མེད་དེ། འཇིགས་མེད་ཀྱི་དེ་རིང་གི་ལག་འབབ་ནི་སྒོར30དང་། བསོད་ནམས་ཀྱི་ཡོང་འབབ་སྒོར25སྟོབས་ལྡན་གྱི་ཡོང་འབབ་སྒོར18བཅས་ལས་མེད་པས། ཕན་ཚུན་སྨྲ་བ་མེད་པར་ཁུ་སིམ་མེར་ལུས་འདུག

ཉིན་མོ་གསར་བ་ཞིག་ཡང་བསྐྱར་ཤར་རིའི་རྩེ་ནས་ཡར་འཕགས་པའི་ཉི་གཞོན་

སྒོར་མོ་དང་མཉམ་དུ་རྩྭ་ཐང་གི་གཞི་ནས་མགོ་བརྩམས་བྱུང་། འབུ་རྐོན་རྣམས་རས་ཀྱང་ཆེན་པོ་དེ་ལས་སྒོར་བུད་རྗེས་སྤུ་གཞུག་རྫོང་པ་ལྟར་རྩྭ་ཐང་གི་ངོས་ཡོངས་སུ་ཁྱབ། ཡིན་ནའང་དབྱར་རྩྭ་དགུན་འབུ་ནི་ཕྱིར་ས་འོག་ཏུ་འཛུལ་བ་ལྟར་ཇེ་ཉུང་ནས་ཇེ་ཉུང་ཡིན་པས། གདོང་ལ་འཛུམ་གྱིས་ཕྱུག་པའི་འབུ་རྐོན་ཡང་དེ་བཞིན་ཇེ་ཉུང་ནས་ཇེ་ཉུང་རེད།

"དབྱར་རྩྭ་དགུན་འབུ་ཀང་གཅིག་ལ་སྒོར་གསུམ་རེ་བྱས་ན་ངོ་མ་ཉུང་འདུག" བསོད་ནམས་ཀྱིས་འཇིགས་མེད་ལ་དེ་ལྟར་བཤད་པ་ན། འཇིགས་མེད་ཀྱི་གདོང་ལ་ཞ་ཐུག་པའི་ཉམས་ཤིག་ཤར་ཏེ "ད་ནི་ཐབས་བཀོད་ཅི་ཡོད། ཡིན་ནའང་ལམ་སྣ་ཞིག་ཡིན་ཀྱང་ཨེ་ཡོང་ལ་བལྟ་དགོས" ཞེས་བཤད་རྗེས་སུ་མཐུད་དུ་རྩྭ་གསེང་ལ་ཅེར། སྟོབས་ལྡན་གྱིས་བསོད་ནམས་ལ "ཏུར་བརྩོན་བྱེས་ལ་བསྐོས་དང་། བྱི་ལ་ལོང་བ་བྱི་བ་ལོང་བར་ཐུག་པ་རེད" ཅེས་རྩེད་མཆར་དང་བཅས་བཤད་པ་ན། འཇིགས་མེད་ཀྱི་གདོང་ལ་འཛུམ་ཞིག་མངོན་བྱུང་། ཡིན་ནའང་བསོད་ནམས་ཀྱིས་ཅི་ཞིག་ལ་འདང་བརྒྱབ་ནས་བསྡད་འདུག

བསོད་ནམས་ཀྱིས་ཁོག་རྩིས་ཤིག་བརྒྱབ་པ་ན། ད་ནི་ཉིན་ཁ་ཤས་ལས་མི་འདུག་པས། ཉིན་རེར་མང་རྩིས་བརྒྱབ་ན་སྒོར་སུམ་ཅུ་ལས་ལེན་མི་ཐུབ་ལ། སྒོར་སུམ་ཅུ་པོ་ཉིན་བཅུ་ལ་བསྒྱུར་ན་སྒོར་མོ་སུམ་བརྒྱ་རེད། སྒོར་སུམ་བརྒྱ་ནི་ཆ་ཡུལ་ནས་ཕ་ཡུལ་བར་གྱི་ལམ་སྣ་རེད། ཁོས་དེ་ལྟར་རྩིས་བརྒྱབ་ཚེ། ད་ཐེངས་དབྱར་རྩྭ་དགུན་འབུ་བཀོ་རུ་ཡོང་བ་ནི་ཡོང་སྒོ་ལས་འགྲོ་སྒོ་ལྷག་འགྱུར་གྱིས་མང་བའི་རྗེབ་ཚོང་ཞིག་ལས་ཅི་ཡང་མིན། ཁོའི་སེམས་སུ་ཡུལ་ནས་ཡོང་ཁར་ཁྱེར་ཡོང་བའི་སྒོར་མོ་དང་། ཁ་སང་གི་ཡོང་འབབ། དངུལ་སྣེ་ལམ་ཁྲིད་ཀྱི་འཕྲུལ་ཧྲ་བཅས་རེས་མོས་སུ་འཁོར་ཚེ། ཐབས་བཀོད་གཅིག་ལས་མེད་དེ། དེ་ནི་ཉིན་རེར་རྙེད་པའི་དབྱར་རྩྭ་དགུན་འབུ་ལས་ཉུང་ཉུང་བྱས་ནའང་ཀང་ལྔ་རེ་སློག་ཏུ་མ་སྤྲས་ན། ད་ནི་དངོས་གནས་སྙིང་པོ་ཅི་ཡང་མི་འདུག་སྙམ་བྱུང་།

དགོང་ཁའི་ཉི་ཟེར་ནུབ་ཕྱོགས་རྫ་རི་མཐོན་པོའི་ཁོང་དུ་སྡུད་ལ་ཉེ་དུས། རྡོ་ཕ་བོང་ཁེར་རྐྱང་ཞིག་འགྱིང་ངེར་འདུག་པའི་ཞོལ་གྱི་ཁུགས་སོ་དེ་རུ་མི་མང་པོ་ཞིག་ཚུབ་འདུག

འཇིགས་མེད་ཀྱང་དེའི་ཉེ་སར་བཏུད། མ་གཞི་བསོད་ནམས་ཀྱིས་རང་གིས་བཀོས་པའི་དབྱར་རྔ་དགུན་འབུ་ལས་ཆང་ལྷ་སྤང་ལེབ་ཅིག་གི་འོག་ཏུ་སྦ་སྐབས། འབུ་སྲུང་ཚོས་མཐོང་ནས་བསོད་ནམས་ལ་གཅར་རྡུང་བྱེད་ཀྱིན་འདུག བསོད་ནམས་ཀྱི་མིག་གོང་སྔོན་པོར་གྱུར་ནས་ཕ་རོལ་པོར་ཡང་ཡང་ཞུ་བ་བྱེད་ཀྱིན་འདར་སིག་སིག་བྱེད། དེ་དུས་སྟོབས་ལྡན་ཡང་འཇིགས་མེད་ཀྱི་གམ་ལ་བསྙེབས། འཇིགས་མེད་ཀྱིས་བར་བཤོལ་རྩིས་བྱས་པ་ན། ཕ་རོལ་པོས་འཇིགས་མེད་ཀྱི་ཕོ་བའི་སྟེང་རྡོག་རྡོས་གཞུས་ཤིང་། དེར་མཐུད་ནས་མིག་གོང་དུ་ཁུ་ཚུར་རྡེ་ལོག་འདྲ་བ་ཞིག་བརྒྱབ་པས། དེར་ཡོད་ཀྱི་མི་རྣམས་ཀྱིས་གཅིག་གིས་གཅིག་ལ་བལྟས་ནས་ཕྱི་བཤོལ་བྱས། ད་ལྟ་ལོ་གསུམ་པོ་རང་ཤུགས་སུ་མི་ཚོགས་ཀྱི་སྟུན་ལ་བུད་འདུག ཚུལ་དེ་མཐོང་བས་སྟོབས་ལྡན་གྱིས་ད་ཅི་འཇིགས་མེད་ཀྱི་ཕོ་བའི་སྟེང་རྡོག་རྡོས་གཞུས་མཁན་གསར་བུ་ཁེངས་ཉམས་ཅན་དེའི་མིག་གོང་དུ་ཡོ་གཟུར་མེད་པར་ཅལ་སེ་བརྒྱབ་སོང་། དེ་དང་བར་ཐག་ཙུང་ཟད་ཡོད་པའི་གསར་བུ་སྒྲ་ལོ་སེར་པོར་བསྒྱུར་འདུག་པ་དེས "ཨ་བ་ཨ་མ། ད་ཏུང་ར་ལག་འགྱུལ་ཀྱིན་འདུག" ཟེར་བཞིན་སྨྱོན་པ་ལྟར་བརྒྱུགས་ཡོང་ནས་སྟོབས་ལྡན་གྱི་འདོམས་བར་དུ་རྡོག་རྡོ་ཞིག་གཞུས་པས། སྟོབས་ལྡན་གྱི་ལག་པས་འདོམས་སྐྱོར་བཞིན་ཐང་དུ་འགྲེ་ལོག་བརྒྱབ་སོང་། སྐབས་དེར་འབུ་དཔོན་བསྙེབས་བྱུང་། འབུ་དཔོན་གྱིས་ལག་བརྡ་ཞིག་བསྟན་པ་ན། སྟག་འདྲ་གཟིག་འདྲའི་གསར་བུ་འགགས་ཁོ་གསུམ་པོའི་ལག་གི་དབྱར་རྔ་དགུན་འབུ་དང་སྣོར་མོ་ཡོངས་རྫོགས་བཙན་གྱིས་ཕྲོགས། འབུ་དཔོན་གྱིས "ཁྲི་རྐུན་འདི་དག་མྱུར་དུ་གང་ནས་ཡོང་ན་དེར་བདའ་བར་གྱིས" ཞེས་བཙན་གདམ་འབྲུག་སྒྲ་ལྡིར་འདྲ་ཞིག་བཤད་རྗེས། གཞན་རྣམས་ལ "དབྱར་རྔ་དགུན་འབུ་བཀུས་སྣུམ་བྱེད་མཁན་ཡོད་ན་འདིའི་རང་བཞིན་ཡིན" ཟེར་བས། གཞན་རྣམས་ནི་རང་རང་སར་ཐོར་སོང་།

འཇིགས་མེད་སོགས་ཀྱི་སེམས་ལ་སྐྱོན་ནི་རང་གིས་ལས་པ་ཡིན་པས། ཕྱིར་ནོར་བུ་བཅལ་དུ་འགྲོ་སྲོལ་ག་ལ་ཡོད་སྙམ། ལོ་ཚོ་མདུན་དུ་སྐྱོད་བཞིན་ཡོད་ནའང་། ད་ནི་ཁ

ཕྱོགས་ཀྱང་པོར་བརྣག་ཐེབས་འདུག་པས། གང་ནི་ཤར་དང་། གང་ནི་ལྷོ། གང་ནི་ནུབ། གང་ནི་བྱང་ཡིན་པར་གདེང་ཚོད་ཅི་ཡང་མེད། ཕོ་ཚོ་སུ་མཐུད་དུ་གདེང་ཚོད་ཅི་ཡང་མེད་པའི་ངང་ནས་མདུན་དུ་སྐྱོད་བཞིན་མཆིས། གཡས་གཡོན་མདུན་རྒྱབ་ཡོད་ཚད་སྨུག་གིས་བཟུང་ནས་ཕན་ཚུན་གྱི་ངོ་གདོང་ཡང་མཐོང་ཐབས་བྲལ་བའི་ཚད་ལ་བསླེབས་འདུག རྒྱང་རིང་རྒྱང་རིང་གི་གནམ་སའི་མཚམས་སུ། རི་སྤྱང་གིས་ངུད་མོ་བྱེད་པའི་སྒྲ་ཞིག་ཀྱང་རྣ་ལམ་དུ་ཁད་ཀྱིས་འཁོར་ཡོང་།

15

ཁ་དཔེར་བོས་ན་ཨ་ལན་མེད་ན་ལྐུགས་པ་དང་། ཟས་ལ་ཟས་ལན་མེད་ན་ཁྲེལ་མེད་ཡིན་ཟེར་བ་ལྟར། རྒྱུན་དུ་གཞན་གྱིས་མགྲོན་བྱས་པ་ཟ་བ་ལས་གཞན་ལ་མགྲོན་བྱས་པ་ཞིག་མི་དྲན་པས། དེ་རིང་སྔ་དྲོ་ནས་རྡོ་རྗེ་དང་ཚེ་རིང་གཉིས་ལ་ཁ་པར་བཏང་སྟེ་ཉིན་གུང་ངས་མགྲོན་བྱ་རྒྱུ་ཡིན་པས། ངེས་པར་ཡོང་དགོས་ཞེས་བཤད་པ་ན། དེ་གཉིས་ཀྱིས “ཡ་ཡ” དང “ཡོ་ཡོ” ཟེར་བར་བལྟས་ན། ངས་མགྲོན་ཞིག་ཇེ་བྱེད་ལ་སྨུག་འདུག་པ་དང་འདྲ། ཉིན་གུང་ངས་འབྲི་འཁྱོར་ལུས་པའི་རྩོམ་ཡིག་དེ་འཐེན་སྣམ་ནང་བཅུག་རྗེས། ཐད་ཀར་སེ་ཁྲོན་གྱི་སྤོ་ཚལ་ཟ་ཁང་དེ་གཟས་ནས་སོང་།

ང་ཚོ་སྐེའུ་ཁྲུང་གི་ཁ་གཏད་ཏག་ཏག་ན་ཡོད་པས། ཕྱི་རོལ་གྱི་ཉི་འོད་སྒྲོག་ཅེའི་སྟེང་འཁྱོས་འདུག ངས་ཆང་དཀར་གོང་ཆེན་རྒྱ་མ་དོ་བླངས་རྗེས་ཕན་ཚུན་མཇུབ་མོ་འཕེན་རེས་བྱེད་སྐབས། ངའི་མདུན་ཐད་ཀྱི་སྒྲོག་ཅེ་སྟེང་གི་ཉི་འོད་གློ་བུར་དུ་ཅི་ཞིག་གིས་བསྒྲིབས་སོང་། ངས་ཟས་ཟ་ཞོར་ཉི་འོད་ལོངས་སུ་སྤྱོད་ཕྱིར་ཆེད་དུ་སྒྲོག་ཅེ་འདི་བདམས་པ་ཡིན་པས། ལག་གི་ཐུར་མས་ཤེལ་སྒོ་རྟུང་བཞིན་ཏྲ་མའི་ཕྱི་རོལ་ཏུ་ལངས་འདུག་པའི་

མི་དེ་ལ "ཕར་སོང་ཞིག" ཅེས་བཤད་པ་ན། མི་དེའི་ཁ་ཚུར་འཁོར་བྱུང་། སྒྲང་པོ་ཞིག་དང་འདྲ་བའི་མི་དེས་ང་མཐོང་བས། ཕར་ལ་འགྲོ་རྒྱུ་ཕར་ཞོག་ལྡོག་སྟེ་ང་ལ་ཅེར་ནས་འདུག ང་རང་གི་ཚོར་བ་བརྟག་མཁན་གྱི་མི་དེའི་སྟེང་ལ་སྙིང་ལངས་འོངས། ངས་དྲ་མའི་ནང་རོལ་ནས་ཕ་རོལ་པོར་མཛུབ་མོ་གེར་ནས་ཡང་བསྐྱར "ཕར་སོང་ཞིག" ཅེས་བཤད་ཚེ། མི་དེས་ང་ལ་ཅེར་ནས་ངུ་སྐད་བཏོན་བྱུང་། ཅི་འདྲའི་མི་སྙིང་ལངས་སྤྱད་ཅིག་དེ་དུས་ངའི་གམ་གྱི་ཚེ་རིང་དང་རྡོ་རྗེ་གཉིས་ཀྱང་ཁྲོས་བྱུང་བ་འདྲ། ཚེ་རིང་གིས་རྒྱ་སྐད་ཀྱི་ལམ་ནས "滚开“(ཕར་སོང་ཞིག) ཟེར་བ་ན། མི་དེའི་ངུ་སྐད་སྔར་ལས་ཀྱང་ཇེ་ཆེར་གྱུར། ངས་ཞིབ་ཏུ་བལྟས་ཚེ་མི་དེ་ནི་ཆ་ཡོད་ཅིག་ཡིན་པའི་སྣང་བ་སྐྱེས། མི་འདི་སུ་ཡིན་ནམ། ངས་མི་དེ་སུ་ཡིན་པ་གསལ་པོ་ཞིག་མི་ཤེས། མི་དེས་ང་ལ་བལྟས་ནས་ཁ་མུར་མུར་བྱེད་ཀྱིན་འདུག་མོད། བར་དུ་ཤེལ་སྒོས་བཅད་ཡོད་པས་ངས་ཁོའི་སྐད་གོ་ཐབས་མི་འདུག སྐབས་དེར་མི་དེ་ངའི་མཐོང་ལམ་ནས་ཡལ་ཏེ་ཙུང་མ་འགོར་བར་ང་ཡོད་སའི་ཟ་ཁང་ནང་དུ་བསླེབས་བྱུང་།

"ཕུ་བོ། ཕུ་བོ། ང་ཡིན་ཡ" མི་དེས་མགྲིན་པ་རྔོང་བཞིན་ངུས་བྱུང་བས། ད་ནི་ངས་གསལ་པོར་ཤེས་སོང་། མི་དེ་མ་གཞི་ངས་ངེས་པར་ཤེས་དགོས་རྒྱུ་ཞིག་ཡིན་པས། ངས་ཁོ་མ་ཤེས་པར་ངོ་ཚ་ཞིག་སྐྱེས་བྱུང་། ཡིན་ནའང་། ཁོ་ནི་དངོས་གནས་འགྱུར་འདུག་སྟེ། ལུས་ནི་རིད་པོར་གྱུར་འདུག་ལ། མིག་གོང་དུ་ད་དུང་སྔོ་ཐིག་ཅིག་ཀྱང་བབས་ཡོད་པས་ང་ལའང་ཁག་ཅི་ཡོད། ངས་ཁོང་ངའི་གམ་གྱི་རྐུབ་སྟེགས་སྟེང་ཙོག་ཏུ་བཙུག་པ་ན། ཁོས "ཁྱོད་ཀྱིས་འདི་ན་ཅི་ཞིག་བྱེད་བཞིན་ཡོད། ནམ་ཡོང་བ་ཡིན" ཟེར། ངས "ང་འདི་ན་བསྡད་ཡོད། ཁྱོད་འདིར་ཅི་ཞིག་བྱེད་དུ་ཡོང་བ་ཡིན" ཞེས་དྲིས་རྗེས། སེམས་ལ་ཁོ་འདིར་དབྱར་རྩྭ་དགུན་འབུ་བཙོང་དུ་ཡོང་བ་བལྟས་ན་ཤེས་པས། དྲི་བ་དེ་ནི་ལྷག་མ་ཞིག་ཡིན་པ་འཕྲལ་མར་རྟོགས་སོང་། ཁོས་མཐུད་ནས "ཕུ་བོ་ཁྱོད་ཟི་ལིང་དུ་ཡོད་པ་མིན་ནམ། ཨ་ཁྲུས་ད་དུང་ངའི་བུ་ཟི་ལིང་ན་ཡོད་ཅེས་ངོམ་སོ་བྱེད་ཀྱིན་འདུག ཁྱོད་ཀྱིས་སློབ་ཞིག་ལས་པ

མིན་ནམ" ཞེས་ང་ལ་སེམས་ཁྲེལ་བྱེད། ཚེ་རིང་དང་རྡོ་རྗེ་གཉིས་ཀྱིས་ངེད་སྤུན་གཉིས་ཀྱི་ཁ་བརྡར་ཉན་འདུག ངས "ཁོ་ནི་ངའི་ཕ་སྤུན་གྱི་བུ་བོ་ཡིན་ལ། མིང་ལ་འཇིགས་མེད་ཟེར" ཞེས་གམ་གྱི་ཚེ་རིང་དང་རྡོ་རྗེ་གཉིས་ལ་མཚམས་སྦྱོར་བྱས། བུ་བོས་ངའི་མགྲོན་པོ་གཉིས་ལ་འཛུམ་ཙམ་བསྟན་རྗེས་ཚེ་རིང་གི་གདོང་ལ་ཅེར་ནས "མི་འདི་ངས་གང་ཞིག་ནས་མཐོང་མྱོང་བ་འདྲ" ཟེར། ངས་བུ་བོ་ལ "མི་རིག་འདྲ་མང་བས་འཁྲུག་སྲིད" ཅེས་བཤད། བུ་བོས་ད་དུང་ཚེ་རིང་གི་གདོང་ལ་ཅེར་ནས་འདུག ཁོས་གློ་བུར་དྲན་པ་སོས་པ་བཞིན "ངའི་ཡོང་རོགས་ལ་བསོད་ནམས་དང་སྟོབས་ལྡན་གཉིས་ཀྱང་ཡོད" ཟེར། ངས "དེས་ན་ཁྱོད་སོང་ལ་བོས་ཤོག" ཅེས་བཤད་རྗེས། ཚེ་རིང་དང་རྡོ་རྗེ་གཉིས་ལ་ཆང་གང་རེ་བཞག ཚེ་རིང་གིས་ཁོ་ལ་ད་དུང་དོན་དག་ཅིག་ཡོད་པས་འགྲོ་རྒྱུ་ཡིན་ཟེར་བཞིན་ཡར་ལངས་བྱུང་བས། རྡོ་རྗེས་ཀྱང "གནས་སྐབས་སུ་དེ་བྱ། རྗེས་མར་ད་དུང་ཁོམ་པ་ཡོད་སྲིད། དེ་རིང་ཁྱེད་སྤུན་ཟླ་ཚོས་ཁ་བརྡ་ཐོས" ཟེར།

ཚེ་རིང་དང་རྡོ་རྗེ་གཉིས་བཀག་ཀྱང་མ་ཁོགས་པར་སོང་རྗེས། འཇིགས་མེད་སོགས་ཟ་ཁང་དུ་སླེབས་བྱུང་།

མཚན་མོ་དེར་ང་ཚོ་ངའི་མལ་ཁང་ཆུང་ཆུང་དེའི་ནང་དུ་བཙིར་ནས་འདུག་ཐབས་བྱས། དེ་དུས་ཁོ་ཚོས་ང་ལ་གོང་གི་གཏམ་རྒྱུད་དེ་དག་གླེང་བྱུང་། ཁོ་ཚོས་རང་རང་གི་གཏམ་རྒྱུད་གླེང་སྐབས་ཀྱི་གདོང་གི་རྣམ་འགྱུར་དེ་ངའི་སེམས་ལ་ཐོགས་ཤིང་། དེས་ངའི་ཞག་གཅིག་གི་གཉིད་ཀུན་ནས་བརྐུས་སོང་། དེ་དུས་ཁོ་ཚོས་སྤུར་བ་འཁྲུན་པ་བཞིན་དུ་འཐེན་འོངས།

ཕྱི་ཉིན་སྔ་མོ་ངས་ཁོ་ཚོར་རླངས་འཁོར་གྱི "འཛིན་བྱང་ཉོས་ཏེ་ལམ་འཇུག་བྱས་པ་ཡིན། བུ་བོ་དང་བསོད་ནམས་གཉིས་རླངས་འཁོར་ནང་བུད་རྗེས། སྟོབས་ལྡན་གྱིས་ད་དུང་ཡར་ལྟ་མར་ལྟ་བྱེད་པར་བལྟས་ཚེ། ཁོས་སྒྲོལ་མ་སོགས་ཨེ་མཐོང་ལ་ལྟ་བཞིན་པ་འདྲ་མོད། ངས་ཁོ་ལ་ཅི་ཡང་མ་དྲིས། རླངས་འཁོར་འགྲོ་ལ་ཉེ་སྐབས། ངས་བུ་བོའི་ལག་ཏུ་སྒོར་མོ་ལྔ་བརྒྱ་བཞག་

ནས" ལམ་དུ་སེམས་ཆུང་ངོས། སེམས་ཁུར་མ་བྱེད། མི་ལ་སྐྱོན་མ་བྱུང་ན་སྣོར་མོ་ཡུན་གྱིས་བཙལ་ཚོག "ཅེས་བཤད་པ་ན། ཕོ་ཚོའི་གདོང་ལ་སྐྱོ་འཇུམ་ཞིག་མངོན་ཞིང་ཆ་ངས་འཁོར་གྱི་སྣེའུ་ཁུང་ལས་ངའི་ཁྱོགས་སུ་ལག་ཟུང་གཡུག་གཡུག་བྱེད་བཞིན་རྒྱང་དུ་ཡལ་སོང་།

མཇུག་གི་གཏམ།

ངས་རྩོམ་ཡིག་འདི་བྲིས་ཏེ་མཇུག་རྫོགས་ལ་ཉེ་དུས། རྒྱང་རིང་གི་ཟྭ་ལིང་ནས་མགོ་ཁྲིད་ཀྱིས་ང་ལ་ཁ་པར་བཏང་ཡོང་སྟེ "ཁྱོད་ཀྱིས་བྲི་རྒྱུའི་གསར་འགྱུར་མི་འབྲི་བར། མི་དགོས་པའི་ཉ་ཉོག་དེ་དག་བྲིས་ནས་ཅི་བྱེད། ང་ཚོ་རྩོམ་སྒྲིག་ཞུ་ཡོན་ལྷན་ཁང་གིས་གྲོས་བྱས་མཐར། ཁྱོད་ཕྱིར་འཐེན་བྱ་རྒྱུར་འཆམ་བྱུང་། སང་ཉིན་ཟྭ་ལིང་དུ་ཡོང་དགོས། ཁྱོད་ཀྱི་ཁ་མལ་དུ་ད་ལོ་གསར་དུ་ཡོང་བའི་གསར་བྱུ་རེ་བ་ཅན་ཞིག་མངག་རྒྱུ་ཡིན" ཞེས་བཤད་རྗེས་ཁ་པར་གྱི་སྒོ་གཏན་བྱུང་།

ང་རྨ་ཡུལ་གྱི་སྒྲིག་ལམ་དང་མགོ་ཇ་མེད་པའི་འཚོ་བར་ཡུན་གྱིས་ལོབས་ཀྱིན་པས་ཡིན་ནམ། ཡང་ན་རྨ་ཡུལ་གྲོང་རྡལ་གྱི་འདས་པའི་སྐྱོ་ལ་སྡུག་པའི་གཏམ་རྒྱུད་དེ་དག་གིས་བདག་ལ་ན་ཟུག་གི་ཚོར་བ་ཞིག་སྦྱིན་པས་ཡིན། གང་ལྟར། གྲོང་རྡལ་འདི་དང་ཁ་འབྲལ་ལ་ཉེ་དུས། སེམས་ཕོང་དུ་སྡིང་བ་ཞིག་ཐོལ་ཐོལ་དུ་སྐྱེས་བྱུང་། ངས་ཆ་ངས་འཁོར་གྱི་སྣེའུ་ཁུང་ལས། རྡུལ་འཚུབ་ཀྱིས་རབ་རིབ་ནས་མག་མོག་ཏུ་སྒྱུར་བཞིན་པའི་རྨ་ཡུལ་གྲོང་རྡལ་ལ་མཐའ་མཇུག་གི་མིག་ཞགས་ཙམ་འཕངས་རྗེས། ཐ་མག་རྐང་གཅིག་ལ་མེ་ཁ་བསྣོས་ནས་ཤུགས་ཀྱིས་བཏུབས། དེ་དུས་ངའི་མིག་ཟུང་ལས་མཆི་མའི་རྡོག་པ་ཕྲེང་ཐག་ཆད་པ་བཞིན་ཐོར་འོངས། ངས་མིག་ཟུང་ཡོངས་སུ་ཟིམ་པ་ན། ཁ་ནས་རང་ཤུགས་སུ "རྨ་ཡུལ། བདེ་མོ་ངོས" ཞེས་ཤོར་སོང་།

ཞོགས་པར་ལམ་ནས་འཕྲད་པ་དག

འདི་ནི་གྲོང་ཁྱེར་གྱི་ཚེས་སྤྱིར་བཏང་གི་ཞོགས་པ་ཞིག་སྟེ། ཨར་འདམ་དང་རྫ་ལྷུགས་ཀྱི་བཀོད་པའི་མཐོངས་སུ་ནམ་མཁའ་མག་མོག་ཅིག་ཆར་གདུགས་བཞིན་བཀར་འདུག་ཅིང་། དེའི་ངོས་སུ་འཕྱུར་བའི་ཉི་གཞོན་ནི་ཁྲག་གིས་སྦགས་པའི་ཕམ་དམག་ཅིག་མདུང་རྩེར་བསྐོན་པ་དང་འདྲ་བར་དམར་ལམ་མེར་སྣང་།

བཀྲ་ཤིས་ཀྱིས་མདང་ནུབ་ཀྱི་རྨི་ལམ་དེ་དྲན་བཞིན་སྤྱི་སྤྱོད་རླངས་འཁོར་འཐབ་ཚོགས་ཕྱོགས་སུ་སྐྱོད་ཀྱིན་འདུག མི་ཚོགས་ཀྱི་འཚང་ཁའི་ཁྲོད་ནས་ཁོའི་རྐང་པའི་ཐ་ཐོག་ཏུ་རྐང་པ་གཞན་ཞིག་ཤེད་ཀྱིས་སྤྱོས་སོང་བས་བཀྲ་ཤིས་ཀྱི་ཁ་ནས "ཨ་ཡོ" ཞེས་ཤོར་ཅིང་། ཁོར་ན་ཁོལ་དང་ཁྲོང་ཁྲོ་མཉམ་དུ་ལངས། ཕར་བལྟས་པ་ན་ཁོའི་རྐང་མགོར་སྤྱོ་མཁན་ནི་རྒྱ་མོ་གདོང་ལ་སྐྱག་ཚོས་བྱུགས་ཤིང་མཆུ་ཏོ་དམར་པོར་བསྒྱུར་འདུག་པ་ཞིག་རེད། དེའི་རྐང་ལ་ཕྱི་རྟེང་ཕྲ་ཞིང་མཐོ་བའི་ཀོ་ལྷམ་ཞིག་གྱོན་འདུག རྒྱ་མོ་དེ་བཀྲ་ཤིས་ཀྱི་རྐང་མགོར་སྤྱོས་པ་མ་ཡིན་པར་བཀྲ་ཤིས་རྒྱ་མོ་དེའི་རྐང་མགོར་སྤྱོས་པ་འདྲ་བར། རྒྱ་མོ་དེས་བཀྲ་ཤིས་ལ་ཟུར་མིག་སྟིང་ལ་ན་བ་ཞིག་འཕངས་ཏེ་བུད་སོང་། བཀྲ་ཤིས་ཀྱིས་རྒྱ་མོ་དེའི་རྗེས་ལ་བལྟས་ནས་བོས་ཀྱང་། རྒྱ་མོ་དེས་མ་གོ་བའམ་མ་གོ་ཁུལ་བྱས་པ་གང་ཡིན་མི་ཤེས

མོད། འཕོང་ཆོས་ལྡེམ་བཞིན་ལྡེམ་བཞིན་ཅི་མི་སྙམ་པར་མི་ཚོགས་ཀྱི་གླིང་དུ་འཐིམ་སོང་། "ལྷེ། ལྷེ——" བཀྲ་ཤིས་གནས་དེར་ཡུད་ཙམ་ལ་ཧད་རྗེས་ཀྱོལ་མ་ལྡིང་གིས་མུ་མཐུད་དུ་སྤྱི་སྤྱོད་རླངས་འཁོར་གྱི་འབབ་ཚུགས་ཕྱོགས་སུ་ཆས།

རླངས་འཁོར་འབབ་ཚུགས་ཀྱི་ཉེ་འགྲམ་ཀུན་ཏུ་ཞོགས་པའི་ཚོང་རར་སྔོ་ཚལ་ཉོ་རུ་འགྲོ་བའི་ཀན་ཀོན་དང་། སློབ་གྲྭར་འགྲོ་བའི་སློབ་མ། གཞུང་ལས་སུ་འགྲོ་བའི་ལས་བྱེད་པ། ལས་རིགས་མི་གཅིག་ཅིང་ན་ཚོད་མི་འདྲ་བའི་མི་རྣམས་ཀྱིས་ཅི་ཞིག་འཁྲོག་རེས་རྒྱག་པ་བཞིན་གོ་རིམ་འཁྲུག་ཅིང་ཟང་ཟིང་ལང་ལོང་བྱེད། ཁོའི་མདུན་ཐད་ཀྱི་ཀད་པོ་དེའི་མགྲིན་པར་ཅི་ཞིག་འཚང་བ་བཞིན་གློ་ལུ་བསྟུད་མུར་ལན་འགའ་བརྒྱབ་ཅིང་། གློ་ལུ་མཐའ་མ་དང་མཉམ་དུ་ལུད་པ་ནག་པོ་ཞིག་ཁོའི་ཁ་ནང་ནས་ལྡིང་འོངས་ཏེ་ཡོ་བཟུར་མེད་པར་བཀྲ་ཤིས་ཀྱི་ལྷ་བའི་གོང་ཁར་འཐོར་སོང་། "ཤི་རྒྱུ་མེད་པའི་ཀད་པོ་རྫོབ་ཀན་འདི" བཀྲ་ཤིས་ཀྱི་སྔོན་ལ་རྐང་མགོར་སྤྲོས་པའི་ན་ཟུག་ད་དུང་མ་འཛུགས་གོང་། ཡང་ལུད་པ་ཞིག་ལྷ་བའི་གོང་ཁར་འཐོར་བས། ཁོང་ཁྲོའི་སྟེང་དུ་ཁྲོང་ཁྲོ་བསྣན་ཅིང་། རྩྭ་ལམ་གྱི་ཁྲག་སྐད་ཅིག་ཉིད་དུ་དྲག་ཏུ་འཁོལ་བྱུང་། ཁོའི་མཁའ་ལ་འཕྱུར་བའི་ལག་པ་ཀད་པོ་དེའི་གདོང་དུ་འབབ་ལ་ཉེ་དུས་ཕྱིར་སློད་བྱུང་། འདང་ཞིག་བརྒྱབ་རྗེས "ཀད་པོ་དེས་ཀྱང་བསམ་གཟས་ནས་འཕངས་པ་ག་ལ་ཡིན། མ་ཤེས་པ་ལ་ཉེས་པ་མེད་ཟེར་བ་མིན་ནམ" ཁོས་རང་སེམས་ཀྱི་ཁོང་ཁྲོ་གཅུན་ཐབས་བྱས་ནའང་། ཀད་པོ་དེས་ཁོར་བསམ་ཤེས་སྨྲེམ་རོགས་ཞེས་པའི་སྐད་ཆ་ཚིག་གཅིག་ཀྱང་མ་བཤད། ཡང་ན་ཀད་པོ་དེའི་རང་གི་ལུད་པ་གང་ཞིག་ཏུ་ཡེར་སོང་བའང་ཤེས་མེད་པ་འདྲ། ད་ནི་ཐབས་ཅི་ཞིག་ཡོད་ཨང་། ཁོས་རང་གི་ཨམ་ཕྲག་ལས་ཤོག་བུ་ཞིག་བཏོན་ཏེ་སྐྱུག་མེར་མེར་ངང་ལུད་པ་དེ་ཕྱིས་རྗེས་སྙིགས་སྙམ་དུ་དོར། མི་རྣམས་ཀྱིས་ཡང་བསྐྱར་འཚང་ཁ་ཤིག་ཤིག་བྱས་པ་དང་བསྟུན་ནས། སྤྱི་སྤྱོད་རླངས་འཁོར35པ་འབབ་ཚུགས་སུ་སླེབས་བྱུང་།

བཀྲ་ཤིས་ཀྱང་འཚང་ཁ་ཤིག་ཤིག་གི་མི་ཚོགས་དང་མཉམ་དུ་སྤྱི་སྤྱོད་རླངས་འཁོར་

ད་བུད། སྤྱི་སྤྱོད་རླངས་འཁོར་དུ་སྐད་གདངས་མི་འདྲ་བའི་རྒྱ་སྐད་མང་པོ་བྱིའུ་ཚང་ལ་རྡོ་འཕངས་པ་བཞིན་ཅག་ཅག་ཅག་བྱེད་ཅིང་། འདུག་སྟེགས་མ་ཐེམས་པའི་མི་རྣམས་ཞིང་ལ་ཙོང་བཏབ་པ་བཞིན་འཕྲོ་རིམ་འཕྲོར་བསྒྲིགས་འདུག བཀྲ་ཤིས་ཀྱི་མདུན་དུ་ལངས་བསྡད་ཡོད་པའི་བུད་མེད་དེས་ཁ་པར་གཏོང་བཞིན་འདུག་ལ། ཁ་པར་ལས་ལས་ད་དུང་སུ་ཞིག་ལ་ངན་གཏམ་བཞིན་པ་འདྲ། སྐབས་ཐོག་དེར་ཕྱི་རོལ་ཏུ་དོན་དག་ཅི་ཞིག་བྱུང་བ་མ་ཤེས་མོད། རླངས་འཁོར་གློ་བུར་དུ་ཏན་སེ་བསྡད་པ་ན་བཀྲ་ཤིས་ཀྱིས་རང་གི་ལུས་པོ་བདག་མ་ཐུབ་པར་བུད་མེད་དེའི་སྟེང་དུ་འགྱེལ་སོང་། ཁོས་མྱུར་སྐྱབས་ཀྱིས་ཡོན་པོར་གྱུར་པའི་རང་གི་ལུས་པོ་ཇི་དྲང་དུ་བཏང་སྟེ་ཁ་མལ་དུ་བཙན་ཚུགས་སུ་བསྡད། ཡིན་ཀྱང་། ཁ་ལ་དུག་གིས་རེག་རྒྱུའི་བུད་མེད་དེས་ཁ་ཕྱིར་འཁོར་ནས་བཀྲ་ཤིས་ལ "流氓" ཞེས་སྡིགས་དམོད་བོར། བཀྲ་ཤིས་ཀྱིས་ཅི་ཞིག་འགྲེལ་བསམ་དུས་བུད་མེད་དེས་ཡང་བསྐྱར "你这个流氓" ཞེས་སྡིགས་བྱུང་བས། མི་རྣམས་ཀྱིས་མིག་ཟུར་ཕྱོགས་དང་ཕྱོགས་ནས་ཁོའི་སྟེང་དུ་ཅེར་བྱུང་། ཁོའི་གདོང་པ་དམར་པོར་གྱུར་ཅིང་ངོ་གནོངས་ཏེ་ཁ་ནས་ཚིག་ཀྱང་ལབ་མ་ཤེས་པར་ལུས……

ཨ་ཨ། ད་ནངས་ང་ལ་ཅི་ཞིག་བྱུང་སོང་ངམ། སྤྱི་སྤྱོད་རླངས་འཁོར་ནང་གི་མི་རྣམས་རིམ་བཞིན་ཁོའི་མིག་ལམ་ནས་རབ་རིབ་ནས་མག་མོག་ཏུ་གྱུར། སྤྱི་སྤྱོད་རླངས་འཁོར་ལས་བབས་རྗེས་བཀྲ་ཤིས་ནི་རྐུན་མ་ཞིག་དང་འདྲ་བར། ཕྱིར་ལྷོས་མེད་པར་གོམ་པ་རིང་ལེན་གྱིས་ལས་ཁུངས་ཀྱི་ཕྱོགས་སུ་བརྒྱུགས་སོང་།

2010/11/21

ཡུལ་ཚོར་བྱུང་བའི་དོན་རྐྱེན།

ཡུལ་ཚོ་འདིར་མི་ཚ་མེད་ཅིག་བསླེབས་པ་ཐོག་མར་ཚོར་མཁན་ནི། ཨ་ཡེ་སྒྲོལ་མ་མིན་པར་མགར་པ་རྡོ་རྗེ་རེད།

མགར་པ་རྡོ་རྗེ་མལ་ལས་ལངས་རྗེས། དུས་རྒྱུན་ལྟར་ཐབ་ཁུང་ནང་གི་ཐལ་རྣམས་སྐོར་བཏོན་ཏེ་ལྷུགས་གཞོང་དུ་བཙུས་ཤིང་། དེ་ནས་ལྷུགས་གཞོང་བཟུང་ནས་ཡུལ་ཚོའི་ལོགས་སུ་ཐལ་འཐོར་དུ་ཕྱིན། འབའ་འབྱུར་མི་སྙོམས་པའི་འདམ་ལམ་དེ་བརྒྱུད་ནས་ཐལ་འཐོར་སའི་ས་དོང་ཁར་བསླེབ་ལ་ཉེ་དུས། ཞོགས་པའི་མཁའ་དབུགས་ཁྲོད་དུ་ཅི་ཞིག་གི་བེམ་རོ་རུལ་བའི་རུལ་དྲི་ཐུལ་ལི་ལི་བྱེད། ཁོས་རང་གི་ལག་གཡས་ཀྱིས་སྣ་ཁ་བསྣུམ་སྟེ་ས་དོང་གི་ཕྱོགས་སུ་བལྟས་པ་ན། ས་དོང་ནང་དུ་ཁྱི་རོ་ཞིག་འཕྱངས་འདུག་པས། དྲི་ངན་དེ་ནི་ཁྱི་རོའི་སྟེང་ནས་ལྡང་ཡོང་བ་ཤེས། ཐལ་སྐྱ་ལྷུགས་གཞོང་གང་པོ་ས་དོང་ནང་དུ་ཤུགས་ཀྱིས་ཕྱོ་བ་ན་ཁོར་ཡུག་ཀུན་ཐལ་འཚུབ་པེར་གྱུར། ཁོས་ས་དོང་ལ་ཕྱོགས་ཏེ་མཆིལ་མ་ཞིག་འཕངས་རྗེས། བསམ་བཞིན་དང་བསམ་བཞིན་མ་ཡིན་པར་མདུན་ཕྱོགས་སུ་བལྟ་ཙམ་བྱས་པ་ན། སློ་ཡིད་ལས་འདས་པ་ཞིག་ལ། མདུན་ཕྱོགས་ཀྱི་རྩྭ་གསེང་དུ་རས་གུར་སེར་ལྷང་ཞིག་ཕུབས་འདུག་པ་མཐོང་། ཞོགས་སྣང་ཤུར་ཤུར་ལྡང་བའི་ཁྲོད་དུ་རས་གུར་སེར་

ལྷང་དེ་ཤིག་ཤིག་ཏུ་གཡོ་ཞིང་གཡོ། ཁོས་མིག་གི་མཐོང་རྒྱ་ཡངས་པོར་བསྐྱེད་པ་ན། རས་གུར་དང་ཁེད་ཐག་ཅུང་ཟད་རིང་སར་ལུས་ལ་གྱོན་པ་དམར་ལྷང་སྦྲས་པའི་མི་ཞིག་གིས་ཁ་ཕར་འཁོར་ཏེ་གཅིན་པ་གཏོང་བཞིན་འདུག་ལ། ཚོགས་པའི་གྲང་བསིལ་བསིལ་གྱི་མཁའ་དབྱུགས་ཁྲོད་དུ། གཅིན་པ་ནི་ཆླངས་གཟུགས་སུ་གྱུར་ཏེ་མཁའ་ལ་ལྷང་བར་བྱེད། ཁོ་རང་རྩེ་ཕུང་ཞིག་གི་ཕག་ཏུ་ཁ་སྦུབས་སུ་ལོག་སྟེ་བལྟས་པ་ན། མི་དམར་ལྷང་དེ་ནི་གནམ་སའི་མཚམས་སུ་ཀ་ཆེན་དམར་པོ་ཞིག་བསྒྲེངས་པ་དང་འདྲ་ལ། ཡང་ཞིབ་ཏུ་བལྟས་ཚེ། རས་གུར་སེར་ལྷང་དང་མི་དམར་ལྷང་གཉིས་ནི་རྣ་ཐང་གི་ཁོར་ཡུག་ཏུ་དེ་འདྲའི་མིག་ལ་འཚེར་བ་ཞིག་སྟེ། མགར་པ་རྡོ་རྗེ་ཡིས་མིག་གཉིས་གདངས་ནས་རྣམ་པ་དེ་ལ་ཡུན་རིང་ཙམ་པ་ན། མི་དེའི་ཁོག་ཏུ་རྒྱ་ཛ་བུམ་འགའ་བླུགས་པ་ལྟར་དུས་ཡུན་རིང་པོ་ཞིག་ལ་དེ་ལྟར་གཅིན་པ་བཏང་རྗེས་ཉུས་ཀྱང་གྱི་མཇུག་སུ་ཕྱིན་སོང་། མགར་པ་རྡོ་རྗེས་རྣམ་པ་དེ་མཐོང་བས་འཕྲུལ་དུ་ཡར་ལངས་ཤིང་འཚབ་འཚུབ་དང་བཅས་ཕྱིར་ལོག་ཅིང་། ཁ་ནས "ཡ་མཚན། ཨ་ཡ་མཚན"ཞེས་ཡང་ཡང་བསྐྱར་ཟློས་བྱེད།

ཚོགས་པའི་ཡུལ་ཚོ་ཆུང་ཆུང་འདི་གཏེར་སྨུག་ལ་ཞེན་པའི་གསར་བུ་མགོ་སྟོང་ཞིག་དང་འདྲ་བས། རྣ་ཐང་ཆེན་པོའི་ཕང་བར་དུ་དུང་ཁྱུ་སེམ་མེར་གཉིད་འདུག ཡུལ་ཚོའི་རྒྱབ་རོལ་དུ་གྲོང་ངེར་འཁྱིང་བའི་རི་བོ་མཐོན་པོ་དེའི་སྐེ་ལ་སྨུག་པ་སྲབ་མོ་ཞིག་སྒྱུལ་ལྟར་འཁྱིལ་ཅིང་། རི་བོ་མཐོན་པོ་དེ་ནི་ཡུལ་འདིའི་མི་རྣམས་ཀྱིས་གཞི་བདག་མཐུ་ཆེན་ཞིག་ཏུ་བཀུར་བའི་ཨ་མྱེས་སྟོང་དཔོན་ཟེར་བ་དེ་ཡིན་ལ། དེ་བཞིན་དུ་ཡུལ་ཚོ་ཆགས་སའི་གནས་འདིའི་མིང་ལའང་སྟོང་དཔོན་ཞེས་འབོད་མོད། འོན་ཀྱང་ཡུལ་ཚོ་སྲིད་གཞུང་གི་སྒོ་བྱང་སྟེང་དུ "ཧུང་རྫིན་ཡུལ་ཚོ་མི་དམངས་སྲིད་གཞུང"ཞེས་ཡིག་འབྲུ་དམར་པོ་འགའ་བྲིས་འདུག ཡུལ་ཚོ་ཆུང་ཆུང་འདིའི་གྲུབ་ཆ་གཙོ་བོ་སྟེ། ཁང་ལེབ་སྐྱ་བོ་དག་ནི་སུ་ཞིག་གིས་ཉུས་མ་སྤྲར་གང་ཅི་འདོད་དུ་གཙོལ་བ་ལྟར་ཐར་ཐོར་དུ་ཡོད་ལ། ཁང་ལེབ་སྐྱ་བོ་དེ་དག་གི་གསེང་དུ། ཡུལ་ཚོ་འདིའི་འདུ་ལོང་ཅུང་ཆེ་བའི་སྲང་ལམ་གཅིག་པུ་སྐྱ་ཤ་ལེར་འཐེན་

འདུག ཡུལ་ཚོ་འདིར་མི་འཐོར་ཤིན་ཏུ་ཉུང་རྒྱུ། རྒྱུན་སྤྱོད་བྱེད་པའི་མི་རྣམས་ནངས་སྤ་ཕྲུག་མིན་ན་དགོང་འཕྱི་ཕྲུག་ཡིན་པས། ཕན་ཚུན་ངོ་མི་ཤེས་མཁན་ཕལ་ཆེར་གཅིག་ཀྱང་མེད། ཡུལ་ཚོ་འདིར་ཡོང་མཁན་ནི་ཕོངས་གདོགས་འགྲོག་སྡེ་ཁག་གི་འགྲོག་པ་ཚོ་སྟེ། འགྲོག་པ་རྣམས་ལོམ་ལོང་བྱུང་ཚེ་འཕྲུལ་རྟ་འཁོར་འཁོར་དུ་བསྐོར་འོང་ཞིང་། དེ་ནས་རང་རང་ལ་མཁོ་བའི་དངོས་པོ་དག་ཉོས་རྗེས་སླར་ཡང་འཁོར་སྒྲ་དང་བཅས་ལོག་འགྲོ། ཡུལ་ཚོ་འདི་ཁུལ་དང་རྫོང་སྲིད་གཞུང་གནས་ས་དང་རྒྱང་ཐག་ཤིན་ཏུ་རིང་ལ། མཐའ་འཁོར་དུ་ཡང་ཁྲིམ་མཆོས་ཡུལ་ཚོ་གཞན་མེད་པས་གྲོགས་མེད་ཁེར་རྐྱང་དུ་ལུས་ཡོད། དེ་བས། ཡུལ་ཚོ་ཆུང་ཆུང་འདིར་ཕྱི་ཡོང་བ་ཞག་སྡོད་བྱེད་མཁན་ནི་ཤིན་ཏུ་ཉུང་ངོ་།།

མགར་པ་རྡོ་རྗེས་ཡིན། ཡུལ་ཚོའི་ལོགས་སུ་མི་ཆ་མེད་ཅིག་གིས་རས་གུར་སེར་ལྗང་ཞིག་ཕུབས་ཡོད་པའི་གནས་ཚུལ་དེ་ཁྲིམ་མཆོས་བོད་ལྷ་འཚོང་མཁན་ཨ་ཡེ་སྒྲོལ་མར་ལབ་པ་ན། ཨ་ཡེ་སྒྲོལ་མས་ཧ་ལས་པའི་ཉམས་དང་བཅས "མི་དེ་ཅི་བྱེད་མཁན་ཞིག་ཡིན་ནམ། འདིར་ཅི་བྱེད་དུ་ཡོང་བ་རེད། མི་དེ་གང་ནས་ཡོང་བ་ཡིན་ནམ……" ཞེས་མགར་པ་རྡོ་རྗེ་ལ་དྲི་བ་གཅིག་འཕྲོར་གཅིག་འཕངས་བྱུང་མོད། མགར་པ་རྡོ་རྗེ་ཡིས "དེ་ངས་ག་ལ་ཤེས" ཟེར་བཞིན། ལག་གི་ཐལ་གཞོང་མགར་ཁང་གི་སྒོ་འགྲམ་དུ་ཁྲོག་སེ་འཕངས་རྗེས་ནང་དུ་འཛུལ་སོང་། མགར་པ་རྡོ་རྗེ་ཡི་ལན་དེས་ཨ་ཡེ་སྒྲོལ་མའི་མགོ་གཏན་ནས་མ་གང་བ་འདྲ། ཡིན་ཀྱང་མགར་པ་རྡོ་རྗེ་ཡིས་ལན་དེ་ལས་གསལ་པོ་ཞིག་བཏབ་མ་བྱུང་བས། ཨ་ཡེ་སྒྲོལ་མས་མགར་པ་རྡོ་རྗེ་ཡི་རྒྱབ་གཟུགས་ལ་གཏད་ནས་སྤང་མིག་ཅིག་འཕངས་རྗེས་ཕྱིན་སོང་།

ཨ་ཡེ་སྒྲོལ་མ་ནི་ཡུལ་ཚོ་ཆུང་ཆུང་འདིའི་མིང་དུ་གྲགས་པའི་ཨ་ཡེ་བཤད་ཁ་མ་ཁེར་པོ་ཡིན་པས། ཇ་ཡུན་ཙམ་ལ་གཡས་གཡོན་གྱི་ཁྲིམ་མཆོས་རྣམས་ལ་རང་གིས་དངོས་སུ་མཐོང་བ་བཞིན། དོན་དག་དེ་གཅིག་མགོར་གཉིས་བརྡུགས་ནས་བསྒྲགས་པ་རེད། དེ་མ་ཉིད་དུ་ཡུལ་ཚོའི་ལོགས་སུ་མི་ཆ་མེད་ཅིག་སླེབས་འདུག་པའི་གནས་ཚུལ་ནི། མགར་པ་

རྡོ་རྗེ་ཡིས་ལྷུགས་བརྡུངས་པའི་ཧིང་སྒྲ་དང་ཆབས་ཅིག་ཕྱོགས་སོར་ཁྱབ་སོང་། ཡུལ་ཚོ་འདིའི་མི་རྣམས་ཀྱིས་བསྐྱར་རློམས་ཀྱི་འཚོ་བའི་ཁྲོད་ནས། ཉི་མ་རེ་རེ་ཕར་སྐྱེལ་ཚུར་སྐྱེལ་དང་དུས་འདའ་བཞིན་ཡོད་མོད། མི་ཆ་མེད་ཅིག་ཡུལ་ཚོ་འདིར་སླེབས་པར་མ་ཟད། ད་དུང་ཡུལ་ཚོའི་ལོགས་སུ་རས་གུར་སེར་ལྗང་ཞིག་ཕུབས་འདུག་ཟེར་བ་གོ་བས། སྤང་ལམ་ངོགས་གཉིས་ཀྱི་ཀོ་ལྷམ་འཚོང་མཁན་ཁོ་སྣ་དང་། རྩམ་པ་འཚོང་མཁན་ཟླ་གོ ཤ་མོག་འཚོང་མཁན་ལྷ་མོ། དར་ལྷོག་འཚོང་མཁན་བསྟན་པ། ཟས་རིགས་འཚོང་མཁན་ཁྲི་ཕྲུག་ཐར་སོགས་ཚོང་པ་ཁྲོད་ཡིན་ང་ཡིན་ཟེར་བ་རྣམས། ཅི་མགྱོགས་གང་མྱུར་གྱིས་ཨ་ཡེ་སྒྲོལ་མའི་བོད་ལྭ་ཚོང་ཁང་གི་སྒོ་ཁར་རུབ་བྱུང་།

ཨ་ཡེ་སྒྲོལ་མ་ན་རེ། མི་དེ་ཨ་མྱེས་སྟོང་དཔོན་ལ་གངས་སྐོར་དུ་འགྲོ་མཁན་མིན་ནམ།

ཨ་ཡེ་སྒྲོལ་མ་ད་དུང་ན་རེ། མི་དེ་རི་དྭགས་བདའ་མཁན་ཞིག་ཡིན་ཀྱང་སྲིད།

ཨ་ཡེ་སྒྲོལ་མ་སྤུ་མཐུད་དུ་ན་རེ། ཨ་ཡ་མཚན། མི་ཞིག་གློ་བུར་དུ་གང་ནས་འཐུར་ཡོང་བ་ཡིན་ནམ།

ཨ་ཡེ་སྒྲོལ་མས་དེ་ལྟར་མགོ་བོ་ལྡེམ་ཙམ་ལྡེམ་ཙམ་གྱིས་ཡར་བཤད་མར་བཤད་བྱེད་དུས། ཚོང་པ་གཞན་རྣམས་ཀྱིས་མོའི་ཁ་ནང་དུ་ཅི་རེར་ལྟ་བཞིན་མགོ་བོ་ལྡེམ་ཙམ་ལྡེམ་ཙམ་བྱེད་མོད། ཨ་ཡེ་སྒྲོལ་མས་ཀྱང་ཅི་ཡིན་འདི་ཡིན་གྱི་གཏམ་ཁོ་སོད་པ་ཞིག་བཤད་མ་བྱུང་བས། ཁོ་ཚོས་གློ་བུར་ཅི་ཞིག་ཧ་གོ་བ་བཞིན་སྙིང་གཞིའི་ཁྲོད་ཞུགས་སོང་།

ཁོ་སྣ་ན་རེ། མར་ཚུར་ཉོ་མཁན་ཡིན་ཀྱང་སྲིད།

བསྟན་པ་ན་རེ། དེ་པགས་པ་ཉོ་མཁན་མིན་ནམ།

ལྷ་མོ་ན་རེ། ཕྱུགས་ཟོག་ཉོ་མཁན་ཡིན་ཀྱང་ཁྲིགས་ཁྲིགས་མེད།

ཟླ་གོ་ན་རེ། རྒྱུན་མ་ཞིག་མིན་པའི་ངེས་པའང་མེད།

ཁྲི་ཕྲུག་ཐར་ན་རེ། འདིར་གནས་སྐོར་དུ་ཡོང་བ་ཡིན་ཀྱང་སྲིད།

ཡིན་ཀྱང་། རྣམ་པ་དེ་དངོས་སུ་མཐོང་མྱོང་བའི་མགར་པ་རྡོ་རྗེ་ཡིས་ལོགས་ཤིག་

ཏུ་ཕོ་ཚོས་ཅི་བཤད་ལ་མཉན་པ་ལས་ཁ་ཅི་ཡང་མི་གྲག་པར་ཅི་ཞིག་ལ་འདང་བརྒྱབ་ནས་འདུག

ཨ་ཀྲེས་སྐོང་དཔོན་གྱི་སྙེ་ཏུ་འཁྱིལ་བའི་སྨུག་པ་སྲབ་མོ་དེ་རིམ་གྱིས་རིམ་གྱིས་དྭངས་ཤུལ་དུ། སེར་ལམ་ལམ་བྱེད་པའི་ཉིན་བྱེད་ནི་རི་རྩེ་ཆེས་མཐོ་སའི་ཕག་ནས་དལ་གྱིས་འཇུར་ཡོང་ཞིང་། སེར་ལམ་ལམ་གྱི་འོད་ཟེར་གངས་དཀར་པོའི་ངོས་ལ་ཕོག་པ་ན། རི་བོ་མཐོན་པོ་དེར་སྔར་མེད་ཀྱི་བརྗིད་ཉམས་ཤིག་བསྟན་བྱུང་ལ། རི་བོའི་འདབས་རོལ་གྱི་ཡུལ་ཚོ་ཆུང་ཆུང་དེ་ཡའང་བཀྲག་མདངས་གསར་བ་ཞིག་བསྐྱལ་བྱུང་། དེ་དུས་ཡུལ་ཚོའི་མཐའ་ཁུལ་དུ་ཆགས་པའི་སློབ་གྲྭ་ལས་སློར་བྲོའི་དབྱངས་སྙན་གྲགས་འོངས་པ་དང་། སློབ་མ་རྣམས་ལུས་རྩལ་ར་བར་འདུས་ཏེ་སློར་བྲོའི་སྟངས་སྟབས་ལ་ཞུགས། ཡིན་ནའང་། ཨ་ཡེ་སྒྲོལ་མའི་བོད་ལྷ་ཚོང་ཁང་གི་མདུན་དུ་མི་འགའ་གཅིག་ཁ་གཅིག་གིས་སྒྲོགས་ཏེ། མི་ཆ་མེད་དེའི་སློར་ལ་རང་རང་གི་དྲན་ཚུལ་ལྷུག་པོར་སྤེལ་བཞིན་འདུག

"མི་ཆ་མེད་ཅིག་འདིར་ཐལ་ཟ་ཏུ་ཡོང་བ་ཡིན་ནམ" ཨ་ཡེ་སྒྲོལ་མས་སེན་མོང་ཟད་པོ་དེའི་བར་ནས་ཕྲེང་བ་བགྲང་བཞིན་དེ་ལྟར་བཤད་བྱུང་།

ཁྲི་ཕྲུག་ཐར་གྱིས་མགྲིན་པ་བསང་ཙམ་བྱས་རྗེས "འོ་ལེ། མི་ཆ་མེད་ཅིག་འདིར་ཐལ་ཟ་ཏུ་ཡོང་བ་ཡིན་ནམ" ཟེར།

དེའི་འཁོར་བསྐྱན་པས་ཀྱང "འོ་ལེ། ཐལ་ཟ་ཏུ་ཡོང་བ་ཡིན་ནམ" ཟེར།

དེ་ནས་ཟླ་གོས་ཀྱང "འོ་ལེ། མི་དེས་ཐལ་ཟ་ཏུ་ཡོང་བ་ཡིན་ནམ" ཟེར།

དེར་མཐུད་ནས་ཁོ་ཚས་ཀྱང་རང་ཉིད་ཀུན་གྱིས་རྗེས་སུ་ལུས་སོང་སྙམ་པ་དང་འདྲ་བར། "འོ་ལེ། འོ་ལེ། ཐལ་ཟ་ཏུ་ཡོང་བ་མིན་ན་ཅི་བྱེད་དུ་ཡོང་ཨང" ཟེར།

ལྷ་མོས་ཀྱང "འོ་ལེ" ཟེར།

རི་མཐོན་པོ་ཨ་མྱེས་སྐོང་དཔོན་གྱི་འདབས་རོལ་ཏུ་ཆགས་པའི་ཡུལ་ཚོ་འདི། ཉིན་གུང་གི་ཚ་གདུག་འོག་ནད་པ་ཞིག་དང་འདྲ་བར་གསོན་ཉམས་ཀྱིས་ཡོངས་སུ

བཏང་འདུག ཡིན་ནའང་ཚ་གདུག་བཙན་པོས་ཀྱང་དབང་དུ་སྟུད་མ་ཐུབ་པ་ནི་ཨ་ཡེ་སྒྲོལ་མ་སོགས་རེད། ཁོ་ཚོས་དོན་ཆེན་ཅི་ཞིག་ལ་གྲོས་བྱེད་པ་ལྟར་སྐད་མགོ་གཅིག་ལས་གཅིག་མཐོ།

“མི་དེ་རྐུན་མ་ཞིག་ཡིན་པ་ཁྱོད་ཀྱིས་ཇི་ལྟར་ཤེས”

“དེས་ན་རྐུན་མ་ཞིག་མིན་པ་ཁྱོད་ཀྱིས་ཇི་ལྟར་ཤེས”

“ཡ་ཡ། རྩོད་པ་མ་རྒྱག མི་དེ་ལག་དམར་ཞིག་ཡིན་ཀྱང་སྲིད”

“དེ་འདྲ་ཡིན་ཙེ་མི་དེར་ཉེན་ཁ་ཆེ་ཨང”

“དེས་མི་ག་ཚོད་ཅིག་བསད་པ་སུས་ཤེས། ལག་དམར་གནམ་གྱིས་མི་ཁེབས་ཟེར་བ་རེད། ཁོ་ལ་འབྲོས་གཞའ་ས་ཞིག་གང་དུ་ཡོད”

“ལག་དམར་ཞིག་ཡིན་ཙེ་མི་དེའི་ལག་ཏུ་གྲི་སོགས་མཚོན་ཆ་ཡོད་པ་ཁོ་ཐག་ཡིན”

“ཨ་ཙི། ལག་དམར་དེའི་ལག་གི་གྲི་ལ་འདོམ་གང་ཡོད་ཀྱང་སྲིད”

“……”

ཡུལ་ཚོ་ཆུང་ཆུང་དེར་སློ་བུར་ཀླུང་བུ་ཡང་མོ་ཞིག་ལྡང་མགོ་བརྩམས་བྱུང་། ཨ་ཡེ་སྒྲོལ་མའི་གོས་ལྭ་ཚོང་ཁང་གི་བྲ་འདབས་སུ་བཀལ་ཡོད་པའི་ཀླུང་དར་ཡང་ཀླུང་གིས་ལྟབ་ལྷུབ་ཏུ་གཡོས་བྱུང་ལ། སྲང་མདོ་རུ་འཁྱིག་ཁྲུག་ཅིག་ཧྲག་སྒྲ་དང་བཅས་ཁྲུར་ཡོང་ཞིང་། ཁྱི་ལྔོམ་འགའ་འཁྱིག་ཁྲུག་གི་རྗེས་བསྙེགས་ནས་བདའ་བཞིན་འདུག ཁྱི་ལྔོམ་དག་གིས་འཁྱིག་ཁྲུག་བདས་བདས་ནས་སྲང་མཐར་སླེབས་རྗེས། འཁྱིག་ཁྲུག་གིས་བསམ་གཟས་ཏེ་ཁོ་ཚོར་རྩེད་མོ་རྩེ་བ་བཞིན། ཀླུང་བུ་ཡང་མོ་ཞིག་དང་བསྡོངས་ནས་མཁའ་ལ་ལྡིང་སོང་བས། ཁྱི་ལྔོམ་དག་གིས་བདའ་མཚམས་བཞག་ཅིང་ཕན་ཚུན་ལ་རིག་རིག་དང་ལྟ་ཞིང་། ལྗེ་འདོམ་པ་གང་པོ་ཕྱིར་བསྣར་ཏེ་མཆུ་ཏོ་ལྡག་ཅིང་མཆིས། སྐབས་དེར། འབྲོག་པ་ཞིག་འཕྲུལ་རྟར་ཞོན་ནས་སྲང་མདོ་ནས་ལྡིར་སྒྲ་དང་བཅས་བྱ་འཕུར་བ་ལྟར་བསླེབས་པ་ན། ཁྱི་རྐྱན་དག་ནི་འདྲོགས་ལངས་པ་ལྟར་ཟ་མ་གཡུག་བཞིན་གཅིག་ལས་གཅིག་མགྱོགས་

གྱིས་སྒྲང་ཤུར་ཞིག་ཏུ་འཛུལ་སོང་།

"མི་དེ་ལག་དམར་མིན་ཡང་སྲིད"

"དེས་ན་མི་དེ་ཅི་ཞིག་ཡིན་ནམ"

"མི་དེ་རྡོམ་པ་ཞིག་ཡིན་ཀྱང་སྲིད"

"དེས་ན་མི་དེར་རྡོམ་ག་ཚོད་ཡོད་དམ"

"དེ་ང་ཚོས་ག་ལ་ཤེས། སྐོར་ཁྲི་འགའ་ཡོད་ཀྱང་སྲིད་ལ། ཡང་ན་དེ་ལས་མང་ཡང་སྲིད"

"མི་དེས་སྐོར་མོ་དེ་འདྲ་མང་པོ་བསྐྱིས་ཏེ་ཅི་བྱེད་དམ"

"ཤོ་བརྒྱབ་པ་ཡིན་ཀྱང་སྲིད"

"དེ་འདྲ་ཡིན་ཚེ། མི་དེའི་ཤོ་རྒྱུག་རོགས་སྤྱར་ནས་ཕྱུག་པོ་ཆགས་ཡོད་རྒྱུ་རེད"

"འོ་ལེ། དེའི་ཤོ་རྒྱུག་རོགས་ཀྱིས་སྐྱིད་རྒྱུག་གི་ཡོད་པ་ཁོ་ཐག་ཡིན"

"ཡིན་ནའང……"

སྐབས་དེར། འཕྲུལ་རྟར་ཞོན་མཁན་འཁྲོག་པ་ལོ་ཡར་གསེག་ཅིག་ཐད་ཀར་ཕྱི་ཕྲུག་ཐར་གྱི་ཟས་རིགས་ཚོང་ཁང་གི་སྒོ་ཁར་སོང་ནས་འཕྲུལ་རྟ་ཏན་སེ་བསྡད་ཅིང་། དེ་ནས་ཚོང་ཁང་ནང་དུ་སྐེ་བསྲིངས་ནས་ལྟ་ཙམ་བྱས་ཤིང་། ཚོང་ཁང་ནང་དུ་ཚོང་པ་མེད་པ་ཤེས་པས་ཡར་ལྟ་མར་ལྟ་ཞིག་བྱས་པ་ན། ཨ་ཡེ་སྒྲོལ་མའི་གོས་ལྭ་ཚོང་ཁང་གི་མདུན་དུ་མི་འགའ་ལྷན་དུ་འདུས་ནས་ཁ་བརྗ་བྱེད་པ་མཐོང་བས། "ཨ་རོག་སྐྱིན་བདག ཨ་རོག་སྐྱིན་བདག" ཅེས་ཁོ་ཚོར་ཕྱོགས་ནས་ཡང་ཡང་བོས། སྐབས་དེར་མགར་པ་རྡོ་རྗེ་ཡིས་ཕྱི་ཕྲུག་ཐར་ལ། "ཨ་རོག ཚོང་རྒྱག་མཁན་སླེབས་འདུག ཁྱོད་ཀྱིས་ད་དུང་ཁ་བརྗ་བྱས་ནས་འདུག་རྒྱུ་ཡིན་ནམ" ཟེར་བ་ན། ཕྱི་ཕྲུག་ཐར་གང་ཞིག་ནས་སད་པ་ལྟར "ཨ། ཅི་ཟེར" ཞེས་མགར་པ་རྡོ་རྗེ་ལ་དྲིས་པས། མགར་པ་རྡོ་རྗེ་ཡིས་ཡང་བསྐྱར "ཚོང་རྒྱག་མཁན་སླེབས་འདུག" ཅེས་ནན་བཤད་ཅིག་བྱས་པ་ན། ད་གཟོད་ཕྱི་ཕྲུག་ཐར་གྱིས་ཧ་གོ་སོང་བ

ལྷར་ཚོང་ཁང་གི་ཕྱོགས་སུ་ཕྱིན་སོང་། གཞན་རྣམས་ཀྱིས་སྟུ་མཐུད་དུ་ཁ་བརྗ་བྱེད་ཀྱིན་འདུག མགར་པ་རྡོ་རྗེ་གཅིག་པུ་ཁོམ་ལོང་དབེན་པ་བཞིན་མགར་ཁང་དུ་འཛུལ་འགྲོ་ལ། དེ་ནས་ཡང་ཕྱིར་འཐུར་ཡོང་ཞིང་ལག་ནས་ཅི་ཞིག་བསྣོགས་བསྣོགས་བྱེད་སྐབས་ཀྱི་ཡང་མགར་ཁང་དུ་འཛུལ་འགྲོ། དེ་ནས་ཅུང་མ་འགོར་བར་ཡང་ཕྱིར་འཐུར་ཡོང་།

ཨ་ཡེ་སྒྲོལ་མས་གདོང་གི་རྣལ་ཆུ་འབྱིད་ཙམ་བྱས་པ་ན་གཉེར་མས་ཁེངས་པའི་གདོང་ནི་འོད་ཀྱིག་ཀྱིག་བྱེད། མོ་རང་ལོ་ན་ཅུང་ཟད་བགྲེས་ཀྱང་སྐད་ཆའི་གདངས་ལ་སྟོབས་ཤུགས་ཤིག་བརྟས་འདུག

“རས་གུར་སེར་ལྗང་ཞིག་ཕུབས་ཡོད་པར་བསམས་ན། མི་དེ་དུས་ཡུན་རིང་པོ་ཞིག་ལ་སྡོད་རྩིས་ཡོད་པ་མིན་ནམ། ཁ་ནང་དུ་ཐལ་བརྒྱུག་རྒྱུ་དེ་ང་ཚོའི་ཡུལ་ཚོར་ཡོང་བར་དམིགས་ཡུལ་ངེས་ཅན་ཞིག་ཡོད་པ་ཁོ་ཐག་ཡིན། དེ་ལྟར་མིན་ཆེ་ས་མཐའ་འདི་ལྟ་བུ་ཞིག་ཏུ་ཡོང་དོན་ཅི་ལ་ཡོད་ཨང”

ཨ་ཡེ་སྒྲོལ་མས་དེ་ལྟར་བཤད་ཀྱིན་ཡང་བསྐྱར་དཔྲལ་ངོས་ཀྱི་རྣལ་ཆུ་འབྱིད་ཙམ་བྱས་སོང་།

“དེ་ལ་དམིགས་ཡུལ་ཅི་ཞིག་ཡོད་དམ”

ཁྲི་ཕྲུག་ཐར་གྱིས་དོགས་འཚེར་དང་བཅས་དེ་སྐད་བཤད་རྗེས་གཞན་རྣམས་ཀྱིས་ཅི་བཤད་ལ་མཉན་འདུག

ཁོ་ལྷས་མགོ་ལ་འཕྲུག་ཙམ་བྱས་ཤིང་། དེ་ནས་ཅི་ཞིག་བཤད་འདོད་ཀྱི་ཁ་འགྱུལ་ཙམ་འགྱུལ་ཙམ་བྱས་རྗེས་མཐའ་མར་ཅི་ཡང་བཤད་མ་བྱུང་བས། ལོགས་སུ་ཁོ་ལྷས་ཅི་བཤད་ལ་བསྒུགས་འདུག་པའི་ཟླ་གོགས་ཚོའི་གདོང་ལ་ཅེར་ནས “དམིགས་ཡུལ་ནི་ཡོད་ཁོ་ཐག་ཡིན་རྒྱུ་རེད། ཡིན་ནའང་དམིགས་ཡུལ་ཅི་ཞིག་ཡིན་ནམ” ཟེར།

“དམིགས་ཡུལ་ལོས་ཡོད། དམིགས་ཡུལ་ད་ཏུང་ངན་པ་ཞིག་བཅངས་ཡོད་ནའང་ཐང”

“དམིགས་ཡུལ་ངན་པ་ཅི་ཞིག་འཆང་ངམ”

“……”

ད་ནི་ཞིན་བྱེད་དབང་པོས་དཀར་ལམ་མེར་བྱེད་པའི་ཨ་མྱེས་སྔོང་དཔོན་གྱི་རི་རྩེ་མཐོ་ས་དེ་རིང་དུ་དོར་ནས་ནམ་མཁའི་དཀྱིལ་ལ་སླེབས་འདུག སྤང་མཐའི་སློབ་གྲྭའི་ཕྱོགས་ནས་སློབ་མ་རྣམས་ཀྱིས་འུར་རྒྱག་པའི་སྒྲ་ཡུལ་ཚོ་ཚུང་ཚུང་དེའི་སྟོད་སྨད་བར་གསུམ་དུ་མཆེད་བྱུང་ལ། རྒྱང་རིང་དུ་ཡུལ་ཚོའི་ཕྱོགས་སུ་གཤར་ནས་འོང་བའི་འཕྲུལ་རྟ་འགའ་རྡུལ་འཚུབ་ཀྱི་ཀློང་དུ་བཏུམས་སོང་། ཁྱི་ལྟོམ་དག་ཀྱང་ཞིན་ཁ་དྲོ་སར་བཙངས་ཏེ་ཁ་སྦུབས་སུ་གཉིད་འདུག་མོད། སྐྱག་སྦྲང་དུམ་བུ་ཞིག་ཕོ་ཚོའི་སྟེང་དུ་བབས་ཤིང་སྒྲ་དིར་དིར་དུ་སྒྲོག་པས། དེའི་ཁྲོད་ཀྱི་ཁྱི་ལྟོམ་ཞིག་གིས་མགོ་བོ་ཡང་ཡང་གསིག་པར་བྱེད་ཀྱང་། སྐྱག་སྦྲང་རྣམས་ཡར་འཕུར་མར་འཕུར་ལན་འགའ་བྱས་རྗེས་ཡང་བསྐྱར་ཕོ་ཚོའི་སྟེང་དུ་བབས་བྱུང་བས། ཁྱི་ལྟོམ་དེ་ཡང་ཅི་བྱ་གཏོལ་མེད་དུ་གྱུར་པ་བཞིན་འགྱུལ་ཙམ་ཡང་མི་བྱེད་པར་བསྡད་འདུག ཏག་ཏག་སྐབས་དེར། ཡུལ་ཚོ་སྲིད་གཞུང་གི་གཡས་ལོགས་ཀྱི་སྤང་རྩྭ་ལེབ་མོ་དེའི་སྟེང་དུ་ལས་བྱེད་པ་འགས་ལྷུ་རག་འཁྱུང་བཞིན། རྒྱང་རིང་གི་ཨ་རྨེ་རི་ཁའི་རྒྱལ་ཁབ་ག་གེ་མོར་ཐན་པ་བྱུང་ནས། མི་མང་པོ་ཕྱོགས་སོ་སོར་འཁྲམ་བཞིན་པའི་གནས་ཚུལ་ཞིག་གླེང་བཞིན་འདུག་ལ། མཚམས་དང་མཚམས་སུ་དགོད་སྒྲ་ལྷང་ལྷང་དུ་བསྒྲགས་འོངས།

ཨ་ཡེ་སྒྲོལ་མས་གློ་ལུ་བསྟུད་མུར་ཐེངས་གསུམ་བརྒྱབ་རྗེས་ལག་གི་ཁྲེང་བ་ནག་པོ་དེ་སྐེ་ལ་བསྐོན་ཞིང་། མུ་མཐུད་དུ་ “མི་དེ་གང་ཞིག་ནས་ཡོང་བ་ཡིན་ནམ” ཟེར་བ་ན། ཕོ་རྡས་གཞན་རྣམས་ཀྱིས་ཅི་ཡང་མ་བཤད་གོང་སྔོན་མ་བྱས་ཏེ “འོ་ལེ། གང་ཞིག་ནས་ཡོང་བ་ཡིན་ནམ” ཟེར། དེར་མཐུད་ནས་བསྟན་པ་དང་ཟླ་གོ་དང་ལྷ་མོ་གསུམ་གྱིས་ཀྱང་ “གང་ཞིག་ནས་ཡོང་བ་ཡིན་ནམ” ཞེས་ཨ་ཡེ་སྒྲོལ་མ་དང་ཕོ་རྡ་གཉིས་ལ་ལད་མོ་བྱེད་པ་བཞིན་བསྐྱར་ཟློས་ཤིག་བྱས་སོང་། ཁྱི་ཕྲུག་ཐར་ནམ་ཞིག་ལ་ཕོ་ཚོ་དང་ཁ་བྲལ་ཞིང་། ཡང་ནམ་

ཞིག་ལ་ཁོ་ཚོའི་གྲས་སུ་སླེབས་པ་ཨ་ཡེ་སྒྲོལ་མ་སོགས་ཀྱིས་ཅི་ཡང་མ་ཆོར། ཁྲི་ཕྲུག་ཐར་གྱིས "དེ་གང་ཞིག་ནས་ཡོང་བ་སུས་ཤེས" ཟེར། མགར་པ་རྡོ་རྗེ་ཡིས་ལྕགས་རྟུང་བའི་སྒྲ "ཏིང—ཏིང—" ཞེས་ཡུལ་ཚོ་ཆུང་ཆུང་དེའི་སྲང་བར་ཀུན་ཏུ་གྲག་ཅིང་མཆིས། དེ་ནི་ཆེད་དུ་ཁོ་ཚོའི་གཏམ་སྙིང་ལ་རམ་འདེགས་རོལ་མོ་དགྲོལ་བ་དང་འདྲ།

ཁྱི་རྡོའི་མཚམས་སུ་ཉི་འོད་ཇེ་གཉོམ་ནས་ཇེ་གཉོམ་ཡིན་པས། གནམ་གཤིས་ལའང་འགྱུར་ལྡོག་བྱུང་སྟེ་དྲོ་གྲང་ཇེ་དམའ་ནས་ཇེ་དམར་ཕྱིན། ཐོག་མར་ཨ་ཡེ་སྒྲོལ་མས་ཀྱང་འདར་ཞིག་བརྒྱབ་སོང་། དེར་མཐུད་ནས་བསྟན་པ་དང་ཁོ་ཟླ་སོགས་ཀྱིས་བསྟུད་མར་ཀྱང་འདར་ལན་འགའ་བརྒྱབ་སོང་། སྐབས་དེར་མགར་པ་རྡོ་རྗེ་ཡིས་ལག་གི་རྟུང་འཁྱོར་ལུས་པའི་ལྕགས་ལེབ་དེ་གཡུགས་ཤིང་། གདོང་ལ་ཞེད་སྣང་ཞིག་བསྐྱོས་ཏེ "ང་ཚོས་ཡུལ་ཚོ་སྲིད་གཞུང་ལ་ཡར་ཞུ་བྱས་ན་ཅི་འདྲ" ཟེར། མགར་པ་རྡོ་རྗེ་ཡིས་སྒོ་བྱུར་ཁ་གྲགས་ཤིང་གྲོས་གཞི་གལ་ཆེན་བཏོན་པ་དེས་ཁོ་ཚོ་རེ་ཞིག་གྲག་མེད་སེ་བཏང་ལ། ཡུད་ཙམ་གྱིས་སོ་སོའི་གདོང་གི་རྣམ་འགྱུར་སྔར་ཡང་རྒྱུན་ལྡན་དུ་གྱུར་ཅིང་འཐད་པའི་བརྡ་ལ་མགོ་བོ་ཀུག་ཀུག་བྱེད། ཁྲི་ཕྲུག་ཐར་གྱིས་མགར་པ་རྡོ་རྗེ་ཡི་གདོང་ལ་ཅེར་ནས་འཛུམ་ཞིག་བཏོད་རྗེས "ང་ཚོའི་སེམས་ལ་དེ་ཅིའི་ཕྱིར་མ་དྲན་པ་ཡིན་ནམ" ཟེར་བ་ན། གཞན་རྣམས་ཀྱིས་དེར་མཐུད་དེ "འོ་ལེ། ང་ཚོའི་སེམས་ལ་ཅིའི་ཕྱིར་མ་དྲན་པ་ཡིན་ནམ" ཞེས་གོང་གི་སྐད་ཆ་དེ་ལན་རེ་བཟློས་རྗེས། ཨ་ཡེ་སྒྲོལ་མ་དང་མགར་པ་རྡོ་རྗེ་གཉིས་ཀྱི་གདོང་ལ་རེས་མོས་སུ་བལྟས་བྱུང་། ཨ་ཡེ་སྒྲོལ་མས "དོན་དག་འདི་ཚབས་ཆེན་རེད། ང་ཚོས་སྲིད་གཞུང་ལ་ཡར་ཞུ་བྱས་ན་འགྲིག" ཟེར་བ་ན། མི་ཚང་མའི་གདོང་ལ་འཚུབ་སྣང་ཞིག་ངང་གིས་འཁོར་བྱུང་།

ཁོ་ཚོ་ཚབས་ཅིག་ཏུ་ཡུལ་ཚོ་སྲིད་གཞུང་གི་ཕྱོགས་སུ་ཆས། ག་ནས་ལྡང་ཡོང་བ་མི་ཤེས་པའི་འཚུབ་མ་ཞིག་ཁོ་ཚོའི་མདུན་དུ་གཙུབ་འཁོར་ཞིག་བརྒྱབ་རྗེས་རྒྱང་ལ་ཡལ་བས། ཨ་ཡེ་སྒྲོལ་མས་འཚུབ་མ་འཁྲུམ་པོ་དེའི་རྗེས་ལ "ཕེ་ཕེ་ཕེ" ཞེས་མཆིལ་ཞགས་ཤིག

ཡུལ་ཚོར་ཁྱུང་པའི་ཧོར་ཀྱེན།

འཕངས་སོང་། ཡིན་ནའང་མགར་པ་རྡོ་རྗེ་ནི་འཚེར་སྣང་ཞིག་གིས་ཁེངས་ཤིང་རྒྱང་ནས་རྒྱང་དུ་ཡལ་བཞིན་པའི་འཚུབ་མར་ཅེར་ནས་ཧད་འདུག ཡུལ་ཚོ་སྲིད་གཞུང་གི་ལས་བྱེད་པ་ཚོས་སྔོན་ལྟར་སྤང་རྩྭ་ལེབ་མོའི་སྟེང་ལྷུ་རག་འཕྲུང་བཞིན་ཅི་ཞིག་རྩོད་གླེང་བྱེད་བཞིན་འདུག ཁོ་ཚོ་མདུན་དུ་སོང་ནས་བལྟས་པ་ན། དེ་དག་གི་ཁྲོད་དུ་ཡུལ་ཚོའི་དཔོན་པོ་སྐྱ་སྨ་ཡང་ཡོད་པས། ཨ་ཡེ་སྒྲོལ་མ་སྔོན་མ་བྱས་ཏེ་མདུན་དུ་བཅར་ཞིང་། ཐོག་མར་ཡུལ་ཚོའི་དཔོན་པོ་ལ་འཚམས་འདྲི་ཞིག་བྱས། དེ་ནས་ཡུལ་ཚོའི་དཔོན་པོ་ལ་ཡུལ་ཚོའི་འཁོགས་སུ་མི་ཚ་མེད་ཅིག་གིས་རས་གུར་སེར་ལྗང་ཞིག་ཕུབས་འདུག་པའི་གནས་ཚུལ་ཞུས་པ་ན། ཚང་རག་གི་བཙུད་ཀྱིས་ངོ་མདོག་དམར་པོར་བསྒྱུར་པའི་ཡུལ་ཚོའི་དཔོན་པོ་སྐྱ་སྨ་ཧབ་ཅིག་ལ་ཁ་རོག་གེར་ལུས། ལས་བྱེད་པ་གཞན་རྣམས་ཀྱང་ཁ་རོག་གེར་ཡུལ་ཚོའི་དཔོན་པོས་ཅི་བཤད་ལ་མཉན་འདུག དེ་དུས་ཡུལ་ཚོའི་དཔོན་པོ་སྐྱ་སྨའི་ཡིད་ལ་ཅི་ཞིག་དྲན་པ་ལྟར་གདོང་ལ་གཟབ་ནན་གྱི་ཉམས་ཤིག་མངོན་ཞིང་། གམ་གྱི་མིག་གཉིས་ཕྱེ་མ་ཟིམ་དུ་ཡོད་པའི་མི་དེར་ "ཁྱོད་ཀྱིས་མྱུར་དུ་སྡེ་ཁག་སོ་སོའི་མགོ་ཁྲིད་པར་བརྡ་རྒྱོབས་ལ་ཚོགས་ཁང་དུ་ཁོས་ཤོག ང་ཚོས་གྲོས་བསྡུར་ཞིག་བྱ།" ཞེས་བཤད་རྗེས། འཚབ་འཚུབ་དང་ཡུལ་ཚོ་སྲིད་གཞུང་གི་སྒོ་ཆེན་ནང་དུ་འཛུལ་སོང་བས། ལས་བྱེད་པ་གཞན་དག་ཀྱང་ཁོའི་རྗེས་བསྙེགས་ཤིང་གོམ་པ་རིང་ལེན་གྱིས་བུད་སོང་། ཨ་ཡེ་སྒྲོལ་མ་སོགས་ཀྱིས་དོན་ཆེན་ཅི་ཞིག་གྲུབ་སོང་བ་ལྟར། གདོང་ལ་རྣམ་རིག་ཅིག་རྒྱས་ཤིང་ཡུལ་ཚོ་སྲིད་གཞུང་གི་སྒོ་ཁར་ཙུབ་སྡེ། ཡུལ་ཚོའི་དཔོན་པོས་ཐབས་བཀོད་ཅི་ཞིག་འཐེན་པར་བསྒུགས་འདུག མགར་པ་རྡོ་རྗེ་གཅིག་པུའི་གདོང་ནི་ནག་རོག་གེར་སྤྲང་མདོའི་ཕྱོགས་སུ་ཡང་ཡང་བལྟ།

ཉིན་བྱེད་ནི་གནམ་སའི་མཚམས་གང་ཞིག་ཏུ་འཕྱག་འཚག་ལན་འགའ་བརྒྱབ་རྗེས་མི་སྣང་བར་གྱུར་སོང་། རྩྭ་ཐང་གི་ཁོར་ཁོར་ཡུག་ཀུན་སྨག་རུམ་གྱི་ཁོང་དུ་བྱིངས་ལ་ཉེ། ཡིན་ནའང་ཡུལ་ཚོའི་དཔོན་པོས་ད་དུང་ཐབས་བཀོད་ཅི་ཡང་འཐེན་མ་ཐུབ་པ་འདྲ། ཡུལ་ཚོ་སྲིད་གཞུང་གི་ཚོགས་རའི་ཕྱོགས་ནས་གློག་འོད་མག་མོག་ཅིག་སྤྲོ་ཞིང་། སྣེའུ་

ཡོལ་ངོགས་སུ་མི་ཞིག་ཕར་འགྲོ་ཚུར་འགྲོ་བྱེད་པའི་གྲིབ་གཟུགས་ཡང་ཡང་འགྱུལ་བར་བྱེད། དེ་ནི་ཡུལ་ཚོའི་དཔོན་པོ་སྐྱ་ཧྲ་ཡིན་པ་ཤེས་ཐུབ། ཁོས་ཐ་མག་སྦོ་ལྡོག་ལྡོག་ཏུ་འཐེན་བཞིན་ཅི་ཞིག་བཤད་ཀྱིན་འདུག་མོད། འོན་ཀྱང་སྒློག་འདོན་འཕྲུལ་ཆས་ཀྱི་འུར་སྒྲ་བར་མེད་དུ་གྲགས་ཡོང་བས། ཚོགས་རའི་ནང་གི་སྐད་སྒྲ་ཚོགས་རའི་ཕྱི་རོལ་གྱི་ཁོ་ཚོས་ཅི་ཡང་གོ་མི་ཐུབ། སྐབས་དེར་ཁྲི་ཕྲུག་ཐར་གྱིས་གྲོས་མགོ་གསར་པ་ཞིག་བཏོན་བྱུང་།

"ང་ཚོས་འདི་ལྟར་བསྒུགས་ཆེ་ནམ་ལངས་རྒྱུ་རེད། ང་ཚོ་མི་ཆ་མེད་དེར་དངོས་སུ་ལྟ་རུ་སོང་ན་ཅི་འདྲ" ཁྲི་ཕྲུག་ཐར་གྱིས་དེ་ལྟར་བཤད་རྗེས་གཞན་རྣམས་ཀྱིས་ཅི་བཤད་ལ་རྣ་བ་གླགས་འདུག

ཨ་ཡེ་སྒྲོལ་མས "དེ་རེད། ང་ཚོ་སོང་ནས་གཅིག་ལྟ" ཟེར།

བསྟན་པས "ང་ཚོས་ཡུལ་ཚོའི་དཔོན་པོར་ཙུང་ཟད་བསྒུགས་ན་ཅི་འདྲ" ཟེར།

ཟླ་གོས "བསྒུག་དགོས་དོན་མི་འདུག ང་ཚོ་དངོས་སུ་སོང་ནས་བལྟས་ན་ལེགས" ཟེར།

ཁོ་བྷས་ཀྱང "དེ་ལྟར་བྱ" ཟེར།

ལྷ་མོས་ཀྱང "དེ་ལྟར་བྱ་ན་བྱ" ཟེར།

མགར་པ་རྡོ་རྗེ་ཁ་རོག་གེར་ཡུད་ཙམ་ལ་བསྡད་རྗེས "འགྲོ་ན་འགྲོ" ཟེར་མོད། ཁོའི་སྐད་གདངས་ཁྲིད་དོགས་སྣང་ངམ་ཐེ་ཚོམ་ཞིག་གིས་ཁེངས་འདུག

ཁོ་ཚོ་མགར་པ་རྡོ་རྗེ་ཡི་སྣེ་ཁྲིད་འོག་འབབ་འབུར་མི་སྙོམས་པའི་འདམ་ལམ་བརྒྱུད་ནས་ཡུལ་ཚོའི་ཕྱི་རོལ་ཏུ་ཆས། ཁོ་ཚོ་ཕལ་ཆེར་གད་སྙིགས་འཕོ་སའི་ས་དོང་ཁར་སླེབས་པ་འདྲ། མཚན་གྱི་མཁའ་དབྱུགས་ཁྲིད་དུ་རུལ་དྲི་ཐུལ་ཐུལ་དུ་ལྡང་བས། མི་རྣམས་ཀྱིས་སྣ་ཁ་ཟུམ་ཞོར་ཁ་ནས "ཡེ" ཟེར་བཞིན་རྩ་ཐང་གི་ཕྱོགས་སུ་ཆས། ཁྲི་ཕྲུག་ཐར་གྱིས "ཡེ། འདི་རུ་ཟོག་རོ་ཞིག་རུལ་འདུག་པ་འདྲ" ཟེར་བ་ན། མགར་པ་རྡོ་རྗེ་ཡིས "ཟོག་རོ་མ་རེད། ངས་ད་ནངས་འདི་རུ་ཐལ་འཕོ་དུས་ཁྱི་རོ་ཞིག་རུལ་འདུག་པ་མཐོང" ཟེར། ཨ་ཡེ་སྒྲོལ་

མས། "ཁྲི་རོ་ཞིག་ཉུལ་འདུག་ཟེར་རམ། དེ་ནི་མི་ཆ་མེད་དེས་བསད་པ་མ་ཡིན་ནམ" ཟེར་བ་ན། མགར་པ་རྡོ་རྗེས་ཡིས "དེ་ངས་ཀྱང་མ་ཤེས། གང་ལྟར་ཁྲི་རོ་ཞིག་ཉུལ་འདུག" ཅེས་བཤད་ཝེར་ཁོས་ཝོགས་པར་རས་གུར་སེར་ལྗང་ཞིག་མཐོང་བའི་ཕྱོགས་དེར་ཕྱིན། ཡིན་ནའང་ཁོ་ཚོས་ཡར་བཙལ་མར་བཙལ་བྱས་ཀྱང་རས་གུར་སེར་ལྗང་དེ་ཕར་ཝོག་ཕུབས་པའི་ཤུལ་ཞིག་ཀྱང་མ་རྙེད།

མགར་པ་རྡོ་རྗེ་ཡིས། "ཨ་ཡ་མཚན། ད་ནངས་ངས་དངོས་སུ་མཐོང་བ་ཡིན། ད་ཤུལ་ཙམ་ཡང་མེད་པ་ཅི་རེད" ཟེར་བཞིན་རྣ་གསེང་ནས་ཕར་འགྲོ་ཚུར་འགྲོ་བྱེད།

དེ་དུས་ཁྲི་ཕྱུག་ཐར་གྱིས "ཨ་ཁུ་མགར་པ། ཁྱོད་ལ་མིག་འཁྲུལ་བྱུང་བ་མིན་ནམ" ཟེར།

ཨ་ཡེ་སྒྲོལ་མས་ཀྱང "ཁྱོད་ཀྱིས་དོན་དམ་དུ་མཐོང་ངམ་མ་མཐོང" ཟེར།

"ཨ་ཙི། དངོས་གནས་ཡ་མཚན་པ་ལ། ངས་ལོས་མཐོང་། ངས་ད་དུང་ཡུན་རིང་ཞིག་ལ་བལྟས་བསྡད་པ་ཡིན" མགར་པ་རྡོ་རྗེ་ཡིས་ཧ་ལས་པའི་ཉམས་ཤིག་བསྟན་ཀྱང་། གཞན་རྣམས་ཀྱིས་ཁོའི་གདོང་གི་ཧ་ལས་པའི་རྣམ་འགྱུར་དེ་མ་མཐོང་།

ཟླ་གོས "དེས་ན་གང་དུ་བུད་སོང་ངམ། ང་ཚོ་དེ་རིང་ཉིན་གང་པོར་རྒྱ་སྲང་དུ་བསྡད་པས། མི་དེ་གང་ཞིག་ཏུ་བུད་སོང་ཚེ་མཐོང་སྲིད་པ་ཁོ་ཐག་ཡིན" ཟེར།

ཁོ་སྣས་ཀྱང "འོ་ལེ། ཨ་ཁུ་མགར་པར་མིག་འཁྲུལ་བྱུང་བ་མིན་ནམ" ཟེར།

ལྷ་མོས "ཨ་ཁུ་མགར་པ་རྟེན་ལོག་པ་མིན་ནམ" ཟེར།

མགར་པ་རྡོ་རྗེ་ཡིས "གལ་ཏེ་ངས་ད་ནངས་མཐོང་མེད་ཚེ། ང་ཁྲི་ཀན་གན་བཞིན་ཉུལ་མི་འགྲོ་ན་དཀོན་མཆོག་གསུམ" ཞེས་མཛུབ་གུས་ས་དོང་གི་ཕྱོགས་སུ་སྟོན་བཞིན་མནའ་ཀན་ཞིག་བསྐྱལ་སོང་མོད། ཐུན་ནག་ཁྲིད་དུ་ཁོའི་མཛུབ་གུ་སུ་ཞིག་གིས་མཐོང་སྲིད།

"ཨ་ཡ་མཚན"

"ཡ་མཚན"

"ཡ་མཚན་རེད"

"ངོ་མ་ཡ་མཚན་རེད་ཡ"

ཁོ་ཚོས་ཡར་བཙལ་མར་བཙལ་བྱས་ཀྱང་མི་ཆ་མེད་ཕར་འོག ཐ་ན་རས་གྱུར་སེར་ལྗང་དེ་ཡང་མ་རྙེད་པས་ན། མཐར་ཚང་མས་མགར་པ་རྡོ་རྗེ་ལ་སྣུག་སྨྲི་རེ་འདོན་བཞིན་འཚབ་འཚུབ་ངང་རང་སར་ལོག་སོང་། ཤུལ་དུ་མགར་པ་རྡོ་རྗེ་གཅིག་པུ་ལུས་འདུག ཞོགས་པར་མཐོང་བའི་སྣང་བརྙན་དེ་ཡང་བསྐྱར་ཁོའི་མཐོང་ལམ་དུ་བཙངས་ཡོང་ནའང་། ཁོས་རང་ལ "ང་ལ་དངོས་གནས་མིག་འཁྲུལ་བྱུང་བ་མིན་ནམ" ཞེས་ཁེར་ལབ་ཅིག་བརྒྱབ་རྗེས། དེ་མ་ཉིད་དུ "དཔེ་མི་སྲིད། གཏན་ནས་དཔེ་མི་སྲིད" ཅེས་རང་གིས་རང་ལ་དགག་བྱུང་། ཁོས་དེ་ལྟར་རང་ལ་བདེན་ཁ་སྐྱེར་འོར་དང་དགག་པ་རྒྱག་འོར་ཡུལ་ཚོའི་གྲོང་བར་དུ་འགྲོར།

མཚན་སླག་ནི་སྟུག་ནས་སྟུག་ཏུ་ཕྱིན་ཅིང་། ཡུལ་ཚོ་ཆུང་ཆུང་དེ་ནི་མཐའ་མེད་གཏིང་མེད་ཀྱི་ལྗིང་འཇགས་ཤིག་གི་གཡང་དུ་ལྷུང་འདུག

ཁོས་ཡུལ་ཚོ་སྲིད་གཞུང་གི་ཕྱོགས་སུ་མིག་ཞགས་ཤིག་འཕངས་པ་ན། ཚོགས་རའི་སྐྲེའུ་ཁུང་ལས་ད་དུང་འོད་མག་མོག་ཅིག་བར་མེད་དུ་སྤྲོ་ཞིང་། སྐྲེའུ་ཡོལ་ངོས་སུ་ཡུལ་ཚོའི་དཔོན་པོ་སྐྱ་ནྣའི་གྲིབ་གཟུགས་ནི་འགྱུལ་རེས་ཤིག་དང་འདྲ་བར་ཕར་འགྲོ་ཚུར་འགྲོ་བྱེད། དེ་དུས། གྲོང་བར་གྱི་གྲུ་ག་ག་གེ་མོར་ཁྱི་ལྡོམ་ཚོས་ཟུག་སྐད་བར་མེད་དུ་འབྱིན་པའི་སྒྲ་གསལ་ལྗིང་ངེར་ཁོའི་རྣ་ལམ་དུ་གྲགས་ཡོང་།

......

མཚན་མོ་དེར། མགར་པ་རྡོ་རྗེ་ཡིས་རྨི་ལམ་གཅིག་ཡང་ནས་བསྐྱར་དུ་རྨིས་བྱུང་ལ། བསྐྱར་རྙོས་ཀྱི་རྨི་ལམ་དེའི་ནང་དུ་ངཨ་མེས་སྔོང་དཔོན་ཡིན་ཟེར་བའི་མི་ཆེན་རྒྱབ་ཏུ་རས་གྱུར་སེར་ལྗང་ཁུར་ཞིང་། རྗེས་ལ་ཁྱི་རྒན་ཁྲིད་པ་ཞིག་ཁོའི་མདུན་དུ་ཡོང་ནས "ཁྱོད་

གྱིས་བརྟུང་རྒྱུའི་ལྷུགས་མི་རྟུང་བར་ང་འདིར་སླེབས་འདུག་ཅེས་བཤད་ནས་ཅི་བྱ” ཟེར། མགར་བ་རྡོ་རྗེ་སྐྲག་སྟེ་རྨི་ལམ་ལས་ཐེངས་འགར་སད་བྱུང་། ཡིན་ནའང་མིག་ཟུང་ཟུམ་མ་ཐག་ཡང་བསྐྱུར་དེ་ལྟར་དྲིས་ཡོང་བས། ཁོ་རང་ཞེད་སྣང་གི་དབང་དུ་སོང་སྟེ་མཚན་གང་པོར་གཉིད་སྐྱིད་པོ་ཞིག་མ་ཁུགས། དེ་ལས་ཀྱང་ཡ་མཚན་པའི་དོན་དག་ཅིག་བྱུང་བ་ནི། ཕྱི་ཉིན་ནས་བཟུང་མགར་བ་རྡོ་རྗེ་ཡིས “མི་རིག་རིག་ཐུག་ཐུག་ལ། ཁྱོད་ཀྱིས་བརྟུང་རྒྱུའི་ལྷུགས་མི་རྟུང་བར་ང་འདིར་སླེབས་འདུག་ཅེས་བཤད་ནས་ཅི་བྱ” ཟེར་བས། ཨ་ཡེ་སྒྲོལ་མས “མགར་བ་རྡོ་རྗེ་སྨྱོས་འདུག” ཅེས་ཁ་སྐད་དུང་ལྟ་བུའི་ནང་ནས་ཀུན་ལ་སྒྲོག་པར་བྱེད་དོ།

མཐའ་མཇུག་གི་རི་དྭགས་པ།

ཤར་རིའི་རྩེ་རུ་གསེར་མདོག་གི་ཉི་མ་དལ་བུར་འཕགས་མགོ་བརྩམས་བྱུང་། རི་དྭགས་པ※འབར་ཚག་གིས་གནའ་ལུགས་ཀྱིས་བཟོས་པའི་རྩག་ཕྱུང་རྙིང་རྡུལ་རྒྱབ་ཏུ་གོན་ཞིང་ལོ་མང་པོར་ལག་ཏུ་མ་བཟུང་བའི་པི་ར་རྭ་རིང་དེ་ཕྲག་ཏུ་ཁུར་ནས་མཐོ་ལ་བརྟེད་པའི་རི་བོ་དེ་བསྙེགས་ནས་སོང་། རི་བོ་མཐོན་པོ་དེ་ནི་གནས་འདིའི་གནས་བདག་དང་ས་འདིའི་ས་བདག་སྟེ་མིང་ལ་ཨ་མྱེས་སྙོ་རྩེ་ཟེར་ཞིང་། ངག་རྒྱུན་དུ་ཧ་མཆོག་དཀར་པོར་བཙིབས་ཤིང་སྐུ་མདོག་དཀར་ལ་ཕྱག་གཡས་སུ་མདུང་དང་གཡོན་དུ་ཞགས་པ་འཆིང་བ་ཁྲོས་པའི་ཉམས་ཅན་ཞིག་ཏུ་སྣང་བར་བཤད། རྒྱང་ནས་བལྟས་ཚེ་རྩེ་མོ་གངས་ཀྱིས་བཟུང་ཞིང་འདབས་རྩོལ་ནགས་ཀྱིས་བསྐོར་བའི་རི་བོ་མཐོན་པོ་དེ་ནི་གནམ་འདེགས་ཀྱི་ཀ་བ་ཞིག་དང་འདྲ་བར་གནམ་སའི་བར་གླིགས་སུ་གྲོང་ངེར་འགྲིང་འདུག གནམ་ངོ་ནམ་རྒྱུན་ལས་ཀྱང་ཤིན་ཏུ་དྭངས་པས་གངས་དཀར་གྱི་འོད་པན་ནི་མིག་ལ་འཚེར་ཞིང་འཚེར་ལ་མི་སེམས་ཀྱི་དང་བ་འདྲེན་པའི་ཟིལ་ཤུགས་ཤིག་ཉི་འོད་ཀྱི་སློང་ནས་ལམ་ལམ་དུ་འབར། རི་དྭགས་པ་འབར་ཚག་ལོ་ན་བགྲེས་པས་གོམ་པའི་འདེགས་འཛོག་ལའང་ངང་ངམ་ཤུགས་ཀྱིས་རྐས་རྟགས་ཤིག་ཐོན་འདུག་པ་སྨོས་མ་དགོས། ཕོ་རང་ཉིན་སྲིབ་གཉིས་ཀྱི་

མཚམས་སུ་གྱ་གྱུར་འཐེན་པའི་རྐང་ལམ་སྟེང་དུ་ཉི་འོད་དང་གྲིབ་མར་འགོམ་རེ་བྱེད་ཀྱིན་མཚམས་རེར་ངལ་ཅུང་ཙམ་གསོ་བ་དང་དེ་ནས་ཡང་བསྐྱར་ལྡེད་ཧིག་གེར་གོམ་པ་མདུན་དུ་སྤོས་ནས་འགྲོ་ནའང་། སེམས་ཀྱིས་ལྷོགས་ཀྱང་ལུས་ཀྱིས་མི་ལྷོགས་པའི་དབང་གིས་ཁོའི་ཁ་ནས་དབུགས་རིང་ནར་མོ་རེ་རེ་ཤུ་ཅུ་ཅུ་སྒྲོག་པར་བྱེད། དེ་དུས་ཁོས་རྩག་ཐུང་གི་སྐ་རགས་ལྷོད་ཙམ་བྱས་ཤིང་ཉིན་སྲིབ་གཉིས་ཀྱི་མཚམས་ནས་གོམ་པ་ཉིན་ལ་སྤོས་ཏེ་ལམ་འགྲམ་གྱི་ཕ་བོང་ནག་ལྷིང་གཡག་རོ་འདྲ་བ་ཞིག་ཡོད་པ་དེར་ཁེན་ཞིང་ཐང་ལ་ཅོག་བྱུང་། ཁོ་དེ་ལྟར་ཅོག་ནས་སྡོད་དུས་ཉི་མ་ནི་དྲོ་ཞིང་དྲོ་བས་ཉི་མས་ཤིག་བསླུལ་ཤིག་གིས་མི་བསླུལ་ཟེར་བ་བཞིན་ཁོའི་མཚན་འོག་ཏུ་ཟ་འཕྲུག་ཙག་ཤེད་རྒྱུག་པ་ཞིག་ལངས་བྱུང་། ཁོས་ལག་པ་ཡ་གཅིག་མཚན་འོག་ཏུ་བསྲིངས་ནས་ཤེད་ཀྱིས་འཕྲུག་པ་ན་སྐོམ་པའི་དུས་སུ་ཆུ་འཁྱག་ཁོར་གང་འཐུང་བ་བཞིན་བདེ་བ་བསམ་གྱིས་མི་ཁྱབ་པ་ཞིག་སྐྱེས། ཁོས་དེ་ལྟར་ཡུན་རིང་ཞིག་ལ་འཕྲུག་མཐར་སེན་མོའི་བར་དུ་ཤིག་ནས་འབྲུ་ཙམ་ཞིག་འཚང་ནས་ཐོན་བྱུང་བས་ཁོས་ཤིག་དེ་མཐེ་བོང་དང་གོང་མཛུབ་བར་དུ་བླངས་ཤིང་མིག་ལམ་དུ་བཀུགས་ཏེ་ཞིབ་ཏུ་ཐེངས་ཤིག་བལྟས་འཕྲལ་འགྲམ་གྱི་རྡྭ་གསེང་དུ་འཕངས་སོང་། ཕ་བོང་ནག་ལྷིང་དེའི་འདབས་རོལ་ཀུན་ཏུ་སྤྱག་པ་དང་སྐྱེར་བ་དང་སུ་ཏུ་དཀར་ནག་དང་གླང་མ་སོགས་ཤིང་རིགས་མང་པོ་འཛིང་ནས་སྐྱེས་ཡོད་ལ་རི་བྱིའི་འགག་རེས་སྦྲུ་ཆུང་ངག་ལ་འཁྱུག་བཞིན་ཕར་འཕྱུར་ཚུར་འཕྱུར་ལན་འགའ་བྱས་རྗེས་མཐོང་ལམ་ནས་མི་སྣང་བར་ཡལ་འགྲོ། རི་དྭགས་པ་འབར་ཚག་གིས་མིག་གི་མཐོང་རྒྱ་སྲུ་མཐུད་དུ་ཡངས་པོར་བསྐྱེད་པ་ན་རྒྱང་རིང་གི་རི་བོ་དག་ནི་མཐོང་ལམ་ནས་དམའ་མོར་གྱུར་ཅིང་ཁྲུ་སིམ་མེར་ཁོའི་ཅི་བྱེད་ལ་བལྟས་འདུག་པ་འདྲ་བའི་ཚོར་བ་ཞིག་སྐྱེར། ཁོས་འབར་ཚག་གིས་བཀང་བའི་གདོང་ལ་ལག་པས་ཕྱུར་ཙམ་བྱས་ཤིང་དེ་ནས་ཏུམ་གྱི་སྣ་ཐལ་བླངས་ཏེ་ཤུགས་ཀྱིས་ལན་འགའ་རྡུབ་པ་ན་སྦྲོ་ལུད་འགའ་བསྟུད་མུར་བརྒྱབ་བྱུང་། ཁོར་ཡུག་ཀུན་ནི་དེ་ལྟར་ལྷིང་ཞིང་འཇགས་པས་ཁོས་སྦྲོ་ལུད་ཅིག་བརྒྱབ་པ་དེས་ཀྱང་རི་ཀླུང་གི་རྫི་ལམ་མཐའ་དག

དགྲོགས་པར་བྱེད། དེ་དུས་ཁོའི་མིག་ཟུང་ཁུ་སིམ་མེའི་རི་བོ་དམའ་མོ་དག་ལས་མར་ཕབ་པ་ན་ཁོ་རང་འཚར་ལོངས་བྱུང་ཞིང་ཀ་བས་ཁུར་གྱིས་ནོན་སའི་རི་གྲོང་དེ་མིག་ལམ་དུ་རབ་རིབ་ནས་གསལ་པོར་མངོན་བྱུང་། བར་ཐག་གི་དབང་གིས་ས་གྲུང་དམའ་མོས་བསྐོར་བའི་གཞིས་མ་དག་ནི་འབར་ཞུན་གྱི་སྣམ་ཆུང་འགའ་ཅི་འདོད་དུ་རི་ཚོགས་ཀྱི་པང་དུ་གཡུག་པ་དང་འདྲ་བར་གོ་རིམ་མེད་པར་གཡས་ལོག་གཡོན་ལོག་བྱས་ནས་འདུག ཁོའི་མིག་གཉིས་འགྲུལ་བ་མེད་པར་ཅེར་ནས་སྔོད་དུས་འབར་ཞུན་གྱི་སྣམ་ཆུང་ལྟ་བུའི་གཞིས་མ་དེ་དག་གི་གསེང་དུ་ཐ་མག་གི་སྣམ་ཆུང་ལྟ་བུ་ཞིག་དཀར་ལམ་མེར་མངོན་པ་མཐོང་། དེ་ནི་ཡུལ་མི་རྣམས་ཀྱིས་དཀར་པོ་ལྷ་ཆོས་བསྒྲུབ་ས་དང་ནག་པོ་གདོན་འདྲེ་འདུལ་སའི་མ་ཎི་ཁང་སྟེ། བལྟས་ཀྱིན་བལྟས་ཀྱིན་མ་མོ་བརྒྱ་ཡི་དབུས་ཀྱི་ཁྲིམ་ཀན་ཞིག་དང་འདྲ་བར་ང་རྒྱལ་གྱི་མགོ་འཕང་མཐོ་རུ་དགྱེ་འདུག ཁོས་ཕ་བོང་ནག་ལྷང་དེར་ཁེན་ནས་ཐེངས་ག་ཚོད་ཅིག་ལ་འདི་ལྟར་དམིགས་མེད་དུ་ཕྱོགས་བཞིར་གཡེངས་པ་མི་དྲན་མོད། ད་ལྟ་བསམས་ན་ཁོ་རང་ཐེངས་དང་པོར་ཨ་མྱེས་སྒོ་རྒྱེར་འགོས་པ་ནས་གནས་འདི་ནི་སུ་ཞིག་གིས་ཆེད་དུ་ཁོ་ལ་བཀོད་སྒྲིག་བྱས་པ་བཞིན་ཕ་བོང་ནག་ལྷང་ལ་ཁེན་པ་དེ་གོམས་ལོབས་སུ་གྱུར། ཁོས་དེ་ལྟར་ཡུན་རིང་པོར་ཅེར་ནས་བསྡད་པ་ན་རང་ཉིད་ཀྱས་ཤིང་འཁོགས་པར་གྱུར་ནའང་མིག་ལམ་གྱི་ཡོད་ཚད་ནི་གདོད་མ་ནས་ཇི་ལྟར་ཡོད་པ་ད་ལྟ་ཡང་དེ་ལྟར་འགྱུར་བ་ཙམ་ཡང་མེད་པ་ལྟར་འདུག་པས། རི་དྭགས་པ་འབར་ཚག་གི་སེམས་ལ་ལོ་དང་ཟླ་བའི་གོམ་ཁ་ལྡོག་ཕྱོགས་སུ་བསྐྱུར་ནུས་ཆེ་ཁོ་ཚང་ལའང་མགོ་གསེར་ཞྭ་ཅན་གྱི་བླ་མ་དང་དབུ་ལ་ཐོད་ཅན་གྱི་དཔོན་པོ་འཁྲུངས་མ་མྱོང་བ་ཞིག་མིན་སྙམ་ནས་དགའ་རྒྱུ་ཞིག་བྱུང་ནའང་། དེ་མ་ཐག་དུ་བསམ་ཚུལ་གཞན་ཞིག་གིས་དེ་དག་གིས་ཅི་བྱ་སྟེ་སྤྱ་དྲོ་ཡོད་ལ་ཕྱི་དྲོ་མེད་པ་རྫ་མགོའི་ཟེལ་བ་འདྲ་ཞིང་ཐ་ན་ས་སྣང་རིལ་མོ་འདིར་འགྱུར་བ་ཕྲན་ཙམ་ཡང་བཟོ་མ་ཐུབ་ཟེར་བ་ན་ཁོ་ལ་ཚོད་ཚོད་དུ་ཕངས་སེམས་ཤིག་ཐོལ་ཐོལ་དུ་སྐྱེས་བྱུང་། ཁོས་དེ་ལྟར་ཡར་དྲན་མར་དྲན་བྱེད་ཀྱིན་དུས་ཡུན་རིང་པོ་ཞིག་འགོར་འཕྲལ་རང་གི་དེ་

རིང་གི་དོན་བྱ་ཅི་ཡིན་དྲན་བྱུང་བས་སེམས་ལ་འཚུབ་ཆ་ཞིག་ལངས་བྱུང་། ཁོ་ཡར་ལངས་ཏེ་ཛག་ཧྲུལ་གྱི་སྣ་རགས་དམ་དུ་བཅིངས་རྗེས་ཡང་བསྐྱར་རི་ལམ་ཀྱག་ཀྱོག་དེའི་སྟེང་ལ་གོམ་པ་སྤོས་ཏེ་མཐོ་ས་ནས་མཐོ་སར་འཛེགས། དེ་ནི་ན་ནིང་གི་ལོ་སྨད་ཅིག་ཡིན་པ་འདྲ་སྟེ་ལོ་ན་ཚོད་ཀྱི་དབང་གིས་དྲན་པ་ཉམས་ཏེ་གསལ་པོ་ཞིག་འཆད་རྒྱུ་མི་འདུག་མོད། གསར་བུ་མགོ་འབལ་ལེ་བ་སྐོར་ཞིག་གང་ཞིག་ནས་འཇུར་ཡོང་བ་བཞིན་གྲོང་ཚོའི་བཞི་མདོར་ཡོང་ནས་ཨོ་རྒྱན་རིན་པོ་ཆེ་ལྷོ་ཕྱོགས་སྲིན་པོའི་ཡུལ་དུ་གྲང་བས་མཐར་ཏེ་པགས་ཛག་ཅིག་བཟོ་དགོས་པའི་བཀའ་བསྒྲལ་བྱུང་མོད། ཡུལ་ཕྱོགས་ལ་ལུང་ནས་པགས་པ་མང་པོ་བསྡུས་ནའང་ཁོང་གི་སྐུ་ནི་རི་རྒྱལ་ལྷུན་པོ་བཞིན་མཐོ་ཞིང་བརྗེད་པས་ད་དུང་པགས་པས་མ་འདང་བར་བཟོ་འཕྲོར་ལུས་ཡོད། ད་ནི་ཁོང་གི་ལུང་བསྟན་ལྟར་ཡུལ་འདིར་པགས་པ་སྟུད་དུ་ཡོང་བ་ཡིན་པས་ཁྱིམ་ཚང་སོ་སོའི་རང་རང་གི་པགས་པ་གང་ལེགས་གང་བཟང་ཨོ་རྒྱན་རིན་པོ་ཆེར་ཞལ་འདེབས་སུ་གནང་རྒྱུ་མཁྱེན་ཟེར་བས། གྲོང་ཚོའི་ནང་གི་རྒད་པོ་བསམ་ཉེས་ཆོས་ལག་པའི་ཐལ་མོ་བྲང་ལ་སྦྱར་ཏེ། ཨོཾ་མ་ཎི་པདྨེ་ཧཱུྃ་ཧྲཱི། ཨོ་རྒྱན་རིན་པོ་ཆེ་ལ་གསོལ་བ་འདེབས། སློབ་དཔོན་རིན་པོ་ཆེ་ཁོང་གིས་ང་ཚོ་ཐུགས་ནས་མ་དོར་ཞིང་སྙིང་རྗེའི་སྤྱན་དཀྱུས་རིང་མོས་གཟིགས་པར་གྱུས་པས་འདུད་ཟེར་ཞིང་རང་རང་ཁྱིམ་ནས་པགས་པ་གང་ལེགས་གང་བཟང་ཞལ་འདེབས་སུ་ཕུལ་ཞིང་། རི་དྭགས་པ་འབར་ཚག་གིས་ཀྱང་རང་ཁྱིམ་གྱི་རྡང་ལ་འཕྱང་བའི་པགས་པ་མང་པོ་ལས་པགས་པ་ཉི་ཤུ་བསལ་ཏེ་ཕྱིན་པ་རེད། གསར་བུ་མགོ་འབལ་ལེ་བ་དེ་དག་འགྲོ་ཁར་རི་དྭགས་པ་འབར་ཚག་གི་མདུན་དུ་ཡོང་སྟེ་ཁོར་ཨོ་རྒྱན་རིན་པོ་ཆེ་ཁོང་ཉིད་ཀྱི་འདོད་མོས་ལྟར་ན་པགས་ཛག་གི་གོང་ཁར་གཟིགས་ལྤགས་དང་སྟ་ལྤགས་སོགས་ཀྱིས་བརྒྱན་ན་ལེགས་ཟེར་བས། གོ་ཐོས་སུ་ཁྱོད་རང་རི་དྭགས་པ་ཞིག་ཡིན་པས་ཁྱེད་ལ་སྟ་ལྤགས་དང་གཟིག་ལྤགས་སོགས་ཡོད་སྲིད་པ་གདོན་མི་ཟ་ཟེར་བ་ན། རི་དྭགས་པ་འབར་ཚག་གིས་སྟ་ལྤགས་འགའ་ཡོད་པ་སྣང་ནས་བཙོངས་ཚར་བས་ཅེས་ཀྱང་མཁོ་ཆེ་དུས་ཡུན་ཟླ་འགར་བསྲིངས་ན་ཚོག་གམ་ཅེས་བཤད་

པར། གསར་བུ་མགོ་འབལ་ལེ་བ་དེ་དག་གིས་དེས་ན་དེ་ཙྭོས་གང་ལྟར་མགྱོགས་པོ་བྱ་དགོས་ཟེར་ཞིང་ལུག་ལྤགས་གང་བཟང་གང་ལེགས་རྣམས་འཁྱེར་ནས་བུད་སོང་། དུས་ཚོད་ནི་གཏུགས་ནས་བསླེབས་བྱུང་ནའང་ཕ་ལྤགས་གཅིག་ཀྱང་ལག་སོན་མ་བྱུང་བས་རི་དྭགས་པ་འབར་ཚག་གིས་དངན་པ་ཞིག་འཛིན་བཞིན་རི་ལམ་ཀྱག་ཀྱག་དེར་འགོས་ཏེ་ཕྱིན། ཐྲུང་བུ་ཡང་མོ་ཞིག་དལ་བུར་ལྡིང་བ་ན་ལམ་འགྲམ་གྱི་རྩེ་ཤིང་སྐམ་པོ་དག་གིས་མགོ་ལྷོག་ལྡེམ་ཙམ་གྱིས་ཐྲུང་བུའི་ཕེབས་འཇོར་ལ་བསུ་མ་བྱེད་ནའང་། ཐྲུང་བུ་དེ་ལམ་ངོས་སུ་འཕོས་པའི་སྐད་ཅིག་མར་ས་རྡུལ་རྣམས་སྐྲག་སྟེ་འཕྲོ་བ་བཞིན་ཕོའི་རྫོག་སྟེ་བརྒྱུད་དེ་རྒྱུད་རིང་གི་ཡུལ་དུ་ཞོགས་སོང་། ཁོས་གནའ་ལྤགས་ཀྱི་རྩག་ཐུང་དེའི་གོང་ཁ་དམ་པོར་བསྣམས་ཤིང་བྲོས་ནས་འབྲོ་བའི་ས་རྡུལ་གྱི་རྗེས་ལ་མཆིལ་ཞགས་འགའ་འཕངས་ཤིང་། དེ་ནས་དབུགས་རིང་ཞིག་འཛིན་ཞིང་མགོ་བོ་ཡར་དགྱེ་སྟེ་གངས་ཀྱིས་བཟུང་བའི་རི་རྩེར་ལན་གཅིག་ལྟ་དུས་ཉི་འོད་ཀྱི་ལྷོག་འཕྲོའི་རྩེ་ལ་འཛད་ཚོན་སྣ་ལྔའི་འོད་ཀྱི་གོང་བུ་མང་པོ་ལུ་གུ་བརྒྱུད་དུ་བསྟར་འདུག་པས། ཁོས་མཇུབ་གུས་འོད་ཀྱི་གོང་བུ་དེ་དག་རེ་རེ་བཞིན་བརྩིས་མོད་དེ་དག་ལ་འགྱུར་ལྡོག་ཤིན་ཏུ་ཆོད་ཆེན་ཁ་གྲངས་ལེན་མ་ཐུབ། དེ་ལྟར་བསྡུད་མུར་ལན་འགར་བརྩིས་ཀྱང་ངལ་བ་འབྲས་མེད་ཡིན་པས་གངས་རིའི་རྩེ་ལ་བགལ་བའི་མིག་མདངས་སླར་ཡང་མིག་མདུན་གྱི་རྐང་ལམ་སྟེང་དུ་བསྒྱུར། རྐང་ལམ་ཀྱག་ཀྱོག་དེ་དེད་ནས་སོང་ན་ཕ་ཚང་ནང་ཟེར་བའི་ལུང་ཤུར་ཆུང་ཆུང་ཞིག་ཡོད་པས་ཁོས་དམིགས་པ་དེར་གཏད་ནས་དཀའ་ཚེགས་ཀྱིས་མདུན་དུ་ཕྱིན། ……ཨ་ཤུ། ཁྱོད་ལའང་ཅི་ཁག་སྙེ་ད་ནི་རི་དྭགས་བདའ་རུ་འགྲོ་བའི་ལོ་ཚོད་ སྐྱར་ནས་འདའ་ཟེན། དགུང་ལོ་བདུན་ཅུར་ཉེ་བའི་རྒད་པོ་ཞིག་གིས་ད་དུང་པི་ར་ཁུར་ནས་འགྲོ་བ་ཁྱོད་ལས་མེད། ག་ལ་ཡོད…… གཏན་ནས་ཡོད་མི་སྲིད། ཨ་ཤུ། ད་ནི་ཁྱོད་ཀྱང་སྡེ་དཀྱིལ་གྱི་ཀ་རག་བྱུགས་པའི་མ་ཎི་ཁང་དུ་འཛུལ་ནས་ཚེ་ཕྱི་མའི་ལམ་སྒྲོ་གསོག་པའི་དུས་ལ་བབས་འདུག …… ཨ་ཅི། ཁྱོད་ཀྱིས་ཅི་ཟེར……ཁོས་རང་གིས་ཅི་བཤད་ལ་བཤགས་པའི་ཚུལ་གྱིས་ཨོ་རྒྱན་རིན་པོ་ཆེ་ལ་གསོལ་

བ་འདིབས་ཞེས་ངག་ནས་ལན་ཅིག་བཟློས་པ་ན་གོམ་པའི་འདེགས་འཛོགས་ཇེ་ཡང་དུ་ཕྱིན་པ་ལྷ་བུའི་སྣང་བ་ཞིག་སྐྱེར། ཁོས་འགྲོ་ཤོར་དུ་ཕྱིར་ལྷ་ཞིག་བྱེད་དུས་ཤོགས་པར་ལམ་དུ་ཆས་སའི་ཀང་ལམ་ཀྱག་ཀྱོག་དེ་ནི་དུག་སྦྲུལ་ཞིག་ཐང་ལ་ཉལ་བ་དང་འདྲ་བར་རང་གི་རྫོག་འོག་ནས་གྲོང་ཚོའི་མཚམས་སུ་སྐྱ་ཤ་ལེར་བསྒྲིངས་འདུག་ལ། ཀང་ལམ་ངོས་སུ་འཕོས་པའི་གྲིབ་མ་དེ་རང་ཉིད་འགྲུལ་ཙམ་བྱས་ཚེ་འགྲུལ་ཙམ་བྱེད་ཅིང་རང་ཉིད་སྡུར་ཙམ་བྱས་ན་སྡུར་ཙམ་བྱེད་ལ་རང་ཉིད་མ་འགྲུལ་བར་བསྡད་ན་དེ་ཡང་འགྲུལ་མེད་དུ་འདུག་པས། ཁོ་ནི་བྱིས་པ་བསམ་མེད་ཅིག་དང་འདྲ་བར་འགྲུལ་ཙམ་དང་སྡུར་ཙམ་བྱེད་ཀྱིན་ཁྱོད་འགྲུལ་ཡ་ཁྱོད་སྡུར་ཡ་ཟེར་ཞིང་། ཁོ་དེ་ལྟར་འགྲུལ་ཙམ་དང་སྡུར་ཙམ་ལན་འགའ་བྱས་རྗེས་ཁ་ནས་ཡང་བསྐྱར་ཨ་ཤུ་ཟེར་བཞིན་དངན་པ་རིང་པོ་ཞིག་འཐེན་སོང་ལ། དེ་ནས་ཁྱོད་འགྲུལ་ཤེས་ཀྱང་ཁ་གྲག་མི་ཤེས་པས་ཁྱོད་ངའི་འགྲོ་རོགས་ལ་མི་ཉན་ཟེར་ཞིང་འཁང་ར་ལྷ་བུ་ཞིག་བྱེད་བཞིན་གོམ་ཁ་མདུན་ལ་བསྐྱུར་སོང་། ཁ་དཔེ་ལ་སྙོ་རྩེ་ལ་ཡི་ལ་ལ་བལྟས་དང་བཀལ་མོ་ནང་གི་བྲོ་ལ་བལྟས་ཟེར་མོད། ཁོའི་སེམས་ལ་གནའ་དང་མ་གསར་བུ་ཡིན་དུས་ལ་ཐུང་ཐུང་འདི་ཙམ་ལ་འགོས་པར་མིག་རྗེབ་དབང་ཙམ་དང་དབུགས་ལེན་དབང་ཙམ་ཡིན། ད་ནི་རྒས་སོང་། ད་ནི་དངོས་གནས་རྒས་སོང་། ཁོས་དེ་ལྟར་དྲན་པ་ན་ལོ་ཟླས་ཆར་རླུང་གིས་བསྒུབ་མ་ཐུབ་པའི་གཏམ་རྒྱུད་འགའ་རེ་དྲན་ངོགས་སུ་ཆུ་ཁའི་སོག་མ་བཞིན་གཡེང་ནས་མངོན་བྱུང་། དེ་དུས་ནི་ཁོ་རང་ངལ་བས་མི་དུབ་ཅིང་ཟས་པས་མི་འགྲངས་པའི་ལོ་ཚོད་ཡིན་པས་ནམ་ཡང་ཨ་མོ་དམར་པོ་མེ་འདྲ་ཞིག་གམ་སླ་ཕོ་ནག་པོ་ལྟུང་འདྲ་རེ་ཁོའི་པོའུ་ཁ་ནས་ཅལ་སེ་འགྲེལ་འགྲོ་བས་རི་དྭགས་པ་ཟེར་ན་ཁོ་ཡིན་ལ་ཁོ་ཟེར་ན་རི་དྭགས་པ་ཡིན། ཁོས་ཨ་མོ་དམར་པོ་མེ་འདྲ་བ་ཞིག་ཉ་བར་དུ་ཁུར་ནས་འགྲོ་དུས་མོ་གསར་ཚོའི་མིག་ཟུང་ནི་ཁོའི་རྒྱབ་ཀྱི་ཨ་མོར་འབྲལ་མི་ཐོད་པ་བཞིན་ཅེར་འདུག་པའི་རྣམ་པ་དེ་ད་དུང་ཡང་ཁ་སང་བྱུང་བ་དང་ཁྱད་ཅི། དེ་དུས་ཨ་ཡེ་སྒྲོལ་མ་ནི་ཨ་ཡེ་ཞིག་ག་ལ་ཡིན་ཏེ་ལང་ཚོའི་མེ་ཏོག་ལྷམ་མེར་བཞད་ཅིང་གཟུགས་སྐྱེ་ལུས་ང་ཡོད་དང་ཡག་མོ

སྒོང་ཡོད་ཟེར་བའི་མོ་གསར་རང་སྣང་ཅན་ཞིག་ཡིན་མོད། ཡིན་ནའང་ཕ་མོ་དམར་པོ་མེ་འདྲ་བ་དེ་ཡིས་མོའི་སེམས་ཀྱི་རང་སྣང་དེ་ཡང་ཐལ་དང་རྡུལ་དུ་བསྲེགས་ནས་ང་ལ་ཁྱོད་ལས་མི་དགོས་ཟེར་བའི་བུ་མོ་ཉམ་ཆུང་ཞིག་ཏུ་བསྒྱུར་སོང་། ཏེ་ཏེ། ད་ནི་གཏམ་དཔེ་ཞིག་གི་ལམ་ནས་བཤད་ན་གཡག་གིས་གད་པར་འཕྱུག་པ་རེད་ཟེར་བ་ལས་གད་པས་གཡག་ལ་འཕྱུག་པ་རེད་ཅེ་ན་འགྲིག ད་ནི་མོ་ཡང་ཀྲས་ཤིང་འཚོགས་པར་གྱུར་ཏེ་གནའ་དང་མའི་ཤུལ་ཙམ་ཡང་ལྷག་མི་འདུག་པས་གདུང་སེམས་ཤིག་དང་ངམ་ཤུགས་ཀྱིས་སྐྱེས་བྱུང་། མཛེས་མ་སྒྲོལ་མ་ཨ་ཡེ་སྒྲོལ་མར་གྱུར་པའི་གོ་རིམ་ཁྲོད་དུ་ཁོ་ཡང་ཕོ་གསར་བཀྲ་ཤིས་ནས་རི་དྭགས་པ་འབར་ཚག་ཏུ་གྱུར་ཅིང་ད་ནི་གོམ་པ་འགག་མདུན་དུ་སྤོ་བ་ལའང་དབུགས་ཧལ་ཧལ་དུ་ལེན་དགོས་པ་འདི་རེད། གནའ་དང་མ་གསར་བུ་ཡིན་དུས་ཁྱོད་བཀྲ་ཤིས་ཟེར་ན་ཕོ་རྒོད་པོའི་མིག་དཔེ་ལྟས་ཞིག་དང་མ་བུ་མོའི་ཡིད་སྨོན་འཚེར་ས་ཞིག་ཡིན་པ་ཨེ་དྲན། ཁྱོད་ཀྱིས་སྒྲོལ་མ་རྟ་རྒྱབ་ཏུ་བླངས་ནས་མི་ཚོགས་བརྒྱ་འདུས་སྟོང་འདུས་ཀྱི་ཁྲོད་ནས་ཁྲོམ་ཆེན་ཟིལ་གྱིས་གནོན་ནས་འགྲོ་དུས། ཨ་ཨ་ཨ······ ཕྱོགས་དང་ཕྱོགས་ཀྱི་རེ་སྨོན་གྱིས་ཁེངས་པའི་མིག་མདངས་དེ་དག······ མིག་མདངས་དེ་དག་གི་ཁྲོད་དུ་ཁྱོད་ནི་ལྷ་ཕྲུག་ཅིག་དང་འདྲ། ཡང་ན་ཁྱོད་ནི······ཁྱོད་ནི······རི་དྭགས་པ་འབར་ཚག་གིས་ཁོ་ནི་གང་ཞིག་ལ་འདྲ་བ་འདང་ཇི་ལྟར་བརྒྱབ་ཀྱང་དཔེ་འོས་མོ་ཞིག་མ་རྙེད་པར་སྡོད་དུས། ཕ་གིའི་ནགས་གསེང་ནས་ཕོ་རོག་ཅིག་གློ་བུར་གློག་བཞིན་འཕྲུག་འོངས་ཏེ་ཁོའི་རྣ་ལམ་དུ་ཨག་སྐད་རྣམ་རྟོག་ཟ་བ་ཞིག་བསྒྲགས་རྗེས་གར་སོང་ཆ་མེད་དུ་གྱུར་པས། ཁོ་རང་སྣར་ཡང་ལོ་ངོ་མང་པོའི་སྔ་རོལ་གྱི་ཁྲོམ་ཚོགས་དབུས་ནས་མིག་མདུན་གྱི་རྐང་ལམ་ཀྱག་ཀྱོག་དེའི་སྟེང་དུ་ཙལ་སེ་གཡུགས་བྱུང་། ཨ་ཁ། ཐན་བྱ་གན་ཞེས་སྤིགས་དམོད་བྱེད་ཀྱིན་རི་དྭགས་པ་འབར་ཚག་གིས་ཕོ་རོག་མ་དགོས་འཕུར་བའི་ཤུལ་ཙམ་ཡང་མེད་ཀྱང་ཕྱོགས་དེར་ཧད་དེ་ཡུད་ཙམ་ལ་ལུས་སོང་། ད་ནི་གོམ་པ་འགག་ཡིས་ཕ་ཚང་ནང་ཟེར་བའི་གྲོག་ཤུར་མ་མོའི་ལོང་ག་ལྷ་བུ་ཞིག་ཡོད་པ་དེར་བསླེབས་ལ་ཉེ་བས་རི་དྭགས་པ་འབར་ཚག་གིས་ཨམ་གཅིགས

བསྡམས་ཏེ་མདུན་དུ་ཕྱིན། ཁོ་གསོམ་སྡོང་སྐམ་པོ་ཐང་ལ་འགྱེལ་འདུག་པ་སྟེང་དུ་སྤོ་རག་ཆགས་པ་ཞིག་ཡོད་པའི་ཕག་ཏུ་ཡིབས་ཤིང་པི་ར་མིག་ཁར་བླངས་ཏེ་ཁ་རོག་གེར་ཤ་མོ་རེ་ཨེ་མཐོང་ལ་རེ་སྒུག་བྱས་ནས་བསྡད། ད་ནི་ཤ་མོ་ཞིག་ཀྱང་མི་སོད་པ་འདི་ཅི་ཡིན་ནམ་སྙམ་སྟེ་འདང་ཞིག་བརྒྱབ་པ་ན་ཁོས་སེམས་ལ་དེ་སྔ་བཤད་པའི་ཤ་མོ་དེ་དག་དྲན་བྱུང་། ཁོས་ཚེ་འདིར་ཤ་མོ་མང་པོ་ཞིག་བཤད་མྱོང་བ་ནི་དོན་དངོས་ཏེ་ཚེ་རིང་གི་ཤ་ཞྭ་དེ་ཁོས་བཤད་པའི་ཤ་ལྷགས་ཀྱིས་བཟོས་ཤིང་མར་གོད་ཕུ་གཉིས་ལ་བརྟེན་པ་ཡིན། དོན་གྲུབ་ཀྱི་ཚུང་མའི་ཤ་ཞྭ་དེ་ཡང་ཁོས་བཤད་པའི་ཤ་ལྷགས་ཀྱིས་བཟོས་ཤིང་འབྲུ་སྙེ་མོ་གང་ལ་བརྟེན་པ་ཡིན། ལྷགས་མོའི་ཤ་ཞྭ་དེ་ཡང་ཁོས་བཤད་པའི་ཤ་ལྷགས་ཀྱིས་བཟོས་ཤིང་དངུལ་སྒོར་གསུམ་ལ་བརྟེན་པ་ཡིན། ད་དུང་ལྷགས་འབུམ་གྱི་ཤ་ཞྭ། ཀླུ་རྒྱལ་གྱི་ཤ་ཞྭ། ནོར་བུའི་ཤ་ཞྭ། ལྷུན་འགྲུབ་ཀྱི་ཤ་ཞྭ། འཇིགས་མེད་ཀྱི་ཤ་ཞྭ། བསོད་ནམས་ཀྱི་ཤ་ཞྭ། ལྷ་འཚོའི་ཤ་ཞྭ། གཡང་འཚོའི་ཤ་ཞྭ། བདུད་འདུལ་གྱི་ཤ་ཞྭ། གཙོད་པའི་ཤ་ཞྭ…… ཁོས་དེ་ལྟར་དྲན་བཞིན་དུས་ཡུན་ག་ཚོད་ཅིག་ཕྱིན་པ་མི་ཤེས་མོད་ལག་པ་གཉིས་ཀ་སྒྲིད་དེ་སེན་ཏོག་བྱས་ཀྱང་ཚོར་བ་མེད་པར་གྱུར་འདུག་ལ་རྐང་པ་གཉིས་ཀ་ཡང་ཏིང་ཏིང་དུ་གྱུར་ནས་བསྐྱམས་ཀྱང་སྐམ་དཀའ་བའི་ཚད་ལ་བསྐྱལ་འདུག ཁོས་ལག་པ་གཉིས་ཕུར་ཕུར་ཙམ་བྱས་ཤིང་དེ་ནས་འདུག་སྟངས་བརྗེས་ཏེ་ཡང་བསྐྱར་གྲོག་ཤུར་དེའི་གཡས་གཡོན་ལ་མིག་ཏིག་གེར་བལྟས་ནས་བསྡད། གྲོག་ཤུར་གྱི་མཐིལ་དུ་ཆུ་མིག་དྭངས་མོ་ཞིག་ཆུ་རྒོད་གཏུ་བ་བཞིན་ལྷོག་ལྷོག་ཏུ་འཕྱུར་ཅིང་དགའ་བའི་གླུ་དབྱངས་ལེན་བཞིན་ཕྱུར་ནས་ཕྱུར་དུ་འབབ་བཞིན་འདུག ཆུ་ཕྲན་དེ་མིག་ལམ་དུ་ཤར་བ་དེས་ཁོར་སྐོམ་པའི་ཚོར་བ་དྲག་པོ་ཞིག་རྒྱུ་མའི་མཐིལ་ནས་མེ་རི་བཞིན་འཕྱུར་བྱུང་ནའང་ཁོས་དེ་ལྟར་བསྲན་ནས་བསྡད། རི་དྭགས་རྣམས་ལ་ནི་ཁོར་ཆ་རྒྱུས་གསལ་པོ་ཡོད་དེ་དེ་སྔ་ཁོ་རང་གསར་བུ་ཡིན་དུས་ཆུ་མིག་དེའི་ཁ་ནས་རྫ་ཆུ་བསིལ་མར་རོལ་བའི་རི་དྭགས་ཅི་འདྲའི་མང་པོ་ཞིག་ལྟ་ལམ་དུ་བརྫངས་མྱོང་ཨང་། ལྟག་ཏུ་ཤ་མོ་རྣམས་ནི་ཆུ་མཐོང་ན་མཆུ་ཏོ་མདོང་མདོང་པོ་ཆུ་ལ་བཙུགས་ཏེ་

འགྲངས་པའང་མི་ཤེས་པར་རྐང་ལག་ཐུང་ཐུང་གིས་ཐོ་བ་མི་ཐེག་པ་ཞིག་འཐུང་ཐེས། རང་ཉིད་ལས་ཀྱང་ཆེ་བའི་ཛ་མ་རྒྱབ་ལ་དྲུད་ཅིང་གཡས་འཁྱོར་གཡོན་འཁྱོར་བྱེད་བཞིན་ཉིན་ཁ་ཏྲོ་སར་ངལ་ཡིད་ཆོམས་པ་ཞིག་གསོ་བ་རེད། སྐབས་དེ་ནི་རི་དྭགས་པ་འབར་ཚག་ལ་མཚོན་ན་སླུགས་ཀྱི་ནང་གི་མཆོག་སྟེ་པི་ར་རྣ་རིང་ལག་ཏུ་བཟུང་སྟེ་སྐག་སེ་བརྒྱབ་ཆེ་ཕ་མོ་དམར་པོ་མེ་འདྲ་ཞིག་རང་ཚུགས་སྒོར་ཏེ་གྲུ་གུ་བཞིན་འགྲིལ་བར་བྱེད་སྲིད། ཁོས་མུ་མཐུད་དུ་རི་སྦུག་གི་མིག་ཟུང་ཆེས་ཆེར་བགྲད་དེ་སྡོད་སྐབས་གཉིད་སྣང་འགོག་མེད་ཅིག་རྩ་ལམ་ཧྲིལ་པོར་ཁྱབ་ཅིང་མཐའ་མར་རིག་པ་ཉོབ་ཏེ་མིག་ལམ་གྱི་ཡོད་ཚད་རབ་རིབ་ནས་མག་མོག་ཏུ་གྱུར་སོང་། རྨི་ལམ་དུ་ཨོ་རྒྱན་རིན་པོ་ཆེ་ཡིན་ཟེར་བའི་མི་ཆེན་མགོ་བོ་ཡར་བཀྱགས་ནས་མ་བལྟས་ན་ཞལ་ཡང་མི་མཐོང་བ་ཞིག་གིས་ཁོའི་མདུན་ལྡོངས་ཡོད་ཚད་ནག་རོག་གེར་བསྒྲིབས་བྱུང་། མི་ཆེན་དེས་རི་དྭགས་པ་འབར་ཚག་ཁྱོད་ཀྱིས་ངའི་པགས་རྩག་གི་གོང་ཁར་འཐེན་རྒྱུའི་ཕ་ལྷགས་དང་དུང་འཁྱེར་ཡོང་རྒྱུ་མིན་ནམ་ཟེར་ཞིང་མིག་གཉིས་ཁྲུར་ཚུགས་སུ་ཁོར་ཅེར་ནས་བསྡད་བྱུང་། ཁོ་རང་སློང་སློང་བོར་གྱུར་ཏེ་ཁ་ནས་སློབ་དཔོན་རིན་པོ་ཆེ་ལགས་སྐལ་བ་སྙིགས་མའི་དུས་འདི་ལ་ཕ་ལྷགས་ཤིག་ཀྱང་རྙེད་དཀའ་བས། ངས་ཉིད་ཀྱི་རི་བ་དུས་ལྟར་མ་འགྲུབ་པར་དགོངས་དག་གནང་རོགས་ཞེས་ཕུས་མོའི་སྒང་ཐང་ལ་བཙུགས་ཏེ་ཡང་ཡང་ཕྱག་བཙལ་བ་ན། མི་ཆེན་དེས་ཧབ་ཆ་འབྲུག་སྒྲ་ལྡིར་འདྲ་ཞིག་བསྒྲགས་པ་དང་དེ་ནས་དུང་ཁྱོད་ལ་ཉིན་འགའི་དུས་ཚོད་སྟེར་དེའི་རིང་ལ་མ་འགྲུབ་ན་ངས་ཁྱོད་རང་སྲིན་པོའི་ཡུལ་དུ་སྐྱུགས་རྒྱུ་ཡིན་ཟེར་བ་དང་། ཡང་བསྐྱར་ཧ་ཧ་ཧ་ཞེས་ཧབ་ཆ་འབྲུག་སྒྲ་ལྡིར་སྒྲ་ཞིག་བསྒྲགས་འཕྲལ་སྤྲིན་ཕུང་ཕ་མོ་འདྲ་བ་ཞིག་གི་རྒྱབ་ཏུ་ཞོན་ཏེ་ཨ་སྔོན་དབྱིངས་སུ་དལ་བ་དལ་བུར་བཞུད་སོང་། རི་དྭགས་པ་འབར་ཚག་སྤྲངས་ཤིང་སྐྲག་སྟེ་གཉིད་ཡུང་ནས་གློ་བུར་སད་དུས་ཁོ་ར་ཁོར་ཡུག་ཀུན་ཏུ་རླུང་གིས་ཁ་ཤུ་འདེབས་ཤིང་གནམ་ངོ་ཡང་ཐལ་མདོག་ཏུ་གྱུར་འདུག ལྷོ་ཕྱོགས་ཤིག་གིས་སྟོད་ཀྱི་ཨ་མྱེས་སྒོ་རྩེའི་དབུ་འཕང་མཐོན་པོ་དེ་ཡང་ཐལ་སྐྱ་སྤྱར་མོ་གང་གཙོལ་བ་བཞིན་

རབ་རིབ་ནས་མག་མོག་ཅིག་ཏུ་བསྒྱུར་འདུག་ཅིང་ཕ་མོ་ཞིག་གི་མཆོང་སྟོབས་ཀྱིས་འགྲོ་བ་དང་ཀུན་ནས་མཚུངས། ཁོས་སེམས་ལ་དེ་རིང་གི་གནམ་གཤིས་འདིར་ཅི་བྱུང་འདི་བྱུང་སྙམ་ནས་སྔོང་སྐྲམ་དེའི་ཕག་ནས་མགོ་བོ་ཡར་བཀྱགས་པ་དང་མིག་ལམ་གྱི་གྲོག་ཤུར་དེ་ཙ་ཅི་ཞིག་འགྱུལ་བཞིན་པ་མཐོང་བྱུང་། ཁོས་པི་ར་ལག་ཏུ་བཟུང་ཞིང་མིག་གཅིག་ཟུམ་སྟེ་བལྟས་པ་ན་ཕ་མོ་ཞིག་ཡིན་པ་འདྲ་བས་ཐེ་ཚོམ་མེད་པར་སྐྱག་སེ་བཏང་བ་དང་དེ་ཙོ་སྒྲ་ཞིག་དང་ཆབས་ཅིག་དབུགས་རྩིག་གེར་འགྱེལ་སོང་། རི་དྭགས་པ་འབར་ཚག་དགའ་བས་མྱོས་ཏེ་རྒྱུག་མ་འདུར་གྱིས་གྲོག་ཤུར་དེའི་མཐིལ་དུ་ཕྱིན་པ་ན་གློ་ཡུལ་ལས་འདས་པ་ཞིག་ལ་དེ་ནི་ཕ་མོ་ཞིག་མིན་པར་སྤྱང་ཕྲུག་ཅིག་ཡིན་འདུག་པས་སེམས་པ་དེ་མ་ཉིད་དུ་སྐྱོ་བའི་གཡང་ལ་བཛྫངས་སོང་། སྤྱང་ཕྲུག་དེས་མིག་གཉིས་གཡོ་བ་མེད་པར་ཁོར་ཅེར་འདུག་ལ་དཔྲལ་ངོས་ཧྲིལ་བོར་ཁྲག་གིས་སྦགས་ཏེ་འཛིགས་ཡེར་བ་ཞིག་ཏུ་བཏང་འདུག ཨ་ཙི། གསད་རྒྱུའི་ཕ་མོ་མ་སོད་པར་གསད་མི་དགོས་རྒྱུའི་སྤྱང་ཕྲུག་ཅིག་བསད་སོང་། ཤུ — ཁོས་ཁ་ནས་ཨ་ཤུ་དང་ཨུ་ཤུ་ཟེར་བཞིན་ཕྱོགས་བཞིའི་ཁོར་ཡུག་ཏུ་བལྟས་པ་ན། སྐྱེ་བསེར་གྱི་ལག་པ་རྩུབ་མོས་རྩྭ་རྩིའི་མགོ་འཕང་སྤྱུགས་སྤྱུགས་གནང་ནས་ཁོ་རང་ནང་བཞིན་ཨ་ཤུ་དང་ཨུ་ཤུ་འདེབས་པར་བྱེད་པས་ཁོ་ལ་གྲང་འདར་འགག་བསྟུད་སྲུར་བརྒྱབ་བྱུང་། ཕྱི་དྲོའི་མཚམས་སུ་གནམ་ངོ་ནི་ཇེ་སྨུག་ནས་ཇེ་སྨུག་ཏུ་ཕྱིན་ཏེ་ནག་རོག་རོག་ཏུ་སྣང་བས། ཁོའི་སེམས་ལ་ད་ནི་ཕ་མོ་ཞིག་ལག་ཏུ་མི་ཐེབས་པ་ཐག་གིས་ཆོད་སྙམ་ནས་ཕྱིར་རྐང་ལམ་ཀྱག་ཀྱོག་ཏུ་ཞུགས་ནས་ཡུལ་ལ་ལྡོག་པའི་སྟ་གོན་བྱས། ཁོས་ལམ་རིང་བྲུང་བོར་རྩི་ལམ་དེ་དང་གནམ་གཤིས་གཉིས་ལ་བསམ་བློ་གཏོང་བཞིན་སྐྱོད་དུས་ལྷུང་ནག་འཚུབ་མས་རྒྱབ་ནས་དེད་དེ་ཁ་སྤྲུབས་སུ་བསྐྱིལ་ལ་ཁད་བྱེད། ཁོ་རང་དེ་ལྟར་གོག་མ་ནུར་གྱིས་རི་འདབས་སུ་བསྙེབས་དུས་གནམ་ངོ་ནི་ཇེ་ཙུབ་ཏུ་གྱུར་ཏེ་ལམ་གྱི་སྣེ་མོའང་ཟིན་མི་ཟིན་ཙམ་དུ་བསྒྱུར་འདུག ཁོའི་སེམས་ལ་སྤྱང་ཕྲུག་དེའི་ཆེས་ཆེར་གདངས་པའི་མིག་དང་གནམ་གཤིས་ཀྱི་ཡང་བའི་འགྱུར་བ་སོགས་དྲན་བཞིན་འབབ་འབྱུར་མི་སློམས་པའི་ལམ་

བུ་མང་པོ་བརྒྱུད་མཐར་གྲོང་ཚོའི་གཉའ་ལ་བསླེབས། གྲོང་ཚོའི་ནང་དུ་མི་མང་པོས་མ་ཎི་ཡིག་དྲུག་དབྱངས་སུ་གྱེར་བའམ་ལྷུགས་གཞོང་དང་སླ་ང་ཆག་པོ་སོགས་བརྡུངས་ནས་ཁྲོག་སྒྲ་ཡང་སྒྲས་གནམ་ས་འགེངས་པར་བྱེད། ཚེས་སྔོན་དུ་འགྲེངས་ནས་ཀི་རིང་འདེབས་ཀྱིན་སླ་ང་ཆག་པོ་ཞིག་ཧིང་ཧིང་དུ་རྡུང་མཁན་དེ་ནི་གྲོང་ཚོའི་ནང་གི་རང་དང་ན་ཚོད་མཉམ་པའི་རྒད་པོ་དོན་འགྲུབ་རེད། དེའི་རྗེས་སུ་འབྲངས་ནས་མ་ཎི་ཡིག་དྲུག་དབྱངས་ལ་གྱེར་ཞིང་ལག་ཟུང་ཐང་ལ་སྦྱར་ཏེ་གསོལ་བ་འདེབས་མཁན་དེ་ནི་ཨ་ཡེ་ལྷ་མོ་རེད། ད་དུང་གྲོང་ཚོའི་ནང་གི་ལོ་ལོན་གཞན་དག་དང་གསར་བུ་གསར་མོ་བྱིས་པ་ཆེ་ཆུང་ཚང་མས་སློ་རྩེ་གཅིག་སྒྲིམ་གྱིས་མགོ་བོ་མཁའ་ལ་བཀྱགས་ནས་རང་རང་གི་ལག་ཏུ་ཐོགས་པའི་ཅ་ལག་ཅི་རིགས་རྡུང་ཞིང་ཀི་སྒྲ་སྒྲོག་ཅིང་མཆིས། ཁོས་ཅི་ཡིན་ཆ་མ་འཚལ་བར་ཡར་ཁའི་ངོ་ལ་བལྟས་ནས་ཅུང་ཟད་ཧད་ཅིང་མར་ཁའི་གདོང་ལ་བལྟས་ནས་ཅུང་ཟད་ལུས་ནའང་མི་རྣམས་ཀྱིས་ཁོ་ལ་སྣང་དོགས་སྤྱི་ཙམ་ཡང་མི་བྱེད་པར་རང་རང་ས་ཁུ་ལྐོག་གྱུར་གྱི་ཚོག་ཅི་ཞིག་སྤེལ་བ་བཞིན་དེ་ལ་རྣམ་རིག་བསྒྲིམས་འདུག དེ་དུས་རི་དྭགས་པ་འབབ་ཚག་གིས་ཀྱང་ཀུན་གྱི་མཐོང་ལམ་དེད་ནས་སླང་ཕྱིས་ཚེ་སྐྱིག་ཅིག་དང་འདྲ་བའི་ནམ་མཁར་ལན་གཅིག་བལྟས་པས་ད་གཟོད་ཉི་མ་གཟའ་ཡིས་ཟིན་པ་ཤེས་སོང་། ཁོའི་ཁ་ནས་ཨ་ཁད་ང་རྒད་པོ་དངོས་གནས་ཧོན་ལོག་འདུག་ཉི་མ་གཟའ་ཡིས་ཟིན་པའང་ཤེས་ཀྱིན་མི་འདུག་ཟེར་ཀྱིན་ཕྲག་གི་པི་ར་བླངས་ཏེ་ནམ་མཁའི་དབྱིངས་སུ་བསྟུད་མར་ལན་འགའ་བརྒྱབ། ནམ་མཁའི་དབྱིངས་སུ་ཉི་མ་ནི་བྱིའི་ཕྲུག་དམར་རྗེན་ཞིག་ཁྲ་ཡིས་ཁྱེར་ནས་འགྲོ་བ་དང་འདྲ་བར་འཕག་ཙམ་བྱས་ཀྱང་ཐར་བའི་སྐལ་བ་ནི་ཡོངས་སུ་བྲལ། མི་རྣམས་ཀྱིས་མུ་མཐུད་དུ་ལག་གི་ཅ་ལག་དག་རྡུང་ཞིང་ཀི་སྒྲ་བསྒྲགས་ཏེ་དམར་ལམ་ལམ་གྱི་ཉི་མ་དེ་མ་རུང་བདུད་ཀྱི་འཛིགས་པ་ལས་ཐར་བའི་གསོལ་འདེབས་བྱེད་ཀྱིན་འདུག་སྟེ། གྱོ——གྱོ—— གྱོ—— གྱོ—— གྱོ——གྱོ …… དགོང་མོ་དེར་རི་དྭགས་པ་འབབ་ཚག་ཐང་ཆད་དེ་ཚ་ཐབ་སྟེང་འགོས་པ་ནས་གཉིད་ཀྱི་ཧ་ཐོས་རྨི་ལམ་གྱི་ཞིང་དུ་ཐུད་སོང་། དོན་དུ

ཚི་ལམ་མམ་མངོན་སུམ་གང་ཡིན་ཆ་མི་འཚལ་མོད་རྣ་ལམ་དུ་སྒྲུང་གེའི་དུད་མོ་ཞིག་རེས་གསལ་རེས་མོག་ངང་འཁོར་ཡོང་བས་ཚི་ལམ་ལས་ཡོངས་སུ་སད་དུས་ཀྱང་རྣ་ལམ་དུ་སྒྲུང་གེའི་དུད་མོ་ལྟ་བུ་ཞིག་མཚམས་མེད་པར་གྲག་འོངས། ཐོ་རངས་ནམ་ལང་དུ་ཉེ་དུས་ཁོ་རང་ཡར་ལངས་ཤིང་སྒོར་བུད་པ་ན་ལུག་ལྷས་ཀྱི་འདབས་རོལ་ཁྲག་གིས་སྦགས་ཏེ་དམར་པོར་བསྒྱུར་འདུག་པ་མཐོང་བྱུང་། ཁོ་རང་འཚབ་འཚུབ་ངང་ཉེ་སར་ཕྱིན་ནས་བལྟས་དུས་ཡང་བ་ཞིག་ལ་ཁོ་ཚང་གི་ལུག་ཆེ་ཐར་རྣ་བཞི་གཅིག་ཕུས་མགོ་བོ་ཀྲོག་ཀྲོག་བྱེད་པ་ལས་གཞན་རྣམས་གཅིག་ཀྱང་མ་ལུས་པར་གཡས་སྐྱིལ་གཡོན་སྐྱིལ་བྱས་འདུག་རི་དྭགས་པ་འབར་ཚག་ཏ་ལས་ཤིང་ཏང་སངས་ནས་མིག་གཉིས་ཕུར་ཕུར་ཙམ་བྱས་ཏེ་ཞིབ་ཏུ་བལྟས་དུས་མིག་མདུན་གྱི་ཡོད་ཚད་ནི་མངོན་སུམ་སྟེ་ལུག་ཀུན་གྱི་སྐེ་ན་སྒྲུང་གེའི་མཆེ་བ་རྣོན་པོས་རྨུགས་པའི་ཤུལ་རྗེས་གསལ་པོར་ཐབ་འདུག ཁོའི་རུས་གསེང་ལ་འཁྱག་དར་ཕོན་པོ་ཞིག་སྤྲུངས་པ་བཞིན་འདར་རྒྱུ་ཞིག་བྱུང་བ་དང་ལུས་ཀྱི་ཡན་ལག་ཉིང་ལག་མ་ལུས་ཀྱང་ལྷབ་ལྷབ་ཏུ་གཡོས། རི་དྭགས་པ་འབར་ཚག་གི་མིག་ལམ་དུ་སྒྲུང་སྨུག་དེའི་ཆེས་ཆེར་གདངས་པའི་མིག་གཉིས་གཡོ་བ་མེད་པར་རང་ལ་ཅེར་འདུག་པ་ཤར་བྱུང་།

མཆན།

※ རི་དྭགས་པ་ནི་རྔོན་པར་འདུག

གཟའ་པ་སངས་ཉིན་གྱི་དུས་ཆད།

ད་ལོའི་ཟླ་དང་པོ་ནས་བཟུང་མགོ་ཁྲིད་གསར་པས་གློག་ལམ་གསར་པ་བཙུགས་ཏེ་དུས་ལྟར་ལས་ཀར་ཞུགས་དགོས་པ་དང་། གལ་ཏེ་ལས་ཀར་དུས་འགྱངས་བྱས་ཚེ་དངུལ་ཆད་ནན་མོ་གཅོད་རྒྱུ་ཞེས་མི་མང་ཚོགས་ས་ནས་བསྒྲགས་ཟིན་པས། ལས་གྲོགས་རྣམས་ཀྱི་འགྲོ་ཡང་འདུག་བདེའི་རྣམ་པར་འགྱུར་ལྡོག་ཆེན་པོ་བྱུང་སྟེ། ལས་རྒྱུ་མེད་ཉུང་རང་རང་གི་འདུག་སྟེགས་སུ་བསྡད་དེQQནང་གླེང་མོལ་བྱེད་པའམ། ཡང་ན་ཐའོ་པའོ་དྲ་བ(淘宝网)ལས་གྱོན་ཆས་སྣ་ཚོགས་ཕར་སློག་ཚུར་སློག་བྱས་ཏེ་ཉེ་མ་གཏོང་བཞིན་འདུག

ང་ནི་རྒྱུན་པར་སྤྱ་སེ་ལས་ཀར་ཧྲེས་སུ་ལུས་མཁན་ཞིག་དང་། མཚན་མོར་གཉིད་མི་ཁུགས་པ་ཞིག་ཡིན་པས། གཟའ་འཁོར་གཅིག་ལ་དུས་ལྟར་ལས་ཀར་ཞུགས་ཙེ་ཐུབ་བྱས་པ་དེས་ངའི་སྙད་པ་ཉོག་པར་བཏང་འདུག ཁ་སང་ངམ་ཁེ་ཉིན་གང་ཡིན་པའང་གསལ་པོ་ཞིག་མི་དྲན་མོད། ལག་འཁྱེར་ཁ་པར་ལས་རྒྱུས་ཡོད་ཡོད་འདྲ་ཡང་སུ་ཡིན་གསལ་ཁ་མི་ཆོད་པ་ཞིག་གིས "ཁྱོད་ལ་ཕོམ་པ་ཨེ་ཡོད" ཟེར། ངས་ཕ་རོལ་པོར "ཁྱོད་སུ་ཡིན" ཞེས་དྲིས་པ་ན། ཕ་རོལ་པོས "དེ་གཙོ་བོ་མ་རེད། ཁྱོད་ལ་ཕོམ་པ་ཡོད་དམ་མེད" ཟེར། ཕ་རོལ་པོ་ནི་རྒྱུས་ཡོད་ཅིག་ཡིན་པ་ཐག་གིས་ཆོད། འོན་ཀྱང་ངའི་སྙད་པའི་ནང་དྲན་དགོས་པ

རྣམས་རེ་རེ་བཞིན་དྲན་ཡང་ཁ་པར་གཏོང་མཁན་དེ་སུ་ཡིན་པ་མི་ཤེས། ངས “ཁ་སང་དེ་རིང་ཕོམ་པ་མེད……” ཅེས་ཕོམ་པ་མེད་པའི་རྒྱུ་མཚན་བགྲང་བསམ་དུས། ཕ་རོལ་པོས “དེས་ན་ནམ་ཕོམ་རྒྱུ་རེད” ཅེས་དྲིས་བྱུང་། ངས་འཕྲལ་དུ “གཟའ་པ་སངས་ཀྱི་དགོང་མོ……” ཞེས་སྐད་ཆ་བཤད་མ་ཚར་གོང་། ཕ་རོལ་པོས་ངའི་ཁ་སྒྲོགས་ཏེ “དེས་ན་གཟའ་པ་སངས་ཀྱི་ཕྱི་དྲོའི་ཆུ་ཚོད་བདུན་སྟེང་ལི་མིན་པུ་ཤིན་ཅེ་ཡི་ཙོ་ཨན་ཛ་ཁང（力盟步行街左岸茶艺）དུ་ཤོག” ཟེར།

“ཝེ། ཁྱོད་སུ་ཡིན། ཝེ་ཝེ་ཝེ……” ཕ་རོལ་པོས་ང་ལ་འདྲི་དབང་མ་བྱིན་པར་ཁ་པར་གྱི་སྒོ་བཀག་ཟིན།

ཁོ་སུ་ཡིན་ནམ། ངས་ཇི་ལྟར་འདང་བརྒྱབ་ཀྱང་ཁོ་སུ་ཡིན་པ་མི་ཤེས།

སྟོབས་ལྡན། ཁོ་སྟོབས་ལྡན་ཡིན་མི་སྲིད། སྟོབས་ལྡན་གྱི་སྐད་ནི་དེ་འདྲའི་སྙོམ་པོ་ཞིག་མིན།

དེས་ན་འཇིགས་མེད། ཁོ་འཇིགས་མེད་ཀྱང་ཡིན་མི་སྲིད། འཇིགས་མེད་ཀྱི་སྐད་ནི་ངས་ཉན་མ་ཐག་ཤེས་སྲིད།

ཚེ་རིང་། རྒྱ་མཚོ། བཀྲ་ཤིས……ངའི་ཀླད་པའི་ནང་དུ་མིང་ཐོ་རིང་པོ་ཞིག་ཤར་ཡང་། རང་ལ་ཁ་པར་གཏོང་མཁན་དེ་སུ་ཡིན་པ་གཏན་ནས་མི་ཤེས། ངས་ཕ་རོལ་པོར་ཁ་པར་བཏང་ནས་སུ་ཡིན་པ་གསལ་པོ་ཞིག་འདྲི་འདོད་ཀྱང་། ངའི་ལག་འཁྱེར་ཁ་པར་དུ་ཁ་པར་གཏོང་མཁན་གྱི་ཨང་གྲངས་མི་ཤར་བས་ད་ནི་ཐབས་ཅི་ཞིག་ཡོད།

གཟའ་པ་སངས་ཉིན་གྱི་ཕྱི་དྲོ་དེར། ངས་རང་ལ་ཁ་པར་གཏོང་མཁན་དེ་སུ་ཞིག་ཡིན་ནམ་སྙམ་བཞིན་ལས་ཁུངས་ནས་སྒོར་བུད་རྗེས། སྤྱི་འཁོར་ས་ཚིགས་སུ་ཕྱིན་ཏེ་སྤྱི་འཁོར་ཨང་དགུ་པར་བསྒུགས་ནས་བསྡད། ཆུ་ཚོད་ཕྱེད་ཀ་ཙམ་འདས་ཟིན་ཡང་སྤྱི་འཁོར་ཨང་དགུ་པ་གཅིག་ཀྱང་འོང་རྒྱུ་མ་བྱུང་། སྤྱི་འཁོར་དེ་ཡང་ཡོང་དགོས་པ་གཅིག་ཀྱང་མི་འོང་བར། འོང་མི་དགོས་པའི་སྤྱི་འཁོར་རྣམས་འཚང་ཁ་ཤིག་ཤིག་དང་གཅིག་འཕྲོར་

གཅིག་སླེབས་བྱུང་། ངས་བལྟས་བལྟས་ལ་སྤྱི་འཁོར་ཨང་སོ་ལྔ་པ་འཕྲོ་རིམ་འཕྲོར་གསུམ་ཡོང་ནས་བུད་ཐལ། སྐབས་དེར་ངས་སྤྱི་འཁོར་ས་ཚིགས་ཀྱི་ཚགས་པར་བཙོང་ས་རུ《ལྷོ་ཕྱོགས་གཟའ་མཇུག་ཚགས་པར》ཞིག་ཉོས་ཏེ་བཀླགས། ཚགས་པར་གྱི་པར་ངོས་བཅུ་པ་དང་བཅུ་གཅིག་པའི་སྟེང་ལོ་ལྔའི་སྔོན་ལ་འཇིགས་སྐྲུལ་པས་ཧྥ་རན་སིའི་ཚགས་པར་ཁང་ག་གེ་མོའི་རི་མོ་འབྲི་མཁན་ཞིག་བཀྲོངས་ཟིན་པར་རྗེས་དྲན་གྱི་རྩོམ་ཡིག་མང་པོ་སྤེལ་འདུག ངས་རྩོམ་མགོ་མ་དེ་བཀླགས་ནས་རྫོགས་ལ་ཉེ་སྐབས་སྤྱི་འཁོར་ཨང་དགུ་པ་ཙེར་སྒྲ་ཞིག་དང་ཆབས་ཅིག་ངའི་མདུན་དུ་ཧན་སེ་བསྡད་བྱུང་། བར་སྐབས་འདིར་སློབ་མ་ཚང་མར་དགུན་གཡང་བཏང་ཟིན་པས། སྤྱི་འཁོར་ནང་དུ་དུས་རྒྱུན་བཞིན་འཚང་ཁ་ཤིག་ཤིག་བྱེད་པའི་རྣམ་པ་དེ་མི་འདུག ང་སྤྱི་འཁོར་ནང་བུད་ཅིང་འདུག་སྟེགས་སྟོང་བ་ཞིག་ཡོད་པའི་སྟེང་བསྡད་དེ་དམིགས་སར་ཆས། ངས་སྔོན་གྱི་ཚགས་པར་ཀློག་འཕྲོ་དེ་ཀློག་བཞིན་ཀློག་བཞིན་ཞེ་སྡང་ཁོང་དུ་གནོན་དཀའ་བ་ཞིག་སྐྱེས་བྱུང་། འཇིགས་སྐྲུལ་པ་དེ་དག་གིས་མིའི་ཚེ་སྲོག་ཅི་མི་སྙམ་པར་རྙོག་བརྗེས་གཏོང་བའི་སྤྱོད་ངན་དེར་གཏན་ནས་ཀུ་ཡངས་གཏོང་ཐབས་མི་འདུག ངས་དེ་ལྟར་དྲན་པ་དང་སེམས་ཀྱི་གཏིང་ས་ཞིག་ཏུ་ཚེར་མས་རིག་པ་བཞིན་ཚ་ཟེར་ཟེར་བྱེད།

སྤྱི་འཁོར་དང་རླངས་འཁོར་ཆེ་མ་ཆུང་གསུམ་གྱིས་རང་རང་ལ་མི་དབང་བའི་རྒྱུ་ལམ་འཕྲོག་རེས་བྱེད་ཀྱིན་མདུན་དུ་སྐྱོད་བཞིན་འདུག ངས་རིག་པ་སྒྲིམ་ཅི་ཐུབ་ཀྱིས་ཚགས་པར་སྟེང་གི་རྗེས་དྲན་རྩོམ་ཡིག་དེ་དག་ཡོངས་རྫོགས་བཀླགས་ཚར་དུས། དུས་ཚོད་རིང་པོ་ཞིག་འགོར་ཡོད་སྲིད། ངས་མིག་ཟུང་ཕྱུར་ཕྱུར་བྱེད་ཀྱིན་སྤྱི་འཁོར་གྱི་སྒེའུ་ཁུང་ལས་ཕྱི་ལ་ལྟ་དུས། རྒྱ་སྲང་དུ་རླངས་འཁོར་དང་མི་མང་པོ་གྲོག་ཚང་བརྫོལ་བ་བཞིན་ཐ་ར་ར་བྱེད། ངས་ཞིབ་ཏུ་བལྟས་པ་ན་ཨ་ཅི་ཅི་ང་ཚིགས་མལ་ཁཤས་ལྷག་མར་སོང་ཟིན། ང་འཕྲལ་དུ་ཡར་ལངས་ཏེ་མདུན་གྱི་ཚིགས་མལ་དེར་ཐང་ལ་བབས་རྗེས། རྐམ་ནས་ལག་འཁྱེར་ཁ་པར་བླངས་ཏེ་བལྟས་དུས་ཆུ་ཚོད་བདུན་པ་སྤྱར་ནས་འདས་ཟིན་པས། སེམས་ལ་

བྲེད་ཤ་ཞིག་ཡངས་བཞིན་གོམ་པ་རིང་ལེན་གྱིས་ཇ་ཁང་གི་ཕྱོགས་སུ་བརྒྱུགས།

ཚོ་ཨན་ཇ་ཁང་དུ་མི་མང་པོ་འདུག་མོད་ངོ་ཤེས་གཅིག་ཀྱང་མེད་པས། ངས་རང་ལ་ཁ་པར་གཏོང་མཁན་དེ་ད་དུང་སླེབས་མེད་པ་ཤེས། ངས་ཇ་ཁང་གི་གྲུ་ཁ་ཞིག་ཏུ་འདུགས་སྡེགས་བཅལ་ཏེ་སུ་ཡིན་མི་ཤེས་པའི་ཁ་པར་གཏོང་མཁན་དེར་བསྒུགས། ཇ་ཁང་ནང་དུ་ཤིན་ཏུ་ཛྲ་བས་ངའི་ཕྱི་ལྭ་ཕུད་ཅིང་འཐོལ་ཁྲིར་བསྙེས་ཏེ་ཁ་པར་གཏོང་མཁན་དེ་སུ་ཡིན་ནམ་སྙམ་བཞིན་མིག་ཅེ་རེར་བལྟས་ནས་བསྡད་ཀྱང་། ཇ་ཁང་དུ་མི་སྐོར་སྐོར་བྱས་ནས་འོང་ཞིང་། ཡང་མི་སྐོར་སྐོར་བྱས་ནས་ཕྱིར་འགྲོ་བཞིན་འདུག་མོད། ང་ལ་ཁ་པར་གཏོང་མཁན་གྱི་མི་དེ་གཏན་ནས་མངོན་རྒྱུ་མ་བྱུང་།

ཇ་ཁང་དུ་སྨུག་སྤྲིན་ལྟ་བུའི་ས་ཁོ་སིའི་རོལ་དབྱངས་དམའ་ལ་གཉོམ་པ་ཞིག་གིས་ཁྱབ་འདུག ངས་ཇ་ཕོར་བ་གང་བླངས་ཏེ་གཅིག་པུས་འཐུང་ནས་བསྡད། ང་ནི་ཁོམ་ནས་ལས་རྒྱུ་ཅི་ཡང་མེད་པས། ཇ་ཁང་ནང་གི་བཀོད་པ་དང་མི་རྣམས་ལ་གཡེངས་ནས་བསྡད་པ་ཡིན། ཇ་ཁང་གི་བཀོད་སྒྲིག་དང་ཁོར་ཡུག་ནི་ཤིན་ཏུ་ལེགས་ཏེ། དེ་སྔ་ང་ཇ་ཁང་འདིར་ཐེངས་རེ་གཉིས་ཡོང་མྱོང་མོད། དེ་དུས་ཁེར་པོ་མིན་པས་ཁ་བཇར་མགོ་འཁོར་ཏེ་ཞིབ་ལྟ་ཞིག་བྱས་པ་མི་དྲན། ནམ་ཟླ་དགུན་ཁ་ཁེལ་འདུག་ཀྱང་ཇ་ཁང་དུ་དབྱར་གྱི་རྣམ་པ་ཞིག་གིས་ཁེངས་འདུག ཇ་ཁང་གི་བར་སྟོང་དག་ཏུ་ལྗང་ཕྱོགས་སུ་དམིགས་བསལ་དུ་ཡོད་པའི་སྐྱེ་དངོས་ཏེ། ལོ་འདབས་སྤང་ཆེན་གྱི་རྩ་གཞོག་འདྲ་བ་ཐོགས་པ་མང་པོ་བཙུགས་འདུག་ཅིང་། ད་དུང་མིག་ལ་འཚེར་བའི་མེ་ཏོག་མང་པོ་ཡང་ག་ས་ཀུན་ཏུ་བཞད་འདུག་པས། ངོ་མ་ཡིད་སེམས་གཉིས་ལ་བདེ་བ་བསམ་གྱིས་མི་ཁྱབ་པ་ཞིག་སྦྱིན་འོངས། ཇ་ཁང་གི་ཕྱོགས་མཚམས་ཀུན་ཏུ་མི་མང་པོ་སྐོར་སྐོར་བྱས་ཏེ་ཇ་འཐུང་བའམ་སྦྲི་རག་འཐུང་བཞིན་ཁ་བརྡ་སྣ་ཚོགས་ནང་ཐིམ་འདུག ཇ་ཁང་གི་མགྲོན་པོ་མང་ཆེ་བ་ནི་གཞོན་ནུ་ཕོ་མོ་རྣམས་ཏེ། གཞོན་ནུ་ཕོ་མོ་རྣམས་ཆ་ཆ་བྱས་ཏེ་ཕན་ཚུན་འཛིབ་ལ་ཁད་དང་ལྷག་ལ་ཁད་བྱེད་ཀྱིན་འདུག ངས་དེ་ལྟར་ཇ་ཁང་ནང་གི་རྣམ་པར་གཡེངས་ནས་སྡོད་དུས། གློ་བུར་རང་ཉིད་ནི་

གྲོགས་མེད་ཁེར་རྐྱང་ཡིན་པ་དྲན་ཏེ་སེམས་ལ་ཚོད་ཚོད་དུ་སྡིང་རྒྱུ་ཞིག་བྱུང་།

ང་འདིར་ཅི་བྱེད་དུ་ཡོང་བ་ཡིན་ནམ།

རང་གིས་རང་ལ་འཕངས་པའི་དྲི་བ་དེས་ངའི་སེམས་ལ་བྲེལ་འཚུབ་ཅིག་བསླངས་སོང་།

ང་འཚོད་མཁན་དེ་སུ་ཡིན་ནམ།

མི་དེ་ནི་རང་ལ་ཆ་རྒྱུས་ཡོད་པ་ཞིག་ཡིན་སྲིད་མོད། ཡིན་ནའང་རྒྱུན་དུ་འབྲེལ་འདྲིས་བྱེད་མཁན་ཞིག་མིན་པའང་ཐག་གིས་ཆོད། གལ་ཏེ་མི་དེ་སློབ་གྲོགས་ཤིག་ཡིན་ཚེ་སུ་ཡིན་ནམ། ངས་འདང་ཕྲན་ཙམ་བརྒྱབ་རྗེས་ཡིད་ལ་བསམ་འཕེལ་འཁོར་བྱུང་། བསམ་འཕེལ་ནི་ངའི་སློབ་ཆེན་སྐབས་ཀྱི་སློབ་གྲོགས་ཡིན་ལ། ལོ་འགའི་ཡར་སྔོན་དུ་གཞུང་ལས་བསྐྱུར་ཏེ་ཚོང་ལས་གཉེར་མགོ་བརྩམས་ཤིང་། ད་ལྟ་གོང་ཁྲོའུ་རུ་བོད་སའི་ཐོན་རྫས་སྡེབ་འཚོང་བྱེད་སའི་ཀུང་སི་ཆེན་པོ་ཞིག་གཉེར་ཡོད་སྐད། ཡིན་ནའང་ངེད་གཉིས་མཐར་ཕྱིན་པ་ནས་ཐེངས་གཅིག་ལའང་ངོ་འཕྲད་མ་མྱོང་། སློབ་ཆེན་གྱི་སྐབས་སུ་ངེད་གཉིས་བར་འགལ་བ་སོགས་ཅི་ཡང་བྱུང་མ་མྱོང་མོད། ཡིན་ཀྱང་ངེད་གཉིས་ཁྱོད་ཀྱིས་མི་ཟ་ན་ངས་མི་འཐུང་ལྟ་བུའི་གྲོགས་མཆོག་ཀྱང་མིན། ངས་དེ་ལྟར་དྲན་པ་ན། ང་ལ་ཁ་པར་གཏོང་མཁན་དེ་བསམ་འཕེལ་ཡིན་མི་སྲིད།

བསམ་འཕེལ་གྱིས་ང་ལ་ཁ་པར་གཏོང་དོན་མི་འདུག

བསམ་འཕེལ་གྱིས་ང་ལ་ཁ་པར་གཏོང་དོན་ག་ལ་ཡོད།

ངའི་སེམས་ལ་འཇིགས་མེད་དྲན་བྱུང་། ང་ལ་ཁ་པར་གཏོང་མཁན་དེ་འཇིགས་མེད་ཡིན་སྲིད།

འཇིགས་མེད་ནི་ངའི་སློབ་འབྲིང་སྐབས་ཀྱི་སློབ་གྲོགས་ཤིག་ཡིན། སློབ་འབྲིང་མཐར་ཕྱིན་རྗེས་གྲྭ་པ་བྱས་པ་རེད། ཁོ་ནི་གྲྭ་པ་ཅི་འདྲ་ཞིག་འགྱུར་ཡོད་པ་ང་ལ་གསལ་ཆ་མེད། ངེད་གཉིས་བར་ལ་འབྲེལ་བ་ཆད་དེ་ཕལ་ཆེར་ལོ་ངོ་ཉི་ཤུ་འདས་སོང་། ད་ཉིན་གི་དབྱར་

གཞུང་ཞིག་ལ་ང་བྱ་བ་ཞིག་གི་ཆེད་དུ་ཕ་ཡུལ་གྱི་རྫོང་མཁར་དུ་ཕྱིན་པ་ཡིན། དེ་ནི་སྐེས་དབང་འབབ་ཞིག་སྟེ། ང་རྫོང་མཁར་གྱི་རླངས་འཁོར་འབབ་ཚིགས་སུ་སླེབས་ཏེ་སླ་འཁོར་ཞིག་ལ་སྒུག་བཞིན་པའི་སྐབས་ལ། ལུའུ་ཏུའུ་རྟགས་ཅན་གྱི་རླངས་འཁོར་ནག་ལྗང་ཞིག་ངའི་འཁྲིས་སུ་ཏན་སེ་བསྡད་བྱུང་། ངས་དེ་ལ་མཉམ་འཛོམ་ཆེར་མ་བྱས་པར་སྡོད་དུས། གཟྭ་ཆས་མནབས་པ་ཞིག་རླངས་འཁོར་ལས་མར་བབས་ཏེ “བདེ་མོ། ཁྱོད་ཀྱིས་ང་ངོ་མི་ཤེས་སམ” ཟེར། སློ་བུར་བའི་མཚམས་འདྲི་དེས་ང་ཡུད་ཙམ་ལ་ཧད་དུ་བསྡུག ངས་ཐེ་ཚོམ་དང་ལག་པ་ཕར་བསྲིངས་ཏེ་ཕ་རོལ་པོའི་ཤིན་ཏུ་རྒྱགས་པའི་ལག་མགོར་འཛུས་པ་ན། གཟྭ་ཆས་མནབས་མཁན་དེ་གདོང་ལ་འཛུམ་ཞིག་ལངས་ཏེ “ང་འཇིགས་མེད་ཡིན་ཡ” ཞེས་བཤད་རྗེས “ཏ་ཏ་ཏ” ཞེས་བགད་བྱུང་། འཇིགས་མེད། འཇིགས་མེད། རེད། ངའི་སེམས་ལ་སློབ་འབྲིང་གི་སློབ་གྲོགས་སྐམ་ལ་རིད་པ་དེ་དྲན་བྱུང་། ཡིན་ནའང་ངའི་མིག་མདུན་གྱི་གཟྭ་པ་རྒྱགས་པ་དེའི་སྟེང་ནས་ངས་སློབ་འབྲིང་སྐབས་ཀྱི་སློབ་གྲོགས་འཇིགས་མེད་ཀྱི་བྲུལ་རྗེས་ཙམ་ཡང་མ་རྙེད། ཁོས “ད་ཤེས་སོང་ངམ། ང་འཇིགས་མེད་ཡིན་ཡ། ངས་ཁྱོད་ཟེ་ལེང་དུ་ཡོད་པ་གོ་ཡོད། ཁྱོད་ཀྱི་ཁ་པར་ཨང་གྲངས་དུ་ཡིན” ཟེར། ངས་ཁོར་ཁ་པར་ཨང་གྲངས་བཤད་མཐར་ཁོས “དེ་རིང་ང་ལ་བྱ་བ་ཞིག་ཡོད། རྗེས་མར་ཟེ་ལེང་དུ་ཡོང་ཆེ་འབྲེལ་གཏུག་བྱ” ཟེར་བཞིན་རླངས་འཁོར་དུ་འགོས་ཤིང་ཏུའུ་སྒྲ་ཞིག་བསྒྲགས་རྗེས་བུད་སོང་། ད་ལྟ་ཞིབ་འདང་ཞིག་བརྒྱབ་ཆེ། འཇིགས་མེད་ནི་གཟྭ་པ་ལེགས་པོ་ཞིག་འགྱུར་ཡོད་མེད་མི་ཤེས་མོད། རྒྱ་རླ་ཕྱུག་པོ་ཞིག་འགྱུར་ཡོད་པ་ནི་ཐག་གིས་ཆོད། འཇིགས་མེད་ངེད་གཉིས་ངོ་འཕྲད་ནས་ཀྱང་ལོ་གཉིས་ལྷག་འགོར་སོང་། ཡིན་ཀྱང་དེའི་རིང་ལ་ཁོས་ང་ལ་འབྲེལ་བ་མ་བྱས། དེས་ན་ཁོས་ང་ལ་གློ་བུར་འབྲེལ་གཏུག་བྱ་དགོས་དོན་མི་འདུག ངས་དེ་ལྟར་དྲན་བཞིན་དྲན་བཞིན་སེམས་ལ་འཇིགས་མེད་ཀྱང་ཡིན་མི་སྲིད་སྙམ་བྱུང་།

དེས་ན་སུ་ཡིན་ནམ། རྒྱ་མཚོ། ཚེ་རིང་། དབང་ཕྱུག བཀྲ་ཤིས……

ངས་དེ་ལྟར་ཁ་པར་གཏོང་མཁན་དེ་སུ་ཡིན་སྐོར་ལ་འདང་ལོག་སྣ་ཚོགས་རྒྱག

བཞིན་རྒྱུག་བཞིན་གཉིད་ལ་ཤོར་སོང་།

…… ལས་གྲོགས་ཨ་ཅེ་ཀླུ་མོ་དང་ངེད་གཉིས་གཞུང་ལས་ཁང་གཅིག་ཡིན། མོ་ནི་ལོ་ཡར་གསེག་ཅིག་ཡིན་ནའང་། ལུས་ཕུང་ལ་བདག་བྱས་པ་བཟང་ཞིང་དེའི་ཁར་དེང་གི་རྒྱུགས་ཆེ་བའི་ལྭ་བ་ཐེབ་དོག་མོ་དེའི་རིགས་གྱོན་པར་དགའ་བས། རྒྱུས་མེད་ཅིག་གིས་བལྟས་ཚེ་མོ་ནི་ལོ་བཞི་བཅུར་བསླེབས་ཡོད་པ་གཏན་ནས་མི་ཤེས། མོའི་བྲང་གི་སྨྱོས་བུམ་ཟུང་ནི་ནམ་ཡང་དེ་ལྟར་ཕྱི་ལ་འབུར་འདུག་པས། དེའི་བསླུ་བྲིད་ཀྱིས་ང་ལ་རྟོགས་བཟོའི་བར་སྣང་ཡངས་པོ་ཞིག་བསྐྲུན་སོང་། རྟོགས་བཟོ་སྣ་ཚོགས་ཀྱི་རབ་ཁ་ནས་ངའི་ཡིད་སེམས་འཁྲུགས་པར་བཟོས་ཤིང་ན་ཟུག་གྲངས་མེད་མྱངས་སོང་། ཨ་ཅེ་ཀླུ་མོའི་ནེམ་ཞིང་འཇམ་པའི་ལུས་པོ་དེ་སྦྲུལ་བཞིན་ངའི་རུམ་དུ་ཤུད་འོངས་པ་ན། ང་ནི་སྦྲིད་སྨན་བརྒྱབ་པ་བཞིན་ཧབ་ཅིག་ལ་འགུལ་མེད་དུ་བཏང་སོང་། ངེད་གཉིས་ཕན་ཚུན་དམ་དུ་འཐམ་ནས་མལ་ཁྲིའི་སྟེང་ནས་འགྲེ་ལོག་བརྒྱབ། དེ་ནས་ངའི་ལུས་ཡོངས་སྦྲིད་པར་གྱུར……

ང་རྐྱེ་ལམ་སྐྱིད་པོ་དེ་ལས་སད་དུས་དུས་ཚོད་རིང་པོ་ཞིག་འགོར་ཟིན་འདུག རྨི་ལམ་ནི་དངོས་གནས་མཚར་པོ་ཞིག་རེད། ང་ནི་མདོན་སུམ་དང་རྨི་ལམ་གྱི་བར་ནས་ཡུད་ཙམ་ལ་ལུས་རྗེས། མདུན་གྱི་ཤེལ་ཕོར་ལག་ཏུ་བླངས་ཏེ་ཇ་ཧུབ་གང་འཐུངས། ངས་ཇ་འཐུངས་འཐུངས་ཏེ་ཤེལ་ཕོར་ནང་གི་ཇ་མདོག་ཇེ་དྭངས་ནས་ཇེ་དྭངས་སུ་གྱུར་ཏེ་མཐའ་མར་ཆུ་ཁོལ་དུ་གྱུར། ཡིན་ནའང་ང་ལ་ཁ་པར་གཏོང་མཁན་དེ་བསླེབ་མ་བྱུང་།

མི་དེ་སུ་ཡིན་ནམ།

མི་དེས་ང་ལ་བསམ་གཟས་ནས་ཉམས་ཚོད་ལེན་པ་མིན་ནམ།

དེ་ལྟར་བསམ་གྱིན་བསམ་གྱིན་ང་ལ་སོང་ཕྲོ་གནོན་དཀའ་བ་ཞིག་ལངས་བྱུང་། ཕྱི་སྐྱག་དེ། ཨ་བ་ཨ་མ། མི་དེས་ང་རྩེད་སྤྱོད་བྱེད་ཀྱིན་འདུག ངས་དེ་ལྟར་རང་གི་སེམས་ལ་ཤར་བའི་ཚིག་རྙོག་ཡོད་ཚད་སྤྱད་ནས་སུ་ཡིན་མི་ཤེས་པའི་ཁ་པར་གཏོང་མཁན་དེར་སྤྱིགས་དམོད་ཡིད་ཚིམས་པ་ཞིག་བྱས། ང་དང་བར་ཐག་ཅུང་རིང་སར་གསར་བུ་མགོ་སེར་

འགའ་ཡིས་སྦྲི་རག་འཕྱུང་བཞིན་འུར་རྒྱུག་པ་ལས། ཇ་ཁང་ནང་གི་འགྲུལ་པ་རྣམས་ཕལ་ཆེར་སོང་ནས་ཚར་ལ་ཉེ། ད་ནི་བསྒུགས་མ་བསྒུགས་མེད་པ་འདྲ། མི་དེ། ཕྱི་སྐྱུག་དེ་ད་ནི་འོང་མི་སྲིད་པ་ཐག་ཆོད་རེད།

དུས་ཚོད་དགོངས་གནས་འགོར་འདུག ངས་གྱོན་པ་གྱོན་ནས་འགྲོ་གྲབས་བྱེད་དུས། སྔོན་ལ་འཕོལ་ཁྲིའི་རྒྱབ་བསྙེས་སྟེང་འཕངས་ཡོད་པའི་གྱོན་པ་མི་འདུག ང་ཡར་ལངས་ཏེ་ཕར་འཚོལ་ཚུར་འཚོལ་བྱས་ཀྱང་གྱོན་པ་མ་རྙེད། ངའི་གྱོན་པ་གང་དུ་བཞག་སོང་ངམ། ངས་དེ་ལྟར་ཕར་སློག་ཚུར་སློག་བྱེད་དུས། ཞབས་ཞུ་མ་གཉིས་བརྒྱུགས་ཡོང་སྟེ། "སྐུ་ཞབས་ལགས་ཁྱེད་ཀྱིས་ཅི་ཞིག་འཚོལ་བཞིན་ཡོད" ཟེར། "ངའི་གྱོན་པ་མི་འདུག ངའི་གྱོན་པ་མི་འདུག" ངས་ཞབས་ཞུ་མ་གཉིས་ལ་དེ་ལྟར་སྐད་བརྒྱབ་པ་ན། ཇ་ཁང་ནང་རེ་ཞིག་དལ་ཅག་གེར་གྱུར་ཅིང་། མིག་ཟུང་མང་པོ་ངའི་སྟེང་དུ་ཟུབ་ཡོང་།

"ངའི་གྱོན་པ་མི་འདུག ངའི་གྱོན་པ་མི་འདུག"

ངས་ཡང་བསྐྱར་དེ་ལྟར་སྐད་བརྒྱབ་པ་ན། ཇ་ཁང་གི་སྦྱིན་བདག་མ་ཡོང་སྟེ "སྐུ་ཞབས་ལགས། ཁྱེད་ཀྱིས་འུར་མ་བརྒྱུག ཁྱེད་རང་ཇ་ཁང་དུ་ཡོང་དུས་ཐོག་ལྭ་གྱོན་ཡོད་དམ" ཟེར། ངས "དགུན་ཁ་ཞིག་ལ་ཆེ་ལེན་རྐྱང་བ་གོན་ནས་ང་སླེབས་ཡོད་དམ" ཞེས་བཤད་པ་ན། ཇ་ཁང་གི་སྦྱིན་བདག་མར་ཡང་རེ་ཞིག་ཟེར་རྒྱུས་ཚོང་ཏེ། མིག་གཉིས་རིག་རིག་དང་འཕོལ་ཁྲིའི་གཡས་གཡོན་དུ་ཡར་ལྟ་མར་ལྟ་ལན་འགའ་བྱེད།

སྦྱིན་བདག་མ་དང་ངེད་གཉིས་བར་ཚིག་རྩོད་ཆེན་པོ་ཤོར་ནའང་། ཕམ་པ་ནི་ང་ཕམ་སོང་། སྦྱིན་བདག་མས་ཐིག་ཐིག་ཏམ་ཏམ་བྱེད་ཀྱིན "ཁྱོད་ལ་ཇ་རིན་མ་སྤྲངས་པ་དགའ་དགའ་བྱོས" ཟེར།

གཟའ་པ་སངས་ཀྱི་མཚན་མོ་དེར་ང་སྟོད་ཤག་སླས་མའི་ནང་འཁྱོར་འཁྱམ་མལ་ཁྲུལ་ནང་འཛུལ། ངས་འདང་བརྒྱབ་ཀྱིན་བརྒྱབ་ཀྱིན་ཁ་པར་གཏོང་མཁན་དེ་སུ་ཡིན་པ་མི་ཤེས་ཙང་། ཕྱི་སྐྱུག་དེས་ང་ལ་འདི་འདྲའི་མགོ་སྐོར་གཏོང་དོན་མི་འདུག་སྙམ་ནས་ཞེ་སྡང་

བཟོད་དཀའ་བ་ཞིག་ཡངས།

ཊི་སྐུག་དེ། ཊི་སྐུག་དེ། ཊི་སྐུག་དེ……

ང་རང་ནམ་ཞིག་གཉིད་དུ་ཡུར་བའང་མ་ཤེས། མཚན་མོ་དེར་ རྨི་ལམ་སྣ་ཚོགས་ཤིག་རྨིས་བྱུང་ནའང་ཕྱི་ཉིན་གཉིད་ལས་སད་དུས་རྨི་ལམ་དུ་ཅི་ཞིག་རྨིས་པ་གསལ་པོ་ཞིག་འཆད་རྒྱུ་མི་འདུག ང་གཉིད་ལས་སད་དུས་ཕལ་ཆེར་ཉིན་གུང་ཙམ་ལ་ཟིན་འདུག ཁང་མིག་ནང་གི་ཉེར་མཁོའི་སྤྱོད་ཆ་གཏ་དེ་དག་ཀྱང་གཉིད་ལ་ཤོར་བ་བཞིན་གྲག་མེད་འགྱུལ་མེད་དང་ལྷིང་འཛིགས་སེར་འདུག་པས། ངས་ཡང་བསྐྱར་མགོ་བོ་བཏུམ་ནས་གཉིད་ལ་ཞུགས། གཉིད་ཡུན་རིང་མོ་དེ་ཡིས་གཟའ་འཁོར་གཅིག་རིང་གི་ངལ་དུབ་ཡོངས་རྫོགས་སེལ་སོང་། དེ་དུས་ཕལ་ཆེར་སྲོད་ཀྱི་ཆུ་ཚོད་དྲུག་པ་ཙམ་ལ་བསླེབས་འདུག ངའི་ཁང་མིག་གི་ཤེལ་སྒོའི་ངོས་སུ་སྲོད་ཀྱི་ཉི་འོད་གཉོམ་པོ་ཞིག་འཕྲོས་འདུག་ལ། ཉི་འོད་འོག་ཏུ་ཁང་མིག་ནང་ རྐྱེལ་པོ་སེར་ལམ་ལམ་བྱེད།

ང་མལ་ཁྲི་ལས་ཐང་ལ་བབས་པ་ན། ཉིན་གང་པོར་ཟས་ཁམ་གང་ཡང་མ་ཟོས་པས་ཕོ་བ་ནི་ལྟོགས་ཏེ་ཅི་འདེབས་བཞིན་འདུག ངས་ཆུ་འཁྱག་གིས་ཁ་ངོ་གཙང་མར་བཀྲུས་རྗེས། ཕྱས་འོག་ནས་ལག་འཁྱེར་ཁ་པར་བླངས་ཏེ་ཁ་ཕྱེས་པ་ན། ངའི་ཁ་པར་ནང་དུ་གཞན་གྱིས་ཁ་པར་བཏང་བ་མང་པོ་ཞིག་འཁྱོར་འདུག་མོད། ངའི་ཁ་པར་ནང་ཕ་རོལ་པོའི་ཨང་གྲངས་མི་ཤར་བས་དེ་དག་རེ་རེ་སུ་ཡིན་པ་མི་ཤེས།

ངས་སྔོད་ཁང་གི་སྒོ་བརྒྱབ་སྟེ་ཟ་ཁང་ངོ་ཤེས་ཞིག་བསྙེགས་ནས་ཕྱིན། ང་རྒྱུ་སྲང་དུ་འགྲོར་མ་ཐག་ཁ་པར་ལས་སིང་སྒྲ་བསྟུད་མར་གྲགས་བྱུང་། ངས་ལག་འཁྱེར་ཁ་པར་རྣ་རྩར་སྦྱར་ཏེ་མཉན་པ་ན། ཕ་རོལ་པོས “ངས་ཁྱོད་ལ་བསྒུགས་ཡོད། ཁྱོད་ད་དུང་ཡོང་གིན་མེད་དམ” ཟེར། ཕ་རོལ་པོའི་སྐད་གོ་མ་ཐག་ངས་མི་དེ་ནི་སྔོན་ལ་ཇ་ཁང་དུ་འདུག་ཟེར་མཁན་དེ་ཡིན་པ་ཤེས་སོང་། ཕ་རོལ་པོའི་སྐད་གོ་བ་དང་ངའི་སྙིང་རླུང་སྟོད་ལ་འཚང་དུ་བརྩུག ཡིན་ནའང་ངས་རང་གི་ཁོང་ཁྲོ་གནོན་ཅི་ཐུབ་ཀྱིས “ངས་མདང་ནུབ་ཁྱོད་ལ་

ནམ་ཀྱང་བར་དུ་བསྒུགས་ཀྱང་ཁྱོད་མ་ཡོང་ཐལ། ཁྱོད་སུ་ཡིན” ཞེས་དྲིས་པ་ན། ཕ་རོལ་པོས “འུ་གཉིས་གཟའ་པ་སངས་ཀྱི་དགོང་མོར་ཐུག་རྒྱུ་བྱས་ཡོད་པ་མིན་ནམ” ཟེར། “འོ་ལེ། ངས་ཁྱོད་ལ་གཟའ་པ་སངས་ཀྱི་དགོང་མོར་ནམ་ཀྱང་བར་དུ་བསྒུགས་པ་ཡིན། ཁྱོད་ཀྱིས་ང་ལ་དེ་འདྲས་རྫུན་ལབ་ནས་ཅི་བྱེད” ཅེས་བཤད། ཕ་རོལ་པོས “ད་རུང་ས་ཡང་རུབ་མེད་པས། ཁྱོད་ཀྱིས་ང་ལ་ནམ་ཀྱང་བར་བསྒུགས་ཟེར་བ་ནང་དོན་ཅི་རེད” ཅེས་ཞྒོག་འདྲི་བྱས་བྱུང་། ངས “ངས་མདང་ནུབ་ཁྱོད་ལ་བསྒུགས་པ་ཡིན” ཞེས་བཤད་པར། ཕ་རོལ་པོས་ཧབ་ཆ་ཞིག་བྱས་སྟར “ཁྱོད་མགོ་འཁོར་བ་མིན་ནམ། ཡང་ན་ཁྱོད་ཀྱིས་རྩི་གཏམ་བཤད་བཞིན་པ་མིན་ནམ། གཟའ་པ་སངས་ནི་དེ་རིང་རེད་ཡ” ཟེར།

“ཨ—”

ཕ་རོལ་པོས་སྐད་ཆ་དེ་ལྟར་བཤད་མ་ཐག་ངའི་ཁ་ནས “ཨ—” ཞེས་ཤོར་སོང་།

ཕ་རོལ་པོས་ཁ་པར་ནང་དུ་དུང་ཅི་ཞིག་བཤད་ཀྱིན་འདུག་མོད། ངས་ཅི་ཡང་གོ་མ་སོང་། ཡང་གཅིག་བཤད་ན་ངས་ཕ་རོལ་བའི་སྐད་ཆར་གཏན་ནས་ཉན་མི་འདོད།

ངའི་སེམས་ལ་དྲན་པ་ནི། གལ་ཏེ་གཟའ་པ་སངས་དེ་རིང་ཡིན་ཚེ། དེ་རིང་ཉིན་གང་དོར་ང་ལས་ཀར་མ་སོང་བས། ད་ནི་ལས་ཀར་དུས་འགྱངས་བྱས་པ་ཙམ་གྱིས་ག་ལ་ཚད། ངས་དེ་ལྟར་དྲན་པ་ན་མིག་ལམ་དུ་ངོ་གནག་གནག་ལ་སྡོད་པའི་མགོ་ཁྲིད་དེ་ཕ་ལེར་ཤར་བྱུང་ལ། ཁོས་ང་ལ་ངོ་གནག་ཐུབ་ཚད་ཅིག་གནག་ནས་ཁྱོད་ལ་དངུལ་ཆད་ནན་མོ་གཅོད་རྒྱུ་ཡིན་ཞེས་འཛིགས་འཛིགས་ཧམ་ཧམ་བྱེད་ཀྱིན་འདུག

དཔེ་སྐྲུན་པ། ཨ་སྟག་ཚེ་རིང་བཀྲ་ཤིས།
རྩོམ་སྒྲིག་དུས་འགོད་པ། ཚེ་མོ་སྐྱིད།
རྩོམ་སྒྲིག་འགན་འཁུར་པ། བཀྲ་ཤིས། ཚེ་མོ་སྐྱིད།

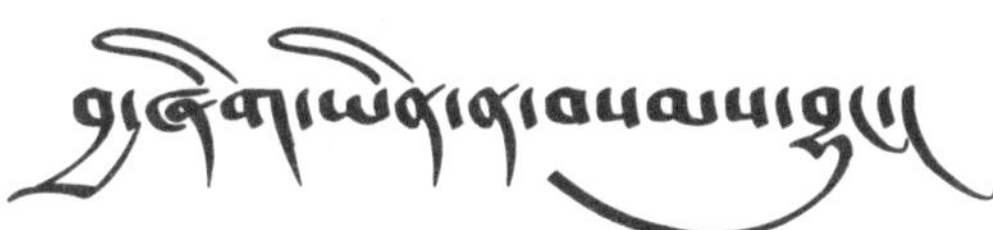

སློ་མེ་ཚེ་རིང་བཀྲ་ཤིས་ཀྱིས་བརྩམས།

སི་ཁྲོན་མི་རིགས་དཔེ་སྐྲུན་ཁང་གིས་བསྐྲུན་ནས་བགྲམས།

ཁྲིན་ཏུའུ་ཧྲུའུ་ཕྲུང་པར་འདེབས་འགན་འཁྲི་ཚད་ཡོད་ཀུང་སིས་དཔར།

༢༠༡༨ལོའི་ཟླ་༨པར་པར་གཞི་དང་པོ་བསྒྲིགས།

༢༠༢༤ལོའི་ཟླ་༡༢པར་པར་ཐེངས་གསུམ་པ་དཔར།

དེབ་ཚད། ༡༧༠mm×༢༤༠mm

དཔར་ཤོག ༡༦

ཡིག་འབྲུ་སྟོང་། ༢༠༠

དཔར་གྲངས། ༣༠༠༡-༥༠༠༠

དཔེ་རྟགས། ISBN 978-7-5409-6312-5

དཔེ་རིན་སྒོར། ༣༢.༠༠